Emilia Ness ermittelt in einem aktuellen Interpol-Fall, als sie ein grausiges Päckchen erhält: Ein abgeschnittenes Ohr liegt darin. Kurz darauf erreicht sie eine Videobotschaft: Ihre Tochter Becky wurde entführt. Unterdessen jagt Profikiller Avram Kuyper einen alten Rivalen. Viel zu spät wird ihm klar, dass er in eine hinterhältige Falle gelockt wurde. Weder Emilia noch Avram ahnen, dass ihr Gegner ein alter Bekannter ist, der sie leiden sehen will. Wenn sie überleben wollen, müssen sie sich verbünden. Denn nur gemeinsam können sie diesen übermächtigen Gegner für immer ausschalten. Hart und unglaublich spannend: Der neue Thriller von Mark Roderick lässt auch Ihre Nerven vibrieren.

Mark Roderick ist ein Pseudonym. Seine extrem spannenden Thriller entstehen in den frühen Morgenstunden, wenn nichts und niemand ihn vom Schreiben ablenken kann. Mark Roderick lebt mit seiner Familie in der Nähe von Stuttgart.

Weitere Informationen finden Sie auf www.fischerverlage.de und auf www.mark-roderick.de

MARK RODERICK

POST MORTEM

TAGE DES ZORNS

THRILLER

FISCHER Taschenbuch

Originalausgabe

Erschienen bei FISCHER Taschenbuch
Frankfurt am Main, April 2017

© 2017 S. Fischer Verlag GmbH,
Hedderichstr. 114, D-60596 Frankfurt am Main

Satz: Pinkuin Satz und Datentechnik, Berlin
Druck und Bindung: CPI books GmbH, Leck
Printed in Germany
ISBN 978-3-596-29707-8

POST MORTEM
TAGE DES ZORNS

1

Becky war aufgeregt, weil sie wusste, dass sie etwas Verbotenes tat. Besser gesagt: weil sie *vorhatte*, etwas Verbotenes zu tun. Beinahe so etwas wie ein kleines Verbrechen. *Wenn ich auffliege, wird es mächtigen Ärger geben.* Aber sie war fest entschlossen.

Die Fünfzehnjährige lag in ihrem Bett und versuchte, sich zu beruhigen, hatte aber den Eindruck, ihr Herz würde so laut schlagen, dass die drei anderen Mädchen im Zimmer jeden Moment davon aufwachen würden.

Zum hundertsten Mal in dieser Nacht schaute sie auf ihre Armbanduhr. Das Justin-Bieber-Emblem auf dem Zifferblatt leuchtete kaum noch nach, aber zumindest waren die Zeiger gut zu erkennen. Viertel nach elf. Die Zeit kroch im Schneckentempo dahin.

In der Hand hielt sie den Brief, den sie heute bekommen hatte. Er hatte auf ihrem Bett gelegen, als sie nach dem Nachmittagsunterricht mit ihren Freundinnen zum Zimmer zurückgekehrt war. *Für Becky – persönlich* stand in Druckbuchstaben darauf. *Persönlich* war unterstrichen. Natürlich hatten Jana, Heike und Vanessa darauf bestanden, den Brief zu viert zu öffnen, aber trotz ihres lautstarken Protests hatte Becky es vorgezogen, ihn alleine zu lesen. Sie hatte es sogar geschafft, den drei anderen nichts über den Inhalt zu erzählen, vor allem weil sie befürchtete, ihr Traum könne wie eine Seifenblase zerplatzen, wenn sie zu viele andere daran teilhaben lassen würde.

Der Brief war ihr ganzes Glück.

»Ich denke, die beiden anderen schlafen jetzt«, flüsterte Jana, die im Stockbett über Becky lag. »Du kannst mir den Brief jetzt zeigen.«

Jana war nicht nur Beckys Klassenkameradin, sondern auch ihre beste Freundin. Dennoch zögerte Becky. Es fühlte sich einfach nicht richtig an.

»Ist der Brief von Daniel?«, fragte Jana und schob ihren Kopf über den Rand des Bettes.

Die Mädchen ließen beim Rollladen immer ein paar Ritzen offen, damit man nachts nicht das Licht einschalten musste, wenn man auf die Toilette gehen musste. Daher konnte Becky die Umrisse ihrer Freundin gut erkennen.

»Wieso denkst du, dass der Brief von Daniel ist?«, flüsterte sie und fühlte sich dabei irgendwie ertappt.

»Dass du auf ihn stehst, weiß doch *jeder*. Auf dem Pausenhof starrst du ihn die ganze Zeit an wie ein hypnotisiertes Reh.«

Bis vor wenigen Stunden hätten Janas Worte sie verletzt, weil sie nicht im Ernst daran geglaubt hatte, dass Daniel sie mochte. Aber jetzt hielt sie seinen Brief in der Hand – den Beweis des Gegenteils. Deshalb ärgerte sie sich nicht über das hypnotisierte Reh. Allerdings fand sie es über die Maßen peinlich, dass ihre Gefühle für andere so offensichtlich waren.

»Denkst du, er liebt dich?«, fragte Jana.

»Keine Ahnung«, antwortete Becky. Aber sie hoffte es inständig.

Ihre neue Flamme hieß mit vollem Namen Daniel Gronert. Alle seine Freunde nannten ihn Danny, natürlich englisch ausgesprochen, das klang cooler. Danny war zwei Jahrgangsstufen über Becky, er ging schon in die zwölfte Klasse.

Sein Vater arbeitete als Vorstand bei einer Firma, die Airbags herstellte, seine Mutter war Ärztin. Wahrscheinlich hatte er von ihnen diese natürliche, selbstbewusste Ausstrahlung, die ihn von den anderen Jungs in der Schule abhob. Jedenfalls war er längst kein so verrückter Vogel wie Jobi, mit dem Becky bisher Händchen gehalten hatte. Danny war auch nicht so schrill angezogen. Er hatte keine gelben Haare und keine Piercings, mit denen er der Welt irgendetwas beweisen wollte und die beim Küssen nur störten. Danny stach auch ohne all diese Dinge aus der Masse heraus. Er war auf unauffällige Weise auffällig. In seiner Clique hatte sein Wort Bedeutung. Aus ihm würde bestimmt mal ein Anwalt oder ein erfolgreicher Manager werden.

Mama wäre von Danny garantiert begeistert.

»Zeigst du mir jetzt endlich den Brief?«, drängte Jana. »Ich hab dir doch auch die E-Mails von Lars vorgelesen, oder etwa nicht?«

Das stimmte. Lars war schon Janas vierter Freund. Mit Liebesdingen ging sie wesentlich offenherziger um, und sie teilte ihre Gefühle gern mit anderen.

Seufzend reichte Becky den Brief nach oben. Janas Bettdecke raschelte, als sie mit dem Papier darunter verschwand. Ein leises Klicken verriet, dass sie die Taschenlampe unter der Decke eingeschaltet hatte. Wenige Sekunden später stellte Jana die Taschenlampe wieder aus und reichte Becky den Brief zurück.

»Ganz nett«, kommentierte sie.

Ihre Zurückhaltung verunsicherte Becky. »Was stimmt denn mit dem Brief nicht?«

»Keine Ahnung. Ich finde ihn irgendwie unpersönlich.«

Unfug!, dachte Becky. Wahrscheinlich ist sie nur eifersüchtig. Jedes Mädchen im Internat stand auf Danny.

»Die Wortwahl passt auch nicht so richtig«, flüsterte Jana weiter. »Danny spricht doch normalerweise ganz anders. Außerdem finde ich es irgendwie schade, dass es ein Computerausdruck ist. Ein Liebesbrief sollte meiner Meinung nach handgeschrieben sein.«

»Quatsch!«, zischte Becky. Aber insgeheim musste sie Jana in diesem Punkt recht geben.

»Hast du keine Angst, wenn du mitten in der Nacht ganz alleine da raus gehst?«

»Nein, warum denn?«, entgegnete Becky, obwohl ihr tatsächlich nicht ganz wohl war. Ihre Mutter erzählte andauernd Horrorgeschichten über Leute, die überfallen und auf grausame Weise getötet worden waren. Da konnte es einem ganz anders werden. Becky war froh, dass Jana das Thema nicht weiter vertiefte.

Stattdessen wollte sie mehr über Danny wissen. »Hat er dich schon geküsst?«, fragte sie.

»Nein! Bis vor zwei Wochen war ich ja noch mit Jobi zusammen!«

»Was, wenn Danny es heute Nacht versucht? Oder wenn er sogar noch mehr will? Hast du ein Kondom dabei? Ich kann dir eins geben, wenn du willst.«

»Ich hab selber eins in der Tasche«, log Becky, der die Unterhaltung allmählich unangenehm wurde. »Jetzt schlaf endlich, bevor die anderen noch aufwachen.«

Sie war froh, dass Jana sich tatsächlich aufs Ohr legte. Schon bald war von oben nur noch der gleichmäßige Rhythmus ihres Atems zu hören.

Dennoch hatte Jana es mit ihren Fragen geschafft, Becky zu verunsichern. Wie sollte sie reagieren, wenn Danny tatsächlich versuchen würde, sie zu küssen? Oder sogar noch mehr? Beckys Gefühle waren komplett durcheinander. Mit

Jobi hatte sie zwar schon ein bisschen gekuschelt, aber immer, wenn er einen Schritt weitergehen wollte, hatte sie geblockt, weil sie sich noch nicht reif genug dafür fühlte.

Bei Danny war das anders, obwohl sie ihn noch gar nicht richtig kannte. Sie trafen sich zwar täglich auf dem Pausenhof und alberten miteinander herum. Einmal waren sie auch schon im Kino gewesen, zusammen mit einigen anderen Schülern des Internats. Aber bisher hielten sie und Danny nicht einmal Händchen.

Umso glücklicher war sie über seinen Brief. Sie hatte ihn schon so oft gelesen, dass sie ihn auswendig konnte:

Hallo, Becky! Ich muss dich unbedingt sehen. Komm um Mitternacht zum Sportplatz, zu der großen Eiche ganz hinten. Es ist wichtig! Ich warte dort auf dich. D.

Ein grauenvoller Gedanke schoss ihr durch den Kopf. Stand dieses »D.« womöglich gar nicht für »Danny«? War »D.« vielleicht ein ganz anderer Junge aus ihrem Internat? Darius womöglich, aus der 11c, oder – noch schlimmer – Detlev aus der 10a. Der hätte ihr gerade noch gefehlt! In der Pause glotzte er manchmal so komisch zu ihr herüber. Ein paar ihrer Freundinnen hatten sie deshalb schon gehänselt. Wenn »D.« sich als Detlev entpuppte, käme das einer Katastrophe gleich.

Aber Becky verwarf ihre Bedenken sofort wieder. Im Grunde war sie fest davon überzeugt, dass kein anderer als Danny den Brief geschrieben hatte – weil er sie eben gerne treffen wollte. Und sie wollte das auch.

Endlich zeigte die Uhr Viertel vor zwölf. Die Türen der Schlafgebäude wurden nachts abgeschlossen, aber Becky wusste, dass man durch die Kellerfenster leicht nach draußen gelangen konnte. Leise schlüpfte sie aus dem Bett und tippelte zur Tür. Dort warf sie einen vorsichtigen Blick in den Flur, weil sie niemandem begegnen wollte, zum Beispiel einem anderen Mädchen, das auf die Toilette musste und sich darüber wundern würde, weshalb Becky keinen Schlafanzug trug. Noch schlimmer wäre es, einer Lehrerin über den Weg zu laufen, womöglich der alten Kollwitz. Bei Verstößen gegen die Hausordnung verstand die keinen Spaß.

Aber der Flur war leer. Auf leisen Sohlen schlich Becky aus dem Zimmer, vor bis zum Treppenhaus. Die Notbeleuchtung verströmte nur gedämpftes Licht. Außer ihren Schritten war kein Geräusch zu hören.

Es war spannend, aber auch irgendwie unheimlich.

Das Kribbeln im Magen verstärkte sich noch, als sie in den Keller hinabging. Keller hatten immer etwas Gruseliges an sich, zumal bei Nacht. Hinzu kam das Wissen, etwas Unerlaubtes zu tun. Und dann noch diese tote Frau in der Waschküche, von der ihre Mutter vor ein paar Monaten erzählt hatte. Ein kalter Schauder lief Becky über den Rücken.

Um die Geister zu vertreiben, schaltete sie ihr Handy ein und aktivierte die Taschenlampenfunktion. Hier unten würde ihr zu so später Stunde bestimmt niemand über den Weg laufen. Allerdings warf das Handy skurrile Licht- und Schattenspiele an die Wand. Aus irgendeinem Grund schienen ihre Schritte hier unten auch viel lauter zu sein als oben. Sie hallten regelrecht von den Wänden. Und die Lüftung am anderen Ende des großen Kellerraums brummte wie ein lauerndes Tier.

Über einen der vielen alten Tische, die hier unten neben all dem anderen ausrangierten Schulinventar lagerten, kletterte Becky über ein Fenster ins Freie. Dort überlegte sie einen Moment lang, ob sie im Schutz der Büsche oder zumindest abseits der Laternen, quer über die Wiese, zum Sportplatz gehen solle. Aber sie entschied sich für den Fußweg, wo es relativ hell war. Wenn sie sich beeilte, würde sie bestimmt niemandem über den Weg laufen, der ihr unangenehme Fragen stellen konnte.

Es war eine laue Spätsommernacht. Becky trug Bluejeans und einen leichten Pullover, dazu ihre weißen Turnschuhe. In der Ferne läutete die Kirchenglocke Mitternacht.

Perfektes Timing!

Nach wenigen hundert Metern erreichte sie den Sportplatz. Die große Eiche befand sich am Kopfende der Tartanbahn. Unter die ausladenden Äste des Baums drang nur wenig Licht. Becky kam sich vor wie in einer Höhle – beschützt, aber gleichzeitig auch irgendwie eingeschlossen.

Dass Danny noch nicht hier war, fand Becky enttäuschend. Es ärgerte sie sogar ein bisschen. Konnte er sich nicht denken, dass sie sich so ganz allein in der Nacht fürchtete? Vielleicht war fürchten das falsche Wort. Aber schließlich konnte man nie wissen, was für Leute nachts unterwegs waren.

Wieder nahmen die Horrorgeschichten ihrer Mutter in Beckys Bewusstsein Gestalt an. Der Bäcker aus Nantes, der sieben Schulkinder in seinen Keller verschleppt hatte, um sie dort wochenlang zu misshandeln. Das Ehepaar aus Straßburg, das ein Dutzend Anhalter entführt und erstochen hatte. Die Axt-Bande aus Umbrien ...

Warum hat Mama keinen normalen Job, Herrgott nochmal? Sekretärin oder Verkäuferin? Irgendeine Arbeit, bei der man nicht täglich mit verstümmelten Leichen zu tun hat?

»Pst!«

Das Geräusch kam von hinten. Becky drehte sich um und versuchte, die Dunkelheit mit Blicken zu durchdringen, aber sie erkannte keine menschliche Gestalt.

»Danny?«

»Ich bin hier! Hinter dem Baum.« Er flüsterte so leise, dass sie ihn kaum verstehen konnte.

Erleichtert darüber, dass das Ganze nicht nur ein dummer Streich zu sein schien, bog sie um den mächtigen Stamm, vorsichtig, um nicht über eine der knorrigen Wurzeln zu stolpern. Tatsächlich erkannte sie jetzt einen Umriss, dessen Größe und Statur zu Danny passte. Das Gesicht konnte sie nicht erkennen, dafür war es viel zu finster. Dennoch gab es für sie keinen Zweifel, Danny vor sich zu haben.

Ihr Herz machte vor Freude einen Sprung. In ihrem Bauch begannen eine Million Ameisen zu krabbeln. Was hatte Danny vor? Warum hatte er sie hierher gebeten?

Mutig ging sie auf ihn zu – und begriff zu spät, dass sie einen fatalen Fehler begangen hatte. Die Gestalt löste sich aus der Dunkelheit, raste wie eine Lokomotive auf sie zu und stürzte sich auf sie. Eine Hand presste sich auf ihren Mund wie ein Schraubstock. Ihre Schreie erstickten im Keim. Becky wollte kratzen, beißen, schlagen, treten – all das tun, was ihre Mutter ihr über Selbstverteidigung beigebracht hatte. Aber schon spürte sie einen Nadelstich im Hals, und beinahe im selben Moment versank die Welt um sie herum im Nichts.

2

Der Aussiedlerhof bei Simmerath, nahe der deutsch-belgischen Grenze, lag so weit abseits der Ortsgrenze, dass Emilia ihn ohne das Navi wohl niemals gefunden hätte. Die Zubringerstraße war kaum mehr als eine Schotterpiste. Die Gebäude standen versteckt hinter ein paar Bäumen und Büschen, von der Überlandstraße aus kaum zu erkennen.
Der ideale Ort für ein Verbrechen.
Emilia parkte ihren klimatisierten Wagen und stieg aus. Die spätsommerliche Sonne brannte heute noch einmal heiß vom wolkenlosen Himmel herab, so dass sie schon jetzt wieder zu schwitzen begann. Während sie sich umsah, spürte sie, wie das Adrenalin in Wellen durch ihren Körper strömte. Seit sie bei Interpol arbeitete, besichtigte sie nur noch selten Tatorte, so wie heute. Meistens unterstützte sie von ihrem Lyoner Büro aus die lokalen Polizeibehörden. Ihre Anwesenheit vor Ort war in den seltensten Fällen nötig.

Heute ging es jedoch darum, zu beurteilen, ob *Dante* oder – wie die Klatschpresse ihn plakativ nannte – der *Schlitzer von Arques* wieder zugeschlagen hatte.

Emilia ließ den Hof einen Moment lang auf sich wirken. Die Gebäude, die Geräte, der Asphalt im Innenhof – alles war alt und heruntergekommen, als sei hier seit fünfzig Jahren nichts mehr ausgebessert oder gar modernisiert worden. Der penetrante Geruch von Kuhdung lag in der Luft. Neben dem Stall stand ein rostiger Hanomag-Traktor, daneben befand sich der Misthaufen, umschwirrt von Fliegen. An den Stall grenzte ein Hühnergehege. Dort spielten ein paar Kätzchen mit einem zerfledderten Schuh. Auf der Weide dahinter grasten Rinder.

Das Wohnhaus war ein einstöckiger, gedrungener Fachwerkbau mit kleinen Fenstern und schiefem Dach. Davor parkte ein Polizeiwagen. Als Emilia hinging, stieg ein Beamter in Zivil aus und stellte sich als Hauptkommissar Friedkin vor. Er war mindestens einen Meter neunzig groß, hatte eine Figur wie ein Fass und eine angehende Glatze. Emilia schätzte ihn auf etwa fünfzig. Die dicken Tränensäcke unter den Augen ließen ihn irgendwie traurig wirken. Abgesehen von seiner stattlichen Statur wirkte seine Erscheinung ziemlich energielos.

Die Fotos, die Friedkin gestern nach Lyon gemailt hatte, legten die Vermutung nahe, dass es sich um die Tat eines Serientäters handelte, der schon seit acht Jahren sein Unwesen trieb. Emilia war hergekommen, um sich ein genaueres Bild zu machen. Bisher war Interpol immer erst Monate später zu den Ermittlungen hinzugezogen worden. Hier hatte sie zum ersten Mal die Chance, von Anfang an mitzuwirken.

Nie war sie *Dante* näher gewesen als heute.

»Wo ist es passiert?«, fragte sie.

»Im Haus«, sagte Friedkin. »Kommen Sie mit.«

Er ging voraus und erklomm die drei Steinstufen zum Eingang. Mit einem Taschenmesser entfernte er das Absperrband vor der Tür. Dann schloss er auf, und sie traten ein.

Der Gestank von Blut schlug Emilia entgegen wie eine Woge – nicht einmal der Kuhmist konnte das überlagern. Da sie sich keine Blöße geben wollte, sagte sie nichts, aber sie war heilfroh, als Hauptkommissar Friedkin die Fenster öffnete, um Luft hereinzulassen.

»Die Spurensicherung ist mit der Arbeit noch nicht ganz

fertig«, sagte er. »Die meisten Beweise wurden gesichert und davor natürlich fotografiert – die Bilder hatte ich Ihnen ja geschickt. Aber einiges muss erst noch von hier abgeholt werden. Fassen Sie also bitte nichts an.«

Sie passierten einen schmalen, mit ausgetretenem Linoleumboden belegten Flur. Rechts kamen zuerst die Toilette, danach die Küche und ein kleines Esszimmer. Links ging es ins Wohnzimmer. Die dicht gestellten Möbel waren ein stilistischer Querschnitt durch die letzten zweihundert Jahre: Wurmstichige Bauernschränke wie aus dem Antiquariat, Sofa und Couchtisch aus den 1950ern, ein moderner Flachbildfernseher auf einer Kommode aus der Hippiezeit.

An der Wand hingen viele kleine Zettel. Emilia kannte sie bereits von den Fotos der Spurensicherung. Dennoch wollte sie sie aus der Nähe betrachten, um ein Gespür für die Tat und den Mörder zu bekommen.

Es handelte sich um karierte DIN-A6-Blätter, die augenscheinlich aus einem Ringbuchblock gerissen worden waren, denn die obere Seite war ausgefranst. Jedes Papierstück haftete mit einer Stecknadel an der Wand, überall im Raum – neben den Bildern, über der verstaubten Glasvitrine, rund um den Fernseher.

Es waren mindestens fünfundzwanzig oder dreißig Zettel, handbeschrieben mit einer rötlich schimmernden Tinte. Emilia war sicher, dass es sich dabei – wie in den anderen Fällen – um menschliches Blut handelte. Die weiteren Untersuchungen würden schon bald Gewissheit bringen.

Sie schob ihr Gesicht näher an die Zettel über dem Sideboard heran. Auf einem stand in krakeliger Schrift:

> Willst du aus dieser wilden Stätt' entrinnen,
> denn dieses Tier, weshalb du riefst um Hilfe

> lässt niemanden frei ziehn auf seiner Straße,
> ja, hindert ihn so sehr, bis es ihn tötet.

Der Text auf dem Zettel darunter schien in direktem Zusammenhang zu stehen:

> Von Natur ist dieses Tier so schlimm und boshaft,
> dass nimmer es den gier'gen Trieb befriedigt
> und nach dem Fraße
> mehr noch hungert als zuvor.

Emilia fragte sich, ob der Mörder das in seinen Texten beschriebene Tier bewusst oder unbewusst als Metapher für sich selbst sah. Ein drittes Stück Papier, das daneben an der Wand pinnte, entstammte offenbar einem anderen Kontext:

> Folge mir, und ich sei dein Führer,
> der rettend durch den ew'gen Ort dich leite.
> Dort wirst du der Verzweiflung Schrei'n vernehmen,
> die Trauerschar der alten Geister schauen,
> wo jeglicher des zweiten Tods begehret.

Emilia hatte die Texte bereits gestern von der Rechercheabteilung in Lyon analysieren lassen, daher wusste sie, dass sie alle aus demselben Buch stammten: aus Dante Alighieris *Die Göttliche Komödie*. Es war dasselbe Schema wie bei den Morden in Melazzo in Norditalien, Benthem in Holland und Arques, einer Gemeinde mit zweihundertfünfzig Einwohnern im südfranzösischen Languedoc. Dort hatte *Dante* zum ersten Mal zugeschlagen. Am 14. Mai 2009.

»Was denken Sie?«, fragte Hauptkommissar Friedkin. »Ist das das Werk Ihres Killers?«

»Gut möglich«, sagte Emilia. »Aber bevor ich das endgültig beurteilen kann, möchte ich noch das Schlafzimmer und das Bad sehen.«

Mit einem Nicken ging Friedkin voraus. Das Schlafzimmer befand sich am hinteren Ende des Wohnzimmers und war nur spärlich eingerichtet. Ein Doppelbett mit zwei Nachttischchen, ein Eichenholzschrank, ein Stuhl, der als Kleiderhalter diente, ein aufgehängtes Jesuskreuz – mehr gab es hier nicht. Zettel mit Dante-Zitaten suchte man hier vergeblich. Auffällig war aber das viele Blut: ein großer, rotbrauner Fleck auf der zurückgeschlagenen Decke, zudem jede Menge Sprenkel und Spritzer, teilweise auch auf dem Boden und an den Wänden. Hier musste *Dante* wenigstens eines der beiden Opfer angegriffen haben.

Wegen der zunehmenden Intensität des Blutgeruchs öffnete Friedkin auch das Schlafzimmerfenster. Danach gingen sie ins nebenan liegende Badezimmer, wo es noch viel mehr Blut gab. Der ganze Boden war voll davon, beinahe vollständig getrocknet von der sommerlichen Hitze. In der Mitte des Raums befanden sich zwei verwischte, körpergroße Stellen.

»Dort haben die Leichen gelegen«, sagte Hauptkommissar Friedkin. »Gertrud und Helmut Waginger, die Eigentümer des Hofs. Beide Mitte fünfzig, seit achtundzwanzig Jahren verheiratet. Laut Aussage von Freunden, Bekannten und Anwohnern aus Simmerath waren sie ruhige, zurückgezogen lebende Menschen, die ihr ganzes Leben lang hart auf dem Hof gearbeitet haben.«

Vor Emilias geistigem Auge erschienen die Fotos der Spurensicherung. Die Eheleute Waginger hatten auf dem Rücken gelegen, mit ausgestreckten Beinen, die Arme eng am Körper. Beinahe wie aufgebahrt.

Beide hatten ihren Pyjama angehabt.

Beide hatten diverse Stichverletzungen erlitten.
Beiden war die Kehle durchschnitten worden.

»Wir gehen davon aus, dass Helmut Waginger in seinem Bett erstochen oder zumindest schwer verletzt wurde«, sagte Friedkin. »Danach ist der Täter ins Badezimmer gegangen, wo Gertrud Waginger sich gerade die Zähne geputzt hat. Von dem, was im Schlafzimmer vorgefallen ist, scheint sie nichts mitgekommen zu haben, denn sie ist wohl da drüben am Waschbecken erstochen worden.«

Emilia nickte. Die Wand am Waschbecken, genau gegenüber der Tür zum Schlafzimmer, war die einzige im Raum, die Blutspritzer abbekommen hatte. Hätte Gertrud Waginger Kampfgeräusche oder einen Schrei ihres Mannes gehört, wäre sie vermutlich zu ihm gerannt.

Oder sie war von dem, was sie durch die offene Tür gesehen hat, so schockiert, dass sie sich vor lauter Angst nicht mehr bewegen konnte.

»Gertrud Wagingers Mund war voller Zahnpasta, als wir sie fanden«, fuhr Hauptkommissar Friedkin in seinem Vortrag fort. »Ich denke, sie stand da drüben, über das Waschbecken gebeugt, und hat gar nicht bemerkt, wie der Mörder ins Zimmer kam. Sie hat einen Stich in den unteren Rückenbereich abbekommen, außerdem mehrere Stiche in Bauch und Brust, und natürlich den Schnitt durch die Kehle. Der Täter hat beide Leichen hier im Badezimmer nebeneinander auf den Boden gelegt und einen Teil ihres Bluts in einem Glasbecher aufgefangen. Der Becher wurde auf dem Wohnzimmertisch gefunden, zusammen mit einem altmodischen Füller – einem, den man noch mit Tinte aufziehen muss. Weder auf dem Füller noch auf dem Becher befanden sich Fingerabdrücke. Wir gehen davon aus, dass der Mörder im Wohnzimmer seine Zettel schrieb. Da es außer im Badezimmer und im Schlafzimmer aber nirgends Blutspuren auf dem

Boden gibt, hat der Mörder während der Tat wahrscheinlich Schutzkleidung getragen. Bevor er sich ans Schreiben machte, hat er die dann abgelegt.« Friedkin räusperte sich. »Was denken Sie? Hat das der Kerl getan, den Sie suchen?«

Emilia nickte nachdenklich. »Es sieht ganz so aus«, antwortete sie. »Unser Mörder sucht sich immer Ehepaare in alleinstehenden Bauernhäusern als Opfer aus. Die Leichen liegen jedes Mal nebeneinander im Badezimmer, mit mehreren Stichverletzungen und aufgeschlitztem Hals. Überall sind Zettel mit dem Blut der Opfer an die Wände gepinnt. Darauf stehen Zitate aus Dantes *Inferno*. Und der Mörder achtet immer darauf, keine Blutspuren im Rest des Hauses zu hinterlassen.« Emilia seufzte. »Allerdings gibt es zwei Dinge, die hier anders sind als in den vorangegangenen Fällen«, sagte sie. »Zum einen der Zeitpunkt. Bisher haben zwischen den Taten immer mindestens ein oder zwei Jahre gelegen. Diesmal sind es nur knappe fünf Wochen. Und bis jetzt hat der Mörder seinen Opfern auch keine Waffen in die Hände gelegt.«

Die Fotos der Spurensicherung hatten jeweils ein Messer in Gertrud und Helmut Wagingers Faust gezeigt. Was bezweckte der Täter damit? Wollte er den Eindruck erwecken, dass das Ehepaar sich gegenseitig umgebracht hatte? Wohl kaum! Er hatte schon mehrere Morde begangen, ohne den kleinsten Hinweis auf seine Identität preiszugeben. Er war ein verdammt schlauer Fuchs. Hätte er es wie einen eskalierten Ehestreit aussehen lassen wollen, hätte er es viel raffinierter angestellt.

Aber welchen Zweck verfolgte er dann?

Emilia knetete mit Daumen und Zeigefinger ihr Kinn. Im Moment fand sie auf diese Frage noch keine sinnvolle Antwort, aber sie war sicher, dass es eine gab. Die Bluttat war

Dantes Werk, nicht das eines Nachahmungstäters. Irgendetwas wollte er ihr mit den Messern in den Fäusten der Toten sagen.

Vier Überfälle mit jeweils zwei Toten und drastisch kleiner werdenden Zeitabständen. Wenn wir den Kerl nicht stoppen, wird es bald noch mehr Opfer geben.

»Ich würde gerne mit Ihnen aufs Revier kommen und die sichergestellten Beweisstücke sehen«, sagte Emilia.

Friedkin nickte. »Ich fahre voraus. Folgen Sie mir einfach zur Zentrale.« Für den Fall, dass sie sich unterwegs verloren, nannte er ihr die Adresse.

Sie gingen nach draußen. Endlich konnte Emilia wieder frei atmen. Im Vergleich zu dem Blutgestank im Haus war der Geruch nach Kuhmist die reinste Wohltat.

Als sie zu ihrem Wagen kam, lag etwas auf ihrer Motorhaube: ein kleines Päckchen, in Geschenkpapier eingewickelt, rosarot, mit Herzchen darauf – beinahe wie eine kitschige Liebeserklärung. Auf dem aufgeklebten Kärtchen stand nur: Für E. Das Päckchen war eindeutig für sie bestimmt.

Sonderbar!

Wer wusste überhaupt, dass sie heute hier war? Ihre Kollegen in Lyon natürlich, aber von denen war es bestimmt keiner gewesen.

Vielleicht Mikka? Eigentlich konnte das Päckchen von niemand anderem sein. Sie hatte ihm gestern Abend am Telefon von diesem Fall erzählt, auch davon, dass sie heute nach Simmerath fahren würde, um sich mit eigenen Augen ein Bild vom Tatort zu machen. Mikka musste jemanden mit der Lieferung des Päckchens beauftragt haben.

Ein Lächeln legte sich auf Emilias Gesicht. Das sah ihm ähnlich! Immer wenn sie es am wenigsten erwartete, überraschte er sie mit kleinen Geschenken, einem unerwarteten

Anruf, ein paar netten Worten oder einer anderen liebevollen Geste.

Vorsichtig löste sie den Tesafilm vom Herzchenpapier und öffnete den kleinen, neutralen Karton, der sich darin befand. Er enthielt eine mehrmals gefaltete, weiße Plastiktüte, die mit einem Schnellklipser verschlossen worden war – nicht besonders stilvoll, aber Emilia konnte Mikka dafür nicht böse sein. Mit allem anderen hatte er sich so viel Mühe gegeben! Neugierig öffnete sie die Tüte.

Und spürte, wie ihr das blanke Entsetzen eiskalt über den Rücken strich.

In der Tüte befand sich ein abgeschnittenes menschliches Ohr.

3

Im Schutz der Bäume beobachtete Avram Kuyper durch sein Fernglas die Villa, die sich am Fuß des Steilhangs unter ihm befand. Das Moos, auf dem er lag, war weich und trocken. Die anhaltende Hitze der letzten Wochen hatte alles ausgedörrt, selbst hier oben, in den auslaufenden Bergen des Schweizer Juras, rund dreißig Kilometer südlich von Basel. Myriaden von Mücken taumelten durch die Streifen aus Licht und Schatten, die die Sonne durch die Baumwipfel in den Wald warf. Grillen zirpten. Vögel zwitscherten. Irgendwo über Avram klopfte ein Specht sein Stakkato in die Ferne.

Dieses Fleckchen Erde hätte das reinste Paradies sein können. Ein Ort des Friedens, der Ruhe und der inneren Einkehr. Aber die Villa, die Avram beobachtete, war das genaue Gegenteil davon. Hinter ihren frischgestrichenen weißen Mauern verbargen sich das Leid und die Angst eines siebzehnjährigen Mädchens – Sina Hobmüller. Sie war dort unten gefangen, seit über einem Jahr.

Avram ließ das Fernglas sinken und wischte sich mit dem Handrücken den Schweiß von der Stirn. Hier oben wehte kein Lüftchen. Er fühlte sich halb verdurstet.

Der einfachste Weg zu Alberto Pineros exklusivem Anwesen führte über die Straße von Graichling, dem nächstgelegenen Dorf, das etwa zwei Kilometer weiter hangabwärts lag. Doch zu dieser Seite hin ließ Pinero sein komplettes Anwesen videoüberwachen, nicht nur die Straße, sondern auch die fünfzig Ar Wald. Mindestens dreißig Kameras waren dort versteckt. Avram hielt es für ausgeschlossen, sich der Villa unbemerkt von unten nähern zu können.

Deshalb hatte er den Weg über die Berge gewählt. Sein Wagen stand auf der anderen Seite der mächtigen Felsformation auf einem Waldparkplatz – in Luftlinie höchstens einen Kilometer entfernt. Dennoch hatte Avram in dem schwierigen, von Klüften und dichter Vegetation durchsetzten Gelände über drei Stunden gebraucht, um hierher zu gelangen.

Aber die Anstrengung hatte sich gelohnt. Hier oben gab es keine Überwachungskameras, ebenso wenig wie im hinteren Teil des Anwesens, das sich bis zu der Steilwand erstreckte, auf der Avram lag. Aus dieser Richtung schien Alberto Pinero keine Gefahr zu befürchten.

Sehr viele Feinde hatte er wohl auch nicht mehr, dafür war er schon zu lange aus dem Geschäft. Als ehemaliger Geldeintreiber des spanischen Vargas-Clans hatte er seine aktive Phase in den 1980er und 1990er Jahren gehabt. Mittlerweile lebte er seit fast zwanzig Jahren zurückgezogen im Schweizer Kanton Solothurn, beinahe wie ein Eremit.

Aber eben nur beinahe. Aus irgendeinem Grund hatte er vor vierzehn Monaten die Tochter des Schweizer Großindustriellen Franz Hobmüller entführt.

Das Mädchen, ein Scheidungskind und damals sechzehn Jahre alt, hatte übers Wochenende seine Mutter in Zürich besuchen wollen. Dort aber war sie nie angekommen. Die besorgten Eltern hatten zunächst vermutet, dass Sina irgendwo unterwegs aus dem Zug gestiegen und ausgebüxt war, weil sie schon immer einen Sinn für Abenteuer gehabt hatte und – ihrem Alter entsprechend – einen großen Freiheitsdrang verspürte. Doch als sie am Montag immer noch wie vom Erdboden verschluckt war, hatten die Eltern sich Sorgen gemacht. Die Vermisstenanzeige bei der Polizei war ergebnislos geblieben. Von Sina Hobmüller fehlte wochenlang jede Spur. Dann, etwa einen Monat später, ging bei ihrem Vater ein Brief ein. Ohne Absender, abgestempelt in einem Postamt im Baseler Vorort Inzlingen. Es waren nur zwei Zeilen:

> *Hören Sie auf, nach Ihrer Tochter zu suchen.*
> *Ich lasse sie nicht mehr zu Ihnen zurück.*

Keine Lösegeldforderung und kein Hoffnungsschimmer. Nichts als die Feststellung, dass das Mädchen für immer verschwunden bleiben würde.

Natürlich hatte Franz Hobmüller alle Hebel in Bewegung gesetzt, um seine Tochter aufzuspüren – ohne Erfolg. Die Polizei fand Sinas Fahrrad in Aarau, etwa vierzig Kilometer von Basel entfernt, aber dort konnte sich niemand an sie erinnern. Es war, als habe sie sich in Luft aufgelöst.

Irgendwann legte die Polizei den ungeklärten Fall beiseite, um sich anderen Dingen zuzuwenden, die ebenfalls ihrer Aufmerksamkeit bedurften. In seiner Verzweiflung engagierte Franz Hobmüller ein paar Detektive, die weiter nach seiner Tochter suchen sollten. Doch Sina Hobmüller blieb verschollen. Mehr als ein Jahr lang.

Schließlich hatte einer dieser Detektive, ein Mann namens Leopold Högler, aber doch noch Glück, als er dem Hinweis einer Bäckerin aus Graichling folgte. Sie hatte ein Mädchen, auf das die Vermisstenanzeige passte, in einem schwarzen Geländewagen gesehen und sich das Nummernschild aufgeschrieben. Auf diese Weise fand Högler heraus, wo Sina Hobmüller gefangen gehalten wurde.

Das war der Zeitpunkt, an dem Avram ins Spiel kam. Bei dem Treffen vor drei Tagen in Basel hatte Franz Hobmüller deutlich gemacht, dass er kein Mann war, der seinen Feinden verzieh. Alberto Pinero hatte ihm die Tochter geraubt. Er hatte ihn leiden lassen, monatelang, ihm seelische Schmerzen zugefügt wie noch niemand zuvor. Dafür sollte das Schwein mit allen seinen Helfern sterben ...

Avrams Handy vibrierte. Er zog es aus der Tasche, um nachzusehen – vielleicht wollte Franz Hobmüller ihm letzte Anweisungen erteilen. Manche seiner Auftraggeber wollten Fotos der Opfer als Beweis dafür, dass er sie tatsächlich getötet hatte. Manche verlangten Körperteile. Avram hatte in dieser Hinsicht schon beinahe alles erlebt.

Aber die eingegangene E-Mail stammte von jemandem, den er nicht kannte. Er las:

Mein Angebot: 500 000 EUR für einen Mord im Ruhrgebiet. Vorausgesetzt, es klappt in den nächsten zwei Tagen. Interesse?
L. Riveg

Eine sonderbare Art der Kontaktaufnahme. Und eine sonderbare E-Mail. Noch dazu eine enorme Summe Geld, wesentlich mehr als üblich. Das machte ihn skeptisch. Niemand bezahlte mehr, als er unbedingt musste.

Wer war dieser Riveg? Avram hatte den Namen noch nie gehört. Später würde er ein paar Nachforschungen über ihn anstellen. Im Moment war der Zeitpunkt ungünstig.

Er drückte auf »Antworten« und tippte ein: *Wo ist der Haken?* Dann steckte er das Handy weg, um sich wieder auf Alberto Pinero zu konzentrieren. Flach auf dem Boden liegend, robbte er ein Stück weiter unter dem Unterholz hervor, bis er den nackten Fels erreichte. Unmittelbar vor ihm führte die Steilwand zwanzig Meter senkrecht in die Tiefe.

Erneut blickte er durch das Fernglas. Pineros Villa passte eigentlich gar nicht ins Bild. Sie war nicht im typischen alpenländischen Stil errichtet worden, sondern als spanische Finca. Auf einer in den Wald geschlagenen Lichtung stand das Haupthaus, das über einen überdachten Freigang mit einem kleinen Turm verbunden war. Terracottafarbene Ziegel bedeckten die Dachflächen. Mittelpunkt der zwischen Haus und Turm liegenden Terrasse war ein großzügiger Swimmingpool.

Von seiner Warte aus konnte Avram Alberto Pinero nirgends entdecken, Sina Hobmüller ebenso wenig. Aber einer von Pineros Bodyguards saß im Schatten des Turms auf einem Teakholzstuhl, eine Zeitschrift in der Hand, auf dem Tisch neben sich ein kühles Getränk. Er trug ein schwarzes T-Shirt, dunkle Baumwollhosen und schwarze Lackschuhe. Um es sich bequemer zu machen, hatte er sein Schulterholster auf dem Tisch abgelegt.

Durchs Fernglas beobachtete Avram ihn genau. Der Mann war sichtlich entspannt. Ab und zu blätterte er eine Seite um, nach einer Weile nippte er an seinem Getränk und steckte sich eine Zigarette an.

Er rechnet nicht mit einem Angriff. Ihn auszuschalten wird keine Schwierigkeiten bereiten.

Allerdings gab es nach Avrams Informationen immer zwei Bodyguards auf dem Anwesen. Wenn er den am Pool eliminierte, würde er den anderen dadurch womöglich warnen. Das konnte die gesamte Mission gefährden.

Nein, er würde warten müssen. Das Überraschungsmoment war ein entscheidender Erfolgsfaktor.

Also zwang Avram sich zur Geduld. Er durfte sich heute

keinen Fehler erlauben. Seit im letzten Sommer sein Sohn getötet worden war, hatte er sich mehr oder weniger zurückgezogen – sich auf das Nötigste beschränkt. Nicht nur, weil die Polizei nach ihm fahndete, sondern vor allem, weil er sich wie gelähmt gefühlt hatte.

In all den Monaten hatte er nur einen einzigen Auftrag angenommen, den von Jekaterina Worodin, für die er in Amsterdam ein Attentat auf ihren Mann verüben sollte. Aber der Anschlag war völlig schiefgelaufen, und obwohl Avram keine Schuld daran traf, hatte sich das in der Branche herumgesprochen. Wer einen Profikiller benötigte, suchte jemanden, der schnell und zuverlässig seine Arbeit erledigte, niemanden mit psychischen Problemen.

Deshalb erhielt Avram nur noch sporadisch Aufträge. Anfangs hatte ihm das nicht einmal etwas ausgemacht, weil er viel zu sehr mit sich und der Trauer um seinen Sohn beschäftigt gewesen war. Erst nachdem er dafür gesorgt hatte, dass Claus Thalinger, dieses perverse Dreckschwein, seine gerechte Strafe erhielt, hatte er wieder in sein altes Leben zurückkehren können.

Die Befreiung Sina Hobmüllers war sein erster Auftrag seit vergangenem November. Rutger Bjorndahl, sein langjähriger Freund und Informant, hatte von der Sache gehört und Avram bei Franz Hobmüller ins Spiel gebracht. Da Hobmüller seine Vorgeschichte nicht kannte und Avram einen vergleichsweise niedrigen Preis verlangte, war es schließlich zu dem Auftrag gekommen.

Avram wollte ihn nicht verpatzen.

4

Auf der Fahrt nach Aachen ließ Emilia das abgeschnittene Ohr keine Ruhe. Eigentlich war sie nach Simmerath gekommen, um die Ermittlungen im Dante-Fall voranzutreiben, aber momentan fühlte sie sich außerstande, sich darauf zu konzentrieren. Wer hatte ihr das Päckchen auf die Motorhaube gelegt? Hauptkommissar Friedkin und sie waren höchstens fünfzehn Minuten im Wohnhaus der Eheleute Waginger gewesen. In dieser kurzen Zeit hatte jemand sein makabres Geschenk auf ihrem Auto deponiert.

Was sollte das bedeuten?

Zwar fehlte ein richtiges Begleitschreiben, aber das aufgeklebte Kärtchen mit der Aufschrift »Für E.« war deutlich genug. Das Päckchen war für Emilia bestimmt. Daran gab es keinen Zweifel.

Genau das machte die Lieferung so gruselig.

Abgesehen von Mikka, den Kollegen bei Interpol und ein paar Beamten bei der Aachener Kripo hatte Emilia niemandem gesagt, dass sie heute hier sein würde. Doch der Zusteller des Päckchens wusste entweder genauestens über ihre Tagesplanung Bescheid, oder er hatte sie so lange verfolgt, bis sich eine günstige Gelegenheit ergab, die Lieferung loszuwerden. Beide Varianten waren gleichermaßen beunruhigend.

Emilia hatte mit Hauptkommissar Friedkin den Hof abgesucht, aber keinerlei Hinweise auf den ominösen Zusteller gefunden. Deshalb hatten sie beschlossen, das Päckchen nach Aachen mitzunehmen, um es dort untersuchen zu lassen. Die Kollegen von der Spurensicherung würden den Wagingerhof später noch einmal genau überprüfen.

In Aachen statteten sie zunächst der Pathologie des Universitätsklinikums einen Besuch ab.

»Wurden die Eheleute Waginger auch hierhergebracht?«, fragte Emilia, als sie den Parkplatz überquerten und den gewaltigen, futuristischen Gebäudekomplex betraten. Von außen wirkte er mit seinen unzähligen Türmen wie eine moderne Festungsanlage. Innen beherrschten Stahlskelettelemente und sichtbare Leitungsführungen unter der Decke die Optik. Die ganze Konstruktion wirkte wie aus einem Science-Fiction-Film.

Friedkin schüttelte den Kopf. »Die beiden Leichen liegen in Köln, weil es nur dort eine rechtsmedizinische Abteilung gibt«, sagte er. »Strenggenommen müssten wir das Amputat auch dorthin bringen. Aber für die Hin- und Rückfahrt gehen jedes Mal zwei Stunden drauf. Deshalb sind wir mit der Staatsanwaltschaft übereingekommen, kleinere Untersuchungen hier in Aachen durchführen zu lassen.«

Emilia nickte. Wer das Amputat untersuchte, spielte für sie keine Rolle. Wichtig war nur, dass etwaige Spuren zuverlässig sichergestellt wurden.

Friedkin ging voraus und führte sie durch den Eingangsbereich des Klinikums zu den Aufzügen. Emilia folgte ihm mit einer Tragetasche aus ihrem Handschuhfach. Darin befand sich das unheimliche Päckchen.

»Wir können hier nur das Ohr untersuchen lassen«, erklärte Friedkin im Aufzug. »Das Geschenkpapier und das andere Drumherum bringen wir gleich anschließend ins Polizeilabor. Vielleicht gibt es Fingerabdrücke, Haare, Hautpartikel oder andere Hinweise, die uns zum Täter führen.«

Sie betraten einen langen, mit Neonlicht beschienenen Flur, in dem es scharf nach Desinfektionsmittel roch.

»Dort vorne ist es«, sagte Friedkin. Er deutete auf eine Milchglastür am Ende des Gangs. »Ich habe uns schon von unterwegs aus angekündigt. Wir werden erwartet.«

Der Chef der Universitätspathologie hieß Dr. Anselm Neuberger. Er war ein weißhaariger, schlanker Mann mit schulterlangem, glatt nach hinten gekämmtem Haar, dichtem Schnauzer und spitzem Kinnbart. Nachdem Hauptkommissar Friedkin Emilia und ihn miteinander bekanntgemacht hatte, widmete er sich sofort seiner Aufgabe.

Vorsichtig öffneten seine in dünnen Latexhandschuhen steckenden Hände das Päckchen und den Clipverschluss an der Plastiktüte. Mit einer Pinzette fischte er das Amputat heraus, um es im Schein einer Laborlampe von allen Seiten zu begutachten, eingehend und hochkonzentriert. Anschließend legte er es mit der Wunde nach oben in eine Edelstahlschale und betrachtete es mit einem Vergrößerungsglas.

»Das Ohr wurde mit einer scharfen, glatten Klinge abgetrennt«, stellte er fest. »Darauf lassen die Wundränder eindeutig schließen. Vielleicht ein Filetiermesser, ein Skalpell oder eine Rasierklinge. Es waren nur ein oder zwei saubere Schnitte. Das Opfer scheint sich nicht dagegen gewehrt zu haben. Möglicherweise war es zu diesem Zeitpunkt bereits tot oder ohnmächtig, vielleicht auch narkotisiert. Ich werde das Gewebe auf Spuren von Betäubungsmitteln überprüfen. Das dauert aber eine Weile.« Er hielt inne, blinzelte mit den Augen und schaute dann wieder durchs Vergrößerungsglas. »Falls das Opfer schon tot war, dann jedenfalls noch nicht lange. Das Gewebe ist gut erhalten und kaum ausgetrocknet. Insektenbefall ist nicht zu erkennen.«

»Was denken Sie, wann das Ohr abgetrennt wurde?«

»Vermutlich heute. Möglicherweise auch schon gestern, wenn es zwischenzeitig gekühlt wurde und gut verpackt war. Aber keinesfalls vorher.«

Emilia nickte. Ein kalter Schauder lief ihr über den Rücken. »Was können Sie uns noch über das Opfer sagen?«, fragte sie.

Dr. Neuberger drehte das Ohr mit seiner Pinzette auf die andere Seite. »Die Oberflächenstruktur der Haut ist gleichmäßig und glatt. Kaum Falten, keine Verfärbungen oder Hautverformungen. Das lässt darauf schließen, dass das Opfer noch jung ist. Ich tippe auf ein Kind im Teenageralter, vermutlich ein Mädchen, wegen des Ohrlochs. Nach der Blutuntersuchung kann ich es genauer sagen.« Er rückte die Laborlampe in eine andere Position, um besser sehen zu können. »Am Ansatz der Ohrmuschel sind ein paar Härchen zu erkennen. Ich werde sie im Lauf des Tages mit unserer Datenbank abgleichen. Im Augenblick gehe ich von brünett oder dunkelblond aus.«

»Sonst noch etwas, Dr. Neuberger?«, fragte Hauptkommissar Friedkin.

Der Pathologe drehte das Ohr noch einmal auf die Rückseite, schüttelte dann aber den Kopf. »Im Moment ist das alles«, sagte er. »Ich rufe Sie an, sobald ich mehr weiß.«

5

Der zweite Bodyguard tauchte am Pool von Alberto Pineros Alpen-Finca auf.

Endlich!

Auf dem Steilhang liegend, beobachtete Avram durchs Fernglas, wie der Mann aus dem Haupthaus kam, die Terrasse überquerte und sich zu seinem Kollegen in den Schatten des kleinen Turms setzte, der an den überdachten Freigang angrenzte. Er nippte an dem Getränk, das er bei sich hatte, und begann mit dem anderen eine Unterhaltung. Worüber sie sprachen, konnte Avram natürlich nicht hören, dafür waren sie zu weit entfernt. Aber das spielte auch keine Rolle. Wichtig war nur, wie er die beiden ausschalten konnte, um unbemerkt ins Haus zu gelangen.

Von hier oben konnte er die Männer nicht erschießen. Bei freier Sicht wäre das zwar möglich gewesen, denn die Entfernung betrug höchstens zweihundert Meter. Aber zwischen dem Felsplateau und der Villa standen zu viele Bäume. Er musste die beiden Schüsse schnell und präzise anbringen. Jeder im Weg hängende Zweig konnte die Kugeln ablenken.

Nein, er würde die beiden Männer aus der Nähe erschießen müssen.

Vorsichtig robbte er zurück, bis das Gebüsch am Waldrand ihm Sichtschutz gab. Dann richtete er sich auf und ging zu seinem Rucksack, der nur ein paar Meter weiter am Stamm einer mächtigen Kiefer lehnte. Mit wenigen Griffen bereitete er seine Kletterausrüstung vor – das Gurtzeug, die

Karabinerhaken, die Abseilsicherung und so weiter. Anschließend befestigte er das Seil an dem Baumstamm und warf es über den Klippenrand.

Jetzt noch die Waffen.

Seine Glock 22 saß fest im Schulterholster. Das Jagdmesser steckte gesichert in der Lederscheide an seinem Gürtel. Beides würde beim Klettern nicht herausfallen und ihn auch nicht behindern. Das Scharfschützengewehr, das neben dem Rucksack lehnte, hängte Avram sich quer über den Rücken, den Lauf nach unten, so dass er es notfalls mit einem einzigen Griff über die Schulter in Anschlag bringen konnte. So präpariert, ließ er sich über die Kante der Steilwand ab.

Schon nach wenigen Sekunden hatte er wieder festen Boden unter den Füßen. Er klinkte sich aus dem Gurtzeug aus und ging in die Hocke. Sein Blick richtete sich auf die Villa. Irgendwo zwischen den Baumstämmen erkannte er die Umrisse der beiden Bodyguards auf der Terrasse. Von der Abseilaktion am Felshang hatten sie offenbar nichts mitbekommen. Avram griff nach seinem Gewehr und machte sich auf den Weg zum Haus.

Er wählte nicht den direkten Weg, weil es im Wald zu viel trockenes Unterholz gab, das beim Anschleichen verräterisch knacken konnte. Deshalb näherte er sich der Villa in einem weiten Bogen über einen schmalen Pfad, den Alberto Pinero wohl für seine Spaziergänge hinter dem Haus hatte anlegen lassen. An einer Stelle befand sich sogar eine kleine Bank. Dieser Ort hätte ein wahres Idyll sein können.

Für Sina Hobmüller war er nichts weiter als ein Gefängnis.

Mit dem Gewehr im Anschlag eilte Avram zum Haus. Sein geübter Blick verriet ihm, dass es auch hier keine Überwachungskameras gab. Den Rücken an die Fassade gepresst, pirschte er sich zur Terrasse heran. Dort ging er in die Hocke, um sich hinter der steinernen Brüstung in Position zu begeben. Auf einem Bein kniend, schob er den Lauf seiner Waffe zwischen zwei Pfeilern hindurch. Den Schalldämpfer hatte er bereits auf dem Felsplateau aufgeschraubt.

Zwei Schüsse ploppten in kurzer Folge. Der erste Bodyguard wurde nach hinten gerissen und blieb aufrecht in seinem Stuhl sitzen, der zweite versuchte zwar noch, seine Pistole zu ziehen, war aber viel zu langsam. Die Wucht der Kugel ließ ihn eine halbe Pirouette vollführen, dann sank er auf die Knie und kippte wie ein Sack Mehl nach vorne um.

Das Ganze hatte kaum eine Sekunde gedauert.

Ein schlechtes Gewissen hatte Avram den beiden Männern gegenüber nicht. Sie halfen Pinero seit vierzehn Monaten, ein unschuldiges Kind gefangen zu halten. Sie waren Abschaum, genau wie ihr Boss.

Avram verharrte noch einen Moment in seiner Position, um sicherzugehen, dass die Bodyguards sich wirklich nicht mehr rührten. Außerdem wollte er abwarten, ob der Überfall womöglich von anderer Seite bemerkt worden war. Aber alles blieb ruhig.

In gebückter Haltung schlich Avram zum Ende der Brüstung. Dort schulterte er sein Gewehr und griff zur Pistole, die sich besser eignete, falls er schnell reagieren und schießen musste. Mit entsicherter Waffe eilte er am Pool entlang über die Terrasse. Die beiden toten Bodyguards beachtete er nicht mehr.

Zuerst nahm Avram sich den Turm vor. Die Tür war nicht abgeschlossen, so dass er ungehindert eintreten konnte. Der Grundriss maß etwa fünf auf fünf Meter. Ebenerdig bestand der Turm nur aus einem einzigen Raum. Darin standen ein paar Schränke und Vitrinen. Eine geländerlose Treppe führte nach oben, wo sich eine Art Atelier befand. Der Duft von Ölfarbe und Terpentin lag in der Luft. An den Wänden lehnten diverse Gemälde, die meisten davon noch unfertig. Unter dem Fenster an der gegenüberliegenden Wand stand ein kleines, rotes Sofa. Dieses Sofa fand sich auch auf der Leinwand wieder, die in der Staffelei neben dem Treppenaufgang eingespannt war. Das Bild zeigte außerdem ein junges Mädchen, etwa siebzehn Jahre alt, schlafend auf den roten Polstern liegend, nackt, wie Gott sie geschaffen hatte.

Sina Hobmüller.

Avram kam beinahe die Galle hoch. Er wollte sich gar nicht vorstellen, wozu Alberto Pinero sie noch gezwungen hatte. Aber zumindest bewies das Bild, dass er hier grundsätzlich richtig war. Jetzt musste er Sina nur noch finden.

Er ging die Treppe hinab, diesmal bis nach ganz unten. Dort stieß er auf eine verschlossene Tür. Vorsichtig klopfte er daran. Keine Reaktion.

»Sina? Sind Sie da drin? Ich bin hier, um Sie nach Hause zu bringen!«

Hinter der Tür regte sich nichts.

Avram ging wieder hinauf zur Terrasse. Die beiden Bodyguards lagen unverändert neben dem Pool auf dem Boden, mit leeren Augen und starren Gesichtern. Der schnelle Tod war viel zu gut für sie gewesen.

Sina Hobmüller musste sich im Haupthaus befinden. Die Pistole im Anschlag, eilte Avram über den Freigang durch die offene Terrassentür ins Innere der Finca. Hier war es deutlich kühler als draußen. Irgendwo summte eine Klimaanlage, und ein Deckenventilator wälzte die Luft um – eine angenehme Abwechslung zur Bruthitze, die draußen herrschte.

Der Wohnbereich war ein weitläufiger Raum mit modernen Möbeln in nüchternem Weiß – eine Ledercouch, ein paar

Ledersessel, Hochglanzschränke und ein dazu passendes Sideboard, auf dem ein riesiger Plasmafernseher thronte. Anstelle eines Tisches stand in der Mitte der Sitzgruppe ein kreisrunder Kamin mit einem futuristischen, kegelförmigen Rauchabzug. Die Wanddekoration bestand aus anzüglichen Bildern, hier und da standen ein paar Fruchtbarkeitsskulpturen herum.

Der Wohnbereich ging über in eine elegante Bar mit Marmortresen und einer Spiegelwand, an der sich Dutzende von Spirituosenflaschen und noch viel mehr Gläser reihten. Alberto Pinero schien gerne Gäste zu empfangen.

Avram durchquerte den Raum und fand sich auf einer großzügigen Empore wieder, von wo aus eine geschwungene Treppe nach unten führte. Dort befand sich der Eingangsbereich, weil die Frontfassade hangabwärts zeigte. Durch die großen Glaselemente, die die Haustür umrahmten, erkannte Avram zwei Autos auf dem Parkplatz vor der Finca – einen schwarzen, bulligen Jeep Grand Cherokee und einen dunkelblauen Porsche Panamera. Alberto Pinero hatte Geschmack – und das nötige Geld dafür.

Vorerst blieb Avram auf der Empore. Nach ein paar Schritten erreichte er die Küche und warf mit vorgehaltener Pistole einen Blick hinein, aber sie war leer.

Avram schlich weiter. Die Empore mündete in einen mit zahlreichen Schwarzweißfotografien ausgestatteten Flur. Von dort zweigten mehrere Zimmer ab. Drei nach links, drei nach rechts. Avram nahm sie sich nacheinander vor.

Zuerst kam das Bad, auf der gegenüberliegenden Seite eine separate Toilette. Daneben befanden sich eine Art begehbarer Kleiderschrank und eine Sauna.

Ganz am Ende des Flurs war Alberto Pineros Arbeitszimmer. Es stand offen und war vom Stil her ähnlich eingerichtet wie der Wohnbereich: Es gab einen weißen Schreibtisch, einen weißen Lackschrank mit Akten und Büchern und ein paar weiße Sideboards.

Pinero saß in seinem Drehstuhl am Schreibtisch, offenbar in eine Schreibarbeit vertieft. Seine Finger flogen geübt über die Computertastatur, sein Blick richtete sich über den Rand der Lesebrille hinweg auf den Monitor. Als Avram mit vorgehaltener Waffe das Zimmer betrat, zuckte Pinero zwar kurz zusammen, aber er hatte sich schnell wieder unter Kontrolle. Avrams Pistole schien ihn nicht übermäßig zu beeindrucken.

Er sah älter aus als auf den Bildern, die Franz Hobmüller Avram gegeben hatte. Zahlreiche Falten zerfurchten seine Stirn, die Haut an seinem Hals wirkte wie zerknittertes Papier. Das schlohweiße, schulterlange Haar hatte er nach hinten zu einem Pferdeschwanz zusammengebunden. Sein weißes Leinenhemd war bis zum Bauchnabel aufgeknöpft. Seine nackten Füße steckten in ledernen Flipflops. Mit der messingfarbenen John-Lennon-Brille auf der Habichtnase kam er Avram vor wie ein in die Jahre gekommener Hippie, ein Oldie der Flowerpower-Generation, der mit seiner Umwelt im Einklang lebte und keiner Fliege etwas zuleide tun konnte. Aber nach allem, was Avram über diesen Mann wusste, war er ein gefährlicher Irrer. Ein ehemaliger Geldeintreiber und Knochenbrecher für den Vargas-Clan. Und der Entführer von Sina Hobmüller.

Avram traute ihm nicht über den Weg.

»Wer sind Sie?«

Die Frage kam Pinero trotz seiner scheinbaren Gelassenheit nur gepresst über die Lippen. Gleichzeitig verriet sein Blick, dass er etwas im Schilde führte. Vielleicht lag in seiner Schreibtischschublade eine Waffe.

»Es spielt keine Rolle, wer ich bin«, sagte Avram. »Hände auf den Rücken.«

Der Spanier gehorchte widerstandslos. Avram trat hinter ihn und fesselte ihn mit den Kabelbindern, die er dabei hatte, so an den Stuhl, dass er sich nicht mehr davon lösen konnte. Dann schob er ihn in die Mitte des Raums, weit weg von jedem erdenklichen Waffenversteck, und positionierte sich so, dass Pinero genau zwischen ihm und der Tür saß. Er würde ihn als menschlichen Schutzschild benutzen, falls sich weitere Bodyguards im Haus aufhielten und auf den Überfall aufmerksam geworden waren.

Aber das schien nicht der Fall zu sein.

»Wo ist Sina Hobmüller?«, fragte Avram und drehte Pinero so auf seinem Stuhl, dass er sein Gesicht sehen konnte.

Der Spanier zog die Stirn kraus. »Sina Hobmüller? Wer soll das sein?«

Avram schlug ihm mit der geballten Faust gegen den Kiefer, hart und ansatzlos. Er hatte keine Lust auf Spiele. Aus seiner Westentasche zog er ein Foto und hielt es ihm hin. Es zeigte Pinero und Sina Hobmüller im Wald, beide nackt. Er lag auf ihr wie ein wildes Tier, das Gesicht zu einer Fratze verzogen. Sie hob abwehrend die Hände. Ihre Augen waren zusammengekniffen wie im Schmerz, ihr weit aufgerissener Mund schien einen stummen, verzweifelten Schrei auszustoßen.

Leopold Högler, der von Franz Hobmüller beauftragte Detektiv, hatte das Foto ganz in der Nähe geschossen, als er die Villa ausspioniert und Pinero mit seinem Opfer in flagranti ertappt hatte. Um dazwischenzugehen, hatte ihm wohl der Mut gefehlt. Aber zumindest hatte er das Foto geschossen, das bewies, was für ein perverses Schwein Pinero war.

Der betastete gerade mit der Zunge seinen Mundwinkel, aus dem ein dünner Blutfaden lief. Als er feststellte, dass alle Zähne sich noch an ihrem Platz befanden, verzogen sich seine Lippen zu einem höhnischen Lächeln. »Ach, Sie meinen *dieses* Mädchen«, sagte er. »Ich nenne sie nur *ricura* – mein Schätzchen. Ihren richtigen Namen kenne ich gar nicht. Sie ist zurzeit meine Geliebte.«

»Was Sie da im Wald mit ihr angestellt haben, sieht nicht nach Liebe aus«, erwiderte Avram. »Eher nach Vergewaltigung.«

Pinero zuckte leichthin mit den Schultern. »Guter Sex darf schon mal ein bisschen härter sein, finden Sie nicht?«

»Nur, wenn beide Seiten das wollen.«

»Ich versichere Ihnen, das Mädchen hat es genossen.«

Avram bedachte ihn mit einem kalten Blick. Es hatte keinen Sinn, sich auf eine Diskussion einzulassen. »Wo halten Sie Sina versteckt?«

Pineros Hohngrinsen wurde breiter. »Was hätte ich davon, wenn ich es Ihnen verrate?«

»Sie würden sich eine Menge Schmerzen ersparen. Sina ist seit vierzehn Monaten wie vom Erdboden verschwunden. Ihre Eltern sind vor Sorge fast umgekommen. Ihr Vater hat mich geschickt, um sie zu holen. Er will seine Tochter zurück, und es ist ihm völlig gleichgültig, wie ich das anstelle. Eine gebrochene Nase, eine Kugel ins Knie, ein paar abgeschnittene Finger. Sie allein entscheiden, wie viel Schmerz Sie ertragen können, bevor Sie mir verraten, was ich wissen will.«

Pinero machte keine Anstalten zu antworten.

Kurzentschlossen schoss Avram ihm in den Arm. Es war nur eine Fleischwunde, aber wenigstens wich dadurch das dämliche Grinsen aus Pineros Gesicht. Der Spanier zuckte zusammen und schrie auf: »Verdammtes Arschloch! Ich werde dir die Eier abschneiden und sie dir ins Maul stopfen, bis du daran erstickst!«

Avram schoss ihm auch noch in den anderen Arm. »Das ist nicht das, was ich hören wollte!«

Keuchend und schimpfend wand Pinero sich auf seinem Stuhl, aber die Fesseln verhinderten, dass er davon loskam.

»Falls Sie darauf hoffen, dass Ihre Männer kommen, um Ihnen zu helfen, muss ich Sie enttäuschen«, sagte Avram. »Die liegen auf der Terrasse und rühren sich nicht mehr.«

Etwas in Pineros Blick änderte sich. Offenbar begann er zu begreifen, dass er keine andere Wahl hatte, als zu kooperieren.

»Sie ist im Schlafzimmer«, presste er hervor. »Einen Stock tiefer.«

Avram verließ das Arbeitszimmer und eilte über die Treppe ins Untergeschoss. Für den Fall, dass dort wider Erwarten doch noch jemand auf ihn lauerte, behielt er seine Pistole im Anschlag, aber es gab keine bösen Überraschungen.

Er fand Sina Hobmüller in einem nach vorne gerichteten Zimmer unter dem Wohnbereich. Durch die zugezogenen Vorhänge fiel nur wenig Licht. Dennoch erkannte Avram einen großen Kleiderschrank, ein Bild an der Wand, zwei Nachttische und ein Doppelbett. Unter der zerknüllten Decke zeichnete sich ein menschlicher Körper ab, das Gesicht weggedreht, das braune Haar wild über das Kopfkissen verteilt. Eindeutig eine Frau.

Avram ging hin und berührte sie an der Schulter, aber sie zeigte keine Reaktion, auch nicht, als er sie rüttelte. Auf dem Nachttisch lagen ein paar kleine, durchsichtige Plastikbeutel. Zwei waren geöffnet, in den anderen steckten kleine, rötliche Pillen, vermutlich Ecstasy oder eine Variante davon.

Sina Hobmüller befand sich auf einem Trip.

Avram drehte sie zu sich und klopfte ihr auf die Wangen. Tatsächlich öffnete sie jetzt die Augen, aber ihr Blick verriet, dass sie noch weit davon entfernt war, ansprechbar zu sein.

Sie nuschelte etwas Unverständliches. Vermutlich sollte es so etwas wie »Wer sind Sie?« heißen.

»Ich bin hier, um Sie nach Hause zu bringen«, sagte Avram.

Um sicherzugehen, nicht doch noch aus einem Hinterhalt heraus angegriffen zu werden, ließ er Sina Hobmüller zunächst in ihrem Bett liegen. Weit würde sie in ihrem momentanen Zustand ohnehin nicht kommen, selbst wenn sie vorhätte, wegzulaufen.

Als er sich vergewissert hatte, dass auch hier unten keine Gefahr bestand, nahm er sich aus einem Kasten im Eingangsbereich den Schlüssel für den Geländewagen, der vor der Tür stand. Darin deponierte er sein Gewehr und seine Ausrüstung, bevor er Sina Hobmüller holte. Das Mädchen war schon wieder völlig weggetreten. Da sie sich sitzend kaum aufrecht halten konnte, legte er sie auf die Rückbank. Zu guter Letzt kehrte Avram noch einmal mit seiner Pistole ins Haus zurück, hinauf auf die Empore. Sein Auftrag lautete, Sina zu befreien und Alberto Pinero zu töten.

Genau das hatte er vor.

6

Nach dem Besuch in der Pathologie fuhr Emilia hinter Hauptkommissar Friedkin her zur Aachener Polizeizentrale, die sich im Norden der Stadt befand, unweit der A4. Der verschachtelte Gebäudekomplex war größer als das Interpol-Generalkonsulat in Lyon, wirkte mit den weißen Betonelementen und den braunen Verschalungen aber ziemlich angestaubt. Auf dem Parkplatz erzählte Friedkin, dass bereits mit dem Bau eines neuen Präsidiums begonnen worden sei, aber da die Arbeiten sich verzögerten, würde es bis zum Umzug noch ein paar Jahre dauern.

Im Gebäude führte er Emilia zuerst ins Labor der Spurensicherung. Dort bat er einen Kollegen, die Verpackung zu untersuchen, in dem sich das abgetrennte Ohr befunden hatte – den Karton, das Geschenkpapier, die aufgeklebte Karte und die Tüte. Vielleicht fanden sich darauf Hinweise auf den Täter.

Anschließend gingen sie in den dritten Stock, wo ein Teil der Kripo untergebracht war. Bei einer kurzfristig anberaumten Sitzung lernte Emilia zwei von Hauptkommissar Friedkins engsten Kollegen kennen. Alle anderen Mitglieder seines Ermittlungsteams waren unterwegs, um im Mordfall an den Eheleuten Waginger Zeugen zu befragen und anderen Spuren nachzugehen.

Die Besprechung fand in der Kaffee-Ecke statt, weil beide Sitzungsräume belegt waren und Friedkins Büro zu wenig Platz für vier Personen bot. Sie versorgten sich mit Getränken und setzten sich an einen etwas größeren Tisch, der durch ein Bambus-Arrangement vom Rest des Raums abgetrennt war. Emilia fand die Atmosphäre hier ausgesprochen angenehm.

»Ich möchte euch Agentin Ness von Interpol vorstellen«, sagte Friedkin mit Blick auf seine beiden Mitarbeiter. »Sie ist hier, weil der Verdacht besteht, dass die Morde auf dem Wagingerhof auf das Konto eines Serientäters gehen, der bereits seit 2009 sein Unwesen treibt. Bisher hat er in Italien, Holland und Frankreich zugeschlagen. Falls es sich bewahrheitet, dass er auch Helmut und Gertrud Waginger getötet hat, wäre das sein vierter Doppelmord in acht Jahren.« Er warf Emilia einen kurzen Blick zu, als wolle er sich vergewissern, ob er alles richtig wiedergegeben hatte.

Emilia nickte.

Danach berichtete er über den heutigen Besuch auf dem Wagingerhof und über den Geschenkkarton mit dem abgeschnittenen Ohr. Auch den Besuch in der Aachener Pathologie ließ er nicht aus. Als er damit fertig war, übergab er das Wort an seine rechte Hand, Kommissarin Behrendt, die frisch von der Polizeiakademie kam. Sie war Ende zwanzig, trug ihr langes blondes Haar zu einem Pferdeschwanz zusammengebunden und wirkte in ihrer zu groß geratenen Uniform ein wenig verloren. Aber in ihren Augen glühte unbezähmbarer Ehrgeiz. Mit ihr konnte man arbeiten.

Kommissarin Behrendt räusperte sich und schlug den Ordner auf, der vor ihr auf dem Tisch lag. »Die beiden Leichen wurden am Montagmorgen von Anton Vogler entdeckt«, berichtete sie. »Vogler hilft dreimal die Woche auf dem Wagingerhof. Laut seiner Aussage hat der Hund bei seiner Ankunft wie verrückt gebellt, aber da dachte er sich noch nichts dabei. Er nahm den Hund von der Kette und versorgte ihn. Anschließend ging er zum Haus. Als niemand die Tür öffnete, dachte er, dass die Hofbesitzer schon auf der Weide oder auf den Feldern seien. Aber dort hat er vergeblich nach ihnen gesucht, deshalb ist er wieder zum Hof zurück.« Die Kommissarin blätterte eine Seite um und fuhr fort: »Anton Vogler umrundete das Haus und klopfte an die Fenster. Im Schlafzimmer und im Bad waren die Rollläden noch unten. Das hat ihn gewundert, weil es in den zwanzig Jahren, in denen er schon auf dem Hof arbeitet, noch nie vorgekommen ist. Danach klingelte er noch mal an der Haustür, wieder ohne Reaktion. Das kam ihm dann doch irgendwie sonderbar vor. Er erinnerte sich daran, dass im Stall ein Ersatzschlüssel versteckt war. Den hat er nach kurzer Suche auch gefunden und damit die Haustür geöffnet.« Wieder blätterte die Beamtin eine Seite weiter. Ohne aufzuschauen, setzte sie ihren Bericht fort. »Das Erste, was Vogler im Haus auffiel, war der Geruch. Im Wohnzimmer hat er dann die Zettel an der Wand und das Glas mit dem Blut entdeckt. Er ahnte, dass etwas Schlimmes passiert sein musste. Deshalb wagte er einen Blick ins Schlafzimmer und ins Bad. Danach hat er gleich die Polizei verständigt.«

Emilia versuchte die ganze Zeit, sich auf den Fall zu konzentrieren, aber ihre Gedanken wanderten immer wieder zu dem abgeschnittenen Ohr. Das Amputat an sich schockierte sie wenig – ihr Beruf brachte es leider mit sich, dass sie immer wieder mit abstoßenden Anblicken konfrontiert wurde, und im Lauf der Zeit hatte sie sich ein dickes Fell zugelegt. Was sie in diesem Fall jedoch so beschäftigte, war die Art der Präsentation. Warum hatte der Täter das Ohr als Geschenk verpackt? Und warum hatte er es ausgerechnet an sie geschickt?

Diese Fragen kreisten unablässig in ihrem Kopf, weshalb

es ihr schwerfiel, dem Mord an den Eheleuten Waginger die gebotene Aufmerksamkeit zu schenken. Sie hoffte nur, dass die anderen es nicht bemerkten.

Kommissarin Behrendt beendete ihren Bericht und gab das Wort an Oberkommissar Mehzud Baikan weiter, einen düster dreinblickenden Mann, dessen schwarzer Bartansatz den Großteil seines Gesichts einnahm. Unter den buschigen Augenbrauen saßen zwei dunkle Rabenaugen. Die eingedrückte Nase und der kompakte, muskulöse Körperbau legten die Vermutung nahe, dass er sich gerne mit Boxen fit hielt.

»Ich leite den Einsatz des Spurensicherungsteams im Fall Waginger«, sagte Baikan mit finsterer Miene. Er hätte in jedem amerikanischen Krimi einen hervorragenden Terroristen abgegeben. »Wir sind mit unserer Arbeit auf dem Gehöft noch nicht fertig, weil Interpol ja darum gebeten hat, die Spurensuche zu unterbrechen, bis Sie den Tatort inspiziert haben. Die bisher sichergestellten Beweisstücke sind im Labor, aber angesichts der knappen Zeit konnten wir sie noch nicht vollständig untersuchen. Die beiden Leichen haben wir an die Rechtsmedizin nach Köln überführt. Der Obduktionsbericht von dort steht noch aus. Worauf ich hinauswill, ist, dass ich aus allen genannten Gründen heute nur eine sehr unvollständige Aussage zum Tathergang auf dem Wagingerhof treffen kann.«

Dennoch schob er jedem ein vorbereitetes Handout über den Tisch zu – rund zehn DIN-A4-Seiten mit Bildern und erklärendem Text, meistens in Form von Stichworten.

»Das ist ein Auszug aus meinen bisherigen Aufzeichnungen«, fuhr Baikan fort. »Auf Seite eins sehen Sie rechts neben der Eingangstür des Wohnhauses das Fenster der Gästetoilette. Dort hat der Mörder sich Zutritt zum Gebäude verschafft. Er brach das Fenster auf – vermutlich mit einem Stemmeisen – und kletterte ins Haus. Weder am Fenster noch am Sims befanden sich andere Fingerabdrücke als die der Eheleute Waginger oder ihres Helfers Anton Vogler. Der Mörder hat also Handschuhe getragen.«

»Gab es an der Außenfassade Spuren von Kleidungsfasern?«, fragte Emilia.

»Nein, aber auf dem Wohnzimmerstuhl«, antwortete Baikan. »Darauf komme ich gleich zu sprechen. Lassen Sie uns zuerst einen Blick auf die Skizze werfen, die zeigt, welchen Weg der Mörder im Haus eingeschlagen haben muss.«

Emilia betrachtete den abgedruckten Gebäudegrundriss in dem Handout. Dantes mutmaßliche Laufrichtung war mit Pfeilen eingezeichnet.

»Ausgehend von der Gästetoilette ist er über den Flur und das Wohnzimmer bis zum Schlafzimmer vorgedrungen«, sagte Baikan. »Dort hat er Helmut Waginger angegriffen und ihn vorerst im Bett liegen lassen. Danach ging er ins Bad, um Gertrud Waginger zu töten. Anschließend drapierte er die beiden Leichen nebeneinander auf dem Badezimmerboden, ganz akkurat, und fing ihr Blut in einem Glas auf, bevor er damit ins Wohnzimmer zurückkehrte und seine Botschaften auf die Zettel schrieb.« Baikan nippte an seinem Kaffeebecher, räusperte sich und fuhr fort: »Im Bad und im Schlafzimmer gibt es unzählige blutige Schuhabdrücke. Keiner davon ist so deutlich, dass man das Sohlenprofil erkennen könnte. Ich gehe davon aus, dass der Mörder Überstülper trug, wahrscheinlich sogar einen ganzen Schutzanzug. Wir schließen das daraus, dass im Rest des Hauses kein Tropfen Blut zu finden ist. Bei der Sauerei, die er im Bad angestellt hat, wäre das ohne Schutzkleidung nicht möglich gewesen.«

Emilia nickte stumm. Das Fehlen von Blutspuren außerhalb des unmittelbaren Tatorts war ein Charakteristikum der bisherigen Dante-Morde. Sobald der Kerl seine Opfer umgebracht hatte, legte er viel Wert auf Sauberkeit – vermutlich vor allem, weil er keine Spuren hinterlassen wollte.

»Da es außerhalb des Bads und des Schlafzimmers keine Fußabdrücke gibt, habe ich von dort keine Pfeile mehr in die Skizze eingezeichnet«, erklärte Baikan. »Aber der weitere Tathergang lässt sich ungefähr folgendermaßen rekonstruieren: Der Mörder ging vom Schlafzimmer zum Wohnzimmer, setzte sich dort an den Tisch und schrieb seine Zettel. Nachdem er sie an die Wände gepinnt hatte, verließ er das Haus wieder, entweder durch das Fenster der Gästetoilette, also auf dem Weg, den er gekommen war, oder durch die Haustür, was ich für wahrscheinlicher halte, weil das der einfachere Weg war. Was danach geschah, entzieht sich unserer Kenntnis. Wir gehen davon aus, dass er mit einem Auto auf dem Hof war, aber wir haben keinen konkreten Hinweis darauf gefunden. Es hat seit Wochen nicht geregnet. Die Erde ist hartgebacken wie Beton. Wir konnten keinerlei frische Reifenspuren finden.«

Baikan blätterte eine Seite seines Handouts um. Emilia und die anderen folgten seinem Beispiel.

»Nach der ersten Einschätzung des Rechtsmediziners wurden die Morde etwa um 23.00 Uhr in der Nacht von Samstag auf Sonntag verübt. Am Sonntag wurden die Eheleute Waginger offenbar von niemandem vermisst. Sie waren keine regelmäßigen Kirchgänger. Ihr gesellschaftliches Leben beschränkte sich nach unserem jetzigen Kenntnisstand mehr oder weniger auf die unmittelbare Verwandtschaft. Eigene Kinder hatten sie keine, aber eine Nichte und zwei Tanten, die sie mehrmals im Jahr besuchten. Die Nichte wohnt in Düren, die beiden Tanten in Rostock und Bremen.

Alle drei wurden bereits von den örtlichen Behörden über die Tat informiert. Sie sind bereit, eine Aussage zu machen, falls das erforderlich sein sollte.«

»War eine der drei Frauen in letzter Zeit auf dem Hof zu Besuch?«, fragte Emilia.

Baikan schüttelte den Kopf. »Die Nichte war zuletzt an Pfingsten hier, die beiden Tanten an Ostern. Deshalb halten wir ihre Aussage im Moment für unnötig. Wir haben uns nur die Fingerabdrücke besorgt, um sie mit denen im Haus zu vergleichen. Dadurch sind tatsächlich ein paar Abdrücke ausgeschieden. Wenn wir dann noch die von Anton Vogler und den Eheleuten Waginger eliminieren, bleiben genau sechs fremde übrig. Einen konnten wir einem Klempner aus Simmerath zuordnen, der vor kurzem den Küchenabfluss repariert hat – wir fanden eine Rechnung mit seinen Fingerabdrücken in den Unterlagen der Toten. Bleiben fünf, die im Moment ungeklärt sind. Der Polizeicomputer hat dazu nichts ausgespuckt. Allerdings bezweifle ich auch, dass sie uns zum Mörder führen würden, denn es befinden sich keinerlei Fingerabdrücke auf den Schreibutensilien, die im Wohnzimmer gefunden wurden – weder auf dem Füllfederhalter noch auf dem Glas mit dem Blut, das als Tintenfass diente. Auch nicht auf den bekritzelten Zetteln.«

Emilia bot an, die nicht identifizierten Fingerabdrücke von Interpol analysieren zu lassen, wenngleich sie sich ebenfalls nicht viel davon versprach. Dante hatte sich bislang keine Fehler erlaubt, da würde er einen so törichten wohl bestimmt nicht begehen. Aber man konnte nie wissen. Selbst die raffiniertesten Mörder übersahen irgendwann ein wichtiges Detail. Als Polizist musste man oft nur lange genug durchhalten.

»Das nächste Bild im Handout zeigt den Wohnzimmertisch mit dem Stuhl, auf dem Dante saß, während er schrieb«, sagte Baikan. »Eigentlich handelt es sich eher um einen Schemel. Die Sitzfläche besteht aus Weidengeflecht. Da der Schemel schon ziemlich alt ist, sind die Zweige an manchen Stellen gebrochen. Dort haben wir Baumwollfasern entdeckt. Sie stammen von einer Jogginghose, die aber zu keinem Kleidungsstück im Schrank der Wagingers passt. Auch Anton Vogler besitzt keine solche Hose. Die Fasern könnten also von unserem Mörder stammen.«

Emilia nickte nachdenklich. Bei den anderen Morden hatte Dante zwar keine Hinweise auf seine Kleidung hinterlassen, aber eine Jogginghose passte, wenn man das so sagen konnte, in sein psychologisches Profil. In seiner Akte stand, dass er beim Schreiben eine entspannte Atmosphäre bevorzugte.

»Die Zettel, auf denen der Mörder seine Notizen schrieb, hat er aus einem handelsüblichen Ringbuchblock gerissen«, berichtete Baikan weiter. »DIN A6, kariert, ohne Rand. Die Stecknadeln, mit denen er die Blätter an die Wände pinnte, kann man in jedem Supermarkt kaufen. Damit werden wir nicht weiterkommen. Der Füller weist allerdings eine Besonderheit auf: Er scheint schon älter zu sein, weil die Feder an manchen Stellen schmiert.«

Auch das war Emilia nicht neu. Dante hinterließ am Tatort jedes Mal einen alten Füller.

Dann folgte allerdings ein Punkt, mit dem sie nicht gerechnet hatte.

»Als Tinte verwendete der Täter fast ausschließlich das Blut von Gertrud Waginger. In dem Glas fanden sich nur geringe Spuren vom Blut ihres Mannes. Ich denke, der Mörder hat die Frau im Bad erstochen und ihr Blut in dem Glas aufgefangen. Da er davor jedoch schon ihren Mann umgebracht hatte, klebte etwas von dessen Blut an seiner Schutzkleidung. Auf diese Weise kam es zu der Vermischung. Nachdem er Gertrud Wagingers Blut in dem Glas gesammelt hatte, zerrte er ihren Mann ins Bad und legte die beiden Leichen nebeneinander. Was halten Sie von meiner Theorie, Agentin Ness?«

»Sie ist absolut schlüssig«, antwortete Emilia. »Ich frage mich allerdings, warum Dante diesmal nur das Blut eines Opfers als Tinte verwendete. Bei seinen bisherigen Doppelmorden hat er das Blut beider Opfer ungefähr zu gleichen Teilen miteinander vermischt, bevor er seine Zettel damit schrieb.«

Sie wurde aus der Tat auf dem Wagingerhof nicht so recht schlau, weil es deutliche Unterschiede im Vergleich zu denen in Arques, Benthem und Melazzo gab. Dante hatte den Abstand zwischen den Morden drastisch verkürzt. Er hatte den Toten Messer in die Hände gedrückt. Und jetzt noch das ungemischte Blut. Warum hatte er sein Verhalten geändert?

»Denken Sie, dass wir es mit dem Serientäter zu tun haben, den Sie jagen?«

Hauptkommissar Friedkins Frage holte Emilia aus ihren Gedanken. »Es gibt ein paar Punkte, über die ich mir erst noch klarwerden muss«, sagte sie. »Aber im Moment gehe ich davon aus, dass das unser Mann ist.«

Friedkin nickte. »Jetzt bin ich schon seit über dreißig Jahren bei der Polizei, aber ich hatte noch keinen einzigen Fall mit einem Serienmörder. Auch keinen, bei dem Interpol sich eingeschaltet hat. Vielleicht wäre es am besten, wenn Sie uns sagen, was Sie von uns erwarten.«

Emilia unterdrückte ein Lächeln. Erfreulich, dass die Aachener Kollegen ihrer Mitwirkung so offen gegenüberstanden. Oft genug hatte sie mit mehr oder weniger großer

Zurückhaltung zu kämpfen, weil die leitenden Beamten vor Ort ungern ihre Kompetenzen aus der Hand gaben.

»Wir sollten die restlichen Spuren in Simmerath möglichst schnell sichern und analysieren«, sagte Emilia mit Blick in die Runde. »Außerdem müssen wir versuchen herauszufinden, welche Verbindung es zwischen den Eheleuten Waginger und den anderen Mordopfern gibt. Woher kannte der Mörder sie? Warum hat er ausgerechnet sie getötet, nicht irgendein anderes Paar? Diese Fragen werden wir nur beantworten können, wenn wir so viel wie möglich über Gertrud und Helmut Waginger in Erfahrung bringen. Wo waren sie in den letzten Jahren im Urlaub? Welche Hobbys hatten sie? Waren sie Mitglieder in einem Verein oder in einer politischen Partei? In welchen Geschäften haben sie gerne eingekauft? Welche Internetseiten haben sie häufig besucht? Wir müssen ihre Kontobewegungen überprüfen und mit allen Personen sprechen, mit denen sie in letzter Zeit Kontakt hatten. Vielleicht ist jemandem aufgefallen, dass sie sich anders verhalten haben als sonst. Dass sie ängstlich wirkten oder verstört. Wenn wir in Simmerath nicht weiterkommen, können wir auch die Nichte und die beiden Tanten befragen. Hauptsache, wir bekommen Informationen. Alles, was wir zusammentragen, werde ich in die Interpol-Datenbank in Lyon einspeisen und es mit den vorangegangenen Fällen abgleichen. Mit etwas Glück kommen wir damit dem Täter auf die Schliche.«

7

Avram war mit Pineros Geländewagen zu dem Waldparkplatz gefahren, auf dem sein BMW stand. Dort hatte er Sina Hobmüller und das Gepäck umgeladen, weil er sichergehen wollte, dass er nicht verfolgt wurde. Falls wider Erwarten jemand den Überfall mitbekommen hatte, konnte er über GPS-Ortung den Standort des Geländewagens herausfinden. Das war Avram zu riskant.

Seit zehn Minuten fuhr er nun auf der A18 in Richtung Basel, genau nach Vorschrift. Er übertrat die zulässige Höchstgeschwindigkeit nicht, nutzte meistens die rechte Fahrspur, setzte den Blinker zum Überholen, scherte danach sofort wieder ein. Er wollte unter keinen Umständen auffallen, denn er wusste, dass er in arge Erklärungsnot käme, falls die Polizei ihn anhielt. Sina Hobmüller lag seit dem Wagenwechsel mit offenen Augen auf der Rückbank und brabbelte unentwegt vor sich hin. Das hätte bestimmt Verdacht erregt. Womöglich würden die Polizisten bei einer genaueren Untersuchung auch auf das Geheimfach im Kofferraum stoßen, in dem Avram sein Gewehr verstaut hatte. Und dann war da natürlich noch die Pistole, die im Moment gut kaschiert unter seinem Sakko im Schulterholster steckte.

Nein, eine Kontrolle barg zu viele Unwägbarkeiten. Dann hielt er sich lieber an die Verkehrsregeln. Um die Fahrzeit zu überbrücken, rief er Franz Hobmüller an. Er wollte ihm Entwarnung geben.

»Was ist mit meiner Tochter?« Über die Freisprechanlage

klang die Stimme seines Auftraggebers blechern. Dennoch konnte Avram darin auch die Aufregung heraushören. »Ist sie gesund?«

»Es geht ihr den Umständen entsprechend gut.«

»Kann ich mit ihr sprechen?«

»Nein, sie steht unter Drogen. Sie ist völlig weggetreten.«

»Diese verfluchte Drecksau!« Offenbar meinte er damit Alberto Pinero. »Haben Sie ihn getötet?«

»Wie vereinbart.«

»Wann werden Sie hier sein?«

Avram warf einen Blick auf die Uhr. »In etwa einer halben Stunde.«

Er beendete das Gespräch und überholte einen Laster. Hinter ihm regte sich Sina Hobmüller. »Wer ... ar ... as?«

Das sollte wohl »Wer war das?« heißen.

»Ihr Vater«, sagte Avram. »Er hat sich große Sorgen um Sie gemacht. Nicht mehr lange, und Sie sind wieder zu Hause.«

Plötzlich brauste sie auf – immer noch so undeutlich, dass man es nicht verstehen konnte, aber irgendetwas schien sie gewaltig aufzuregen.

»Sie brauchen keine Angst mehr zu haben«, sagte Avram, bemüht, seine Stimme möglichst sanft klingen zu lassen. »Ihnen wird nichts mehr geschehen, das verspreche ich. Sie sind jetzt in Sicherheit.«

Je länger er sprach, desto mehr beruhigte die junge Frau sich wieder. Schließlich sah er im Rückspiegel, wie ihr die Augenlider zufielen und ihr Kopf nach vorne kippte. Vielleicht war es besser so.

Trotz ihres labilen Zustands war Avram mit der Situation recht zufrieden. Nicht nur, dass er in einer halben Stunde um fünfzigtausend Euro reicher wäre, nein, er hatte obendrein auch noch das Gefühl, eine gute Tat vollbracht zu haben. Normalerweise ging es bei seinen Aufträgen immer nur darum, jemanden umzubringen. In diesem Fall war der Auftragsmord jedoch mit der Befreiung eines Mädchens verbunden, das über ein Jahr lang gefangen gehalten und von einem perversen, alten Widerling misshandelt worden war.

Alberto Pinero hatte den Tod verdient.

Und Sina Hobmüller war endlich wieder frei.

Sein Handy signalisierte eine eingehende E-Mail. Avram drosselte die Fahrt, um nachzusehen. Die Nachricht stammte von L. Riveg – demjenigen, der ihm eine halbe Million Euro für einen Mord im Ruhrgebiet geboten hatte. Avram hatte ihn zuletzt nach dem Haken an seinem Auftrag gefragt, weil ihm die Höhe der Belohnung suspekt vorkam.

Am nächsten Rastplatz hielt er an, um Rivegs Erwiderung zu lesen:

Es gibt keinen Haken. Es geht um einen einfachen Mord. Wenn Sie Interesse haben, kommen Sie so schnell wie möglich nach Frankfurt ins Hotel Kammerer. Dort ist für Sie ein Zimmer auf den Namen Peter Harthausen reserviert.

Avram blieb skeptisch. Er witterte, dass mit diesem Auftrag etwas nicht stimmte. Dennoch beschloss er, sich vorerst darauf einzulassen. Fünfhunderttausend Euro würden ihn mit einem Schlag zurück ins Geschäft bringen.

Seine Antwort bestand nur aus zwei Worten:

Ich komme.

Anschließend rief er Rutger Bjorndahl an und bat ihn, alles Wissenswerte über L. Riveg zusammenzutragen.

8

Auf Emilias Bitte hin fuhr Hauptkommissar Friedkin mit ihr in die rechtsmedizinische Abteilung nach Köln. Die Obduktion an den Eheleuten Waginger war zwar bereits im Lauf des Tages durchgeführt worden, aber der abschließende Bericht würde frühestens morgen vorliegen. So lange wollte Emilia nicht warten.

Kurz vor der Autobahnabfahrt 10 Köln-West meldete sich Kommissarin Behrendt über die Handy-Freischaltung.

»Ich habe wie besprochen sämtliche Vermisstenanzeigen durchsucht«, sagte sie. »Nach allen Teenagern mit brünettem Haar, von denen das Ohr stammen könnte. Ich bin bei meiner Suche auch ein paar Jahre zurückgegangen, für den Fall, dass die Kinder nach ihrem Verschwinden weiterlebten.«

»Und?«, fragte Friedkin. »Bist du fündig geworden?«

»Ja, es gab einige Treffer. Siebenundzwanzig, um genau zu sein.«

Emilia schluckte. Siebenundzwanzig in Frage kommende Entführungsopfer, und das allein bei der deutschen Polizei. Über Interpol ließ sie bereits die Vermisstenanzeigen der anderen europäischen Länder auswerten. Bislang lag noch keine Antwort aus Lyon vor, aber Emilia ging davon aus, dass der Computer mindestens hundert weitere Treffer ausspucken würde. War einem dieser Kinder vor kurzem ein Ohr abgeschnitten worden?

Eine grauenhafte Vorstellung!

Zwanzig Minuten später stellte Friedkin seinen Wagen auf dem Parkplatz des Uni-Klinikums Köln ab, und Emilia folgte ihm in die rechtsmedizinische Abteilung. Dort trafen sie sich mit Dr. Kristina Egmontson, die die Obduktion an den Eheleuten Waginger durchgeführt hatte.

Dr. Egmontson war eine große, stattliche Frau, die ihr rostrotes Haar nach hinten zu einem Dutt zusammengebunden hatte. Auf ihrer Nasenspitze saß eine schmale Lesebrille, ihr Gesicht war übersät mit Sommersprossen. Ihr Lächeln wirkte offen und in gewisser Weise jugendlich-frisch, allerdings konnten die vielen kleinen Fältchen an ihren Augen- und Mundwinkeln nicht darüber hinwegtäuschen, dass sie die Fünfzig längst hinter sich gelassen hatte.

Für Emilia und Friedkin öffnete die Forensikerin die Kühlfächer und zog die chromfarbenen Schiebeladen mit den beiden nackten Leichen heraus. Ihre Haut war blass, wie aus Wachs modelliert. Die Gesichter wirkten mit den geschlossenen Lidern entspannt, beinahe so, als würden Gertrud und Helmut Waginger schlafen. Doch die Y-förmige Obduktionswunde, die zahlreichen Einstiche in Brustkorb und Bauch sowie die aufgeschlitzten Hälse zeigten die schonungslose Realität. Diese zwei Menschen waren Opfer eines brutalen Mörders geworden.

Mit einer angedeuteten Handbewegung wies Dr. Egmontson auf die männliche Leiche neben sich. »Helmut Waginger, siebenundfünfzig Jahre alt. Wurde durch fünf Stiche in Brust und Bauch lebensgefährlich verletzt«, sagte sie. »Da die Wunden eher klein, dafür aber tief sind, gehe ich davon aus, dass er in seinem Bett schlief, als er von seinem Mörder überrascht wurde. Durch die Stiche wurden mehrere innere Organe massiv in Mitleidenschaft gezogen, darunter auch das Herz, was einen Kollaps auslöste. Ich gehe davon aus, dass Helmut Waginger innerhalb weniger Sekunden seinen Verletzungen erlag. Daneben seine Frau, Gertrud Waginger, fünfundfünfzig Jahre alt.« Die Rechtsmedizinerin deutete auf die weibliche Leiche. »Sie hat eine tiefe Stichwunde im unteren Rückenbereich, die die linke Niere vollständig durchbohrte. Auf der Körpervorderseite sind weitere sechs Stiche zu finden, alle im Bauchbereich. Außerdem wurden ihr und ihrem Mann die Kehlen durchgeschnitten. Das Ganze ereignete sich in der Nacht von Samstag auf Sonntag, in einem Zeitfenster zwischen ein und drei Uhr.«

Friedkin nickte. »Hat Gertrud Waginger sich gegen den Angriff gewehrt?«, fragte er.

»Vermutlich nicht«, antwortete Dr. Egmontson. »Ich habe unter ihren Fingernägeln keine fremden Hautpartikel oder Blutspuren gefunden. Es gab also keinen Kampf – zumindest keinen, bei dem sie nahe genug an ihren Mörder herangekommen wäre, um sich ernsthaft verteidigen zu können.«

»Wie hat sich dieser zweite Mord dann Ihrer Meinung nach zugetragen?«

»Nach allem, was ich bisher über den Fall weiß, gehe ich davon aus, dass sie mit dem Rücken zur Badezimmertür stand, als der Täter hereinkam. Sie putzte sich gerade die Zähne, hatte den Oberkörper übers Waschbecken gebeugt. Deshalb sah sie ihn nicht kommen. Gehört hat sie ihn auch nicht, wahrscheinlich, weil sie betrunken war. Wir haben 2,4 Promille Alkohol in ihrem Blut festgestellt. Ihr Wahrnehmungsvermögen muss demnach stark eingeschränkt gewesen sein.«

Emilia betrachtete die Leiche von Gertrud Waginger genauer. Die Wunden waren größer als bei ihrem Mann. Klaffend. An ihnen konnte man klar erkennen, mit welcher Brutalität der Täter vorgegangen war.

»Wissen Sie, welche Art von Messer der Mörder benutzt hat?«, fragte sie.

Dr. Egmontson wiegte den Kopf hin und her. »Genau kann ich es nicht sagen. Die Tiefe der Einstiche lässt darauf schließen, dass die Klinge der Tatwaffe mindestens fünfzehn Zentimeter lang ist. Die Schneide ist glatt geschliffen, der Rücken gezackt, wie bei einem Jagd- oder Armeemesser. Das erkennt man daran, dass die Wunden jeweils an einer Stelle ausgefranst sind.«

Emilia zog die Augenbrauen hoch. Noch ein Unterschied zu den bisherigen Morden, dachte sie stumm. Was sollte sie davon halten? Die Taten in Arques, Benthem und Melazzo waren laut den forensischen Berichten sehr wahrscheinlich mit ein und derselben Waffe verübt worden – einem Messer ohne Zacken und Einkerbungen. Warum hatte Dante in Simmerath ein anderes Messer benutzt? War ihm das alte kaputtgegangen? Hatte er es verloren? Oder wollte er einfach etwas Neues ausprobieren, sei es auch nur, um die Polizei zu verwirren?

Noch war es viel zu früh für verlässliche Antworten. Wie so oft in ihrem Beruf würde Emilia sich wieder einmal in Geduld üben müssen.

Eine Tugend, an der es ihr leider mangelte.

9

Im Schein der spätsommerlichen Nachmittagssonne lenkte Avram seinen Wagen am Rhein entlang durch die Baseler Innenstadt. Im Lauf der letzten Minuten hatte Sina Hobmüller zwar ein paar verständliche Laute über die Lippen gebracht, und allmählich wurde ihr Blick auch wieder klarer. Aber sie war immer noch bis oben hin vollgedröhnt. Es würde wohl noch Stunden dauern, bis sie wieder bei klarem Verstand war.

Wie würde sie reagieren, wenn sie den Drogenrausch erst überstanden hatte? Nach über einem Jahr Gefangenschaft endlich wieder zu Hause – was für ein überwältigendes Gefühl musste das sein? Gewiss würde sie noch einige Zeit brauchen, um die Angst, die Ungewissheit und alles, was Alberto Pinero ihr angetan hatte, vergessen zu können. Vielleicht würden diese Wunden auch nie mehr vollständig heilen. Doch das Schlimmste war jetzt überstanden. Für sie und für ihre Eltern, insbesondere für ihren Vater, dem nach der Scheidung das Sorgerecht für Sina zugesprochen worden war.

Unweit der Wettsteinbrücke erreichte Avram sein Ziel: Franz Hobmüllers Stadthaus, ein vierstöckiges, goldgelb gestrichenes Gebäude, dessen Fassade sich nahtlos in die lange Reihe prächtiger Bauten einfügte, die die Uferpromenade auf beiden Seiten des Rheins schmückten. Die meisten dieser Häuser beherbergten Banken, Hotels oder Luxusartikelgeschäfte, manche gehörten auch der Baseler Stadtverwaltung. Nur wenige Bauten befanden sich in Privatbesitz, da die Immobilienpreise in der City exorbitant hoch waren. Wer hier ein Haus sein Eigen nennen konnte, gehörte zu den oberen Zehntausend. Franz Hobmüller hatte sein Vermögen mit Edelsteinen gemacht.

Avram bog in die Hofeinfahrt ein und hielt an einer Schranke. Der Pförtner begrüßte ihn mit einem knappen Nicken, offenbar war er bereits über Avrams Ankunft informiert worden. Als die Schranke nach oben klappte, parkte Avram seinen Wagen im Innenhof.

Sina Hobmüller war inzwischen stiller geworden, sie brabbelte nicht mehr unentwegt vor sich hin. Aber aus irgendeinem Grund schien die Situation sie zu beunruhigen. Ihr Atem ging wieder stoßweise, ihr Blick war ängstlich, beinahe gehetzt. Vielleicht spürte sie, dass die Fahrt hier endete, ohne zu begreifen, dass sie zu Hause war.

Avram redete ihr wieder gut zu, aber als er sie von der Rückbank abschnallte, wehrte sie sich dagegen, auszusteigen. Schließlich gelang es ihm, sie doch noch dazu zu bewegen.

Auf dem Weg zum Eingang stützte er sie, weil sie sich nur mühsam auf den Beinen halten konnte. Doch mit jedem Schritt kehrte etwas mehr Energie in sie zurück, so dass sie schon beinahe ohne Hilfe stehen konnte, während sie auf den Aufzug warteten.

Als die Tür sich öffnete, brachte sie sogar den ersten deutlichen Satz heraus: »Ich will da nicht rein!«

Avram schob sie in die Kabine, was sie mit einem widerwilligen Knurren geschehen ließ.

»Sie sind jetzt zu Hause«, sagte er zum wiederholten Male. »Hier kann Ihnen nichts mehr geschehen.«

Er drückte den Knopf für den vierten Stock, wo sich Franz Hobmüllers Empfangsraum befand. Die unteren Etagen beherbergten im Erdgeschoss einen exklusiven Juwelierladen, darüber das Büro, das Lager und eine kleine Bibliothek. Im fünften Stockwerk befanden sich Franz Hobmüllers Privatgemächer.

»Nein!« Sinas Stimme klang plötzlich erstaunlich entschlossen. Avram hatte gehofft, sie würde allmählich begreifen, dass keine Gefahr mehr bestand, aber das genaue Gegenteil schien der Fall zu sein. Obwohl sie allmählich wieder zu Kräften kam, war sie immer noch nicht bei Sinnen.

»Ich bringe Sie nach oben, zu Ihrem Vater«, sagte er eindringlich. »Sie brauchen jetzt keine Angst mehr zu haben.«

Der Atem des Mädchens beschleunigte sich. Sie schnaubte und keuchte, als würde sie jeden Moment kollabieren.

Zum Glück waren sie schnell im vierten Stock. Ein Gong ertönte, die Aufzugtür schob sich zur Seite. Mit sanfter Gewalt bugsierte Avram Sina Hobmüller aus der Kabine.

Jetzt standen sie in einem weitläufigen Zimmer, eingerichtet wie der Prunksaal einer feudalen Burg. Dunkles Holz vertäfelte die Wände und bildete einen auffallenden Kontrast zu der weißgestrichenen Decke. Auch die Einrichtung erinnerte eher an ein Kastell als an eine moderne Stadtwohnung. Tische und Schränke waren mit kunstvollen Intarsien versehen, ein paar Ölgemälde zeigten Jagd- und Schlachtszenen wie in einem Museum. Zwei Glasvitrinen mit Goldverzierungen enthielten eine beachtliche Sammlung exquisiten chinesischen Porzellans. Durch die Fenster an der gegenüberliegenden Wand hatte man einen wunderbaren Blick über den Rhein auf die Stadt.

Avram wollte Sina auf einen Stuhl setzen, damit sie nicht das Gleichgewicht verlor und umkippte. Aber sie weigerte sich. Ihr Blick irrte kreuz und quer durch den Raum, ängstlich, als sei jeder einzelne Einrichtungsgegenstand ihr Feind.

Vielleicht schüchterte das dunkle Holz sie ein, vielleicht bereitete ihr auch die Kälte Unbehagen, denn im Vergleich zu der sommerlichen Hitze, die draußen herrschte, kam man sich hier drinnen vor wie in einem Kühlschrank.

»Ich muss weg von hier!«, presste Sina hervor. »Schnell ... weg!«

Avram hielt sie fest. »Beruhigen Sie sich! Verstehen Sie denn nicht, dass Sie jetzt zu Hause sind? In Sicherheit. Ihnen kann nichts mehr geschehen!«

Ihre Hysterie schien dadurch nur weiter zu wachsen. »Er kommt!«, zischte sie mit aufgerissenen Augen. »Ich kann ihn spüren. Er ist schon ganz nah! Und dann wird er mich wieder ...« Ihre Stimme brach ab. Sie schlug die Hände vors Gesicht und begann zu weinen.

Avram legte sanft eine Hand auf ihre Schulter und drückte sie. Das arme Ding stand kurz vor einem Nervenzusammenbruch. Unter dem Einfluss der Drogen projizierte sie offenbar die schreckliche Zeit ihrer Gefangenschaft auf ihr Zuhause. Gott allein wusste, was Pinero ihr über Monate hinweg angetan hatte.

Schritte näherten sich – Franz Hobmüller kam die Treppe herunter. Er trug einen schwarzen Anzug, dazu eine bordeauxrote Paisley-Krawatte mit einem dazu passenden Einstecktuch. Sein volles, graues Haar war nach hinten gekämmt, auf seiner Oberlippe saß ein dichter, exakt gestutzter Schnauzbart. Als er seine Tochter sah, legte sich ein Lächeln auf seine Lippen. Aus irgendeinem Grund wirkte es auf Avram jedoch nicht erleichtert, sondern so, als habe er ein Spiel gewonnen, das nur er verstand.

Sina, noch immer in Avrams Arm, zitterte am ganzen Leib, während ihr Vater auf sie zukam.

»Schön, dich endlich wieder bei mir zu haben.« Zögernd

streckte Franz Hobmüller die Hand aus und legte sie Sina an die Wange.

In diesem Moment spuckte sie ihm ins Gesicht.

Hobmüller zuckte zusammen, blieb aber gefasst. Beinahe schien es, als habe er mit dieser Reaktion gerechnet. Seine Hand löste sich von ihr und zog ein Taschentuch aus der Hosentasche, mit dem er sich den Speichel unter dem Auge wegwischte.

»Sie steht immer noch unter Drogen«, sagte Avram.

Hobmüller nickte. Bevor er etwas entgegnen konnte, öffnete sich eine Tür, und aus einem Nebenraum kam ein Bediensteter in einer Art Hausuniform.

»Willkommen zurück, Fräulein Sina«, sagte er. »Sie haben uns gefehlt.«

Sein Anblick schien das Mädchen zu beruhigen. Ihr Zittern wurde schwächer, ihr Atem regulierte sich wieder.

»Bring sie nach oben in ihr Zimmer und schließ sie dort ein, Harald«, sagte Franz Hobmüller. »Solange sie unter Drogeneinfluss steht, ist sie offenbar unzurechnungsfähig. Ich will nicht, dass sie irgendeine Dummheit anstellt. Sobald ich hier fertig bin, kümmere ich mich um sie.«

Als Harald ihre Hand nehmen wollte, schlug sie sie aus.

»Du willst mich nur einsperren, damit ich nicht noch mal abhauen kann!«, kreischte sie ihrem Vater ins Gesicht. »Damit du mich ficken kannst, du Schwein! Ich wäre lieber tot, als wieder von dir angegrabscht zu werden!«

Franz Hobmüller versetzte ihr eine schallende Ohrfeige. Sinas Kopf flog zur Seite, und sie verstummte. Als sie ihren Vater wieder anblickte, waren ihre Augen plötzlich völlig klar.

»Ich weiß nicht, was Pinero dir angetan hat, aber ich will nicht, dass du so sprichst!«, zischte Franz Hobmüller.

Sina hob trotzig das Kinn. »Alberto hat nie etwas getan,

was ich nicht wollte«, entgegnete sie kalt. »Im Gegensatz zu dir! Wenn du mich noch einmal anrührst, bringe ich dich um, hast du das verstanden?«

Aber sie leistete keinen Widerstand, als der Hausbedienstete sie zur Treppe führte und mit ihr nach oben verschwand.

»Sie weiß offenbar nicht, was sie da redet«, sagte Hobmüller, sichtlich erschüttert. »Ich bin ihr Vater! Niemals würde ich ...« Er brach mitten im Satz ab. Die Worte seiner Tochter hatten ihn offenbar bis ins Mark getroffen.

»Geben Sie ihr ein bisschen Zeit. Sie ist im Moment nicht sie selbst«, sagte Avram.

Hobmüller nickte mechanisch. »Was ist nur mit Sina geschehen?«, murmelte er. »Hat Pinero ihr eine Gehirnwäsche verpasst? Oder leidet sie an diesem Syndrom, bei dem Entführungsopfer sich in ihre Kidnapper verlieben? Was, wenn sie mich tatsächlich hasst?«

»In ein paar Stunden wird sie wieder bei klarem Verstand sein. Sprechen Sie dann in aller Ruhe mit ihr, und die Welt wird ganz anders aussehen.«

Einige Sekunden lang starrte Franz Hobmüller ins Leere, gedankenverloren, wie weggetreten. Dann wischte er sich mit einer Hand übers Gesicht, als wolle er damit die bösen Gedanken vertreiben.

»Wie ist Pinero gestorben?«

»Durch drei Schüsse in die Brust.«

»Irgendwelche Zeugen?«

Avram schüttelte den Kopf. »Seine beiden Bodyguards sind ebenfalls tot. Mehr Leute waren nicht in der Villa. Dennoch wäre ich an Ihrer Stelle in nächster Zeit vorsichtig. Falls Pinero Komplizen hatte, werden die ahnen, wo Sina jetzt ist.«

Hobmüller ging zu einer Wandkommode und klappte

die Abdeckung nach oben. Darunter kamen ein paar Gläser sowie eine Auswahl erlesener Spirituosen zum Vorschein.

»Ich habe bereits Vorkehrungen getroffen. Ein Sicherheitsdienst bewacht das Haus rund um die Uhr«, sagte er, während er sich einen Scotch einschenkte. »Auch einen?«

Avram lehnte dankend ab. Er wollte von hier aus direkt nach Frankfurt fahren.

Sinas Vater schwenkte das Glas in seiner Hand und kippte den Drink dann in einem Schluck hinunter.

»Kommen Sie mit. Das hier ist für Sie.« Er führte Avram zum Esstisch, auf dem ein brauner Umschlag lag. »Fünfundzwanzigtausend hatte ich Ihnen schon gegeben. Das ist der Rest, wie vereinbart.«

Obwohl es sich um eine verhältnismäßig kleine Summe handelte, freute Avram sich. Das Geld bewies, dass er trotz der langen Auszeit immer noch für seinen Job taugte. Er war zurück im Spiel.

Franz Hobmüller legte ihm zum Abschied freundschaftlich die Hand auf die Schulter. »Sie haben mir meine Tochter zurückgebracht«, sagte er. »Das werde ich Ihnen nie vergessen. Sie wissen nicht, wie viel sie mir bedeutet.«

Avram schluckte. *Ich kann es mir vorstellen*, dachte er. *Mir fehlt mein Sohn auch, obwohl ich ihn kaum kannte.*

Er verabschiedete sich von Franz Hobmüller, ohne das Geld in dem Kuvert nachzuzählen, und fuhr mit dem Aufzug wieder nach unten. Im Innenhof rauchte er eine Zigarette, was er sonst nur tat, wenn er mit jemandem ins Gespräch kommen wollte. Jetzt brauchte er das Nikotin zur Nervenberuhigung. Nach seiner monatelangen Pause war der heutige Morgen mehr als aufregend für ihn gewesen.

Erstaunlich, wie schnell man sich an ein Leben ohne Gefahr gewöhnt.

Gegenüber anderen hätte er das natürlich niemals zugegeben, aber der Einsatz hatte ihn Überwindung gekostet. Dennoch konnte er mit sich zufrieden sein. Eine Klettertour durch das Schweizer Jura, drei tote Männer, Sina Hobmüllers Befreiung – und das alles exakt nach Plan.

Besser hätte es kaum laufen können.

Einzig und allein Sina Hobmüllers Reaktion auf ihren Vater gab ihm zu denken. Konnte das tatsächlich auf die Drogen zurückzuführen sein? Aus irgendeinem Grund zweifelte Avram daran. Ihr Blick vorhin war erstaunlich klar gewesen. Ihre Worte hallten wie ein Echo durch Avrams Kopf.

Du willst mich nur einsperren, damit ich nicht noch mal abhauen kann! ... Damit du mich ficken kannst, du Schwein! Ich wäre lieber tot, als wieder von dir angegrabscht zu werden!

War es möglich, dass Sina Hobmüller vor vierzehn Monaten gar nicht entführt worden war, sondern die Flucht ergriffen hatte? Um nicht länger von ihrem Vater missbraucht zu werden? Dann wäre Alberto Pinero nicht ihr Kidnapper gewesen, sondern ihr Beschützer.

Avram nahm einen tiefen Zug von seiner Zigarette und stieß den Rauch durch die Nase wieder aus. Hatte er Sina Hobmüller gar nicht befreit, sondern sie unwissentlich in die Höhle des Löwen zurückgebracht?

Der Gedanke war unangenehm und stellte die Mission komplett auf den Kopf.

Deshalb versuchte Avram, ihn beiseitezuschieben. Die Hintergründe eines Auftrags gingen ihn nichts an, das war ein unausgesprochener Teil der Abmachung. Er führte eine Order aus und erhielt dafür sein Geld. Das Warum hatte ihn nicht zu interessieren.

Dennoch blieb ein schaler Geschmack zurück, als er in

seinen Wagen stieg und den Motor anließ. Hatte er heute Morgen einen Fehler begangen? Immer wieder sagte er sich, dass Franz Hobmüllers Übergriffe auf seine Tochter längst nicht erwiesen waren. Vielleicht phantasierte das Mädchen ja wirklich.

Bestimmt war es so!

Er versuchte, sich auf das Geld zu konzentrieren, das er mit dem Auftrag verdient hatte. Fünfundzwanzigtausend Euro im Kofferraum und weitere fünfundzwanzigtausend in dem Kuvert auf dem Beifahrersitz. Insgesamt zwar nur ein Zehntel dessen, was ihn in Frankfurt erwartete, und dennoch unendlich viel mehr als das, denn es bewies, dass er noch nicht zum alten Eisen gehörte. Seine Laufbahn als Profikiller war noch längst nicht beendet.

Er hielt an der Einfahrt und nickte dem Pförtner zu. Als die Schranke hochklappte, fuhr er vorsichtig bis zur Straße, um sich in den Verkehr einzufädeln. Endlich fand er eine passende Lücke und gab Gas.

Er hatte noch keine fünfzig Meter zurückgelegt, als er einen Schrei hörte. Im Rückspiegel sah er, wie sich auf dem Bürgersteig vor dem Hobmüller-Haus eine Menschentraube bildete. Er ahnte, was das zu bedeuten hatte.

Ohne weiter auf den Verkehr zu achten, hielt er seinen Wagen an und stieg aus. Wie in Trance rannte er dorthin zurück, von wo er gekommen war. Er teilte die aufgeregte, wild durcheinandersprechende Menge. Frauen kreischten, ein Hund kläffte, jemand brüllte in sein Handy, dass er den Notruf sprechen wolle.

Als Avram sich durch den Pulk gewühlt hatte, bestätigten sich seine schlimmsten Befürchtungen: Auf dem Boden vor ihm lag Sina Hobmüller, Arme und Beine verdreht wie bei einer kaputten Puppe, das Gesicht zerschmettert auf dem harten Stein. Unter ihrem Körper quoll eine Blutlache hervor wie ein roter See.

Das alles war schrecklich – aber nicht so schockierend wie die Tatsache, dass sie keine Jeans mehr trug, sonder nur noch ihren Slip. Avrams Blick wanderte die Fassade hinauf zum fünften Stock. Dort starrte Franz Hobmüller mit entgeisterter Miene aus dem Fenster.

10

Durch den beginnenden Feierabendverkehr war die Autobahn von Köln nach Aachen recht voll, außerdem gab es bei Merzenich einen Unfall, wodurch sich die Fahrt weiter verzögerte. Als Emilia und Hauptkommissar Friedkin schließlich in der Aachener Polizeizentrale eintrafen, war es 17.30 Uhr.

»Wollen Sie für heute lieber Schluss machen, oder sollen wir der Spurensicherung noch einen Besuch abstatten?«, fragte Friedkin, als er den Wagen auf dem Mitarbeiterparkplatz abstellte.

Es war ein anstrengender Tag gewesen. Die Anreise nach Simmerath, die Besichtigung des Wagingerhofs, die Besprechung mit dem Kripo-Team, die Pendelfahrt zwischen Aachen und Köln – all das steckte Emilia in den Knochen. Dennoch wollte sie wissen, was die Kollegen im Lauf der letzten Stunden herausgefunden hatten.

In Bezug auf den Dante-Fall war das nicht viel. Oberkommissar Baikan berichtete, dass das Spurensicherungsteam am Nachmittag die Arbeit auf dem Wagingerhof wiederaufgenommen habe.

»Meine Leute werden noch bis in die Nacht brauchen, um die restlichen Beweise sicherzustellen«, berichtete er mit finsterer Miene. »Parallel dazu arbeitet die Labor-Spätschicht daran, das, was wir bereits haben, zu analysieren. Die Ergebnisse werden allerdings frühestens morgen vorliegen.«

»Gibt es schon etwas Neues über das abgeschnittene Ohr?«, fragte Emilia.

Baikan dachte einen Moment nach. »Weder auf dem Geschenkpapier noch auf der Schachtel noch auf der Plastiktüte, in der das Ohr einpackt war, gab es Fingerabdrücke, abgesehen von Ihren eigenen«, sagte er. »Auch keine anderen Spuren, die einen klaren Hinweis auf den Absender des Päckchens geben. Keine Haare, keine Hautpartikel, kein Blut – nichts, was eine DNS-Analyse ermöglichen würden. Bei dem Beutel handelt es sich um einen handelsüblichen Gefrierbeutel. Die Marke kann man in jedem Supermarkt kaufen. Eine Werk- oder Chargennummer ist nirgends aufgedruckt. Ich habe schon beim Hersteller angerufen. Es gibt keine Möglichkeit festzustellen, wo der Beutel gekauft wurde.«

»Was ist mit dem Geschenkpapier und dem Karton?«

»Genau dasselbe – Fehlanzeige. Allerdings weist der Karton zwei Besonderheiten auf. Erstens eine gewisse Konzentration an Tabakrauch – wir versuchen noch herauszufinden, um welche Marke es sich handelt. Zweitens gibt es Spuren eines Herrenparfüms, genauer gesagt *Cool Water* von Davidoff.«

Ein weitverbreiteter Duft. Auch Mikka trug ihn am Wochenende, weil er wusste, wie unwiderstehlich Emilia ihn fand.

Das Parfüm würde sie wohl kaum weiterbringen.

Sie verabschiedeten sich von Oberkommissar Baikan, um in Friedkins Büro den morgigen Tag zu besprechen. Denn was Emilia heute erlebt hatte, machte zweifellos einen längeren Aufenthalt in Aachen nötig.

Eine halbe Stunde später saß Emilia in einer gemütlichen, kleinen Trattoria unweit der Altstadt und ließ den Tag Revue passieren. Als der Kellner kam, um die Bestellung aufzunehmen, spürte sie plötzlich, wie hungrig sie war. Sie hatte bisher kaum etwas gegessen.

Um die Zeit zu überbrücken, bis ihre Tortelloni fertig waren, telefonierte sie mit Luc Dorffler in Lyon, einem Interpol-Kollegen aus der Rechercheabteilung. Zuerst befragte sie ihn nach dem abgeschnittenen Ohr.

»Ich habe unsere Vermisstendatenbank mit deinen Suchkriterien durchforstet – Teenager mit brünettem Haar und alle vermissten Kinder der letzten fünfzehn Jahre, auf die diese Attribute heute zutreffen würden.«

»Wie viele Treffer gab es?«

»Hundertachtzehn in ganz Europa. Da sind diejenigen, die die Aachener Kollegen identifiziert haben, bereits herausgerechnet.«

Das waren siebenundzwanzig. Zusammengenommen ergab das einhundertfünfundvierzig Entführungsopfer, die in Frage kamen.

»Hast du auch bei den jeweiligen Landesbehörden angefragt?«, wollte Emilia wissen, denn längst nicht alle Vermisstenanzeigen landeten bei Interpol, nur die besonders schwerwiegenden Fälle mit länderübergreifendem Hintergrund.

»Denkst du im Ernst, ich hätte das vergessen?« Luc Dorffler war ein hervorragender Analyst, neigte aber dazu, selbst die unschuldigsten Anmerkungen als Beleidigung oder als Angriff aufzufassen.

»Ich wollte nur wissen, ob die Ergebnisse schon vorliegen«, beschwichtigte Emilia ihn.

»Noch nicht. Aber ich schätze, das werden mindestens noch mal zwei- bis dreihundert. Fünfzehn Jahre sind eine lange Zeit. Steht die Blutgruppe schon fest?«

»A positiv.«

»Das ist in Europa die häufigste Blutgruppe. Unsere Trefferliste müsste damit auf etwa 40 % eingeschränkt werden. Bei rund vierhundert in Frage kommenden Opfern bleiben da immer noch hundertsechzig übrig.«

Emilia seufzte. Das war eine ganze Menge. Und selbst wenn sie das Opfer identifizieren konnten, stand längst nicht fest, dass sie damit auch den Täter fanden.

»Was macht der Mord in Simmerath?«, fragte Dorffler. »Gibt es schon irgendwelche Fortschritte?«

Emilia schilderte ihm die Erkenntnisse des heutigen Tages, insbesondere das abweichende Vorgehen Dantes im Vergleich zu den bisherigen Morden. »Sieh zu, ob du in unserer Datenbank Fälle findest, die in dieses erweiterte Profil passen«, sagte sie. »Morde, in denen ein Jagd- oder ein Armeemesser verwendet wurde, und Morde, bei denen den Toten nach der Tat ein Messer in die Hand gedrückt wurde – auch wenn dort keine mit Blut geschriebenen Zettel an der Wand hingen. Vielleicht mordet Dante nicht immer nach demselben Schema, sondern er variiert seine Muster. Jedenfalls sollten wir das bei unseren weiteren Ermittlungen in Betracht ziehen.«

Nach dem Gespräch mit Dorffler rief Emilia ihren Verlobten an, Mikka Kessler. Im letzten Winter war er schwer verletzt worden, als er für Emilia auf eigene Faust ein paar Ermittlungen anstellen wollte. Aber mit Optimismus und Ausdauer hatte er sich in den Arbeitsalltag zurückgekämpft. Seit ein paar Monaten war er wieder voll im Einsatz.

»Wie war dein Tag?«, fragte sie.

»Der ist leider noch nicht zu Ende. Ich hatte heute drei Vernehmungen im Mühlbach-Fall – du weißt schon, der Kerl, der seine Frau aus dem zehnten Stock geworfen hat.

Im Moment bin ich dabei, den Schreibkram zu erledigen. Danach wollte ich noch eine Runde auf den Schießstand.«

Emilia schmunzelte. Durch seine Zwangspause im Winter hatte er einen enormen Nachholbedarf – als müsse er sich selbst beweisen, dass er noch voll belastungsfähig war.

»Was hast du heute so gemacht?«, fragte er.

Emilia warf einen Blick auf die Nebentische. Sie wollte nicht, dass jemand ihr Gespräch mitbekam. Mit gesenkter Stimme erzählte sie schließlich von dem Fall in Simmerath – von dem Doppelmord an den Eheleuten Waginger, den zahlreichen Stichwunden, den durchschnittenen Hälsen, den blutbeschriebenen Zetteln – alles, was sie im Moment beschäftigte. Auch die Geschenkverpackung mit dem abgeschnittenen Ohr erwähnte sie, weil ihr das zurzeit am meisten zu schaffen machte.

Sie hörte, wie Mikka am anderen Apparat schluckte. »Das ist grauenhaft«, murmelte er.

»Ja, die Sache hat mir einen ganz schönen Schock versetzt«, sagte Emilia. »Das Ohr wird in der Aachener Pathologie untersucht. Die Spurensicherung kümmert sich um die Verpackung. Bisher ist aber noch nicht viel dabei herausgekommen. Der Kerl ist Raucher. Und er benutzt das gleiche Parfüm wie du.«

»Zum Glück kann ich Zigaretten nicht leiden. Und ich habe für die Tatzeit ein Alibi.«

Emilia musste lächeln. Mit seinen flapsigen Sprüchen schaffte Mikka es jedes Mal, sie aufzuheitern.

»Denkst du, das Geschenk stammt von Dante?«, fragte er, jetzt wieder ernst.

»Ich weiß es nicht«, gab sie zu. »Woher sollte er wissen, dass ich ausgerechnet heute auf dem Wagingerhof auftauche?«

»Er ist ein Mörder. Bestimmt verfolgt er in der Presse, was

über ihn berichtet wird. Deshalb weiß er, dass du ihm auf den Fersen bist«, sagte Mikka. »Vielleicht war der Mord in Simmerath eine Einladung für dich. Weil du ihm zu gefährlich geworden bist. Oder weil er mit dir spielen will.«

Emilia hatte das zwar schon in Erwägung gezogen, dann aber wieder verworfen. Wie Mikka es darstellte, klang es allerdings ziemlich gefährlich.

»Wenn er mir etwas antun will – warum hat er es nicht auf dem Wagingerhof getan?«, fragte sie. »Dort war außer mir nur noch ein Polizist der Aachener Kripo. Eine bessere Gelegenheit kann er sich doch kaum wünschen.«

»Ich habe bei dieser Sache trotzdem ein mulmiges Gefühl«, erwiderte Mikka. »Wer immer das war, weiß ziemlich gut über dich Bescheid. Wann du wo bist und so weiter. Selbst wenn es nicht Dante war – das Ohr beweist, dass er ein Psychopath ist.«

Der Kellner kam mit der bestellten Cola. Emilia nickte ihm einen Dank zu.

»Eigentlich wollte ich mit dir reden, damit du mich ein bisschen beruhigst«, sagte sie zu Mikka. »Aber das ist ja mal richtig in die Hose gegangen.«

»Ich will nur, dass du vorsichtig bist. Wenn der Kerl wusste, wann du auf dem Bauernhof auftauchst, weiß er vielleicht auch, wo du jetzt bist. Und wo du heute übernachtest.«

Trotz der sommerlichen Abendwärme schien Emilia plötzlich ein frostiger Finger über den Rücken zu streichen. Mikka hatte recht. Wenn es jemand darauf angelegt hatte, konnte er das über sie herausgefunden haben.

Aber sie war entschlossen, sich keine Angst einjagen zu lassen.

»Ich denke nicht, dass ich im Augenblick in Gefahr schwebe«, sagte sie. »Jedenfalls nicht in dem Sinn, dass der

Kerl mir etwas antun will. Er spielt mit mir. Und ich werde ihm zeigen, dass das ein Fehler ist.«

»Der Typ verstümmelt Menschen«, brauste Mikka auf. »Er kennt keine Skrupel. Wir wissen nicht, was er vorhat, aber er weiß, wer du bist. Und deine Dienstreise nach Aachen ist ihm auch bekannt. Verstehst du denn nicht, dass es für dich sehr gefährlich werden kann, wenn du nicht schleunigst von dort verschwindest?«

Emilia seufzte. Es war ein Fehler gewesen, sich Mikka anzuvertrauen. Er machte sich immer gleich Sorgen. Ein paar Minuten lang versuchte sie noch, ihn von der Richtigkeit ihrer Entscheidung zu überzeugen, aber es gelang ihr nicht.

»Ich muss jetzt Schluss machen, mein Essen kommt«, sagte sie, als der Kellner ihre Tortelloni brachte. Sie verabschiedete sich von Mikka mehr oder weniger im Streit, steckte das Handy weg und blieb mit dem Gefühl zurück, einen folgenreichen Fehler zu begehen, wenn sie hierblieb.

Aber sie hatte sich entschlossen.

11

Der dichte Feierabendverkehr auf der A5 hatte zu über anderthalb Stunden Zeitverzug auf der Fahrt von Basel nach Frankfurt geführt, aber das war Avram gleichgültig. Was um ihn herum geschah, nahm er kaum wahr. Seine Gedanken kreisten unentwegt um Sina Hobmüller.

Er fragte sich, ob sie tot war.

Sie *musste* tot sein! So einen Sturz konnte niemand überlebt haben. Nicht einen Sturz aus dem fünften Stock!

Das Bild hatte sich Avram ins Gedächtnis eingebrannt: die verdrehten Gliedmaßen, der auf dem Bauch liegende Körper, das Blut, das darunter hervorsickerte ...

Für Sina kann es keine Rettung mehr gegeben haben!

Was genau war in Basel passiert? Oben, in dem offenen Fenster, hatte Avram Franz Hobmüller gesehen, mit entgeisterter Miene über das Sims gelehnt, fassungslos und kreidebleich. Hatte er seine Tochter aus dem Fenster gestoßen?

Nein, das ergab keinen Sinn. Über ein Jahr lang hatte er keine Kosten und Mühen gescheut, um Sina wiederzufinden. Warum sollte er sie dann bei der erstbesten Gelegenheit umbringen?

Avram schluckte. War es nicht viel wahrscheinlicher, dass sie freiwillig gesprungen war? Weil ihr Vater nur wenige Minuten nach ihrer Rückkehr versucht hatte, sie zu vergewaltigen? Bei dem Sturz aus dem Fenster hatte sie nur noch ihre Bluse und einen Slip angehabt.

Ihre Worte hallten Avram noch in den Ohren nach.

Du willst mich nur einsperren, damit ich nicht noch mal abhauen kann! Damit du mich ficken kannst, du Schwein! Ich wäre lieber tot, als wieder von dir angegrabscht zu werden!

Dann hatte sie ihrem Vater voller Abscheu ins Gesicht gespuckt.

Avram hatte die heftige Reaktion den Nachwirkungen der Drogen zugerechnet. Aber in Anbetracht dessen, was danach geschehen war, tendierte er nun doch dazu, Sinas Worten zu glauben.

Ich wäre lieber tot, als wieder von dir angegrabscht zu werden!

Er seufzte und überholte einen Gefahrgut-Transporter. Wie er die Sache auch drehte und wendete – Sina Hobmüller wäre noch am Leben, wenn er sie nicht zu ihrem Vater zurückgebracht hätte.

Normalerweise machte er sich über die Sinnhaftigkeit oder die moralische Verwerflichkeit seiner Aufträge wenige Gedanken. Er war nicht der Typ für Selbstzweifel. In seiner Branche durfte er das auch gar nicht sein, sonst wäre er schon längst daran zerbrochen.

Allerdings gab es für ihn Grenzen, die er selbst für viel Geld nicht überschritt. Zu seinen Grundsätzen gehörte es beispielsweise, keine Minderjährigen umzubringen. Und obwohl er Sina Hobmüller nicht eigenhändig ermordet hatte, hatte er sie doch in den Tod geführt.

Je mehr Gedanken er sich darüber machte, desto stärker plagte ihn das schlechte Gewissen, wobei ihn die Intensität seiner Anteilnahme selbst wunderte. Früher hätte ihn sein Fehler geärgert. Vielleicht hätte er Franz Hobmüller auch eine Kugel zwischen die Augen gejagt, weil er von ihm hinters Licht geführt worden war. Heute jedoch nagte die Schuld an ihm, zehrend und unnachgiebig.

Seit dem Tod seines kleinen Sohnes war er sensibler geworden. Verletzlicher. Einfühlsamer. Der Tod eines Menschen hatte für ihn eine andere Bedeutung gewonnen. Er konnte sich plötzlich vorstellen, wie viel Angst jemand verspürte, wenn ihm klarwurde, dass die letzten Minuten seines Lebens angebrochen waren. Und er hatte den Schmerz der Hinterbliebenen am eigenen Leib erfahren.

Franz Hobmüllers Gefühle waren ihm gleichgültig. Aber wie viel Leid hatte Avram mit seiner Tat Sina Hobmüllers Mutter zugefügt?

Er biss die Zähne zusammen und fragte sich, ob Saschas Tod ihn womöglich mehr verändert hatte, als es ihm bisher bewusst gewesen war. Hatte ihn dieser Schicksalsschlag zu weich werden lassen?

Sollte ich den Job nicht lieber an den Nagel hängen, bevor es zu spät dafür ist?

Aber was würde danach kommen? Avram hatte nie eine richtige Ausbildung genossen, wusste nicht einmal, welche Arbeit ihm Spaß machen würde. Und obwohl er bereits auf die sechzig zuging, fühlte er sich zu jung, um den Rest seiner Zeit einfach nur abzusitzen.

Nein, ob er es wollte oder nicht – er brauchte das Adrenalin.

Die fünfhunderttausend Euro, die in Frankfurt auf ihn warteten, erleichterten ihm die Entscheidung zusätzlich.

12

Die Kopfschmerzen meldeten sich wieder einmal. Es war zum Verrücktwerden!

Nach dem unerfreulichen Telefonat mit Mikka hatte Emilia kaum einen Bissen heruntergebracht. Als der Kellner den vollen Teller abräumte, musste sie ihm dreimal versichern, dass mit dem Essen alles in Ordnung war, bevor er es glaubte.

Mikkas Worte lagen ihr wie Blei im Magen. Er hatte sie mit seinen Ängsten angesteckt.

Der Typ verstümmelt Menschen. Er kennt keine Skrupel. Wir wissen nicht, was er vorhat, aber er weiß, wer du bist. Und deine Dienstreise nach Aachen ist ihm auch bekannt. Verstehst du denn nicht, dass es für dich sehr gefährlich werden kann, wenn du nicht schleunigst von dort verschwindest?«

Obwohl sie sich Mikka gegenüber unbekümmert gegeben hatte, fühlte sie sich jetzt unwohl. War es doch keine so gute Idee, in Aachen zu übernachten?

Dante weiß, dass ich ihm auf den Fersen bin. Deshalb wollte er mir mit seinem Geschenk Angst einjagen – und mich gleichzeitig herausfordern. Entweder hält er sich für verdammt schlau, oder er ist einer von denen, die unbewusst gerne gefasst werden wollen. Aber zu welcher Kategorie er auch gehört, ich werde ihn kriegen!

Emilia betreute den Fall bereits seit Januar, hatte ihn in den ersten Monaten jedoch eher stiefmütterlich behandelt, weil der letzte Doppelmord schon ein Jahr zurücklag und es keine brauchbaren Spuren gab. Aber dann hatte Dante vor fünf Wochen in Benthem zugeschlagen, einer Kleinstadt bei Eindhoven. Seitdem liefen die Ermittlungen auf Hochtouren.

Ich muss ihm näher gekommen sein, als ich dachte, sonst hätte er nicht so reagiert.

Aber welche Spur war so heiß, dass Dante sich von ihr in die Enge getrieben fühlte? Bisher hatte sie den Eindruck gehabt, noch kilometerweit von der Lösung des Falls entfernt zu sein. Was hatte sie übersehen?

Sie musste sich die elektronische Akte aus Lyon zukommen lassen und in den nächsten Tagen noch einmal jeden einzelnen Hinweis überprüfen. Vielleicht fand sie dann das fehlende Detail, das Dante so nervös machte.

Aber wie sollte sie sich bis dahin verhalten?

Sie holte aus ihrer Handtasche eine Kopfschmerztablette, trank dazu den Rest ihrer Cola und hielt nach dem Kellner Ausschau, um zu bezahlen.

Ein paar Minuten später stand sie unentschlossen an ihrem Wagen. Hauptkommissar Friedkin hatte ihr ein Hotel ganz in der Nähe empfohlen – vier Sterne, nur zweihundert Meter vom Präsidium entfernt.

»Dort bringt die Aachener Kripo regelmäßig ihre Gäste unter«, hatte er gesagt.

Aber wie schwer kann es für Dante sein, das herauszufinden?

Emilias Magen fühlte sich an, als ob dort Tausende Ameisen krabbelten. Sie ging zwar immer noch nicht davon aus, in unmittelbarer Gefahr zu schweben, aber sie wollte ihr Glück auch nicht auf die Probe stellen. Niemand sollte wissen, wo sie heute übernachten würde.

Mit ihrem Smartphone googelte sie nach Hotels und Gästehäusern im Umkreis von zehn Kilometern. Nach kurzer Suche fiel ihre Wahl auf die Pension Karolina, ziemlich weit im Norden der Stadt. Dort würde sie ganz sicher niemand vermuten. Unter dem frei erfundenen Namen Silvia Rieker reservierte sie für die nächsten Tage ein Zimmer. Danach fühlte sie sich besser.

Emilia stieg in ihr Auto und fädelte sich in den Verkehr ein. Es war ein Abend wie im Bilderbuch. Die untergehende Sonne tauchte die Stadt in eine Mischung aus Purpur und Orange. Am Himmel war keine Wolke zu sehen. Der Radiosprecher sagte, dass die nächsten Tage weiterhin heiß bleiben würden.

Eine Weile fuhr Emilia ziellos durch Aachen, während sie immer wieder in den Rückspiegel blickte. Erst als sie sicher war, dass niemand ihr folgte, schaltete sie das Navi ein und schlug den Weg zu ihrer Pension ein.

Die Anmeldeprozedur verlief erfreulich unbürokratisch. Emilia bezahlte bar für den Rest der Woche im Voraus. Dafür wollte niemand ihre Papiere sehen.

Das Zimmer war klein, aber sauber. Nachdem Emilia ihre Reisetasche ausgepackt hatte, setzte sie sich aufs Bett und schaltete den Fernseher ein. Vielleicht würde sie das von den restlichen Kopfschmerzen ablenken.

Eine Zeitlang zappte sie wahllos durch die Programme, bis sie irgendwann bei den Nachrichten hängenblieb. Bei der Wettervorhersage gab ihr Handy das Klingelsignal für eine eingegangene Nachricht. Vielleicht hatte Mikka ihr geschrieben, um sich für das Telefonat von vorhin zu entschuldigen. Das würde sie heute Nacht besser schlafen lassen.

Sie öffnete ihr E-Mail-Programm. Der Absender kam ihr unbekannt vor: Ali.Ghieri@web.de.

Das klang nach Spam.

Als sie den Betreff las, richteten sich jedoch ihre Nackenhaare auf. »Geschenk auf dem Bauernhof« stand dort.

Emilia schluckte.

Jemand hatte an ihre Interpol-Adresse eine E-Mail geschickt, die vom Server in Lyon auf ihr Handy weitergeleitet worden war. Plötzlich ergab auch die Absenderadresse Sinn: Ali.Ghieri – Alighieri.

Die Nachricht stammte von Dante selbst.

Emilia öffnete die E-Mail und las:

Das Tier im Künstler fordert Blut,
erst wenn es fließt, der Dämon ruht.
Dem Ohr, entrissen mit Gewalt,
wird folgen weit'rer Schrecken bald.
D. A.

Emilias Brustkorb schien sich zu verengen, sie bekam kaum noch Luft. Während sie die Zeilen wieder und wieder las, wurde ihr beinahe schwindelig. Weit'rer Schrecken – was bedeutete das? Sie wollte lieber gar nicht so genau darüber nachdenken. Aber ganz offensichtlich war Dante fest entschlossen, noch mehr Blut zu vergießen.

Der Kerl ist ein Psychopath! Er wird so lange weitermachen, bis ich ihn aufhalte.

Emilia drückte die E-Mail weg und rief noch einmal Luc Dorffler in Lyon an. Sie bat ihn herauszufinden, von wo aus die Nachricht verschickt worden war. Dorffler versprach, sich darum zu kümmern, und meldete sich eine Viertelstunde später mit der Antwort zurück: Die Nachricht kam aus Indien, genauer gesagt aus einem Internetcafé in Mumbai. Es gab so gut wie keine Chance herauszufinden, wer sie verschickt hatte.

Emilia seufzte. Alles andere wäre auch zu einfach gewesen.

13

Avram war bereits von der Autobahn abgebogen. Jetzt befand er sich auf dem Weg in die Frankfurter Innenstadt, aber obwohl sich der Feierabendverkehr längst hätte auflösen müssen, kroch die Blechlawine nur im Schneckentempo dahin.

Sein Blick fiel aufs Navi. Noch sieben Kilometer bis zum Ziel.

Wenn es in dieser Geschwindigkeit weitergeht, komme ich erst in der Nacht an.

Wenigstens gelang es ihm allmählich, die düsteren Gedanken an Basel zu verdrängen und sich auf seinen neuen Fall zu fokussieren. Hier ging es um so viel Geld, dass er sich keinen Fehler erlauben durfte. Eine halbe Million Euro. Selbst zu seinen besten Zeiten hatte er selten Beträge in dieser Größenordnung erhalten.

Irgendwo muss es einen Haken geben, auch wenn Riveg das Gegenteil behauptet. Was hat er mir verschwiegen?

Gegen 19.30 Uhr erreichte er endlich sein Hotel. Es lag in einem düster wirkenden Viertel im Stadtteil Gallus. Die Bürgersteige waren leer, die Häuserfassaden verwahrlost. Es war eine triste Gegend ohne Charme, daran konnte nicht einmal der wundervolle Sonnenuntergang etwas ändern.

Das Hotel Kammerer passte von daher genau ins Bild: ein vierstöckiger Betonkasten im Siebziger-Jahre-Stil – mit Flachdach, kleinen Fenstern und Balkonverkleidungen aus Wellblech. Der einstmals weiße Anstrich wirkte trotz des glühenden Abendsrots beinahe grau. Selbst die Graffiti an den Wänden sahen hier traurig aus.

Avram fragte sich, weshalb Riveg ausgerechnet hier ein Zimmer für ihn gebucht hatte.

Er stellte den BMW auf dem Parkplatz ab und holte sein Gepäck aus dem Kofferraum. Viel war es nicht – nur eine kleine Reisetasche mit Ersatzkleidung, einem Kulturbeutel und dem Nötigsten, um ein paar Tage über die Runden zu kommen. Als Avram von Amsterdam nach Basel gefahren war, hatte er nicht mit einem längeren Aufenthalt gerechnet.

Mit etwas Glück würde er auch nicht lange in Frankfurt bleiben. Man würde sehen, wie sich der Auftrag entwickelte.

Er hängte sich seine Reisetasche so über die Schulter, dass das Schulterholster nicht zu erkennen war. Den Hartschalenkoffer mit dem Scharfschützengewehr nahm er ebenfalls mit, weil er seine Waffe nach dem Gebrauch am Vormittag reinigen wollte. In seinem Job war es überlebenswichtig, dass seine Arbeitsgeräte jederzeit einwandfrei funktionierten.

Er betrat das Foyer, einen Albtraum aus schwarzem Granit, und wandte sich an die Dame an der Rezeption.

»Peter Harthausen«, sagte er. Das war der Name, den sein Auftraggeber ihm vorgegeben hatte. »Für mich ist hier ein Zimmer reserviert.«

Die Frau hinter dem Tresen tippte etwas in ihren Computer ein. »Nummer 305«, sagte sie mit einem gewinnenden Lächeln. Hinter ihr begann der Drucker zu surren. »Das Zimmer ist für drei Tage im Voraus bezahlt, die Formalitäten sind bereits erledigt. Sie müssen nur noch hier unterschreiben.«

Mit diesen Worten entnahm sie dem Drucker die ausgegebenen Formulare und schob sie Avram hin.

Avram überflog die Papiere nur. Sie waren alle auf seinen neuen Decknamen ausgestellt, mit einem fiktiven Geburtsdatum und einer fiktiven Adresse. Er nahm den Kugelschreiber, der auf der Theke lag, und zeichnete die Formulare mit einem Schlenker aus dem Handgelenk ab, der alles bedeuten konnte.

Die Rezeptionistin achtete gar nicht darauf.

»Willkommen in unserem Haus!«, sagte sie und reichte Avram den Schlüssel.

»Liegen irgendwelche Nachrichten für mich vor?« Vielleicht hatte Riveg ihm bereits Informationen für seinen Auftrag hinterlassen.

»Tut mir leid, aber für Peter Harthausen liegt nichts vor«, sagte die Rezeptionistin.

Avram bedankte sich und ging auf sein Zimmer. Dort überprüfte er sicherheitshalber noch einmal seinen E-Mail-Eingang, aber in seinem Postfach gab es keine neuen Meldungen. Wahrscheinlich rechnete Riveg nicht damit, dass er schon eingetroffen war. Kurzentschlossen schrieb er ihm: *Bin jetzt im Hotel und erwarte weitere Anweisungen.*

Er war gespannt, wie lange die Antwort auf sich warten lassen würde.

Die Fahrt war anstrengend gewesen. Müde legte Avram sich aufs Bett. Mit der Fernbedienung schaltete er sich durch die Fernsehprogramme, aber nichts davon konnte ihn mehr als ein paar Minuten interessieren.

Deshalb wanderten seine Gedanken immer wieder zwischen Sina Hobmüller und seinem bevorstehenden Auftrag hin und her. Ab und zu checkte er seine E-Mails. Aber aus irgendwelchen Gründen meldete Riveg sich nicht.

Ich sollte eine Dusche nehmen, dachte Avram. Er fühlte sich müde und verschwitzt. Doch als er aufstand, schaffte er es nur bis zur Minibar. Mit einem kühlen Bier kehrte er zum Bett zurück.

Duschen konnte er auch später noch.

Mit diesen Gedanken schlief er ein.

14

Die Nacht im Hotel war nicht erholsam gewesen. Emilia hatte eine Ewigkeit gebraucht, um endlich zur Ruhe zu kommen. Immer wieder hatte sie über Dantes E-Mail nachgedacht:

Das Tier im Künstler fordert Blut,
erst wenn es fließt, der Dämon ruht.
Dem Ohr, entrissen mit Gewalt,
wird folgen weit'rer Schrecken bald.

Wie würde die angekündigte nächste Gräueltat wohl aussehen? Hatte Dante schon etwas Konkretes im Sinn? Es schien beinahe so. Aber was war das? Und wann würde er wieder zuschlagen?

Als die Grübeleien sie aufzufressen drohten, hatte sie versucht, sich dadurch abzulenken, dass sie an Mikka dachte. Für gewöhnlich gab ihr das ein gutes Gefühl, das ihr beim Einschlafen half, wenn sie alleine war. Aber diesmal funktionierte es nicht, weil das letzte Telefonat mit ihm ein wenig aus dem Ruder gelaufen war. Mikka hatte sie nicht beruhigt, sondern ihr – ganz im Gegenteil – sogar noch zusätzlich Angst vor Dante eingejagt.

Nicht besonders förderlich für einen friedlichen Schlaf.

Natürlich war er nur deshalb so unausstehlich gewesen, weil er sich um sie sorgte. Aber sie hätte es schön gefunden, wenn er sich noch einmal gemeldet hätte, um sich wieder mit ihr zu versöhnen. Da er das nicht getan hatte und sie gleichzeitig zu stolz gewesen war, selbst den ersten Schritt zu tun, waren ihre Gedanken also zwischen Dantes E-Mail und dem Streit mit Mikka hin- und hergewandert. Erst weit nach Mitternacht hatte sie endlich die Müdigkeit übermannt.

Es klopfte an der Tür.

»Ja, bitte?«

»Zimmerservice! Ihre Pizza ist da.«

Emilia zog die Stirn kraus. Es war sieben Uhr morgens, sie hatte keine Pizza bestellt.

Als sie die Tür öffnete, stand eine Angestellte des Hauses vor ihr, mit weißer Bluse und schwarzem Rock, in der Hand einen Lieferkarton, aus dem es nach Zwiebeln und Kräutern roch.

»Das ist für Sie abgegeben worden«, sagte das Zimmermädchen und reichte Emilia die Pizza. »Zusammen mit dem hier.« Sie streckte auch noch die andere Hand aus, in der sie ein Päckchen hielt, eingewickelt in Herzchen-Geschenkpapier.

Emilia spürte, wie sich ihr Magen zusammenzog.

»Wer hat das vorbeigebracht?«, fragte sie.

»Der Pizzabote.«

»Ist er noch unten?«

»Nein, der ist schon wieder weg. Hat gesagt, die Pizza sei schon bezahlt.«

Auf dem Karton befand sich kein Firmenaufdruck. »Von welchem Lieferservice war er?«, wollte Emilia wissen.

Das Zimmermädchen schüttelte den Kopf. »Das weiß ich nicht. Er hat die Pizza und das Päckchen bei meiner Chefin abgegeben. Ich war in der Küche, deshalb habe ich es nur am Rande mitbekommen.«

Emilia nahm die Geschenkverpackung in Empfang und legte sie zusammen mit der Pizza auf den Tisch. Dann ließ sie sich von dem Zimmermädchen zur Pensionsleiterin bringen, die gerade im Speiseraum die letzten Vorbereitungen für das Frühstücksbüfett traf.

Karolina Hepp war eine dralle Mittfünfzigerin mit rundem Gesicht und strahlendem Lächeln. Sie trällerte Emilia ein freudiges »Guten Morgen!« entgegen, wurde aber sofort ernst, als sie deren finstere Miene bemerkte. »Ist etwas nicht in Ordnung?«

»Ich habe gerade eine Pizza geliefert bekommen, die ich nicht bestellt habe, zusammen mit einem Geschenk. Wissen Sie, welcher Lieferservice das gebracht hat?«

Die Pupillen der Pensionsleiterin hüpften beim Nachdenken hin und her. »Ich kann mich nicht daran erinnern«, sagte sie. »Stimmt etwas mit der Lieferung nicht? Ich dachte, jemand will Ihnen eine Freude bereiten.«

Was immer Dante im Schilde führte – *das* hatte er bestimmt nicht vor.

»Ist keine Karte dabei?«, fragte Karolina Hepp. »Oder ein Brief mit einem Absender?«

Emilia hatte das Päckchen noch gar nicht geöffnet. Dennoch schüttelte sie den Kopf. »Geben Sie mir bitte Bescheid, falls Ihnen der Name des Lieferservices noch einfällt«, sagte sie.

Dann ging sie zurück zu ihrem Zimmer. Auf dem Weg dorthin begann die E-Mail vom Vorabend wieder in ihrem Kopf zu kreisen.

Dem Ohr, entrissen mit Gewalt, wird folgen weit'rer Schrecken bald.

Hatte Dante damit das heutige Päckchen gemeint? Der Verdacht lag nahe. Was hatte er ihr diesmal geschickt?

Trotz zunehmender Neugier ließ Emilia das Päckchen unangetastet. Sie wollte keine Spuren verwischen. Stattdessen griff sie zum Handy und rief die Aachener Kripo an.

15

Irgendwann in der Nacht war Avram schweißgebadet aufgewacht, weil es so heiß gewesen war, dass er das Gefühl hatte zu verdursten. Das Bier, das er sich am Abend aus der Minibar geholt hatte, schmeckte wie Jauche. Also hatte er sich ein frisches genehmigt und beim Trinken die Klimaanlage gesucht – vergeblich. Im Hotel gab es keine.

Was für eine miese Spelunke!

Um wenigstens etwas Frischluft hereinzulassen, hatte er das Fenster öffnen wollen, aber man konnte es nur kippen. Zuerst dachte er, es würde klemmen, aber als es sich auch nach kräftigem Rütteln am Knauf nicht aufschwenken ließ, war ihm klargeworden, dass es über einen Sicherheitsmechanismus verfügte, damit niemand auf die Idee kam, sich hinauszustürzen. Sofort war die Erinnerung an Sina Hobmüller wieder da: der zerschmetterte, halbnackte Mädchenkörper auf dem Bürgersteig in Basel, umringt von Menschen, denen die Panik ins Gesicht geschrieben stand.

Danach war an Schlaf nicht mehr zu denken gewesen.

Erst bei Anbruch der Morgendämmerung hatte die Müdigkeit ihn wegnicken lassen, für ein paar Minuten nur, dann waren die Schreckensbilder im Unterbewusstsein wieder aufgeblitzt. Jetzt fühlte er sich wie gerädert.

Er warf einen Blick auf seine Armbanduhr. Erst Viertel nach sieben.

Wie soll ich den heutigen Tag nur überstehen? Noch dazu, wo ein so wichtiger Auftrag auf mich wartet?

Um wieder einen klaren Kopf zu bekommen, nahm Avram eine kalte Dusche. Danach fühlte er sich etwas besser.

Das Handtuch um die Hüften geschlungen, putzte er sich die Zähne. Der Anblick, der sich ihm im Badezimmerspiegel bot, stimmte ihn nachdenklich.

Er war alt geworden. Sein Gesicht hatte viele Falten bekommen, vor allem an der Stirn und an den Augenwinkeln. Die Hornbrille machte es noch schlimmer. Sein kurzgeschorenes Haar und der dichte Dreitagebart tendierten immer mehr zu einer gräulich-weißen Färbung.

Heute war sein sechsundfünfzigster Geburtstag. Das hatte er fast vergessen.

Happy Birthday!

Nicht nur die Spuren in seinem Gesicht zeugten von einem harten Leben, auch die zahlreichen Wunden an seinem Oberkörper. Schürfungen, Stichwunden, Verbrennungen, ein offener Schlüsselbeinbruch …

Doch das alles war harmlos im Vergleich zu den Schusswunden, die er in Bolivien abbekommen hatte. Insgesamt sieben münzgroße Male an Brust und Bauch. Manche davon bereiteten ihm heute noch Schmerzen, nicht körperlich, sondern viel mehr seelisch. Jedes Mal, wenn er seinen nackten Oberkörper im Spiegel betrachtete, war das dunkelste Kapitel seines Lebens wieder da. Die Erinnerung daran verfolgte ihn wie ein Schatten.

Nein, wie ein Fluch.

16

Zwanzig Minuten nach Emilias Anruf waren die Kollegen der Aachener Kripo vor Ort. Als sie die Geschenkverpackung öffneten, stellten sie fest, dass sich darin ein menschlicher Finger befand, genauer gesagt ein Daumen. Emilia hatte so etwas bereits erwartet, dennoch beschlich sie ein flaues Gefühl – auf leeren Magen war ein solcher Anblick kaum zu ertragen.

Ein Polizist wurde damit beauftragt, das Amputat umgehend in die Pathologie zu fahren. Ein Mitarbeiter der Spurensicherung nahm die Geschenkverpackung sowie die Pizza mit ins Labor, um beides auf Fingerabdrücke und weitere Spuren hin zu untersuchen.

Gleichzeitig begann die Suche nach dem Lieferservice, der die Pizza und das Geschenk zugestellt hatte. Hauptkommissar Friedkin erteilte zweien seiner Männer den Auftrag herauszufinden, welche Pizzerien und Pizzaservices schon so früh am Morgen geöffnet hatten – allzu viele konnten es ja kaum sein. Zwei andere Polizisten sollten die nähere Umgebung nach potentiellen Augenzeugen abklappern – vielleicht war jemandem der Lieferwagen aufgefallen. Ein weiterer Kollege befragte Mitarbeiter und Gäste der Pension Karolina, und ein Mitglied des Spurensicherungsteams nahm allen Angestellten, die den Pizzakarton oder das Geschenk in den Händen gehabt hatten, Fingerabdrücke ab, um sie später von etwaigen Abdrücken des Lieferboten oder sogar des Auftraggebers unterscheiden zu können.

Emilia versprach sich nicht viel davon. Dante war ein gerissener Hund – kaum anzunehmen, dass er versehentlich seine Fingerabdrücke hinterlassen hatte. Allerdings – und das gab Anlass zur Hoffnung – neigte er offenbar zu Überheblichkeit. Bis vor kurzem hatte er nur gemordet. Seit gestern schien es ihm aber mehr um das Katz-und-Maus-Spiel mit der Polizei zu gehen, insbesondere mit Emilia. Vielleicht machte seine Arroganz ihn nachlässig.

Immer wieder wanderten ihre Gedanken zu dem zweiten Amputat.

Dem Ohr, entrissen mit Gewalt,
wird folgen weit'rer Schrecken bald.

Dante hatte Wort gehalten. Wie sollte das nur weitergehen?

Bei einer Tasse Kaffee im Speiseraum der Pension Karolina unterhielt Emilia sich mit Hauptkommissar Friedkin über die jüngste Entwicklung des Falls.

»Dante weiß verdammt gut Bescheid über mich«, sagte sie. »Ich habe diese Pension gestern Abend spontan gebucht. Niemand außer mir wusste, dass ich hier übernachte. Ich habe mein Zimmer sogar unter falschem Namen reserviert. Wie hat er mich gefunden?« Sie nippte an ihrer Tasse. »Und dann diese Pizza. Mit Champignons und Zwiebeln. Das ist meine Lieblingssorte. Dante zieht gezielt Erkundigungen über mich ein. Die Sache wird allmählich richtig unheimlich.«

Friedkins Handy klingelte. Er nahm das Gespräch an, sagte ein paarmal »Mhm« und steckte das Gerät wieder weg.

»Ein erster Erfolg: Wir haben den Lieferservice gefunden«, sagte er. Auf seinem feisten Gesicht zeigte sich ein kleines Lächeln. »Pizzafix24. Soll ich dort anrufen, oder wollen Sie?«

Emilia ließ es sich nicht nehmen, das Telefonat selbst

zu führen. Sie rief bei der Bestellannahme an, gab sich als Polizistin zu erkennen und schilderte die Situation. »Mit der Pizza wurde auch ein Geschenk zugestellt«, schloss sie. »Können Sie sich erinnern?«

»Ja, natürlich«, sagte die Frau am anderen Apparat. Ihre Stimme klang jung. »Normalerweise fahren wir keine Pakete aus. Ich habe nur deshalb eine Ausnahme gemacht, weil er so süß gefragt hat.«

»Also wurde die Bestellung von einem Mann aufgegeben? Hat er einen Namen angegeben?«

»Augenblick.«

Emilia hörte das Rascheln von Zetteln.

Dann: »Nein. Kein Name.«

»Hat er mit einer Karte bezahlt?«

»Nein. In bar.«

Emilia unterdrückte ein Seufzen. »Wie sah der Mann aus?«

»Er war etwa vierzig, schätze ich. Sah für meinen Geschmack ganz gut aus. Graue Schläfen, kurzes Haar, dunkle Augen. Er wollte lässig sein, wirkte dabei aber ziemlich nervös. Ich dachte, es liegt daran, dass er mit mir flirten will. Na ja, egal. Jedenfalls hat er seine Bestellung aufgegeben und mich dazu überredet, das Geschenk zusammen mit der Pizza auszuliefern. Dann hat er bezahlt und ist wieder gegangen.«

»War er zu Fuß bei Ihnen oder mit dem Auto?«

»Keine Ahnung. Ich hab kein Auto gesehen.«

»Gibt es sonst noch irgendetwas, das uns weiterhelfen könnte?«

Die Pizzafix24-Mitarbeiterin dachte einen Moment nach. »Nein, tut mir leid«, sagte sie schließlich. »Nichts, woran ich mich im Moment erinnern könnte.«

Emilia biss die Zähne zusammen. Viel war das nicht.

»Trauen Sie sich zu, den Mann in einer Verbrecherdatei wiederzuerkennen?«, fragte sie. »Oder ihn so gut zu beschreiben, dass wir ein Phantombild von ihm anfertigen können?«

Nach kurzem Zögern sagte die Frau am anderen Apparat: »Ich könnte es zumindest versuchen. Meine Schicht endet um neun Uhr. Wohin soll ich kommen?«

17

Nach einem minimalistischen Frühstück im Hotelrestaurant kehrte Avram auf sein Zimmer zurück, wo er weiterhin auf seine nächsten Anweisungen wartete, unruhig wie ein eingesperrter Tiger. Um die Zeit zu überbrücken, reinigte er sein Gewehr und seine Pistole – dazu war er gestern nicht mehr in der Lage gewesen. Die Waffen mussten jederzeit bestens gepflegt sein – davon konnte sein Leben abhängen.

Um nicht vom Zimmerservice überrascht zu werden, hängte er das Bitte-nicht-stören-Schild vor die Tür. Außerdem klemmte er einen seiner beiden Stühle unter die Klinke, um sicherzugehen, dass niemand aus Versehen hereinkommen konnte. Das hätte nur zu unangenehmen Fragen geführt, vielleicht sogar zu einem heimlichen Verdacht und zu einem Anruf bei der Polizei.

Darauf wollte er es nicht ankommen lassen.

Während er die in ihre Einzelteile zerlegten Waffen mit einem Baumwolltuch und einer kleinen Rundbürste reinigte und sie anschließend wieder mit Fett einrieb, um sie gegen Korrosion zu schützen, signalisierte sein Handy zwei eingehende Nachrichten. Eine stammte von seiner Schwägerin Nadja, die andere von seiner Nichte Akina. Beide wünschten ihm zum Geburtstag alles Gute.

Avram seufzte. Viel mehr Glückwünsche würde er heute nicht erhalten. Kaum jemand kannte seinen Geburtstag. Das Leben eines Profikillers war einsam.

Noch lieber als ein weiterer Glückwunsch wäre ihm allerdings eine Nachricht von seinem neuen Auftraggeber gewesen. Aber die ließ leider auf sich warten.

Nachdem die gesäuberten Waffen wieder zusammengesetzt waren, überlegte Avram, ob er in die Stadt fahren und ein paar Einkäufe erledigen sollte. Das Zimmer war für drei Tage im Voraus bezahlt worden. Für morgen und übermorgen hatte er keine frische Wäsche dabei. Aber er entschied sich dagegen, weil er im Moment keine Lust auf eine Shopping-Tour hatte. Der Morgen war schon jetzt wolkenlos sonnig und unerträglich heiß. Im Lauf des Tages würde es bestimmt nicht besser werden.

Seine Gedanken wanderten wieder zu Sina Hobmüller. Er fragte sich, ob es aus Basel schon Neuigkeiten über ihren Tod gab. Kurzentschlossen holte er aus seiner Reisetasche den Laptop und loggte sich ins Internet ein.

Es dauerte nicht lange, bis er einen aktuellen Bericht fand. Die Onlineausgabe der Basler Zeitung meldete, die Untersuchung von Sina Hobmüllers Leichnam habe ergeben, dass sich eine hohe Konzentration von Methylendioxy-N-methylamphetamin in ihrem Blut befunden habe, kurz MDMA, was auf die Einnahme von Ecstasy hindeute. Ob ihr Tod gewaltsam herbeigeführt worden war, stand noch nicht fest. Ihr Vater sei von der Polizei in vorläufigen Gewahrsam genommen worden. Er verweigerte bis jetzt jede Aussage.

Die Basler Zeitung rollte noch einmal Sina Hobmüllers Entführungsfall vor über einem Jahr auf und zitierte daraufhin einen Angestellten, der von ihrer gestrigen Heimkehr berichtete. Ein von Franz Hobmüller engagierter Ermittler habe sie gegen Mittag nach Hause gebracht.

Avrams Lippen verzogen sich zu einem schmalen Lächeln. *Ermittler* – das gefiel ihm.

Der Angestellte des Hauses Hobmüller berichtete weiter, dass Sina in einem emotional sehr labilen Zustand gewesen sei. Sie habe ihren Vater angespuckt und ihn sogar bedroht. In ihrem Zimmer war es dann zu einem lautstarken Streit zwischen den beiden gekommen, der über das Treppenhaus noch eine Etage tiefer zu hören gewesen sei. Allerdings konnte der Angestellte keine Details nennen. Kurz darauf habe er einen Schrei seines Chefs gehört. Als er nach oben eilte, um nachzusehen, habe er seinen Chef am offenen Fenster angetroffen – zitternd und unter Schock stehend. Er habe die ganze Zeit nur gestammelt: »Sie ist gesprungen ... einfach gesprungen!«

Der Bericht endete damit, dass Sina Hobmüllers Mutter von der Zürcher Kripo vom Tod ihrer Tochter in Kenntnis gesetzt worden sei und mit einem Nervenzusammenbruch ins Krankenhaus hatte eingeliefert werden müssen.

Avram seufzte. Die Frage, ob Franz Hobmüller etwas mit Sinas Sturz aus dem Fenster zu tun hatte, blieb ungeklärt. Überhaupt enthielt der Artikel wenig Neues. Er führte Avram nur noch einmal vor Augen, welches Leid er mit der Befreiung des Mädchens verursacht hatte.

Um sich auf andere Gedanken zu bringen, rief er Nadja an, seine Schwägerin.

»Meinauer«, meldete sie sich nach dem dritten Klingeln. Seit der Kuyperhof in Oberaiching abgebrannt war, lebte sie mit ihrer Tochter Akina in Koblenz – unter falschem Namen. Avram hatte ihr damals dazu geraten und ihr ein paar Tipps gegeben, wie man erfolgreich untertauchte, weil die Gefahr bestand, dass Claus Thalingers und Theo Krummknechts Gefolgsleute sie suchen und ihr etwas antun würden, als Racheakt für den Tod ihrer Bosse. Nadja war damit einverstanden gewesen, und Emilia Ness hatte den Identitätswechsel im Rahmen eines polizeilichen Schutzprogramms begleitet.

Avram gab sich gegenüber Nadja zu erkennen und dankte ihr für die Geburtstagsgrüße, die er von ihr und Akina per E-Mail erhalten hatte. »Habt ihr euch schon in eurer neuen Umgebung eingelebt?«, wollte er schließlich wissen.

»Akina sehnt sich nach ihren Freundinnen zurück«, sagte Nadja. »Aber sie weiß natürlich, dass wir auf keinen Fall in Oberaiching hätten bleiben können. Ihr Heimweh wird allmählich auch besser. Immerhin sind wir jetzt schon seit über einem halben Jahr hier.«

Vor Avrams geistigem Auge nahm das Bild seiner Nichte Gestalt an. Zwischen ihnen existierte seit dem Überfall auf den Kuyperhof eine enge Bindung. Er hatte sie damals beschützt, und sie dankte es ihm mit vorbehaltloser Zuneigung, obwohl sie mittlerweile wusste, dass er ein Auftragsmörder war.

»Was ist mit dir?«, fragte Avram. »Fühlst du dich einigermaßen wohl in Koblenz?«

»Jedenfalls besser, als ich mich in Oberaiching fühlen würde«, sagte Nadja. »Dort gäbe es zu viele böse Erinnerungen, verstehst du? Außerdem hätte ich mich dort nie so sicher gefühlt wie hier. Dennoch ist es nicht einfach, sein komplettes Leben hinter sich zu lassen und irgendwo anders noch mal ganz von vorne anzufangen.«

Avram konnte das gut nachvollziehen. Er hatte das schon oft genug mitgemacht.

»Wie geht es Ralf?« Die Frage kam ihm schwer über die Lippen. Nadjas neuer Partner war im Rahmen des polizeilichen Schutzprogramms ebenfalls mit nach Koblenz gezogen. Avram wäre es lieber gewesen, wenn sie ihn in Bayern zurückgelassen hätte.

Am liebsten mit einem Zementblock an den Beinen in der Isar.
»Er kommt mit der Situation besser zurecht als Akina und ich«, sagte Nadja. »Ohne ihn wären wir hier schon manchmal verzweifelt.«
Warum habe ich auch unbedingt nach ihm fragen müssen?
Natürlich gönnte Avram Nadja ihr neues Glück. Aber es schmerzte ihn gleichzeitig auch, jemand anderen an ihrer Seite zu wissen.

Er fragte sich, ob er jemals dazu fähig wäre, ein normales Leben zu führen. Eine Familie zu gründen, mit Frau und Kindern. Ein Teil von ihm konnte sich das durchaus vorstellen, und wenn Nadja es damals gewollt hätte, hätte es vielleicht auch funktioniert.

Aber das war lange her. Hin und wieder dachte er an ihre eine gemeinsame Nacht zurück. Nach dem missglückten Bolivien-Einsatz hatte er eine Auszeit gebraucht und zum ersten Mal in seinem Leben das Bedürfnis nach familiärer Geborgenheit verspürt. Deshalb wollte er nach seiner Genesung nach Oberaiching fahren, um seinem Bruder auf dem Hof einen Besuch abzustatten. Doch Goran war auf Geschäftsreise gewesen. Tags zuvor hatten er und Nadja sich heftig gestritten.

Fatale Situation.
Avram erinnerte sich noch an viele kleine Details – an Nadjas blumiges Sommerkleid, an ihre weißen Leinenschuhe, an die hochgesteckten Haare ... Sie beide hatten jemanden zum Reden gebraucht. Jemanden zum Zuhören. Jemanden, der einem das Gefühl gab, verstanden zu werden. Getrunken hatten sie an jenem Abend auch, nachdem Akina eingeschlafen war. Bis tief in die Nacht hatten sie sich unterhalten.

Nie war jemand Avram näher gewesen als Nadja. Teilweise lag es an ihm, weil er sich ihr gegenüber öffnen konnte wie keinem Menschen zuvor. Teilweise lag es auch an ihrer sensiblen Art, Fragen zu stellen – interessiert, aber nie fordernd. Wenn sie spürte, dass ihm bestimmte Themen Unbehagen bereiteten, bohrte sie nicht nach, sondern lenkte das Gespräch in eine andere Richtung, was zur Folge hatte, dass er ihr die Antworten später umso lieber gab – aus freien Stücken, ohne sich in die Ecke gedrängt zu fühlen.

Am Ende waren sie jedenfalls im Bett gelandet, wohl wissend, dass es für sie keine gemeinsame Zukunft geben konnte. Tags darauf war Avram wieder abgereist.

Und neun Monate später hatte Nadja seinen Sohn zur Welt gebracht.

»Was ist los mit dir, bist du noch dran?«, fragte Nadja gerade und riss ihn damit aus seinem Tagtraum.

»Ja, ich habe nur gerade eine wichtige E-Mail erhalten«, log Avram. Der Gedanke, dass sie nie die Rolle in seinem Leben spielen würde, die er sich wünschte, versetzte ihm einen Stich. »Ich muss Schluss machen.«

»Was denn, wir haben doch noch gar nicht lange miteinander gesprochen«, protestierte Nadja.

»Die Arbeit ruft. Tut mir leid.«

»Meldest du dich wieder?«

»Natürlich.«

»Aber nicht erst wieder in ein paar Monaten.«

Avram lächelte dünn. Ihr schien wirklich etwas daran zu liegen, und in gewisser Weise machte ihn das glücklich. Auch wenn es gleichzeitig weh tat.

18

Emilia stand mit Hauptkommissar Friedkin vor dem Eingangsbereich der Pension Karolina. Sie hatte ihre Kaffeetasse mit nach draußen genommen, er rauchte eine Zigarette. Die beiden unterhielten sich gerade über die nächsten Schritte in ihrem Fall, als ein Anruf von Mehzud Baikan einging, dem Leiter der kriminaltechnischen Spurensicherung bei der Aachener Kripo. Friedkin nahm das Gespräch an und stellte auf laut.

»Das Uniklinikum hat sich gerade bei mir gemeldet«, berichtete Baikan. »Der Daumen stammt von einer jungen Frau. Die Blutgruppe ist dieselbe wie bei dem Ohr von gestern – A positiv. Auch die Wundränder und der Zustand des Amputats stimmen überein. Die Pathologie lässt gerade eine DNA-Probe durchführen, aber mit hoher Wahrscheinlichkeit handelt es sich um dasselbe Opfer.«

»Was ist mit der Verpackung?«, fragte Friedkin und nahm einen Zug von seiner Zigarette. »Gibt es diesmal irgendwelche Spuren, mit denen wir etwas anfangen können?«

»Bis jetzt nur die Fingerabdrücke auf dem Geschenkpapier. Es sind insgesamt zweiunddreißig brauchbare Abdrücke, der Rest überlagert sich oder ist verwischt. Die brauchbaren haben wir durch den Computer laufen lassen. Fünf gehören zu Agentin Ness. Die anderen siebenundzwanzig sind nicht registriert. Wir müssen abwarten, bis wir die Abdrücke der Mitarbeiter aus der Pension und aus dem Pizza-Service haben. Mal sehen, was dann noch übrig bleibt.«

Baikan versprach, sich später wieder zu melden, und Friedkin steckte sein Handy in die Hosentasche zurück.

»Solange wir keine brauchbaren Hinweise haben, sollten wir uns mit der Frage beschäftigen, wie Dante herausfinden konnte, wo Sie in Aachen übernachtet haben«, sagte er.

Emilia war das nur recht. Sie konnte ohnehin kaum an etwas anderes denken.

»Sind Sie sicher, dass Sie mit niemandem darüber gesprochen haben?«

»Absolut. Nicht einmal mit meinem Verlobten. Ich habe gestern Abend ein bisschen im Internet gesucht und mich dann spontan für diese Pension entschieden. Ich war noch nie hier, ich habe unter einem frei erfundenen Namen eingecheckt, und ich habe in bar bezahlt. Viel vorsichtiger hätte ich kaum sein können.«

»Kann Dante sich in Ihr Handy eingehackt haben?«

Emilia konnte sich das nicht vorstellen. »Auf meinem Handy sind alle Schutzprogramme installiert, die Interpol vorschreibt«, sagte sie.

»Vielleicht ist er Ihnen dann gestern Abend vom Polizeiparkplatz aus gefolgt.«

»Ich habe darauf geachtet, dass mir niemand hinterherfährt, weil genau das meine Befürchtung war«, entgegnete Emilia. »Eine Zeitlang bin ich sogar kreuz und quer durch die Stadt gefahren, nur um sicherzugehen, dass ich niemanden übersehe. Es gab keinen Verfolger, garantiert. Das Einzige, was ich mir noch vorstellen kann, wäre ein Peilsender an meinem Wagen.«

Gemeinsam suchten sie ihr Auto ab. Unter der hinteren Stoßstange wurden sie tatsächlich fündig – dort haftete ein magnetischer Minisender, etwa in der Größe einer Streichholzschachtel.

Ein kalter Schauder lief Emilia über den Rücken. Wann hatte Dante das Gerät dort angebracht? Wahrscheinlich schon auf dem Wagingerhof, als sie im Haus gewesen war und er sein erstes Päckchen auf ihre Motorhaube gelegt hatte.

Dann hat er die ganze Zeit über gewusst, wo ich mich aufhalte! Auch heute Nacht! Wenn er gewollt hätte, hätte er mich umbringen können.

Anscheinend hatte er das nicht vor, zumindest im Moment noch nicht. Doch allein das Wissen, dass er die Möglichkeit dazu gehabt hätte, trieb ihr eine Gänsehaut über den Rücken.

Sie lebte nur noch, weil er es so wollte.

19

Die Zeit verging nicht! Und allmählich begann Avram, sich auch zu ärgern. Sein neuer Auftraggeber hatte ihn eilig nach Frankfurt bestellt, weshalb er ohne Umwege und ohne Zwischenstopp aus Basel hierhergekommen war. Gestern Abend hatte er das für ihn reservierte Zimmer bezogen. Seitdem wartete er gespannt auf weitere Anweisungen. Aber aus irgendeinem Grund meldete Riveg sich nicht mehr. Die E-Mail, die Avram ihm zuletzt geschrieben hatte, war nach wie vor unbeantwortet. Andere Kontaktdaten standen ihm nicht zur Verfügung.

Ist ihm irgendetwas dazwischengekommen?

Gab es eine Planänderung? Oder will der Kerl mich nur verarschen?

In seiner wachsenden Ungeduld hatte Avram schon darüber nachgedacht, wieder abzureisen. Er war keine Marionette, die man beliebig an den Fäden tanzen lassen konnte! Aber genau das schien Riveg wohl zu denken.

Er erhielt die meisten seiner Aufträge über Empfehlungen aus gewissen Kreisen. Leute, die mit seiner Arbeit zufrieden waren, nannten anderen Leuten, die jemanden aus dem Weg geräumt haben wollten, seine Mailadresse. Auch über Rutger Bjorndahl waren schon einige Jobs gelaufen.

Wie Riveg auf ihn aufmerksam geworden war, wusste Avram nicht. Wer hatte ihm seine Kontaktdaten gegeben? Bjorndahl jedenfalls nicht. Und einen Drittnamen hatte Riveg bislang nicht genannt.

Normalerweise klärte Avram diese Dinge, bevor er sich für einen Auftrag entschied – er wollte nicht an einen verdeckten Ermittler geraten oder an jemanden, der sich an ihm für einen der Morde rächen wollte, die er im Lauf der letzten Jahre verübt hatte. In diesem Fall aber war zu wenig Zeit gewesen, um Hintergrundinformationen einzuholen. Avram hatte Rutger Bjorndahl zwar damit beauftragt, doch der hatte bislang nichts herausfinden können. Riveg war wie ein Geist.

Hat er sein Angebot wirklich ernst gemeint?

Avrams Gedanken wanderten zu Sina Hobmüller. Der Artikel in der Onlineausgabe der Basler Zeitung hatte kaum etwas Neues enthalten. Deshalb rief er Rutger Bjorndahl an, um ihn zu bitten, detailliertere Informationen zu ihrem Tod aufzutreiben. Bjorndahl war weit über die Grenzen Deutschlands hinaus hervorragend vernetzt. Er verfügte über ebenso viele Kontakte zur Polizei wie zur Unterwelt. Wenn jemand etwas über den Todesfall in Basel herausfinden konnte, dann er.

»Warum interessiert dich der Tod dieses Mädchens so sehr?«, fragte Bjorndahl. Seine Stimme klang wie immer heiser – die Hinterlassenschaft einer Kehlkopfentzündung, die er sich in jungen Jahren zugezogen hatte. »Früher hättest du dir darüber keine Gedanken gemacht.«

»Menschen ändern sich«, wich Avram aus. Er wollte jetzt nicht über seine Gewissensbisse reden, schon gar nicht über den Tod seines Sohns, der diese sensible Seite in ihm erst geweckt hatte.

»Halte mich einfach auf dem Laufenden, in Ordnung?«

Am anderen Apparat war ein Keuchlaut zu hören. »Denkst du etwa ans Aufhören?«

Avram seufzte. »Im Moment noch nicht. Ich habe gerade

einen dicken Fisch an der Angel. Den will ich auf alle Fälle noch an Land ziehen.«

Was danach kommen würde, konnte er jetzt noch nicht sagen. Einerseits wollte er seinen Job an den Nagel hängen, solange es noch nicht zu spät war. Wie viele seiner Kollegen waren mit einer Kugel in der Brust oder einem Messer im Rücken gestorben? Er hatte nicht vor, so zu enden. Andererseits: Wenn er sich tatsächlich fürs Aufhören entschied – was sollte er danach tun? Er hatte weder Familie noch irgendwelche Hobbys, die seinen Sprung in ein neues Leben abfedern konnten. Zudem hatte er sein komplettes Erwachsenenleben als Schwerkrimineller verbracht, und er wurde polizeilich gesucht. Welche Zukunft konnte er da erwarten? Untergetaucht, stets in Gefahr schwebend, von der Vergangenheit eingeholt zu werden?

Keine verlockende Aussicht!

Das Zimmertelefon klingelte.

»Ich muss aufhören, Rutger«, sagte Avram. »Gib mir Bescheid, wenn es etwas Neues aus Basel gibt.«

Er steckte das Handy weg und nahm den Hörer vom Telefon auf dem Nachttisch, während er sich aufs Bett setzte.

»Herr Harthausen? Ein Gespräch für Sie«, sagte die Rezeptionistin. »Augenblick, ich stelle durch.«

Es klickte in der Leitung. Nach einer kurzen Pause sagte jemand: »Sind Sie noch an unserem Deal interessiert?« Es war eine Männerstimme, trocken, tonlos und irgendwie verzerrt. Nicht ganz so heiser wie die von Rutger Bjorndahl, aber so in der Art. Nur von der Stimmlage her höher. Unangenehmer. Und sehr selbstbewusst, das wurde schon bei diesen wenigen ersten Worten deutlich. Der Mann war es gewohnt, Anweisungen zu erteilen.

»Hätte ich kein Interesse, wäre ich nicht mehr hier«, sagte

Avram betont schroff. Der andere durfte ruhig spüren, dass ihm die Warterei nicht gefiel.

Unbeirrt fuhr Riveg fort: »Und die Konditionen sind für Sie in Ordnung?«

Die Konditionen waren der einzige Grund, weshalb Avram überhaupt angebissen hatte. Über den Auftrag selbst wusste er ja noch so gut wie nichts. Aber ganz so deutlich wollte er das dann doch nicht sagen.

»Die Konditionen sind akzeptabel«, entgegnete er.

Am anderen Ende war ein leises Schnauben zu hören, wie unterdrücktes Kichern. »Sehr gut«, wisperte die Stimme. »Ich hatte schon befürchtet, dass Sie den Preis nachverhandeln wollen.«

Riveg hatte offenbar keine Ahnung, dass die Auftraggeber momentan nicht gerade bei Avram Schlange standen. Eine halbe Million? Das war ein echter Glücksgriff!

»Machen Sie sich wegen des Geldes keine Gedanken«, sagte Avram.

»Sehr schön. Dann maile ich Ihnen gleich meine Bankverbindung«, röchelte Riveg. »Sobald der Betrag auf meinem Konto eingegangen ist, erhalten Sie weitere Informationen.«

Avram zog die Stirn kraus. Hatte er sich da gerade verhört? *Sobald der Betrag auf meinem Konto eingegangen ist ...?* Es konnte sich ja wohl nur um einen Versprecher handeln.

»Ich möchte, dass die Bezahlung in einer Summe erfolgt«, fuhr Riveg fort. »Bis wann können Sie das Geld auftreiben?«

Also kein Versprecher! Irgendetwas lief hier gerade überhaupt nicht so, wie Avram es sich vorgestellt hatte.

»Ist das Ihr Ernst? Ich soll dafür bezahlen, um für Sie einen Auftrag zu erledigen?«

»Absolut. Ich dachte, wir wären uns über den Betrag schon einig.«

Der Kerl wollte ihn offenbar zum Narren halten. Avram spürte, wie die Wut in ihm hochkochte. Der ganze Weg von Basel hierher und eine unbequeme Nacht in einem Hotel ohne Klimaanlage – völlig umsonst!

»Ich denke, wir können das Gespräch an dieser Stelle beenden«, sagte er. »Versuchen Sie nicht noch einmal, Kontakt mit mir aufzunehmen. Ich kann ziemlich unangenehm werden, wenn man mich provoziert.« Mit diesen Worten knallte er den Hörer auf die Gabel.

Verdammter Idiot!

Damit meinte er nicht nur Riveg, sondern irgendwie auch sich selbst. Er war hinter dem Geld her gewesen wie ein bescheuerter Esel hinter der Möhre, ohne auch nur einen Moment darüber nachzudenken, ob er sie auch tatsächlich erreichen konnte. Das hatte er nun davon!

Das Telefon klingelte erneut. Avram hatte gute Lust, es gegen die Wand zu donnern.

Stattdessen nahm er noch einmal ab. Wenn der Kerl unbedingt Ärger wollte, sollte er ihn auch bekommen.

»Ja, bitte?«

»Die Verbindung scheint unterbrochen worden zu sein«, sagte die Rezeptionistin. »Ich habe Ihren Anrufer noch einmal in der Leitung.«

Es klickte wieder. Diesmal entstand keine Pause, denn Avram schoss sofort los: »Ich weiß nicht, was Sie bezwecken, Herr Riveg, aber ich rate Ihnen: Lassen Sie mich in Ruhe! Denn ich bin für Ihre Spielchen absolut nicht in der Stimmung!«

Am anderen Ende der Leitung war wieder dieses röchelnde Kichern zu hören. Zum Aus-der-Haut-Fahren!

»Was denn? Warum so empfindlich? Ich dachte, Sie sind ein Profi.«

Und genau deswegen werde ich dich finden. Mal sehen, ob du die Sache dann immer noch so lustig findest, Arschloch!

»Wollen Sie denn nicht wenigstens wissen, wie genau Ihr Auftrag lautet?«

»Falls Sie sich doch noch entschließen, mir die Anzahlung zu überweisen, gerne. Andernfalls bleibt es bei meinem Nein. Und wenn Sie mich noch einmal belästigen, könnte es gut sein, dass Sie demnächst mit zwei gebrochenen Beinen aufwachen.«

»Sie würden mich nicht finden.«

»Wollen Sie es darauf ankommen lassen?«

Riveg lachte. »Sparen Sie sich die Mühe, Herr Kuyper. Fragen Sie lieber an der Rezeption nach einem Kuvert, das dort für Sie abgegeben wurde. Darin befindet sich ein Schlüssel für ein Schließfach am Frankfurter Hauptbahnhof. Sehen Sie nach, was sich darin befindet, und entscheiden Sie dann, ob Sie den Auftrag annehmen. Wie gesagt: Sobald die fünfhunderttausend Euro auf meinem Konto eingegangen sind, erhalten Sie alle weiteren Informationen, um den Mord auszuüben.«

»Und wenn ich es nicht tue?«

»Was haben Sie zu verlieren? Sie sind bereits in Frankfurt. In einer halben Stunde können Sie am Bahnhof sein. Ich garantiere Ihnen, dass Sie es nicht bereuen werden. Ich wette sogar, dass Sie mir das Doppelte bezahlen würden, wenn ich mit dem Preis nach oben ginge. Aber keine Sorge: Ich halte mich an unsere Vereinbarung. Mir geht es nicht so sehr ums Geld. Ich will Rache. Und ich glaube, Sie wollen das auch.«

20

Nachdem die Ermittlungsarbeiten in der Pension Karolina abgeschlossen waren, fuhren Emilia und Hauptkommissar Friedkin zur Aachener Polizeizentrale. Im Labor der Spurensicherung scannte Oberkommissar Baikan die Fingerabdrücke, die die Polizei an diesem Morgen abgenommen hatte, in den Computer ein, um sie mit denen auf dem Geschenkpapier abzugleichen. Drei stammten von Karolina Hepp, der Inhaberin der Pension. Zwei Abdrücke konnten dem Rezeptionisten zugeordnet werden und jeweils fünf dem Zimmermädchen, dem Pizzaboten und der Dame am Empfang von Pizzafix24. Zusammen mit den fünf Abdrücken von Emilia ergab das fünfundzwanzig. Somit blieben sieben Abdrücke übrig, die nicht eliminiert werden konnten. Da der Polizeicomputer über sie kein Ergebnis ausspuckte, bot Emilia an, die Abdrücke nach Lyon zu mailen, um sie mit den biometrischen Datenbanken bei Interpol abgleichen zu lassen. Davor widmeten sie sich jedoch noch dem Peilsender für den Fall, dass dort weitere Spuren zu finden wären, die einer Überprüfung in Lyon bedurften.

Tatsächlich fanden sie auf dem Gehäuse des streichholzschachtelgroßen Geräts zwei Fingerabdrücke. Keiner stimmte mit denen auf dem Geschenkpapier überein, aber der Aachener Polizeicomputer lieferte schnell das Ergebnis, das beide von derselben Person stammten: Luan Waschkowski, ein mehrfach vorbestrafter Autodieb. Seine letzte Gefängnisstrafe hatte er vor drei Jahren abgesessen, seitdem war er nicht mehr auffällig gewesen. Vor neun Monaten hatte er ein Geschäft für Elektrofachbedarf in Düren eröffnet, rund zwanzig Kilometer östlich von Aachen.

Während Baikan das Gehäuse des Peilsenders aufschraubte, um dessen Innenleben genauer unter die Lupe zu nehmen, googelte Emilia nach Luan Waschkowskis Firma. Der Internetauftritt war ziemlich unprofessionell. Ein paar Innen- und Außenaufnahmen des Ladens gaben aber einen ungefähren Eindruck von dessen Größe und Aufbau.

»Laut Begleittext besteht ein Teil des Sortiments aus Zubehörteilen für Sicherheits- und Überwachungseinrichtungen aller Art«, las sie vor.

»Besonders groß sieht der Laden nicht aus«, sagte Friedkin, der ihr über die Schulter sah. »Mit etwas Glück kann Waschkowski sich an den Käufer des Peilsenders erinnern. Wenn er seine Bücher ordentlich führt und der Käufer mit Karte bezahlt hat, haben wir vielleicht sogar einen Namen.«

Zehn Minuten später saßen sie in Friedkins Wagen. Sie hatten gerade den Parkplatz des Polizeipräsidiums verlassen, als Emilias Handy klingelte.

»Trifels-Gymnasium Annweiler, Schulsekretariat, Ilgner«, meldete sich eine Frauenstimme. »Spreche ich mit Frau Ness?«

»Am Apparat.«

»Bitte verstehen Sie mich nicht falsch. Ich habe Verständnis für Ihre Situation und möchte nicht pietätlos erscheinen«, sagte die Sekretärin. »Es ist nur … ich wollte mich nach Rebeccas Befinden erkundigen und fragen, wie lange sie voraussichtlich noch fehlen wird.«

Emilia legte die Stirn in Falten. »Ich verstehe nicht, was Sie meinen.«

»Die Entschuldigung, die mir vorliegt, gilt nur für gestern. Da Rebecca aber heute auch nicht zum Unterricht erschienen ist, bin ich laut Schulordnung verpflichtet, telefonisch nachzuhaken. Bitte verstehen Sie mich nicht falsch. Sie haben im Moment bestimmt ganz andere Sorgen. Es genügt völlig, wenn Rebecca die Entschuldigung nächste Woche nachreicht. Ich will nur sichergehen, dass alles in Ordnung ist.«

Emilia brauchte einen Moment, um die verwirrende Aussage für sich einzuordnen. »Habe ich das richtig verstanden, dass Becky weder gestern noch heute zum Unterricht erschienen ist?«, fragte sie.

»Genau. Die Entschuldigung für gestern hatten Sie uns ja schon zukommen lassen. Es fehlt nur noch die für heute und gegebenenfalls für die nächsten Tage – je nachdem, in welcher Verfassung Sie und Rebecca sich befinden.«

Nichts von dem, was die Schulsekretärin sagte, ergab für Emilia Sinn. »Sind Sie sicher, dass hier keine Verwechslung vorliegt?«, fragte sie. »Ich habe meiner Tochter für gestern keine Entschuldigung geschrieben.«

Am anderen Ende entstand eine Pause. »Augenblick ... Hier ist sie: Aufgrund eines unerwarteten Todesfalls in unserer Familie bitte ich Sie, meine Tochter Rebecca am heutigen Mittwoch vom Unterricht zu befreien. Gezeichnet Emilia Ness. Die Unterschrift stimmt mit den anderen in der Akte Ihrer Tochter überein.«

Von wem die Entschuldigung auch immer stammen mochte – von ihr jedenfalls nicht. Aber sie hatte schon so eine Ahnung, was vorgefallen sein konnte, und das begann sie zu ärgern. Mit ihren fünfzehn Jahren befand Becky sich in einem Alter, in dem sie sich allzu oft von ihrer Mutter bevormundet fühlte. Emilia versuchte, die häufigen Streite als Teil des natürlichen Abnabelungsprozesses zu akzeptieren.

Deshalb rief sie nicht mehr jeden Tag bei Becky an, so wie gestern, auch wenn es ihr schwerfiel. Aber wenn sie jetzt feststellen musste, dass Becky die zunehmende Mutter-Tochter-Distanz missbrauchte, um mit gefälschten Entschuldigungen die Schule zu schwänzen, würde das Konsequenzen nach sich ziehen.

Emilia bat die Schulsekretärin, sich bei ihr zu melden, sobald Becky wieder auftauchte. Dann rief sie auf Beckys Handy an, aber es ging nur die Mailbox dran.

Was nun?

Wenn es jemanden gab, der wissen konnte, wo Becky steckte, dann wohl ihre beste Freundin Jana. Die beiden Mädchen waren seit der fünften Klasse Zimmergenossinnen auf dem Internat. Gelegentlich nahmen Janas Eltern Becky übers Wochenende mit zum Reiten. Seit Becky bei einem dieser Reiterwochenenden einmal ihr Handy in der Schule vergessen hatte, hatte Emilia Janas Nummer abgespeichert.

Sie warf einen Blick auf die Armbanduhr. Große Pause im Trifels-Gymnasium – der ideale Zeitpunkt. Kurzentschlossen rief sie Jana Sailer an.

»Ja, bitte?«

»Hier spricht Emilia Ness. Beckys Mutter.«

»Ah, Frau Ness! Wir haben uns gerade über Becky unterhalten. Wie geht es ihr? Letztes Jahr ist meine Oma beerdigt worden, das war schrecklich. Sagen Sie ihr bitte, dass wir alle ganz fest an sie denken.«

Emilia seufzte. Das war kein guter Anfang. »Hör zu, Jana: Es gab keine Beerdigung«, sagte sie. »Ich vermute, Becky hat diese Entschuldigung selbst geschrieben. Allerdings habe ich keine Ahnung, warum sie das getan haben könnte. Weißt du, ob sie etwas ausgefressen hat?«

Im Grunde war Becky ziemlich zuverlässig. Aber sie

befand sich in einem Alter, in dem die Hormone verrückt spielten und viele Dinge interessant erschienen, die früher bedeutungslos gewesen waren. Vielleicht hatte sie zu viel getrunken oder Drogen genommen.

»Ich weiß nicht, was mit Becky los ist«, sagte Jana. »Ehrlich.«

An ihrer Stimme erkannte Emilia jedoch, dass sie noch etwas loswerden wollte.

»Jana, wenn es etwas gibt, das ich wissen sollte, dann raus mit der Sprache. Becky ist spurlos verschwunden, und niemand weiß, wo sie steckt. Allmählich mache ich mir wirklich Sorgen.«

Jana zögerte einen Moment. Dann sagte sie: »Becky hat sich Dienstagnacht mit einem Jungen getroffen.«

»Mit Jobi?« Seit einigen Monaten war er Beckys Freund, ein freakiger Typ mit gelben Haaren und mehreren Piercings im Gesicht. Anfangs hatte Emilia ihn nicht leiden können, aber inzwischen fand sie ihn recht sympathisch.

»Nein, nicht mit Jobi. Der ist schon lange abgeschrieben. Becky wollte sich mit einem anderen Jungen treffen, in den sie sich verknallt hat. Der hat ihr 'nen Brief geschrieben. Wollte ein Date mit ihr, nachts auf dem Sportplatz.«

Emilia schluckte.

Hatte Becky mit diesem Romeo eine Dummheit begangen und zu spät erkannt, dass das ein Fehler gewesen war? Dann schämte sie sich jetzt womöglich und traute sich nicht mehr zurück. Das würde natürlich alles erklären.

Aber war Becky wirklich schon so abgeklärt, dass sie gleich beim ersten Treffen mit einem Jungen schlief? Sie hatte erst einen festen Freund gehabt – Jobi. Sie war fünfzehn. Emilia konnte sich nicht vorstellen, dass ihre Tochter sich auf so etwas einlassen würde.

»Wie heißt der Junge, mit dem sie sich getroffen hat?«, fragte Emilia.

»Daniel Gronert. Aus der 12b.«

»War Daniel gestern in der Schule?«

»Ja. Ich habe ihn auf dem Pausenhof gesehen.«

»Und hat er etwas gesagt?«

»Er war mit seinen Kumpels zusammen. Die kann ich nicht ausstehen. Ich habe gestern nicht mit ihm gesprochen. Heute auch noch nicht.«

Emilia seufzte. »Wenn Becky auftaucht, dann richte ihr bitte aus, dass sie sich unbedingt bei mir melden soll.«

»Ich verspreche es.«

Sie beendete das Gespräch und versuchte, sich in Beckys Lage zu versetzen.

Was hätte ich an ihrer Stelle getan? Wo würde ich mich verstecken? Bei wem Trost suchen?

Sie versuchte ihr Glück bei Jobi.

»Becky hat vor zwei Wochen mit mir Schluss gemacht«, sagte er mit bedrückter Stimme. Offenbar litt er noch immer unter der Trennung. »Seitdem versuche ich, ihr im Pausenhof nicht über den Weg zu laufen. Tut mir leid, aber ich weiß auch nicht, wo sie ist.«

»Kennst du Daniel Gronert?«

»Danny? Klar. Warum?«

Emilia zögerte. Sie wollte Jobi nicht verletzen. Aber um herauszufinden, was los war, musste sie ihn mit der Wahrheit konfrontieren.

»Daniel wollte sich mit Becky treffen«, sagte sie. »Nachts, auf dem Sportplatz.«

Sie hörte Jobi am anderen Apparat schlucken. »Ja, das klingt nach Danny. Ist ein Weiberheld. Und die Mädels fallen reihenweise auf ihn herein.«

Das passte ins Bild, erklärte aber noch nicht, wo Becky abgeblieben war. Emilia bedankte sich bei Jobi, beendete das Gespräch und rief noch einmal beim Schulsekretariat an, um Daniel Gronert ausrufen zu lassen.

Wenn er das getan hatte, was Emilia vermutete, würde er gleich ein gigantisches Donnerwetter erleben.

21

Avram stellte seinen Wagen auf einem öffentlichen Parkplatz am Frankfurter Hauptbahnhof ab und warf einen Blick auf sein Handy, das vor wenigen Minuten einen E-Mail-Eingang signalisiert hatte. Die Nachricht stammte von Riveg und beschränkte sich auf das Nötigste:

500 000,– €
Swift / BIC: CNBTKYK1XXX
Kontonr. 100036409842
Cayman National Bank Ltd.

In Avram gärte es noch immer. Nie zuvor hatte er Geld für einen Auftrag bezahlt, und im Moment konnte er sich auch nicht vorstellen, warum er das tun sollte. Schon gar nicht einen solchen Betrag.
Eine halbe Million Euro, das entsprach so ziemlich genau dem, was seine Konten noch hergaben. Eigentlich besaß er mindestens das Vierfache, das Problem war nur, dass die Polizei den Großteil seiner Guthaben eingefroren hatte. An dieses Geld kam er nicht heran, zumindest nicht im Augenblick. Somit forderte Riveg nicht weniger als Avrams komplettes liquides Vermögen.
Dafür, dass ich dann auch noch die Arbeit für ihn erledigen soll.
Irgendwie ergab das alles wenig Sinn. Doch Avram wäre nicht in die Innenstadt gefahren, wenn Riveg ihn mit seinem sonderbaren Geschäftsvorschlag nicht auch neugierig

gemacht hätte. Was veranlasste diesen Mann zu glauben, dass Avram ihm so viel Geld bezahlen würde?

Entweder er hat einen tollen Trumpf in der Hinterhand, oder er ist völlig verrückt. Wahrscheinlich Letzteres.

Auf jeden Fall wurde Avram das Gefühl nicht los, dass Riveg etwas im Schilde führte, und solange er nicht wusste, was das war, wollte er trotz aller Neugier vorsichtig bleiben. Nicht, dass sich diese Angelegenheit als Falle herausstellte. Riveg manipulierte ihn, das war klar. Zuerst hatte er es so aussehen lassen, als würde er Avram viel Geld bezahlen, um ihn nach Frankfurt zu locken. Jetzt köderte er ihn mit seiner Neugier. Das Schlimme war, dass es funktionierte.

Während Avram auf dem Weg zu den Schließfächern das Bahnhofsgebäude durchquerte, hielt er aufmerksam die Augen offen. Beobachtete ihn jemand? Oder verhielt sich jemand auf andere Weise auffällig? Riveg hatte alles so schön eingefädelt. Aus irgendeinem Grund bereitete es ihm Vergnügen, Avram nach seiner Pfeife tanzen zu lassen. Wäre es da verwunderlich gewesen, wenn er ihn heimlich beobachtete? Oder ihn zumindest von jemandem beobachten ließ?

Aber trotz seines geübten Blicks gab es nichts, was Avram an diesem Vormittag verdächtig vorkam.

Er erreichte die Ecke mit den Schließfächern und zog den Schlüssel aus der Hosentasche, den Riveg im Hotel für ihn hinterlassen hatte. Nummer 1452. Das Fach befand sich in der Mitte einer mannshohen, spindartigen Wandreihe, etwa auf Hüfthöhe.

Als er den Schlüssel ins Schloss steckte, musste er sich eine gewisse Nervosität eingestehen. Nicht unangenehm, eher so wie bei einer Pokerpartie, wenn man nicht weiß, ob man gewinnt oder verliert.

Er drehte den Schlüssel um und zog die Stahltür auf. Im

Innern des Fachs befand sich nur ein einzelner Aktenkoffer. Avram zog ihn heraus – er war offenbar neu, aus schwarzem Leder, wie ihn Geschäftsleute besitzen. Ein elegantes Stück, bestimmt nicht billig. Möglicherweise Handarbeit. Als wollte Riveg dadurch die Wichtigkeit des Inhalts unterstreichen.

Avram drückte mit beiden Daumen die messingfarbenen Verschlussschnallen nach oben und warf einen Blick in den Koffer. Darin lag ein Ringbuchordner, DIN A4 – nicht aus grauer Pappe, wie es sie überall zu kaufen gibt, sondern ebenfalls hochwertig, mit schwarzem Leder überzogen. Was Riveg am Hotelzimmer eingespart hatte, steckte in diesem unscheinbaren Bahnhofsschließfach.

Neugierig öffnete Avram den Ordner. Er war randvoll mit Papier befüllt, sauber einsortiert, wie frisch aus der Druckerpresse. Ein bisschen Text hier und da, ansonsten viele Bilder – Fotos, auf die Avram sich im Moment keinen Reim machen konnte.

Er würde sich das in aller Ruhe anschauen müssen. Nicht hier, wo es von Menschen nur so wimmelte, sondern an einem ungestörten Ort.

Avram schloss den Ordner, klappte den Koffer zu und verschwand damit in Richtung Nordausgang.

22

Der Laden von Luan Waschkowski wirkte in der Realität genauso heruntergewirtschaftet wie auf den Bildern im Internet. Vergilbte Scheiben und rissiger Putz von außen, Unordnung und beklemmende Enge im Innern. Die Gänge zwischen den völlig überfrachteten Regalreihen waren so schmal, dass Emilia beinahe Platzangst bekam. Noch dazu staute sich die Hitze wie in einer Sauna. Es war kaum auszuhalten.

Emilia wischte sich mit einem Erfrischungstuch aus ihrer Handtasche über die Stirn und steuerte hinter Friedkin auf den Verkaufstresen zu. Die Frau an der Kasse, eine hagere Blondine mit viel zu viel Make-up, sah aus wie vom Straßenstrich.

Friedkin stellte sich und Emilia vor. »Wir wollen mit Herrn Waschkowski sprechen«, schloss er.

Die Blondine ließ sich seinen Ausweis zeigen. Schließlich nickte sie. »Luan ist im Lager, hinten im Hof. Ich ruf ihn an.«

Zwei Minuten später betrat ein untersetzter Mann mit kreisrunder Halbglatze den Laden durch die Tür hinter der Verkaufstheke. »Sie wollen mich sprechen?« Es klang weder abweisend noch besonders erfreut.

Friedkin nickte. »Wir sind von der Kripo Aachen. Können wir irgendwo ungestört reden?«

Waschkowski führte sie in sein Büro, das sich in einem Seitenzimmer befand. Auch dort stapelte sich das Elektrozubehör in den Wandregalen bis unter die Decke. Der aufgeräumte Schreibtisch mit der Computerausstattung wirkte dagegen fast wie ein Fremdkörper. Vielleicht war Luan Waschkowski doch nicht so unorganisiert, wie es den Anschein hatte.

»Einer von Ihnen darf sich gerne setzen«, bot er an und nickte dabei in Richtung des klapprigen Drehstuhls, der hinter dem Schreibtisch stand. »Für beide reicht es leider nicht.«

Als die Polizisten ablehnten, nahm er selber darauf Platz.

»Was kann ich also für Sie tun?«, fragte er.

»Interpol ermittelt in einer Mordserie, die sich bis nach Aachen zieht«, sagte Emilia. »Letztes Wochenende wurde auf einem Bauernhof bei Simmerath ein Ehepaar umgebracht. Der Mörder oder jemand, der mit ihm zusammenarbeitet, brachte an meinem Wagen einen Peilsender an, während ich den Tatort besichtigt habe. Auf dem Gehäuse des Senders fand die Spurensicherung Ihre Fingerabdrücke.«

Waschkowskis Gesicht verfinsterte sich. »Wollen Sie mir das etwa in die Schuhe schieben?«

Emilia schüttelte den Kopf. »Wir gehen nicht davon aus, dass Sie selbst etwas damit zu tun haben«, sagte sie. »Wir glauben jedoch, dass der Peilsender hier gekauft wurde. Und wir haben die Hoffnung, dass Sie uns verraten können, von wem.«

Sie reichte ihm einen Zettel mit der Fabrikatsbezeichnung und der Seriennummer des Senders.

Waschkowski entspannte sich. Er tippte etwas in seinen Computer ein, klickte ein paarmal mit der Maus, dann nickte er.

»Das war das K12-Modell«, sagte er, den Blick auf den Bildschirm gerichtet. »Ein ziemlicher Ladenhüter. Das Ding ist den meisten Leuten zu teuer. An den Kerl, der das gekauft hat, kann ich mich gut erinnern. Das war erst vor zwei oder drei Tagen. Er war Anfang bis Mitte vierzig, würde ich sagen. Kurzes, graues Haar, etwa einsfünfundsiebzig groß. Sah ein bisschen so aus wie dieser Typ aus ›Titanic‹ – wie hieß der doch gleich?«

»Leonardo DiCaprio?«

»Genau wie der. Ein bisschen größer und kräftiger vielleicht. Und er hatte ein paar Falten mehr im Gesicht. Trotzdem war er ein ziemlicher Schönling. Würde mich nicht wundern, wenn der vom anderen Ufer ist.«

Emilia warf Friedkin einen Blick zu und murmelte: »Das könnte derselbe Mann sein, der auch die Pizza in Auftrag gegeben hat.«

Die Dame des Lieferservices hatte ihn als gutaussehend beschrieben. Aber das musste natürlich nichts heißen.

»Haben Sie die Kundendaten registriert?«, fragte sie Waschkowski.

»Sie meinen Name und Anschrift? Da muss ich erst mal nachschauen.«

Während er etwas in seine Tastatur tippte, klingelte Emilias Handy. Das Display zeigte eine Nummer an, die sie nicht kannte.

Sie ging aus dem Büro und nahm das Gespräch an.

»Mein Name ist Daniel Gronert ... Sie wollten mit mir sprechen?«

Es dauerte eine Sekunde, bis sie begriff, wer das war: Beckys neue Flamme.

Danny, der Weiberheld!

Emilia bemühte sich, ihre aufkommende Wut zu zügeln. Noch stand nicht fest, dass er Becky verführt hatte.

Gib ihm die Chance, seine Version der Geschichte zu erzählen.

Vielleicht hat er gar nichts mit Beckys merkwürdigem Verhalten zu tun.

Die Schulsekretärin des Trifels-Gymnasiums war so freundlich gewesen, ihm die Nachricht mit der Bitte um Rückruf zukommen zu lassen.

»Becky ist seit gestern verschwunden, und ich habe gehört, dass ihr befreundet seid«, begann Emilia. »Ich dachte, du kannst mir vielleicht sagen, wo sie ist.«

»Ich?« Er klang ehrlich überrascht. »Keine Ahnung, wo die steckt – ich wusste nicht mal, dass sie ausgebüxt ist. Vielleicht probieren Sie's mal bei Jana. Sailer heißt die, glaub ich, mit Nachnamen. Sie ist Beckys beste Freundin.«

»Mit Jana habe ich schon telefoniert«, sagte Emilia. »Sie hat mich an dich verwiesen, weil du Becky zuletzt gesehen hast.«

»Das kann nicht sein!«, erwiderte Danny. »Ich habe Becky das letzte Mal in der großen Pause gesehen, das muss am Dienstag gewesen sein.«

»Jana hat mir erzählt, dass ihr euch nachts heimlich treffen wolltet«, sagte sie.

»Das … ist nicht wahr!«, verteidigte sich Danny. »Ich weiß nicht, wie sie darauf kommt, aber ich hab mich nicht heimlich mit Ihrer Tochter getroffen!«

Es war zu erwarten gewesen, dass er das leugnen würde. Aber so einfach wollte Emilia es ihm nicht machen.

»Was ist mit dem Brief, den du Becky geschrieben hast?«

Am anderen Apparat entstand eine kurze Pause. Dann: »Was für ein Brief?«

»Der Brief, in dem du sie um ein Treffen auf dem Sportplatz gebeten hast.«

Diesmal dauerte die Pause länger. »Das … das habe ich nicht getan.«

Emilia wusste nicht, was sie davon halten sollte. Außerdem begann sie allmählich, sich Sorgen zu machen. Das überlagerte sogar die Wut auf Daniel Gronert. »Es ist wichtig, dass du mir die Wahrheit sagst, Danny. Habt ihr euch nachts getroffen und ... du weißt schon.«

»Sie meinen, ob Becky und ich miteinander ...«

»Genau das meine ich! Und ich könnte mir vorstellen, dass Becky es ein bisschen zu eilig damit hatte. Vielleicht hat sie sich jetzt irgendwo verkrochen, weil sie sich schämt.«

»Ich schwöre Ihnen, dass ich nichts mit Becky hatte«, verteidigte sich Daniel. »Weder Dienstagnacht noch sonst irgendwann. Ich weiß nicht, warum Jana so was behauptet. Aber es stimmt nicht!«

Emilia seufzte. Danny schien die Wahrheit zu sagen. Zumindest konnte sie ihm nicht das Gegenteil beweisen. Sie bedankte sich bei ihm und bat ihn, sich bei ihr zu melden, falls er etwas von Becky hörte.

Wo zum Teufel steckt meine Tochter?

Emilia versuchte noch einmal, sie auf dem Handy zu erreichen, aber wieder sprang nur die Mailbox an. Scheinbar wollte Becky mit niemandem sprechen. Oder sie hatte das Handy irgendwo liegenlassen. Im Moment half Emilia das jedenfalls nicht weiter. Sie hätte das Handy höchstens noch orten lassen können, allerdings wollte sie weder als hysterische Mutter erscheinen noch zu privaten Zwecken ihre Machtbefugnisse missbrauchen.

Sie rief noch einmal Jana Sailer an.

»Daniel Gronert hat das nächtliche Treffen mit Becky geleugnet«, sagte sie. »Bist du sicher, Jana, dass der Brief von ihm stammte?«

»Ich hab ihn mit eigenen Augen gesehen«, antwortete das Mädchen. »Becky hat ihn mir zum Lesen gegeben.«

»Vielleicht gibt es in eurer Schule einen anderen Daniel?«
Das brachte Jana zum Nachdenken. »Jetzt, wo Sie's sagen, fällt mir ein, dass der Brief nur mit einem D unterschrieben war«, erzählte sie. »Ich bin ganz automatisch davon ausgegangen, dass das für Danny steht. Becky auch.«

Hinter Emilia schnippte jemand mit den Fingern. Als sie sich umdrehte, stand Hauptkommissar Friedkin in der Tür zu Luan Waschkowskis Büro und winkte sie zu sich. Sie gab ihm mit einem Nicken zu verstehen, dass sie gleich bei ihm sein würde.

»Tu mir den Gefallen und hör dich ein bisschen um«, sagte sie ins Handy. »Wenn ein anderer Junge diesen Brief geschrieben hat, sollten wir ihn möglichst schnell finden. Vielleicht weiß er, wo Becky abgeblieben ist. Tust du das für mich, Jana?«

»Mach ich«, versprach das Mädchen. »Nach Unterrichtsende frag ich herum.«

Emilia steckte ihr Handy weg und versuchte, sich wieder auf ihren Fall zu konzentrieren. »Was gibt es denn?«, fragte sie Friedkin.

Der antwortete: »Wir wissen, wer den Peilsender an Ihrem Wagen gekauft hat. Er hat eine EC-Karte benutzt. Über seine Bank konnte die Zentrale bereits seine Adresse herausfinden. Die Angaben wurden vom Einwohnermeldeamt bestätigt. Der Kerl heißt Holger Rittmeier und wohnt in einem Plattenbau im Aachener Ostviertel. Ist seit zwei Jahren arbeitslos gemeldet. Ich denke, das ist unser Mann. Wenn Sie wollen, statten wir ihm gleich einen Besuch ab. Ich kann innerhalb einer Stunde einen Durchsuchungsbeschluss bekommen.«

23

Unweit des Frankfurter Hauptbahnhofs hatte Avram abseits des Menschentrubels ein schäbiges, schlecht besuchtes Café gefunden und sich ganz hinten in eine Ecke gesetzt. Ein paar Tische weiter saßen zwei ältere Damen, in ein angeregtes Gespräch vertieft, an einem anderen Tisch, unweit des Eingangs, turtelte ein verliebtes Pärchen mit sich selbst um die Wette. Die Bedienung hinter dem Tresen blätterte mangels sinnvoller Arbeit in einer Modezeitschrift.

Niemand achtete auf Avram.

Vor ihm stand ein Glas kalte Milch. Mit Kaffee hatte er in den letzten Monaten zunehmend Probleme bekommen – der schlug ihm meistens auf den Magen. Also ließ er es bleiben, wenn er nicht dringend einen Koffeinschub benötigte.

Der Aktenkoffer aus dem Bahnhofsschließfach stand neben ihm auf dem Boden. Der mit Leder bezogene DIN-A4-Ordner, den er darin gefunden hatte, lag vor ihm auf dem Tisch.

Avram hatte den Ordner bereits bis zur Hälfte durchgeblättert, aber er war noch nicht so recht schlau daraus geworden. Worin genau bestand nun eigentlich sein Auftrag?

Und wofür soll ich eine halbe Million Euro bezahlen?

Der Ordner begann mit einigen einleitenden Angaben zu einem Mann namens Jan Althoff, offenbar eine Art Unternehmensberater mit internationaler Klientel. Althoff hatte sich in den letzten zehn Jahren insbesondere auf den süd- und mittelamerikanischen Markt spezialisiert. Der Schwerpunkt seiner Tätigkeit bestand darin, europäischen Unternehmen bei der Gründung von Niederlassungen und bei der Markterschließung in Lateinamerika zu helfen. Dabei reichte sein Aufgabengebiet von der Standortwahl über Hilfestellungen bei behördlichen Genehmigungen bis hin zur Personaleinstellung. Nach dem Text in dem Ordner zu urteilen, erledigte Althoff diese Aufgaben nicht selbst, sondern er fungierte als Mittelsmann, um die jeweils notwendigen Kontakte herzustellen.

Wodurch Althoff sich von den meisten anderen internationalen Unternehmensberatern abhob – und darin lag ganz offensichtlich sein eigentlicher Mehrwert –, war seine detaillierte Kenntnis der lateinamerikanischen Verbrechensszene. Er wusste, wie man es vermeiden konnte, dort in Schwierigkeiten zu geraten. Aber er bot auch Hilfe an, wenn man mit den lokalen Drogenbaronen oder kriminellen Banden in Konflikt geriet, die in diesem Teil der Welt wie Pilze aus dem Boden schossen. Aus angeblich zuverlässiger Quelle hatte Riveg die Information, dass Althoff nötigenfalls auch mit rücksichtsloser Gewalt vorging, um Schutzgelderpressungen, Drohungen, Brandstiftungen und so weiter zu bekämpfen. Heute stand offenbar ein Treffen mit dem deutschen Unternehmer Ottmar Ellbrink an, der ins venezolanische Kautschukgeschäft einsteigen wollte.

Avram nippte an seiner Milch. Es war ihm ein Rätsel, weshalb eine europäische Firma in Lateinamerika Fuß fassen wollte. Wahrscheinlich Profitgier. Aus eigener, schmerzvoller Erfahrung wusste er, wie schnell es dort gefährlich werden konnte. Drogen- und Bandenkriminalität waren in dieser Region ein unkalkulierbarer Risikofaktor.

Aber das war nicht sein Problem.

Avram blätterte weiter. Es folgten einige Details über den

geplanten Venezuela-Deal, die er nur noch überflog. Ihn interessierte vielmehr, wen er nun eigentlich töten sollte – Althoff oder Ellbrink? Das wurde im Text allerdings nirgends erwähnt, beinahe so, als habe Riveg bei der Erstellung des Ordners viel Wert darauf gelegt, die Spannung aufrechtzuerhalten.

Im Anschluss an die Detailbeschreibung der Unternehmensauslagerung nach Venezuela folgten einige Angaben zu dem Ort, an dem Althoff und Ellbrink sich treffen wollten. Zumindest nahm Avram das an, denn wofür sonst hätten all die Fotografien sein sollen, die die Inneneinrichtung eines eleganten Restaurants zeigten? Andere Bilder zeigten das Gebäude von außen sowie dessen unmittelbare Umgebung, so dass vor Avrams geistigem Auge eine recht genaue Vorstellung davon entstand. Einen konkreten Hinweis darauf, wo genau dieser Ort sich befand, suchte Avram jedoch vergeblich. Der Name über der Eingangstür des Restaurants war mit einem Bildbearbeitungsprogramm unkenntlich gemacht worden, ebenso sämtliche Autokennzeichen und Straßenschilder, die auf den Fotos zu sehen waren.

Avram blätterte weiter und stieß auf einen Lageplan – ebenfalls anonymisiert – sowie eine Skizze vom Aufbau des Gebäudes inklusive aller Flucht- und Rettungswege, so dass sich das Gesamtbild weiter vervollständigte.

Mit ziemlicher Sicherheit sollte er den Mord dort ausüben. Aber auch das stand nirgends geschrieben.

Avram beschlich allmählich der Verdacht, dass Riveg sich den großen Aha-Moment bis zum Schluss aufgehoben hatte. Deshalb schlug er auf die letzte Seite um – und spürte, wie sein Magen sich zusammenzog. Dort war das Gesicht eines Mannes zu sehen, in Nahaufnahme, etwa im selben Alter wie Avram. Er war blond, hatte kurzes, exakt gescheiteltes Haar, einen etwas schiefen Mund, eine kleine Narbe auf der rechten Wange und honigfarbene Augen, die wie leuchtender Bernstein aus den zu schmalen Schlitzen zusammengekniffenen Lidern strahlten. Ein Fadenkreuz lag auf seinem Gesicht, wie der Sucher eines Scharfschützengewehrs. Der Zielpunkt zeigte exakt auf die Mitte der Stirn.

Avrams Auftrag bestand offensichtlich darin, diesen Mann zu töten. Und dafür war er in der Tat liebend gerne bereit, eine halbe Million Euro zu bezahlen.

Über dem Foto stand ein Name: Jan Althoff. Nur dass dieser Mann gar nicht Jan Althoff hieß.

24

»Sollen wir lieber ein SEK anfordern?«, fragte Hauptkommissar Friedkin.

Emilia saß neben ihm auf dem Beifahrersitz seines Wagens und beobachtete aus dem Seitenfenster den Betonklotz auf der gegenüberliegenden Straßenseite. Dreizehn Stockwerke, gedrungene Balkone, kleine Fenster – ein Albtraum in Grau.

Sie schüttelte den Kopf. »Ein SEK wird nicht nötig sein«, sagte sie. »Für den Notfall habe ich meine Waffe dabei.«

Normalerweise ließ sie ihre Pistole in Lyon, weil sie damit nur mit Genehmigung ins Ausland reisen durfte und sie sie darüber hinaus so gut wie nie benötigte. Diesmal hatte sie jedoch nicht darauf verzichten wollen, weil Dantes Spur noch so frisch gewesen war und die Möglichkeit bestand, ihn vielleicht schon sehr bald dingfest zu machen. Das hoffte sie jedenfalls.

»Sie glauben also nicht, dass Rittmeier unser Serienmörder ist?«, fragte Friedkin.

»Nein, das glaube ich nicht«, gab Emilia zu. »Dafür verhält er sich viel zu auffällig. Jahrelang hinterlässt er keine einzige brauchbare Spur, und dann gleich einen ganzen Trampelpfad? Zuerst bezahlt er einen Peilsender mit Kreditkarte, obwohl er davon ausgehen muss, dass wir das sofort überprüfen. Und dann geht er auch noch höchstpersönlich in einen Pizza-Lieferservice, um eine Bestellung für mich aufzugeben. Das klingt für mich nicht plausibel.«

Die Dame am Empfang von Pizzafix24 war im Lauf des Vormittags bei der Polizei gewesen. Mit ihrer Hilfe hatte ein Phantombild erstellt werden können, das Friedkin vor wenigen Minuten zugemailt bekommen hatte. Der Mann darauf sah aus wie Leonardo DiCaprios älterer Bruder.

Emilia strich sich eine Haarsträhne aus dem Gesicht. »Ich kann mir nicht vorstellen, dass Dante plötzlich so viele Spuren hinterlässt«, sagte sie.

Es sei denn, das hier ist eine Falle.

Der Gedanke war ihr während der Fahrt gekommen. Dante wollte mit ihr spielen, sonst hätte er ihr keine Geschenkkartons und keine Pizza zukommen lassen. Vielleicht gehörte es auch zu seinem Spiel, ihr gegenüber inkognito aufzutreten. In eine Rolle zu schlüpfen und darauf zu warten, dass sie endlich merkte, wer hinter der Fassade steckte.

War Holger Rittmeier ein mehrfacher Mörder?

Sie ging nicht wirklich davon aus, sonst hätte sie Vorkehrungen getroffen und ein Sondereinsatzkommando angefordert. Dennoch nahm sie sich vor, vorsichtig zu sein.

Sie überprüfte ihre Waffe und steckte sie in ihr Schulterholster zurück.

»Gehen wir«, sagte sie.

Draußen empfing sie strahlender Sonnenschein. Am Himmel stand keine einzige Wolke. Zwischen den hohen Betonbauten staute sich die Hitze wie in einer Sauna.

Sie überquerten die Straße und blieben unter dem Vordach von Haus Nummer 7 stehen.

»Zehnter Stock«, sagte Friedkin. »Ich hoffe, der Aufzug funktioniert.«

Emilia klingelte wahllos im siebten Stock, bis sich jemand über die Gegensprechanlage meldete, und gab sich als DPD-Mitarbeiterin aus, die ein Paket zustellen wollte.

»Ich hab nix bestellt!«, krächzte eine Männerstimme.

»Entschuldigung, ich habe den falschen Knopf gedrückt«, entgegnete sie.

Der nächste Versuch war erfolgreich – irgendjemand erwartete *immer* ein Paket. Der Türsummer ertönte, und sie traten ein. Mit dem Aufzug fuhren sie nicht in die siebte, sondern in die zehnte Etage, wo ein schlauchartiger Gang zu den Wohnungen führte. Vor Nummer 106 blieben sie stehen.

Emilia klopfte. Sicherheitshalber trat sie einen Schritt zur Seite, falls Rittmeier ohne Vorwarnung das Feuer eröffnen würde. Aber nichts dergleichen geschah.

Drinnen wurden Schritte lauter, dann öffnete sich die Tür einen Spaltbreit. Im Eingang erschien ein Mann, etwa 1,80 Meter groß, der tatsächlich eine entfernte Ähnlichkeit mit Leonardo DiCaprio aufwies, wenngleich er einige Jahre älter und etwas fülliger war.

»Ja, bitte? Was kann ich für Sie tun?«

»Kripo Aachen«, sagte Friedkin. »Dürfen wir reinkommen und Ihnen ein paar Fragen stellen?«

Rittmeier versteifte sich. »Was wollen Sie?«

»Mit Ihnen reden.«

»Worüber?«

»Das würden wir gerne drinnen mit Ihnen besprechen.«

Er zögerte. »Was, wenn ich nein sage?«

»Wir haben einen Durchsuchungsbeschluss. Wenn Sie Wert darauf legen, kann ich in fünfzehn Minuten ein ganzes Polizeiaufgebot hier aufmarschieren lassen.« Friedkin zog den Beschluss aus der Tasche und hielt ihn Rittmeier hin, zusammen mit seiner Dienstmarke.

»Also schön, meinetwegen«, knurrte Rittmeier. Er zog die Tür vollends auf, um die Polizisten hereinzulassen.

Sie gingen durch einen dunklen Flur ins Wohnzimmer, wo Emilia und Friedkin sich auf die abgewetzte Couch setzten. Rittmeier nahm auf dem gegenüberliegenden Sessel Platz. Auf einer Decke in der Ecke lag ein Labrador, der sie jedoch kaum eines Blickes würdigte.

Die Luft war stickig, beinahe zäh. Es roch nach Alkohol und kaltem Tabakrauch. Durchs Fenster konnte man nichts weiter sehen als die hässliche Betonfassade des Nachbarhochhauses.

»Wer außer Ihnen wohnt noch hier?«, fragte Friedkin.

»Am Türschild stehen zwei Initialen. H. und M.«

Rittmeier entnahm der Schachtel auf dem Tisch eine Zigarette und steckte sie sich an.

Er ist nervös, dachte Emilia. Das war nicht zu übersehen. Oder gehörte das nur zu seinem Theater? Wenn, dann spielte er seine Rolle ausgesprochen gut.

»Das M steht für Mathilda«, sagte er. »Das ist meine Frau. Sie arbeitet in der Stadt bei einer Wäscherei. Die Kinder sind in der Schule.« Sein Blick irrte über die Tischplatte. Er wagte kaum aufzuschauen.

»An meinem Auto war ein Peilsender befestigt, den Sie vor zwei Tagen gekauft haben«, sagte Emilia. »Wir haben den Laden ausfindig gemacht und Ihre Adresse über Ihre EC-Kartenangaben ermittelt.«

Rittmeiers Gesicht blieb unverändert. Falls er überrascht war, ließ er es sich nicht anmerken.

Da er weiterhin schwieg, fuhr Emilia fort: »Heute Morgen haben Sie in einem 24-Stunden-Lieferservice eine Pizza für mich in Auftrag gegeben.«

»Wie kommen Sie darauf?«

»Die Frau, die die Bestellung angenommen hat, konnte sich sehr gut an Sie erinnern. Ihre Personenbeschreibung stimmt exakt. Wenn Sie wollen, können wir Sie für eine Gegenüberstellung mit aufs Revier nehmen.«

Rittmeier saß eine ganze Minute lang da, als habe er ihre Worte gar nicht wahrgenommen. Sein Blick wanderte auf der Tischplatte hin und her, rastlos, hilfesuchend, nervös. Emilia fragte sich, ob er gerade eine Ausrede erfand.

Doch dann ließ er plötzlich die Schultern hängen – ein Zeichen der Resignation. »Ich dachte mir schon, dass das Ärger geben würde«, sagte er. »Nur habe ich nicht so schnell damit gerechnet. Und schon gar nicht mit der Polizei.« Auf sein Gesicht legte sich ein bitteres Lächeln. »Ich hatte von Anfang an ein schlechtes Gefühl bei der Sache. Es war viel zu leicht verdientes Geld. Aber wenn einem das Wasser bis zum Hals steht, fragt man nicht lange, wenn einem ein rettender Strohhalm angeboten wird.«

»Wie meinen Sie das?«, hakte Emilia nach. Sie spürte, dass er reden wollte, und gab ihm Zeit zu antworten.

»Angefangen hat alles am Dienstagmorgen«, erzählte er. »Ein Mann hat bei mir angerufen. Er hat keinen Namen genannt. Aber er wusste, dass ich in finanziellen Schwierigkeiten stecke. Sagte, er würde mir fünfhundert Euro zahlen, wenn ich etwas für ihn erledige. Natürlich hat mich das erst mal skeptisch gemacht. Ich dachte, er will, dass ich etwas klaue oder mit ihm ins Bett gehe oder so. Aber darum ging es nicht. Er wollte, dass ich ihm einen Peilsender besorge, in einem ganz bestimmten Laden in Düren. Die Verpackung sollte ich dort lassen, den Sender und die Zubehörteile in eine Plastiktüte stecken und in den Mülleimer an der Josefstraße, Ecke Von-Coels-Straße werfen.«

»Wie haben Sie Ihr Geld bekommen?«, fragte Friedkin.

»Es lag in meinem Briefkasten. In einem Kuvert. Fünfhundert Euro, in Zehnern und Zwanzigern.«

»Sind die Scheine noch hier? Ich würde sie gerne auf Fingerabdrücke untersuchen lassen.«

Aber Rittmeier schüttelte den Kopf. »Ich habe Schulden. Bei Leuten, die ziemlich ungemütlich werden, wenn man nicht rechtzeitig zurückzahlt. Denen habe ich die Kohle gebracht.«

Friedkin zog die Stirn kraus. »Sie haben nichts für sich behalten?«

»Die haben gedroht, meinen Kindern die Beine zu brechen, wenn ich das Geld nicht bald bringe«, sagte Rittmeier. Sein Kinn bebte. »Ich habe denen alles gegeben, bis auf den letzten Schein, das schwöre ich.«

Emilia ließ ihm einen Augenblick Zeit, um sich wieder zu beruhigen. »Wie war das mit der Pizza?«, fragte sie schließlich. »Kam der Auftrag von demselben Mann.«

»Ja. Auch übers Telefon. Gestern Abend. So gegen acht, denke ich.« Rittmeier zog an seiner Zigarette und stieß den Rauch durch die Nase wieder aus. »Ich sollte heute Morgen eine Pizza mit Champignons und Zwiebeln bestellen und sie in eine Pension liefern lassen. Er nannte mir die Adresse und den Empfängernamen und bat mich, der Pizza auch ein kleines Geschenk beizulegen. Eine Viertelstunde nach dem Telefonat hat er hier geklingelt. Unten, an der Eingangstür. Ich habe nur über die Gegensprechanlage mit ihm geredet. Er bat mich, die Tür zu öffnen, damit er seine Sachen ins Treppenhaus legen könne – das Geschenk und mein Geld. Als ich runter kam, um das Zeug zu holen, war er schon weg.«

»Gab es beim zweiten Mal wieder fünfhundert Euro?«, fragte Friedkin.

»Ja.«

»Aber die sind bestimmt auch schon wieder komplett weg, oder?«

Rittmeier warf ihm einen kurzen, vernichtenden Blick zu. »Ob es Ihnen gefällt oder nicht – ja, das Geld ist weg. Wenn Sie sich trauen, fragen Sie im Bolschoi-Club nach Besakov, und verlangen Sie von ihm das Geld zurück.« Mit zitternden Fingern steckte er sich wieder die Zigarette zwischen die Lippen.

»Bei welchem Telefondienst sind Sie angemeldet?«, fragte Emilia. »Ich möchte mir gerne die Anruferliste geben lassen, um die Nummer herauszufinden, die der Mann für seine Gespräche benutzt hat.«

»Ich bin bei der Telekom ... Ah, da ist übrigens noch etwas. Das hätte ich in der Aufregung beinahe vergessen. Ein Brief, den ich Ihnen aushändigen soll.«

»Von dem unbekannten Geldgeber?«

»Ja. Er sagte, falls jemand vorbeikommt und nach der Pizza oder dem Peilsender fragt, soll ich demjenigen das hier geben. Dass das die Polizei sein könnte, hat er natürlich nicht erwähnt. Aber ich denke, der Brief ist für Sie bestimmt. Augenblick, ich hole ihn.«

Rittmeier verschwand aus dem Zimmer. Als er zurückkam, hatte er einen weißen DIN-A4-Umschlag in der Hand, den er Emilia reichte. »Der lag zusammen mit dem Geschenkkarton und dem Geld für die Pizza im Hauseingang.«

Mit spitzen Fingern nahm Emilia das Kuvert entgegen. »Haben Sie ein Messer?«

Rittmeier holte eins aus der Küche. Vorsichtig schnitt Emilia damit die obere Kante auf. In dem Kuvert befand sich ein zweiter, kleinerer Umschlag. Darauf hatte jemand mit Kugelschreiber geschrieben:

Für E. von D.

Emilia schluckte. Eine dunkle Vorahnung stieg in ihr auf. Mit dem Messer öffnete sie auch dieses Kuvert. Es enthielt einen kleinen, am oberen Rand ausgefransten Zettel – ein Blatt von einem Ringbuch-Notizblock. Darauf stand in rostroten Buchstaben:

> Nicht wird sie ruhn, bis sie das Tier verbannt,
> in die Hölle will sie's wieder schicken,
> von wo der Zorn es hat heraufbeschworn,
> doch am End' das Tier wird sie verschlingen.

25

Avram fuhr in seinem Wagen von der Frankfurter Innenstadt in Richtung seines Hotels. Der Koffer aus dem Schließfach lag neben ihm auf dem Beifahrersitz. Darin befand sich der Ordner mit den Unterlagen zu seinem Auftrag – ein wahrer Schatz.

Unentwegt kreisten seine Gedanken um die Fotografie auf der letzten Seite, den Mann im Fadenkreuz. Er konnte sich auf gar nichts anderes mehr konzentrieren. Der Straßenverkehr zog an ihm vorbei wie in einem weit entfernten Traum. Sogar Sina Hobmüllers Tod wurde von diesem Foto vollständig in den Hintergrund gedrängt.

Der Unternehmensberater Jan Althoff war kein anderer als Brent Rasmussen.

Avrams ärgster Feind.

Alte Erinnerungen stiegen in ihm auf. Je länger er darüber nachdachte, desto konkretere Formen nahmen sie an. Über die Jahre hinweg hatte Avram vieles davon verdrängt, um von der Bürde des Versagens nicht erdrückt zu werden.

Vergessen hatte er nichts.

Bilderfetzen zogen vor seinem geistigen Auge vorbei wie in einem infernalischen Traum: Die bolivianische Hochebene am Westrand der Salar de Uyuni. Verkrusteter Salzboden, so weit das Auge reichte. Der riesige Wellblechhangar. Der Stahlkäfig darin. Hector Mesa mit seiner Machete.

El loco – der Verrückte.

Wie alle anderen war er übersät mit Tätowierungen: Totenköpfe, Teufelshörner, Dämonengesichter, Schlangen, Messer, Granaten, Schusswaffen. Dazu die Worte *venganza*, *rabia* und *perdición* – Rache, Zorn und Verderben.

Und natürlich fehlte bei ihm auch nicht das Symbol seiner Bandenzugehörigkeit, die *MS13*. Er trug es sogar mehrmals auf der Haut – auf beiden Oberarmen, am Brustbein und im Nacken –, als wolle er aus jeder Himmelsrichtung zuverlässig als Mitglied der Mara Salvatrucha erkannt werden, der wohl berüchtigtsten Bande der Welt, berühmt für ihre gnadenlose Brutalität.

Avram hatte bis dahin schon in vielen brenzligen Situationen gesteckt. Aufregung war immer mit dabei gewesen, aber Angst hatte er selten verspürt, wohl weil ihm sein Leben zu wenig bedeutete und es niemanden gab, der ihn vermisste oder um ihn geweint hätte. Er war ein einsamer Wolf, schon immer gewesen, und er hatte stets gewusst, dass er eines Tages in Einsamkeit sterben würde.

Nein, der Gedanke an seinen Tod beunruhigte ihn nicht. Aber in diesem heruntergekommenen, stickigen Flugzeughangar in Bolivien war es nicht nur ums Sterben gegangen, sondern viel mehr um Erniedrigung, um Schmerz und um Angst. Um die Frage, was die sogenannten *hijos del diablo*, die Kinder des Teufels, mit ihm anstellen würden, *bevor* sie ihn töteten.

Wie durch einen Filter registrierte Avram, dass die Ampel vor ihm auf Grün sprang. Er legte den Gang ein und fuhr weiter, blind seinem Navi folgend, ohne wirklich darauf zu achten. Der Frankfurter Straßenverkehr erreichte sein Bewusstsein nur, soweit es unbedingt nötig war, um keinen Unfall zu verursachen.

Wenn er an Bolivien dachte, richteten sich seine Nackenhaare auf. Trotz sommerlicher Hitze überzog ein frostiger

Schauder seinen ganzen Körper, bis hinunter zu den Fußspitzen. Es grenzte an ein Wunder, dass er damals überlebt hatte. Das alles war schon beinahe zehn Jahre her.

Der missglückte Bolivieneinsatz nagte noch heute an ihm. Immer wenn er die Narben an seinem Oberkörper im Spiegel sah, wurde er daran erinnert. Es war wie ein Makel. Ein Stigma, das er nicht mehr loswerden konnte. Dabei waren die Verletzungen von damals noch nicht einmal das Schlimmste. Was ihm bis heute mehr als alles andere zu schaffen machte, war das angsterfüllte Gesicht von Elena Suarez in jenem Moment, als sie begriffen hatte, dass sie an diesem Tag sterben würde.

Das Klingeln des Handys riss Avram aus seinen Gedanken. Er nahm das Gespräch über die Freisprechanlage an.

»Ich gehe davon aus, dass Sie die Unterlagen inzwischen durchgesehen haben.« Es war die tonlose, irgendwie künstlich wirkende Stimme von Riveg. »Was sagen Sie dazu? Habe ich Ihr Interesse geweckt?«

»Woher haben Sie meine Handynummer?«

»Sagen wir, ich habe gute Verbindungen.«

»Wer sind Sie?«

»Jemand, der Brent Rasmussen beinahe genauso wenig leiden kann wie Sie.«

»Und woher wissen Sie, dass ich Rasmussen kenne?«

»Das spielt keine Rolle. Wichtig ist nur, ob Sie den Auftrag annehmen wollen.«

Avrams Kiefer mahlten. Es widerstrebte ihm noch immer, für einen Auftragsmord Geld zu bezahlen, aber nachdem er jahrelang vergeblich versucht hatte, Rasmussen auf eigene Faust zu finden, bot sich ihm jetzt endlich die Gelegenheit für Rache. Diese Chance konnte er sich nicht entgehen lassen.

Ich muss dieses Dreckschwein töten.

Einen Augenblick überlegte er, ob er probieren solle, den Preis zu drücken, aber er verwarf den Gedanken gleich wieder. Riveg wusste offenbar ganz genau über ihn Bescheid. Über seine Beziehung zu Rasmussen. Über das, was in Bolivien vorgefallen war. Und darüber, wie wichtig es Avram war, Brent Rasmussen endlich vor den Lauf zu bekommen.

Also beschloss er, Rivegs Konditionen zu akzeptieren.

»Ich überweise Ihnen das Geld noch heute«, sagte er. »Auf Ihr Cayman-Island-Konto. Sobald ich im Hotel bin, rufe ich meine Bank an. In spätestens einer Stunde sollte der Transfer durchgeführt sein.«

Er konnte sich bildhaft vorstellen, wie Riveg am anderen Apparat grinste. »Sobald mir mein Verbindungsmann den Geldeingang bestätigt, maile ich Ihnen die Adresse des Restaurants, wo Rasmussen sich mit Ellbrink verabredet hat, außerdem das Datum und die Uhrzeit des Treffens. Alles Weitere überlasse ich dann Ihnen. Es freut mich, mit Ihnen ins Geschäft zu kommen, Herr Kuyper.«

Avram sagte nichts.

26

Die Überprüfung von Holger Rittmeiers Anruferliste brachte keinen nennenswerten Erfolg. Dante hatte sich von zwei verschiedenen öffentlichen Apparaten aus bei ihm gemeldet, beide nur wenige Gehminuten von seiner Wohnadresse entfernt. Es gab keine Überwachungskameras, die diese Telefonsäulen im Fokus hatten. Die Befragung der Anwohner lief noch, war bisher aber ergebnislos geblieben. Niemand konnte eine Personenbeschreibung Dantes abgeben.

Der Brief, den Emilia von Holger Rittmeier erhalten hatte, entpuppte sich ebenfalls als wenig ergiebig. Weder auf dem Papier noch auf den Kuverts gab es Fingerabdrücke oder andere Spuren, die sie zu Dante hätten führen können.

Allerdings war das Schriftstück in anderer Hinsicht äußerst interessant.

»Es ist dasselbe Papier wie bei dem Mord auf dem Wagingerhof«, sagte Oberkommissar Mehzud Baikan, als Emilia und Friedkin ihn am Nachmittag im Labor der Spurensicherung besuchten. »Kariert, DIN A6, aus einem handelsüblichen Ringbuchblock herausgerissen. Als Tinte wurde wieder Blut verwendet. Nicht das der Eheleute Waginger, sondern das des Teenagers, von dem wir den Finger und das Ohr haben.«

Sie gingen zu einem Labortisch, um Dantes letzte Nachricht noch einmal genauer in Augenschein zu nehmen. Der Zettel lag auf einem Lichtkasten, die rostrote Schrift schien durch die Hintergrundbeleuchtung beinahe zu glühen.

Die Handschrift des Teufels, dachte Emilia, während ihr Blick über die krakeligen Zeilen schweifte.

> Nicht wird sie ruhn, bis sie das Tier verbannt,
> in die Hölle will sie's wieder schicken,
> von wo der Zorn es hat heraufbeschworn,
> doch am End' das Tier wird sie verschlingen.

»Diese Zeilen beziehen sich eindeutig auf Sie und ihn«, sagte Friedkin zu Emilia. »Er ist das zornige Tier, das Sie wieder in die Hölle zurück verbannen wollen.«

Emilia nickte. Daran gab es auch für sie keinen Zweifel, ebenso wenig für Luc Dorffler, der ein Foto des Zettels in Lyon analysiert hatte. Vor wenigen Minuten hatte er Emilia seine Ergebnisse gemailt.

»Es ist das erste Mal, dass Dante ein Zitat aus der Göttlichen Komödie abwandelt«, sagte sie. »Bisher hielt er sich – in der jeweiligen Landessprache – immer streng an das Original. Aber in diesem Fall hier weicht er deutlich von der urspünglichen Textbedeutung ab. Er schreibt: In die Hölle *will* sie's wieder schicken. Eigentlich lautet die Übersetzung: In die Hölle *wird* sie's wieder schicken.«

»Das könnte aber auch ein Zufall sein«, sagte Friedkin.

»Der Unterschied wird in der nächsten Zeile noch deutlicher«, fuhr Emilia fort. »Hier steht, dass das Tier von *Zorn* heraufbeschworen wurde. Das Original spricht hingegen von *Neid*. Und falls Sie das noch nicht überzeugt: Die vierte Zeile auf unserem Zettel existiert im ursprünglichen Text gar nicht. *Doch am End' das Tier wird sie verschlingen.* Aus irgendeinem Grund hat er sich vorgenommen, ein Spiel mit mir zu spielen. Mit diesem Text will er mir zu verstehen geben, dass er dieses Spiel gewinnen wird.«

Aber so weit würde sie es nicht kommen lassen. Zwar beging er bislang keine Fehler, doch er begann, mehr zu wagen, als er eigentlich musste. Er war in der Stadt. Schon zweimal hatte er Holger Rittmeier etwas vorbeigebracht und dabei riskiert, von jemandem gesehen zu werden. Wahrscheinlich hatte er sich sogar schon bis auf wenige Meter an Emilia herangewagt, als er in Simmerath den Karton mit dem abgeschnittenen Ohr auf ihr Auto gelegt hatte. Natürlich war es möglich, dass er auch für diese Aufgabe einen Handlanger benutzt hatte, aber Emilia glaubte es nicht. Er suchte den Nervenkitzel, liebte das Spiel mit dem Feuer. Er brauchte das Adrenalin.

Warum hat er sich ausgerechnet mich ausgesucht? Nur weil ich bei Interpol seinen Fall bearbeite? Oder steckt noch etwas anderes dahinter?

Natürlich hätte Emilia Aachen verlassen und den Fall von Lyon aus weiter betreuen können. Vor allem angesichts der heutigen Drohung – *doch am End' das Tier wird sie verschlingen* – zog sie diese Option durchaus in Erwägung. Andererseits bezweifelte sie, dass Dante sich dadurch von seinem Spiel abhalten lassen würde. Und die räumliche Nähe zu ihm hatte auch etwas Gutes: Falls er sich irgendwann verriet, konnte sie schnell zuschnappen.

Wenn es nur schon so weit wäre!

27

Von seinem Schweizer Nummernkonto überwies Avram eine halbe Million Euro auf das von L. Riveg angegebene Empfängerkonto auf den Cayman Islands. Der Geldtransfer dauerte kaum eine halbe Stunde und verlief reibungslos. Avrams finanzielle Reserven waren damit auf weniger als dreißigtausend Euro geschrumpft – zuzüglich der fünfzigtausend Euro, die er in bar von Franz Hobmüller erhalten hatte. Insgesamt also achtzigtausend Euro. Die gesammelten Ersparnisse seines Lebens.

Aber er beklagte sich nicht. Auch wenn ihn die halbe Million schmerzte, war sie jeden Cent davon wert, vorausgesetzt, Riveg lieferte ihm die versprochenen Informationen. Die langersehnte Chance auf Rache war nicht mit materiellen Werten aufzuwiegen.

Nachdem er das Geld angewiesen hatte, streunte er eine Weile zu Fuß um sein Hotel herum, unruhig wie ein eingesperrtes Tier. Solange er nicht wusste, wo das Treffen zwischen Rasmussen und dessen Geschäftspartner stattfand, konnte er keine Vorbereitungen treffen. Ihm blieb nichts anderes übrig, als auf Rivegs nächste Nachricht zu warten.

Das Handy klingelte. Es war Rutger Bjorndahl mit den aktuellen Neuigkeiten aus Basel.

»Es steht immer noch nicht fest, ob Sina Hobmüller freiwillig gesprungen ist oder ob sie aus dem Fenster gestoßen wurde«, berichtete er. »Aber ich kenne jemanden, der Zugriff auf die laufende Ermittlungsakte hat. Da stehen ein paar Dinge drin, die in den Zeitungsberichten ausgespart wurden. Zum Beispiel die vollständige Zeugenaussage von Harald Kirchler, einer Art Butler des Hauses.«

Avram erinnerte sich an den Mann. Er hatte ihn und Sina in Empfang genommen, bevor Franz Hobmüller zu ihnen gestoßen war.

»In den Zeitungen war nur die Rede davon, dass Kirchler einen Streit zwischen Vater und Tochter mitbekommen hat«, sagte Bjorndahl. »Dann hörte er einen Schrei im oberen Stockwerk, lief hinauf und sah Franz Hobmüller, der am offenen Fenster lehnte, mehr oder weniger unter Schock stand und nur noch vor sich hin stammeln konnte.«

Das hatte Avram auch in der Onlineausgabe der Basler Zeitung gelesen. »Und diese Aussage ist unvollständig?«

»Mhm«, machte Bjorndahl. Bei ihm hörte es sich wie ein undichtes Ventil an. »Sonst hätte die Beweislage bestimmt nicht ausgereicht, um Hobmüller in vorläufigen Gewahrsam zu nehmen.«

»Welche Teile von Kirchlers Aussage haben in den Medienberichten gefehlt?«

»Er hat ein paar Brocken des Streits auch einen Stock tiefer gut hören können. Sina Hobmüller muss ein paarmal gebrüllt haben, dass ihr Vater sie in Ruhe lassen solle. Daraufhin hat er sie geschlagen. Als Kirchler ein paar Minuten später den Schrei hörte und ins Zimmer stürzte, stand sein Chef nur in Unterhosen vor ihm. Auch das war in keiner Zeitung zu lesen.«

Avram biss die Zähne zusammen. Was er schon die ganze Zeit über geahnt hatte, verfestigte sich gerade zu einem konkreten Verdacht. »Wurde Sina Hobmüller vor ihrem Tod vergewaltigt?«, fragte er.

»Schwer zu sagen. Zumindest wurden keine Spermaspuren entdeckt. Aber viel scheint nicht dazu gefehlt zu haben.«

Perverses Schwein, dachte Avram. Sina war kaum zu Hause angekommen, da wolltest du sie schon vergewaltigen. Und ich habe sie dir auf dem Silbertablett serviert.

Er bedankte sich und steckte das Handy wieder weg. Durch die Sache mit Rasmussen hatte er nur noch an seine eigenen Probleme gedacht, nicht mehr an Sina Hobmüller. Das kam ihm jetzt irgendwie falsch vor. Egoistisch, beinahe herzlos. Andererseits waren die letzten fünfzwanzig Jahre seines Lebens eine einzige Aneinanderreihung von Herzlosigkeiten gewesen. Dutzende von Auftragsmorden. Dazu noch etliche ungeplante Morde, die mit den Aufträgen einhergingen, so wie bei den beiden Bodyguards von Alberto Pinero. Avram wäre nicht unbemerkt ins Haus gekommen, wenn er sie nicht erschossen hätte.

Der Tod begleitete ihn, wohin er auch ging.

An einem Stehimbiss kaufte er sich eine Diät-Cola und ein belegtes Brötchen. Anschließend kehrte er ins Hotel zurück, weil er nicht wusste, wohin er sonst sollte.

Kaum angekommen, ging die heißersehnte E-Mail auf seinem Handy ein. Brent Rasmussen wollte sich heute Abend um 19.00 Uhr mit seinem Geschäftspartner in dem Restaurant treffen, von dem Avram bereits die Bilder erhalten hatte. Es hieß Luxor und befand sich in Marburg, das knapp hundert Kilometer von Frankfurt entfernt lag. Die Fotos und Grundrisse in dem Lederordner sollten angesichts der geringen Vorlaufzeit dazu dienen, dass Avram sich schon vorab einen Eindruck von den örtlichen Gegebenheiten verschaffen konnte. Riveg schrieb, er habe für Avram einen Platz reserviert, um 18.30 Uhr an Tisch 22. Rasmussen und Ellbrink würden an Tisch 14 sitzen.

Avram rückte sich die Hornbrille auf der Nase zurecht. Die engen Vorgaben gefielen ihm nicht. Er wollte sich nicht vorschreiben lassen, wann und wo er Rasmussen zu töten hatte, er wollte sich auf seine eigene Art an ihm rächen. Immerhin hatte er dafür eine halbe Million Euro bezahlt und fast zehn Jahre auf diesen Moment gewartet.

Dennoch sah er sich noch einmal die Unterlagen in dem Lederordner an. Es konnte nicht schaden, sich die Fotos von dem Restaurant, den Gebäudegrundriss und die Fluchtwege genau einzuprägen. Tatsächlich musste er zugeben, dass seine Wahl – hätte er selbst einen Tisch für sich ausgesucht – ebenfalls auf die Nummer 22 gefallen wäre. Man saß unmittelbar an einer der vier mächtigen Steinsäulen, die dem Restaurant den Charme eines alten ägyptischen Tempels verliehen. Dort war man geschützt, um nicht erkannt werden zu können, gleichzeitig konnte man Tisch 14 beobachten, wenn man sich ein wenig zur Seite beugte.

Riveg schien ein gutes Gespür für die Denkweise eines Auftragskillers zu haben. Wer war er? Stammte er aus derselben Branche? Oder kam er von der Gegenseite? Vielleicht arbeitete er als Polizist oder im Personenschutz und konnte sich deshalb so gut in die Rolle eines Mörders hineinversetzen.

Avram wusste nicht, ob ihn das beruhigen oder eher nervös machen sollte. Fest stand jedoch, dass sein Zorn auf Rasmussen größer war als die Skepsis gegenüber seinem neuen Auftraggeber.

Bolivien ...

Der Flugzeughangar ...

Das tränenverschmierte Gesicht von Elena Suarez ...

Die Hoffnungslosigkeit in ihren Augen ...

Ihr Flehen ...

Ihre Schreie ...
Diese schrecklichen, bis tief ins Mark dringenden Todesschreie ...
Viele Menschen konnten vergessen, wenn genug Zeit verstrich.

Avram nicht.

28

Emilia verbrachte den Rest des Nachmittags damit, einen ersten Bericht für die Interpol-Akte in ihren Laptop zu tippen. Die Schreibarbeiten waren ihr grundsätzlich lästig, weshalb sie sie gerne vor sich herschob – nur hatte sich auf diese Weise schon ein gewaltiger Berg auf ihrem Schreibtisch in Lyon angehäuft. Deshalb hatte sie beschlossen, mit dem Papierkram diesmal von Anfang an auf dem Laufenden zu bleiben.

Aber es fiel ihr schwer, die Gedanken zu sortieren. Immer wieder ertappte sie sich dabei, wie sie an das abgeschnittene Ohr, den abgeschnittenen Finger, die Pizza, den Peilsender und an das abgewandelte Zitat aus der ›Göttlichen Komödie‹ dachte. Ob sie es wollte oder nicht: Dante hatte es geschafft, sie zu verunsichern. Bisher war sie die Jägerin gewesen, er der Gejagte. Nun hatte er den Spieß umgedreht, wodurch der Fall auf einmal zu einer persönlichen Bedrohung wurde.

Doch am End' das Tier wird sie verschlingen.

Dante wollte erst noch mit ihr spielen, um sie anschließend zu töten. Zum ersten Mal seit Monaten verspürte sie wieder Angst.

Sie zuckte zusammen, als ihr Handy klingelte. Es lag vor ihr auf dem Tisch. Im Display leuchtete eine Mobilfunknummer auf, die ihr unbekannt vorkam. Wer mochte das sein? Emilia nahm das Gespräch an.

»Ich bin's, Jana«, meldete sich eine Mädchenstimme.

Es dauerte eine Sekunde, bis Emilia begriff, dass sie mit

Beckys bester Freundin sprach. »Schön, dass du dich meldest. Hast du etwas herausgefunden?«

»Na ja, ich habe wie versprochen ein bisschen herumgefragt«, sagte Jana. »Bei allen Jungs in meiner Altersstufe, die mit einem ›D‹ beginnen. Aber keiner von denen hat Becky den Brief geschrieben, um sich nachts mit ihr auf dem Sportplatz zu treffen. Zumindest hat's keiner von denen zugegeben. Allerdings fehlt mir noch einer. Harald Uhland.«

»Der fängt aber nicht mit ›D‹ an.«

»Alle nennen ihn nur Duck. Weil er immer Donald-Duck-Hefte liest. Der ist unsere letzte Chance. Er kommt aus der Gegend und wohnt deshalb nicht im Internat. Ich habe schon versucht, ihn zu Hause anzurufen, aber auf dem Festnetz ging keiner ran, und seine Handynummer habe ich nicht. Aber ich rede morgen noch vor dem Unterricht mit ihm. Ist das für Sie okay?«

Emilia lächelte. Janas Hilfsbereitschaft rührte sie. »Klar ist das okay. Gib mir Bescheid, wenn du mit ihm gesprochen hast. Oder falls du auf anderem Weg etwas von Becky hörst.«

Sie schaltete ihr Handy aus, legte es neben den Laptop und seufzte. Sie hatte sich zugegebenermaßen bessere Nachrichten von Jana erhofft: den Namen des Jungen, der Becky aus dem Bett gelockt hatte, und die Antwort auf die Frage, was in dieser Nacht wirklich passiert war.

Allmählich machte Emilia sich echte Sorgen. Wo steckte ihre Tochter? Aus welchem Grund schwänzte sie den Unterricht? Und warum meldete sie sich nicht wenigstens bei ihr?

Sie muss doch wissen, dass ich Angst um sie habe!

Normalerweise war Becky ein sehr vernünftiges Mädchen. Aber sie befand sich in einem Alter, in dem es leider üblich war, Grenzen auszutesten und über die Stränge zu schlagen. Emilia hoffte nur, dass Becky es nicht übertrieben hatte.

29

Auf der Fahrt nach Marburg stieg Avrams Vorfreude auf die bevorstehende Rache an Brent Rasmussen mit jedem Kilometer. Zwischendurch drängte sich aber auch immer wieder die Frage in den Vordergrund, wer sein neuer, sonderbarer Auftraggeber eigentlich war.

Rutger Bjorndahl hatte nichts über ihn herausfinden können. Avram hatte auch selbst schon versucht zu recherchieren, aber wo sollte man anfangen, wenn man so gut wie nichts über jemanden wusste? Gab man »L. Riveg« als Suchbegriff bei Google ein, erhielt man knapp vierzig Treffer, keiner davon kam auch nur entfernt in Frage. Reduzierte man den Suchbegriff auf den reinen Nachnamen, also auf »Riveg«, bekam man über zwanzigtausend Treffer – viel zu viele für eine zielführende Analyse. Auch andere Suchmaschinen hatten Avram nicht weitergebracht. Es war pure Zeitverschwendung gewesen.

Seine Auftraggeber benutzten häufig Decknamen, das war in der Branche üblich, manche von ihnen so geschickt, dass man tatsächlich ihre wahre Identität nie herausfinden würde. Dann musste Avram sich auf seinen Instinkt verlassen, um zu entscheiden, ob er den Auftrag dennoch annehmen wollte. Bisher hatte sich seine innere Stimme immer als sehr zuverlässig erwiesen.

Doch im Moment war er sich nicht sicher. Es konnte sich um eine Jahrhundertchance handeln oder um eine Falle. Alles war möglich, nichts ausgeschlossen.

Der Fall unterschied sich auch deshalb von allen bisherigen, weil Riveg eine ganz entscheidende, persönliche Komponente mit ins Spiel gebracht hatte. Nicht nur, dass Avram die Zielperson kannte und ein Eigeninteresse an deren Tod hatte, nein, mit seinem Auftrag hatte Riveg auch klargemacht, dass er höchst sensible Dinge über Avram wusste. Auf der ganzen Welt gab es nur eine Handvoll Menschen, denen der missglückte Bolivieneinsatz bekannt war. Noch weniger wussten, dass Brent Rasmussen hinter der Katastrophe steckte.

Wem habe ich davon erzählt?

Rutger Bjorndahl natürlich, seinem Hauptinformanten, der über die Jahre hinweg auch ein guter Freund geworden war. Konnte es sein, dass er sein Wissen geteilt hatte?

Nie im Leben!

Auch Clara Winterfeld kannte die Bolivien-Misere. Sie war einige Jahre älter als Avram und hatte sich offiziell längst zur Ruhe gesetzt, aber ihr Keller gab noch immer genug her, um Avram mit Ausrüstung zu versorgen, wenn er welche benötigte. Aus der ehemals reinen Geschäftsbeziehung war längst ein sehr inniges Verhältnis geworden. Avram mochte die alte Dame, die sich stets kleidete wie eine Matriarchin aus der Gründerzeit, wegen ihrer Herzlichkeit und Hilfsbereitschaft. Und wegen ihrer Diskretion, denn Clara Winterfeld war verschwiegen wie ein Grab. Auch sie hatte ganz sicher niemandem etwas von dem Bolivien-Einsatz erzählt.

Wer kam also noch in Betracht? Helena Zeidler vielleicht, die er oft bei Fragen zu den Themen Internet und Telekommunikation einschaltete. Sie konnte Handys lokalisieren und GPS-Satelliten anzapfen, darin war sie eine echte Spezialistin. Avram kannte Helena mittlerweile ziemlich gut, aber er konnte sich nicht erinnern, ihr jemals von den Ereignissen auf der bolivianischen Altiplano-Hochebene erzählt zu haben.

Der Einzige, der dann noch als potentielles Informationsleck in Frage kam, war Gustaf Kjell. Avram hatte vor einiger Zeit ziemlich eng mit ihm zusammengearbeitet, vor allem bei den Aufträgen von Edvard Hekkonnen, einem finnischen Großindustriellen, der seine Konkurrenz in Skandinavien mit harten Bandagen aus dem Verkehr zog. Da Avram kein Finnisch sprach, hatte Hekkonnen ihm Gustaf Kjell zur Seite gestellt, der sich wiederum nicht besonders gut mit Waffen auskannte. Avram und Gustaf hatten sich perfekt ergänzt. Die Zeit in Finnland war erfolgreich und lukrativ gewesen.

Avram erinnerte sich, dass Gustaf ihn irgendwann einmal auf seine zahlreichen Wunden angesprochen hatte, beim Duschen nach einem Squash-Spiel. Also hatte er es ihm bei ein paar Gläsern Bier erzählt.

Aber habe ich dabei auch Brent Rasmussen erwähnt?

Selbst wenn – warum sollte Gustaf das weitererzählt haben? Würde er sich nach so vielen Jahren überhaupt noch an den Namen erinnern? Das war nicht besonders wahrscheinlich.

Die Idee, die sich dann aber in Avrams Kopf abzeichnete, war so wahnsinnig wie realistisch: Hatte Riveg womöglich seine Informationen von Rasmussen selbst erhalten? Vielleicht kannten sich die beiden, und Rasmussen hatte irgendwann mal Bolivien erwähnt. Später hatten sie sich zerstritten, und Riveg wollte sich nun an seinem ehemaligen Freund oder Geschäftspartner rächen.

Avram fuhr sich mit einer Hand über die bärtige Wange. Ein Zerwürfnis mit Rasmussen und der immense Wunsch nach Rache – das kam ihm bekannt vor. Eine solche Erfahrung hatte er doch auch mit ihm gemacht, warum sollte es dann nicht auch jemand anderem so ergangen sein? Und Rasmussen neigte zum Plaudern, wenn er zu viel trank. Gut möglich, dass er dabei auch Bolivien und sogar Avrams Namen erwähnt hatte. Im Rausch war er schon immer ein geschwätziges Arschloch gewesen.

Dann hat Riveg seine Informationen aus allererster Hand. Deshalb weiß er auch, dass er keinen motivierteren Kandidaten als mich für diesen Auftrag finden kann.

Im Moment war das alles nur pure Spekulation, aber eine andere plausible Erklärung fiel Avram einfach nicht ein.

30

»Wie war dein Tag?«

Es tat gut, Mikkas Stimme zu hören, zumal nach der gestrigen Meinungsverschiedenheit. Emilia vermisste ihn und wäre jetzt gerne von ihm umarmt worden. Einen Kuss hätte sie auch nicht verschmäht, lange und zärtlich. Am Wochenende würden sie einiges nachzuholen haben.

»Offen gesagt, war mein Tag ziemlich durchwachsen«, gestand sie. Sie erzählte ihm von der Pizza am Morgen und von dem Päckchen mit dem abgeschnittenen Ohr, außerdem von dem Peilsender an ihrem Wagen, der sie über Luan Waschkowskis Elektrofachgeschäft zur Plattenbauwohnung von Holger Rittmeier geführt hatte und damit zu dem Brief mit Dantes persönlicher Botschaft an sie.

»Jetzt sitze ich schon seit über zwei Stunden an meinem Bericht, aber du weißt ja, wie schwer ich mich damit tue.«

»Du solltest wirklich nicht länger in Aachen bleiben«, sagte Mikka. »Dieser Kerl ist verrückt. Dem ist alles zuzutrauen. Er hat dich aus irgendeinem Grund auf dem Kieker. Willst du unbedingt wieder einem Psychopathen in die Hände fallen?«

Er spielte damit auf Belial an, in dessen Folterkeller Emilia im vergangenen Sommer gefangen gewesen war.

»Du übertreibst«, wehrte sie ab, obwohl ihr der Gedanke natürlich auch schon gekommen war. Aber sie wollte jetzt nicht noch zusätzlich von Mikka verunsichert werden. »Ich bin den ganzen Tag umgeben von Polizisten. Außerdem halte ich die Augen offen.«

Sie hörte Mikka am anderen Apparat seufzen. »Ich will nur nicht, dass dir etwas zustößt.«

»Und ich will dieses Arschloch endlich zu fassen kriegen. Die Chancen dafür stehen am besten, wenn ich hierbleibe und mich auf sein Spiel einlasse. Er ist überheblich geworden – irgendwann wird er einen Fehler begehen. Ich spüre, dass das nicht mehr lange dauern wird. Das Spiel reizt ihn nur, solange es spannend für ihn bleibt. Nur deshalb riskiert er immer mehr. Mit etwas Glück kann ich ihn vielleicht schon in den nächsten Tagen schnappen.«

Mikka zögerte. »Wenn Frau Ness sich mal was in den Kopf gesetzt hat ... Meinetwegen. Bleib in Aachen. Aber sei vorsichtig!«

»Das bin ich. Versprochen.«

»Hast du deine Waffe dabei?«

»Ja. Und genügend Munition, um einen kleinen Krieg anzuzetteln. Jetzt hör endlich auf, dir Sorgen zu machen. Du jagst mir damit Angst ein.«

»Weil ich das Gefühl habe, dass du dich unnötig in Gefahr begibst.« Er seufzte, und es entstand eine kleine Pause. »Weißt du eigentlich schon, wo du heute übernachtest?«

»Noch nicht«, sagte Emilia. »Ich hatte bisher noch keine Gelegenheit, mir darüber Gedanken zu machen.«

»Nimm nicht deinen Wagen. Vielleicht hat Dante noch einen anderen Sender angebracht, nur noch besser versteckt.«

Das war zumindest nicht auszuschließen. Emilias Auto stand seit Stunden unten auf dem Parkplatz.

»Also gut, ich nehme ein Taxi«, versprach sie.

Aber das war Mikka noch nicht genug. »Lass dich erst eine Weile durch die Stadt fahren«, drängte er. »So lange, bis du sicher bist, dass niemand dir folgt. Und reserviere vom Revier aus kein Zimmer – wer weiß, ob er dich nicht abhören lässt. Entscheide dich während der Taxifahrt für ein Hotel, ganz spontan, wenn du an einem vorbeikommst.«

»Das werde ich. Aber jetzt entspann dich, sonst werde ich noch paranoid.« Emilia schob sich eine Haarsträhne hinters Ohr. »Sag mal, hat Becky sich heute zufällig bei dir gemeldet?«, fragte sie, um das Gespräch in eine andere Richtung zu lenken.

»Nein, wieso?«

»Sie schwänzt seit gestern die Schule und hat sogar meine Unterschrift für ihre Entschuldigung gefälscht. Keine Ahnung, was mit ihr los ist. Entweder hat das etwas mit Drogen zu tun oder mit einem Jungen. Jedenfalls hat sie sich irgendwo verkrochen. Ich dachte, vielleicht hat sie mit dir gesprochen, weil sie wusste, wie ich reagieren würde, wenn sie es bei mir probiert.«

»Bei mir hat sie sich nicht gemeldet«, sagte Mikka. »Weder gestern noch heute.«

»Ich fürchte, am Wochenende müssen wir ein ernstes Wort mit ihr reden. Sie war schon immer ziemlich eigensinnig. Aber wenn das solche Ausmaße annimmt ...«

In der Bürotür erschien Kommissarin Behrendt, Friedkins rechte Hand. An ihrer Miene erkannte Emilia sofort, dass etwas nicht stimmte.

»Warte mal kurz«, bat sie Mikka. Zu Kommissarin Behrendt sagte sie: »Was ist los?«

»Vor ein paar Minuten ist unten ein Päckchen abgegeben worden. Für Sie persönlich. Das gleiche Geschenkpapier wie bei den beiden anderen. Ich habe das Päckchen direkt in die Spurensicherung bringen lassen. Sie wollen doch bestimmt dabei sein, wenn es geöffnet wird.«

Emilia nickte. »Ich muss jetzt Schluss machen, Mikka«, sagte sie ins Handy. »Hier gab es gerade eine neue Lieferung von Dante. Sobald ich im Hotel bin, melde ich mich noch mal. Ich liebe dich.«

Mit diesen Worten beendete sie das Gespräch, um Kommissarin Behrendt ins Labor der Spurensicherung zu folgen.

31

Bolivien, vor neun Jahren

Wie aus weiter Ferne drang das Stimmengewirr in sein Unterbewusstsein – fremdartig und unverständlich. Ein einziges Durcheinander, wie beim Turmbau zu Babel.

Warum kann ich nichts sehen?

Die Welt um ihn herum war schwarz, bis er zu begreifen begann, dass er geschlafen hatte. Oder ohnmächtig gewesen war. Eins von beidem.

Vorsichtig schlug Avram die Augen auf, die Lider schwer wie Blei. Menschliche Schemen formten sich aus der Finsternis, geisterhaft und verschwommen, aber sie nahmen mit jedem Blinzeln klarere Konturen an. Avram erkannte Männer, Frauen und Kinder – verwahrloste Gestalten mit zerschlissenen T-Shirts und dreckigen Hosen, ein paar von ihnen barfuß.

Nicht nur die Umrisse wurden zunehmend deutlicher, auch die Stimmen. Avram konnte sie trotzdem nicht verstehen, nur zwischendurch ein paar einzelne Worte.

Rápido ... las armas ... el avión ...

Schnell ... die Waffen ... das Flugzeug ...

Mehr gab sein Spanisch nicht her.

Wo bin ich? Warum bin ich hier?

Er lag auf dem Boden. Über ihm erhob sich ein geschwungenes Gewölbe wie eine Höhlenkuppel, nur dass die gerippten Wände zu gleichmäßig waren, um aus Stein gehauen worden zu sein. Kabel führten zu einem Dutzend Leuchten, die an einem rustikalen Gestänge unter der Decke hingen. Ihre Helligkeit verlor sich jedoch rasch in der Weite des Raums, in den vielen Ecken und Winkeln, hinter den engen Regalreihen, den gestapelten Transportkisten und den Blechtonnen. Irgendwo in dieser Welt des Zwielichts erkannte Avram einen alten MAN-Lastwagen. Weiter hinten stand ein Gabelstapler.

Mühevoll versuchte er, sich aufzurichten, aber jede Bewegung schmerzte wie die Hölle. Sein ganzer Körper fühlte sich wund an, außerdem waren ganz bestimmt ein paar Rippen angeknackst. Avram fühlte sich wie durch den Fleischwolf gedreht.

Was ist mit mir geschehen?

Er biss die Zähne zusammen und schaffte es mit viel Anstrengung, sich hinzusetzen. Keuchend hielt er inne, um einen Moment auszuruhen. Jede noch so kleine Bewegung war ein Kraftakt.

Vorsichtig befühlte er sein pochendes Gesicht. Die Lippen waren aufgeplatzt, sein linkes Auge so geschwollen, dass er kaum etwas sehen konnte. Eine Stelle an seiner Stirn pulsierte besonders heftig. Als er sie berührte, stellte er fest, dass es eine offene Wunde war, deren Ränder bereits verkrusteten.

Wie lange bin ich schon hier?

Als er seine Hand im Halbdunkel betrachtete, erschrak er. Nicht nur wegen des Bluts, sondern weil der kleine Finger und der Ringfinger in einem unnatürlichen Winkel abstanden. Die Gelenke waren gebrochen. Das hatte er bis jetzt noch gar nicht bemerkt.

Plötzlich fiel Licht in sein Leben. Weiter vorne in diesem höhlenartigen Gewölbe tat sich mit einem lauten, schabenden Geräusch ein Spalt auf. Die dahinterliegende Sonne flutete den Raum mit gleißender Helligkeit, wie bei einer zeitlupenartigen Explosion, nur ohne Knall. Avram kniff die Augen zusammen und hob schützend eine Hand vors Gesicht. Der Spalt öffnete sich weiter wie ein riesiges Maul und gab immer mehr das wahre Ausmaß seiner Größe preis.

Als seine Augen sich an die Helligkeit gewöhnt hatten, erkannte Avram viele Details, die ihm vorher verborgen geblieben waren: Die Höhlenwände bestanden aus Wellblech. Der hintere Teil des Raums erinnerte mit seinen schäbigen Hochlastregalen an ein schrottiges Ersatzteillager. Alles war da: Reifen, Schläuche, Rohre, Motoren, Antriebswellen, Getriebeteile, unlackierte Blechteile, Schaltknüppel, Armaturen, Batterien, außerdem Werkzeuge, Wagenheber, Treibstoffkanister ...

Und Waffen. Sogar jede Menge davon, teils lagen sie offen herum, teils waren sie in Kisten verpackt. Pistolen, Gewehre, Uzis, Granaten – alles, bis hin zu modernen Panzerfäusten. Mit diesem Arsenal konnte man ein ganzes Regiment ausstatten.

Lautes Knattern lenkte Avrams Blick wieder nach vorne, wo der Spalt inzwischen zu einer riesigen Luke angewachsen war. Im grellen Gegenlicht erkannte er die Silhouette eines Flugzeugs – keine Großraummaschine, aber auch keine Cessna. In Anbetracht der vielen Menschen, die wie Ameisen um das Flugzeug herumwimmelten, schätzte Avram es auf etwa zehn Meter Länge. An den Flügeln saßen zwei gewaltige Propellermotoren, die jetzt richtig aufbrummten und die Maschine in Bewegung setzten. Träge rollte das schwere Gefährt in den Hangar. Dann verebbte der Lärm, und die Propeller drehten aus.

Unter dem lautstarken Palaver der Menschen, die das Flugzeug im Pulk umringten, öffnete sich die Luke. Ein

Mann erschien darin, groß und dürr. Avram konnte im grellen Gegenlicht nicht viel mehr als einen Schattenriss erkennen. Nur das kurzgeschorene, unnatürlich blond gefärbte Haar. Als er ein Gewehr in die Höhe streckte, jubelte ihm die Menge zu wie einem Helden. Er verharrte in seiner Siegerpose und genoss ein paar Sekunden lang den Triumph. Währenddessen wurde ein Alu-Treppengestell auf Rollen zu dem Flugzeug geschoben. Kaum dass es an der Luke festgemacht war, stürmte auch schon ein Teil des wilden Haufens hinauf und verschwand mit dem Blonden im Rumpf.

Es folgten die Verladearbeiten. Dutzende von Kisten wurden aus dem Bauch des Flugzeugs getragen und entweder auf die beiden bereitstehenden Lastwagen verteilt oder auf Paletten gestellt, die der Gabelstapler dann in die Regalreihen einsortierte.

Avrams linkes Bein schmerzte. Um sich Linderung zu verschaffen, musste er seine Position ändern, deshalb griff er mit der gesunden Hand nach der Stange, die neben ihm aus dem Boden zu wachsen schien, und zog sich daran nach oben. Aber er hatte nicht genug Kraft im Arm, deshalb umfasste die Hand mit den beiden gebrochenen Fingern eine zweite Stange, direkt daneben. Zitternd und keuchend schaffte er es, das brennende Bein so zu lagern, dass es erträglich war. Allerdings begriff er durch den halben Klimmzug erst in vollem Umfang seine Situation: Die beiden Stangen, an denen er sich hochgezogen hatte, gehörten zu einem großen Käfig, in den man ihn eingesperrt hatte. Er war gefangen wie ein wildes Tier.

Panik machte sich in ihm breit. Den Schmerz ignorierend, untersuchte er sein Gefängnis, Stange für Stange, aber sie saßen allesamt bombenfest, und das Gatter war mit einem massiven Vorhängeschloss gesichert. Selbst wenn er unversehrt gewesen wäre, hätte es aus diesem Käfig kein Entrinnen gegeben. Resigniert ließ er sich wieder auf den Boden sinken.

Der Gabelstapler fuhr an ihm vorbei, mit zwei Kisten beladen. Der Mann hinter dem Steuer spuckte vom Fahrerhaus auf ihn, ohne ihn zu treffen, aber selbst wenn er besser gezielt hätte, wäre Avram zu erschöpft für ein Ausweichmanöver gewesen.

Der Mann grinste ihn herablassend an. Ihm fehlten ein Schneidezahn und ein Auge. Sein nackter Oberkörper war übersät mit Tätowierungen.

Schlangen.

Dämonen.

Teufelsköpfe.

Die Buchstaben MS. Daneben die 13.

Das löste in Avram etwas aus. Eine Erinnerung, wie der Schlüssel zu einer verriegelten Tür, die, kaum dass man sie aufgestoßen hatte, eine wahre Bilderflut auslöste. Plötzlich war alles wieder da. Seine Reise nach Bolivien. Das Treffen mit Brent Rasmussen und Gustavo Ramirez, seinem Auftraggeber. Der Versuch, Hector Mesa zu finden, um ihn zu töten.

Aber irgendwie war alles schiefgelaufen. Mesa hatte die drohende Gefahr gewittert. Seine Männer hatten Avram erwischt, als er hinter einem Felsen lag, mit seinem Scharfschützengewehr im Anschlag, darauf lauernd, Hector Mesa endlich aufs Korn nehmen zu können.

Er war in diesen Hangar verschleppt worden. Hier prügelte man so lange auf ihn ein, bis er schließlich die Besinnung verloren hatte. Jetzt saß er hier, verletzt und eingesperrt, ohne Hoffnung auf Rettung.

Er fragte sich, warum sie ihn nicht schon längst getötet hatten.

Wollten sie ihn hier einfach verdursten lassen? Um mitzuerleben, wie er langsam krepierte? Im Hangar war es heiß und stickig wie in einer Sauna. Avrams Zunge klebte trocken am Gaumen, er kam fast um vor Durst. Es regte sich kein Lüftchen, und seit das Flugzeug hereingefahren war, stank es nicht nur nach Schweiß und Urin, sondern auch noch nach Abgasen. Er musste sich zusammenreißen, um sich nicht zu übergeben.

Den Arbeitern schienen weder Hitze noch Gestank etwas auszumachen. Unermüdlich schleppten sie die Kisten aus dem Flugzeug und verluden sie auf die bereitstehenden Fahrzeuge.

Avram erinnerte sich jetzt, dass es sich um Drogen und Waffen handelte, die im großen Stil über die Grenze geschmuggelt werden sollten. Das hatte Ramirez ihm bei der Auftragserteilung gesagt. Die Drogen waren für die USA und für den europäischen Markt vorgesehen, die Waffen – vor allem Pistolen und halbautomatische Gewehre – spielten für die Bandenkriege im süd- und mittelamerikanischen Raum eine wichtige Rolle. Manchmal wurden von hier aus auch Menschen ins Ausland geflogen oder in Lkws über die Grenze geschleust. Dieser Wellblechhangar mitten im bolivianischen Nirgendwo war einer der Hauptumschlagplätze für jede Art von Schmuggelware.

Schweiß rann Avram von der Stirn in die Augen und löste einen Zwinkerreflex aus. Das Salz brannte, war aber nichts im Vergleich zu den Schmerzen im Rest seines Körpers.

Ich hätte diesen Auftrag nicht annehmen dürfen!

Dabei hatte zunächst alles sehr gut ausgesehen. Brent Rasmussens Einladung nach Bolivien war zu einem Zeitpunkt gekommen, an dem Avram die in Aussicht gestellte Bezahlung gut gebrauchen konnte. Also war er hingeflogen, um sich mit Rasmussen und Gustavo Ramirez zu treffen, dem bolivianischen Innenminister, der es sich in den Kopf gesetzt hatte, die Macht der Drogenbarone zu brechen und die Bandenkriminalität auszumerzen, die sich seit zwanzig Jahren wie ein Krebsgeschwür im ganzen Land ausbreitete. Um sein Ziel zu erreichen, war Gustavo Ramirez jedes Mittel recht – sogar das Anwerben eines Profikillers. Er wollte Gewalt mit Gegengewalt bekämpfen, die Anführer liquidieren lassen und so das Problem beseitigen. Der Schlange den Kopf abschlagen – so hatte er es bei einem der vorbereitenden Treffen genannt. Es ging um zwölf zentrale Figuren, die sich mit ihren kriminellen Organisationen die Macht im Land teilten. Sie alle sollten innerhalb weniger Tage eliminiert werden. Dafür hatte Ramirez Avram die enorme Summe von zwölf Millionen Euro in Aussicht gestellt – eine Million für jeden Kopf.

Nur war dieser Einsatz komplett schiefgelaufen.

Das Bellen eines Hundes, ganz dicht an seinem Ohr, riss Avram aus seinen Gedanken. Er zuckte zusammen und wich von den Gitterstäben zurück – gerade noch rechtzeitig, denn da, wo kurz zuvor noch sein rechter Arm gewesen war, schnappten jetzt die geifernden Kiefer eines Bullterriers ins Leere. Wie von Sinnen presste das bellende Vieh seinen Schädel in das Gitter, ein Ausbund an Kraft und Blutgier. Avram wich instinktiv weiter zurück. In der Mitte des Käfigs fühlte er sich einigermaßen sicher, zumindest für den Moment.

Während er noch versuchte, seinen Puls wieder unter Kontrolle zu bekommen, bemerkte er eine schlaksige Gestalt, die sich dem Käfig näherte – mindestens eins neunzig groß, hager, den Kopf leicht zur Seite geneigt. Er trug lederne, schwarze Springerstiefel, olivgrüne Armeehosen und ein ärmelloses, fleckiges Unterhemd. Seine Arme waren flächendeckend tätowiert. An seinem Gürtel baumelte locker ein Pistolenholster. Avram erkannte darin eine großkalibrige Heckler & Koch. An der anderen Seite steckte eine armlange Machete in einer Lederscheide.

Vor Avrams Käfig blieb der Mann stehen, groß wie ein Baum. Seine bleiche Haut und das unnatürlich wirkende blonde Kraushaar verliehen ihm das Aussehen eines lebenden Toten. Dieser Eindruck wurde durch seine Augen noch verstärkt, die wie leuchtendblaue Opale in seinem Gesicht saßen – und natürlich durch die vielen Gerüchte über ihn, die Avram in diesem Augenblick durch den Kopf schossen.

Vor ihm stand Hector Mesa, der mächtigste Mann der bolivianischen Mara Salvatrucha.

In Vorbereitung auf seinen Auftrag hatte Avram wie üblich Erkundigungen über seine Zielpersonen eingezogen. Auch über Mesa. Die helle Haut ging auf eine Pigmentstörung zurück, an der er seit seiner Geburt litt. Sie verlieh ihm das furchteinflößende Äußere.

Dem Aussehen waren Taten gefolgt. Nach Avrams Recherchen war Hector Mesa bereits im Alter von zehn Jahren in die Mara Salvatrucha eingetreten. Mit zwölf hatte er seinen ersten Mord begangen, bei einem Überfall auf einen Geldtransporter in El Alto. Seit seinem zwanzigsten Lebensjahr machte er sich einen Namen als unerbittlicher Clika-Führer. Den Polizeiakten in Oruro und Surce zufolge hatte er schon über hundertzwanzig Menschen getötet. Einem guten Dutzend davon hatte er zuvor die Hand mit seiner Machete abgeschlagen, was inzwischen zu einer Art Markenzeichen für ihn geworden war. Er sah nicht nur aus wie ein Teufel, er war auch einer – seelenlos, kalt, ohne Gewissen. Mesa galt als einer der drei meistgesuchten Verbrecher des Landes. Rechnete man ihm auch die Taten an, die er als Oberhaupt der MS13 zu verantworten hatte, gingen die Morde und Verstümmelungen in die Tausende.

Das alles jagte Avram durch den Kopf, während der Köter hinter ihm wie eine entfesselte Furie kläffte. Auf Mesas Zungenschnalzen hin hörte der Hund jedoch sofort damit auf. Mit einem unterdrückten Jaulen kam er um den Käfig herum, hockte sich neben sein Herrchen auf den Boden und leckte ihm pflichtschuldig die Hand.

Mesa ließ es ein paar Sekunden lang geschehen. Dann kraulte er den Pitbull hinter den Ohren und ging dabei in die Knie, um Avram besser in die Augen schauen zu können.

»Ich denke, du hattest Zeit genug zum Nachdenken«, sagte er. »Wie lautet deine Antwort?«

Avram schluckte. Er hatte keine Ahnung, was Mesa von ihm wissen wollte.

32

Es war das dritte Päckchen in zwei Tagen, eingewickelt in rosafarbenes Geschenkpapier mit kleinen, roten Herzen. Wieder war eine Karte mit dem Vermerk *Für E* aufgeklebt. Was würde sich diesmal darin befinden? Welche Art von Amputat? Emilia wollte gar nicht so genau darüber nachdenken.

Sie stand mit Hauptkommissar Friedkin und Kommissarin Behrendt an einem Labortisch der Spurensicherung und beobachtete, wie Oberkommissar Baikan und sein Assistent, Kommissaranwärter Kullmann, das Paket öffneten. Mit ihren weißen Latexhandschuhen lösten sie vorsichtig das Geschenkpapier ab. Dabei zerschnitten sie den Tesafilm nicht, sondern zogen ihn langsam mit Hilfe eines Skalpells und einer Pinzette ab, um etwaige Fingerabdrücke darauf nicht zu beeinträchtigen.

Während Kullmann sich an einem Nebentisch um die weitere Untersuchung der Geschenkverpackung kümmerte, blieben die anderen bei Baikan und schauten zu, wie er nun auch noch den Karton öffnete. Um besser sehen zu können, zog er sich das Vergrößerungsglas an einem Gelenkarm heran. Die Leuchte am Labortisch verströmte kaltes, bläuliches Licht. Baikan arbeitete langsam und konzentriert.

Emilias Anspannung wuchs zusehends. Als Baikan den Deckel aufklappte, machte sie sich auf einen schrecklichen Anblick gefasst.

Wie bei den beiden letzten Malen enthielt der Karton eine

mehrfach gefaltete Plastiktüte, außerdem ein Briefkuvert. Abgesehen davon war das Paket leer.

Als Erstes widmete sich Baikan der Tüte. Sie war wieder weiß, ohne Aufdruck und mit einem Schnellklipser verschlossen. Nachdem er den Verschluss entfernt und ihn in eine bereitgestellte Kunststoffwanne gelegt hatte, entfaltete er den Plastikbeutel – vorsichtig, als könne er bei zu großer Erschütterung explodieren. Dann griff er mit einer langen Pinzette hinein und zog einen kleinen, glitzernden Gegenstand heraus.

»Ein Ohrring«, stellte er fest. Unter der Lupe betrachtete er das Schmuckstück genauer. »Ein Silberstecker mit einem kleinen, farblosen Stein in Form einer Blume, vermutlich aus Glas. Die Form des Steckers lässt vermuten, dass es sich um billigen Modeschmuck handelt. Das würde zu unserer Vermutung passen, dass das Opfer ein Kind oder ein Teenager ist.«

Nur ein Ohrring – wer hätte damit gerechnet? Doch Emilia traute dem Frieden nicht. »War das alles?«, fragte sie.

Baikan schüttelte den Kopf und legte auch den Ohrring in den Sammelbehälter. »Nein, da ist noch etwas anderes drin.«

Diesmal fischte er mit der Pinzette einen größeren Fang aus der Tüte.

»Eine Armbanduhr«, sagte er. »Das war's jetzt aber.«

Emilia wagte aufzuatmen. Diesmal also kein abgeschnittener Finger. Kein abgeschnittenes Ohr. Nur Schmuck. Das ließ sich ertragen, auch wenn klar war, dass es eine Verbindung zu dem verstümmelten Opfer geben musste.

Baikan nahm die Uhr unter der Lupe genauer in Augenschein. Um besser sehen zu können, rückte er sich die Lampe zurecht. »Mit hoher Wahrscheinlichkeit eine Mädchenuhr«, konstatierte er. »Kein Markenprodukt, zumindest kann man weder einen Schriftzug noch ein Emblem erkennen. Das Armband besteht aus dunklem Plastik, auf dem Zifferblatt ist das Gesicht eines jungen Mannes aufgedruckt. Irgendein Teenie-Star, denke ich. Da kenne ich mich nicht besonders gut aus.«

»Lass mal sehen«, sagte Kommissarin Behrendt. Als sie sich über die Lupe beugte, verzogen sich ihre Mundwinkel zu einem Lächeln. »Auf welchem Planeten lebst du denn, Mehzud?«

»Ich habe ja schon zugegeben, dass das nicht mein Fachgebiet ist.«

»Schon mal den Namen Justin Bieber gehört?« Sie schüttelte belustigt den Kopf.

»Ich bin sicher, deine Tochter hat ihr Zimmer mit Postern von ihm tapeziert«, schmunzelte Friedkin.

»Meine Tochter steht auf Metallica.«

»Haben die sich nicht schon vor zwanzig Jahren getrennt?«

Während die anderen weiter herumflachsten, wurde Emilia immer ernster. Eine dunkle Vorahnung stieg in ihr auf wie lähmendes Gift. Trotz der Hitze im Labor fühlten sich ihre Hände plötzlich eiskalt an.

Justin Bieber.

»Darf ich die Uhr einmal sehen?«, murmelte sie. Als sie einen Blick durch die Lupe warf, schnürte es ihr beinahe die Kehle zu. Sie bekam kaum noch Luft.

»Was ist los mit Ihnen?«, fragte Friedkin, der die Veränderung offenbar bemerkt hatte. »Ist Ihnen nicht gut?«

Emilia schluckte trocken. Ihre Zunge fühlte sich an wie ein Fremdkörper. »Meine Tochter hat so eine Uhr«, hörte sie sich wie aus weiter Ferne sagen.

»Das muss gar nichts heißen«, sagte Kommissarin Behrendt aufmunternd. »Solche Fanartikel werden zigtausendfach verkauft.«

Aber Emilia glaubte nicht an einen Zufall. Sie hatte Becky eine solche Uhr vor zweieinhalb Jahren geschenkt, in einer Phase, in der sie bis über beide Ohren in ihr Idol verknallt gewesen war. Jetzt erinnerte Emilia sich auch wieder an die Ohrringe – ein Kauf auf einem Flohmarkt in Rom während des letzten Pfingsturlaubs.

In diesem Moment wurde ihr Innerstes zu Stein. Gequält von schierer Angst, war sie kaum noch zu einem klaren Gedanken fähig. Vor ihrem geistigen Auge flimmerten immerfort die gleichen Bilder: der Ohrring ... die Uhr ... der Finger ... das Ohr. Dante wollte mit ihr spielen – auf die denkbar grausamste Weise.

»Öffnen Sie den Brief«, sagte sie zu Oberkommissar Baikan. Sie zitterte am ganzen Leib.

33

Bolivien, vor neun Jahren

»Wer hat dich auf mich angesetzt?«

Hector Mesa sprach mit leichtem Akzent. Seine Stimme klang irgendwie metallisch. Ein feiner Schweißfilm glänzte auf seiner Stirn. Seine blauen Augen schienen von innen heraus zu leuchten. Noch dazu die Albino-Haut, das blonde Haar und die vielen Tätowierungen.

Mesa war ein Dämon in Menschengestalt.

Im Hintergrund trugen seine Leute immer noch Kisten und Fässer aus dem Bauch des Flugzeugs – etwa fünfzig Männer und Frauen, die Kinder nicht mitgerechnet. Jeder von ihnen ein mehrfacher Mörder. Avram steckte in der Falle.

Mesa fixierte ihn mit seinem bohrenden Blick. Er erwartete eine Antwort.

Wer hat dich auf mich angesetzt?

Avram erinnerte sich dunkel, diese Frage schon einmal gestellt bekommen zu haben. Er hatte vorgegeben, seinen Auftraggeber nicht zu kennen. Daraufhin hatten Mesas Schläger ihn in die Mangel genommen – so lange, bis er ohnmächtig geworden war.

Wenn ich weiter schweige, werde ich die nächste Stunde nicht überleben, dachte Avram. Und wenn ich Ramirez verrate, werde ich nie wieder einen Job bekommen.

Er steckte in einem Dilemma.

»Banquera«, presste er schließlich hervor. »So heißt der Mann, der mich engagiert hat. Victor Banquera.«

Eine Lüge, aber etwas Besseres fiel ihm im Augenblick nicht ein. Der quälende Durst verhinderte jeden klaren Gedanken. Irgendwo hatte er den Namen schon einmal aufgeschnappt. Jedenfalls klang er spanisch, das war die Hauptsache.

»Victor Banquera?«, wiederholte Mesa. Es klang, als habe er den Namen nie zuvor gehört.

Avram nickte. Die einzige Chance, sein Leben noch ein wenig zu verlängern, bestand darin, Mesa im Ungewissen darüber zu lassen, ob er die Wahrheit sagte. Wenn Mesa die Angaben überprüfen wollte, würde das Avram wertvolle Zeit verschaffen.

Vielleicht kann ich mich doch noch irgendwie aus diesem beschissenen Käfig befreien!

»Victor Banquera«, sagte Mesa noch einmal. »Wer soll das sein?«

»Ein Drogenboss aus La Paz«, improvisierte Avram. »Er will dich tot sehen, weil er das Kokaingeschäft in dieser Gegend übernehmen will.«

Hector Mesa sah Avram mit unbewegter Miene an, während der Pitbull ihm wieder die Hand leckte. Seine strahlend blauen Augen funkelten wie Eiskristalle. Sein Blick schien sich in Avrams Kopf zu bohren. Endlos lange Sekunden ging das so.

Dann sagte er: »Ich glaube dir nicht.« Mit diesen Worten zog er seine Pistole aus dem Hüftholster und schoss.

Der Knall war ohrenbetäubend, der Schmerz infernalisch. Etwas in Avrams Bauch schien zu explodieren, eine glühende Welle raste nach allen Seiten durch seinen Körper. Er krümmte sich auf dem Käfigboden, beide Hände instinktiv auf die getroffene Stelle gepresst. Die gebrochenen Finger verstärkten den Schmerz zusätzlich. Einen Moment lang versank die Welt um ihn herum in einem sternenlosen Universum.

Dann formten sich vor seinen Augen allmählich wieder Umrisse.

Ich bin noch nicht tot!

Mühevoll wälzte er sich auf den Rücken. Als er die blutigen Hände vom Bauch nahm, erkannte er, dass die Kugel ihn nur seitlich getroffen hatte, in die linke Flanke. Dort saßen keine lebenswichtigen Organe. Zum Glück! Dennoch konnte er vor Schmerzen kaum noch klar denken.

Der Knall hatte den Hund aufgeschreckt. Geifernd und kläffend presste er sich gegen den Käfig, bis Mesa ihm einen kräftigen Klaps gab und ihn damit wieder zur Ruhe brachte.

»Victor Banquera ist seit zwei Jahren tot.«

Mesa hockte immer noch neben Avrams Gefängnis. Die Faust mit der Pistole ruhte locker auf seinem Oberschenkel. Mit der anderen Hand tippte er gegen seine Machete in der Lederscheide. »Ich habe ihm persönlich seinen verdammten Schädel vom Hals geschlagen, weil seine Leute meinen Schwager getötet hatten. Also versuch besser nicht, mich zu verarschen, sonst wirst du erleben, wie es ist, wenn einem die Zunge herausgeschnitten wird, verstanden?«

Avram biss die Zähne zusammen. Er hatte Mesa den erstbesten Namen genannt, der ihm eingefallen war, ohne sich daran zu erinnern, woher er ihn kannte. Jetzt wusste er es wieder: Brent Rasmussen hatte ihm für jede seiner Zielpersonen eine Mappe mit Hintergrundinformationen zusammengestellt. Darin war auch ein Zeitungsartikel über die brutale Ermordung Banqueras in dessen Villa in Tarija gewesen – durch Hector Mesa.

Ein dummer Fehler!
»Zum letzten Mal: Wer ist dein Auftraggeber?«, drängte der Albino mit dem Dämonengesicht.

In Avrams Kopf ratterte es. Welchen Namen sollte er nennen? Gustavo Ramirez? Aber würde Mesa ihm das glauben? Dass der bolivianische Innenminister einen Profikiller engagiert hatte, um ihn und elf andere Verbrecherbosse eliminieren zu lassen? Avram konnte sich das nicht vorstellen, und eine weitere Chance würde Mesa ihm nicht gewähren.

Ich könnte ihm einen der anderen Namen nennen, die auf meiner Abschussliste stehen.

Aber was, wenn die Gangsterbosse sich untereinander kannten? Wenn Avram die falsche Person nannte – jemanden, der gut mit Mesa stand –, käme das seinem Todesurteil gleich.

Nein – nur ein frei erfundener Name konnte ihm noch etwas Zeit verschaffen.

»Fuente«, keuchte er. »Mein Auftraggeber heißt Carlos Fuente.«

»Aus welcher Stadt?«

»Montero.«

Mesa verzog keine Miene. Hielt er die Angaben für glaubwürdig? Oder hatte er das Lügenmärchen schon durchschaut? Avram wurde aus ihm einfach nicht schlau.

Schließlich richtete der Albino sich wieder zu seiner vollen Größe auf, drehte sich um und pfiff schrill durch die Zähne. Ein paar seiner Leute hielten inne und sahen in seine Richtung. Mesa rief ihnen etwas zu, das Avram nicht verstand. Wenige Sekunden später eilte ein kleiner, drahtiger Mann mit nacktem Oberkörper herbei, ebenfalls übersät mit grässlichen Tätowierungen. Eine schlecht verheilte Narbe am Oberarm verriet, dass er dort angeschossen worden war.

Die beiden Mareros wechselten ein paar Worte auf Spanisch. Mesa schien Fragen zu stellen, der andere gab knappe Antworten und schüttelte schließlich den Kopf.

»Rico kommt aus Montero«, raunte Mesa, während er wieder vor Avram in die Hocke ging. »Er sagt, in Montero gibt es keinen Carlos Fuente. Jedenfalls keinen, der mich aus dem Weg räumen will.«

Avram schluckte trocken. Die Schmerzen in der Hüfte brachten ihn beinahe um den Verstand.

»Das ist der Name, den er mir gegenüber genannt hat«, behauptete er. Etwas anderes blieb ihm ohnehin nicht mehr übrig.

»Du lügst, sobald du das Maul aufmachst!«, zischte Mesa. »Aber ich habe dich gewarnt. Mal sehen, wie hart du wirklich bist, *gringo*.«

34

Emilia stand noch immer unter Schock. Dantes letzte Botschaft hatte sie bis ins Mark getroffen.

Sie lag mit geschlossenen Augen auf einer Liege im Ruheraum des Aachener Polizeipräsidiums und versuchte, sich einzureden, dass die letzte halbe Stunde nicht real gewesen war. In wenigen Sekunden würde sie aus diesem schrecklichen Albtraum erwachen und erleichtert feststellen, dass sie nur das Opfer ihrer eigenen Phantasie geworden war.

Gleichzeitig wusste sie, dass das nicht geschehen würde. Ihre Verzweiflung fühlte sich zu echt an, ihr Schmerz zu heftig. Das hier war das echte Leben, hart, hässlich, erbarmungslos. Emilia brach in Tränen aus.

Eine Hand legte sich auf ihre Schulter und drückte sie sanft. Jemand machte leise »Schschsch!«, wie ihre Mutter es früher getan hatte, als sie noch ein Kind gewesen war. Emilia schlug die Augen auf. Neben ihr saß Kommissarin Behrendt, halb zu ihr gebeugt, mit einfühlender Miene.

»Es ist nicht erwiesen, dass dieser Kerl wirklich Ihre Tochter in seiner Gewalt hat«, sagte sie. »Vielleicht will er Ihnen nur einen Schrecken einjagen. Sie sollten uns eine Vergleichsprobe von Ihrer Tochter zukommen lassen – ein paar Haare von ihrer Bürste, einen Zigarettenstummel mit ihren Speichelresten. Irgendetwas, mit dessen Hilfe wir die DNA Ihrer Tochter mit der der beiden Amputate vergleichen können. Solange wir keine Gewissheit haben, besteht Hoffnung.«

Emilia wollte ihr gerne glauben, schaffte es aber nicht. Aus irgendeinem Grund hatte Dante sie für sein perverses Spiel auserkoren – und er hatte die Partie mit einem grausamen Zug eröffnet.

Emilia fühlte sich hundeelend. Sie wollte dieses Spiel nicht spielen, aber welche Wahl hatte sie? Falls Becky nicht ohnehin schon tot war, würde Dante sie weiter quälen, so lange, bis sie ihn schnappte oder er sie tötete.

»Wollen Sie einen Kaffee?« Kommissarin Behrendt streichelte ihr über die Wange. »Oder eine heiße Schokolade? Das bringt Sie wieder auf die Beine.«

Die Worte drangen wie durch einen Filter zu ihr. Emilia nickte. »Heiße Schokolade wäre gut«, murmelte sie.

Die junge Polizistin verließ das Zimmer, und Emilia blieb allein im Ruheraum zurück. Ausgestreckt auf der Liege, die Arme am Körper, beinahe wie aufgebahrt, lag sie da, reglos, kaum atmend, starrte sie mit offenen Augen an die kahle Decke. Der Brief, den Dante zusammen mit Beckys Schmuck geschickt hatte, drängte sich in ihr Bewusstsein, schon zum hundertsten Mal. Jedes Wort davon hatte sich ihr ins Gedächtnis gebrannt.

Seine Botschaft war ebenso kurz wie brutal gewesen:

Verehrte Frau Ness,
Ihr größter Schatz befindet sich in meiner Gewalt. Ich hoffe, Sie erweisen sich als würdige Gegnerin, sonst werde ich Ihnen bald noch mehr Andenken von Ihrer Tochter schicken. Spielen Sie gut!
D.

Die Welt begann sich zu drehen. Emilia wurde übel. Sie brach wieder in Tränen aus.

Nach ein paar Minuten kehrte Kommissarin Behrend mit

einer dampfenden Tasse zurück, die sie auf dem Beistelltisch absetzte. »Trinken Sie, das wird Ihnen guttun«, sagte sie.

Emilia richtete sich auf und nippte an dem Getränk, brachte aber kaum einen Schluck herunter.

»Die Polizei in Trifels ist informiert. Sie hat bereits ein Einsatzteam zusammengestellt und sucht nach Ihrer Tochter«, sagte Kommissarin Behrendt.

Aus irgendeinem Grund beruhigte Emilia das nicht.

Eine Weile saßen die beiden Frauen sich schweigend gegenüber. Immer wieder tupfte Emilia sich mit einem Taschentuch die Augen trocken. Kommissarin Behrend versuchte erfolglos, ihr Mut zuzusprechen – als das nicht half, fragte sie: »Soll ich Sie lieber ein bisschen allein lassen?«

Emilia nickte. »Es liegt nicht an Ihnen.«

»Schon in Ordnung. Falls Sie etwas brauchen, geben Sie mir bitte Bescheid. Auf dem Tisch steht ein Telefon. Meine Durchwahl ist die 437.«

Kommissarin Behrend drückte noch einmal ihre Schulter und verließ dann den Raum.

Minutenlang blieb Emilia wie zu Stein erstarrt auf ihrer Liege sitzen, gefangen in ihren düsteren Gedanken. Schließlich griff sie zum Handy und tat das, was sie schon die ganze Zeit vor sich herschob: Sie rief Mikka an.

Für Becky war er ein zweiter Vater geworden, für Emilia die wichtigste Stütze in ihrem Leben. Bisher hatte sie nicht die Kraft gefunden, ihn zu informieren. Aber er hatte ein Recht darauf, es zu erfahren, nicht erst später, sondern jetzt.

Als er das Gespräch annahm, schien er bester Laune zu sein. Im Hintergrund hörte Emilia Männerstimmen – offenbar unterhielt er sich gerade mit ein paar Kollegen bei der Frankfurter Kripo.

»Können wir ungestört miteinander reden?«, fragte sie.

»Klar, Augenblick.« Er entschuldigte sich bei den anderen und ging ein paar Schritte beiseite. »So, jetzt bin ich so weit. Was gibt's?«

»Etwas Fürchterliches ist passiert«, sagte Emilia und rang um Fassung. Aber ihr kamen schon wieder die Tränen. »Becky ist entführt worden.«

»Großer Gott! Das kann doch nicht wahr sein!«

»Doch. Ich fürchte, das ist es. Ich habe einen Brief erhalten. Von Dante. Er will ein Spiel mit mir spielen. Und Becky ist die Leidtragende.«

Sie verfiel in einen Heulkrampf, erzählte von der Justin-Bieber-Uhr und wiederholte noch einmal, was sie Mikka schon im letzten Telefonat berichtet hatte. Alles musste aus ihr heraus.

Dabei schwankten ihre Gefühle zwischen hoffnungsvollem Bangen und abgrundtiefer Verzweiflung. War Becky noch am Leben? Oder hatte Dante sie längst umgebracht? Wenn sie noch lebte – wie ging es ihr dann? Die Vorstellung, dass dieser sadistische Psychopath ihr ein Ohr und einen Finger abgeschnitten hatte, trieb Emilia an den Rand des Wahnsinns. Welche Kraft trieb einen Menschen zu einer solchen Gräueltat an?

Warum ausgerechnet Becky?

Dutzende von Fragen quälten sie, aber auf keine davon gab es im Moment eine Antwort.

Sie erzählte, weinte, erzählte weiter. Den Schmerz zu teilen half ihr in gewissem Sinn, auch wenn Mikka kaum mehr tun konnte, als zuzuhören. Sie redete sich alles von der Seele, was sie belastete.

Aber irgendwann gab es nichts mehr zu erzählen, keinen Schmerz mehr zu teilen. Es war alles ausgesprochen, was es im Moment zu sagen gab. Plötzlich fühlte sie sich unendlich leer, wie eine emotionslose, menschliche Hülle. Durch die zugeschwollene Nase bekam sie kaum noch Luft. Ihre Lippen klebten.

Sie registrierte am anderen Apparat ein leises Schluchzen. Mikka weinte – kaum hörbar, dafür umso ergreifender. Sofort kamen auch ihr wieder die Tränen. So ging es eine ganze Weile, bis beide zu ausgelaugt waren, um weiterweinen zu können.

»Ich komme nach Aachen«, sagte Mikka schließlich. Er klang wie ein Roboter.

»Nein. Ich fahre nach Trifels«, erwiderte Emilia. »Wenn du willst, treffen wir uns dort. Ich kann nicht hierbleiben und untätig herumsitzen, während Becky sich in der Gewalt eines Psychopathen befindet.«

Ihr Entschluss war erst während des Telefonats mit Mikka gereift, aber er stand jetzt fest. Sie wollte – nein, sie *musste* – ihren Teil dazu beitragen, ihre Tochter wiederzufinden. Sie hoffte nur, dass sie noch am Leben war.

35

Die Fahrt nach Marburg verlief wie in Trance. Avram bekam kaum etwas davon mit, weder den phantastischen Sonnenuntergang noch die Baustellen noch den Stau bei Gießen.

In Gedanken war er die meiste Zeit in Bolivien. In dem stickigen Wellblechhangar unweit der Salar de Uyuni. Wie eine Motte vom Licht angezogen, schweiften seine Erinnerungen immer wieder dorthin ab.

Er hatte Brent Rasmussen für tot gehalten. Diese Überzeugung hatte ihm geholfen, eines der dunkelsten Kapitel in seinem Leben beinahe zu vergessen. Doch mit Rasmussens unerwarteter Auferstehung waren auch die alten Wunden wieder aufgebrochen, und sie schmerzten noch genauso wie damals.

Der Zorn stieß ihm sauer auf. Um seinen Magen zu beruhigen, nahm er eine Tablette – schon die dritte an diesem Tag. Seit er keinen Kaffee mehr vertrug, hatte er stets einen Vorrat dabei. Nichts Starkes, nur das, was man ohne Rezept in der Apotheke erhielt. Normalerweise bekam er seinen nervösen Magen damit ganz gut in den Griff.

Heute nicht.

Vielleicht ein Geschwür.

Bei seinem Lebenswandel wäre das nicht verwunderlich gewesen. Der ständige Stress. Die permanente Übermüdung. Viel zu viel Kaffee und Alkohol. Das konnte auf Dauer nicht gesund sein.

Wenn schon! Jetzt ist es zu spät, um sich noch zu ändern.

Immer wieder wanderten seine Gedanken auch zu Sina Hobmüller. Er hatte sie zum Schafott geführt, freilich ohne es zu wissen, aber das machte am Ende keinen Unterschied.

Avram seufzte. In seinem Leben gab es zu wenig Erfreuliches, auf das er zurückblicken konnte – eine traurige Bilanz. Wie wäre es gewesen, wenn er einen anderen Weg eingeschlagen hätte?

Eine Weile versuchte er, an gar nichts zu denken. Nur weiterzufahren, mit leerem Kopf, und zeitweise gelang ihm das sogar. Doch je näher er Marburg kam, desto stärker trat wieder die Frage in den Vordergrund, wie das Treffen mit Brent Rasmussen verlaufen würde. Ihn direkt in dem Restaurant zu erschießen, würde ein zu hohes Risiko darstellen: Dort gab es Zeugen, Leute mit Handys, die die Polizei benachrichtigen konnten, vielleicht sogar einen, der versuchen würde, den Helden zu spielen, indem er auf Avram losging. Außerdem kannte Avram das Luxor nicht. Riveg hatte ihm zwar viel Informationsmaterial zukommen lassen, aber Grundrisse und Fotos konnten eine fundierte Recherche vor Ort nicht ersetzen – und dafür würde Avram keine Zeit mehr bleiben.

Das Navi kündigte an, dass er an der nächsten Ausfahrt die Autobahn verlassen müsse. Noch zwei Kilometer. Danach folgten weitere fünfzehn durch die Stadt, und das im Feierabendverkehr. Er hoffte, dass er es rechtzeitig schaffen würde.

Wenigstens hatte er Glück und fand ohne langes Suchen einen Parkplatz auf der gegenüberliegenden Straßenseite des Restaurants. Als er aus dem Wagen stieg, zeigte seine Armbanduhr 18.20 Uhr. Noch vierzig Minuten, bis er seinen alten Widersacher treffen würde.

Sofern alles nach Plan lief.

Aber selbst wenn Rasmussen etwas früher dran war, hatte Avram noch genug Zeit für einen kurzen Spaziergang um den Block. Er wollte sich mit eigenen Augen ein Bild von der Gegend machen. Falls es zu Schwierigkeiten kommen würde – wenn er zum Beispiel zu Fuß flüchten oder Rasmussen verfolgen musste –, wäre es gut zu wissen, welche Stellen es für etwaige Hinterhalte und Deckungsmöglichkeiten gab. Avrams Erfahrung hatte ihn gelehrt, immer mit dem Unerwarteten zu rechnen.

Zehn Minuten später beendete er seinen Spaziergang und betrat das Luxor. Ein Kellner führte ihn zu seinem Tisch. Avram bestellte ein Mineralwasser und ließ sich die Speisekarte bringen. Während der Kellner in Richtung Bar verschwand, musterte Avram das Innere des Restaurants.

Alles war so wie auf den Bildern, die Riveg ihm in dem schwarzen Lederordner zusammengestellt hatte: Auf einer fast quadratischen Grundfläche verteilten sich rund dreißig Tische, manche größer, manche kleiner, alle mit weißen Tischdecken, glänzendem Besteck, einer weißen Kerze und einer Vase mit einer gelben Rose. Vier mächtige Steinsäulen verliehen dem Raum einen Hauch ägyptischer Mythologie. Auch die geschmackvollen Ölbilder an der Wand und die leise Hintergrundmusik trugen zu dem antiken, exotischen Flair bei.

An einer der vier Säulen hatte Avram Platz genommen. Wenn er normal auf seinem Stuhl saß, stand die Säule genau zwischen ihm und dem Tisch, der für Brent Rasmussen reserviert war. Wenn er sich ein wenig vorbeugte, hatte er freie Sicht. Allerdings bestand dann natürlich auch die Gefahr, selbst gesehen zu werden.

Daher hatte er sich etwas anderes überlegt.

Der Kellner kam mit dem Mineralwasser und nahm die Bestellung auf. Da Avram seit dem Frühstück nichts Vernünftiges mehr gegessen hatte, wählte er das Lamm mit Hirtenkäse und grünen Bohnen. Die Zeit, bis das Essen kam, überbrückte er mit ein paar letzten Vorbereitungen.

Zuerst ging er auf die Toilette, wobei er sich scheinbar zufällig in die Küche verirrte, um einen raschen Blick zu riskieren. Im Gegensatz zum Gästeraum war es dort allerdings extrem eng. Falls es schnell gehen musste, schied dieser Weg nach draußen aus.

Danach inspizierte er die WCs, die sich im hinteren Teil des Gebäudes befanden. Ihn interessierten nur die Fenster. Sie ließen sich leicht öffnen, und es befanden sich keine Gitter davor, wie es bei älteren Gebäuden manchmal der Fall war. Vom Sims bis zum Boden waren es rund zwei Meter, so dass man notfalls in den Hinterhof springen konnte, wo nur ein paar Autos und Mülltonnen herumstanden. Von dort aus erreichte man über die Einfahrt die Straße. Alternativ konnte man über den niedrigen Maschendrahtzaun in den benachbarten Garten gelangen.

Zufrieden kehrte Avram an seinen Tisch zurück. Diesmal wählte er seinen Platz so, dass er Rasmussen im Rücken haben würde. Auf diese Weise konnte er ihn gut beobachten, ohne selbst erkannt zu werden. Zu diesem Zweck zog er sein Smartphone aus der Tasche, startete die Foto-App und drückte das Symbol für die Bildumkehr, so dass der Sucher nicht nach vorne gerichtet war, sondern nach hinten. Die meisten Menschen benutzten diese Funktion, um Selfies zu schießen. Avram hatte dafür eine bessere Verwendung. Dafür musste er die Kerze, die Vase und seine Wasserflasche nur ein wenig umdekorieren und das Smartphone so auf den Tisch stellen, dass das Bild knapp an seinem Oberkörper vorbei zeigte. Zu guter Letzt legte er eine Serviette über das Gerät, damit den anderen Gästen der Zweck seines Arrangements nicht auffiel. Eine kleine Aussparung gewährte ihm dennoch freie Sicht auf das Display. Die Kamera hatte jetzt genau den Tisch im Visier, der für Rasmussen und seinen Geschäftspartner reserviert war.

Avram warf einen Blick auf seine Armbanduhr. Noch fünfzehn Minuten. Allmählich stieg die Anspannung. Seine Pistole steckte geladen und entsichert in dem Schulterholster unter seinem Jackett. In seiner Seitentasche befand sich wie üblich eine halbe Rasierklinge – seine Notfallwaffe. Der Gedanke, Brent Rasmussen damit die Halsschlagader aufzuschlitzen, war verlockend. Aber so leicht wollte Avram ihm den Tod nicht machen. Dafür hatte er in Bolivien zu stark gelitten. Das Schwein sollte langsam krepieren. Schmerzen ertragen. Und Reue zeigen. Nicht, dass das etwas an seinem Todesurteil ändern würde – Verzeihen war noch nie Avrams Stärke gewesen. Doch Rasmussen sollte in dem Wissen sterben, dass er in Bolivien einen Fehler begangen hatte.

Noch zehn Minuten. Das Lammfilet kam und verströmte einen verführerischen Duft. Der Teller war eine Augenweide, das Fleisch schmeckte vorzüglich.

Dennoch konnte Avram das Essen nicht wirklich genießen. Seine Nervosität stieg von Minute zu Minute. Außerdem beschäftigte ihn die Frage, wie Brent Rasmussen sich jahrelang erfolgreich vor ihm hatte verstecken können. Nach seiner Genesung hatte Avram ihn überall gesucht. Auf der halben Welt hatte er seine Spuren verfolgt – bis ihn schließlich die Nachricht von seinem Tod erreicht hatte. Also war ihm nichts anderes übriggeblieben, als seinen Hass zu begraben und die Katastrophe von Bolivien zu vergessen.

Aber jetzt hatte sich herausgestellt, dass Brent Rasmussen

gar nicht gestorben war, sondern sich – ganz im Gegenteil – bester Gesundheit erfreute. Er hatte unter falschem Namen eine beachtliche Karriere als Berater für Unternehmen hingelegt, die auf dem süd- und mittelamerikanischen Markt expandieren wollten.

Avram seufzte. Diese Information hatte ihn fünfhunderttausend Euro gekostet. Würde er dafür tatsächlich die Chance auf Rache erhalten? Er konnte es kaum erwarten.

Im Display seines Handys regte sich etwas. Ein Mann in einer beigefarbenen Hose, blauem Kurzarmhemd und dazu passender Krawatte setzte sich an Tisch 14. Pures Adrenalin schoss jetzt durch Avrams Adern. War das sein alter Feind? Die Statur stimmte mit der von früher überein – der Mann war groß und von eher stämmigem Körperbau. Aber das Gesicht passte nicht.

Dieser Mann war Ottmar Ellbrink.

Avram nahm einen Bissen von seinem Lammfilet, während er versuchte, das Gespräch zu belauschen, das Ellbrink mit dem Kellner führte. Zwar verstand er nicht jedes Wort, aber immerhin so viel, dass Rasmussen sich um einige Minuten verspäten würde.

Avram versuchte, sich noch einmal zu entspannen und die Ruhe vor dem Sturm zu genießen. Aber plötzlich waren die Erinnerungen an Bolivien wieder da, in ihrer ganzen schockierenden Brutalität. Der stickige Hangar. Avrams Käfig. Der Schuss, den Hector Mesa auf ihn abgefeuert hatte. Der Treffer an der Hüfte. Die Schmerzen. Der Gestank.

Und vor allem die Angst.

Nicht nur seine eigene, sondern noch viel mehr die von Elena Suarez. Er erinnerte sich noch ganz genau an ihr tränennasses Gesicht mit den weitaufgerissenen Augen, als Hector Mesa sie von seinen Männern heranschleppen ließ. Elena trug eine offene Bluse über einem schwarzen Unterhemd, dazu einen leichten Rock und Sandaletten. Ihr linkes Auge schillerte bläulich-violett, beide Wangen waren geschwollen. Das schulterlange dunkelbraune Haar war zu einem lockeren Pferdeschwanz zusammengebunden, genau wie bei ihrer ersten Begegnung.

Avram schluckte seinen Bissen hinunter und spießte mit der Gabel ein paar Bohnen auf.

Er hatte Elena auf Anhieb gemocht – jeder Mann hätte das getan. Sie war eine natürliche Schönheit, die weder Schminke noch Schmuck noch besondere Kleidung benötigte, um zu beeindrucken. Es war die Art, wie sie einen ansah, ihr Lächeln, ihr Augenaufschlag – nicht einstudiert, sondern echt. Wäre Avram fünfzehn Jahre jünger gewesen, hätte er sich vielleicht in sie verliebt.

Aber das war natürlich nicht in Frage gekommen. Erstens war er viel zu alt für sie gewesen, und zweitens hatte sie erst vor wenigen Monaten ihren Mann verloren.

Durch Hector Mesa.

Genau dieser Umstand hatte sie für Avrams Auftraggeber Gustavo Ramirez so wertvoll gemacht. Sie hatte Mesa gehasst, weil er ihrem Mann Geld schuldete, ihn aber lieber erschossen hatte, anstatt seine Schulden zu bezahlen. Dann hatte er sich an ihr vergangen, noch bevor ihr Mann unter der Erde gewesen war. Ihre anfängliche Gegenwehr hatte er ihr aus dem Leib geprügelt. Später ertrug sie es widerstandslos, wenn er zu ihr kam. Sie heuchelte ihm sogar Zuneigung vor, nur, damit er sie nicht wieder schlug.

Tatsächlich schien Mesa ihr das Schauspiel abzukaufen. Offenbar gefiel er sich in der Rolle des Mannes, der eine so schöne Frau wie Elena auch ohne Gewalt an sich binden konnte. Er bemühte sich sogar, ihr zu imponieren, wo immer er konnte. Mit seinem Geld. Mit seinen Geschäften. Mit seiner Position innerhalb der Mara Salvatrucha. Immer öfter zeigte er sich mit Elena Suarez an seiner Seite. Er führte sie abends zum Essen aus, bedachte sie mit Schmuck und anderen wertvollen Geschenken und nahm sie bald sogar mit zu seinem Hangar.

Elena machte ihm weiterhin schöne Augen. In Wahrheit aber hasste sie Mesa für den Mord an ihrem Mann – und dafür, dass er nun versuchte, auch ihren Sohn für seine kriminellen Zwecke einzuspannen, als Kurier, um innerhalb der Stadt Schmiergelder auszuliefern. Einmal war Manuel in eine Schießerei geraten. Seitdem wollte Elena nur noch eines: So schnell wie möglich weg, um irgendwo anders ein neues Leben zu beginnen, ohne Hector Mesa, ohne Gewalt, ohne die ständige Furcht davor, dass ihr oder ihrem Sohn etwas zustoßen könne.

An dieser Stelle kam Brent Rasmussen ins Spiel, der als Berater für den bolivianischen Innenminister arbeitete. Im Rahmen seiner Recherchen zu Hector Mesa war er irgendwann auf Elena Suarez gestoßen. Er hatte Kontakt zu ihr aufgebaut und ihr umgerechnet fünftausend Euro geboten, wenn sie bereit war, Mesa ans Messer zu liefern. Sie wusste, wo der Hangar stand und wann Mesa dort die nächste größere Lieferung für seine Schmuggelgeschäfte erwartete. Das hatte sie zu einer wertvollen Informantin gemacht.

All das war Avram durch den Kopf geschossen, als er, in seinem Käfig kauernd, in Elenas tränenverschmiertes Gesicht geblickt hatte. Und auch jetzt erinnerte er sich wieder daran, während er hier im Marburger Luxor saß und im Display seines halb von der Serviette bedeckten Smartphones den Tisch hinter sich beobachtete.

Ellbrink war immer noch allein. Er blätterte entspannt

in der Speisekarte, ab und zu sah er auf, um zu prüfen, ob Rasmussen endlich kam. Aber der ließ sich Zeit.

Mit jeder Minute stieg Avrams Nervosität. Was hatte die Verspätung zu bedeuten? Steckte sein alter Feind nur im Feierabendverkehr fest, oder gab es einen anderen Grund? Ahnte er womöglich, dass hier eine Überraschung auf ihn wartete? Avram ging nicht wirklich davon aus, aber er musste alle Möglichkeiten in Erwägung ziehen.

Um zwanzig nach sieben – Ellbrink hatte sich bereits ein Glas Rotwein bringen lassen – trat endlich jemand an seinen Tisch, allerdings nicht Brent Rasmussen, sondern eine Frau in Rot, schlank, groß und elegant. Unter dem Arm trug sie eine kleine, schwarze Handtasche, die teuer wirkte. Ihr welliges, brünettes Haar fiel locker auf ihre Schultern, die Perlen, die sie an den Ohren, um den Hals und um das Handgelenk trug, sahen echt aus. Sie war eine Frau, die sich darin gefiel, Aufmerksamkeit auf sich zu ziehen. Avram schätzte sie auf etwa dreißig.

Ellbrink stand auf, begrüßte sie auf die altmodische Art mit einem angedeuteten Handkuss, und beide setzten sich. Wer war sie? Seine Ehefrau? Seine Geliebte? Oder nur eine Angestellte?

Leider konnte Avram nicht verstehen, was Ellbrink mit ihr sprach. Allem Anschein nach wickelte sie ihn aber gehörig um den Finger, denn seine Blicke klebten förmlich an ihren Lippen.

Keine zehn Minuten später bezahlte Ellbrink den Wein und verließ mit der Frau das Restaurant, ohne etwas gegessen zu haben. Das geschah so plötzlich, dass Avram es beinahe verpasst hätte.

Was jetzt?

Würde Brent Rasmussen noch kommen? Oder hatte er

inzwischen abgesagt und die geheimnisvolle Schönheit geschickt, damit sie Ellbrink zu ihm brachte?

Avram musste eine Entscheidung treffen. Kurzentschlossen legte er ein paar Geldscheine auf den Tisch und folgte den anderen nach draußen.

36

Die A 61 war im Feierabendverkehr ziemlich überfüllt, aber Emilia nahm es kaum wahr. Sie achtete nur mit dem notwendigen Mindestmaß an Aufmerksamkeit auf den Verkehr, denn ihre Gedanken kreisten unentwegt um ihre Tochter. Warum hatte Dante sich ausgerechnet Becky ausgesucht? Warum tat er ihr weh? Noch dazu so grausam?

Werde ich Becky jemals wieder lebend sehen?

Ein paarmal musste sie anhalten, weil der Schmerz zu stark wurde und die Tränen nicht mehr enden wollten. Ihr Kopf fühlte sich an wie aus Styropor. Durch das viele Weinen war der Druck hinter den Augen schier unerträglich geworden. Sie hatte schon drei Tabletten geschluckt, aber die halfen nicht.

Einmal übermannte sie die Trauer so jäh, dass sie sich übergeben musste. Emilia schaffte es gerade noch bis zur nächsten Haltebucht, dann würgte sie am Straßenrand das wenige heraus, das sie heute zu sich genommen hatte, so lange, bis nur noch Galle kam.

Danach fühlte sie sich etwas besser. Sogar der Kopfschmerz ließ nach. Ein paar Minuten später saß sie wieder in ihrem Wagen und setzte die Fahrt mit dem bitteren Geschmack von Erbrochenem auf der Zunge fort.

Kurz nach Bingen klingelte ihr Handy. Ein Anruf mit Aachener Vorwahl. Obwohl sie keine Lust dazu hatte, nahm sie das Gespräch an.

Es war eine Mitarbeiterin von Dr. Anselm Neuberger, dem

Chef der pathologischen Abteilung im Aachener Uni-Klinikum, die Emilia daran erinnerte, dass sie eine genetische Vergleichsprobe von Becky benötigte, um eine gesicherte Aussage darüber treffen zu können, ob die Amputate der letzten Tage von ihr stammten oder nicht. Emilia versprach, die Probe zu besorgen, und musste sich beherrschen, um nicht erneut in einen Heulkrampf zu verfallen. Sie hatte sich innerlich schon damit abgefunden, dass es sich um den Finger und das Ohr ihrer Tochter handelte, weil Dante aus irgendeinem Grund Gefallen daran zu finden schien, Emilia auf diese Weise zu quälen.

Nachdem sie sich wieder beruhigt hatte, rief sie Mikka an und bat ihn, Beckys Haarbürste aus seiner Frankfurter Wohnung mitzubringen. Aber Mikka befand sich bereits auf der Autobahn.

»Macht nichts«, sagte Emilia. »Dann nehmen wir ihre Bürste in Trifels. Wann wirst du dort sein?«

»Laut Navi in einer guten Stunde.«

»Ich auch. Dann sehen wir uns dort.« Normalerweise telefonierte Emilia gerne mit Mikka. Ihre Gespräche dauerten oft viel länger als nötig, weil sie es genoss, seine Stimme zu hören, wenn sie ihn unter der Woche schon nicht in ihrer Nähe haben konnte. Aber heute wollte sie es lieber kurz halten. Sie brauchte im Moment Ruhe. Zeit für ihre eigenen Gedanken und ihre Trauer.

In Trifels würde sie sich diesen Luxus nicht mehr gönnen können.

Die Uhr auf dem Armaturenbrett zeigte 21.04 Uhr an, als sie ihren Wagen auf dem Parkplatz des Trifels-Gymnasiums in Annweiler abstellte. Vier Einsatzwagen und ein Kleinbus der Polizei parkten ebenfalls dort.

Emilias Magen zog sich zusammen. Hier war Becky zum letzten Mal lebend gesehen worden. Von hier war sie verschwunden.

Was wird mich hier erwarten? Welche Antworten werde ich hier finden?

Sie fürchtete sich davor, aus dem Wagen zu steigen, wusste aber gleichzeitig, dass sie keine Wahl hatte. Dante zwang sie zu einem Spiel, dessen Regeln sie noch nicht begriff. Aber um mitzuspielen, musste sie herausfinden, was mit ihrer Tochter geschehen war.

Mit zitternden Fingern öffnete sie die Fahrertür. Mikkas Auto war nicht zu sehen. Emilia überlegte, ob sie auf dem Parkplatz auf ihn warten solle, entschied sich dann aber dagegen. Die Schule zog sie an wie ein Magnet.

Am Eingangstor stand ein uniformierter Beamter. Sie zeigte ihm ihren Dienstausweis und fragte nach dem Einsatzleiter.

»Das ist Hauptkommissar Gnann«, sagte der Beamte. »Ich glaube, der ist dort drüben bei den Leuten von der Spurensicherung.« Er wies in Richtung des Weges, der zum Sportplatz führte. Emilia bedankte sich und ging weiter.

Hinter dem Schulgebäude hatte sich eine Menschentraube gebildet. Lehrer und Schüler standen am Absperrband, während sie tuschelnd die polizeilichen Ermittlungen beobachteten. Auf dem Sportgelände war ein Dutzend Polizeibeamter in weißen Arbeitsoveralls damit beschäftigt, den Boden und das umliegende Gebüsch nach etwaigen Spuren abzusuchen. Die Fundstellen wurden mit Nummernkärtchen markiert und fotografiert, das potentielle Beweismaterial in beschrifteten Plastikbeuteln verstaut. Emilia hatte diese Art von Polizeiarbeit schon Hunderte Male miterlebt. Meistens schaffte sie es, eine professionelle emotionale

Distanz zu ihrer Arbeit zu wahren. Heute war ihr das unmöglich. Während sie sich einen Weg durch die Gruppe der Zuschauer bahnte, spürte sie, wie ihre Knie immer weicher wurden. Aber irgendwie gelang es ihr, sich unter dem Absperrband hindurchzuducken und auf den etwa vierzigjährigen, rothaarigen Beamten zuzugehen, der als Einziger keine Schutzkleidung trug.

»Sie dürfen das Gelände nicht betreten!« Eine Polizistin mit Pferdeschwanz stellte sich Emilia in den Weg. »Das hier ist eine laufende Ermittlung. Ich muss Sie bitten, sich wieder hinter das Absperrband zu begeben.«

Emilia zeigte noch einmal ihren Dienstausweis.

»Ah, Sie sind das. Wir haben Sie bereits erwartet.« Sie winkte dem rothaarigen Polizisten zu, der noch ein paar Worte mit einem anderen Beamten wechselte, bevor er zu ihnen herüberkam.

Sie schüttelten sich die Hände.

»Sind Sie die Mutter des verschwundenen Mädchens?«

»Ja.« Emilia schluckte. »Wie weit sind Sie?«

Gnann zog die Mundwinkel nach unten. »Noch nicht sehr weit, fürchte ich. Zum jetzigen Zeitpunkt steht noch nicht fest, wo der Entführer zugeschlagen hat. Ein Mädchen hat ausgesagt, dass Ihre Tochter am Tag ihres Verschwindens einen Brief erhalten hat. Dem zufolge sollte sie sich nachts mit jemandem treffen, dort drüben, an der großen Eiche neben der Laufbahn. Das Problem ist, dass diese Eiche bei den Schülern ein sehr beliebter Treffpunkt ist. Dort gibt es so viele Zigarettenstummel und ausgespuckte Kaugummis, dass wir einen Monat lang mit der Spurenanalyse beschäftigt sein werden. Dabei dürfen wir nicht außer Acht lassen, dass der Täter Ihrer Tochter vielleicht ganz woanders aufgelauert hat. Was ich damit sagen will, ist: Im Augenblick haben wir noch keine konkreten Hinweise auf den Verbleib Ihrer Tochter oder die Identität des Entführers. Es tut mir leid.«

Emilia nickte mechanisch. Sie hatte nichts anderes erwartet, sich insgeheim aber mehr erhofft.

»Ich denke, es wäre das Beste, wenn Sie sich hier in der Nähe ein Hotelzimmer nehmen und sich ein wenig ausruhen«, schlug Hauptkommissar Gnann vor. »Sie sehen ehrlich gesagt ziemlich mitgenommen aus. Versuchen Sie, ein bisschen zu schlafen. Vielleicht gibt es morgen schon etwas Neues.«

Das war die freundliche Aufforderung, sich nicht in die laufende Untersuchung einzumischen. Emilia seufzte.

»Ich kann verstehen, dass Sie hier keine hysterische Mutter haben wollen, die die Ermittlungsarbeiten behindert«, sagte sie, »und ich werde mich bemühen, genau das zu vermeiden. Aber ich kenne den Täter. Ich kenne sein Vorgehen, seine Methoden, seine Denkweise. Ich wäre in Aachen geblieben, wenn ich nicht davon überzeugt wäre, hier von Nutzen sein zu können.«

Das stimmte nicht. Emilia wäre in jedem Fall nach Trifels gekommen. Aber es würde die Zusammenarbeit vereinfachen, wenn die hiesige Polizei begriff, welchen Mehrwert ihre Mitwirkung hatte.

Gnann nickte, wirkte aber wenig überzeugt. »Wenn Sie unbedingt dabei sein wollen – mir soll's recht sein«, sagte er. »Kommen Sie mit, dann zeige ich Ihnen die Stelle, wo Ihre Tochter diesen Jungen treffen wollte.«

Emilia folgte ihm auf der Tartanbahn des Sportplatzes bis zum hinteren Ende, wo eine knorrige alte Eiche in den Abendhimmel wuchs. Dahinter kam nur noch Gebüsch und schließlich der Zaun, der das Schulgelände umgab.

Mit zwiespältigen Gefühlen näherte Emilia sich dem Baum. Der Stamm war so breit, dass mindestens drei Erwachsene nötig gewesen wären, um ihn mit den Armen zu umfassen. In seiner Rinde hatten ganze Generationen von Jugendlichen sich mit Herzchen und Initialen verewigt. Die ausladenden, kräftigen Äste standen nach allen Seiten ab und hingen an den Enden tief herab. Das dichte Blätterwerk hatte etwas Beschützendes, fand Emilia. Beinahe wie in einer Höhle. Der ideale Treffpunkt für ein Stelldichein.

Oder um jemanden mitten in der Nacht zu überfallen.

Ihr Blick glitt über den Boden. Beindicke Wurzeln verzweigten sich weitläufig um den Stamm wie erstarrte Riesenwürmer. Die Flächen dazwischen waren auffallend sauber. Das Spurensicherungsteam hatte ganze Arbeit geleistet.

Emilia hoffte inständig, dass die Analyse des sichergestellten Materials die Polizei zu Dante führen würde. Im Falle einer körperlichen Auseinandersetzung konnte es immer zu vielversprechenden Spuren kommen. Meistens versuchten die Opfer, sich zu verteidigen. Dabei wurden manchmal Haare ausgerissen. Fingernägel gruben sich in die Haut des Angreifers, kratzten sie im besten Fall blutig. An einem Tatort wie diesem konnten Stofffasern an der schroffen Rinde hängen bleiben – es gab viele Möglichkeiten. Mit etwas Glück würden sie hier fündig werden. Becky war an Emilias Beruf zwar nie sonderlich interessiert gewesen, dennoch hatte Emilia darauf bestanden, ihr ein paar Grundprinzipien der Selbstverteidigung beizubringen. Vielleicht hatte Becky sich im entscheidenden Augenblick daran erinnert.

»Dort drüben ist der Zaun aufgeschnitten«, sagte Hauptkommissar Gnann. Er deutete mit dem Finger auf eine etwa hundert Meter entfernte Stelle, wo das Gebüsch etwas weiter auseinander stand. »Das Loch ist groß genug, dass ein Erwachsener durchpasst. Die Schnittkanten sind noch ganz frisch. Keine Spuren von Rost oder anderen Witterungseinflüssen. Deshalb gehen wir davon aus, dass der Entführer auf diesem Weg das Schulgelände betreten und wieder verlassen hat.«

»Gibt es dort irgendwelche Fußabdrücke oder Kleidungsfasern?«, fragte Emilia.

»Die Spurensicherung ist noch bei der Arbeit«, sagte Gnann. »Ich denke, in einer Stunde wissen wir mehr.«

Am liebsten wäre Emilia sofort hinübergelaufen, um bei der Suche zu helfen. Sie musste sich regelrecht dazu zwingen, es nicht zu tun.

Jeder hier kennt seine Aufgabe. Jeder tut, was er kann, um Becky zu finden! Ich darf jetzt nicht den Fehler machen, mich überall einmischen zu wollen. Genau deshalb hat Gnann mich in ein Hotel abschieben wollen!

»Sind Beckys Zimmerkameradinnen schon vernommen worden?«, fragte sie.

»Ich habe eine Beamtin zu ihnen geschickt«, antwortete Gnann. »Wenn Sie wollen, dürfen Sie dort gerne vorbeischauen.«

Dann stehen Sie nicht im Weg herum.

Das sagte er zwar nicht, aber es klang so. Emilia gab sich einen Ruck und steuerte auf die Wohngebäude zu. Auf dem Sportgelände konnte sie im Moment sowieso keinen sinnvollen Beitrag leisten.

Im letzten Licht der untergehenden Sonne sah sie sich um. Alles kam ihr entfernt bekannt, keineswegs aber vertraut vor. Es war lange her, seit sie zum letzten Mal hier gewesen war. Erst jetzt wurde ihr bewusst, dass es fast immer Becky war, die am Wochenende pendelte.

Ich mute ihr zu viel zu. Sie ist erst fünfzehn!

Vor dem Hintergrund der Entführung meldeten Emilias Gewissensbisse sich gleich doppelt so heftig.

Sie erreichte den Wohntrakt und bahnte sich im Foyer einen Weg durch die Gruppe von Schülern, die die Polizeiarbeiten durch die Glastür beobachteten. Emilia fragte ein Mädchen nach Beckys Zimmernummer, weil sie sie nicht mehr auswendig wusste. Es war die 115.

Der Flur war wie ausgestorben. Nur vor Beckys Zimmertür standen ein paar Schülerinnen, die leise miteinander tuschelten. Vielleicht standen sie zufällig dort, vielleicht versuchten sie, unauffällig an der Tür zu lauschen. Jedenfalls verschwanden sie eilig, als Emilia sich näherte.

Einen Moment lang blieb sie an der Tür stehen. Dann fasste sie sich ein Herz, klopfte und trat ein.

Im Zimmer befanden sich zwei Stockbetten, jeweils eines links und rechts an der Wand. Auf dem linken, unteren Bett saßen drei Mädchen wie die Hühner auf der Stange, mit traurigen Mienen, tränenverschmierten Gesichtern und Taschentüchern in den Händen. Das Mädchen in der Mitte war Jana Sailer, Beckys beste Freundin. Die Namen der beiden anderen hatte Emilia vergessen.

Vor dem Bett saß eine uniformierte Beamtin auf einem Stuhl. Sie hatte blonde Locken, einen kräftigen Körperbau und ein rundliches Gesicht. Aber ihre Augen verströmten eine Freundlichkeit, bei der man sich sofort wohl fühlen musste. Sie war die ideale Wahl für die Befragung von Beckys Freundinnen.

»Tut mir leid, aber wir sind mitten in einer Zeugenvernehmung«, sagte sie. »Wenn Sie sich noch einen Augenblick gedulden könnten? Ich komme gleich zu Ihnen.«

»Mein Name ist Ness«, entgegnete Emilia. »Das verschwundene Mädchen ist meine Tochter.«

Jana Sailer sprang vom Bett auf, rannte auf Emilia zu und umarmte sie. Dabei schluchzte sie so erbärmlich, dass ihr ganzer Körper bebte.

Emilia wusste zuerst nicht, wie sie reagieren sollte – mit einem solchen Gefühlsausbruch hatte sie nicht gerechnet. Dann erwiderte sie die Umarmung und streichelte dem Mädchen beruhigend über das seidenweiche Haar.

»Oh, Frau Ness, ausgerechnet Becky! Das ist so ungerecht!«, wimmerte Jana. »Ich hatte gleich so ein ungutes Gefühl. Ich hätte sie da nicht alleine rausgehen lassen dürfen, mitten in der Nacht!«

»Mach dir keine Vorwürfe«, sagte Emilia, wobei sie spürte, wie die Angst von Jana auf sie überging. Das Mädchen weinte so herzerweichend, als stünde schon fest, dass Becky tot war. »Dich trifft keine Schuld. Aber wenn du helfen willst, Becky wiederzufinden, ist es wichtig, dass du uns alles verrätst, was du weißt. Das gilt auch für euch beide.« Sie warf einen Blick zum Bett, wo die beiden anderen Mädchen saßen. »Ihr müsst der Polizei alles erzählen, woran ihr euch erinnern könnt. Auch wenn es euch vielleicht unwichtig erscheint. Versucht, euch ins Gedächtnis zu rufen, was am Tag von Beckys Verschwinden geschah. Vielleicht auch schon in den Tagen davor. Ist euch irgendetwas sonderbar vorgekommen? Habt ihr jemanden auf dem Schulgelände gesehen, der euch verdächtig erschienen ist? Oder hat Becky sich anders verhalten als sonst?« Ihr Blick fiel auf die mollige Polizistin. »Tut mir leid. Ich wollte mich nicht einmischen«, sagte sie.

»Schon in Ordnung. Soll ich Sie einen Moment allein lassen?«

Emilia schüttelte den Kopf. »Nein. Aber wenn Sie einverstanden sind, wäre ich gerne bei der weiteren Befragung dabei.«

Jana löste sich von ihr. Mit tränennassen Augen kehrte sie zum Bett zurück, wo sie sich wieder zwischen ihre beiden Freundinnen setzte. Emilia rückte sich einen Stuhl zurecht und nahm neben der Polizistin Platz, die sich als Kommissarin Borchert vorstellte.

Für Emilia fasste sie das bisherige Ergebnis ihrer Vernehmung zusammen: »Der aktuelle Stand ist folgender: Ihre Tochter hat Jana Sailer am Abend ihres Verschwindens einen Brief gezeigt, den sie tagsüber erhalten hat. Einen Computerausdruck. Darauf stand ...« Sie blätterte in ihrem Notizblock und las daraus vor: »*Liebe Becky! Ich will dich gerne sehen. Komm um Mitternacht zu der Eiche am Sportplatz. Es ist wichtig! Ich warte dort auf dich. D.* Das ist der Wortlaut, an den Jana sich erinnert. Das D. steht für Daniel Gronert. Seine Freunde nennen ihn Danny. Jana sagt, sie fand es sonderbar, dass der Brief nicht mit der Hand geschrieben war. Das hat sie auch Ihrer Tochter gesagt. Aber die war so im Glück, dass sie Janas Bedenken nicht gelten ließ.«

»Woher wusste Becky, dass dieses ›D‹ für Danny steht?«, fragte Emilia.

»Sie ging ganz automatisch davon aus«, antwortete die Polizistin. »Vielleicht weil es ihre Wunschvorstellung war.«

Jana schnäuzte sich in ihr Taschentuch. »Becky und Danny haben in den letzten Wochen immer wieder zusammengestanden«, sagte sie. »Sie waren auch schon mal im Kino, zusammen mit Freunden. Becky ist total in Danny verschossen. Deshalb lag der Gedanke nahe.«

Emilia spürte einen Kloß im Hals. Dieses ›D‹ hätte *Danny* bedeuten können. Tatsächlich stand es jedoch für *Dante*.

»Nachdem Jana den Brief gelesen und kurz mit Rebecca darüber gesprochen hat, ist sie eingeschlafen«, fuhr Kommissarin Borchert fort. »Heike und Vanessa« – mit einer angedeuteten Kopfbewegung wies sie auf die beiden anderen Mädchen auf dem Bett – »haben von der Unterhaltung nichts mitbekommen, weil sie ebenfalls geschlafen haben. Wir müssen also davon ausgehen, dass Ihre Tochter um kurz vor Mitternacht aus dem Zimmer geschlichen und auf den Sportplatz gegangen ist.«

Emilia versuchte, die schreckliche Vorstellung aus dem Kopf zu vertreiben, wie Becky unter der Eiche überfallen worden war, aber es gelang ihr nicht. Die Sorge um ihre Tochter schnürte ihr beinahe die Luft ab.

Denk nach! Du hilfst Becky nicht, wenn du in Verzweiflung versinkst. Konzentriere dich! Nur so hast du eine Chance, Becky wiederzufinden.

Endlich gelang es Emilia, ihre Gedanken zu sortieren. Im Nebel ihrer Angst formte sich ein konkreter Ansatz wie ein Schemen im dunstigen Morgengrauen, zuerst noch verschwommen und vage, dann jedoch plötzlich glasklar: Dante hatte Becky den Zettel zukommen lassen – beinahe eine Art Liebesbrief. Dabei hatte er die Initiale »D« angegeben. ›D‹ wie Danny. Oder ›D‹ wie Dante. Dass beide Namen mit demselben Buchstaben begannen, mochte Zufall sein – würde Beckys neuer Schwarm Thomas heißen, hätte ein ›T‹ auf dem Zettel gestanden. Der entscheidende Punkt war: Dante hatte gewusst, dass Becky auf Danny stand, sonst hätte er sie nicht auf diese Weise aus dem Wohnkomplex herauslocken können.

»Der Entführer muss Becky ausspioniert haben«, sagte sie und erklärte den Mädchen auf dem Bett ihren Gedankengang. »Das bedeutet, dass er entweder einen Helfer in der Schule hatte oder dass er Becky in den Tagen vor ihrem Verschwinden heimlich beobachtet hat. Ist einem von euch etwas aufgefallen? Habt ihr in letzter Zeit irgendjemanden auf dem Schulgelände oder in der Nähe der Schule gesehen, der euch seltsam vorkam? Vielleicht habt ihr ihn für einen neuen Lehrer oder einen Handwerker gehalten. Oder es stand jemand am Zaun, der den Pausenhof beobachtet hat?«

Die drei Mädchen schüttelten den Kopf, weinend, mit zusammengepressten Lippen. Dann hielt Vanessa, die links neben Jana saß, plötzlich inne, mit nachdenklicher Miene, als sei ihr gerade ein Geistesblitz gekommen.

»Letzte Woche hat ein Mädchen aus der Unterstufe nach Danny gefragt«, sagte sie mit belegter Stimme. »Sie hat mich auf dem Schulhof angesprochen, in der großen Pause. Das war am Donnerstag oder am Freitag, glaube ich. Sie zeigte auf Danny, der ein paar Meter weiter bei seiner Clique stand, und wollte wissen, wie er heißt. Ich dachte, sie ist vielleicht heimlich in ihn verknallt. Sie hatte auch so einen Gesichtsausdruck, als wäre ihr die Frage peinlich. Na ja, jedenfalls habe ich ihr den Namen genannt. Denken Sie, das könnte etwas mit der Entführung zu tun haben?«

Emilia zögerte. »Ich weiß es nicht«, gab sie zu. »Aber wir dürfen keine Möglichkeit außer Acht lassen. Ich möchte gerne mit diesem Mädchen sprechen. Ist sie auch hier am Internat?«

»Nein. Die hat hier kein Zimmer.«

»Weißt du, wo dieses Mädchen wohnt?«, hakte Emilia nach.

»Nein.«

»Aber du kennst ihren Namen?«

Vanessa nickte. »Ja, natürlich. Sie heißt Svenja Silcher.«

37

Im Radio lief leise eine alte Nummer der Stones. *Beast of Burden*. Avram trommelte den Rhythmus mit den Fingern auf dem Lenkrad mit. Allmählich wurde er ungeduldig.

Seine Armbanduhr zeigte 21.37 Uhr. Er saß jetzt schon seit über einer Stunde hier und beobachtete von seinem Wagen aus den Eingang des Vila Vita Rosenpark-Hotels, der schräg gegenüber auf der anderen Straßenseite lag. Auch die Tiefgaragenausfahrt behielt er im Auge. Aber es tat sich nichts.

Ellbrink und seine Begleiterin waren vom Luxor aus mit dem Taxi hierher gefahren und händchenhaltend ausgestiegen. Nach einer kurzen Unterhaltung hatte die Dame in Rot das Hotel betreten. Der mindestens zwanzig Jahre ältere Ottmar Ellbrink war ihr nur wenige Minuten später gefolgt.

Es sah ganz so aus, als hätten die beiden ein 5-Sterne-Schäferstündchen.

Avram vermutete, dass die *lady in red* ein Eskort-Girl war, das von Rasmussen geschickt worden war, um Ellbrink bei Laune zu halten. Das wäre zumindest Rasmussens Stil gewesen. Er hatte schon immer gewusst, wie man Geschäftskunden bei der Stange hielt.

Aber warum ist er nicht zu seinem Termin erschienen? Hat er mitbekommen, dass ich dort auf ihn warte?

Avram überprüfte am Smartphone zum wiederholten Mal seinen E-Mail-Eingang – vielleicht hatte Riveg sich gemeldet, um eine Planänderung durchzugeben. Aber das Postfach war leer.

Ihm kam eine Idee: Hatte Rasmussen sein Treffen aus irgendeinem Grund in dieses Hotel verlegt?

Vielleicht habe ich die Turtelei zwischen Ellbrink und seiner Begleiterin falsch gedeutet. Vielleicht sind sie gar nicht im Bett, sondern sitzen zusammen mit Rasmussen bei einer Flasche Champagner im Hotelrestaurant und besprechen den Südamerika-Deal?

Eine Minute später schlenderte Avram durchs Hotel, aber weder in der Lobby noch im Restaurant noch an der Bar sah er Rasmussen. Auch nicht Ellbrink und seine Begleiterin.

Sicherheitshalber fragte er an der Rezeption nach Tischreservierungen und Übernachtungsbuchungen auf einen der Namen Rasmussen, Althoff oder Ellbrink. Aber der Computer spuckte keinen Treffer aus.

Avram bedankte sich und seufzte still in sich hinein. Es lief ganz und gar nicht nach seinen Vorstellungen. Bis jetzt hatte Riveg ihm für seine halbe Million Euro nichts geliefert. Ebenso gut hätte Avram das Geld verbrennen können.

38

Die Rektorin des Trifels-Gymnasiums, Dr. Claudia Niederwang, war eine beeindruckende Erscheinung, groß, hager und gebieterisch. Ihr Haar hatte sie zu einem strengen Dutt zusammengebunden, die rote Farbe schimmerte allerdings einen Tick zu intensiv, um als echt durchzugehen.

Trotz später Stunde war Dr. Niederwang perfekt geschminkt. Das Make-up konnte jedoch nicht über die tiefen Sorgenfalten hinwegtäuschen, die sich an diesem Abend in ihr Gesicht gegraben hatten. In den letzten Jahren hatte Emilia sie nur ein paarmal gesehen, aber nie waren ihr die Ringe unter den Augen, die eingefallenen Wangen und die Krähenfüße an den Mundwinkeln so stark aufgefallen wie heute. Die Tatsache, dass ein Mädchen ihrer Schule entführt worden war, nahm sie sichtlich mit.

Es war ihr daher ein großes Anliegen, alles in ihrer Macht Stehende zu tun, um der Polizei bei der Aufklärung des Falls zu helfen. Als Emilia sie darum bat, suchte sie eilig die Wohnadresse Svenja Silchers heraus, des Mädchens, das sich – möglicherweise in Dantes Auftrag – nach Daniel Gronerts Namen erkundigt hatte.

Während Frau Dr. Niederwang den Computer in ihrem Büro hochfuhr, um die benötigten Daten auszudrucken, öffnete sich die Tür des Sekretariats, und Mikka Kessler kam herein. Er wirkte gehetzt, wie auf der Flucht. Als er Emilia erkannte, entspannte er sich. Mit großen Schritten kam er auf sie zu.

»Tut mir leid, dass es so lange gedauert hat«, sagte er. »Auf der Autobahn gab es einen Stau.«

Er nahm Emilia in den Arm und küsste sie. Seine Berührung brachte ihre mühsam errichtete Mauer der Stärke wieder zum Einsturz. Seit sie hier war, hatte sie sich zusammengerissen, um professionell zu wirken – wie jemand, dem es keine Schwierigkeiten bereitete, Beruf und Privatleben voneinander zu trennen. Doch Mikkas Anwesenheit förderte all ihre Ängste wieder zutage, ihre schlimmsten Befürchtungen, ihre Trauer, die Verzweiflung und die Wut. In seinen Armen brachen die Emotionen wieder ungehemmt aus ihr heraus. Minutenlang konnte sie nur weinen.

Sanft strich Mikka ihr über den Rücken, während er ihr aufmunternde Worte zumurmelte, die ihr Kraft und neue Zuversicht geben sollten. Irgendwann gelang ihm das sogar, vielleicht auch nur, weil sie ihm glauben wollte.

Als alle Tränen vergossen waren, sah sie zu ihm auf und bemerkte, dass auch er rote Augen hatte. Er wollte ihr eine Stütze sein, aber er litt unter der Situation beinahe genauso sehr wie sie.

Ein Räuspern ließ sie aufhorchen. Frau Dr. Niederwang stand mit einem Zettel in der Hand neben ihr.

»Hier ist die Adresse von Svenja Silcher«, sagte sie. »Die Telefonnummer habe ich auch ausgedruckt.«

Emilia löste sich aus Mikkas Umarmung und nahm den Zettel entgegen. »Vielen Dank.«

Sie zog ihr Handy aus der Tasche, wählte und wartete. Endlich meldete sich ein Mann – Svenjas Vater, wie sich herausstellte. Er war spürbar entsetzt über den Entführungsfall am Trifels-Gymnasium, stand einem Polizeibesuch jedoch kritisch gegenüber.

»Meine Tochter liegt mit Fieber im Bett«, sagte er. »Sie

ist gerade erst eingeschlafen. Außerdem kann ich mir nicht vorstellen, dass sie wirklich etwas weiß, nur weil sie sich im Pausenhof nach einem Jungen erkundigt hat. Aber wenn Sie wollen, komme ich morgen mit ihr aufs Revier, vorausgesetzt, das Fieber ist bis dahin weg.«

Sein Tonfall hatte etwas Endgültiges, wie bei jemandem, der es gewohnt war, Anweisungen zu erteilen und dabei keinen Widerspruch zu erhalten. Emilia spürte, dass sie Herrn Silcher am Telefon nicht würde umstimmen können. Allerdings war sie nicht bereit, Beckys Schicksal von seinem Wohlwollen beziehungsweise von dem Gesundheitszustand seiner Tochter abhängig zu machen.

Sie bedankte sich, beendete das Gespräch und warf noch einmal einen Blick auf den Zettel, den Frau Dr. Niederwang ihr gegeben hatte. »Birkenstraße 12 in Gossersweiler. Wie weit ist das von hier entfernt?«, fragte sie.

»Etwa fünf Kilometer«, sagte die Rektorin.

Emilia nickte. »Dann werde ich Herrn Silcher jetzt mal einen Besuch abstatten.«

39

Im Eingangsbereich des Vila Vita Rosenpark-Hotels erschienen Ottmar Ellbrink und seine Begleiterin. Beide trugen dieselbe Kleidung wie im Luxor, aber weder sein dunkler Anzug noch ihr rotes Kleid saßen so perfekt wie im Restaurant. Die Frisuren wirkten ebenfalls etwas wilder. Man brauchte nicht allzu viel Phantasie, um sich zusammenzureimen, was die beiden in ihrem Zimmer getrieben hatten.

Ein paar Minuten lang unterhielten sie sich am Straßenrand. Avram ließ sein Fahrerfenster einen Spaltbreit herunter, um besser hören zu können, aber sie sprachen zu leise, als dass er alles hätte verstehen können. Noch dazu die Verkehrsgeräusche – vorbeifahrende Autos und irgendwo, weiter entfernt, das Rattern eines Zugs. Deshalb schnappte Avram nur einzelne Worte des Gesprächs auf: ... Uruguay ... Kautschuk ... Wirtschaftsrisiko ... Subventionen ...

Und zweimal auch den Namen Althoff – Rasmussens Beratername.

Das gab ihm Hoffnung. Bisher war der Abend ganz und gar nicht so verlaufen, wie er es erwartet hatte. Vielleicht würde sich das doch noch ändern.

Es dauerte nicht lange, bis eine schwarze S-Klasse vorfuhr, blankpoliert wie frisch aus der Waschanlage. Im glänzenden Lack spiegelten sich der erleuchtete Hoteleingang und die Lichter der Straßenlaternen wider. Ein Chauffeur stieg aus, um seinen Fahrgästen die Tür zu öffnen. Nachdem Ellbrink und seine Begleiterin auf dem Rücksitz Platz genommen hatten, fuhr der Wagen weiter.

Avram ließ ihnen einen kleinen Vorsprung, um nicht aufzufallen, dann nahm er die Verfolgung auf. In sicherem Abstand fuhr er hinter ihnen durch die Straßen Marburgs.

Der Wagen vor ihm schlug keine bestimmte Richtung ein. Anscheinend ziellos kreuzte er durch die Stadt.

Weiß der Kerl am Steuer, dass ich hinter ihm her bin?

Avram konnte es sich nicht vorstellen, beschloss aber, besonders aufmerksam zu bleiben. Wenn es überhaupt noch eine Chance für ihn gab, an diesem Abend Brent Rasmussen zu begegnen, dann, indem er sich nicht abschütteln ließ.

40

Die Nacht brach an. Am Himmel begann ein Meer von Sternen zu glänzen wie Diamanten auf schwarzem Samt. Nur am westlichen Horizont war noch ein schwacher Violettschimmer zu sehen. Nicht mehr lange, und auch er würde verschwinden.

Emilia und Mikka waren gemeinsam mit Kommissarin Borchert nach Gossersweiler gefahren. Sie parkten vor einem hübschen kleinen Einfamilienhaus mit dichtem Gebüsch entlang des Zauns. Die Rollläden waren unten, im Garten zirpten die Grillen.

Kommissarin Borchert klingelte am Eingangstor. Kurz darauf meldete sich eine Männerstimme durch die Gegensprechanlage.

»Ja, bitte?«

»Polizei Landau«, sagte Kommissarin Bochert. »Herr Silcher?«

»Ja.«

»Wie Sie wissen, ermitteln wir im Fall eines entführten Mädchens aus dem Trifels-Gymnasium. Dazu wollen wir gerne mit Ihrer Tochter sprechen.«

»Ich hatte Ihnen doch gesagt, dass ich mit ihr aufs Revier komme, sobald es ihr bessergeht.«

»So lange können wir nicht warten. Jede Stunde zählt. Bitte öffnen Sie die Tür.«

Es dauerte ein paar Sekunden, dann ertönte der Summer, und sie gingen zum Haus. Der Weg führte an ein paar hübsch angelegten Blumenbeeten und an einem kleinen Teich vorbei, in dessen Wasser sich die Sterne spiegelten.

Am Hauseingang wartete ein Mann mit Halbglatze und Schnurrbart in der offenen Tür, barfuß, mit einer Jogginghose bekleidet. Über seinen Bauch spannte sich ein blau-weiß-gestreiftes Hemd. Die Ärmel hatte er bis zu den Ellbogen hochgekrempelt.

»Können Sie sich ausweisen?«, brummte er.

Kommissarin Borchert hielt ihm ihre Marke hin, nannte ihren Namen und gab Emilia und Mikka als Eltern des verschwundenen Mädchens aus. In Bezug auf Mikka stimmte das zwar nicht, aber es erzeugte bei Herrn Silcher eine sichtbare Betroffenheit. Seine Schultern sanken ein, seine Kiefer mahlten. Wahrscheinlich versuchte er gerade, sich in ihre Lage zu versetzen. Schließlich gab er der Tür einen Schubs und trat beiseite.

»Kommen Sie rein«, sagte er. »Svenja ist in ihrem Zimmer.«

Er ging voraus, den Flur entlang, dann die Treppen hinauf ins Obergeschoss. Vor einer Tür mit einem Andreas-Bourani-Poster blieb er stehen.

»Svenni, bist du wach?« Vorsichtig klopfte er.

»Hm.«

»Die Polizei ist hier. Die wollen dir ein paar Fragen stellen.«

Es entstand eine kurze Pause.

Dann ein leises »Okay«.

Herr Silcher öffnete die Tür, drehte am Dimmer das Licht ein wenig auf und ließ die Polizisten ins Zimmer. Links befand sich ein großer Schrank, rechts ein Schreibtisch mit allerlei Krimskrams. Darüber hing ein Buchregal, außerdem weitere Poster von Andreas Bourani.

Svenja saß in ihrem Bett, mit dem Rücken zur Wand. Die Decke lag locker auf ihren angewinkelten Beinen. In ihren Armen hielt sie einen riesigen Plüsch-Teddy.

»Ich dachte, du schläfst schon«, sagte ihr Vater.

Sie schüttelte den Kopf. »Hab's versucht, aber ich war noch nicht müde.« Ihr Blick wanderte über die Gesichter der Polizisten. Dabei wirkte sie ziemlich verängstigt.

Kommissarin Borchert trat einen Schritt auf sie zu. »Mach dir keine Sorgen«, sagte sie sanft. »Wir wollen dir nur ein paar Fragen stellen. Ist das okay für dich?«

Das Mädchen nickte, wirkte aber immer noch sehr angespannt.

»Hast du mitbekommen, was an deiner Schule passiert ist?«

Svenja Silcher schien einen Moment unentschlossen. Dann nickte sie noch einmal. »Eine Freundin hat mich vor einer Stunde angerufen und erzählt, dass die Polizei ein verschwundenes Mädchen sucht.« Ihre Lippen begannen zu zittern. Tränen kullerten ihr über die Wangen.

»Das ist die Mutter des Mädchens«, sagte Kommissarin Borchert. Dabei deutete sie auf Emilia. »Sie arbeitet auch bei der Polizei und macht sich, wie du dir denken kannst, große Sorgen. Ich möchte, dass du ihr alles erzählst, was sie von dir wissen möchte.«

Sie trat zur Seite, um Emilia das Gespräch führen zu lassen – so hatten sie es vorher abgesprochen. Mikka blieb an der Zimmertür stehen, um Svenja Silcher nicht noch mehr einzuschüchtern.

»Meine Tochter heißt Rebecca«, begann Emilia. »Rebecca Ness. Ihre Freunde nennen sie Becky. Kennst du sie?«

Svenja nickte. Zu mehr war sie im Moment nicht in der Lage. Krank sah sie allerdings nicht aus.

»Wir wissen, dass Becky entführt wurde. Ich habe einen Erpresserbrief erhalten. Der Entführer droht, Becky schlimme Dinge anzutun. Deshalb müssen wir ihn unbedingt schnappen.« Emilia stockte, weil die Verzweiflung sie zu überwältigen drohte. Aber sie musste jetzt stark sein. Nur mit einem kühlen Kopf hatte sie eine Chance, dem Wahnsinn ein Ende zu bereiten. »Der Entführer hat Becky mit einem Brief aus dem Wohntrakt des Internats gelockt«, fuhr sie fort. »Er hat den Brief so geschrieben, dass sie glaubte, er stamme von ihrem neuen Schwarm, Daniel Gronert. Der Entführer wusste das ganz genau. Das heißt, er hat Becky ausspioniert, und wir haben uns gefragt, wie er das wohl angestellt hat. Ein Mädchen aus Beckys Zimmer erzählte uns, dass du dich vor ein paar Tagen bei ihr nach Daniel Gronert erkundigt hast. Ist das richtig?«

Svenja nickte. Wieder kullerten Tränen über ihr Gesicht.

Emilia reichte ihr ein Taschentuch. »Aus welchem Grund hast du nach Daniel Gronert gefragt?«

Das Mädchen schnäuzte sich, reagierte aber nicht auf die Frage.

»Svenja, ich muss wissen, ob du aus eigenem Antrieb gehandelt hast oder ob dich jemand dazu angestiftet hat«, drängte Emilia. »Wenn das so ist, dann musst du uns das sagen.«

Svenjas Kinn zitterte, sie presste die Lippen zusammen. Es war offensichtlich, dass sie versuchte, sich zusammenzureißen, ohne es allerdings zu schaffen.

Emilia spürte, dass sie den richtigen Riecher gehabt hatte. Svenja wusste etwas. Jetzt musste es ihr nur noch gelingen, so viel Vertrauen zu dem Mädchen aufzubauen, dass es sich ihr gegenüber öffnete.

Sie warf einen Blick über die Schulter zu Mikka, der ihr

mit einem Nicken zu verstehen gab, dass er verstand. Drei Polizisten waren zu viel für Svenja. Zu einschüchternd. Am schnellsten würde sie in einem Vieraugengespräch mit Emilia reden.

»Haben Sie ein Glas Wasser für mich?«, fragte er Herrn Silcher.

Der zögerte, wohl weil er seine Tochter nicht unbeaufsichtigt lassen wollte, nickte dann aber. »Kommen Sie mit in die Küche.«

Kommissarin Borchert bewies Gespür für die Situation, indem sie den beiden Männern folgte. Jetzt war Emilia mit Svenja allein im Zimmer.

»Darf ich mich zu dir setzen?«, fragte Emilia.

Svenja nickte, schluchzte dabei aber so herzerweichend, als wolle sie nie wieder damit aufhören. Erst als Emilia neben ihr auf dem Bett Platz nahm und sanft ihre Hand drückte, beruhigte sie sich allmählich. Eine Minute lang saßen sie schweigend nebeneinander. Emilia gab ihr Zeit. Sie spürte, dass das Mädchen bereit war. Es musste nur noch den richtigen Anfang finden.

»Ich habe ihn letzte Woche vor der Schule getroffen«, sagte Svenja schließlich. »Ich weiß nicht, ob es Zufall war oder ob er mich abgepasst hat. Jedenfalls stand er plötzlich neben mir. Hat mich ganz schön erschreckt, obwohl er gemeint hat, ich brauche keine Angst vor ihm haben. Hat sich als Reporter ausgegeben, der einen Bericht über Polizistenkinder schreibt, und wollte wissen, ob ich Rebecca Ness kenne. Ich hab ja gesagt. Wir sind zwar nicht richtig miteinander befreundet, weil ich zwei Stufen unter ihr bin. Aber wir gehen zusammen in die Computer-AG. Wie auch immer – jedenfalls wollte der Mann auch wissen, wie ihr Freund heißt. Hat mir zwanzig Euro geboten, wenn ich es ihm sage. Ich kannte den Namen nicht – aber ... aber ... aber ...« Sie wurde wieder von einem Heulkrampf geschüttelt.

Emilia ahnte, warum. »Du wolltest das Geld haben«, sagte sie.

Svenja nickte, während sie sich mit ihrem Taschentuch die Augen trocken tupfte. »Irgendwie kam's mir zwar komisch vor, aber ich dachte, er will mit Beckys Freund sprechen, um Informationen über sie zu sammeln. Wie auch immer – es war leicht verdientes Geld. Also hab ich eine von Beckys Freundinnen in der Pause nach dem Namen gefragt.«

»Wie hast du dem Mann Bescheid gegeben?«, fragte Emilia. »Hast du ihn später noch mal getroffen?«

»Ja. Er hat nach dem Unterricht in seinem Wagen auf mich gewartet. Draußen, vor dem Tor.«

»Was für ein Auto fuhr er?«

Svenja zog die Mundwinkel nach unten. »Ein blaues, glaube ich.«

»Welche Marke?«

»Keine Ahnung. Ich habe nicht darauf geachtet.«

»Kannst du dich an das Nummernschild erinnern?«

Das Mädchen schüttelte den Kopf.

Emilia strich sich eine Haarsträhne hinters Ohr, die ihr ins Gesicht gefallen war. Das Auto brachte sie im Moment nicht weiter. »Wie sah der Mann aus?«, wollte sie wissen. »Kannst du ihn mir beschreiben? Oder gab es an ihm irgendwelche Auffälligkeiten?«

Svenja dachte einen Augenblick nach. »Er war irgendwie sonderbar«, sagte sie. »Hatte graues Haar und einen grauen Schnauzbart. Er ging gebeugt, mit einem Stock in der Hand.«

»Eine Krücke?«

»Nein, ein Wanderstock aus Holz«, sagte Svenja. »So ein

221

altmodischer mit Plaketten dran, von Orten, die man schon besucht hat.«

»Und was fandest du daran sonderbar?«

Svenja legte die Stirn in Falten, als müsse sie sich erst selbst darüber klarwerden. »Ich glaube, mich hat gestört, dass er älter aussah, als er wirkte«, antwortete sie. »Vom Gesicht her hätte ich ihn auf sechzig oder siebzig geschätzt. Aber seine Hände schienen jünger zu sein. Kaum Runzeln. Keine Flecken, wie man sie bei älteren Menschen oft sieht. Auch die Stimme hat nicht zu einem alten Mann gepasst. Irgendwie war es, als hätte er sich verkleidet.«

Emilia dachte nach. Verkleidet ... war es möglich, dass Dante diesmal niemanden für sich eingespannt hatte, sondern selbst in Erscheinung getreten war? Irgendwie hätte das zu ihm gepasst. Er wollte Emilia zeigen, dass er ihr überlegen war. Bisher hatte er sich damit begnügt, falsche Spuren zu legen und sie dadurch in die Irre zu führen. Aber bestimmt hatte es ihn gereizt, auch einmal an vorderster Front mitzumischen.

Svenja räusperte sich. »Ja, dieser Mann war wie verkleidet«, wiederholte sie. »Nur sein Hinken – das wirkte auf mich echt. Als hätte er einen Gehfehler oder eine alte Verletzung. Das ist mir gleich beim ersten Treffen aufgefallen.«

Emilia zog die Stirn kraus. Bisher gab es keinerlei Anzeichen dafür, dass Dante in irgendeiner Weise körperlich gehandicapt war. Im Gegenteil: Er musste sogar recht fit und sportlich sein, denn um auf dem Bauernhof in Simmerath ins Haus der Eheleute Waginger einzudringen, war er durchs Toilettenfenster geklettert. Auch die blutigen Fußspuren im Schlaf- und im Badezimmer hatten keine Unregelmäßigkeiten aufgewiesen, ebenso wenig wie bei den Tatorten in Melazzo, Benthem und Arques.

War das Hinken also nur eine Finte? Weil Dante genau gewusst hatte, dass Svenja sich später daran erinnern würde? Im Augenblick fand Emilia dafür keine bessere Erklärung.

»Könntest du den Mann so beschreiben, dass die Polizei ein Phantombild von ihm anfertigen kann?«, fragte sie. Vielleicht war er ja noch jemand anderem aufgefallen, ob es sich nun um Dante persönlich oder um einen seiner Handlanger handelte.

Svenja nickte nachdenklich. »Ich könnte es zumindest versuchen«, sagte sie.

41

Avram verfolgte die schwarze S-Klasse durch ganz Marburg bis zu einem Baugelände, das sich etwa zehn Kilometer außerhalb der Stadt befand. Das Schild am mannshohen Zaun verriet, dass hier eine neue Großfleischerei entstand. Der Bau war schon nahezu abgeschlossen. Er umfasste etwa die Grundfläche eines halben Fußballfelds und bestand im Wesentlichen aus einem lagerhallenartigen Betonquader mit Wellblechverkleidung, auf der der Name der Fleischereikette in großen Lettern aufgemalt war: BIO-KOHN.

Die Limousine hielt an der Baueinfahrt. Der Fahrer stieg aus, öffnete das Gattertor und fuhr anschließend auf die große Halle zu. Eine feine Staubspur hinter sich herziehend, parkte der Wagen schließlich bei der Anlieferungsrampe.

Avram beobachtete das alles aus sicherer Entfernung. Sein BMW stand zwischen einem am Straßenrand abgestellten Müllcontainer und einem alten Lastwagen am Rand eines Schrottplatzgeländes. Vor und hinter ihm parkten noch eine ganze Reihe weiterer Autos auf dem Seitenstreifen. Es war das ideale Versteck für eine unauffällige Observierung.

Mit heruntergelassenem Fahrerfenster und ausgeschaltetem Licht saß Avram hinter dem Steuer. Er konnte zwar keine Details erkennen, aber der sternenklare Himmel und die Straßenlaternen spendeten genügend Helligkeit, um Ellbrink und die Frau in Rot nicht aus den Augen zu verlieren.

Sie verließen den Wagen, stiegen die Treppen zur Laderampe hinauf und verschwanden durch eine gelbe Tür ins Innere der Halle, während der Chauffeur wieder in den Wagen stieg und davonfuhr.

Avram wartete ein paar Minuten. Als Ellbrink und die Frau nicht wieder aus der Lagerhalle herauskamen, beschloss er, ihnen zu folgen.

Er ließ den Wagen stehen und eilte im Schatten der am Straßenrand stehenden Pappeln zur Baueinfahrt. Der Chauffeur hatte das Schloss nicht wieder verriegelt – vielleicht weil er später wiederkommen würde. Jedenfalls konnte Avram problemlos hindurchschlüpfen.

Es war fast schon zu einfach. Ob es sich doch um eine Falle handelte?

Um kein Risiko einzugehen und sich nicht wie eine wandelnde Zielscheibe zu präsentieren, nutzte Avram auf dem Weg zur Halle jede sich bietende Deckungsmöglichkeit. Davon gab es auf dem Gelände viele: abgestellte Schuttcontainer, Baustellenfahrzeuge, Paletten mit Steingut für die Außenanlagen, wildwachsende Sträucher und Büsche … Auf diese Weise dauerte es nicht lange, bis er das Gebäude erreichte.

Geduckt hinter einer Ansammlung von Stahltonnen verharrend, beobachtete er einen Moment lang die Laderampe, aber dort schien sich nichts zu regen. Alle fünf Rolltore waren heruntergelassen, die Türen dazwischen geschlossen. Fenster gab es an dieser Seite keine. Nichts deutete auf die drohende Gefahr hin.

Als Avram zur Treppe eilte, fiel ihm auf, dass hinter der Halle ein Audi A6 parkte, den man von der Straße aus nicht hatte sehen können. Bedeutete das, dass noch jemand hier war? Womöglich sein alter Widersacher aus Bolivien?

Er zog seine Pistole aus dem Schulterholster und entsicherte sie. Dabei durchströmte ihn ein wohliger Schauder von Kopf bis Fuß. Die Waffe im Anschlag, erklomm er mit drei großen Schritten die Stufen zur Laderampe. Immer noch war alles ruhig.

Ellbrink und seine Begleiterin hatten die erste Tür genommen. Als Avram die Klinke herunterdrückte, ließ sie sich problemlos öffnen. Wie üblich ging er dazu in die Hocke – falls jemand von innen das Feuer eröffnete, würde er auf den Oberkörper zielen und Avram dadurch verfehlen.

Aber nichts dergleichen geschah.

Vorsichtig schlüpfte Avram durch den Türspalt. Er fand sich in einem fensterlosen, nahezu finsteren Raum wieder. Unmöglich, sich fortzubewegen, ohne Gefahr zu laufen, gegen ein Hindernis zu stoßen oder zu stolpern. Die Pistole immer noch im Anschlag, fischte er sein Handy aus der Hosentasche und aktivierte die Taschenlampen-App.

Er befand sich in einem Raum, der so groß war, dass das Licht kaum bis zur gegenüberliegenden Wand reichte. Immerhin erkannte er genug, um sich darüber klarzuwerden, dass er sich in der zukünftigen Schlachthalle befand. Der Raum war längst noch nicht fertig eingerichtet, aber die Edelstahltische, die Schwenkarme für die Lastenkräne, die an der Decke angebrachten Führungsschienen mit den Fleischerhaken, die drei an den Wänden angebrachten Sägen zum Zerlegen des Viehs – all das gab einen ausreichenden Eindruck davon, wie es später einmal hier zugehen würde.

Avram schluckte. Als Kind hatte er einmal miterlebt, wie die Mutter seines Freundes Ludwig Bott ein Huhn für das Mittagessen geschlachtet hatte, draußen, auf dem Holzblock hinter dem Haus. Mit einem Beil hatte die alte Bott dem Tier den Kopf abgeschlagen, kurz und schmerzlos. Obwohl seitdem viel Zeit vergangen war und er viele Morde begangen hatte, bereitete ihm die Erinnerung an das tote Huhn noch heute Unbehagen.

Er versuchte, die alten Bilder zu verdrängen und die morbide Stimmung in der Schlachthalle zu ignorieren. Er musste aufmerksam bleiben. Überall um ihn herum standen unausgepackte Einrichtungsgegenstände. Hinter jedem einzelnen davon konnte jemand lauern.

Mit wachen Sinnen durchquerte Avram den Raum. Niemand schoss auf ihn oder versuchte, sich aus einem Hinterhalt heraus auf ihn zu stürzen.

Am Ende der Schlachthalle führte eine offen stehende Tür in einen schmalen Flur. Von hier aus zweigten diverse kleine Räume nach links und rechts ab. Avram warf in jeden einzelnen einen Blick, aber sie standen allesamt leer.

Am Ende des Flurs erreichte er eine Kellertreppe. Ein schwacher Lichtschimmer drang von unten herauf. Außerdem waren gedämpfte Stimmen zu hören.

Auf Zehenspitzen schlich Avram die Stufen hinab, wie in Zeitlupe, um keine verräterischen Geräusche zu verursachen. Abermals erreichte er einen Gang, diesmal nur wenige Meter lang. An dessen Ende befanden sich drei Türen, eine davon stand einen Spaltbreit offen. Licht fiel aus dem Raum in den Flur, so dass Avram auch ohne Handy gut sehen konnte.

Er pirschte sich näher heran. Die Stimmen wurden jetzt deutlicher – eine gehörte der Frau, eine andere einem Mann, den er nicht kannte, vermutlich Ellbrink.

Die dritte Stimme war ihm allerdings vertraut. Zwar hatte er sie schon jahrelang nicht mehr gehört, aber ihr Klang hatte sich ihm für alle Zeiten ins Gedächtnis gebrannt.

Nichts schmeckt besser als Rache, auf die man lange warten muss.
Es war die Stimme von Brent Rasmussen.

42

Die Polizeiwache von Annweiler war ein gedrungener roter Ziegelsteinbau und sah von außen aus wie ein trutziges, kleines Fabrikgebäude aus der Zeit der industriellen Revolution. Auch das Innere verströmte den Geist längst vergangener Tage, alles wirkte eng, ein wenig düster und unmodern. Aber wenigstens war die Technik auf dem neuesten Stand.

Svenja Silcher hatte gar kein Fieber. Nachdem eine Klassenkameradin ihr telefonisch von Beckys Entführung berichtet hatte, war die vorgeschobene Krankheit eine Ad-hoc-Reaktion gewesen, um sich in ihrem Zimmer verkriechen und sich über ein paar Dinge klarwerden zu können. Zum Beispiel, ob der Mann, der sich nach Becky und ihrem Freund erkundigt hatte, wirklich ein Reporter gewesen war und ob sie mit ihren Auskünften womöglich zu dem Entführungsfall beigetragen hatte.

Jedenfalls wirkte sie sehr erleichtert, als sie mit ihrem Vater und Kommissarin Borchert in einem Büro Platz nahm, um mit einem Beamten aus Annweiler die Personenbeschreibung des vermeintlichen Reporters ins System einzugeben und anhand der Suchergebnisse die Verbrecherdatei zu durchstöbern.

Emilia trank inzwischen mit Mikka einen Cappuccino in der Kaffee-Ecke. Eigentlich hätte sie auch etwas essen sollen, aber die Sorge um Becky überlagerte jegliches Hungergefühl. Sie hätte jetzt keinen Bissen heruntergebracht.

Mikka saß neben ihr auf einem der Bistrostühle und drückte ihre Hand. »Wir haben eine heiße Spur«, sagte er. »Ich bin davon überzeugt, dass Dante gegenüber Svenja Silcher selbst in Erscheinung getreten ist. Er sucht den Kick. Den bekommt er nur, wenn er etwas riskiert, sonst bleibt das Spiel für ihn langweilig. Er ist ein arroganter Mistkerl, der den Gedanken liebt, die Polizei an der Nase herumzuführen. Deshalb denke ich, dass er selbst in die Rolle dieses Reporters an der Schule geschlüpft ist. Er wollte den Nervenkitzel – aber er hat sich dabei zu weit aus dem Fenster gelehnt. Mit etwas Glück kann Svenja Silcher den Kerl identifizieren.«

Emilia war Mikka dankbar dafür, dass er versuchte, ihr Mut zu machen, allerdings teilte sie seinen Optimismus nicht. »Er hat sich verkleidet«, entgegnete sie matt. »Sein Gesicht und seine Hände haben nicht zueinander gepasst. Also war er geschminkt. Vielleicht trug er sogar eine Maske. Deshalb mache ich mir keine allzu großen Hoffnungen, dass Svenjas Personenbeschreibung uns weiterbringt. Dante erlaubt sich seit Jahren keinen einzigen Fehler. Warum sollte er ausgerechnet jetzt damit anfangen?«

»Ich denke, das hat er bereits getan.« Mikka beugte sich zu ihr, wohl weil er wusste, dass er dadurch überzeugender wirkte. »Hätte er wirklich an alles gedacht, hätte er auch seine Hände auf alt getrimmt. Hat er aber nicht. Das heißt, er wird entweder nachlässig, oder er fühlt sich uns so überlegen, dass er glaubt, kleine Fehler ungestraft begehen zu können. So oder so – wir kommen ihm allmählich näher! Vielleicht war seine Gesichtsverkleidung nicht so perfekt, wie du befürchtest. Du weißt ganz genau, dass es manchmal nur Kleinigkeiten sind, die einen Menschen verraten. Seine Augen. Die Form seiner Lippen. Ein Muttermal. Irgendetwas, das ihn aus der Masse der anderen hervorhebt. Wenn Svenja sich an so eine Besonderheit erinnern kann, haben wir gewonnen.«

Natürlich war eine Identifikation nicht vollkommen ausgeschlossen, sonst hätten sie Svenja nicht so spät am Abend hierher gebeten. Dennoch schaffte Emilia es nicht, so positiv zu denken wie Mikka, denn eine Variante hatte er übersehen: Vielleicht hatte Dante seine Hände mit voller Absicht nicht präpariert – vielleicht war das ebenfalls ein Teil seines Spiels. Weil er wollte, dass Emilia sich Hoffnungen machte, obwohl es gar keine Hoffnung mehr gab.

Sie sagte es zwar nicht laut, aber tief in ihrem Innern war sie davon überzeugt, dass Svenjas Personenbeschreibung in eine Sackgasse führen würde, so wie bei dem Pizza-Lieferservice und dem Peilsender.

Eine Träne kullerte über ihre Wange. Sie zog ein Taschentuch aus ihrer Tasche und tupfte sich damit die Augen trocken, als ein Polizeibeamter zu ihr kam.

»Agentin Ness?«, fragte er.

Sie nickte.

»Telefon für Sie. Es ist Interpol. Am Apparat in der Zentrale.«

Emilia nickte und folgte ihm zu einem Büro am Ende des Gangs, wo sie das Gespräch entgegennahm.

»Ihre Spur ist gut, aber Svenja Silcher wird Sie nicht zu mir führen.«

Emilia benötigte eine Sekunde, um ihre Gedanken zu ordnen. »Wer sind Sie?«, fragte sie, obwohl sie es längst wusste.

»Der Mann, der Ihre Tochter in seiner Gewalt hat.« Die Stimme war blechern, wie elektronisch verzerrt. »Bevor Sie auf die Idee kommen, das Gespräch zurückverfolgen zu lassen, will ich Ihnen sagen, dass das nichts nutzen wird.

Die Polizei wird eine Telefonzelle in Duisburg lokalisieren. Bis sie herausfindet, wo ich mich wirklich aufhalte, bin ich längst nicht mehr da. Also sparen Sie sich die Mühe, und hören Sie mir genau zu. Denn das ist Ihre einzige Chance, Rebecca lebend wiederzusehen. Haben Sie das verstanden? Ihre *einzige* Chance!«

Emilia schluckte. Tausend Gedanken rasten durch ihren Kopf, nur leider völlig durcheinander. Keiner davon schien etwas zu taugen. »Was genau soll ich tun?«, fragte sie.

»Etwa zwanzig Autominuten von Annweiler gibt es den Teufelstisch. Das ist eine Felsformation, nur ein paar hundert Meter von der B10 entfernt. Fahren Sie von Annweiler aus in Richtung Pirmasens. In Hinterweidenthal ist der Teufelstisch ausgeschildert. Sie haben genau eine halbe Stunde Zeit. Kommen Sie alleine, und seien Sie pünktlich. Wenn Sie sich verspäten oder jemanden mitbringen, stirbt Ihre Tochter noch heute Nacht.«

43

Avram stand noch immer im Kellergang der neuerrichteten Großfleischerei BIOKOHN und lauschte an der halbgeöffneten Tür. Brent Rasmussens Stimme war einzigartig: warm, sanftmütig, melodiös, beinahe leise, mit einem leicht rasselnden Unterton, der jedoch nicht störte, sondern dem Klang eine besonders markante Note verlieh. Es war eine Stimme, die man aus Tausenden heraushören konnte. Eine Stimme, die Vertrauenswürdigkeit und Güte suggerierte – und damit keinen falscheren Eindruck hätte hinterlassen können.

Avram hatte die Stimme zum letzten Mal in Bolivien gehört. Damals hatte sie zu ihm gesagt: »Nichts schmeckt besser als Rache, auf die man lange warten muss. Das hier ist für Hagenbeck, Arschloch!« Dann hatte Rasmussen seine Waffe auf ihn abgefeuert, ganze fünf Mal.

Während Avram im Halbdunkel des Kellerflurs stand und sich die Situation von damals noch einmal vergegenwärtigte, stieg unweigerlich wieder der alte Zorn in ihm auf. Nicht nur Rasmussen hatte seine Chance auf Rache lange herbeisehnen müssen, auch Avram. Heute Nacht würde sich ein jahrelanger Wunsch erfüllen. Er würde Brent Rasmussen büßen lassen – für das, was er ihm damals angetan hatte, und für Elena Suarez' qualvollen Tod. Avram wollte ihn dafür leiden sehen, die Reue in seinen Augen genießen, wenn ihm bewusst wurde, was für einen fatalen Fehler er in Bolivien begangen hatte.

Er fasste sich ein Herz. Mit vorgehaltener Pistole stieß er die Tür auf, machte einen Satz in den Raum – und begriff sofort, dass er erwartet worden war. Brent Rasmussen saß hinter einem einfachen Klapptisch, den Oberkörper in einen Stuhl zurückgelehnt, die Arme locker vor der Brust verschränkt. Er trug einen eleganten Anzug mit Hemd und Krawatte. An seinem Handgelenk saß eine protzige goldene Uhr. Er zuckte nicht einmal zusammen, als Avram hereinplatzte.

»Wer hätte gedacht, dass wir uns in dieser Welt noch einmal begegnen?«, sagte er. Seine Stimme schien dabei fast physisch den Raum auszufüllen. »Kaum zu glauben, dass du noch lebst.«

Es klang auf perverse Weise herzlich – als würde er sich über die Begegnung freuen, aber nur, um sie so schnell wie möglich wieder zu beenden.

So war es wohl auch geplant: Die Frau in Rot stand drei Meter links neben dem Tisch, an der nackten Betonwand, mit einer Pistole in der Hand, die auf Avrams Kopf zielte. Rechts neben ihm erkannte Avram im Augenwinkel eine weitere Gestalt – einen Mann, den er noch nie gesehen hatte. Auch er richtete eine Pistole auf ihn.

Rasmussens Mund verzog sich zu einem abfälligen Lächeln.

»Tut mir leid, wenn ich dich enttäuschen muss, aber heute wird es kein Geschäftsessen geben«, sagte er. »Jedenfalls nicht mit Ottmar Ellbrink. Der wird nämlich gerade von meinem Chauffeur in sein Hotel zurückgebracht. Stattdessen möchte ich dir meine beiden engsten Mitarbeiter vorstellen – Ruth und Lennart.« Als er Avrams fragende Miene sah, fügte er hinzu: »Lennart war bereits in der Limousine, die Ruth und Ellbrink vom Hotel abgeholt hat. Dort haben die beiden die Rollen getauscht. Ich habe Ellbrink ausrichten lassen, dass das geplante Treffen nicht sicher sei. Er war sehr dankbar, dass wir uns auf morgen vertagt haben.«

»Wie hast du mitbekommen, dass ich dir auf den Fersen bin?« Es juckte Avram im rechten Zeigefinger. Die Aussicht, den Abzug seiner Glock durchzudrücken, war verlockend, nur hätte er damit auch sein eigenes Todesurteil gefällt.

»Ich habe es nicht *mitbekommen*«, klärte Rasmussen ihn auf. »Ich habe es eingefädelt.«

Avram verstand nicht. »Du hast dich jahrelang vor mir versteckt, und jetzt willst du, dass ich dich finde? Woher der plötzliche Sinneswandel?«

»Das Angebot hat gestimmt.«

»Welches Angebot?«

»Eine halbe Million Euro, um als Lockvogel für dich herzuhalten. Leichter habe ich mein Geld noch nie verdient.«

Avram schluckte. Zweifellos sprach Rasmussen von der halben Million, die noch heute Mittag auf seinem Konto gewesen war. Riveg hatte ihn geleimt!

»Ich schlage vor, dass du jetzt deine Waffe weglegst«, sagte Rasmussen.

»Damit deine Komplizen mich erschießen können, ohne dich zu gefährden?«

»Niemand muss heute Nacht sterben. Lass uns vernünftig sein. Dann werden wir beide womöglich noch uralt.«

Avram zog die Mundwinkel nach unten. »Das Problem ist nur, dass du ein verlogenes Arschloch bist. Du hast mich schon einmal gelinkt – und mir sieben Kugeln eingebracht. Zwei von Hector Mesa, fünf von dir. Wenn ich schon dabei draufgehen muss, werde ich dich diesmal mitnehmen.«

Rasmussen sah ihm einen Moment lang tief in die Augen, als wäge er ab, wie weit Avram zu gehen bereit war.

»Du willst noch nicht sterben«, sagte er schließlich mit einem vieldeutigen Lächeln. »Ich kenne niemanden, der sich mehr ans Leben krallt wie du. Bolivien ist der beste Beweis dafür. Sieben Kugeln – wie viel Stärke und Willenskraft muss jemand aufbringen, um das zu überstehen?«

»Heute bin ich älter«, gab Avram zurück. »Ich bin müde. Und ich habe nichts, wofür es sich zu leben lohnt.« Der Lauf seiner Waffe zielte noch immer auf seinen alten Widersacher. Genau auf die Stirn. Ein Schuss würde genügen, um ihn ins Jenseits zu befördern. »Keine Frau, keine Kinder. Nicht einmal einen Hund habe ich. Das Einzige, was mir zu meinem Glück fehlt, ist dein Tod.«

Er hoffte, Rasmussen dadurch zu verunsichern, fand in dessen Miene aber keinerlei Anzeichen dafür. Im Gegenteil – dieses höhnische Lächeln, das seine Mundwinkel umspielte, saß wie festgefroren in seinem Gesicht.

»Da gibt es nur ein Problem«, sagte Rasmussen und schob einen etwa zehn mal zehn Zentimeter großen weißen Karton über den Klapptisch. »Komm und sieh dir das an.«

Was war das nun wieder für ein merkwürdiger Trick? Ohne die Waffe zu senken, näherte Avram sich dem Tisch. Der weiße Karton entpuppte sich als Fotografie – eine altmodische Polaroidaufnahme. Die Bildseite zeigte nach unten. Avram beschlich ein ungutes Gefühl.

Mit der linken Hand drehte er das Foto um. Im selben Moment schien sein Magen auf Rosinengröße zusammenzuschrumpfen.

»Was hat das zu bedeuten?« Er musste sich zusammenreißen, um nicht die Beherrschung zu verlieren.

»Ist das nicht offensichtlich?«

Avram schluckte. »Du wirst es mir erklären müssen.«

»Das ist ein Bild deiner Nichte.«

»Das sehe ich. Was willst du damit andeuten?«

»Dass sie sich in meiner Gewalt befindet. Und ich bin der Einzige, der ihr Versteck kennt. Falls mir etwas geschieht, wird sie verdursten. Ich gehe davon aus, dass das nicht in deinem Interesse ist.«

Dass das nicht in deinem Interesse ist ... Verdammter Schwätzer! Avram biss die Zähne zusammen. Wenn es nur um ihn gegangen wäre, hätte er Rasmussen vielleicht wirklich sein verdammtes Lächeln aus dem Gesicht geschossen. So aber trug er Verantwortung für ein weiteres Leben.

»Was verlangst du?«, presste er hervor.

Rasmussen ließ sich mit der Antwort Zeit. Er genoss den Moment des Triumphs. Endlich beugte er sich zur Seite und hob eine kleine Plastikflasche auf, die neben ihm auf dem Boden gestanden hatte. Bedächtig stellte er sie auf der Tischplatte ab.

»Was soll das?«, fragte Avram. Es war eine Halbliterflasche Mineralwasser, nur noch zu etwa einem Drittel gefüllt.

»Ich möchte, dass du das trinkst«, sagte Rasmussen. »Bis zum letzten Tropfen. Nur so kannst du deine Nichte retten.«

»Was ist da drin?«

»Nichts, was in deinem Körper einen bleibenden Schaden anrichtet.«

»Benzodiazepin?«

»Gamma-Hydroxy-Buttersäure.«

»Also K.-o.-Tropfen?«

Rasmussen lächelte kalt. »Du hast es erfasst«, sagte er.

44

Emilia war nicht in der Lage, einen klaren Gedanken zu fassen. Die Sorge um Becky trieb sie beinahe in den Wahnsinn. Außerdem fragte sie sich natürlich, was Dante mit ihr selbst vorhatte. Und dann noch der Zeitdruck ...

Es war die Hölle!

Dantes Worte hallten in ihrem Kopf nach wie ein diabolisches Echo: *Sie haben genau eine halbe Stunde Zeit. Kommen Sie alleine, und seien Sie pünktlich. Wenn Sie sich verspäten oder jemanden mitbringen, stirbt Ihre Tochter noch heute Nacht.*

Entgegen jeder Vernunft hatte sie seine Anweisungen befolgt. Niemand bei der Annweilerer Polizei wusste, dass sie auf dem Weg zum Teufelskopf war. Nicht einmal Mikka hatte sie Bescheid gegeben, denn er hätte sie niemals alleine losfahren lassen. Genau das wäre jedoch Beckys Todesurteil gewesen.

Dante beobachtet mich. Daran gibt es keinen Zweifel. Er wusste, wo er mich kontaktieren kann. Und er wusste, dass Svenja Silcher mit uns aufs Revier gekommen ist.

Natürlich war es ein gewaltiges Risiko, niemanden über ihr Vorhaben zu informieren. Sie lieferte sich Dante damit gewissermaßen aus. Aber für einen ausgeklügelten Plan hatte ihr die Zeit gefehlt. Wenn sie es noch pünktlich schaffen wollte, musste sie sich ohnehin ranhalten.

Sie nutze eine Abbiegespur für ein gewagtes Überholmanöver und scherte wieder auf die Fahrbahn ein, während der Wagen hinter ihr die Lichthupe aufflackern ließ.

Ja, ja, du mich auch, dachte Emilia und drückte aufs Gas.

Zwei Kilometer vor Hinterweidenthal klingelte ihr Handy. Sie zog es aus der Tasche und warf einen Blick aufs Display, ohne die Geschwindigkeit zu drosseln. Es war Mikka. Wahrscheinlich war ihm inzwischen aufgefallen, dass sie nicht mehr in der Polizeizentrale telefonierte. Jetzt fragte er sich, was mit ihr los war. Aber sie hatte im Moment keine Lust auf Erklärungen, auf Rechtfertigungen schon gar nicht. Mikka würde ihren Alleingang niemals gutheißen.

Sie legte das Handy auf den Beifahrersitz und ließ es so lange klingeln, bis die Mailbox ansprang. Mit schlechtem Gewissen fuhr sie weiter.

In Hinterweidenthal folgte sie der Beschilderung bis zu einem öffentlichen Parkplatz. Dort stellte sie den Wagen ab, um zu Fuß weiterzugehen.

Das Handy stellte sie auf stumm und nahm es mit. Vielleicht würde sie es später noch brauchen. Außerdem beruhigte sie der Gedanke, dass Mikka irgendwann den Ernst der Lage erkennen würde und das Handy orten lassen konnte. Gewiss nicht im Lauf der nächsten Stunde – somit würde er nicht unerwartet zu ihrem Treffen mit Dante stoßen und dadurch Becky gefährden. Aber falls sie im Lauf der Nacht nicht zurückkehrte, würde er irgendwann mit der Suche beginnen. Sie hoffte, dass es dann nicht zu spät war.

Da Dante sie mit Sicherheit durchsuchen würde, steckte sie ihr Handy nicht in die Tasche. Stattdessen schob sie ihr Hosenbein nach oben und ließ das Gerät unter ihrem Strumpf verschwinden.

Sie warf einen Blick auf ihre Armbanduhr. Noch zehn Minuten. Die Zeit würde sie für den Fußmarsch benötigen.

Aus dem Seitenfach der Fahrertür holte sie ihre Taschenlampe, im Wald würde sie sonst die Hand nicht vor Augen sehen. Zu guter Letzt überprüfte sie ihre Dienstwaffe und steckte sie sich am Rücken in den Hosenbund.

Falls sich eine Gelegenheit ergab, Dante zu überwältigen, würde sie sie ohne zu zögern nutzen.

Auch die Pistole gab ihr ein Gefühl von Sicherheit. Aber natürlich wusste sie tief im Innern, dass weder die Pistole noch das Handy eine Garantie dafür waren, die nächsten Stunden zu überleben. Dante saß am längeren Hebel. Emilias einzige Hoffnung bestand darin, dass er letztlich doch noch das Opfer seiner eigenen Überheblichkeit wurde und einen Fehler beging, den sie ausnutzen konnte.

Ich muss mich auf mein Improvisationstalent verlassen.

Als sie den Waldweg zum Teufelstisch einschlug, fragte sie sich, ob sie dieses Improvisationstalent überhaupt noch besaß. Während ihrer Dienstzeit bei der Hamburger Kripo waren ihre Instinkte geschärft gewesen. In brenzligen Situationen hatte sie ihnen stets vertrauen können. Aber wie lange war das her? Eine gefühlte Ewigkeit! Seit ihrem Wechsel zu Interpol bestand der Hauptteil ihrer Arbeit in der Koordination von polizeilichen Ermittlungen bei grenzüberschreitenden Schwerverbrechen. Die aktive Arbeit vor Ort beschränkte sich auf ein Minimum – zwanzig Tage im Jahr, vielleicht dreißig, wenn es hoch kam. Die restliche Zeit verbrachte sie damit, von Lyon aus Telefonate zu führen und Analysen für die anfragenden Landesbehörden zu erstellen. Von daher konnte es gut sein, dass ihr Instinkt verkümmert war.

Dennoch blieb ihr nichts anderes übrig, als ihm zu vertrauen.

Mit schmerzendem Magen setzte sie ihren Weg fort. Kaum hatte sie den Parkplatz verlassen, verschluckte der Wald das Licht der Straßenlaternen. Ohne Taschenlampe wäre sie nicht weit gekommen.

Mit jedem Meter wuchs ihre Anspannung. Was würde sie am Teufelskopf erwarten? War Dante ein völlig Unbekannter oder jemand, den sie bereits aus der Interpol-Verbrecherdatei kannte? Würde er Wort halten und sie zu Becky führen, oder hielt er sie nur zum Narren?

Ihr war klar, dass er am Telefon keine Silbe über Beckys Gesundheitszustand verloren hatte. Nur, dass Emilia sie lebend wiedersehen würde, wenn sie sich an seine Anweisungen hielt. Vielleicht hatte er ihr inzwischen noch viel Schlimmeres angetan, als nur einen Finger und ein Ohr abzuschneiden?

Emilia bebte innerlich vor Angst, während sie durch die Nacht rannte.

Der Waldpfad war kurz, aber anstrengend, nicht nur weil es bergauf ging, sondern auch weil Emilia durch hervorstehende Wurzeln und andere Unebenheiten immer wieder aus dem Tritt geriet. Doch als sie schon befürchtete, es nicht mehr rechtzeitig zu schaffen, weitete sich der schmale Pfad endlich zu einer offenen Lichtung, und vor ihr ragte die vierzehn Meter hohe Sandsteinformation auf, die dem Teufelstisch seinen Namen gegeben hatte. Beschienen von ein paar Bodenstrahlern, wirkte die massive Quaderplatte auf den dünnen Trägersäulen wie ein riesenhafter, archaischer Opferaltar aus einer vorbiblischen Epoche. Gut denkbar, dass an diesem Platz tatsächlich einmal der leibhaftige Satan gesessen und ein Blutmahl gehalten hatte.

Emilia schob diese gruselige Vorstellung beiseite und schaute sich um. Die Strahler verströmten genügend Helligkeit, so dass sie die ganze Lichtung überblicken konnte. Außer ihr war niemand hier oben.

Langsam näherte sie sich der Felsformation. Wo um alles in der Welt mochte Dante sich verstecken? Ein schrecklicher

Gedanke durchzuckte sie: Was, wenn er wieder nur ein Spiel mit ihr spielte? Wenn er sie völlig grundlos hierhergeschickt hatte? Nur, um seine Macht zu demonstrieren?

Dann fiel ihr unmittelbar am Fuß der mächtigen Felsenskulptur etwas auf – ein kleiner Klapptisch, halb versteckt hinter wucherndem Gestrüpp. Der Schatten war hier so dicht, dass Emilia ihn beinahe übersehen hätte. Aber irgendetwas spiegelte sich auf der glänzenden Platte, ein diffuser Schimmer wie ein Heiligenschein.

Was hat das zu bedeuten?

Die Taschenlampe vor sich haltend, näherte sie sich dem Campingtisch. Jemand hatte mit einem schwarzen Stift eine stilisierte Teufelsfigur darauf gemalt, daneben stand eine angebrochene Flasche Mineralwasser. Am anderen Tischende war in krakeligen Lettern Emilias Name zu lesen. Dazwischen lag, ziemlich genau in der Tischmitte, ein Smartphone, mit der Bildseite nach unten. Offenbar war es angeschaltet, denn der Lichtschimmer, den Emilia gesehen hatte, stammte von dem Gerät.

»Ist da jemand?«

Obwohl sie kaum mehr als ein Flüstern wagte, kam ihr die eigene Stimme angesichts der nächtlichen Stille unnatürlich laut vor. Aber niemand reagierte.

Sie schluckte trocken und streckte die Hand nach dem Smartphone aus. Eine vage Vorahnung stieg in ihr auf wie Bodennebel an einem kalten Herbstmorgen. Ihre Finger zitterten, als sie das Gerät umdrehte.

Das Display zeigte ein Standbild – blutrote Schrift auf weißem Hintergrund.

Das Tier Gefallen find't am Spiel,
auf Leben und auf Tod,

*es labet sich an Schmerz und Furcht,
und trinkt der Opfer heiße Tränen.*

Eindeutig nicht aus der göttlichen Komödie, sondern eine Eigenkreation Dantes. Aber nicht weniger furchteinflößend.

Unter dem Text befand sich eine Icon-Leiste. Emilia schluckte und tippte auf das Wiedergabesymbol. Die Buchstaben lösten sich auf, zum Vorschein kam ein menschlicher Kopf, eingewickelt wie bei einer Mumie. Nur das Gesicht war frei.

Becky!

Ihre Augen waren gerötet, an Stirn und Wange prangten leuchtend violette Hämatome. Ihre Oberlippe war aufgeplatzt, ihr Kinn bebte. Dort, wo sich unter dem Mull das linke Ohr befinden musste, war der Verband rot.

Der bittere Geschmack von Galle stieg in Emilia auf.

Was hat dieses Dreckschwein ihr nur angetan!

Ein paar Sekunden lang saß Becky nur da, weinend und vor Angst schlotternd.

»Er tut mir weh«, wimmerte sie schließlich. Eine Träne rann ihr aus dem Augenwinkel über die Wange. »Und er wird mir noch viel mehr weh tun, wenn du nicht tust, was er von dir verlangt. Er sagt, dass er mich töten wird, ganz langsam! Bitte, Mama, hol mich hier raus …«

In diesem Moment stieß eine Hand ins Bild, packte sie und zerrte sie weg. Becky schrie, so heiser und flehend, dass es Emilia durch Mark und Bein ging.

»Aufhören! … Bitte nicht! *Biiiiitte* …«

Dann plötzlich Stille.

Was hat dieses Tier ihr angetan? Bitte lass sie noch am Leben sein!

Ihr kam es wie eine Ewigkeit vor, bis sich endlich wieder

etwas auf dem Display tat. Es war nur ein Schatten an der Wand, der sich ins Bild schob – eine menschliche Silhouette. Eine Stimme sagte: »Wenn du wissen willst, wie es deiner Tochter geht, dann nimm die Flasche, die auf dem Tisch steht, und trinke sie leer. Nach ein paar Sekunden wirst du einschlafen. Wenn du wieder aufwachst, wirst du bei deiner Tochter sein. Worauf wartest du also? Trink! Und denk daran, dass ich dich beobachte. Genau jetzt, in diesem Moment.«

Emilia wusste, dass sie einen Fehler beging, als sie zu der Flasche griff. Niemand wusste, wo sie war, und wenn Dante sie durchsuchte, würde er unweigerlich die Waffe und ihr Handy finden. Sie war ihm auf Gedeih und Verderb ausgeliefert. Wenn sie erst das Bewusstsein verlor, konnte er mit ihr machen, was immer er wollte.

Aber welche Wahl hatte sie?

Sie setzte die Flasche an ihre Lippen und zwang sich, zu schlucken.

45

Bolivien, vor neun Jahren.

Wie ein Embryo kauerte Avram auf dem Boden seines Käfigs, seitlich liegend, die Beine angezogen, keuchend, zitternd und schwitzend. Das Blut hatte sein Hemd durchtränkt, es bildete bereits eine Lache unter ihm. Seine Kehle brannte beinahe noch mehr als die getroffene Stelle. Er hätte alles für einen Schluck Wasser gegeben.

Unter größter Anstrengung hob er den Kopf, als Hector Mesas Männer Elena Suarez brachten. Sie umklammerten ihre Oberarme, zerrten an ihnen, rissen sie mit sich, rücksichtslos, mit roher Gewalt. Ihre Schreie ignorierend, schleppten sie sie heran. Ihr hübsches Gesicht war zu einer Fratze verzerrt. Sie ahnte, in welcher Gefahr sie schwebte.

Vor Hector Mesa blieben die Männer stehen, Elena Suarez weiterhin fest im Griff. Sie taten ihr zweifellos weh, aber die Angst machte ihr noch mehr zu schaffen als der Schmerz, das sah Avram ihr an.

Ihm selbst erging es nicht anders. Die Schusswunde an der Hüfte brannte wie Feuer, die beiden gebrochenen Finger ebenfalls, weil er versuchte, den Blutverlust dadurch zu stoppen, dass er die Hände auf die Verletzung presste. Aber der Schmerz war nichts im Vergleich zu der Furcht vor dem, was noch kommen würde. Die Brutalität der MS13 suchte ihresgleichen. Sie hatten Avram in ihrer Gewalt. Nur ein Wunder konnte ihn jetzt noch retten.

Sein Blick wanderte zu Hector Mesa, der, groß wie ein Baum, vor seinem Käfig stand und ihn mit mitleidloser Miene betrachtete. Ein höhnisches Lächeln umspielte die Mundwinkel des Albinos. Ich kann mit dir machen, was ich will, schien es zu sagen. Es war nicht einmal gelogen.

Der Pitbull hockte brav neben ihm und leckte ihm die Hand. Kaum zu glauben, dass das Scheißvieh noch vor zwei Minuten eine entfesselte Bestie gewesen war, die keine Sekunde gezögert hätte, Avram zu zerfleischen, wenn nicht die Gitterstäbe dazwischen gewesen wären.

Mesa wandte sich von Avram ab und ging einen Schritt auf Elena Suarez zu. Sie wagte kaum zu atmen, während die Hand, die eben noch von dem Hund abgeleckt worden war, durch ihr Haar und über ihr Gesicht strich. Ein gutturaler Laut entwich ihrer Kehle, voll unterdrückter Abscheu. Alles in ihr schien sich gegen Mesas Berührung zu sträuben, aber sie wehrte sich nicht, wohl weil sie wusste, dass sie gegen die Übermacht der Männer ohnehin nichts ausrichten konnte.

Avram ahnte, was in ihrem Kopf vor sich ging: *Vielleicht lässt er mich am Leben, wenn ich keinen Widerstand leiste.*

Aber er wusste auch ganz genau, dass diese Hoffnung sich nicht erfüllen würde. Sie waren verloren, alle beide.

Mesas Hand glitt an Elena Suarez' Körper hinab und blieb auf ihrer Hüfte liegen, während er ihr gleichzeitig einen langen, intensiven Kuss aufzwang. Schließlich ließ er von ihr ab und positionierte sich wieder vor Avram. Wie in Zeitlupe ging er in die Hocke, um mit ihm auf Augenhöhe zu sprechen.

»Ich will wissen, wer dich beauftragt hat, mich zu töten«, raunte er. Mit einer Kopfbewegung in Richtung Elena Suarez fügte er hinzu: »Du bist der Einzige, der ihr jetzt noch helfen kann. Oder willst du, dass sie stirbt?«

Nein, das wollte Avram ganz bestimmt nicht. In seinem Kopf rasten die Gedanken. Den Namen eines Auftraggebers preiszugeben kam in seiner Branche dem beruflichen Aus gleich. Aber wen interessierte das, wenn er tot war? Jetzt ging es nicht mehr nur um ihn selbst, sondern um das Leben eines anderen. Elena Suarez verdiente es nicht, in einem heruntergekommenen Flugzeughangar am Arsch der Welt zu sterben.

Also beschloss Avram auszupacken.

»Gustavo Ramirez«, presste er unter Schmerzen hervor. »Der bolivianische Innenminister.«

In Mesas Gesicht zeigte sich keine Regung. »Das soll ich dir abkaufen?«

»Ich schwöre, dass es diesmal die Wahrheit ist.«

»So wie bei Victor Banquera und Carlos Fuente?« Die beiden Namen hatte Avram ihm vorher genannt, aber Mesa war nicht darauf hereingefallen.

»Ramirez hat mich angeheuert, damit ich die Bosse der wichtigsten kriminellen Organisationen des Landes für ihn beseitige«, sagte Avram in der Hoffnung, dass die Details Mesa von seiner Geschichte überzeugen würden. »Er hat im Wahlkampf eine Politik der harten Hand versprochen. Jetzt will er seinen Worten Taten folgen lassen. Nur hat er eingesehen, dass dem Problem der Kriminalität mit legalen Mitteln nicht beizukommen ist. Deshalb hat er einen Profi engagiert.«

»Damit meinst du dich?«

»Ganz genau.«

Mesa überlegte eine Sekunde. »Für wie blöd hältst du mich?« Er sprach nicht aufgebracht, sondern leise, beinahe enttäuscht. Aber in seiner Stimme schwang eine kalte Endgültigkeit mit, durch die sich Avrams Nackenhaare aufstellten.

»Ramirez' Sicherheitsberater stammt aus Deutschland«, sagte Avram. »Sein Name ist Brent Rasmussen. Ich kenne ihn von früher, als wir noch gemeinsam Autos geknackt haben. Er hat später eine politische Karriere eingeschlagen, ich bin auf der schiefen Bahn weiter nach unten gerutscht. Jedenfalls hat er Ramirez empfohlen, mich nach Bolivien zu holen, um das Problem mit der Kriminalität in den Griff zu bekommen.«

Hector Mesa verzog keine Miene. Sekundenlang schienen seine Dämonenaugen Avram mit Blicken zu durchbohren, als könne er auf diese Weise die Wahrheit erkennen. Schließlich stand er auf und gab seinen Leuten einen knappen Befehl, woraufhin sie Elena Suarez losließen.

»Du kannst gehen«, raunte Mesa ihr zu.

Ungläubig sah sie ihn an, noch immer zitternd vor Angst. Wieder zischte Mesa seinen Männern einen Befehl zu. Diesmal traten sie einen Schritt zurück.

»Geh«, sagte Mesa. »Und dreh dich nicht um.«

Sie schluckte. »Was ist mit ihm?« Mit einer Kopfbewegung deutete sie auf Avram.

Aus irgendeinem Grund freute es ihn, dass ihre Sorge in diesem Moment ihm galt.

»Kümmere dich nicht weiter um ihn«, sagte Mesa. »Er hat versucht, mich zu töten. Dafür muss er bezahlen.«

Ihr Blick huschte zu Avram. Eine Träne rann ihr über die Wange.

Mit einem knappen Nicken gab er ihr zu verstehen, dass sie Mesas Angebot annehmen solle, solange er ihr wohlgesinnt war. Eine bessere Chance würde sie nicht bekommen.

Sie schien zu verstehen. Vorsichtig, als könne eine einzige falsche Bewegung ihre wiedergewonnene Freiheit gefährden, machte sie ein paar erste, kleine Schritte rückwärts. Dann wagte sie es endlich, den Männern den Rücken zu kehren. Ihre Schritte wurden größer, sicherer. Schließlich begann sie sogar zu rennen, schneller und schneller, dem riesigen Hallentor entgegen.

Avram wünschte ihr im Stillen Lebewohl. Innerlich wappnete er sich gegen die schlimmsten Minuten seines Lebens, die gleichzeitig seine letzten sein würden.

Was werden sie mir antun, bevor sie mich töten? Wie bestrafen sie jemanden, der ein Attentat auf ihren Anführer geplant hat?

Aber nichts von dem, was er sich ausmalte, war so schrecklich wie das, was tatsächlich geschah.

Elena Suarez hatte etwa die Hälfte der Strecke bis zum Ausgang zurückgelegt, als Mesa einen weiteren Befehl hervorpresste. Diesmal war er nicht an seine Männer gerichtet, sondern an den Pitbull, der plötzlich aufsprang und knurrend die rennende Frau fixierte. Die Lefzen nach oben gezogen, offenbarte das Tier seine ganze zerstörerische Hässlichkeit, eine Ausgeburt der Hölle, heraufbeschworen von einem Dämon in Menschengestalt.

Der stand einfach nur da und kraulte dem aufgebrachten Tier den Kopf, aber nicht etwa, um es wieder zu beruhigen, sondern nur, um der Frau noch ein wenig mehr Vorsprung zu lassen.

Der nächste Befehl kam so leise, dass Avram ihn kaum hören konnte. Er klang wie ein einziger, langgezogener Zischlaut. Im selben Moment sprintete der Hund los.

Ohne auf seine Schmerzen zu achten, setzte Avram sich auf. Er wollte schreien, Elena warnen, aber seiner Kehle entrang sich nur ein heiseres Krächzen. Hilflos musste er zusehen, wie der Pitbull aufholte, begleitet von den Pfiffen und Anfeuerungsrufen der Mareros. Für sie war das alles nichts weiter als ein blutiger Spaß.

Elena hörte die aufregte Meute. Ohne ihren Lauf zu unterbrechen, warf sie einen Blick über die Schulter. Nie würde Avram ihr Gesicht vergessen – in jenem Moment, in dem sie den Hund auf sich zustürmen sah und die Ausweglosigkeit ihrer Situation erkannte: eine Mischung aus Ungläubigkeit, Fassungslosigkeit und Todesangst. Dann verlor sie das Gleichgewicht. Sie geriet ins Taumeln, versuchte erfolglos, sich wieder zu fangen, und stürzte zu Boden. Schon war der Pitbull über ihr.

Ein heiserer, durch Mark und Bein dringender Schrei hallte durch den Hangar, als das Biest zuschnappte.

46

Als Emilia aus ihrer Bewusstlosigkeit erwachte, fühlte sie sich wie benebelt. Beinahe unwirklich. Ihre Haut prickelte, aber sie konnte ihre Finger kaum spüren. Sie versuchte, die Hand zu einer Faust zusammenzuballen. Es kam ihr vor, als bestünden ihre Knochen aus Gummi. Auch ihre Beine schienen nicht von dieser Welt zu sein.

Der Versuch, den Kopf anzuheben, wurde mit einem heftigen Stechen bestraft, das ihr in die Schläfen schoss. Emilia stöhnte auf. Sie fühlte sich, als habe jemand sie niedergeschlagen.

Vorsichtig strich sie mit einer Hand über die pochenden Stellen. Sie waren weder geschwollen noch feucht von Blut. Offenbar hatte sie keine ernsthafte Verletzung.

Zum Glück!

Sie versuchte, sich zu entspannen, um den Schmerz zu vertreiben.

Augen geschlossen halten. Einatmen, ausatmen. An nichts denken.

Manchmal half das. Aber hier war es so stickig, dass der Schmerz mit jedem Luftholen schlimmer wurde.

Ich brauche eine Tablette.

Erst jetzt schlug sie die Augen auf, um nach ihrer Handtasche zu suchen, aber um sie herum war nur Dunkelheit, tiefschwarz und ohne jeglichen Bezugspunkt. Hätte Emilia nicht die gepolsterte Unterlage unter ihrem Körper gespürt, hätte sie auch in einem sternenlosen Universum schweben können.

Wo bin ich?
Erste Erinnerungen sickerten in ihr Bewusstsein. Die Ermittlungen in Beckys Internat. Svenja Silchers Befragung. Dantes Kontaktaufnahme.

Und plötzlich war alles wieder da: Beckys Entführung ... das perverse Spiel, zu dem Dante sie zwang ... Emilias nächtliche Fahrt zum Teufelstisch ... die angebrochene Flasche Mineralwasser ...

Was um alles in der Welt ist da drin gewesen?
Aber noch viel wichtiger war die Frage, wie es Becky ging. Dante hatte Emilia mit dem Versprechen gelockt, dass sie ihre Tochter wiedersehen dürfe, wenn sie sich an seine Regeln hielt – und das hatte sie getan. Im Moment schien es jedoch so, als habe er gelogen.

Verdammter Mistkerl!
Ungeachtet der Dunkelheit richtete sie sich auf – und schlug sich die Stirn an. Eine Sekunde lang tanzten schillernde Irrlichter vor ihren Augen. Als die Finsternis wieder siegte, hob Emilia die Hände, um zu erkunden, was ihr so schmerzhaft den Weg verstellt hatte.

Eine Holzplatte.
Mit den Fingerspitzen fuhr sie über die glattgehobelte Oberfläche, um die Abmessungen zu erkunden. Die Platte war etwa einen halben Meter breit und erstreckte sich von ihrem Kopf, über die Brust bis zur Körpermitte – weiter reichten ihre Arme nicht. Von dort wanderten ihre Finger nach außen, bis das Holz nach einer Kante schräg nach unten führte, aber ebenfalls nur ein paar Handbreit. Dann die nächste Kante. Und wieder Holz, links und rechts von ihr. Neben ihrem Kopf und ihren Armen. Diesmal nur wenige Zentimeter, senkrecht abfallend. Daran schloss sich die Bepolsterung an, die eine Art Schale bildete und ihren kom-

pletten Körper umsäumte – samtweich, aber dennoch unbequem.

Die Erkenntnis brach über Emilia herein wie eine kalte Woge.

Ich liege in einem Sarg!

47

Avram zuckte zusammen. Im ersten Moment dachte er, er sei noch immer in Bolivien. Die Angst fühlte sich jedenfalls echt an, sein Hals war wie zugeschnürt. Das Bild des Hundes, der Elena Suarez bei lebendigem Leib zerfleischte, wütete in seinem Kopf. Selbst als er die Augen aufriss, verschwand es nicht, denn um ihn herum herrschte Finsternis.

Wo bin ich?

Er lag auf einer harten Unterlage. Als er mit der Hand darüber fuhr, fühlte sie sich kalt und glatt an.

Beton oder Estrich. Man hat mich irgendwo auf den Boden gelegt.

Da man die Hand nicht vor Augen sehen konnte, überprüfte er seine Taschen nach einer potentiellen Lichtquelle. Fehlanzeige! Man hatte ihm sowohl das Handy als auch das Feuerzeug abgenommen.

Meine Pistole fehlt auch! Scheiße!

Nur die halbe Rasierklinge befand sich noch an ihrem Platz, aber die würde ihm im Moment nicht viel helfen.

Allmählich kehrten die Erinnerungen zurück. Der Abend im Luxor. Ellbrink und die Frau in Rot, die sich letztlich als Rasmussens Mitarbeiterin entpuppt hatte. Akinas Entführung.

Die K.-o.-Tropfen.

Avram fuhr sich mit einer Hand übers Gesicht. Sein Schädel fühlte sich an wie ein Fremdkörper.

Was hat das Arschloch mit mir gemacht?

Er hob einen Arm, um etwaige Hindernisse über sich zu erkennen, aber da war nichts als gähnende, schwarze Leere. Vorsichtig richtete er den Oberkörper auf.

Mit den Fingerspitzen betastete er den Boden. Innerhalb seiner Reichweite gab es weder Unebenheiten noch sonstige Stolperfallen. Dennoch beschloss Avram, zunächst auf allen vieren zu kriechen, bis er sich ein Bild von seiner Umgebung gemacht hatte. Nicht, dass er eine Treppe hinabstürzte oder noch schlimmer, in einen Schacht. Im Moment war er so gut wie blind. Auf Händen und Knien setzte er sich in Bewegung.

Es ging nur zentimeterweise voran. Noch hatte er keine konkrete Vorstellung, wie der Raum um ihn herum aussah, aber eine innere Stimme riet ihm zur Vorsicht.

Angesichts der brütenden Hitze, die am Tag geherrscht hatte, war es hier drinnen verhältnismäßig kühl. Entweder wurde der Raum klimatisiert, oder er lag unter der Erde. Wahrscheinlich Letzteres.

Bisher war der Boden durchgehend eben, aber leicht porös, wenn man mit den Fingerspitzen darüberstrich – eine unbehandelte Oberfläche, nicht sauber, sondern voller Staub. Daher vermutete Avram, dass es sich um eine Art Keller handelte, vielleicht auch um einen unterirdischen Lagerraum oder um einen Bunker.

Jedenfalls etwas in der Art.

Ein kurzes Stück weiter stieß er auf etwas, das ihm den Weg versperrte – ein klobiges Gebilde, geformt wie ein großer Baustein, etwa einen Meter lang, einen halben Meter breit und ebenso hoch. Das Material war glatt und nicht so kühl wie der Boden. Als Avram gegen das Hindernis drückte, bog sich die Wand ein wenig nach innen durch.

Ein Umzugskarton.

Daneben standen ein zweiter und ein dritter, und darüber

stapelten sich noch weitere Kartons wie eine Wand. Sie waren nicht sauber aufeinandergeschichtet, sondern schienen eher nachlässig aufgetürmt worden zu sein. Überall konnte Avram Zwischenräume und hervorstehende Ecken ertasten. Allerdings schien es ihm nicht ratsam, die Kartons zu bewegen, sonst würde das ganze Gebilde womöglich in sich zusammenstürzen.

Er kroch weiter, Stück für Stück, bis er schließlich den Rand der Kartonmauer erreichte. Plötzlich zuckte er zurück, denn ein heftiger Schmerz schoss ihm durch die linke Hand. Als er mit der Rechten danach tastete, stellte er fest, dass die Stelle nass war.

Ich blute.

Vorsichtig untersuchte er mit den Fingerspitzen den verletzten Handteller. Etwas steckte darin, hart und glatt, mit scharfen Kanten.

Eine Glasscherbe!

Avram biss die Zähne zusammen, zog die Scherbe heraus und schleuderte sie zornig beiseite. Er hörte, wie sie irgendwo hinter ihm aufschlug und noch ein gutes Stück auf dem Boden entlangkratzte, bevor sie gegen einen Widerstand stieß und endlich liegen blieb.

Der Raum ist größer, als ich dachte.

In seiner Hosentasche fand er ein unbenutztes Taschentuch, mit dem er die Wunde notdürftig abdeckte. Sie pulsierte beim Weiterkriechen, und er versuchte, sie so wenig wie möglich zu belasten, aber er glaubte nicht, dass der Schnitt sonderlich tief war. Sobald er eine Lichtquelle fand, würde er mehr wissen.

Wie aufs Stichwort erschien in seinem Sichtfeld jetzt ein schmaler, heller Streifen direkt über dem Boden.

Ein Spalt unter einer Tür.

Da Avram dennoch so gut wie nichts erkennen konnte, fiel es ihm schwer, die Entfernung abzuschätzen. Vielleicht acht oder zehn Meter.

Wo eine Tür ist, ist normalerweise auch ein Lichtschalter, dachte er.

Endlich ein Hoffnungsschimmer.

48

Die Angst war übermächtig, Emilia zitterte am ganzen Leib. Immer wieder tastete sie ihr hölzernes Gefängnis ab, auf der verzweifelten Suche nach einem Ausweg.

Das kann nicht sein! Es muss sich um einen Albtraum handeln!

Sie klopfte an den Deckel über sich und an die beiden Seitenwände neben ihren Armen. Es klang ziemlich massiv. Nirgends fand sie eine Schwachstelle.

Vielleicht gibt es am Fußende ein Schlupfloch?

Da der verfluchte Kasten zu eng war, um sich darin um die Körperquerachse drehen zu können, rutschte Emilia nach unten, um mit den Füßen gegen das Holz und die Polsterung zu treten. Aber mehr als ein dumpfes Pochen brachte sie nicht zustande. Die Holzwände bewegten sich keinen Millimeter.

Was jetzt?

Sie versuchte, der Panik zu trotzen.

Denk nach, verdammt nochmal! Welche Optionen stehen dir zur Verfügung?

Möglicherweise ließ der Deckel sich aufwuchten! Zumindest war es einen Versuch wert.

Sie legte ihre Handflächen auf den Deckel über sich und stemmte sich dagegen. Gleichzeitig winkelte sie die Beine an, um mit ihren Knien von unten gegen das Holz zu drücken.

Vergeblich.

Noch einmal! Mit aller Kraft!

Schweiß trat Emilia auf die Stirn. Die Anstrengung ließ sie laut keuchen. Aber wieder gab das Holz nicht nach.

Was, wenn ich mich umdrehe? Möglich, dass es dann besser klappt.

Sie wälzte sich auf den Bauch, kam auf ihre Ellenbogen und machte gleichzeitig einen Buckel, um mit dem Rücken gegen den Holzdeckel zu drücken – so lange, bis ihre Arme nachgaben und sie mit einem würgenden Laut zusammenbrach.

Ein paar Sekunden lang blieb sie reglos liegen. Dann schoss ihr plötzlich eine Idee durch den Kopf.

Mein Handy!

Sie entsann sich dumpf, dass sie es in den Bund ihres Strumpfs geschoben hatte, als sie vom Auto aus in Richtung Teufelstisch losgelaufen war. Mit etwas Glück hatte Dante das Gerät übersehen. Dann konnte sie Hilfe rufen, sofern sie hier drinnen Empfang hatte!

Aber weder ihr Handy noch ihre Pistole befanden sich bei ihr.

Den Tränen nahe, überlegte sie, was sie noch tun konnte.

Du musst dich konzentrieren!

Aber das sagte sich so einfach. Nicht nur die zunehmende Panik stand ihr im Weg, auch die Luft wurde allmählich so dünn, dass es ihr schwerfiel, einen klaren Gedanken zu fassen.

Ich werde hier drinnen ersticken!

»Hilfe!« Sie wusste nicht, ob es sinnvoll war zu schreien. Wenn sie bereits metertief unter der Erde lag, würde wohl niemand sie hören.

Ich muss es wenigstens probieren!

»Hilfe!«

Gleichzeitig hämmerte sie mit den geballten Fäusten gegen das Holz, so heftig, dass ihr schon nach kurzer Zeit die Knöchel weh taten.

»Hiiiiilfe!«

Sie brüllte, so laut sie konnte. Aber niemand reagierte.

49

Die pochenden Schmerzen in der verwundeten Hand ignorierend, kroch Avram auf den Türspalt zu. Viel Licht fiel nicht durch den Schlitz über dem Boden, aber immerhin genug, um endlich rudimentäre Schemen erkennen zu können: weitere Kartons, Schränke an der Wand, ein Tisch, ein umgekippter Stuhl ...

Details waren freilich nicht zu identifizieren – beispielsweise weitere Glasscherben auf dem Boden –, weshalb Avram nur langsam vorankam. Er wollte nicht aus einer unnötigen Eile heraus weitere Verletzungen riskieren.

Gut möglich, dass Rasmussen die Scherben absichtlich verteilt hat. Dem ist alles zuzutrauen. Wer weiß, was er sich noch für mich ausgedacht hat?

Avram kroch weiter. Einmal hielt er kurz inne, weil er glaubte, ein Geräusch zu hören. Als er in die Dunkelheit lauschte, war aber alles wieder still.

Vielleicht eine Maus oder ein Insekt. Vielleicht auch nur Einbildung.

Er wartete noch einen Moment, hörte aber nichts mehr. Also setzte er seinen Weg auf allen vieren fort. Weitere Gefahrenstellen gab es nicht, nur mehrere Ansammlungen von Unrat auf dem Boden. Soweit er es erkennen konnte, nichts, woran man sich verletzten konnte – aber es waren zum Beispiel Flaschen und ein paar Getränkedosen dabei. Wenn er dort durchkroch, würde er Krach verursachen.

Genau das wollte er jedoch nicht. Falls Rasmussen und

seine Helfer sich in der Nähe befanden, sollten sie ihn nach wie vor für ohnmächtig halten. Das schien Avram sicherer. Möglicherweise würde ihm auf diese Weise sogar ein Überraschungsangriff gelingen.

Endlich erreichte er die Tür. Was sich wohl auf der anderen Seite befand? Avram legte sich flach auf den Bauch und presste den Kopf auf den Boden, um durch den Schlitz unter der Tür hindurchzuspähen, aber er konnte nichts erkennen.

Dann muss ich es eben drauf ankommen lassen.

Er kam auf die Beine, stand auf und tastete in der Dunkelheit nach der Türklinke. Langsam drückte er sie nach unten. Als er daran zog, bewegte sie sich nicht.

Abgeschlossen! Natürlich!

Aber er hatte nicht vor, hier drin zu warten, bis Rasmussen sich auf ihn besann. Er würde einen Weg aus diesem Raum finden. Und dann würde er seinem alten Feind die Überheblichkeit aus dem Gesicht prügeln, so lange, bis er ihm Akinas Versteck verriet.

Die Tür bestand aus Metall und fühlte sich kalt an. Links daneben ertastete Avram einen Lichtschalter.

Welches Gefängnis Rasmussen sich wohl für ihn ausgesucht hatte?

50

Emilia kam eine Idee. Die Armbanduhr an ihrem Handgelenk besaß einen kleinen Knopf für die Beleuchtung. Als sie ihn drückte, zeigte das Ziffernblatt 02.34 Uhr. Aber die Uhrzeit interessierte sie gar nicht. Ihr kam es allein darauf an, dass sie endlich etwas sehen konnte. Nur düster zwar, wie in einer Mondnacht – aber immerhin.

Leider bestätigte sich nur, was ihr längst klar gewesen war: Sie lag in einem Sarg! Bis zuletzt hatte sie versucht, sich einen Funken Hoffnung zu bewahren – vergeblich.

Erst jetzt wurde sie sich der klaustrophobischen Enge dieses gottverdammten Kastens bewusst. Ein unsichtbares Bleigewicht schien ihr plötzlich auf den Brustkorb zu drücken. Sie bekam kaum noch Sauerstoff, jeder Atemzug wurde zur Anstrengung.

Einen Moment lang übermannte sie die Verzweiflung. Sie legte sich zur Seite, vergrub das Gesicht in die Hände und ließ ihren Tränen freien Lauf. Die Vorstellung, einsam und allein hier drinnen zu sterben, tief unter der Erde, war mehr, als sie ertragen konnte.

Lebendig begraben!

Der Gedanke rollte durch ihren Kopf wie ein Echo. Er trieb sie schier in den Wahnsinn, zumindest fühlte es sich so an.

Lebendig begraben ...
Lebendig begraben ...

Noch dazu die bange Ungewissheit, ob Dante Becky womöglich dasselbe angetan hatte. Oder gar noch Schlimmeres.

Dieses sadistische Schwein!

Sie wusste natürlich, dass weder Tränen noch Flüche ihr weiterhelfen würden, aber im Moment konnte sie beides nicht unterdrücken. Die schiere Wut verlieh ihr sogar neue Kraft. Noch einmal stemmte sie ihre Arme und Knie gegen den Holzdeckel, als das nicht half, polterte sie so lange dagegen, bis ihre Fingerknöchel wund waren.

Warum habe ich von allen Berufen dieser Welt ausgerechnet Polizistin werden müssen?

Es war keine Frage, es war ein Selbstvorwurf. Hätte sie Betriebswirtschaft studiert oder wäre sie ins Hotelgewerbe gegangen – beides hatte sie sich seinerzeit überlegt –, wäre sie jetzt nicht in dieser ausweglosen Situation. Und Becky würde sich bester Gesundheit erfreuen.

Aber ich habe meinem Vater ja unbedingt beweisen müssen, dass ich es zur Kripo schaffe!

Hätte sie all das vorausgesehen, hätte sie sich anders entschieden. Aber für Reue war es nun zu spät. Sie hatte ihre Wahl getroffen, jetzt musste sie mit den Konsequenzen leben.

51

Der Raum war groß, mindestens zwanzig auf zwanzig Meter. Entlang der schmucklosen, weißgestrichenen Wände reihten sich diverse Schränke und Regale, allesamt ziemlich ramponiert. Auch die Möbel, die an verschiedenen Stellen herumstanden – ein paar Tische, Stühle, Drehsessel und Rollkonsolen –, sowie die Computerbildschirme in einer der hinteren Ecken hatten schon bessere Zeiten gesehen. Offenbar handelte es sich um ausrangierte Büroausstattungen. Hier und da stapelten sich Umzugs- und andere Verpackungskartons zu mauerartigen Gebilden und kleinen Inseln. Ein paar Europaletten bildeten an der hinteren Wand einen mannshohen Turm.

Alles in allem wirkte der Raum recht verwahrlost. Nicht nur alt und heruntergekommen, sondern auch schmutzig. Überall lag Staub und Abfall herum – zerknülltes Papier, Folienreste, Kronkorken, Flaschen, rostige Nägel, Glasscherben und vieles mehr.

Was für ein verdammtes Dreckloch!

Offenbar handelte es sich um einen alten Lagerkeller. Fenster gab es keine. Überhaupt schien die einzige Verbindung zur Außenwelt die Tür zu sein, vor der Avram im Moment stand. Ihn beschlich das Gefühl, in einer Falle zu sitzen. Aber noch war es zu früh, um das wirklich beurteilen zu können.

Er versuchte, sich auf seinen Fluchtweg zu konzentrieren. Irgendwie musste er durch diese Tür kommen. Sie war abgeschlossen. Also benötigte er entweder einen Schlüssel oder etwas, mit dem er das Schloss knacken beziehungsweise die Tür aus den Angeln heben konnte.

Angesichts der vielen Schränke und Kartons, die ihn umgaben, war er zuversichtlich, etwas Geeignetes zu finden. Unverzüglich machte er sich ans Werk.

Er begann mit den Schränken. Die meisten waren nicht abgeschlossen, so dass er sich rasch einen Überblick verschaffen konnte. Ein paar von ihnen enthielten alte Farbeimer, Lösungsmitteldosen und sonstigen Malereibedarf. In anderen fand Avram Werkzeuge, Schläuche oder Ersatzteile für irgendwelche Maschinen. Auf den Regalen lagen verschiedene Blechstanzteile und verstaubte Schalen mit Schrauben, Dübeln, Unterlegscheiben und anderem Kleinmaterial. Das Werkzeug half ihm nicht weiter, und die Bleche waren zu labil, um sie als Hebel zu verwenden. Ein Stemmeisen oder gar einen Türschlüssel fand Avram nicht.

Somit blieben nur noch die Kartons, aber auch die enthielten vor allem unnützen Kram – Wolldecken, Plastikplanen, Zahnräder, alte Rohrteile, Muffen und jede Menge Gummidichtungen. Allmählich verlor Avram die Geduld.

Um schneller ans Ziel zu gelangen, klopfte er schließlich nur noch von außen gegen die Kartons. An manchen rüttelte er auch. Auf diese Weise versuchte er festzustellen, ob sich etwas Geeignetes darin befand. Die meisten Kartons schieden sofort aus.

Einer, der einzeln im Raum stand, erregte schließlich seine Aufmerksamkeit, weil sich – im Gegensatz zu allen anderen – kaum Staub darauf befand. Als Avram mit dem Fuß dagegenstieß, wusste er sofort, dass sich etwas Massives darin befand. Hoffentlich etwas, mit dem er sich endlich aus diesem Gefängnis befreien konnte.

Mit schnellen Griffen öffnete er die Deckelklappen.
Schon wieder eine Wolldecke!

Aber als er sie seufzend zur Seite schob, um darunter zu schauen, zuckte er erschreckt zurück. Er sah eine Fülle brünetter Haare und zwei unnatürlich verdrehte Arme, die sich über einem Stück rotem Stoff kreuzten.

In dem Karton befand sich ein toter menschlicher Körper.

52

Etwas war an ihren Füßen, eingebettet in die Bepolsterung.

Etwas, das sie vorher noch nicht bemerkt hatte.

Im ersten Moment dachte sie an einen Tierkörper – möglicherweise eine Ratte oder eine Maus –, aber als sie mit dem Schuh daran stieß, kam keine Reaktion.

Vielleicht ein Kadaver.

Die Größe stimmte ungefähr, aber die Form passte nicht.

Mit ihrer Armbanduhr machte sie Licht. Gleichzeitig hob sie den Kopf, um ans Fußende des Sargs sehen zu können. Die Helligkeit reichte nicht für Details aus, aber Emilia erkannte einen schwarzen Umriss neben ihrem rechten Schuh.

Eine Zigarettenschachtel? Eine kleine Schatulle?

Bitte lass kein weiteres Amputat darin sein!

Panik stieg wieder in ihr auf. Sie durfte jetzt nicht die Nerven verlieren.

Trotz ihrer dunklen Vorahnung wollte Emilia wissen, was das für ein Gegenstand war. Mit dem Schuh schob sie ihn aus dem Polstersaum, bis er auf den Sargboden fiel. Als sie ihn mit der Sohlenspitze antippte, gab er ein leises Klackern von sich. Im fahlen Licht der Uhrenbeleuchtung schubste sie den Gegenstand an. Tatsächlich rutschte er ein paar Zentimeter nach oben, aber das war noch lange nicht genug, um ihn mit den Fingern greifen zu können.

Beim nächsten Versuch stellte sie fest, dass am Fußende noch etwas anderes im Polster steckte.

Eine Pistole!
Adrenalin flutete durch ihren Körper. Sie konnte sich zwar nicht vorstellen, dass Dante die Pistole versehentlich im Sarg zurückgelassen hatte, dennoch gab ihr der Anblick einen Funken Zuversicht zurück. Selbst wenn das Magazin leer war, konnte sie wenigstens mit dem Knauf gegen das Holz hämmern. Die Klopfzeichen wären allemal besser zu hören als ihre Versuche mit den Handknöcheln.

Eifrig begann sie, mit den Schuhspitzen die Waffe aus dem Polstersaum zu lösen und sie – zusammen mit dem anderen Gegenstand – Stück für Stück weiter zur Körpermitte zu befördern. Dabei drückte sie immer wieder den Beleuchtungsknopf ihrer Armbanduhr, um etwas sehen zu können. Tatsächlich dauerte es nicht lange, bis ihre Finger die Gegenstände zu fassen bekamen.

Meine Dienstwaffe und mein Handy!
Doch Emilia blieb skeptisch. Dante war raffiniert. Er hatte ihr die Sachen höchstwahrscheinlich aus gutem Grund zurückgelassen. Welche Absicht verfolgte er damit?

Zuerst widmete sie sich dem Handy, weil es ihr vielversprechender erschien. Als sie das Gerät einschaltete, erwachte das Display zum Leben. Es verströmte so viel Helligkeit, dass sie von da an auf die Uhrenbeleuchtung verzichten konnte.

Der Startbildschirm forderte sie auf, ihren Aktivierungscode einzugeben. Sie tat es und stellte erleichtert fest, dass der Akku noch zu fünfundsiebzig Prozent voll war. Das würde eine Weile reichen!

Leider leuchtete jedoch die Balkenanzeige für den Empfang nicht. Sie biss sich nervös auf die Lippe.

Das muss nichts bedeuten. Manchmal dauert es eine Weile, bis die Verbindung zustande kommt.

Aber als sie nacheinander versuchte, die Telefon-, SMS- und E-Mail-Funktion zu aktivieren, reagierte das Gerät nicht darauf. Es war wie tot.

Auch keine andere App ließ sich starten, nicht einmal der verdammte Taschenrechner, obwohl der ganz bestimmt keinen Online-Zugang benötigte. Was um alles in der Welt hatte das zu bedeuten?

Während sie fieberhaft überlegte, wie sie das Handy doch noch zum Laufen bringen konnte, stach ihr ein Icon auf dem Display ins Auge, das ihr neu war: ein stilisierter Totenschädel, etwa wie auf einer Piratenflagge. Darunter stand: Becky.

Mit zitternden Fingern tippte Emilia das Bild an.

53

In einer Hand der Leiche steckte ein Zettel, der Avram im ersten Moment gar nicht aufgefallen war – ein sauber gefaltetes, weißes DIN-A4-Blatt. Von außen konnte man sehen, dass etwas mit Filzstift darauf stand, weil die Farbe an manchen Stellen durchs Papier drückte. Avram war sicher, dass es sich um eine Botschaft von Rasmussen handelte.

Vorsichtig zog er den Zettel aus den gekrümmten Fingern der Leiche und las:

DASSELBE HÄTTE ICH MIT DIR MACHEN KÖNNEN, ARSCHLOCH!

Vom Magen aus strömte eine unangenehme Hitze durch Avrams Körper. Rasmussen hatte natürlich recht. Er hätte ihm alles Mögliche antun können, während er betäubt gewesen war. Warum hatte er ihn verschont?

Darauf konnte es nur eine Antwort geben: Weil er wollte, dass Avram bei vollem Bewusstsein starb.

Du willst mich leiden sehen. Willst, dass ich schreie, so wie damals in Bolivien. Du willst, dass ich dich anflehe. Aber diesen Gefallen werde ich dir nicht tun.

Die Leiche lag wie zusammengeklappt in dem Karton – kniend, den Oberkörper nach vorne gebeugt, den Kopf auf der Brust, die Arme aus Platzgründen hinter den Rücken gezwängt – so, wie sie aussahen, war wenigstens einer davon gebrochen.

Akina?

Avram drängte diese schreckliche Vorstellung sofort wieder beiseite, aber er brauchte Gewissheit. Deshalb packte er den leblosen Körper an den Hüften, zog ihn aus dem Karton und legte ihn flach auf den Boden.

Eine Welle der Erleichterung durchflutete ihn, als er feststellte, dass es sich nicht um seine Nichte handelte, sondern um die Frau in Rot. Sie trug immer noch dasselbe Kleid und dasselbe Perlenarmband ums Handgelenk.

Typisch für dich, Rasmussen! Lässt deine eigenen Leute über die Klinge springen. Genau wie bei mir in Bolivien. Der Unterschied ist nur, dass ich damals überlebt habe. Und das werde ich auch diesmal!

Sein Blick schweifte wieder über die Leiche. Sie hätte beinahe harmlos aussehen können – eine Schönheit im Dornröschenschlaf. Nur eines passte nicht zu diesem Bild: Dort, wo früher die Augen gewesen waren, befanden sich jetzt nur noch zwei dunkle, blutige Höhlen.

54

Emilia weinte, obwohl sie versuchte, stark zu sein. Aber die Tränen ließen sich nicht unterdrücken.

Das Handy in ihrer Hand zitterte. Leise wimmernd betrachtete sie das Video auf dem Display. Der Film war stumm – obwohl sie die Lautstärke voll aufgedreht hatte, gab es keinen Ton, nur Bilder. Aber die waren schrecklich genug.

Dabei war bisher kaum etwas passiert. Es gab nur eine einzige Einstellung: Becky in einem dunklen Verlies, wie in einem mittelalterlichen Gefängnis. Sie saß auf dem Boden, mit dem Rücken zur Wand, die Arme um die angezogenen Knie geschlungen. Ihr Kopf war verbunden, ihre linke Hand auch. Dunkle Flecke verunstalteten beide Verbände.

Emilia versuchte sich einzureden, dass es sich dabei nicht um Blut handelte, sondern um irgendwelchen Schmutz.

Becky trug Bluejeans, einen leichten, roten Pullover und dazu weiße Turnschuhe – vermutlich die Kleidung, die sie bei ihrer Entführung angehabt hatte. Ihre Augen blickten starr ins Leere, teilnahmslos, beinahe apathisch. Sie sah aus, als habe sie sich bereits aufgegeben.

Mein armes, kleines Mädchen!

Emilia hätte alles dafür getan, um Becky zu erlösen. Im Moment konnte sie jedoch nichts für sie tun.

»Ich liebe dich!«, wisperte sie.

Plötzlich hob Becky den Kopf und sah in die Kamera. Ein Hoffnungsfunke flackerte in Emilia auf. Hatte ihre Tochter sie gehört?

»Becky? Schätzchen? Ich bin es!«

Aber statt Freude oder Erleichterung zeigte ihr Gesicht nur Angst. Sie löste ihre Arme von den Beinen, um tiefer in ihr Verlies hineinzurutschen. Gleichzeitig setzte sich die Kamera in Bewegung und verkürzte den Abstand wieder.

Eine Hand schob sich mit zuckenden Fingern ins Bild wie in einem alten Horrorfilm. Becky, die inzwischen an der hinteren Mauer ihres Gefängnisses angelangt war, presste sich in die düsterste Ecke, aber natürlich gab die massive Steinwand nicht nach.

Sie schloss die Augen.

Die Hand packte zu, bekam den Stoff an ihrer Schulter zu fassen und zerrte sie mit roher Gewalt auf die Beine.

Beckys Mund öffnete sich zu einem lautlosen Schrei. Reflexartig hob sie die Hände, aber ihre Gegenwehr wurde mit einem brutalen Schlag ins Gesicht bestraft. Ihr Kopf flog zur Seite, die Spannung wich aus ihrem Körper. Entweder war sie bewusstlos oder zumindest so benommen, dass sie sich nicht mehr verteidigen konnte. Schlaff sank sie zu Boden und regte sich nicht mehr.

Sekundenlang wackelte das Bild nun so stark, dass Emilia nichts erkennen konnte. Als die Einstellung sich wieder stabilisierte, sah sie, wie eine Faust sich um Beckys Fußknöchel schloss und sie hinter sich herschleifte.

Wie eine willenlose Puppe.

55

Avram hatte die Frauenleiche gründlich durchsucht, aber weder eine Waffe noch sonst etwas Brauchbares gefunden. Nicht einmal ein Nageletui trug sie bei sich. Eine spitze Feile hätte ihm zwar bei der Tür nicht weitergeholfen, weil sie ein modernes Schloss besaß, aber sie wäre allemal geeignet gewesen, um sie Rasmussen bei nächster Gelegenheit in den Hals zu rammen.

Gib mir die Gelegenheit, und du bist ein toter Mann!

Vorausgesetzt natürlich, dass Akina außer Gefahr war. Um sie zu finden und zu befreien, musste Avram unbedingt aus diesem Raum hinaus – je schneller, je besser. Deshalb setzte er seine Suche fort, ohne sich eine Pause zu gönnen.

In einem der nächsten Kartons fand er einen wahren Schatz: eine Schlagbohrmaschine samt Zubehör. Sogar ein Verlängerungskabel lag dabei.

Avrams Nackenhaare stellten sich auf. Glück im Unglück! Allerdings war ihm klar, dass durch den Lärm der Bohrmaschine Rasmussen auf ihn aufmerksam würde, wenn er sich noch in der Nähe befand. Deshalb wollte Avram es zunächst nur mit dem Bohrmeißel versuchen. Damit würde der Krach sich in Grenzen halten.

Und falls auf der anderen Seite der Tür jemand auf mich lauert, kann ich den Meißel gleich als Schlagstock verwenden.

Tatsächlich gelang es Avram schon nach wenigen Versuchen, die Tür aufzubrechen. Knirschend und knackend gab sie nach, abgesplitterter Beton rieselte von der Wand.

Leise quietschend schwang sie nach außen auf und gab den Blick auf einen etwa anderthalb Meter breiten Gang frei.

Niemand war zu sehen, dennoch traute Avram dem Frieden nicht. Mit erhobenem Meißel steckte er den Kopf zur Tür hinaus, um nach beiden Seiten den Gang auszuloten.

Nichts – weder in der einen noch in der anderen Richtung. Aber natürlich konnte schon hinter der nächsten Ecke jemand auf ihn lauern.

Er lauschte einen Moment.

Alles blieb ruhig.

Vielleicht war sein Ausbruchversuch wirklich unbemerkt geblieben. Also beschloss er, einen Weg nach draußen zu suchen.

Auf leisen Sohlen schlich er den Gang entlang. Um nicht von hinten überrascht zu werden, warf er immer wieder einen Blick über die Schulter. Aber niemand folgte ihm.

Er erreichte einen Seitentrakt, der vom Hauptgang T-förmig abzweigte. Leer. Aber da war eine Blutspur auf dem Boden, die ein paar Meter von ihm entfernt begann.

Den Meißel fest in der Faust, bog er in den Seitentrakt ab.

Es war viel Blut – Spritzer, Tropfen, teils kleine Lachen, manche unberührt, manche verwischt. Auch die Wände hatten an einigen Stellen etwas abbekommen.

Anhand der Spuren konnte Avram einigermaßen rekonstruieren, was geschehen war. Jemand war schwerverletzt hier entlang gelaufen. Er hatte es eilig gehabt und sich noch aufrecht halten können. Dabei war er immer wieder gegen die Wände geprallt, oder er hatte sich dort abstützen müssen, während er durch den Flur gewankt war. Die schlierigen Stellen auf dem Boden deuteten darauf hin, dass er ein Bein hinter sich hergezogen hatte.

Ja, auf diese Weise muss es sich abgespielt haben.

Wer war der Verletzte? Rasmussens zweiter Komplize? Möglicherweise. Vielleicht wollte er auf diese Weise alle Mitwisser beseitigen.

Die Frage war nur: Warum?

Nach der nächsten Ecke endete die Spur abrupt vor einer Tür aus dunkelgrauem Metall, so wie die, die er vorher aufgebrochen hatte. Dort befand sich auf dem Boden eine große, dunkelrote Pfütze, die sich aus dem Schlitz unter der Tür zu speisen schien.

Aber es war nicht das viele Blut, das ihm einen kalten Schauder über den Rücken trieb, sondern die Tatsache, dass an der Tür eine Fotografie hing, schwarzweiß, mit Klebeband befestigt. Sie zeigte das Gesicht Akinas.

Avram fröstelte.

56

Becky wurde durch einen schmalen Gang gezogen. Die Arme schleiften schlaff über den Steinboden, bei jeder Unebenheit wackelte ihr bandagierter Kopf hin und her. Sie hatte die Augen geschlossen – Emilia wusste nicht, ob sie nur ohnmächtig oder womöglich schon tot war.

Bitte lass sie noch am Leben sein!

Die Hand, die Beckys Fußknöchel umklammerte, war kräftig und schwielig. Sie gehörte offenbar jemandem, der harte körperliche Arbeit gewöhnt war, möglicherweise einem Bauern oder einem Bauarbeiter. Jedenfalls einem Mann. Es bereitete ihm keine Mühe, den Mädchenkörper über den Boden zu ziehen.

Dante!

Wie mochte er wohl aussehen? Emilia hätte viel dafür gegeben, sein Gesicht sehen zu dürfen. Wer war dieser Kerl, der so grausame Morde beging und nun auch noch ihre Tochter entführt hatte?

Wahrscheinlich werde ich das nie erfahren, weil er mich hier drinnen verrecken lässt!

Becky wurde um eine Ecke in ein anderes Verlies geschleift, das dem ersten ziemlich ähnlich sah, nur dass an den Wänden ein paar altertümliche Handschellen baumelten, in die das Monster nun Beckys Arme zwängte.

Dann wurde der Bildschirm schwarz, und ein weißer Schriftzug scrollte herein. Darauf stand in geschwungener Schrift, beinahe wie mit einem Federkiel geschrieben:

> Das böse Tier führt seine Opfer
> ohne Reu' auf falsche Pfade,
> um sie zu verschlingen.
> Allein ein Weg führt aus dem ew'gen Dunkel
> hinauf ins Licht,
> wo Mutter und Tochter wieder sind vereint.

Der Vers stammte nicht aus der Göttlichen Komödie. Dante hatte ihn wieder frei erfunden, so wie beim letzten Mal. Er wollte Emilia auf diese Weise etwas zu verstehen geben.

> Allein ein Weg führt aus dem ew'gen Dunkel ...

Sie wartete, bis die Schrift auf dem Display verschwand und wieder die normale Benutzeroberfläche erschien. Was wollte Dante ihr mit seinen Versen sagen? Sosehr sie sich das Gehirn zermarterte – sie kam nicht darauf. Vielleicht lag es am zunehmenden Sauerstoffmangel, vielleicht war sie schlicht zu dumm für seine Rätsel.

Oder er hält mich zum Narren, und es gibt gar keinen Ausweg. Er hat mich schon einmal belogen. Er hat versprochen, dass ich Becky wiedersehen werde, wenn ich seine Anweisungen befolge. Jetzt liege ich in einem Sarg, und Becky steckt gefesselt in einem Kerker!

Es war zum Verzweifeln!

Emilia fragte sich, wie lange es wohl dauern würde, bis sie hier drinnen erstickte. Ein paar Stunden, oder nur noch wenige Minuten? Jeder Atemzug strengte sie inzwischen an. Fest stand jedenfalls, dass die Zeit gegen sie spielte. Und gegen Becky, denn wenn sie es nicht schaffte, sich aus dem Sarg zu befreien, würden sie beide sterben.

Sie überlegte, ob sie den Film noch einmal starten sollte. Vielleicht fand sie beim zweiten Mal einen Hinweis auf

Dantes Identität oder wenigstens auf Beckys Aufenthaltsort. Aber was würde ihr das nützen, solange sie hier drinnen gefangen war? Außerdem würde es ihre Kraft übersteigen, noch einmal mitansehen zu müssen, wie ihre Tochter litt.

Mutlos ließ sie das Handy sinken. Dabei stieß sie mit dem Handrücken gegen die Pistole – die hatte sie wegen des Videos ganz vergessen.

Emilia griff nach ihr und betrachtete sie im fahlen Schein der Handybeleuchtung. Das gewohnte Gewicht in der Hand verschaffte ihr ein wenig Beruhigung.

Ob die Waffe geladen ist? Dann könnte ich ein paar Schüsse abfeuern. Das wird man auch an der Erdoberfläche hören – vorausgesetzt, Dante hat mich nicht irgendwo mitten im Wald vergraben.

Mit zitternden Fingern öffnete sie das Magazin, um ihren Munitionsvorrat zu überprüfen. Bevor sie nach Simmerath gekommen war, hatte sie die Waffe vollständig geladen.

Jetzt befand sich nur noch eine einzige Patrone darin.

Sie seufzte.

War das der erwähnte Weg aus dem *ew'gen Dunkel*? Eine einzige, schwache Chance, auf sich aufmerksam zu machen? Emilia spürte, wie sich in ihrem Hals ein Kloß bildete. Sie versuchte, ihn wegzuschlucken, aber es wollte ihr nicht gelingen. Was, wenn sie die Kugel ausgerechnet zu einem Zeitpunkt verschoss, an dem niemand den Knall hörte? Ihre Armbanduhr und das Handy hatten angezeigt, dass es im Moment mitten in der Nacht war. Wie groß mochte da die Wahrscheinlichkeit sein, dass jemand auf sie aufmerksam würde?

Aber wenn ich bis zum Morgen warte, bin ich längst erstickt!

Sie befand sich in einem verdammten Dilemma!

Oder hatte Dante seinen Vers womöglich ganz anders gemeint?

*Allein ein Weg führt aus dem ew'gen Dunkel
hinauf ins Licht, wo Mutter und Tochter wieder sind vereint.*

Sollte die Patrone im Magazin andeuten, dass ihr nur eine einzige Möglichkeit blieb, Becky wiederzusehen? Nämlich im Tod?

Je mehr sie darüber nachdachte, desto sicherer wurde sie. Dantes Vers ergab auf grausame Weise Sinn.

Das böse Tier führt seine Opfer ohne Reu' auf falsche Pfade.

Er hatte sie mit einer leeren Versprechung in diese Falle gelockt. Jetzt blieb ihr nur noch eine Wahl: langsam zu ersticken oder sich eine Kugel durch den Kopf zu jagen.

57

Avram stand wie gebannt vor der grauen Metalltür und starrte auf Akinas Bild. Es war dasselbe Polaroidfoto, das Rasmussen ihm im Keller der BIOKOHN-Schlachterei gezeigt hatte.

Verfluchtes Schwein!

Avram hatte bereits versucht, die Tür zu öffnen, aber sie war abgesperrt. Und mit dem Meißel ließ sie sich nicht so leicht aufstemmen wie die Tür zuvor.

Eine Mischung aus Zorn und Verzweiflung stieg in ihm auf, zusammen mit dem bitteren Geschmack von Galle, während er immer tiefer in das Bild versank. Akina sah schon wieder ein bisschen älter aus, als Avram sie in Erinnerung hatte. Ein bisschen erwachsener. Wie alt war sie jetzt? Fünfzehn? Sechzehn? Avram hatte für solche Dinge kein Gedächtnis, obwohl das Mädchen ihm wirklich ans Herz gewachsen war.

Was bin ich als Onkel doch für ein Versager!

Er schluckte.

Wie friedlich sie auf diesem Foto aussah! Ihre Augen strahlten voller Wärme, ihr Mund formte ein schmales, nachdenkliches Lächeln. Das schulterlange Haar hatte sie sich hinter die Ohren geklemmt.

Sie war ein hübsches Mädchen. Als Vater wäre Avram stolz auf sie gewesen. Sie sah aus wie ein rundum glücklicher Teenager.

Auf dem Bild gab es keinerlei Anzeichen von Gewalt.

Dennoch drängte sich Avram zwangsläufig die Frage auf, ob das viele Blut auf dem Boden von Akina stammte. Was sonst wollte Rasmussen ihm mit dem Foto zu verstehen geben?

Befand Akina sich hinter dieser Tür?

Avram biss die Zähne zusammen. Was hatte Rasmussen ihr angetan? Warum hatte er Akina überhaupt entführt?

Riveg und Rasmussen haben von vornherein miteinander kooperiert. Warum dann der ganze Aufwand? Riveg hat das Hotel in Frankfurt für mich reserviert. Schon dort hätte Rasmussen mich kaltstellen können, spätestens aber nachdem ich die K.-o.-Tropfen genommen hatte. Aus welchem Grund hat er mich hierhergebracht?

Wieder fiel sein Blick auf Akinas Porträt. Irgendetwas an ihrer unschuldigen Miene erinnerte ihn an Sina Hobmüller.

Der Gedanke an die Geschehnisse in der Schweiz machte ihm zusätzlich das Herz schwer. Die Befreiungsaktion aus Alberto Pineros Alpenvilla. Die Fahrt nach Basel. Das Wiedersehen zwischen Sina und ihrem Vater. Der Sturz aus dem Fenster. Avram hatte versucht, das Mädchen zu retten, aber das war ihm gründlich misslungen.

Würde er bei Akina mehr Erfolg haben?

Er setzte noch einmal den Meißel an und stemmte sich dagegen.

58

Die Verlockung war groß, sich die Waffe in den Mund zu stecken und abzudrücken. Dem Leiden ein Ende zu bereiten, denn Angst und Verzweiflung brachten sie beinahe um den Verstand. Außerdem schmerzte ihr Kopf, und jeder Atemzug war eine Anstrengung. Wie es sich wohl anfühlte, hier drinnen zu ersticken? Würde sie ganz allmählich immer schläfriger werden, bis sie schließlich die Besinnung verlor? Oder würde sie hustend und würgend um Luft ringen, wie jemand, der erdrosselt wird?

Nicht nur der schwindende Luftvorrat machten ihr zu schaffen, auch die klaustrophobische Enge. Das Gefühl, sich nicht frei bewegen zu können, lastete wie ein bleiernes Gewicht auf ihrer Brust. Die Wände und der Deckel des Sargs schienen von Minute zu Minute enger zusammenzurücken.

Die Finsternis verstärkte die Beklemmung zusätzlich. Immer wenn Emilia glaubte, es nicht länger aushalten zu können, schaltete sie für einen Moment ihr Handy oder die Beleuchtung ihrer Armbanduhr ein, aber schon nach wenigen Sekunden fraß die Dunkelheit sie wieder auf wie ein hungriges Tier.

Die Pistole lag in ihrer Faust. Das Metall fühlte sich gut an.

Nur ein Schuss, und alles ist vorbei.

Aber Becky hatte schließlich auch keine Wahl. Sie konnte sich nicht zwischen einem schnellen und einem langsamen Tod entscheiden. Sie musste jenen Tod akzeptieren, den

Dante ihr zugedacht hatte. Und der war bestimmt noch qualvoller, als zu ersticken.

Emilias Gedanken wanderten wieder zu dem Video, das sie vorhin gesehen hatte: wie der schlaffe Mädchenkörper über den rauen Steinboden gezogen worden war. Dante hatte ihren kleinen Liebling behandelt wie einen wertlosen, alten Gegenstand. Emilia wurde wütend.

Trotz aller Angst beschloss sie, sich nicht aufzugeben, sondern bis zum letzten Atemzug durchzuhalten. Zu kämpfen. Für ihre Tochter, die dasselbe tun musste.

59

Die Tür saß bombenfest. Vielleicht hatte man sie anders eingebaut als die erste Tür, mit einer besseren Verankerung oder mit einem stärkeren Schloss.

Nein, es lag an der Blutlache.

Avram wollte nicht hineintreten – es kam ihm irgendwie falsch vor. Wenn das tatsächlich Akinas Blut war, konnte er doch nicht einfach so darin herumwaten! Deshalb stand er seitlich daneben, aber aufgrund des ungünstigen Winkels fand er keinen günstigen Angriffspunkt für einen Hebel.

Sein Sichtfeld verschwamm, weil Tränen ihm in die Augen stiegen. Er wischte sie mit dem Handrücken weg und versuchte, die grauenhaften Bilder zu verdrängen, die seine Phantasie ihm aufzwangen.

Noch steht nicht fest, dass sie tot ist! Mach weiter!

Endlich klaffte zwischen dem Rahmen und der Tür ein Spalt. Ein paar kräftige Rucke später brach der Widerstand mit einem lauten Knacken. Langsam schwang die Tür nach innen auf.

Das Erste, was Avram erkannte, war eine Hand in einer roten Blutlache, die Finger zeigten nach oben. Der restliche Körper lag so hinter der Tür, dass er vom Flur aus nicht zu sehen war.

Ist das Akinas Hand?

Das getrocknete Blut auf der Haut machte eine Prognose unmöglich.

Er fasste sich ein Herz und betrat mit zwei großen Schritten den Raum – eine Art Archivkammer, höchstens drei auf drei Meter groß. Sämtliche Wände waren mit Regalen versehen, die bis dicht unter die Decke reichten, vollgestopft mit alten Ordnern.

Avrams Blick glitt zu der Leiche, die zwischen der Tür und einem alten Aktenvernichter klemmte. Sie lag mit dem Rücken auf dem Boden, den Blick stumpf nach oben gerichtet. In Bauch und Brust prangten zwei Einschusslöcher. Die Kehle war von einem Ohr bis zum anderen aufgeschlitzt.

Avram presste die Lippen zusammen. Er spürte, wie er vor Erleichterung zitterte.

Das Opfer war nicht Akina, sondern Rasmussens zweiter Helfer.

60

Emilias Faust schloss sich fest um den Griff ihrer Pistole. Sie würde nicht einfach hier drinnen liegen und abwarten. Sie wollte Krach schlagen, um auf sich aufmerksam zu machen. Vielleicht hatte sie ja Glück! Etwas anderes konnte sie ohnehin nicht tun.

Sie hob den Arm, klopfte mit dem Pistolengriff gegen die Seitenwand des Sargs und brachte damit ein dumpfes Pochen zustande – aber viel zu schwach. Erneut schlug sie zu, diesmal fester. Das war schon besser.

Beim dritten Versuch holte sie mit dem ganzen Arm aus und donnerte ihn, so fest sie konnte, gegen das Holz.

Gleich noch einmal!

Wieder und wieder hämmerte sie den Pistolengriff gegen die Sargwand, wie eine Furie.

Plötzlich hielt sie inne.

Etwas stimmte nicht.

Das Holz war massiv, aber die Schläge klangen nicht so, als würde sich dahinter festes Erdreich befinden.

Hoffnung keimte in Emilia auf. Vielleicht war ihre Situation nicht ganz so ausweglos, wie sie es befürchtete!

Um sicherzugehen, hämmerte sie noch ein paarmal gegen die andere Seitenwand und auch gegen den Deckel – mit demselben Ergebnis.

Der Sarg war noch nicht eingegraben!

Sie spürte einen Adrenalinschub wie flüssiges Feuer durch ihren Körper jagen. Konnte sie sich doch noch aus diesem verdammten Holzkasten befreien? Jedenfalls schien es ihr jetzt nicht mehr völlig unmöglich.

Wieder ließ sie den Pistolenknauf gegen die Sargwand krachen. Dazu schrie sie sich beinahe die Seele aus dem Leib.

»Hiiiilfe! Hört mich jemand? Ich bin hier drinnen!«

Nach einigen Versuchen lauschte sie erneut. War endlich jemand auf sie aufmerksam geworden? Angestrengt versuchte sie, irgendwelche Reaktionen von außen wahrzunehmen. Eine Stimme. Ein Klopfzeichen. Das schabende Geräusch, wenn Bolzen oder Drehgewinde geöffnet wurden.

Aber alles blieb ruhig.

Was jetzt?

Emilia beschloss, alles auf eine Karte zu setzen. Sie winkelte die Knie an, soweit es der Sarg zuließ, rutschte ein Stück nach unten und aktivierte das Handy. Im fahlen Licht des Displays erkannte sie eine Stelle, an der das Schloss angebracht sein musste.

Haben Särge überhaupt Schlösser?

Ohne weiter darüber nachzudenken, drückte sie den Lauf ihrer Pistole dagegen und schoss.

61

Avram hatte gerade den Aktenraum mit der Männerleiche verlassen, als er den Schuss hörte. Sofort schrillten in ihm sämtliche Alarmglocken.

Wer hatte da gefeuert?

Rasmussen?

Aber auf wen hatte er geschossen? Wer außer ihnen beiden war noch hier?

Akina!

Avrams Magen fühlte sich an, als würde er zusammenschrumpfen.

Jetzt bloß nicht die Nerven verlieren!

Er versuchte, sich auf seine Situation zu konzentrieren. Woher war der Schuss gekommen? Schwer zu sagen. Aber er war so laut gewesen, dass der Schütze nicht weit entfernt sein konnte!

Trotz der gebotenen Eile war Avram erfahren genug, um nicht blindlings drauflosszurennen. Seine einzigen Waffen waren der Meißel in seiner Faust und die halbe Rasierklinge in der Tasche. Gegen Brent Rasmussen würde das nicht ausreichen.

Es sei denn, ich kann ihn überraschen.

Vorsichtig schlich er weiter in die Richtung, aus der er glaubte, den Schuss gehört zu haben. Da die Gänge ein weitverzweigtes Netz bildeten, war es gar nicht so einfach, die Orientierung zu behalten.

Immer wieder hielt er inne, um zu lauschen, aber er hörte

nichts mehr. Keine Stimmen, keine Schmerzenslaute, keine Schritte, keine weiteren Schüsse. Überhaupt war es jetzt wieder so still, als wäre er völlig alleine in diesem unterirdischen Labyrinth.

62

Emilia hustete in einem fort, weil ihr der Geruch von Schießpulver und verbranntem Holz in die Nase gestiegen war. Sie hatte das Gefühl, nun noch schneller zu ersticken, als wenn sie nichts unternommen hätte. Sie japste nach Luft, wedelte mit der Hand, um die Rauchfahne zu vertreiben, und versuchte, das Kratzen im Hals wegzuräuspern, aber es dauerte eine Weile, bis sie sich wieder fing.

Lässt der Sargdeckel sich jetzt endlich anheben?

Als sie sich mit den Armen dagegenstemmte, bewegte er sich nicht. Er saß immer noch bombenfest. Der einzige Unterschied zu vorher war, dass sich an der getroffenen Stelle ein kleines, rundes Loch im Holz befand, durch das ein schwacher Lichtschimmer fiel.

Also lag sie tatsächlich noch nicht unter der Erde. Immerhin etwas.

Wohin hat Dante mich gebracht?

Sie schob ihr Auge an die winzige Öffnung, konnte aber kaum etwas erkennen. Ein Stück grauen Boden, weiter hinten eine graue Wand. Auf halber Strecke war am rechten Bildausschnitt etwas zu sehen, das wie die Lehne eines umgekippten Stuhls aussah. Drum herum lag, weit verstreut, diverser Unrat – zerknülltes Papier, ein Stück Packband, Staubflusen, ein paar Nägel ...

Einen Hinweis darauf, dass noch jemand anderes außer ihr in dem Raum war, gab es nicht. Keinen sich bewegenden Schatten, keine Stimmen. Keine anderen Geräusche.

Ob es hier irgendwo ein Fenster gab, das nach draußen führte? Oder eine offen stehende Tür? Dann würde vielleicht doch noch irgendwann jemand sie hören, wenn sie nur lange genug Krach schlug.

Sie schob ihren Mund an das Loch – ihre einzige Verbindung zur Außenwelt – und schrie noch einmal so laut wie möglich um Hilfe.

63

Avram hörte Schreie, aber er konnte sie nicht lokalisieren, weil die Gänge und Flure keinem klaren Schema folgten, sondern völlig uneinprägsam mal nach links, mal nach rechts abknickten. Es war der reinste Irrgarten.

Erschwerend kam hinzu, dass die meisten Gänge sich kaum voneinander unterschieden: mit Staub und Unrat bedeckter Estrich, kalkweiße Wände, hässliche Kunststoffkellerlampen an den Decken. Fenster sah man nirgends, nur jede Menge Stahltüren, so wie die, die er aufgebrochen hatte. Es gab keine Beschriftungen an den Türen, keine Fluchtwegeschilder, keine sonstigen Besonderheiten, die man sich einprägen konnte. Jeder neue Gang ähnelte dem, aus dem er gerade kam. Und immer, wenn er sicher war, aus welcher Richtung die Schreie kamen, führte der nächste Gang genau von dort weg.

Es war wie verhext.

Was, wenn die Schreie von Akina kommen? Wenn Rasmussen sie angeschossen hat? Ich muss mich beeilen, sonst kann ich ihr womöglich nicht mehr helfen.

Er ließ jegliche Vorsicht fallen und versuchte sein Glück nun an den Türen. Falls hinter einer von ihnen Rasmussen auf ihn wartete, würde er improvisieren müssen. Wichtig war jetzt erst einmal, Akina zu finden.

Einige Türen waren abgeschlossen, andere ließen sich problemlos öffnen. Allerdings standen die meisten Räume leer, abgesehen von ein paar alten Einrichtungsgegenständen und dem allgegenwärtigen Kleinkram auf dem Fußboden.

Avram hetzte weiter um die nächste Ecke. Er erreichte eine Abzweigung und hielt inne. Wohin jetzt? Die Schreie kamen von rechts, aber eine innere Stimme sagte ihm, dass er den Weg schon beim letzten Mal eingeschlagen hatte.

Also links entlang.

Mit keuchendem Atem erreichte er endlich eine Tür, aus der die Schreie zu dringen schienen.

Was wird mich da drin erwarten?

Er fasste sich ein Herz und drückte die Klinke.

64

Emilia räusperte sich. Ihre Stimmbänder kratzten vom vielen Schreien, sie fühlte sich schon ganz heiser.

Außerdem strengten die Hilferufe sie an, weil sie sich in dem engen Sarg unnatürlich verbiegen musste, um mit dem Mund an das Einschussloch zu gelangen. Ihre Zunge klebte trocken am Gaumen. Das Video, das Dante ihr aufs Handy gespielt hatte, ging ihr nicht aus dem Kopf. Was hatte er mit Becky vor?

Tränen schossen Emilia in die Augen bei dem Gedanken, welches Leid er ihrer Tochter bereits angetan hatte und vielleicht noch antun würde.

Er ist ein gewissenloses Monster, das es aus irgendeinem Grund auf mich abgesehen hat – und er lässt Becky dafür büßen.

Sie schluckte, so gut es ihr trockener Gaumen zuließ, und strich sich mit dem Handrücken den Schweiß von der Stirn. Um zu verschnaufen, legte sie sich wieder auf den Rücken.

Nur ein paar Sekunden, bis ich wieder bei Kräften bin.

In diesem Moment wurde es im Sarg plötzlich vollkommen dunkel. Das Licht, das eben noch durch das Einschussloch in der Seitenwand gefallen war, erlosch.

Ob jemand die Beleuchtung in dem Raum abgestellt hatte? Vom Nacken beginnend, breitete sich auf Emilias ganzem Körper eine Gänsehaut aus. War das Dante?

Noch bevor sie sich darüber klarwurde, ob sie noch einmal um Hilfe rufen oder sich lieber still verhalten sollte, hörte sie ein Geräusch. Als würde jemand mit seiner Hand über das Holz fahren. Emilia wagte kaum zu atmen. Wie sollte sie sich verhalten? Sie hatte die ganze Zeit Krach geschlagen, in der Hoffnung, jemanden auf sich aufmerksam zu machen, aber jetzt, wo ihr das tatsächlich gelungen war, verließ sie plötzlich der Mut.

Während sie hin und her überlegte, was sie tun sollte, fiel plötzlich wieder ein heller Strahl in den Sarg. Gleichzeitig hörte Emilia Schritte, gedämpft nur, weil das Holz so dick war. Aber ihr wurde klar, dass das Licht draußen gar nicht ausgeschaltet worden war. Jemand stand direkt am Sarg und hatte das Loch nur für ein paar Sekunden mit seinem Körper verdeckt.

Wenn das Dante ist, muss ich ihn irgendwie dazu bringen, den Sarg zu öffnen, und ihn dann überrumpeln. Das ist meine einzige Chance! Alles wird vom richtigen Zeitpunkt abhängen. Wenn ich zu früh aufspringe, ist der Überraschungseffekt dahin. Wenn ich zu lange warte, wird er mir keine Gelegenheit lassen, ihn zu überwältigen, denn er ist bestimmt bewaffnet.

Ihre Faust ballte sich um den Griff ihrer Pistole. Sie hatte zwar keine Munition mehr, aber bei der ersten Gelegenheit würde sie damit zuschlagen. Die Frage war nur: Wie konnte sie Dante dazu bewegen, den Deckel zu öffnen?

Jemand klopfte gegen das Holz. »Ist jemand da drin?«

Eine Männerstimme, dumpf, aber angenehm. Und irgendwie vertraut. Jedenfalls schien es sich nicht um Dante zu handeln, denn der hätte ja wissen müssen, dass sie in diesem Sarg lag. Oder war das nur wieder eine seiner Finten?

»Ich bin hier!«, rief sie. »Können Sie den Deckel anheben?«

»Augenblick ...«

Sie hörte, wie der Mann sich an dem Sarg zu schaffen machte. Die Verriegelungen wurden gelöst. Scharniere quietschten wie in einem alten Horrorfilm. Emilia wappnete sich innerlich für einen etwaigen Kampf.

Als der Deckel aufklappte, musste sie jedoch die Augen zusammenkneifen, weil die Helligkeit sie blendete. Sie sah nur einen großen, schwarzen Schatten über sich, bedrohlich wie ein Dämon. Deshalb nahm sie all ihre Kraft zusammen, sprang auf und hob die Faust mit der Pistole zum Schlag aus, während sie gleichzeitig versuchte, sich auf die unheimliche Gestalt zu stürzen.

Doch ihre Beine schienen nur noch aus Gummi zu bestehen, und auch in den Armen hatte sie keine richtige Kraft – vielleicht eine Nachwirkung des Betäubungsmittels. Sie spürte sofort, dass der Versuch misslingen würde.

Tatsächlich wich der Mann ihrem Angriff problemlos aus – die Pistole traf nur seine Schulter. Beinahe im selben Moment packte er ihr Handgelenk so fest, dass ihr Griff sich löste und sie die Waffe fallen ließ. Scheppernd fiel sie zu Boden.

»Beruhigen Sie sich!«, raunte der Mann. »Ich werde Ihnen nichts tun! Aber halten Sie endlich still!«

Inzwischen hatte Emilia sich an das Licht gewöhnt, und es gelang ihr, die Augen offenzuhalten. Jetzt erkannte sie auch, wer ihr gegenüberstand.

Emilia war so überrascht, dass ihr nur ein Wort über die Lippen kam: »Sie?«

65

Auch für Avram war es eine absolute Überraschung. Mit allem hatte er gerechnet, aber nicht damit, dass ausgerechnet Interpol-Agentin Emilia Ness in diesem unterirdischen Gängesystem lebend in einem Sarg vor ihm lag. Ihre Wege hatten sich im Lauf des letzten Jahres ein paarmal gekreuzt, im Zuge der Ermittlungen zum Tod seines Bruders Goran, der in seiner Eigenschaft als Reporter einem kriminellen Netzwerk zu nahe gekommen war und diesen Fehler mit dem Leben bezahlt hatte. Avram hatte Emilia damals aus den Fängen eines bestialischen Mörders befreit, und sie hatte wenig später sein Leben gerettet – in gewisser Weise. Sie waren quitt, und seitdem hatten sie sich auch nicht mehr gesehen.

Emilia kniete vor ihm im Sarg, wobei sie ziemlich wackelig wirkte. Avram half ihr auszusteigen.

»Vielen Dank«, murmelte sie. »Es geht schon.« Aber sie ließ sich bereitwillig unter die Arme greifen.

»Wie kommen Sie hierher?«

»Dieselbe Frage wollte ich Ihnen gerade stellen. Eigenartiger Zufall, dass wir uns hier begegnen.« Sie strich sich eine Haarsträhne aus dem Gesicht und massierte sich mit einer Hand den Nacken.

Avram nickte. *Eigenartiger Zufall* – das fand er auch. »Wer hat Sie denn in den Sarg gelegt? Rasmussen?«

Emilia zog die Stirn kraus. »Nie gehört.«

»Wer dann?«

Sie zögerte. Avram sah ihr am Gesicht an, wie sie mit sich kämpfte. Durfte sie die Wahrheit erzählen, ausgerechnet ihm, einem gesuchten Verbrecher – ob er sie nun gerettet hatte oder nicht? Wie viel Vertrauen war ihm gegenüber angemessen? Was konnte sie preisgeben, ohne gegen ihr Berufsethos zu verstoßen?

Endlich gab sie sich einen Ruck. »Ich verfolge schon seit Monaten einen Serienmörder. Wir nennen ihn Dante, weil er an jedem Tatort Zettel mit Zitaten aus der Göttlichen Komödie hinterlässt.«

»Ich fürchte, Sie müssen mir auf die Sprünge helfen«, sagte Avram. »Mit Literatur habe ich es nicht so.«

»Die Göttliche Komödie ist eines der bedeutendsten italienischen Gedichte«, erklärte Emilia. »Im vierzehnten Jahrhundert geschrieben von Dante Alighieri. Er schildert darin, wie er drei Bereiche des Jenseits durchwandert – die Hölle, das Fegefeuer und das Paradies. Unser Mörder verwendet aber nur Zitate aus der Hölle, dem sogenannten Inferno. Begleitet von seinem Führer Vergil, begegnet Dante dort allen möglichen Formen des Bösen, oft in Gestalt von Tieren. Deshalb bezeichnet unser Killer sich auch gerne so – als Tier. Und genau das ist er auch: eine Bestie in Menschengestalt. Er hat schon vier Doppelmorde auf dem Gewissen. Er weiß, dass ich ihm auf den Fersen bin. Deshalb hat er aus der Jagd ein Spiel gemacht, eine ganz persönliche Angelegenheit zwischen ihm und mir. Er hat meine Tochter entführt, hat mir einen Finger und ein Ohr von ihr geschickt. Zuletzt hat er mich gezwungen, ein Schlafmittel einzunehmen. Er sagte, das sei die einzige Chance für mich, Becky lebend wiederzusehen. Aber er hat gelogen.« Sie schluckte. Tränen rannen an ihren Wangen herab. Ihr Blick war nicht mehr auf Avram gerichtet, sondern auf irgendeinen Punkt am Boden. »Ich danke Ihnen, dass Sie mich aus dem Sarg befreit haben«, sagte sie tonlos. »Ohne Sie wäre ich früher oder später darin erstickt oder verdurstet.«

Sie zitterte. Dunkle Ringe unter den Augen zeigten Avram ihre tiefe Verzweiflung. Er spürte, dass sie jetzt jemanden brauchte, der sie festhielt, nach allem, was sie durchgemacht hatte. Aber aus irgendeinem Grund brachte er es nicht fertig.

Sie rieb sich die Tränen aus dem Gesicht und schniefte. »Ich war offen zu Ihnen«, sagte sie. »Ich hoffe, Sie sind es auch zu mir.«

Avram nickte. Sie standen zwar auf unterschiedlichen Seiten des Gesetzes, dennoch existierte seit dem gemeinsamen Vorgehen im Fall Goran eine Art Band zwischen ihnen. Zuerst hatte jeder für sich versucht, die Verantwortlichen zur Strecke zu bringen – vergeblich. Erst als sie eine heimliche Kooperation eingegangen waren, hatten sie Erfolg gehabt.

Vielleicht mussten sie auch diesmal zusammenarbeiten, um sich aus diesem unterirdischen Labyrinth zu befreien.

»Ich habe von Ihrem Mörder noch nie gehört«, sagte Avram. »Dante meine ich. Mit mir hat der jedenfalls nichts zu tun. Mich hat ein alter Bekannter geködert. Brent Rasmussen.«

Emilia schüttelte den Kopf. »Kenne ich nicht.«

»Er benutzt verschiedene Namen. Wie sieht es mit Jan Althoff aus?«

»Kommt mir ebenfalls völlig unbekannt vor. Wer soll das sein?«

»Jemand, mit dem ich früher mal zusammengearbeitet habe«, erklärte Avram. »Ist schon viele Jahre her. Wir waren damals beide jung und hitzköpfig, haben gewissermaßen um dasselbe Revier gekämpft. Jedenfalls habe ich Rasmussen damals das Feld überlassen und bin weggegangen. Da-

nach habe ich ein paar Jahre nichts von ihm gehört, bis er sich dann plötzlich aus Bolivien meldete. Er war Sicherheitsberater des bolivianischen Innenministers und sollte in dessen Auftrag ein Säuberungsprogramm durchführen. Deshalb hat er mich nach Südamerika geholt.«
»Was genau sollten Sie dort für ihn tun?«
»Die wichtigsten kriminellen Köpfe des Landes eliminieren. Das habe ich auch getan – einen nach dem anderen. Nur beim letzten kam etwas dazwischen. Hector Mesa. Er bekam einen Tipp und nahm mich gefangen.« Sein Herz wurde schwer, als er an Elena Suarez's bestialischen Tod dachte. »Um es kurz zu machen: Es stellte sich heraus, dass Rasmussen hinter dem Rücken des bolivianischen Innenministers sein eigenes Ding durchzog. Er hatte nie vor, Mesa töten zu lassen. Ich sollte die anderen Bandenbosse nur deshalb beseitigen, damit er sich Mesa dadurch empfehlen konnte. Aus demselben Grund ließ er ihm auch einen Tipp zukommen, wie ich meinen Anschlag auf ihn verüben würde. Rasmussen wollte dadurch Mesas Vertrauen gewinnen, und das hat auch wunderbar funktioniert.« Er biss die Zähne zusammen, schluckte. Es fiel ihm nicht leicht, darüber zu sprechen. »Mesa hielt mich damals in einem Flugzeughangar gefangen«, fuhr er schließlich fort. »Er wollte aus mir herauspressen, für wen ich arbeite, und er hatte mich auch schon so weit, dass ich auspackte, da stieß Rasmussen dazu. Er erklärte Mesa die Situation – dass er ihm die Vormachtstellung im kriminellen Netzwerk Boliviens gesichert hatte. Dafür beanspruchte er einen Anteil an den illegalen Einnahmen der Mara Salvatrucha. Doch Mesa blieb misstrauisch. Als Loyalitätsbeweis verlangte er von Rasmussen, dass er mich umbringen solle. Und Rasmussen hat nicht eine Sekunde lang gezögert.«

Es schnürte Avram beinahe die Kehle zu, als die alten Erinnerungen wieder hochkochten. Zwei Kugeln hatte Mesa bereits auf ihn abgefeuert. Fünf waren von Rasmussen dazugekommen. Anschließend hatten ein paar von Mesas Männern ihn aus seinem Käfig geschleppt und draußen, neben dem Hangar, auf eine Müllhalde geworfen wie ein Stück Abfall, um ihn dort vollends verbluten zu lassen. Hätte Elena Suarez' Sohn damals nicht heimlich nach ihm gesehen und Hilfe organisiert, wäre Avram zweifellos gestorben.

»Ich sehe keinen Zusammenhang zwischen Dante und Rasmussen«, sagte Emilia. »Es sei denn, die beiden arbeiten zusammen. Aber das wäre ein ziemlich merkwürdiger Zufall, finden Sie nicht?«

»In der Tat.«

»Sind Sie absolut sicher, dass dieser Rasmussen Sie hergelockt hat?«

Avram nickte. »Da gibt es keinen Zweifel. Ich habe ihn gesehen und mit ihm gesprochen. Er hat mich gezwungen, K. o.-Tropfen zu trinken, andernfalls wollte er meiner Nichte etwas antun, die er entführt hat. Mir blieb keine Wahl. Danach bin ich hier aufgewacht.«

Emilia zog die Stirn in Falten. »Wir wurden beide narkotisiert und hierhergebracht. Bei Ihnen hat man Ihre Nichte als Druckmittel verwendet, bei mir meine Tochter. Die Parallelen sind zu eindeutig, um zufällig zu sein. Aber wie konnten Rasmussen und Dante sich abstimmen? Woher kennen sie sich?«

Avram dachte nach. »Bearbeiten Sie einen Fall, der mit Südamerika zu tun hat?«, fragte er.

Emilia schüttelte den Kopf. »Nein, warum?«

»Weil Rasmussen dort dick im Geschäft ist.«

»Ich hatte vor drei oder vier Jahren mal einen Fall, der sich bis nach Venezuela gezogen hat. In Caracas haben wir ein paar Drogendealer hinter Gitter gebracht und eine halbe Tonne Kokain sichergestellt. Aber an die Hintermänner sind wir nie rangekommen. Wenige Monate nach der Beschlagnahmung wurde die Akte geschlossen.«

Avram fuhr sich mit Daumen und Zeigefinger über sein stoppeliges Kinn. »Fünfhundert Kilo Kokain – das ist ein Marktwert von knapp hundert Millionen Euro. Falls Rasmussen von dem Polizeieinsatz betroffen war und herausgefunden hat, dass Sie dafür verantwortlich waren, würde er keine Mühen scheuen, um sich an Ihnen zu rächen.«

»Sie meinen, er könnte mir Dante auf den Hals gehetzt haben?«

Avram zuckte mit den Schultern. »Es klingt verrückt. Aber ich würde es zumindest nicht ausschließen. Brent Rasmussen ist wie ein habgieriges, sadistisches Kind, das niemals vergisst, wenn jemand ihm sein Spielzeug wegnimmt.«

»Sie denken, er würde sogar so weit gehen, meine Tochter zu verstümmeln?«

»Er selbst nicht«, räumte Avram ein. »Aber er hat Verbindungen zur Unterwelt, in Europa und in Lateinamerika. Er kann jederzeit jemanden finden, der keine Skrupel kennt und für den es ein Vergnügen ist, einen Polizisten leiden zu lassen.«

Als er in Emilias verzweifeltes Gesicht sah, hielt er inne. Er wollte sie nicht unnötig quälen.

»Sagt Ihnen der Name Riveg etwas?«, fragte er. »L. Riveg?« Sie schluckte. »Nein, wieso?«

»Der muss in der Sache mit drinstecken. Er hat mich zu Rasmussen geführt – allerdings bin ich zu dem Zeitpunkt noch davon ausgegangen, dass *ich ihn* jage, nicht er mich. Riveg hat mich ganz gezielt in eine Falle laufen lassen, in der Rasmussen schon auf mich gewartet hat. Vielleicht ist er sogar der eigentliche Drahtzieher.«

»Ich werde Riveg und Rasmussen durch den Interpol-Computer laufen lassen«, sagte Emilia. »Vielleicht führt mich das zu Dante. Allerdings müssen wir dafür erst mal hier rauskommen – und die Kinder finden. Haben Sie eine Idee, wohin sie gebracht worden sein könnten?«

»Keine Ahnung.«

»Dann lassen Sie uns den verdammten Ausgang suchen – Moment, was ist das?«

Sie deutete in die Mitte des Raums, wo ein schmaler, rechteckiger Gegenstand an einem goldenen Geschenkband von der Decke baumelte. Durch die Luft im Raum drehte sich der Gegenstand ganz langsam um die eigene Achse. Das Goldband glitzerte dabei im Schein des Deckenlichts wie Lametta an einem Weihnachtsbaum. Avram hatte es bisher nur deshalb übersehen, weil er zu sehr mit der Öffnung des Sargs und in die Unterhaltung mit Emilia vertieft gewesen war.

Als sie näher kamen, erkannte er, dass an dem Band ein Kuvert hing, rosafarben, mit goldenen Herzchen darauf. Jemand hatte mit Filsstift ihre Namen daraufgeschrieben, in großen, leserlichen Druckbuchstaben.

Avram fiel auf, wie Emilias Finger zitterten, als sie danach griff. Mit zusammengepressten Lippen löste sie das Kuvert von dem Goldbändel.

»Ist mit Ihnen alles klar?«, erkundigte er sich.

Sie nickte tapfer. »Es ist nur das Muster auf dem Umschlag«, sagte sie. »Dante hat die Amputate, die er mir geschickt hat, mit dem gleichen Papier verpackt.«

»Soll ich das Kuvert lieber öffnen?«

»Nein, ich mache das.« Ihre Stimme klang erstaunlich

entschlossen. Dennoch konnte Avram ihre Nervosität deutlich spüren, als sie den Umschlag aufriss.

Sie zog einen Zettel heraus, entfaltete ihn und las ihn stumm. Während ihre Augen den Zeilen auf dem Papier folgten, wich nun auch noch das letzte bisschen Blut aus ihrem Gesicht. Sie wurde bleich wie ein Gespenst.

»Was ist?«, fragte Avram, dem nun ebenfalls ein wenig mulmig wurde.

Ohne ihn anzusehen, hielt Emilia ihm den Zettel hin. »Ich fürchte, wir können dieses Spiel nicht gewinnen«, murmelte sie.

66

Die Tränen wollten kein Ende nehmen, sie konnte nichts dagegen tun. Dante, dieses hinterhältige Monster, hatte sie fest im Griff – alle beide. Oder vielleicht auch Rasmussen oder Riveg, von denen Avram erzählt hatte. Wer immer sie hierhergelockt hatte, verstand es meisterlich, psychischen Druck auszuüben.
Nein, Psychoterror!
Das traf es eher.
Auch Avram war bleich geworden, das konnten nicht einmal seine sonnengebräunte Haut und der dichte Dreitagebart kaschieren. Emilia glaubte sogar, einen feuchten Glanz in seinen Augen zu erkennen, womit sie bei einem Mann wie ihm nicht gerechnet hätte. Offenbar steckte in dem international gesuchten Profikiller doch auch ein sensibler Kern.
Allerdings hätte dieser verdammte Zettel auch das kälteste Herz berührt.

Zwei Kinder sind in der Gewalt des Tiers.
Eins darf leben, eins muss sterben.
Ihr entscheidet, wen das Schicksal härter trifft,
doch zuerst genießt den Film.

Die Zeilen waren wieder mit rotbrauner Tinte geschrieben – vermutlich Blut – in der üblichen Krakelschrift, als habe der Autor den Füllfederhalter mit der falschen Hand geführt.

Eins darf leben, eins muss sterben.

Emilia schauderte.

»Welchen Film meint er?«, fragte Avram.

»Dante hat mir auf meinem Handy eine Videobotschaft hinterlassen«, sagte Emilia und erzählte davon, wie jemand Becky ohnmächtig geschlagen und sie am Fußgelenk von einem Verlies ins nächste gezerrt hatte.

Doch Avram zögerte. »Dieses Video betraf nur Ihre Tochter. Die Nachricht auf dem Zettel bezieht sich jedoch auf uns beide – und auf die beiden Mädchen. Dante muss damit auf etwas anderes anspielen.«

»Hat er auf Ihr Handy auch ein Video draufgeladen?«

»Mein Handy ist weg. Aber als ich vorhin die Gänge durchsucht habe, ist mir in einem Zimmer ein Fernseher aufgefallen. Vielleicht sollten wir dort mal nachsehen.«

»Einverstanden.«

Emilia folgte Avram durch die Tür in den Flur. Eigenartigerweise fühlte sie sich durch seine Anwesenheit etwas besser. Beinahe beschützt. Obwohl sie seine kriminelle Vergangenheit kannte – zumindest den Teil, der in der Interpol-Datei hinterlegt war –, hätte sie sich in diesem Moment niemanden vorstellen können, dessen Gegenwart ihr lieber gewesen wäre, abgesehen vielleicht die von Mikka.

Eine Weile irrte sie hinter Avram durch die Gänge. Die Luft roch abgestanden und muffig, aber immerhin musste sie keine Atemnot mehr leiden.

Es dauerte nicht lange, bis sie die Orientierung verlor, weil hier unten alles gleich aussah – und vermutlich ging es Avram auch nicht anders. Mehr als einmal hatte sie den Eindruck, einen Gang bereits zu kennen. Allerdings konnte sie sich auch irren.

Nach ein paar Minuten fanden sie endlich den Raum mit dem Fernseher. Im Gegensatz zu allem anderen hier unten war das Gerät nahezu staubfrei. Es handelte sich um einen beeindruckend großen Flachbildschirm mit mindestens 120 Zentimentern Bildschirmdiagonale. Er thronte auf einer schäbigen Rollkonsole aus Buchenholz, auf deren Einlegeboden ein DVD-Player stand, auch er auffallend sauber. Bei näherer Betrachtung stellten sie fest, dass beide Geräte über einen Mehrfachstecker an einer Wandsteckdose angeschlossen waren.

Hier sind wir zweifellos richtig.

Während Avram die Geräte einschaltete und den richtigen Kanal für die Videoübertragung suchte, drohten Emilia schon wieder die Nerven zu versagen. Im Dienst bewies sie seit Jahren Professionalität, indem sie sich nicht von Emotionen leiten ließ, sonst hätte sie es niemals geschafft, eine eigene Abteilung in Lyon zu leiten. Aber das Wissen, dass Becky für jeden Fehler büßen musste, den sie beging, machte sie zu einem Nervenbündel.

Der Fernseher erwachte zum Leben, Avram trat einen Schritt zurück. Zu zweit beobachteten sie, wie sich aus der Schwärze des Monitors ein Bild schälte: ein Mädchen mit verbundenem Kopf und einer bandagierten Hand. Becky, die auf einem Stuhl saß. Im Hintergrund konnte man, halb verhüllt von Dunkelheit, eine rohe Steinmauer erkennen. Vermutlich befand sie sich in dem Verlies, das Emilia schon in dem Handyvideo gesehen hatte. Mit tränennassen Augen blickte sie in die Kamera.

»Ich soll dir etwas ausrichten, Mama«, begann sie mit brüchiger Stimme. »Von dem Mann, der mich entführt hat. Er sagt, dass ich vielleicht sterben muss. Es gibt da noch ein anderes Mädchen. Eine von uns will er töten. Aber ...

aber ... aber ...« Sie schluchzte, konnte sich vor lauter Angst kaum mehr einkriegen. »Er sagt, er spielt ein Spiel mit dir. Und mit dem Onkel des anderen Mädchens. Einer von euch wird dieses Spiel gewinnen ... und dessen Kind will er dann töten!«

Emilia verstand nicht. Warum sollte ausgerechnet das Kind des Siegers sterben? Eine düstere Vorahnung beschlich sie wie lähmendes Gift. Das hier war das dunkelste Kapitel ihres Lebens.

»Ihr müsst euch an seine Regeln halten«, fuhr Becky fort. Mit der verbundenen Hand wischte sie sich eine Träne von der Wange. »Wenn ihr gegen die Regeln verstoßt, wird er uns weh tun.« Ihre Miene verzog sich zu einer Fratze der Angst, ein Speichelfaden rann ihr aus dem Mundwinkel. Es war ein Bild schierer Verzweiflung. Emilia brach es beinahe das Herz. »Bitte mach, dass er mir nicht mehr weh tut, Mama. Bitte mach, dass er ...«

Der Film brach ab.

Emilia stand da wie zu Eis erstarrt. Sie versuchte, die innere Stimme aus ihrem Kopf zu verbannen, die ihr einzureden versuchte, dass sie ihre Tochter nicht mehr lebend wiedersehen würde. Aber es gelang ihr nicht.

Nach einigen Sekunden erschien ein neues Bild: dasselbe düstere Verlies, derselbe Stuhl – zumindest beides sehr ähnlich. Nur das Mädchen war ein anderes.

Akina. Avrams Nichte.

Sie befand sich ungefähr im selben Alter wie Becky und trug ähnliche Kleidung, aber sie hatte keine Bandagen am Körper. Dafür schillerten ihre Wangen und ihr rechtes Auge bläulich-violett. Der deutlichste Unterschied zwischen den beiden Mädchen offenbarte sich jedoch in ihrem Blick. Während in Beckys Augen nur noch Resignation zu sehen gewesen war, versprühten die von Akina den widerspenstigen Trotz eines zu allem entschlossenen jungen Menschen.

Ohne zu zwinkern, blickte sie in die Kamera, eine ganze Minute lang. Dabei sagte sie kein Wort.

»Fang endlich an!«, zischte eine Stimme von irgendwo hinter der Kamera.

Akina schwieg. Sie zitterte am ganzen Leib, aber ihre Hartnäckigkeit behielt Oberhand.

»Lies vor, was hier steht!« Offenbar bezog der Mann sich auf einen Text, den er ihr aufgeschrieben hatte und der sich irgendwo außerhalb des Bildausschnitts befand.

Akina blieb schweigend sitzen.

»Lies das jetzt vor! *Auf der Stelle!*« Diesmal brüllte er seinen Befehl, so dass Akina zusammenzuckte. Dennoch kam kein Ton über ihre Lippen.

»Verdammte Fotze!«

Eine dunkle Gestalt schob sich ins Bild – ein Mann, groß und kräftig. Im Bildausschnitt konnte man ihn nur von den Schultern abwärts sehen. Er trug einen braunen Ledermantel und Bluejeans. Als er auf Akina zustapfte, hinkte er. Seine behandschuhte Hand holte aus und schlug dem Mädchen mit voller Wucht ins Gesicht. Ihr Kopf flog zur Seite, ein unterdrückter Aufschrei entrang sich ihrer Kehle. Als sie sich wieder aufrecht hinsetzte, schien ihr Widerstand ungebrochen.

»Ich werde dich schon noch weichkriegen, meine Kleine«, zischte der Mann. Aus seiner Jackentasche zog er ein Messer. Die zehn Zentimeter lange Stahlklinge schimmerte bedrohlich im schwachen Licht der Kameraleuchte, während sie sich unaufhaltsam Akinas Gesicht näherte. Mit der freien Hand packte er das Mädchen an den Haaren.

»Rede, verdammt nochmal! Lies den Text, oder sag es

mit deinen eigenen Worten. Sonst sonst stech ich dir die Augen aus!« Er zerrte noch einmal brutal an ihrem Schopf, während die Messerspitze bedenklich nahe vor ihren Augen tanzte.

Akina schlotterte am ganzen Leib. »Ich tu es ja!«, keuchte sie. »Ich sage, was Sie wollen.«

»Ich entscheide, wann ich damit aufhöre!«, röchelte der Mann, ohne seinen Griff zu lockern oder das Messer zu senken. »Jetzt fang endlich an!«

Akina sammelte sich noch einmal kurz, um ihre Angst zu bändigen. Dann schaute sie in die Kamera.

»Onkel Avram? Er sagt, dass eine von uns beiden sterben wird«, begann sie. »Entweder ich oder das andere Mädchen. Es wird ein schneller Tod sein. Das ist die Siegerprämie. Das Kind des Verlierers wird bei lebendigem Leib verstümmelt ... Ich habe solche Angst!«

Der Mann ließ sie mit einem Ruck los und verschwand wieder hinter der Kamera. Das Bild wurde schwarz.

67

Ich werde dich umbringen!
Dieser Gedanke raste wie ein Güterzug durch Avrams Kopf, während er die Videobotschaft sah.
Ich werde herausfinden, wer du bist. Und dann bringe ich dich um!
Aber vor allem mussten jetzt erst einmal die Mädchen gerettet werden. Die Frage war nur, wie? Emilia und er befanden sich in einem alten Lagerkeller. Wo die Kinder gefangen gehalten wurden, stand in den Sternen.
ICH BRINGE DICH UM!
Der Bildschirm sprang wieder an. Diesmal zeigte er ein Labyrinth aus dicken schwarzen Linien, ungefähr so wie bei einem Kinderrätsel. Die Zwischenräume waren weiß. Das Muster, das sich dadurch ergab, bildete ein Netz aus Gängen und größeren, rechteckigen Feldern. In einem dieser Felder blinkten zwei Punkte, rot und blau.
»Blau ist Herr Kuyper, rot Frau Ness. Verlasst jetzt beide den Raum«, sagte eine Stimme aus dem Off. »Blau begibt sich nach rechts, bis es nicht mehr weitergeht, dann biegt er nach links ab. Danach nimmt er die dritte Tür rechts. Rot geht zuerst nach links, bis es nicht mehr weitergeht, dann nach rechts und anschließend durch die dritte Tür links.« Um das Gesagte zu verdeutlichen, begannen die beiden Leuchtpunkte in entgegengesetzte Richtungen zu wandern, genau spiegelverkehrt. »Die Schlüssel zu beiden Türen liegen direkt davor auf dem Boden. Jetzt macht euch auf den

Weg, jeder für sich. Am Ziel erhaltet ihr weitere Anweisungen. Haltet euch daran. Bei Zuwiderhandlungen werden die Mädchen bestraft.«

Das Bild fror ein. Die Punkte hörten auf zu blinken, und es kam auch kein Ton mehr.

»Das scheint alles gewesen zu sein«, sagte Avram.

Emilia nickte. »Was denken Sie, was uns in den anderen Zimmern erwartet?«

»Keine Ahnung. Aber ich fürchte, es wird uns nicht gefallen. Wollen Sie den Meißel?«

Emilia nahm die Eisenstange dankend entgegen. »Dann wollen wir mal.«

Sie verließen den Raum und trennten sich vor der Tür. Avram ging nach rechts, Emilia nach links. Am Ende des Gangs drehten sie sich noch einmal um und tauschten einen letzten Blick aus. Von jetzt an war jeder auf sich allein gestellt.

Avram zog die halbe Rasierklinge aus seiner Tasche – seine Waffe für den Notfall. Trotz ihrer geringen Größe hatte sie ihm schon oft gute Dienste erwiesen. Jemanden zu töten war damit zwar schwierig – es sei denn, man traf die Halsschlagader –, aber ein paar tiefe Schnitte quer übers Gesicht oder über den Körper hatten schon so manchen Angreifer in die Flucht geschlagen.

Vor der dritten Tür rechts blieb er stehen. Auf dem Boden lag tatsächlich ein Schlüssel, halb bedeckt von einer Handvoll Staub, so, dass man genau hinsehen musste, um ihn zu entdecken. Avram hob ihn auf, öffnete das Schloss und drückte die Klinke.

Der Raum, der sich vor ihm auftat, war wie ein dunkles, abweisendes Loch. Avram trat ein und betätigte den Lichtschalter. Erleichterung machte sich breit, als er feststellte, dass hier keine böse Überraschung auf ihn wartete, zumindest keine offensichtliche. Er befand sich in einem ehemaligen Sanitärraum. Die Wände waren bis unter die Decke weiß gekachelt, der Fußboden ebenfalls, auch wenn hier das Weiß von einer guten Schicht Schmutz überlagert wurde. Rechts stand eine Reihe von zerbeulten, grauen Stahlspinden. Links hing ein Waschbecken an der Wand, darüber ein Spiegel.

Über einen türlosen Durchlass gelangte man in einen kleinen Nebenraum mit einer alten Badewanne. Auf der gegenüberliegenden Seite ragten zwei messingfarbene Duschköpfe aus der Wand. Die Bodenfliesen waren mit einem kalkigen Schleier überzogen.

Avram ließ den Blick kreisen. Neben der Badewanne standen ein paar grüne Kanister ohne Aufschrift. In einer Ecke lagen ein paar ausrangierte Edelstahlrohre.

Er kehrte zurück in den Vorraum und sah sich auch dort noch einmal gründlich um. Nichts. Kein Schriftzug auf den Kacheln, kein Zettel an dem Spiegel. Keine weitere Anweisung.

Jetzt sind nur noch die Spinde übrig.

68

Emilia würgte. Der Gestank war widerwärtig, der Anblick noch viel mehr. Was für ein grausamer Sadist war Dante nur, um so etwas zu tun?

Der Raum, in dem sie sich befand, maß etwa fünf auf fünf Meter. Fenster gab es keine, auch keine andere Tür als die, durch die sie gekommen war. Die Deckenlampe hatte einen Wackelkontakt, so dass die ganze Szenerie wie ein einziges, langes Blitzlichtgewitter wirkte. Der Effekt machte den Anblick noch grässlicher, als er ohnehin schon war.

In der Mitte des Raums befand sich ein etwa hüfthoher, quadratischer Glasrahmen – ein Tiergehege, in dem es wie wild wuselte. Im zuckenden Licht konnte Emilia zuerst kaum etwas erkennen. Aber als sie einen Schritt näher trat, flackerten in dem Gatter Dutzende von haarigen Körpern und langen, rosa Schwänzen auf. Dunkle Knopfaugen starrten ihr neugierig entgegen wie polierte Onyxsteine. Fiepsend und fauchend tippelten die Tiere kreuz und quer durch ihr nach Urin und Exkrementen stinkendes Revier.

Ausgerechnet Ratten!

Unwillkürlich richteten sich Emilias Nackenhaare auf. Alles in ihr drängte danach, den Raum wieder zu verlassen.

Das lag nicht nur an den Tieren. Es lag vor allem an der Leiche, die sich in dem Rattengehege befand. Genau genommen war davon höchstens noch die Hälfte übrig – der Oberkörper fehlte beinahe zur Gänze. Nur ein paar nackte Beine zeugten davon, dass hier ein Mensch – wohl eine Frau – gefressen worden war. Sie ragten in der Mitte des Geheges senkrecht nach oben. Die Füße waren an den Knöcheln gefesselt und an einem Seil angebunden, das von der Decke hing.

Im ersten Moment glaubte Emilia, Dante habe Becky bereits getötet, obwohl das Spiel noch lief. Aber dann sah sie die Tätowierung an den Beinen und erkannte, dass es sich doch nicht um ihre Tochter handelte.

Gott sei Dank!

Zitternd vor Aufregung fiel ihr noch etwas anderes ins Auge: ein Zettel auf einem alten Tisch an der Wand, der mit einer Pistole beschwert worden war. Langsam, als könne der Leichnam wieder zum Leben erwachen, wenn sie eine falsche Bewegung machte, ging Emilia zu dem Tisch und nahm das Papier. Die Botschaft darauf war in leserlichen Druckbuchstaben geschrieben, dennoch war es im stroboskopartig zuckenden Deckenlicht gar nicht so einfach, den Text zu entziffern:

ZWINGEN SIE AVRAM KUYPER DAZU, IN SEINEM ZIMMER EIN BAD ZU NEHMEN. VERWENDEN SIE DAZU DIE DREI KANISTER SÄURE, DIE NEBEN SEINER WANNE STEHEN. WENN IHNEN DAS GELINGT, WIRD IHRER TOCHTER EIN SCHNELLER TOD VERGÖNNT SEIN. WENN NICHT, WIRD SIE LEIDEN. MEHR, ALS SIE ES SICH VORSTELLEN KÖNNEN.

Sie legte das Stemmeisen ab, nahm die Pistole zur Hand und überprüfte sie mit geübten Griffen. Das Magazin war leer. Im Lauf befand sich genau eine Patrone.

Genau wie bei meiner Dienstwaffe im Sarg, dachte sie.

69

Avram hatte die Spinde nacheinander geöffnet, aber nichts darin gefunden. Nur noch einer war jetzt übrig, der Schrank ganz rechts.

Wenn der auch leer ist, habe ich keinen Schimmer, was ich als Nächstes tun soll.

Als er die Tür aufzog, wurde er jedoch nicht enttäuscht. Auf der Innenseite klebte ein weißes Blatt Papier, mit Tesafilm befestigt. Ohne es anzurühren, las Avram:

FESSELN SIE EMILIA NESS MIT DER LEINE IN DIESEM SPIND, UND WERFEN SIE SIE ZU DEN RATTEN! SIE SOLL NOCH LEBEN, WENN SIE DAS TUN, DENN ICH WILL, DASS DIE RATTEN SIE FRESSEN. SOBALD IHRE LETZTEN SCHREIE VERSTUMMT SIND, GEHEN SIE ALS SIEGER AUS DIESEM SPIEL HERVOR, UND IHRE NICHTE WIRD EINEN ANGENEHMEN TOD HABEN. VERSAGEN SIE, WIRD IHRE NICHTE DURCH DIE RATTEN STERBEN.

Auf dem Boden des Spinds lag eine aufgewickelte Wäscheleine. Nach kurzem Zögern nahm Avram sie an sich. Was sollte er tun?

Krankes Mistschwein!

Jemanden den Ratten zum Fraß vorwerfen – wer kam denn auf so eine Idee? Rasmussen war zwar ein gefährlicher Irrer, der einem alten Freund gerne mal ein paar Kugeln in den Leib jagte, wenn es seinen Zielen diente. Aber das hier passte nicht zu ihm. Hier sollte nicht einfach jemand aus dem Weg geräumt oder ein Exempel an ihm statuiert werden. Hier ging es darum, jemanden zu quälen, physisch und psychisch.

Wenn es nicht Rasmussen ist, muss es Dante sein. Er hat sich dieses Spiel ausgedacht. Aber aus welchem Grund? Will er sich an uns rächen? Oder ist er einfach nur ein geisteskranker Irrer, dem einer abgeht, wenn er andere Menschen leiden lassen kann?

Zorn und Ohnmacht kochten in Avram hoch. Seine Faust spannte sich so fest um die aufgewickelte Wäscheleine, dass die Knöchel weiß unter der Haut hervorschimmerten.

Ich werde ihn umbringen, schwor er sich zum wiederholten Mal. Nur leider hatte er keine Ahnung, wie.

Gerade fragte er sich, welche Anweisung Dante wohl für Emilia parat hielt, als er einen Schrei hörte. Er fuhr herum, widerstand aber dem spontanen Impuls, blind draufloszurennen. Jahrelange Erfahrung hatte ihn Vorsicht gelehrt.

»Emilia, sind Sie das?«

Der Schrei hielt an. Er ging Avram durch Mark und Bein.

Auf Zehenspitzen eilte er zur Tür, um einen Blick in den Flur zu werfen. Dort schien sich nichts verändert zu haben. Also wagte er den Weg zurück.

Der Schrei wurde lauter. Avram erreichte den Raum mit dem Fernseher, ihren Ausgangspunkt. Er war leer. Der Schrei kam von weiter vorne.

Er erinnerte sich an die Anweisung aus der Videobotschaft.

Rot geht zuerst nach links, bis es nicht mehr weiter geht, dann nach rechts und anschließend durch die dritte Tür links.

Avram eilte weiter, die halbe Rasierklinge fest zwischen die Finger geklemmt. Am Ende des Flurs bog er nach rechts ab und sah sofort, dass die zweite Tür links offen stand. Von dort schien der Schrei zu kommen.

Die zweite Tür? In der Videobotschaft war von der dritten Tür die Rede gewesen. Was hat das zu bedeuten?

Auf leisen Sohlen huschte Avram durch den Gang. Neben der offenen Tür blieb er stehen, um ein letztes Mal durchzuatmen und sich innerlich zu wappnen – für einen grässlichen Anblick, für einen Kampf ... für was auch immer. Mit Daumen und Zeigefinger brachte er noch einmal seine Rasierklinge in Position. Dann betrat er mit einem großen Schritt den Raum.

Emilia Ness saß auf einem Stuhl, die Hände hinter der Lehne, offenbar gefesselt. Auf den ersten Blick schien sie nicht verletzt zu sein, doch aus ihrem weit aufgerissenen Mund kam immer noch dieser endlose, heisere Schrei, als würde man ihr bei lebendigem Leib die Haut abziehen.

Ansonsten war das Zimmer leer, abgesehen von den üblichen Kartons und ein paar alten Möbeln.

»Was ist mit Ihnen?« Avram kam näher, wollte helfen. Was hatte Dante ihr angetan?

Aber als er nur noch zwei Meter von Emilia entfernt war, zuckten plötzlich ihre Hände hinter der Stuhllehne hervor – mit einer Pistole, deren Lauf sich auf seinen Oberkörper richtete. Im selben Moment verstummte auch ihr Schrei.

»Keinen Schritt weiter!«, zischte sie. »Bleiben Sie genau da, wo Sie sind, und nehmen Sie die Hände hoch!«

70

Obwohl Avram ihre Anweisungen widerstandslos befolgte, traute Emilia ihm nicht. Er war ein Profikiller, mit allen Wassern gewaschen, rücksichtslos und ohne Skrupel. Jede Wette, dass er eine ähnliche Botschaft erhalten hatte wie sie. Bestimmt würde er sie bei nächster Gelegenheit umbringen, um seiner Nichte damit einen schnellen Tod zu bescheren, wenn er ihr schon nicht auf andere Weise helfen konnte.

»Was haben Sie da in der Hand?«, fragte sie mit krächzender Stimme. Der lange Schrei – ein plumpes Ablenkungsmanöver, um Avram anzulocken – hatte sie heiser gemacht.

»Eine halbe Rasierklinge«, sagte Avram.

»Lassen Sie sie fallen!«

Er tat es. »Was jetzt? Wollen Sie mich erschießen?«

Emilia zögerte. Darüber hatte sie sich noch gar keine Gedanken gemacht. Sie wollte nur nicht von ihm überwältigt werden und in dem Wissen sterben, dass Becky bei lebendigem Leib verstümmelt wurde – mehr, als sie es ohnehin schon war.

»Haben Sie auch einen Zettel erhalten?«, fragte er.

Sie nickte.

»Dann sollen Sie mir aber bestimmt keine Kugel verpassen. Welche Art von Tod hat Dante für mich vorgesehen?«

»Ich soll Sie zu einem Säurebad zwingen.«

»Und das wollen Sie tatsächlich tun?«

Nein, das wollte sie natürlich nicht – aber welche Wahl hatte sie?

Er nahm seine Hände herunter.

»Lassen Sie sie oben!«

Er gehorchte nicht. »Denken Sie im Ernst, ich steige in ein Säurebad? Selbst mit vorgehaltener Waffe werde ich das nicht tun. Sie werden mir schon eine Kugel verpassen und mich gefesselt in die Wanne zerren müssen. Aber ich warne sie: Ich werde nicht kampflos aufgeben.«

Er kam einen Schritt näher.

»Bleiben Sie stehen, verdammt nochmal! Ich will nicht auf Sie schießen, aber ich werde es tun, wenn es sein muss!«

Sein Blick nahm sie gefangen – diese stahlgrauen, hypnotischen Augen. »Ich weiß, was Sie denken. Ich bin ein gesuchter Verbrecher, habe schon Dutzende von Menschenleben auf dem Gewissen. Ich bedeute Ihnen im Grunde nichts, auch wenn ich schon mal Ihr Leben gerettet habe. Deshalb ist es für Sie das kleinere Übel, mich zu opfern, als Ihre Tochter von diesem Irren foltern zu lassen. Aber können Sie das wirklich tun?«

Er machte einen weiteren Schritt. Jetzt stand er nur noch auf Armeslänge von Emilia entfernt.

Das ist meine letzte Chance! Wenn ich jetzt nicht abdrücke, ist es vorbei.

Er streckte seine Hand aus und nahm ihr die Waffe ab, ganz langsam, ohne die geringste Eile. Emilia fragte sich, wie es jetzt weitergehen würde.

Mit einem raschen Handgriff überprüfte er die Pistole. »Nur ein Schuss«, murmelte er. Dann steckte er das Magazin wieder in den Griff und richtete den Lauf auf sie.

Emilias Herzschlag schien für einen Moment auszusetzen. Sie hatte es nicht über sich gebracht, auf ihn zu schießen. Er hatte offenbar weniger Skrupel.

»Ich soll Sie fesseln und an die Ratten verfüttern«, sagte er. »Das stand auf meinem Zettel. Aber selbst wenn hier irgendwelche Ratten wären, würde ich das nicht machen.«

Als er die Waffe sinken ließ, fiel Emilia eine Zentnerlast von der Seele. Sie hatte sich schon mit dem Schlimmsten abgefunden.

»Die Ratten sind nebenan«, sagte sie matt und ließ sich in die Stuhllehne zurücksinken. »Ist Ihre Nichte an den Beinen tätowiert?«

»Ich weiß es nicht genau. Ich glaube nicht. Warum?«

Während Avram wieder seine halbe Rasierklinge vom Boden auflas, erzählte Emilia ihm von der Frauenleiche im Nachbarzimmer. »Es sind nur noch die Beine übrig«, schloss sie.

In seinem Gesicht zeigte sich keinerlei Regung, als er vor ihr in die Hocke ging, um mit ihr auf Augenhöhe zu sprechen. Nur seine Stimme klang einen Tick unbeherrschter als sonst. »Wir haben es mit einem Wahnsinnigen zu tun«, sagte er. »Mit einem geisteskranken, wahnsinnigen Irren. Falls wir überhaupt eine Chance haben, ihn aufzuhalten, dann nur, wenn wir zusammenarbeiten. Lassen Sie uns gemeinsam einen Weg aus diesem Irrgarten suchen. Sobald wir draußen sind, schnappen wir uns das Schwein, das verspreche ich. Und falls es einen Gott gibt, bekommen wir auch unsere Kinder zurück.«

Emilia schluckte, ihr Hals kratzte. Avram hatte recht. Wenn sie sich zusammentaten, gab es vielleicht noch Hoffnung ...

In diesem Moment ertönte eine Stimme: »Kommen Sie zum Fernseher zurück! Sofort! Wagen Sie es nicht, irgendetwas anderes zu tun! Ich kann Sie sehen und hören – überall!«

71

Avram warf Emilia einen Blick zu und flüsterte: »Wir haben ihn provoziert, weil wir nicht nach seiner Pfeife tanzen. Er ist sich seiner Macht nicht mehr ganz sicher. Das ist gut.«

»Was schlagen Sie vor?«

»Geben wir ihm das Gefühl, dass er die Situation wieder im Griff hat. Er ist berechenbarer, wenn er glaubt, dass er uns manipulieren kann.«

Sie kehrten in das Zimmer zurück, in dem sie die Videobotschaft erhalten hatten. Alles schien auf den ersten Blick wie vorher zu sein, nur dass auf dem Fernseher ein anderes Bild zu sehen war. Es zeigte die Silhouette eines Mannes, der in einem Sessel saß, schwarz wie ein Schattenriss, in der Hand einen Stock. Er bewegte sich nicht. Wartete einfach nur ab. Lauerte.

Im Bildhintergrund erkannte Avram ein rustikales Gemäuer mit einem Kamin, der im Moment allerdings nicht brannte. Über dem Kaminsims hing, flankiert von zwei mittelalterlichen Schwertern, eine alte Bärenfalle, aufgeklappt wie ein Haifischgebiss. Rechts neben dem Kaminschacht befand sich ein großes Fenster, durch das im Moment jedoch kein Licht fiel, weil es draußen noch Nacht war. Nur die Kerze auf dem Sims über dem Kamin spendete einen Hauch von Helligkeit. Es war ein wohl inszeniertes Bühnenbild, das jedem Draculafilm zur Ehre gereicht hätte. Wer immer der Mann in dem Sessel war, er liebte das Schauspiel.

»Sie waren unfolgsam«, sagte eine Stimme. Bei jedem Wort bewegte sich der Kopf ein wenig. »Sie haben meine Anweisungen missachtet, gegen meine Regeln verstoßen. Sie sollten sich gegenseitig bekämpfen, stattdessen wollten Sie sich gegen mich verbünden. Ts ts ts. Ich hatte Sie gewarnt, dass das Konsequenzen nach sich ziehen würde.« Es klang, als würde er zwei Kinder zurechtweisen.

Das Bild wechselte. Es zeigte jetzt ein Kellergewölbe mit mehreren großen Käfigen, die mit Stroh ausgelegt waren. In zweien davon kauerten Akina und Becky, die anderen waren leer. Die Mädchen hatten sich weit nach hinten verkrochen und blickten scheu in die Kamera. Akinas Auge schimmerte bläulich, außerdem war ihre Lippe aufgeplatzt, ansonsten schien sie in Ordnung zu sein. Becky hatte noch immer den Kopf und die Hand bandagiert.

Etwas in Avram verkrampfte sich. Vor vielen Jahren war er selbst in einem ganz ähnlichen Käfig eingesperrt gewesen. Er konnte sich noch allzu gut an die Hilflosigkeit und an die Angst erinnern, die er damals durchlebt hatte.

»Kommt nach vorne!«, befahl die Stimme.

Offenbar konnten die Mädchen ihn in ihrem Verlies hören, denn sie zuckten unwillkürlich zusammen. Anstatt der Anweisung Folge zu leisten, blieben sie jedoch sitzen. Schützend zogen sie die Beine zum Körper. Becky begann zu weinen.

»Kommt nach vorne, damit ich euch sehen kann!«, zischte die Stimme – wieder ohne Erfolg.

»Franz! Wenn sie nicht gehorchen, schneidest du ihnen die Zunge raus!«

»Ja, die Zunge«, sagte eine andere Stimme, die offensichtlich von einem Helfer hinter der Kamera kam. Sie klang sonderbar, beinahe debil, außerdem heiser und kratzig, wie bei jemandem, der unter Atembeschwerden litt, vielleicht weil er schon zu lange in diesem muffigen Verlies arbeitete.

Es gab ein Geräusch, als würde jemand Werkzeuge aus einer Wandhalterung nehmen. Becky stieß einen spitzen Schrei aus, Akina riss die Augen weit auf.

»Kommt nach vorne, dann geschieht euch nichts!«, zischte eine Stimme – jetzt wieder Dante. »Wenn nicht, wird es Franz eine Freude sein, meinen Befehl zu befolgen.«

Diesmal gehorchten die Mädchen. Wie Raubkatzen krochen sie zu den vorderen Gitterstäben, wo mehr Licht auf sie fiel und man ihre Gesichter besser erkennen konnte. In beiden stand die nackte Angst.

»Avram Kuyper – dafür, dass Ihre Nichte beinahe genauso halsstarrig ist wie Sie, geht es ihr erstaunlich gut, finden Sie nicht?«, röchelte Dante. »Eine aufgesprungene Lippe und ein blaues Auge – nichts, was nicht in wenigen Tagen wieder heilen würde. Und Agentin Ness, bestimmt fragen Sie sich, wie es Ihrer Tochter geht. Ich will es Ihnen zeigen. Franz, nimm ihr die Bandagen ab!«

Eine menschliche Gestalt drängte ins Bild, bekleidet mit einem sackartigen Umhang. Der Kopf befand sich außerhalb des Bildausschnitts, deswegen konnte man das Gesicht nicht sehen. Der Rest erinnerte Avram an einen mittelalterlichen Bettler. Er fragte sich, ob diese Aufmachung wieder nur Teil des Schauspiels war, das Dante für sie inszeniert hatte.

Eine Hand schob sich durch die Gitterstäbe und näherte sich Beckys Gesicht. Irgendwie schaffte das Mädchen es, seine Angst zu beherrschen.

»Komm her, meine Kleine!«, krächzte der Lumpenmann. Seine Finger griffen nach dem Verband um Beckys Kopf. Mit einem ansatzlosen Ruck rissen sie ihn herunter. Becky entfuhr ein Schrei, aber dort, wo der Verband von einem rötlich-schwarzen Fleck verunstaltet gewesen war, befand sich keine Wunde. Das Ohr war noch dran, und auch sonst schien sie nicht verletzt zu sein. Dasselbe galt für die verbundene Hand. Becky hatte keine einzige Schramme.

Avram bemerkte, wie Emilia neben ihm vor Erleichterung schluchzte. Auch er war dankbar dafür, dass die beiden nur geringe Blessuren zeigten. Allerdings traute er dem Frieden nicht. Wenn Dante sie bisher verschont hatte, dann gewiss nicht ohne Grund. Was steckte dahinter?

»Ich sehe die Skepsis in Ihren Gesichtern«, sagte Dante. Das Fernsehbild wechselte jetzt wieder auf ihn. »Sie fragen sich, warum die beiden Schönheiten bisher unversehrt sind. Die Antwort lautet: Ich habe befürchtet, dass Sie beide versuchen, sich gegen mich zu verschwören. Und mir war von Anfang an klar, was ich in diesem Fall mit den beiden tun werde: Ich werde sie verkaufen. Europäische Jungfrauen sind äußerst begehrt, vor allem in Russland. Sie würden sich wundern, wie viel Geld dort für unberührte Ware aus gutem Hause bezahlt wird. Jede Verletzung würde den Preis nur drücken.« Er machte eine kurze Pause, bevor er fortfuhr. »Natürlich werden Ihre Kinder nicht dauerhaft unverletzt bleiben. Meine Interessenten haben – nun, sagen wir *spezielle Neigungen*. Ich bin sicher, Sie besitzen genügend Phantasie, um sich die Details auszumalen.«

Avram lief es kalt den Rücken hinab.

Emilia stand neben ihm und atmete schwer. »Sie sind ein Monster!«, zischte sie das Fernsehbild an. »Was haben wir Ihnen getan, dass Sie uns so sehr hassen?«

Ein paar Sekunden lang herrschte Schweigen. Dann sagte die Stimme: »Das will ich Ihnen gerne verraten.«

72

Emilia traute ihren Augen nicht, als der Mann sich in seinem Sessel nach vorne beugte und der schwarze Umriss Gestalt annahm. Trotz Dunkelheit konnte man das Gesicht nun deutlich erkennen.

Dante war kein anderer als Claus Thalinger.

Etwas in Emilia weigerte sich, das zu glauben. »Ich dachte, Sie haben ihn umgebracht«, wisperte sie Avram zu.

Sie verstand es nicht. Im Winter hatte sie Thalinger, einen der mächtigsten Großindustriellen Europas, wegen seiner kriminellen Geschäftspraktiken vor Gericht gebracht. Erpressung, Folter, Mord – vor nichts hatte er haltgemacht, um an seine Ziele zu gelangen. Doch trotz der erdrückenden Beweislast war er am Ende freigesprochen worden, weil er Zeugen und Richter mit Bestechungen oder Drohungen unter Kontrolle gebracht hatte.

Zwei Monate später war in allen großen Zeitungen Europas die Meldung veröffentlicht worden, dass Thalinger im Rahmen der Eröffnungsfeierlichkeiten einer Chemiefabrik in Kroatien entführt worden sei. Kurz darauf hatte Emilia einen Brief erhalten:

Ich habe das Problem »Thalinger« endgültig beseitigt. Der Tod meines Bruders und meines Neffen ist damit gesühnt. Ich werde mich von jetzt an nicht mehr in Ihre polizeilichen Angelegenheiten einmischen. Leben Sie wohl, A. K.

All das schoss Emilia binnen einer Sekunde durch den Kopf, als sie Claus Thalingers Gesicht auf dem Monitor vor sich sah.

»Ich dachte, Sie haben ihn getötet!«

Avram entgegnete nichts, aber als sie ihm einen Seitenblick zuwarf, erkannte sie, dass er mindestens ebenso überrascht war wie sie.

»Sie beide haben um ein Haar mein Leben zerstört«, sagte Thalinger. Das dämmrige Licht verwandelte sein Gesicht in eine düstere Maske. »So etwas vergisst man nicht. Zuerst der Prozess. Dann die Entführung. Ist es da verwunderlich, wenn ich nachtragend bin?« Er lehnte sich wieder zurück und griff in der Dunkelheit nach etwas, das auf dem Tisch neben dem Sessel lag – eine Fernbedienung, mit der er das Licht anschaltete.

Emilia schluckte. Thalinger hatte sich verändert. Er war nicht mehr der Mann, den sie von den vielen Stunden vor Gericht her kannte. Er war gezeichnet. Eine lange Narbe zog sich über seine rechte Gesichtshälfte, ein Augenlid hing schräg, als hätte er einen Schlaganfall erlitten. An seinem Hals erkannte Emilia mehrere Brandmale.

Ohne den Blick von der Kamera zu wenden, legte er seinen Stock ab und krempelte seinen linken Hemdsärmel nach oben. Sein Unterarm war höchstens halb so dick wie normal und grässlich entstellt. Eine lange Wulst zog sich vom Ellbogen bis zum Handgelenk. Genüsslich hielt er den Arm in die Kamera.

»Mein anderer Arm sieht genauso aus«, sagte er. »Radan Srakovicz hat mir den halben Muskel weggeschnitten, weil ich seinen Bruder auf dem Gewissen hatte. Ich dachte wirklich, dass das mein Ende ist, aber glücklicherweise ist Srakovicz nicht nur ein eiskalter Waffenschieber, sondern auch ein Geschäftsmann. Seinen Bruder konnte er wohl sowieso nie wirklich leiden. Es hat mich zwanzig Millionen Euro gekostet, aber das Geld hat ihn schließlich überzeugt. Er ließ mich laufen, und die Ärzte haben mich wieder notdürftig zusammengeflickt.«

Wieder beugte er sich nach vorne. Auf dem Bildschirm war nun jede einzelne Narbe in seinem vom Licht beschienenen Gesicht zu erkennen.

»Ihretwegen bin ich durch die Hölle gegangen«, fuhr er mit einem gefährlichen Unterton in der Stimme fort. »Seitdem will ich, dass es Ihnen genauso ergeht. Deshalb werden Sie heute Nacht sterben, alle beide. Langsam und schmerzvoll – und in der Gewissheit, dass Ihre Kinder noch viel mehr leiden werden als Sie.« Seine Miene gefror zu Eis. Sekundenlang starrte er sie durch den Bildschirm an, als könne er ihnen direkt in die Seele sehen. Den Schmerz heraufbeschwören. Die Angst spüren. Doch es war vor allem sein letzter Satz, der Emilia durch Mark und Bein ging: »Schaut in den Abgrund, und fleht um euren Tod.«

Mit diesen Worten wurde der Monitor schwarz. Zurück blieb das beklemmende Gefühl, dass ihr Schicksal besiegelt war.

Thalinger war einer der mächtigsten Männer, mit denen sie es jemals zu tun gehabt hatte. Er besaß Geld und Einfluss, er kannte kein Gewissen, und er hatte über die Jahre hinweg ein eigenes kriminelles Netzwerk aufgebaut. Sie hatte ihn für tot gehalten. Doch nun war er wie ein Phönix aus der Asche auferstanden und hatte nur noch eines im Sinn: Rache.

Ein Geräusch hinter ihr ließ sie zusammenzucken.

Jemand sagte: »Hände hoch!«

Und Emilia ahnte, dass jetzt ihre schwerste Stunde anbrechen würde.

73

Mit erhobenen Armen drehte Avram sich um. Vor ihm standen zwei Männer in dunklen Tarnanzügen, die Waffen im Anschlag. Weitere Männer drängten durch den Eingang in den Raum – insgesamt waren es sechs.

Für jeden drei.

Die Pistole, die Avram Emilia abgenommen hatte, befand sich noch in seiner Faust. Das Problem war, dass sich nur eine Kugel darin befand. Selbst, wenn er schnell war und einen der Männer erledigen konnte, blieben fünf übrig, die Emilia und ihn töten würden.

Vielleicht wäre ein schneller Tod die bessere Variante.

Dennoch ließ Avram die Waffe fallen, als einer der Männer es ihm befahl. Jetzt blieb ihm nur noch die halbe Rasierklinge in seiner Hosentasche. Die würde ihm jedoch nur etwas nützen, wenn er nah genug an die Männer herankam.

»Weg mit dem Stemmeisen!«, zischte jemand.

Emilia, die neben Avram stand, gehorchte. Mit einem metallischen Schäppern schlug der Meißel auf dem Boden auf. Als die Männer kamen, ließ sie es willenlos geschehen, dass sie sie abführten.

Auch Avram wehrte sich nicht. Einer der Männer trat hinter ihn und hielt ihm eine Pistole an den Kopf. Die anderen zerrten ihn vorwärts, obwohl er auch ohne Gewaltanwendung gehorcht hätte. Im Moment gab es nichts, was er tun konnte.

Man brachte sie in einen etwa fünfzig Quadratmeter großen Raum, in dem eine Art Filmset aufgebaut worden war. In der Mitte standen zwei Stühle, drum herum die Ausrüstung: Digitalkameras auf Dreibeinstativen, Mikrophone an Teleskopstangen, verschiedene Leuchten für direktes und indirektes Licht. Auf einem Seitentisch lag eine Chirurgenausrüstung – Messer, Skalpelle, Knochensägen, Wundspreizer ... das komplette Programm. Avram wusste sofort, was das zu bedeuten hatte. Hier sollte ein Snuff-Movie gedreht werden, in dem er und Emilia die Hauptrolle spielten.

Vielleicht werden wir diese Nacht wirklich nicht überleben!

Die Männer zerrten ihn weiter, zwangen ihn auf einen der beiden Stühle.

»Wo sind die Kabelbinder?«, rief einer. Gleich darauf spürte Avram, wie ihm jemand die Hände hinter der Stuhllehne zusammenband. Er fragte sich, ob es nicht doch vielleicht besser gewesen wäre, die Männer anzugreifen.

Der Kerl, der ihn gefesselt hatte, riss ihm sein Hemd auf, so dass die Knöpfe absprangen. Dann zog er sein Jagdmesser aus der Lederscheide an seinem Oberschenkel und schlitzte Avrams Unterhemd mit einem einzigen langen Schnitt von unten nach oben auf.

»Was ist denn mit dem passiert?«, raunte der Mann, als er die vielen Narben auf Avrams Oberkörper sah.

»Da werden gleich noch ein paar dazukommen«, knurrte ein anderer, der die Kameraeinstellungen überprüfte.

Emilia wurde nicht gefesselt, sondern von einem kantigen Glatzkopf mit einer vorgehaltenen Pistole in Schach gehalten. Immer wenn sie einen Blick auf ihn warf, fuhr er sich mit der Zunge lasziv über die Lippen – wohl eine Anspielung auf das, was er gleich mit ihr vorhatte.

Avram erkannte die Angst in ihren Augen, aber auch den Kampfgeist. Sie hatte noch nicht resigniert, sondern war bereit, um ihr Leben zu kämpfen – und um das der Kinder. Er hoffte nur, dass es dafür noch nicht zu spät war.

»Ihr drei kommt mit mir. Wir beseitigen unsere Spuren im Rest des Gebäudes«, sagte ein bärtiger Kerl, offenbar derjenige, der das Kommando hatte, und deutete mit dem Kinn auf die angesprochenen Männer. Zu viert marschierten sie nach draußen, um sich an die Arbeit zu machen.

Zwei blieben zurück: ein jüngerer Blonder, der sich um die Technik kümmerte, und der Glatzkopf mit der Pistole, dem die Geilheit schon aus den Augen quoll.

Die Scheinwerfer sprangen an. Der Blonde richtete den Galgen mit dem Mikrophon so aus, dass es etwa einen halben Meter über Avrams Kopf schwebte.

»Die Technik steht«, sagte er. »Wie sollen wir anfangen?«

»Hol einen von den Kanistern aus dem Duschraum«, schlug der Glatzkopf vor. »Das wird unser Kätzchen motivieren.«

Der Blonde grinste schief, verließ den Raum und kehrte kurz darauf mit einem grünen Kanister zurück, den er auf den Boden stellte.

»Jetzt runter mit den Klamotten, meine Hübsche«, nölte der Glatzkopf und wedelte mit seiner Pistole.

Emilia schluckte und warf Avram einen hilfesuchenden Blick zu. Er versuchte, ihr mit einem knappen Nicken zu signalisieren, dass er eine Idee hatte, wusste aber nicht, ob sie die Andeutung verstand.

»Ein bisschen Beeilung, Baby! Mir platzt gleich die Hose«, sagte der Glatzkopf.

»Ich bin sicher, sie ist genauso scharf auf dich«, höhnte Avram. Es war ein gefährliches Spiel, aber er musste das Risiko eingehen, wenn er wollte, dass der Mann Emilia an ihn heranließ.

»Schnauze da drüben!«, bellte der Glatzkopf. »Sonst verpasse ich dir eine!«

»Mehr Haare auf dem Rücken als auf dem Kopf, welche Frau kann da widerstehen?«, setzte Avram nach.

Der Glatzkopf kam mit zwei mächtigen Schritten auf ihn zu und schlug ihm ansatzlos mit der Faust ins Gesicht. Einen Moment lang tanzten Sterne vor Avrams Augen, aber er hatte sich schnell wieder unter Kontrolle. Obwohl sein Kiefer pulsierte, glaubte er nicht, dass er gebrochen war.

Der nächste Stich muss sitzen, sonst bringt er mich um.

»Ich hoffe, Sie beißt dir den Schwanz ab!«, zischte Avram. »Das wäre ein Video, für das sogar ich Geld bezahlen würde!«

Noch ein Schlag ins Gesicht. Der kupferartige Geschmack von Blut füllte Avrams Mundhöhle aus. Mit der Zunge befühlte er die wunde Stelle. Alle Zähne befanden sich noch an ihrem Platz.

»Du willst ein Video, in dem einem der Schwanz abgebissen wird?«, raunte der Glatzkopf. »Das kannst du gerne haben, Arschloch. In meiner persönlichen Sammlung wird das bestimmt einer meiner Favoriten. Timor, sind die Kameras bereit?«

»Mhm.« Der Blonde drückte ein paar Knöpfe auf einer Fernbedienung. An den Kameras begannen grüne Leuchtpunkte zu blinken.

Der Glatzkopf trat zwei Schritte von Avram zurück und richtete den Lauf seiner Pistole auf Emilias Kopf.

»Knie dich vor ihn hin, und mach ihm die Hose auf!«, befahl er. »Endlich mal wieder ein Snuff-Porno. Das hatten wir schon ewig nicht mehr.«

Emilia zögerte. Um ihr zu zeigen, wie ernst er es meinte, spannte der Glatzkopf den Abzug. Das mechanische Klicken war wie eine allerletzte Warnung. Emilia setzte sich in Bewegung.

Schau mich an, beschwor Avram sie in Gedanken, aber sie hörte ihn nicht. Den Blick starr auf den Boden gerichtet, näherte sie sich ihm, bis ihre Schuhspitzen sich beinahe berührten.

»Mach die Beine auseinander, Kuyper!«, befahl der Glatzkopf.

Avram tat es. Bisher schien sein Plan aufzugehen, aber alles hing jetzt davon ab, ob Emilia begriff, was er vorhatte – denn in Gegenwart der beiden Männer konnte er sich natürlich nicht mit ihr absprechen.

»Wird's bald!«, knurrte der Kahlkopf, dem es offenbar zu langsam ging. »Auf die Knie mit dir, Polizistenfotze! Pack seinen Schwanz aus und nimm ihn in den Mund!«

Avram sah, wie Emilia zitterte, als sie sich vor seine offenen Beine kniete.

Schauen Sie nach oben! Bitte!

Diesmal kam die stumme Botschaft an. Während ihre Hände sich an seinem Gürtel zu schaffen machten, trafen sich ihre Blicke.

Es ist noch nicht vorbei. Wenn wir dieses Schauspiel durchziehen, haben wir eine Chance. Vertrauen Sie mir!

Er hoffte inständig, dass sie verstand.

»Was denn, gar kein Vorspiel?«, sagte er so laut, dass die Männer es hören konnten. »Wenn das schon unsere letzte Show wird, sollten wir sie wenigstens genießen, Schätzchen.«

Emilia sah ihn entsetzt an. Der Blonde kicherte wie ein Idiot.

»Dem Arschloch scheint die Sache auch noch Spaß zu machen«, schnaubte der Glatzkopf ungläubig. »Mir soll's recht sein. Frau Superagentin – mach's ihm schön langsam mit dem Mund. Und lass mich deine Zunge sehen. Ich will, dass sein Schwanz hart wie ein Prügel ist, wenn du ihn abbeißt. Timor, sieh zu, dass du die Aufnahmen nicht vermasselst.«

Der Blonde hörte auf zu kichern. »Ja, ja, krieg dich wieder ein«, zischte er. »Die Technik funktioniert schon. Pass du lieber auf, dass das Ganze nicht zu einer Liebesschnulze verkommt, sonst wird der Boss sauer. Das hier soll den beiden keinen Spaß machen. Sie sollen leiden.«

Der Glatzkopf ging zu dem Gerätetisch. Avram ahnte, dass sie sich beeilen mussten. Wenn Thalingers Handlanger erst anfingen, Emilia und ihn ernsthaft zu verletzen, würden ihre Überlebenschancen drastisch fallen.

»Stecken Sie Ihre Hände in meine Hostentaschen«, sagte Avram zu Emilia. »Das wird nicht nur mir, sondern auch Ihnen gefallen.«

Mit angewiderter Miene folgte sie seiner Anweisung. Ihre Finger ließen von seinem Gürtel ab.

In diesem Moment stieß sie einen Schmerzensschrei aus, und auch Avram hatte plötzlich das Gefühl, von ein paar glühenden Kohlestücken durchbohrt zu werden.

»So gefällt mir das schon besser!«, grinste der Glatzkopf. In der Hand hielt er einen Schraubenzieher, den er gerade wieder in den Säurekanister tunkte, um die nächste Ladung ins Set zu spritzen.

Wir müssen uns beeilen. Sonst sind wir entweder tot oder für immer entstellt.

Den Schmerz ignorierend, beschwor er Emilia: »Machen Sie weiter! Stecken Sie Ihre Hände in meine Hostentasche!« Und als Ablenkungsmanöver für die Männer fügte er hinzu: »Schön fest, du kleines Biest!«

Der Blonde kicherte wieder.

Der Glatzkopf blökte: »Hör auf zu quatschen, Arschloch! Oder soll ich dich mit dem ganzen Kanister übergießen?«

Um ihn nicht weiter zu provozieren, hielt Avram lieber den Mund. Da Emilia ihn nicht mehr ansah, konnte er ihr auch mit Blicken keine Botschaften mehr senden. Wann würde sie endlich seinen Plan begreifen?

Sie hatte den ärgsten Schmerz inzwischen ebenfalls verwunden und widmete sich auf Drängen des Glatzkopfs wieder Avrams Hose. Zögernd glitten ihre Finger in seine Taschen, zuerst nur wenige Zentimeter, dann tiefer.

»Ja, du Hure. Massier ihm die Eier!«, grölte der Blonde. »Streng dich gefälligst ein bisschen an!«

»Halt's Maul, Timor!«, zischte der Glatzkopf.

Emilia zuckte zusammen, als ihre Fingerspitzen den Grund von Avrams rechter Hosentasche erreichten. In ihrem Gesicht flackerte ein Anflug von Schmerz auf. Sie war auf die halbe Rasierklinge gestoßen und hatte sich daran geschnitten.

Der Schmerz wich der Überraschung, die Überraschung der Erkenntnis. Als sie zu Avram hoch sah, wusste er, dass sie versuchte, seine Gedanken zu erraten.

Geben Sie mir die Klinge, damit ich mich von den Kabelbindern hinter meinem Rücken befreien kann!

Als sie die Hand wieder aus seiner Hosentasche herauszog, wusste er nicht, ob sie die Rasierklinge hatte oder nicht. Aber sie wirkte plötzlich verändert. Aktiver. Wie jemand, der eine Rolle spielt – und das tat sie erstaunlich gut.

Mit dem Gesicht so dicht an seinem Körper, dass ihre Haare über seine Haut streiften, glitt sie an ihm nach oben, bis ihr Kopf auf der Höhe seiner Brust war. Ihre Hände fuhren an seinen Seiten entlang, legten sich auf seine Schultern, streiften dann an seinen Oberarmen wieder nach unten, über die Ellbogen bis zu seinen gefesselten Händen. Für die Kameras sah es bestimmt so aus, als würde sie sich Mühe geben, ihn zu erregen, insbesondere, als sie begann, seine Brust zu küssen. Aber als er gleichzeitig das dünne Metall spürte, das sie ihm hinter seinem Rücken in die Hand drückte, wusste er, dass sie nur ein perfektes Ablenkungsmanöver hingelegt hatte.

Auch Avram trug seinen Teil zu dem Schauspiel bei, indem er so tat, als würde ihn das laszive Spiel anmachen. Unter normalen Umständen hätte es das auch bestimmt getan, aber im Moment hatte er nur eines im Sinn: mit der Rasierklinge die Kabelbinder an seinen Handgelenken durchzuschneiden. Das war gar nicht so einfach – mehr als einmal drohte ihm die winzige Schneide aus den Fingern zu gleiten. Aber dann lockerte sich das Plastik plötzlich, und er wusste, dass er es geschafft hatte. Als ihre Blicke sich wieder trafen, gab er Emilia mit einem knappen Nicken zu verstehen, dass sie sich bereithalten solle. Sie nickte zurück.

Jetzt musste er nur noch den richtigen Moment für einen Überraschungsangriff herbeiführen.

»Ihr habt von solchen Filmen nicht besonders viel Ahnung, was?«, rief er dem Glatzkopf zu. »Was ist das für ein Scheiß Porno ohne nackte Haut, ihr Idioten? Wie soll man da einen hochkriegen?«

»Fresse!«, zischte der Glatzkopf. Er beugte sich schon wieder zu seinem Kanister, um den Schraubenzieher für die nächste Ladung einzutunken, aber der Blonde funkte dazwischen.

»Der Holländer hat recht!«, sagte er. »Die Hure soll sich ausziehen. Dann sieht man auch viel besser, wie die Säure sich ins Fleisch frisst.«

Das Argument schien den Glatzkopf zu überzeugen,

doch Emilia machte keinerlei Anstalten, die Anweisung zu befolgen.

»Ausziehen!«, wiederholte der Blonde, abermals ohne Erfolg. Im Gegenteil: Emilia hielt sich mit einer Hand schützend die Bluse vor dem Dekolleté zu, während sie dem Glatzkopf einen ängstlichen Blick über die Schulter zuwarf.

Der fühlte sich durch ihre Weigerung nur provoziert. Mit zwei mächtigen Schritten kam er auf sie zu, um ihr die Kleider vom Leib zu reißen – doch genau auf diesen Moment hatte Avram gewartet.

Noch bevor der Glatzkopf bei ihr war, sprang Avram auf und machte einen gewaltigen Satz über Emilia, die sich unter ihm hinwegduckte, als hätten sie dieses Kunststück einstudiert. Die Hand mit der Rasierklinge hoch erhoben, warf Avram sich auf seinen Gegner. Der war viel zu überrascht, um reagieren zu können. In seinen weitaufgerissenen Augen stand blankes Entsetzen, als er erkannte, dass er in eine Falle geraten war.

Ohne mit der Wimper zu zucken, zog Avram ihm die Klinge übers Gesicht. Der Mann brüllte auf, taumelte nach hinten und betastete mit den Händen die klaffende Schnittwunde. Aber schon kam der zweite Angriff, der einen blutigen Striemen an seinem Arm hinterließ. Bei dem Versuch, weiter nach hinten auszuweichen, stolperte er über den Kanister. Er geriet ins Wanken und stürzte – genau in die zischende Lache, die sich unter ihm bildete. Der heisere Schrei, der sich seiner Kehle entrang, als er begriff, was mit ihm geschehen war, rührte Avram nicht. Der Glatzkopf bekam nur, was er, ohne zu zögern, auch Avram und Emilia angetan hätte.

Schmor in der Hölle, Arschloch!

Lautes Geklapper ließ ihn herumwirbeln: Emilia hatte den Überraschungsmoment ausgenutzt, um sich auf den

Blonden zu stürzen, der gerade hinter seiner Ausrüstung begraben wurde. Stative, Digitalkameras, Mikrophonständer, Leuchten – alles prasselte auf ihn ein wie bei einem Erdbeben. Emilia selbst lag auf dem Trümmerhaufen und versuchte, ihn darunter zu fassen zu bekommen, um zu verhindern, dass er seine Waffe zog. Aber irgendwie schaffte der Mann es, sich ihrem Griff zu entwinden. Seine Hand löste den Druckknopf an seinem Lederholster, entsicherte die Pistole und zog sie zitternd vor Anstrengung hervor – doch in diesem Moment traf Emilia ihn so hart mit einer Stativstange an der Schläfe, dass ihm die Waffe entglitt.

Jetzt war auch Avram bei ihnen. Allein das zusätzliche Gewicht auf seinem Brustkorb ließ den Blonden aufstöhnen, aber er gab nicht auf. In der anderen Hand hielt er plötzlich ein Jagdmesser, dessen scharfe Spitze sich durch den Trümmerhaufen nach oben arbeitete. Avram konnte gerade noch ausweichen, verlor dabei jedoch seine Rasierklinge. Der Kerl war flink wie ein Wiesel. Schon holte er unter dem Geräteberg erneut aus.

Avram versuchte erst gar nicht, die Rasierklinge wiederzufinden – in dem Gewirr unter ihm wäre das hoffnungslos gewesen. Doch er fand eine Lücke zwischen all den Aluteilen und Kabeln und griff, ohne zu zögern, hinein. Seine Finger bekamen den Hals des Blonden zu fassen, bohrten sich noch ein paar Zentimeter weiter in die Trümmer hinein, legten sich um seinen Kehlkopf. Das Röcheln unter ihm bewies, dass es sich um die richtige Stelle handelte.

Avram drückte so fest zu, wie er konnte.

Die Spitze des Jagdmessers traf ihn am unteren Rippenbogen und ließ ihn zusammenzucken, doch er lockerte seinen Griff nicht. Erbarmungslos schnürte er dem Blonden die Luft ab. Der gab jetzt nur noch ein gurgelndes Geräusch von sich. Avram spürte, wie der Körper unter ihm noch einmal alle Kräfte mobilisierte, aber das Gewicht auf seinem Brustkorb war zu groß, um es beiseitezuschieben. Und in den Trümmerteilen waren seine Arme so eingekeilt, dass er Avrams schraubstockartige Finger nicht erreichen konnte. Schließlich durchströmte den Mann ein letztes, unkoordiniertes Zucken, bevor sein Körper erschlaffte und auch die Hand mit dem Jagdmesser leblos zu Boden sank.

Avram keuchte vor Anstrengung. Er ließ von ihm ab und half Emilia, wieder auf die Beine zu kommen.

»Alles klar?«, fragte sie mit Blick auf die blutende Stelle an seinem Brustkorb.

»Nur ein Kratzer«, gab er zurück. »Sehen wir zu, dass wir hier wegkommen!«

Hinter ihnen brüllte sich der Glatzkopf immer noch die Seele aus dem Leib. Er hatte es irgendwie geschafft, aus der Pfütze zu kriechen, aber die Säure nagte überall an ihm. Seine Hände waren nur noch offenes Fleisch, und auch einen Teil seines Gesichts war angefressen. An seinen Armen hing der Tarnanzug nur noch in Fetzen von ihm herab, der Stoff hatte sich tief in die Haut eingebrannt. Er war dem Tod geweiht. Für ihn gab es keine Rettung.

Avram wälzte die umgestoßene Filmausrüstung beiseite, nahm dem Blonden das Jagdmesser, sein Ersatzmagazin und die Pistole ab und erlöste den Glatzkopf mit einem gezielten Schuss in die Stirn von seinem Leiden.

»Mit etwas Glück denken die anderen, dass er mich erschossen hat und hier alles nach Plan läuft«, raunte Avram. »Dennoch sollten wir so schnell wie möglich von hier verschwinden.«

74

Die Waffe des Glatzkopfs war bei seinem Sturz durchs halbe Zimmer geschlittert. Jetzt hob Emilia sie rasch vom Boden auf, um für die Flucht gewappnet zu sein.

In diesem Moment erschienen weitere Männer in Tarnanzügen im Eingang. Ganz automatisch wollte Emilia »Hände hoch!« rufen, doch der Angriff erfolgte so schnell, dass ihr dazu gar keine Zeit blieb. Sie sah nur, wie die erste Gestalt mit gezogener Waffe in den Raum drängte und in einer fließenden Bewegung den Lauf seiner Waffe auf sie richtete.

Emilia drückte den Abzug.

Der Knall schien das Zimmer explodieren zu lassen, so laut hallte er in ihren Ohren. Beinahe im selben Moment traf die Kugel den Eindringling mitten in die Brust. Die Wucht des Aufpralls riss ihn jäh von den Beinen.

Ein zweiter Mann, der hinter ihm im Türrahmen erschien, brach, getroffen von Avram, zusammen. Zuerst flog sein Kopf zur Seite. Dann vollführte sein Körper im Seitwärtsfall eine halbe Pirouette, bevor er mit dem Gesicht nach unten auf den Boden aufschlug.

Im Gang waren jetzt schwere Schritte zu hören, die sich rasch entfernten – jemand rannte davon. Eine Stimme rief mehrmals: »Wir brauchen hier unten Verstärkung!«

Aber schon war Avram in der Eingangstür. Er warf einen schnellen Blick in den Flur, trat hinaus und schoss. Die Stimme brach mitten im Satz ab, gefolgt von einem dumpfen Aufprall. Als Emilia hinter Avram in den Flur kam, sah sie die leblose Gestalt kurz vor der nächsten Ecke liegen.

»Sie haben ihm in den Rücken geschossen«, stellte sie fest.

Avram nickte. »Er hat es nicht anders verdient. Und jetzt Beeilung! Ich fürchte, wir werden gleich Besuch bekommen.«

Sie huschten durch den Flur. Während Emilia den nächsten Quergang überprüfte, nahm Avram dem Toten das Headset ab und stülpte es sich über den Kopf.

»Vielleicht erfahren wir damit, wo die Kerle uns suchen«, raunte er, während er das kleine Mikro vor seinem Mund mit der Hand verdeckte. Von da an verzichtete er aufs Sprechen, sondern verständigte sich mit Emilia nur noch mit taktischen Zeichen.

Schwere Schritte näherten sich – ein ganzer Trupp schien im Anmarsch zu sein. Noch bevor er auf Avram und Emilia traf, fanden die beiden einen unverschlossenen Raum und schlüpften hinein. Leise ließen sie die Tür wieder ins Schloss fallen.

Umfangen von Dunkelheit harrten sie aus, die Pistolen in Augenhöhe auf den Eingangsbereich gerichtet. Falls jemand sie hier drinnen vermutete, würden sie sich bis zum letzten Atemzug verteidigen. Aber Gott sei Dank war das nicht nötig – die Schritte polterten an ihnen vorbei.

Avram wagte einen Blick nach draußen. Mit einem knappen Nicken gab er Emilia zu verstehen, dass die Luft wieder rein war. Auf leisen Sohlen rannten sie in die Richtung, aus der der Trupp gekommen war.

Wie durch ein Wunder fanden sie kurz darauf den Ausgang. Sie passierten die schwere Eisentür, die die Männer wohl offen gelassen hatten, und eilten die gewendelte Betontreppe nach oben, bis sie eine alte Lagerhalle erreichten.

Die Notbeleuchtung erfüllte nur den vorderen Teil der Halle mit fahlem Licht. Zwei alte Gabelstapler parkten in den Gängen zwischen den Schwerlastregalen. Hier und da standen ein paar offene Transportcontainer herum wie riesige Bauklötze aus Stahl. Weiter hinten verlor sich der gewaltige Raum in Dunkelheit.

Obwohl niemand zu sehen war, schwenkte Emilia ihre Pistole hin und her, bereit abzudrücken, falls jemand ihr vor den Lauf kam. Avram verriegelte unterdessen die Tür zum Keller, um den Trupp einzusperren, der vorhin an ihnen vorbeigerannt war. Aber bestimmt warteten draußen noch ein paar Männer mehr.

Avram deutete zum Ausgang, der etwa zehn Meter vor ihnen lag. Blasser Mondschein fiel durch die Doppelflügeltür. Emilia spürte, wie sich ihr Magen vor Aufregung zusammenzog, während sie sich fragte, was sie draußen erwarten würde.

Sie schlichen weiter. Vorsichtig wagten sie einen Blick ins Freie. Dort parkten, beschienen vom sternenklaren Himmel, ein paar Geländewagen auf einem asphaltierten Vorplatz. Mehrere Männer – Emilia zählte spontan mindestens sieben – standen weit verstreut um die Autos herum, allesamt schwer bewaffnet und in dunklen Tarnanzügen. Am Ende des Vorplatzes erkannte Emilia trotz der schlechten Lichtverhältnisse einen hohen Maschendrahtzaun, der anscheinend das gesamte Gelände umgab. Dahinter kamen nur noch Wald und eine schmale Straße – offenbar die einzige Zufahrt zu diesem Grundstück.

Avram ballte wieder die Faust um sein Headset-Mikro. »Die sind in Alarmbereitschaft«, flüsterte er. »Durch die Vordertür hat es keinen Sinn. Lassen Sie uns einen Nebenausgang suchen.«

Einem vergilbten Fluchtwegeschild an der Wand folgend, erreichten sie tatsächlich rasch einen Notausgang. Die Tür war nicht abgeschlossen, gab aber beim Öffnen ein leises Quietschen von sich.

»Shit!«, knurrte Avram, während er einen Finger auf seinen Knopf im Ohr legte, um besser hören zu können. »Sie haben uns entdeckt. Klettern Sie! Ich gebe Ihnen Feuerschutz. Sobald Sie drüben sind, übernehmen Sie.«

Emilia steckte ihre Pistole in den Hosenbund, rannte über den Seitenstreifen neben der Halle und krallte sich in den Zaun. Kaum hatte sie ein Bein über die Oberkante des Zauns geschwungen, krachte der erste Schuss durch die Nacht. Er kam vom Vorplatz und zischte nur knapp an ihrem Kopf vorbei. Irgendwo begann ein Hund zu bellen.

Avram erwiderte das Feuer aus vollen Rohren. Eilig ließ Emilia sich ab, bis sie wieder festen Boden unter den Füßen hatte.

»Jetzt Sie!«, brüllte sie, um das tosende Geballer zu übertönen.

Avram feuerte noch eine letzte Kugel in Richtung der Angreifer. Dann hechtete er mit einem mächtigen Satz auf den Zaun zu, während Emilia auf die Mündungsfeuer schoss, die wie Blitzlichter durch die Nacht zuckten.

Sie benötigte sechs Kugeln, bis Avram auf ihrer Seite des Zauns war. Viel Munition blieb ihr nicht mehr für die weitere Flucht.

»Da entlang!«, zischte Avram und rannte los.

In geduckter Haltung folgte Emilia ihm in den Wald.

75

Die Bäume boten ihnen nicht nur Sichtschutz, sie hielten auch die Kugeln ihrer Verfolger ab, zumindest einen Großteil davon. Aber Avram machte sich nichts vor: Thalingers Männer waren ihnen dicht auf den Fersen. Sobald sich ihnen eine Gelegenheit bot, würden sie sie umbringen.

Wie Tiere auf der Flucht hetzten sie durch den Wald, ohne sich umzudrehen, ohne zu wissen, wohin sie rannten. Nur Hauptsache weg von ihren Verfolgern. Sobald sie sich eine Pause erlauben konnten, würde Avram sich etwas überlegen. Im Moment war dafür keine Zeit.

Es wäre ihm lieber gewesen, allein zu sein. Er war kein Teamspieler, noch nie gewesen. Jetzt musste er nicht nur auf sich selbst achten, sondern auch noch auf Emilia. Aus irgendeinem Grund kreuzten sich ihre Wege immer wieder.

Ein Zweig schlug ihm ins Gesicht und zwang ihn, sich wieder auf die Flucht zu konzentrieren. Durch die Wipfel der Bäume konnte man zwar den Mond und die Sterne am Himmel erkennen, dennoch drang nur wenig Helligkeit bis zu ihnen herab. Das unebene Gelände erschwerte das Vorankommen zusätzlich. Überall ragten knorrige Wurzeln aus dem Boden, herabgefallene Äste und dichtes Unterholz bildeten weitere Stolperfallen. Noch dazu die feinen Zweige, die einem bei jedem Schritt gegen den Körper schlugen – es war der reinste Spießrutenlauf.

Wenigstens wurden die Schüsse jetzt seltener, wohl weil

die Verfolger keine klaren Ziele mehr ausmachen konnten. Was Avram jedoch Sorge bereitete, war das Gebell.

Es müssen mindestens drei oder vier Hunde sein.

Dobermänner – das hatte er beim Klettern über den Zaun gesehen. Große, furchtlose Hunde mit Reißzähnen wie Wölfe. Ein kalter Schauder lief ihm über den Rücken.

Seit Bolivien hegte er eine Aversion gegen die Tiere. Noch heute glaubte er das Knurren, das Fletschen, das Zuschnappen von Hector Mesas Pitbull hören zu können. Und natürlich Elena Suarez' heisere Schreie, in jenem Moment, als der entfesselte Köter sie angesprungen und ihr das halbe Gesicht weggerissen hatte. Nie würde Avram diesen Augenblick vergessen. Das Scheißvieh hatte sie bei lebendigem Leib zerfleischt.

Sie erreichten eine Lichtung. Hier wuchsen nur hüfthohe Gräser, Farne und Büsche. Im Mondschein erkannte Avram links eine Schneise im Wald, vermutlich für Forstfahrzeuge. Dort würden sie zwar schneller vorankommen, aber für ihre Verfolger wären sie viel zu leichte Ziele.

»Da entlang!« Er deutete mit dem Kinn nach rechts. Gefolgt von Emilia rannte er quer über den mondbeschienenen Platz, um dreißig Meter weiter wieder ins schützende Unterholz einzutauchen.

Und jetzt? Welche Richtung sollen wir einschlagen? Irgendwohin, wo es Menschen gibt. Dort können wir ein Auto klauen und verschwinden.

Aber weder von der Lagerhalle noch von der Lichtung aus waren irgendwelche Anzeichen einer näheren Ortschaft oder auch nur eines Bauernhauses zu sehen gewesen. Ihnen würde nichts anderes übrigbleiben, als auf gut Glück weiterzurennen.

Das Gekläff hinter ihnen wurde lauter, begleitet von knackenden Zweigen und raschelndem Laub. Sogar die weit gestreckten Sprünge der Tiere konnte Avram hören, und das, obwohl ihm das Blut in den Ohren rauschte.

Sie haben die Hunde losgelassen!

Tatsächlich schienen die Tiere mit jedem Schritt aufzuholen. Es ergab keinen Sinn, weiter zu fliehen.

Abrupt unterbrach Avram seinen Lauf. Halb schlitternd kam er zum Stehen, mit der Waffe im Anschlag wirbelte er herum. Wo waren sie? Er kniff die Augen zusammen, um in der Dunkelheit besser sehen zu können, aber im Wald verschmolzen die Konturen zu einer undefinierbaren, schwarzgrauen Einheit.

Nur das Kläffen und das Rascheln im Laub gaben ihm einen Anhaltspunkt, wohin er zielen musste.

Dann erkannte er plötzlich die kompakten Schatten, schmal und rasend schnell. Drei, nein sogar vier. Wie ein Jagdgeschwader preschten sie den Hang herab, die schwarzen Körper wie Pfeile über den Boden fliegend.

Avram schoss.

Der erste Hund kam aus dem Tritt und prallte mit einem dumpfen Geräusch gegen einen Baumstamm.

Der nächste Schuss stoppte den zweiten Hund. Winselnd sackte er zusammen.

Dann war auch schon der dritte Hund da. Avram schaffte es gerade noch, die Pistole hochzureißen und abzudrücken, aber anstatt des erwarteten Schusses gab die Waffe nur ein metallisches Klicken von sich. Das Magazin war leer.

In letzter Sekunde gelang es Avram, sich zur Seite zu werfen. Dabei verlor er zwar die Pistole, aber der Dobermann fegte mit zu viel Schwung über ihn hinweg und vollführte erst eine Rolle durchs Laub, ehe er wieder auf die Pfoten kam. Das verschaffte Avram wiederum die Zeit, sich aufzurappeln und das Jagdmesser aus der Tasche zu ziehen, das er dem Blonden im Lagerkeller abgenommen hatte. Als das Tier sich im zweiten Anlauf auf ihn stürzte, rammte Avram ihm die Klinge bis zum Schaft in den Hals. In wildem Schmerz krümmte es sich und vollführte eine halbe Drehung. Dadurch wurde Avram das Messer aus der Hand gerissen.

Als der vierte Dobermann auf ihn zustürmte, besaß er keine Waffe mehr.

Hilfesuchend sah er sich nach einem Stück Holz auf dem Boden um – irgendetwas, mit dem er sich verteidigen konnte. Vergebens. Also drehte er sich um und rannte davon, obwohl er wusste, dass es kein Entkommen gab.

Er schaffte es auch nicht weit. Schon nach wenigen Schritten spürte er eine Berührung an den Füßen, dann einen Stoß im Rücken. Er geriet aus dem Gleichgewicht und stürzte bäuchlings nach vorne. Der Aufprall war hart und presste ihm den Atem aus den Lungen, so dass ihm einen Moment lang schwarz vor Augen wurde. Aber das bedrohliche Knurren des Hundes holte ihn sofort wieder zurück in die Realität. Instinktiv riss er die Arme nach oben, um Hals und Gesicht zu schützen. Der Schmerz setzte jedoch an seinem linken Bein ein.

Avram schrie auf. Er versuchte sich loszureißen, verschlimmerte die Schmerzen dadurch aber nur. Der Dobermann hatte sich in seine Wade verbissen und zerrte nun krampfhaft daran wie an einem Stück Beute. Mit dem unversehrten Bein versetzte Avram dem Tier einen Tritt gegen den Schädel – und bewirkte damit rein gar nichts, außer dass die Kiefer des Viehs nun umso fester zupackten. Als der Dobermann begriff, dass sein Opfer fluchtunfähig war, ging er zum Kopf über. Avram hörte das Keuchen und Knurren, er spürte die Hitze, roch den Atem.

Die Augen! Du musst ihm die Daumen in die Augen drücken! Das ist seine empfindlichste Stelle! Sonst zerreißt er dich in Stücke.

Aber das schnappende Maul schien überall gleichzeitig zu sein, immer genau da, wo sich ihm zwischen Avrams Armen eine Lücke zum Gesicht bot.

Dann ein Schuss aus unmittelbarer Nähe. Einen Moment lang befürchtete Avram, dass ein Verfolger ihn erreicht und ihm eine Kugel verpasst hatte. Doch die Gestalt, die neben ihm aus dem Unterholz auftauchte, war Emilia Ness.

Mit einem letzten Röcheln brach der Dobermann zusammen.

76

»Können Sie aufstehen?« Emilia beugte sich zu ihm und reichte ihm eine Hand. »Ihr Bein sieht nicht gut aus.«

Das konnte sie sogar in der Dunkelheit erkennen. Im schwachen Mondlicht, das durch die Baumwipfel fiel, glänzte die zerrissene Hose vor Nässe.

»Es wird schon gehen«, knurrte Avram.

Sie reichte ihm eine Hand und half ihm, sich aufzurichten. Sein unterdrücktes Stöhnen verriet ihr, wie schmerzhaft die Verletzung sein musste.

»Stützen Sie sich bei mir auf!«, sagte sie.

»Ich bin einen Kopf größer und doppelt so schwer wie Sie.«

Ein Schuss ließ sie zusammenzucken. Dicht an ihrem Kopf zischte eine Kugel vorbei. Im Augenwinkel hatte Emilia das Mündungsfeuer aufblitzen sehen. Ohne zu zögern feuerte sie zurück – zweimal, dann war auch ihr Magazin leer. Wenigstens schien sie getroffen zu haben, denn ihr unsichtbarer Gegner schrie laut auf, bevor er mit einem dumpfen Aufprall zu Boden fiel.

»Weg hier!«, zischte Emilia. Sie legte sich Avrams Arm um die Schulter und zog ihn vorwärts. »Wie viel Munition haben Sie noch?«

»Ein volles Magazin. Aber keine Waffe mehr. Die Köter haben mir die Pistole und mein Messer aus der Hand gerissen.«

Sie hatten keine Zeit, danach zu suchen, das war beiden klar. Zwischen ihnen und dem nächsten Verfolger lagen höchstens ein oder zwei Minuten. Wenn überhaupt. Aber wenigstens passte das Magazin in Emilias Pistole.

Gemeinsam eilten sie weiter, Arm in Arm. Anfangs waren sie ein ungleiches Gespann, das nur schleppend vorankam, doch mit jedem Meter fanden sie besser in ihren Laufrhythmus. Um Emilia nicht über die Maßen zu belasten, benutzte Avram auch sein verwundetes Bein, indem er es immer wieder für eine Art Zwischenhüpfer einsetzte. Auf diese Weise nahmen sie rasch ein beachtliches Tempo auf.

Dennoch verließ Emilia immer mehr der Mut. Selbst wenn sie es schafften, ihren Verfolgern zu entkommen, lag die Zukunft von Becky und Akina im Ungewissen. Thalinger konnte sie nahezu überall versteckt haben, nicht nur in Deutschland, sondern auch außerhalb der Landesgrenzen. Wo sollten sie mit der Suche beginnen?

Allein der Gedanke verursachte ihr Übelkeit. Diese Nacht war eine Achterbahnfahrt der Gefühle. Zuerst die Panik, als sie in einem Sarg aufgewacht war. Dann die Erleichterung bei ihrer Befreiung und vor allem in jenem Moment, als sie begriffen hatte, dass die Amputate der letzten Tage gar nicht von Becky stammten. Kurz darauf wollten Thalingers Schergen sie zu einem Snuff-Video zwingen. Jetzt befand sie sich auf der Flucht und machte sich Sorgen um die beiden Mädchen.

Thalinger spielte mit Avram und ihr ein perverses Psycho-Spiel. Es bereitete ihm Vergnügen, sie zu manipulieren, ihre Ängste zu schüren, einen Funken Hoffnung aufkommen zu lassen, nur um ihn am Ende doch wieder auszulöschen.

Er hasst uns, weil wir sein Leben zerstört haben. Jetzt zerstört er unseres.

Eine hervorstehende Wurzel brachte sie ins Taumeln. Sie geriet aus dem Tritt, fing sich aber gleich wieder. Avrams Arm – sosehr er auf ihren Schultern lastete – verhinderte, dass sie umkippte.

Erst jetzt wurde ihr die körperliche Anstrengung der Flucht so richtig bewusst. Obwohl sie und Avram längst ihren Takt beim Laufen gefunden hatten, spürte sie bei jedem Schritt das zusätzliche Gewicht. Sie keuchte schon wie eine alte Dampflokomotive. Lange würde sie Avram nicht mehr stützen können.

Aber alleine konnte er sich kaum fortbewegen, geschweige denn rennen. Außerdem hatten sie nur noch eine Waffe. Acht oder zehn Schuss würden kaum reichen, um gegen Thalingers Übermacht anzukommen.

Während sie die Zähne zusammenbiss und sich keuchend zum Durchhalten zwang, formte sich vor ihrem inneren Auge ein Plan. Sie hatten die Hunde erledigt. Das hieß, dass die Verfolger vermutlich eine Suchkette bildeten und dabei relativ große Abstände zwischen sich lassen mussten, um den Wald in der Breite zu durchkämmen. Daraus konnten sie einen Vorteil ziehen.

»Bleiben Sie stehen«, keuchte sie.

»Was ist?«

Es war wie eine Befreiung, als Avram seinen bleischweren Arm von ihren Schultern nahm. »Ich habe eine Idee«, sagte sie. »Hören Sie zu ...«

77

Etwas krabbelte durch Avrams Haar – ein Insekt oder eine Spinne. Außerdem pochte heftiger Schmerz durch sein blutendes Bein. Aber er wagte nicht, sich zu bewegen, denn das Rascheln im Laub verriet ihm, dass ein Verfolger sich näherte.

Avram lag mit dem Rücken auf dem Boden, das verletzte Bein ausgestreckt, das andere leicht angewinkelt, beide Arme seitlich ausgestreckt, die Hände leer, um deutlich zu signalisieren, dass von ihm keine Gefahr ausging. Die Augen hielt er geschlossen. Er hoffte, auf diese Weise als toter Mann durchzugehen oder zumindest als Ohnmächtiger. Jedenfalls als jemand, auf den man nicht schießen musste, denn darin bestand die größte Gefahr, dass der Plan scheiterte.

Aber jetzt war es sowieso zu spät, es sich noch einmal anders zu überlegen. Die Schritte waren höchstens noch zehn Meter entfernt.

Obwohl Avram nichts sehen konnte, formten die Geräusche in seinem Kopf Bilder. Ein Mann im Tarnanzug näherte sich ihm, mit Headset und angelegtem Gewehr, bereit, beim geringsten Anlass loszufeuern. Er setzte seine Schritte mit Bedacht, achtete darauf, nicht auf knackende Zweige zu treten. In diesem Moment fragte er sich wahrscheinlich, wie er weiter vorgehen solle.

»Hier liegt einer auf dem Boden«, raunte er in sein Mikro. »Kuyper. Er scheint ohnmächtig zu sein. Sein Bein blutet. Ich schätze, die Hunde haben ihn erwischt.«

Welche Antwort er erhielt, konnte Avram nicht hören. Im Moment blieb ihm ohnehin nichts anderes übrig, als abzuwarten, bis der Kerl nahe genug bei ihm war.

Tatsächlich spürte er jetzt, wie Laub und Moos sich neben ihm bewegten.

»Stehen Sie auf, Kuyper!«, brummte der Mann.

Als keine Reaktion kam, trat er ihm mit dem Stiefel gegen das verletzte Bein.

Etwas schien in Avram zu explodieren. Obwohl er gehofft hatte, den Schmerz für ein paar Sekunden ausblenden zu können und weiterhin den Bewusstlosen zu spielen, schaffte er es nicht. Gegen seinen Willen stöhnte er auf.

Das ist mein Todesurteil!

Er öffnete die Augen und blickte zu der schwarzen Gestalt hinauf, die neben seinen Füßen stand: ein Bär von einem Mann, groß und kräftig, mit einem buschigen Vollbart, der die komplette untere Gesichtshälfte einnahm. Die Mündung seines Gewehrs wies geradewegs auf Avrams Brustkorb.

»Ich kann mich nicht bewegen«, log Avram. »Mein Bein ist gebrochen.«

»Wo ist die Frau?«

»Weitergerannt. Die werdet ihr nie finden.«

In Wahrheit stand sie hinter dem Stamm der knorrigen Eiche neben ihm, mit einem langen, kräftigen Ast in der Hand, der ihr als Prügel dienen sollte. Aber der Kerl im Tarnanzug befand sich noch zu weit weg, als dass sie schon einen Schlag wagen konnte. Und schießen wollte sie nur im Notfall, um die anderen Verfolger nicht anzulocken.

Avram krächzte etwas Unverständliches in der Hoffnung, der Mann würde dann näher kommen, doch der dachte gar nicht daran.

»Mein Boss hat eine Prämie für dich ausgesetzt«, brummte er. »Zehn Riesen für deinen Tod. Zwanzig, wenn es langsam geht. Ich denke, ich fange mit deiner Kniescheibe an.«

Plötzlich raschelte etwas im Laub, einige Meter von Avram entfernt. Instinktiv riss der Bärtige sein Gewehr herum.

Auch Avram drehte den Kopf in die Richtung, aus der das Geräusch gekommen war. Doch in der Dunkelheit konnte er nichts erkennen.

Dann ging ihm ein Licht auf: Emilia musste etwas dorthin geworfen haben, um den Vollbart abzulenken.

In diesem Moment kam sie auch schon hinter der Eiche hervorgestürmt, den Ast in den erhobenen Fäusten. Mit einem mächtigen Satz sprang sie auf den Mann zu. Der versuchte zwar noch, sich zu retten, reagierte aber viel zu langsam. Krachend schlug das Holz gegen seinen Schädel, benommen wankte er einen Schritt nach hinten. Der nächste Schlag traf ihn am Körper, so dass er das Gewehr fallen ließ. Noch ehe er begriff, was geschehen war, donnerte Emilia ihren Prügel noch einmal gegen seinen Kopf, diesmal mitten ins Gesicht. Der Kerl stürzte nach hinten um wie ein gefällter Baum und blieb reglos am Boden liegen.

78

Emilias Hände zitterten, ihre Knie noch viel mehr, was allerdings auch an der anstrengenden Flucht durch den Wald lag.

Sie war von sich selbst überrascht. Eigentlich hatte sie gar nicht so fest zuschlagen wollen. Aber sie hatte auch gewusst, dass ein zu leichter Hieb den bärtigen Hünen womöglich nicht außer Gefecht setzten würde. Also war sie lieber kein Risiko eingegangen.

Im Moment kümmerte Avram sich um den Kerl. Sie selbst lag ein paar Meter daneben im Laub, hinter einem abgesägten, halbvermoderten Baumstumpf. Das Gewehr, das sie dem Mann abgenommen hatte, schien noch zu funktionieren. Falls nicht, hatte sie aber auch noch die Pistole. Sobald der nächste Verfolger auftauchte, würde sie ohne zu zögern schießen.

Der Vollbart wälzte sich träge auf dem Boden. Er kam gerade wieder zur Besinnung.

Avram hatte ihn gefesselt und sich neben ihn gehockt, das verletzte Bein ausgestreckt, das andere untergeschlagen. Mit einem metallischen Klicken spannte er die Pistole, die er dem Vollbart abgenommen hatte, und hielt sie ihm unter die Nase.

»Wenn du schreist, bist du tot, verstanden?«

Emilia sah, wie der andere nickte. Sein Gesicht blutete. Im Dunkel des Waldes sah das aus wie flüssiges Pech. Die eingedrückte Nase war definitiv gebrochen, das linke Auge dick angeschwollen. Er sah schrecklich aus, doch Emilia hatte kein Mitleid mit ihm. Wenn er die Möglichkeit gehabt hätte, hätte er Avram umgebracht, langsam und qualvoll. Der Mistkerl hatte sich sein Schicksal selbst zuzuschreiben.

»Ich werde Ihnen jetzt ein paar Fragen stellen«, raunte Avram. »Besser, Sie geben mir die Antworten dazu. Und wagen Sie es nicht, mich zu belügen. Wenn ich auch nur den geringsten Zweifel am Wahrheitsgehalt Ihrer Aussagen habe, werden Sie das zu spüren bekommen. Also stellen Sie mich nicht auf die Probe – ich würde meine schlechte Laune nämlich liebend gern an Ihnen auslassen, kapiert?«

Wieder nickte der Mann.

»Thalinger hat meine Nichte und ihre Tochter entführt«, sagte Avram, wobei er mit dem Kinn in Emilias Richtung deutete. »Wissen Sie etwas davon?«

Der Vollbart schüttelte den Kopf einen Tick zu zögerlich, als dass es glaubhaft gewesen wäre.

»Beißen Sie die Zähne zusammen!«, zischte Avram. »Und denken Sie daran: Wenn Sie schreien, sind Sie tot.« Mit diesen Worten setzte er das Messer an seinem Oberschenkel an und schnitt ihm ins Fleisch.

Der Mann gab ein gedehntes Keuchen von sich, blieb ansonsten aber leise. Er stöhnte erleichtert auf, als Avram von ihm abließ. Emilia schluckte, sagte aber nichts. Stattdessen richtete sie ihren Blick wieder nach vorn, um den Wald im Auge zu behalten. Im Moment schien aber alles ruhig zu sein.

»Erinnern Sie sich jetzt?«, hörte sie Avram fragen.

»Ich weiß nichts von den Mädchen.«

»Das glaube ich Ihnen nicht.«

Wieder drang ein unterdrückter Schmerzenslaut an Emilias Ohr. Obwohl sie auf die Antwort genauso erpicht war wie Avram, ging es ihr dabei durch und durch. Wie viel Schmerz würde der Kerl aushalten, bevor er einsah, dass es besser für ihn war zu reden?

»Hat das Ihrem Gedächtnis auf die Sprünge geholfen?«, raunte Avram.

»Wenn ich Ihnen doch sage, dass ich von den Mädchen nichts weiß!«

»Für wie blöd halten Sie mich? Von mir aus können wir die ganze Nacht so weitermachen. Ich will wissen, wo die beiden stecken.«

Der andere schwieg, entweder aus Trotz oder weil seine Angst vor Thalinger größer war als die vor Avram. Oder weil er es vielleicht wirklich nicht wusste.

»Bist ein harter Hund, was? Na schön, ich habe eine andere Idee«, sagte Avram. Als Emilia wieder zu ihm hinübersah, durchsuchte er die Taschen des Vollbarts nach dessen Geldbeutel. Rasch durchstöberte er die einzelnen Fächer, bis er den Personalausweis fand.

»Gernot Riedtke, Wittelsbacherstraße 43 in Pirmasens«, las er, die Plastikkarte dicht vor der Brille, um sie in der Dunkelheit entziffern zu können. »Ist das noch deine aktuelle Adresse?«

Der Vollbart reagierte nicht.

»Wie auch immer. Wenn nicht, finde ich sie heraus. Ich habe alles, was ich dafür brauche.« Avram steckte den Personalausweis in seine Brusttasche. »Außerdem weiß ich, dass du verheiratet bist. Ich habe deinen Ring gesehen, als ich dich gefesselt habe. Und ich schwöre bei Gott, dass ich deiner Frau gleich morgen einen Besuch abstatten werde. Ich finde sie, und ich werde ihr ganz genau dasselbe antun wie das, was Thalinger mit unseren Kindern angestellt hat. Hast du mich verstanden? Also hör jetzt endlich auf, den

Ahnungslosen zu spielen, und sag mir, wohin Thalinger die beiden verschleppt hat.«

Ein Schuss krachte durch die Nacht, so unerwartet, dass Emilia zusammenzuckte. Nur wenige Zentimeter neben ihrem Kopf splitterte Holz von dem Baumstumpf, hinter dem sie in Deckung lag. Die Kugel schlug so heftig ein, dass der Boden unter ihr vibrierte.

Ein zweiter Schuss ließ die Luft erzittern. Jemand schrie auf, dicht neben ihr. Als sie den Kopf zu Avram drehte, versuchte der gerade, sich rückwärts kriechend hinter dem Stamm der nächsten Eiche in Sicherheit zu bringen, während er gleichzeitig das Gegenfeuer eröffnete. Auch Emilia wagte sich jetzt wieder hinter ihrem Versteck hervor. Sie richtete den Lauf ihres Gewehrs auf die Stelle, wo sie den Angreifer vermutete, und drückte ab.

Etwas weiter rechts blitzte ein Mündungsfeuer auf. Der Schuss schlug irgendwo hinter ihr ein. Emilia korrigierte ihre Haltung und antwortete mit einer ganzen Salve.

Ihr Gegner schoss nicht mehr zurück.

»Sind Sie verletzt?«, fragte sie Avram.

»Ich nicht. Aber ich glaube, den Vollbart hat es getroffen.«

Sie krochen zu dem Gefesselten, der unverändert im Laub lag, aber schwer atmete. Eine nass glänzende Stelle in seiner Brust machte Emilia klar, wie ernst es ihn erwischt hatte.

»Letzte Chance, Arschloch«, raunte Avram ihm mitleidlos zu. »Wo sind unsere Kinder? Oder soll ich deiner Frau einen Besuch abstatten?«

Der Mann versuchte angestrengt, den Kopf zu heben, schaffte es aber nicht. Er zitterte, das Leben wich bereits aus seinem Körper. Für ihn würde jede Hilfe zu spät kommen.

»Ka...« Er hielt inne, schöpfte neue Kraft. »Kata ... lina«, presste er schließlich hervor.

»Wer ist das? Was soll das bedeuten?«

Aber er wiederholte es nur: »Kata...lina.« Dann wurde sein Blick starr, und Emilia begriff, dass sie keine weiteren Informationen mehr von ihm erhalten würden.

79

Avram verband sein verletztes Bein notdürftig mit einem Stück Stoff, das übrig blieb, als er sein Hosenbein aufschnitt. Der improvisierte Verband war weder hygienisch, noch würde er auf Dauer halten, doch er stoppte die Blutung und linderte den Schmerz ein wenig, wenn er auftrat. Auf diese Weise musste er Emilia nicht mehr so stark belasten.

Nach einer halben Stunde erreichten sie den Waldrand. Am Horizont dämmerte bereits der Morgen. Ein leichter Orangeton kündigte einen weiteren heißen Tag an.

Von ihrem Standort aus konnte man in einiger Entfernung die Dächer eines kleinen Städtchens erkennen. Auf dem Weg dorthin befand sich ein einzelner Bauernhof. Den peilten sie als Erstes an.

»Vielleicht können wir dort ein Auto klauen und in die nächstgrößere Stadt fahren«, knurrte Avram. »Ich könnte mir vorstellen, dass sie in dem Ort schon auf uns warten.«

»Vielleicht haben Thalingers Leute auch das Gehöft im Auge«, meinte Emilia.

Doch Avram schüttelte den Kopf. »Die können nicht jeden Winkel überwachen, sondern sie werden sich auf ein paar Knotenpunkte konzentrieren, wo die Wahrscheinlichkeit groß ist, dass wir daran vorbeikommen. Aber diesen Gefallen tun wir ihnen nicht.«

Er hoffte, dass er mit seiner Vermutung richtiglag. Geld hätte er nicht darauf gesetzt, aber das Bein schmerzte inzwischen doch so sehr, dass er einen fahrbaren Untersatz benötigte. Zu Fuß würden sie nicht mehr weit kommen.

Auf dem Weg zu dem Bauernhof nutzten sie jede sich bietende Deckungsmöglichkeit, um vom Waldrand aus nicht gesehen zu werden. Ein Stück liefen sie geduckt zwischen zwei Maisfeldern, deren Ähren übermannshoch in den Himmel ragten. Danach boten ihnen Büsche und niedrige Bäume Sichtschutz. Nur auf den letzten fünfzig Metern gab es keine Versteckmöglichkeiten. Auf Emilias Schultern gestützt, humpelte Avram über die festgebackene Erde bis zur Einfahrt des mit einem weißen Lattenzaun umgebenen Hofs.

Im fahlen Licht der ersten Sonnenstrahlen inspizierten sie das Anwesen. Es bestand aus einem Haupthaus im amerikanischen Stil mit Holzverschalung und Veranda, einer großen Scheune und mehreren Geräteschuppen. Ein uralter Traktor parkte neben einem Bretterverschlag, der als Hühnerstall diente. Dahinter erkannte Avram einen kleinen Gemüsegarten.

Neben dem Haupthaus stand ein alter Volvo, wie er in den Achtzigerjahren einmal modern gewesen war. Eine Garage gab es nicht, und hinter dem Haus parkte auch kein anderer Wagen. Avram schlussfolgerte daraus, dass der Volvo noch intakt sein musste. Er hatte zwar an einigen Stellen Rost angesetzt, schien abgesehen davon aber ziemlich gepflegt zu sein.

»Glück im Unglück«, raunte er Emilia zu. »Die alten Wagen sind viel leichter zu knacken als die neuen. Und sie haben kein GPS, mit dem sie geortet werden können.«

Aber noch bevor er den Volvo geöffnet hatte, schwang die Tür des Wohnhauses auf, und heraus trat eine schrullige, alte Frau mit grauem Dutt und einer runden Messingbrille auf der Nase. Sie trug ein hochgekrämpeltes Holzfällerhemd zu ihrer Bluejeans, dazu klobige Arbeitsstiefel. In ihren Händen hielt sie eine doppelläufige Schrotflinte.

»Was wollen Sie hier?« Ihre krächzige Stimme klang kalt, beinahe feindselig. Die kleinen, wachen Äuglein fixierten die Waffen. »Falls Sie Geld oder Wertsachen suchen – bei mir gibt's nichts zu holen. Jetzt verschwinden Sie von hier, bevor ich die Hunde auf Sie hetze!«

Wie aufs Stichwort begann hinter ihr ein gefährliches Knurren.

Nicht schon wieder Hunde, dachte Avram. Die Erfahrung im Wald reichte ihm völlig.

»Wir wollen keinen Ärger«, sagte Emilia und nannte ihren Namen. »Ich bin von der Polizei. Interpol, um genau zu sein. Das ist mein Partner.«

Sie wies mit dem Kinn auf Avram, der der Alten zunickte und dabei versuchte, ein freundliches Gesicht zu machen.

»Können Sie sich ausweisen?«

Emilia zögerte. »Wir sind überfallen worden. Oben im Wald. Dort gibt es eine Lagerhalle.«

»Das alte TSM-Gelände«, sagte die Frau. »Die haben aber schon vor Jahren dichtgemacht.«

»Genau deshalb hat man uns wohl dorthin verschleppt. Man wollte uns umbringen. Bitte, lassen Sie uns telefonieren, dann wird sich alles klären. Außerdem braucht mein Partner einen Arzt. Er ist von einem Dobermann angefallen worden.«

Die Alte blieb skeptisch. »Was hatten Sie an meinem Wagen zu suchen?«, wollte sie wissen.

»Wir ...« Emilia geriet ins Stocken, wohl weil ihr keine passende Erklärung einfiel.

»Wir wollten den Wagen klauen«, sprang Avram ein, der

beschlossen hatte, so dicht wie möglich bei der Wahrheit zu bleiben. »Diese Kerle sind uns möglicherweise immer noch auf den Fersen. Wir wollten mit dem Auto so schnell wie möglich verschwinden.«

»Warum haben Sie nicht geklingelt und mich um Hilfe gebeten?«

»Um Sie nicht in Gefahr zu bringen. Hätten die mitbekommen, dass Sie uns helfen, wären Sie nicht mehr sicher gewesen.«

Die Alte nickte bedächtig, während sie sich Avrams Worte durch den Kopf gehen ließ. Schließlich traf sie eine Entscheidung.

»Kommen Sie rein, damit ich mir Ihre Wunde ansehen kann«, sagte sie. »Ein Telefon habe ich auch. Napoleon! Bismarck! Ab in den Keller mit euch!« Damit meinte sie offenbar die beiden Hunde, die augenblicklich gehorchten.

Avram folgte den beiden Frauen ins Haus. Auf der Veranda blieb er noch einmal kurz stehen und warf einen letzten Blick zurück.

Alles schien ruhig zu sein.

»Sind Sie immer schon so früh auf den Beinen?«, fragte Emilia, als sie drinnen waren.

»Nicht, wenn es sich vermeiden lässt«, antwortete die Alte. »Aber ich habe Schüsse gehört. Da dachte ich, ich lade besser mal meine Flinte. Hier draußen muss man auf der Hut sein. Bin schon dreimal überfallen worden. Ein viertes Mal passiert mir das nicht mehr.«

»Wo sind wir eigentlich? Ein Stück weiter haben wir einen Ort gesehen.«

»Das ist Eschau«, antwortete die Alte. Als sie merkte, dass die beiden anderen damit nichts anfangen konnten, fügte sie hinzu: »Wir sind hier etwa zwanzig Kilometer südlich von Aschaffenburg, wussten Sie das nicht?«

»Man hat uns betäubt.«

Sie machte große Augen, ging aber nicht weiter darauf ein. Mit der Hand deutete sie zum Ende des Flurs. »Das Telefon steht in der Küche. Bedienen Sie sich, Fräulein.« Ihre Äuglein zuckten von Emilia zu Avram. »Und Sie kommen mit mir.«

Damit bog sie in ein kleines Esszimmer ab, in dem außer ein paar einfachen Stühlen und einem Holztisch nur noch ein alter Bauernschrank stand. Es roch nach einer Mischung aus Erbspüree und Scheuermilch.

Die Alte rückte Avram zwei Stühle zurecht. »Setzten Sie sich und legen Sie das Bein hoch«, sagte sie. »Schaffen Sie das, oder soll ich Ihnen helfen?«

»Es geht schon, vielen Dank.«

Mit einem knappen Nicken verließ sie das Zimmer. Als sie zurückkehrte, hatte sie die Schrotflinte gegen einen großen Edelstahlkoffer getauscht.

»Ich bin Tierärztin«, erläuterte sie, während sie den Koffer auf dem Tisch öffnete und darin herumkramte. »Als Erstes müssen wir die Wunde säubern.«

Sie löste Avrams notdürftigen Verband und betrachtete den Hundebiss.

»Sieht schlimmer aus, als es ist«, murmelte sie vor sich hin. »Aber ich werde die Wunde nähen müssen. Drei Stiche, vielleicht vier. Wenn Sie lieber zu einem richtigen Arzt wollen, kann ich Sie fahren.«

Avram schüttelte den Kopf. Er war schon von allen möglichen Personen zusammengeflickt worden, auch von welchen, die überhaupt nichts von Medizin verstanden. In den Händen der Frau fühlte er sich bestens aufgehoben.

Während sie sich um seine Wunde kümmerte, hörte er mit einem Ohr zu, wie Emilia in der Küche telefonierte, zuerst mit Interpol, danach mit der Kripo in Annweiler. Sie nannte ihren Aufenthaltsort, schilderte, was sich zugetragen hatte, und forderte umgehend Unterstützung an. Dass Avram bei ihr war, erwähnte sie nicht.

»... eher der schweigsame Typ, oder?«, fragte die Tierärztin gerade.

Avram begriff, dass sie mit ihm redete. Er hatte gar nicht darauf geachtet. »Tut mir leid«, sagte er. »Ich war in Gedanken.«

»Schon gut. Nicht so wichtig. Wie sitzt der Verband?«

Avram hob das Bein vom Stuhl und bewegte es. »Perfekt«, sagte er.

»Dann bekommen Sie jetzt noch ein paar Tabletten gegen die Schmerzen und eine Spritze, damit die Wunde sich nicht entzündet.« Wieder kramte sie in ihrem Koffer, bis sie fand, wonach sie suchte. »Von den Tabletten morgens und abends jeweils nur eine halbe – höchstens, die sind eigentlich für Pferde. Am besten, Sie kaufen sich in einer Apotheke ein paar Aspirin.« Mit routinierten Bewegungen zog sie die Spritze auf und stach Avram damit in den Oberarm. »Das hält zwei oder drei Tage. Spätestens dann sollten Sie einen Arzt aufsuchen, auch um den Verband wechseln zu lassen.«

Vom Flur näherten sich Schritte – leise, beinahe vorsichtig. Als Emilia im Türrahmen erschien, wusste Avram sofort, dass etwas nicht stimmte.

»Ich glaube, sie sind da«, raunte sie.

»Ihre Kollegen?«, fragte die Alte.

Emilia schüttelte den Kopf. »Unsere Verfolger. Ich fürchte, wir haben Sie nun doch in Gefahr gebracht.«

»Wie viele sind es?«, wollte Avram wissen.

»Keine Ahnung. Ich habe nur Geräusche draußen gehört.« Emilia überprüfte ihre Pistole, um sicherzugehen, dass sie schussbereit war. Das Gewehr, das sie dem Vollbart abgenommen hatten, reichte sie Avram. »Ich denke, Sie können damit besser umgehen.«

Avram nahm es und warf einen Blick ins Magazin. Ein paar Patronen waren noch drin, das musste reichen.

Als er aufstand, stellte er fest, dass der Verband den Schmerz deutlich linderte. Beim Auftreten tat das Bein zwar immer noch ein wenig weh, aber längst nicht mehr so sehr wie vorher.

»Lassen Sie mich draußen nachsehen«, sagte die Tierärztin. »Vielleicht kann ich die Kerle davon überzeugen, dass Sie nicht hier sind.«

»Das ist zu riskant«, sagte Emilia.

»Eine alte Frau werden die schon nicht gleich über den Haufen schießen.«

In diesem Moment knarrte eine Diele auf der Veranda – nur leise, aber eindeutig so, dass es von einem Menschen stammte.

Eine Sekunde später klopfte es an der Tür.

Avram und Emilia entsicherten ihre Waffen.

»Hertha? Bist du wach? Ich bin's, Norbert.«

Die Tierärztin sah Avram und Emilia an. »Das ist mein Nachbar«, raunte sie. »Besitzt einen Bauernhof, etwa fünfhundert Meter weiter.«

Avram überlegte. »Möglich, dass er allein ist. Aber vielleicht steht auch jemand mit einer Waffe neben ihm. Fragen Sie ihn, was er will.«

Es klopfte noch einmal. »Hertha? Mach doch mal auf.«

»Augenblick«, rief die Alte. »Ich muss mir nur noch rasch etwas anziehen. Was gibt's denn so Eiliges?«

»Lorna. Sie kalbt. Aber das Kleine liegt falsch. Ohne dich werden beide sterben.«

Die Tierärztin nickte Emilia und Avram zu. »Die Kuh ist tatsächlich trächtig«, flüsterte sie. »Ich packe meine Sachen und fahre mit ihm zu seinem Hof. Am besten, Sie nehmen den Hinterausgang. Den kann man vom Wald aus nicht sehen. Gehen Sie am Bach entlang, dann kommen Sie direkt nach Eschau.« Laut rief sie: »Ich hole nur noch meinen Koffer, Norbert. Bin gleich bei dir.«

Durch die Küche führte sie Avram und Emilia nach draußen. Dort schien die Luft immer noch rein zu sein.

»Vielen Dank für alles«, sagte Emilia.

Die Alte nickte und schloss hinter ihnen die Tür ab.

Um sicherzugehen, dass sie nicht doch noch in eine Falle gerieten, legten sie die wenigen Meter vom Haus bis zum nächsten Maisfeld im Laufschritt zurück. Avram musste zwar immer noch die Zähne zusammenbeißen, aber er konnte sich zumindest wieder ohne fremde Hilfe fortbewegen. Aus der Tasche zog er den Medikamentenstreifen, den die Tierärztin ihm gegeben hatte, und drückte sich eine Tablette heraus. Trocken schluckte er sie herunter.

»Schmeckt wie schon mal gegessen«, kommentierte er lakonisch.

Am Ende des Felds führte der Weg weiter geradeaus am Bach entlang. Nach rechts bog ein kleiner Trampelpfad ab.

»Ich schätze, ich werde hier abbiegen«, sagte Avram und blieb stehen. »Im Ort wird es bald von Polizisten wimmeln. Da muss ich nicht unbedingt dabei sein.«

Emilia nickte. »Das habe ich mir schon gedacht. Wie kann ich Kontakt mit Ihnen aufnehmen, wenn ich etwas über Katalina herausfinde?«

»Gar nicht. Ich melde mich bei Ihnen.«

»Einverstanden.«

Er ging ein paar Schritte, drehte sich dann aber noch einmal um. »Sie haben mir heute Nacht das Leben gerettet«, sagte er. »Mit dem verletzten Bein hätte ich es ohne Sie nicht geschafft.«

»Und ohne Sie läge ich wahrscheinlich immer noch in meinem Sarg«, entgegnete Emilia.

Avram lächelte. Schließlich drehte er sich um und humpelte über das nebelbedeckte Gras dem Sonnenaufgang entgegen.

80

Im Lauf der nächsten Stunde lief die Großfahndung an. Zusammen mit dem leitenden Beamten der Kripo, Oberkommissar Kohler, koordinierte Emilia vor Ort den Einsatz der Polizei. Insbesondere ließ sie es sich nicht nehmen, bei der Durchsuchung der alten Lagerhalle dabei zu sein. Durch ihre geglückte Flucht und die anschließende Verfolgung hatten Thalingers Männer die Spurenbeseitigung womöglich nicht mit der nötigen Sorgfalt betreiben können. Insgeheim erhoffte Emilia sich deshalb weitere Hinweise über den Verbleib der entführten Kinder.

Während sie in einem Polizeiwagen von Eschau zum stillgelegten TSM-Gelände fuhr, bat sie Oberkommissar Kohler um sein Handy. Die Einsatzvorbereitungen hatten ihre volle Aufmerksamkeit erfordert. Jetzt wollte sie endlich mit Mikka telefonieren.

»Na, endlich! Ich bin vor Sorge fast umgekommen! Wo hast du denn die ganze Zeit gesteckt?«

In knappen Worten erzählte sie ihm, weshalb sie gestern Abend das Polizeirevier von Annweiler verlassen hatte und was in der Nacht passiert war.

»Warum hast du nicht wenigstens kurz Bescheid gegeben?«, fragte er.

»Weil du mich niemals alleine hättest gehen lassen«, antwortete sie. »Aber genau das war die Bedingung, sonst hätte er Becky etwas angetan. Apropos Becky – habt ihr schon irgendwelche Spuren gefunden?«

»Spuren gibt es haufenweise. Es wird nur einige Zeit dauern, bis sie alle ausgewertet sind. Und ob sie uns weiterbringen, werden wir erst noch sehen.« Er seufzte. »So leid es mir tut, aber im Moment sind wir hier noch nicht sehr viel weiter.«

Emilia hatte nicht ernsthaft damit gerechnet, dass den Kollegen aus Annweiler so schnell ein Durchbruch bei der Suche nach ihrer Tochter gelungen war. Gehofft hatte sie es schon.

»Ist dir zufällig irgendwo das Wort Katalina aufgefallen?«, fragte sie. »Es könnte ein Name sein, oder vielleicht auch ein Ort.«

»Nein, warum?«

Sie erklärte ihm, was es damit auf sich hatte. »Lass ›Katalina‹ durch den Polizeicomputer laufen, vielleicht spuckt der ein brauchbares Ergebnis aus. Ich muss jetzt Schluss machen. Wir kommen gerade in der Lagerhalle an, wo ich die Nacht über festgehalten wurde. Ich melde mich später wieder. Gib mir unter dieser Nummer Bescheid, falls du doch noch etwas über Becky erfährst.«

Die Einsatzfahrzeuge erreichten das Lagergelände. Sie parkten in einer Kolonne vor dem Tor und bildeten damit eine Art Schutzwall für die ausschwärmenden Polizisten, um im Falle eines plötzlichen Angriffs nicht getroffen zu werden. Oberkommissar Kohler kündigte mit einem Megaphon an, dass sie das Tor aufbrechen und das Gebäude stürmen würden, falls man ihnen nicht freiwillig Zugang gewährte. Als keine Antwort kam, gab er einem seiner Leute den Befehl, das Vorhängeschloss am Zaungatter mit einem Bolzenschneider zu öffnen. Kurz darauf nahm das Einsatzteam das Gelände in Beschlag.

»Am besten, Sie bleiben bei mir, bis die Halle gesichert

ist«, sagte Oberkommissar Kohler zu Emilia. »Sobald es Entwarnung gibt, rücken wir nach.«

Emilia nickte. Sie wollte ohnehin noch ein wichtiges Telefonat führen. »Darf ich noch mal Ihr Handy benutzen?«, bat sie.

Kohler reichte es ihr. Während er sich per Funk über den Fortschritt bei der Einnahme des Gebäudes auf dem Laufenden hielt, rief Emilia in Lyon an.

Luc Dorffler meldete sich schon nach dem ersten Klingelzeichen.

»Ich brauche deine Hilfe, Luc«, sagte sie ohne Umschweife. »Zu dem Schlagwort ›Katalina‹. Meine Tochter und ein weiteres Mädchen sind entführt worden. Ein Informant hat den Begriff erwähnt, ist aber gestorben, bevor er mehr darüber erzählen konnte. Das alles habe ich auch schon vor einer Stunde René erzählt, weil du nicht am Platz warst. Aber es wäre mir lieber, wenn du dich darum kümmerst.«

»Klar doch«, sagte Dorffler. »Irgendeine Idee, was sich hinter dem Begriff verbergen könnte?«

»Leider nicht. Ich kann dir noch nicht einmal sagen, wie es geschrieben wird. Vielleicht mit K, vielleicht mit C, vielleicht mit TH in der Mitte, vielleicht ohne. ›Katalina‹ könnte eine Person sein, bei der Thalinger die Kinder versteckt hat, oder jemand, der uns weitere Auskünfte über die Entführung geben kann. Vielleicht ist es auch ein Ort. Der Name eines Hotels, einer Firma oder eines Schiffes. Keine Ahnung. Versuch einfach, ›Katalina‹ mit irgendwelchen Schlagworten aus Thalingers Umfeld in Verbindung zu bringen.«

Sie hoffte nur, dass der Tipp des Vollbarts auch tatsächlich etwas taugte. Falls er sie nur auf eine falsche Fährte gelockt hatte, würde sie Becky niemals finden.

»Noch etwas, Luc«, sagte Emilia. »Offiziell gilt Claus Thalinger als verschollen. Ich bin davon ausgegangen, dass er tot ist. Versuche herauszufinden, ob er in den letzten Monaten wieder irgendwo aufgetaucht ist. Ganz bestimmt nicht in der Öffentlichkeit, das hätte ich mitbekommen, aber vielleicht inkognito. Er ist am Leben – also muss er irgendwo wohnen, etwas essen, Geldgeschäfte erledigen und so weiter. Wenn wir ihn finden, finden wir auch die Mädchen.«

Dorffler versprach ihr, sich sofort an die Arbeit zu machen, und verband sie auf ihren Wunsch hin mit Jerome Varamont, ihrem Chef bei Interpol. Da er sich zurzeit in einer wichtigen Besprechung befand, hinterließ Emilia bei seiner Sekretärin die Nachricht, dass er sich nach seiner Rückkehr bei ihr melden solle.

Als sie Oberkommissar Kohler sein Handy zurückgab, erhielt der gerade per Funk die Nachricht, dass das Erdgeschoss gesichert war.

»Ziehen Sie trotzdem lieber die hier an, bevor wir reingehen«, sagte er und reichte ihr aus dem Innenraum eines Polizeitransporters eine kugelsichere Weste. Dankbar streifte Emilia sie über.

Inzwischen stand die Morgensonne strahlend am wolkenlosen Himmel. Die Temperatur betrug jetzt schon mindestens fünfundzwanzig Grad. Es würde wieder ein heißer Tag werden.

Das gute Wetter nahm der Lagerhalle viel von ihrer Bedrohlichkeit, nicht nur von außen, auch von innen. Das Sonnenlicht fiel schräg in den riesigen Raum und erfüllte den kompletten Vorderbereich mit Helligkeit. Weiter hinten beleuchteten Oberlichter die langen Regalreihen.

Das Gebäude wirkte wie verwaist. Nur die vielen Spuren im Staub belegten, dass hier erst vor kurzem Menschen gewesen sein mussten.

Thalingers Männer.

»Der Keller ist das reinste Labyrinth«, kam es durch das Funkgerät. »Wird eine Weile dauern, bis wir alles gesichert haben.«

»Hauptsache, ihr geht gründlich vor«, antwortete Oberkommissar Kohler. »Ich will dort unten keine Überraschungen erleben.«

Zehn Minuten später gab das Einsatzteam grünes Licht, und Emilia folgte Oberkommissar Kohler über das Treppenhaus nach unten. Obwohl sie wusste, dass von dort keine Gefahr mehr drohte, wuchs ihre Anspannung mit jeder Stufe. Die Erinnerung an die Ereignisse der Nacht schlich wie lähmendes Gift durch ihre Adern. Am liebsten wäre sie wieder umgedreht, um bei den Autos zu warten. Nur die Hoffnung, im Keller auf einen weiteren Hinweis zum Verbleib der Kinder zu stoßen, gab ihr die Kraft zum Durchhalten.

Unten wurden sie schon von einem Polizisten erwartet. »Dort vorne stehen ein paar Räume offen«, sagte er. »In einem liegt eine Leiche in einem Rattengehege. In dem Gang dort drüben ist ein riesiger Blutfleck auf dem Boden. Und dort um die Ecke haben wir einen Raum entdeckt, in dem Teile einer Filmausrüstung stehen. Einen offenen Sarg haben wir auch irgendwo gesehen. Ich glaube, zwei Gänge weiter.«

Die Worte erweckten die Dämonen der Nacht zu neuem Leben. Emilia schluckte. Der Gedanke, dass in dem Zimmer mit der Filmausrüstung womöglich auch die Aufnahmen von Avram und ihr gefunden wurden, bereitete ihr Unbehagen. Sie schämte sich bei der Vorstellung, dass fremde Menschen diese Bilder sehen würden, selbst wenn sie angezogen war. Die Art, wie man sie gezwungen hatte, vor laufender Kamera zu posieren, während sie gleichzeitig um ihr Leben gebangt hatte, war zutiefst demütigend für sie gewesen.

Während sie Oberkommissar Kohler und dem anderen Polizisten durch die Gänge folgte, versuchte sie, nicht mehr daran zu denken und einen freien Kopf für die laufende Ermittlung zu bekommen – nur so würde sie Becky und Akina helfen können. Vorsichtig, um keine potentiellen Spuren zu verwischen, streifte sie durch die Räume, darauf fokussiert, etwas zu finden, das einen Hinweis darauf gab, wo die beiden steckten. Doch ihre Bemühungen blieben erfolglos.

Eine halbe Stunde später traf das Spurensicherungsteam ein und nahm die Arbeit auf.

Vielleicht haben die mehr Glück, dachte Emilia. Aber sie machte sich nichts vor: Bis alle Funde in dieser riesigen Kelleranlage sichergestellt und im Labor ausgewertet waren, würden – wie in Annweiler – Tage, wenn nicht gar Wochen vergehen. Zeit, die Becky und Akina nicht hatten.

Trotz der gebotenen Eile spürte Emilia allmählich eine bleierne Müdigkeit in sich aufsteigen. Die Nacht war nervenaufreibend und anstrengend gewesen.

Sie ging nach oben, um vor dem Lager frische Luft zu schnappen. Eine Weile vertrat sie sich die Beine im Schatten des Gebäudes – in der Sonne war es mittlerweile zu heiß. Wieder einmal fragte sie sich, ob sie ihre Tochter jemals wieder lebend sehen würde. Die Sorge lag wie eine Zentnerlast auf ihren Schultern.

Irgendwann kam Oberkommissar Kohler zu ihr. »Sie sehen aus, als könnten Sie einen Kaffee vertragen«, sagte er. »Wenn Sie wollen, kommen Sie mit mir auf die Polizeiinspektion nach Obernburg. Dort können wir etwas frühstücken. Außerdem haben meine Kollegen gerade gemeldet, dass sie jemanden festgenommen haben.«

»Einen von Thalingers Leuten?«

Kohler zuckte mit den Schultern. »Ein bewaffneter Mann, etwa einsfünfundachtzig groß, Mitte fünfzig, mit einem abgerissenen Hosenbein.«

Avram Kuyper!

Emilia seufzte still in sich hinein. Es wäre ihr lieber gewesen, wenn die Polizei ihn nicht geschnappt hätte. Aus irgendeinem Grund hatte sie das Gefühl, dass sie in den nächsten Tagen seine Hilfe brauchen würde.

81

»Ich ... ich ... ich weiß nicht, wer der Kerl war!«

Der Mann, der Emilia und Oberkommissar Kohler am Tisch gegenübersaß, war etwa einsfünfundachtzig groß, Mitte fünfzig und hatte ein abgerissenes Hosenbein.

Aber er war nicht Avram Kuyper.

Er nannte sich Bolle, sein Pass lautete auf den Namen Alfons Bollinger. Sein schütteres, graues Haar fiel fettig auf seine Schultern, die mit roten Äderchen durchzogene Knollennase zeugte von regelmäßigem Alkoholkonsum. Seinen eigenen Angaben zufolge lebte er schon seit Jahren auf der Straße, und nach seinem Körpergeruch zu urteilen, sagte er ganz eindeutig die Wahrheit.

»Wir wollen nur wissen, woher Sie die Waffen haben«, sagte Oberkommissar Kohler.

»Aber das hab ich doch alles schon erzählt!«, brauste Bollinger auf. »Ich lieg da so auf meiner Bank, an der Bushaltestelle in Mönchberg, als plötzlich dieser Mann vor mir auftaucht. Kam glaub ich aus den Feldern, aber genau weiß ich's nich'. Steht jedenfalls mit einem Mal vor mir und fragt mich, ob wir die Hosen tauschen können. Zuerst denk ich, der is' vom anderen Ufer. Aber dann seh ich, dass sein Bein verletzt ist. Ich sag zu ihm, dass ich meine gute Hose nicht gegen seinen zerrissenen Lumpen hergeb'. Da zeigt der mir doch tatsächlich das Gewehr. Und das Messer. Ein' Moment lang denk ich, der will mich kaltmachen. Hab mich vor Schreck fast angeschissen. Aber der hat mir die Sachen als

Bezahlung angeboten. Seinen Lumpen und seine Waffen gegen meine Hose. War 'n dolles Geschäft. Ich kenn da jemand, dem ich das Zeug verkaufen kann.«

»Ich fürchte, wir müssen die Waffen konfiszieren«, sagte Oberkommissar Kohler.

»Was? Aber der Kerl hat mir das Zeug doch geschenkt!«

»Haben Sie einen Waffenschein?«

Der Obdachlose glotzte ihn verdutzt an. »Natürlich nich'. Deshalb wollt' ich die Sachen ja verkaufen.«

»Herr Bollinger, so wie ich das sehe, handelt es sich bei den Waffen um Beweisstücke in einem Fall, den wir gerade aufzuklären versuchen. Heute Nacht wurde in einer alten Lagerhalle bei Eschau ein Verbrechen verübt. Ich halte es für wahrscheinlich, dass der Mann, der Ihnen die Waffen gab, an dem Verbrechen beteiligt war und durch das Tauschgeschäft mit Ihnen unauffällig davonkommen wollte.«

Bollingers Kopf zuckte hin und her wie bei einem Gockel. Er hatte geglaubt, ein gutes Geschäft gemacht zu haben, jetzt stellte sich heraus, dass er geleimt worden war.

»Selbst wenn das Gewehr sauber wäre, müsste ich es Ihnen wegen unerlaubten Waffenbesitzes abnehmen«, sagte Oberkommissar Kohler. »Tut mir leid, aber es sieht ganz so aus, als ob der Kerl Sie ordentlich über den Tisch gezogen hätte. Und jetzt will ich wissen, wie er aussieht.«

Emilia wollte einen Außenstehenden nicht in polizeiliche Interna einbeziehen. Deshalb drängte sie – sehr zur Verwunderung Oberkommissar Kohlers – auf ein rasches Ende der Vernehmung, um ihm anschließend reinen Wein einzuschenken.

»Die Suche nach dem Mann, der Bollinger die Waffen gegeben hat, wird uns nicht weiterbringen«, sagte sie. »Er war mit mir in dem alten Lagerkeller gefangen. Die Leute von der Spurensicherung werden dort haufenweise Fingerabdrücke von ihm finden. Sein Name ist Avram Kuyper. Steht auf der Fahndungsliste von Interpol. Ich hatte vor einiger Zeit einen Fall, bei dem wir uns ein paarmal über den Weg gelaufen sind. Damals wusste ich noch nicht, dass er ein gesuchter Verbrecher ist. Was heute Nacht passiert ist, geht aber ganz sicher nicht auf sein Konto. Er war Opfer, genau wie ich. Und er wollte rechtzeitig von hier verschwinden, bevor die Polizei ihn schnappt. Konzentrieren wir uns im Moment lieber auf andere Spuren. Die hier führt zu nichts.«

Nach seiner Miene zu urteilen, schmeckte Kohler diese Wendung nicht, was Emilia gut nachvollziehen konnte. Er hatte sich einen raschen Fahndungserfolg erhofft – jetzt entpuppte sich die vermeintlich heiße Spur als Sackgasse. Emilia selbst wäre es ebenfalls lieber gewesen, wenn nicht Avram, sondern einer ihrer Verfolger Bollinger die Waffen gegeben hätte. Dann hätten sie ihn suchen und finden können – und mit etwas Glück hätte er ihnen mehr über den Verbleib der Kinder verraten können als der Vollbart im Wald.

Jetzt war alles wieder offen.

82

Es war pures Glück gewesen, dass Avram in Mönchberg auf einen Obdachlosen gestoßen war, der ziemlich genau seine Größe und seine Statur hatte. Die zerrissene Hose hatte er tauschen müssen, weil sie zu auffällig gewesen war. Für die Waffen hatte er keine Verwendung mehr gehabt. Auf diese Weise konnte er unauffällig aus der Gegend verschwinden.

Die eingetauschte Hose verströmte allerdings einen beißenden Geruch nach Schweiß und anderen Körperausdünstungen, über die Avram lieber nicht so genau nachdenken wollte. An der frischen Luft war ihm das nicht so negativ aufgefallen. Aber als er zehn Minuten später in einem aufgebrochenen Auto davongefahren war, hatte er lieber auf die Klimaanlage verzichtet und die Fenster heruntergelassen.

Hundert Kilometer weiter war er zuversichtlich, der Polizei nicht mehr in die Finger zu geraten. Deshalb hielt er in einem Ort namens Westhofen, um mit dem Münzgeld, das er in der Mittelkonsole fand, ein paar Anrufe zu tätigen.

Die Telefonsäule befand sich neben einem mit Blumengirlanden geschmückten Brunnen. Die Morgensonne entfaltete bereits ihre ganze Kraft, so dass Avram gegen die Helligkeit anblinzeln musste. Schatten suchte man in ihr vergeblich.

Da nur wenige Fußgänger unterwegs waren, konnte er frei sprechen. Sein erster Anruf galt seinem Informanten, Rutger Bjorndahl. Er schilderte ihm in knappen Worten, was sich in der Nacht zugetragen hatte, und bat ihn herauszufinden, was der Vollbart mit dem Begriff Katalina gemeint haben konnte. Anschließend telefonierte er mit seiner Schwägerin Nadja. Sie nahm schon nach dem ersten Klingelzeichen ab, als habe sie nur auf diesen Anruf gewartet.

Oder als erwarte sie eine Lösegeldforderung.

»Ich bin's, Avram«, sagte er.

Am anderen Ende der Leitung hörte er ein Schluchzen – also wusste sie, dass ihre Tochter verschwunden war. »Es tut gut, deine Stimme zu hören.«

»Hast du schon etwas von Akina gehört?«

»Nein. Bisher gibt es von ihr kein Lebenszeichen. O Avram, was soll ich nur machen?«

Er gab ihr ein paar Sekunden, um sich wieder zu fangen. »War die Polizei bei dir?«, fragte er.

»Ja.«

»Und wird unser Gespräch abgehört?«

»Ja.«

»Dann haben wir nicht viel Zeit. Hör zu, ich möchte, dass du mir eine E-Mail schreibst, wenn du etwas Neues über Akina erfährst. Ruf mich nicht an, ich habe mein Handy verloren.« Das stimmte nicht ganz, ersparte ihm aber langwierige Erklärungen. »Ich verfolge gerade eine Spur, die mich vielleicht zu ihr führt. Das wollte ich dir nur sagen. Versuch, dich ein bisschen auszuruhen, okay?«

Sie begann wieder zu weinen. Avram hätte ihr gerne noch eine Weile gut zugeredet, doch dafür fehlte ihm die Zeit. Er wollte nicht von der Polizei geortet werden, wo er ihr doch gerade erst so problemlos durch die Lappen gegangen war.

»Ich melde mich, wenn meine Spur mich weiterbringt«, sagte er. Dann legte er schweren Herzens auf.

Was jetzt?

Ich brauche unbedingt etwas Frisches zum Anziehen. Außerdem Papiere, ein Handy, eine vernünftige Pistole mit ausreichend Munition, einen fahrbaren Untersatz, der nicht als gestohlen gemeldet ist...

Er hatte auch schon eine Idee, von wem er all das bekommen würde.

83

Der Chef der Spurensicherung erstattete kurz vor der Mittagspause einen ersten Bericht über die Beweismittelsicherung in der alten Lagerhalle. Er hieß Herbert Rossmaier, bekleidete den Rang eines Hauptkommissars, war etwa fünfzig Jahre alt und hatte einen ordentlichen Bauchansatz. Dadurch wirkte er gemütlich, vielleicht sogar ein bisschen träge, aber sein verkniffener Blick zeigte, dass er seine Aufgabe sehr ernst nahm.

»Bis wir alle Spuren gesichert haben, werden noch Tage vergehen«, sagte er. »Das sind mindestens dreitausend Quadratmeter Lagerfläche, noch dazu das Außengelände und die Spuren im Wald. Die größte Schwierigkeit wird sein, Wichtiges von Unwichtigem zu unterscheiden. Wir haben bereits über zweihundert verschiedene Fingerabdrücke entdeckt, achtzehn verschiedene Stiefelspuren, sieben verschiedene Arten von Patronenhülsen, dazu Zigarettenstummel in Hülle und Fülle … Das heißt, wir haben noch eine Menge Arbeit vor uns.«

Sie saßen in Oberkommissar Kohlers Büro an einem kleinen Beistelltisch, weil sein Schreibtisch vor Akten förmlich überquoll.

»Ich erwarte keine Wunder«, sagte Emilia. »Geben Sie uns einfach einen Überblick über das, was Ihr Team bereits herausfinden konnte.«

Rossmaier nickte und fuhr sich mit einer Hand durch das dünne, glatt nach hinten gekämmte Haar. »Am vielversprechendsten sind die Patronenhülsen, die zurückgelassene Filmausrüstung und die Leichen. Im ersten Schritt fokussieren wir uns auf diese drei Dinge. Danach werden wir uns nach und nach um alles andere kümmern. Kommen wir zuerst zu den Patronenhülsen. Die können vor allem wegen der Fingerabdrücke interessant werden. Momentan sind wir noch am Sammeln, aber ich denke, wir werden im Lauf der nächsten drei bis vier Stunden die Abdrücke im Labor abnehmen und sie dann durch den Computer laufen lassen können. Die ballistische Untersuchung der Kugeln im Gebäude und im Wald dauert erfahrungsgemäß länger. Aber selbstverständlich werden wir uns auch diesem Thema mit Hochdruck widmen. Jetzt zur Filmausrüstung.«

Emilia schluckte. Dieses Thema war ihr unangenehm. Sie spürte, wie sich ihre Nackenhärchen aufstellten.

Doch Rossmaier verlor über die Aufnahmen kein Wort. »Wir haben an der Kamera, am Stativ und an den Beleuchtungselementen ebenfalls Fingerabdrücke gefunden. Über ein Dutzend. Deshalb hoffen wir auch hier, dass uns die Computeranalyse den einen oder anderen Namen ausspucken wird. Ich denke, heute Abend wissen wir dazu schon mehr. Kommen wir jetzt zu den Leichen. Ein Mann und zwei Frauen. Der Mann lag in einem kleinen Raum, der als Archiv eingerichtet ist. Ihm wurde die Kehle durchgeschnitten, danach ist er verblutet. Er hatte keine Papiere bei sich, deshalb konnten wir ihn noch nicht identifizieren.«

Rossmaier legte seinen Edelstahlkoffer auf den freien Stuhl neben sich und klappte ihn auf. »An der Tür zu dem Zimmer, in dem der Tote lag, hing dieses Foto«, sagte er. »Mit Tesa befestigt.« Er holte ein in Folie verpacktes Bild aus dem Koffer und schob es über den Tisch, so dass die beiden anderen es sehen konnten.

»Das ist Avram Kuypers Nichte«, sagte Emilia. »Eines der beiden Mädchen, die entführt wurden. Ich denke, Thalinger wollte Kuyper mit dem Foto Angst einjagen – ihm suggerieren, dass sie in dem Archivraum liegt.«

Rossmaier nickte bedächtig. »Das wäre zumindest eine Erklärung«, sagte er.

»Haben Sie im Wald keine weiteren toten Männer entdeckt?«, fragte Emilia, die sicher war, dass sie und Avram ein paar von ihnen trotz der nächtlichen Dunkelheit getroffen hatten.

Doch Rossmaier schüttelte den Kopf. »Nur vier tote Dobermänner«, sagte er. »Und einige Blutspuren, die von den Angreifern stammen könnten. Möglich, dass sie nur verwundet waren. Oder ihre Leichen wurden von ihren Kameraden geborgen, bevor sie verschwanden. Natürlich werden die Blutspuren im Labor untersucht. Aber auch das kann ein paar Tage dauern.«

»Was ist mit den beiden Frauenleichen?«, wollte Oberkommissar Kohler wissen.

»Eine trug ein rotes Kleid und lag neben einem offenen Verpackungskarton. Die andere hing an den Füßen in einer Art Rattengehege.« Er schüttelte den Kopf, als könne er den Wahnsinn kaum glauben. »Fangen wir mit der Leiche im roten Kleid an. Es sieht so aus, als sei sie ursprünglich in dem Karton gewesen, dann aber von jemandem herausgezogen worden.«

Weil Avram wissen wollte, ob das Akina ist, dachte Emilia. »Wie ist sie gestorben?«, fragte sie.

»Man hat sie erdrosselt und ihr die Augen ausgestochen«, antwortete Rossmaier. Emilia spürte, wie ihr ein Schauder über den Rücken lief, während sie sich den Tathergang vorstellte. Niemand verdiente so einen Tod.

»Wir konnten die Frau bereits identifizieren«, fuhr Hauptkommissar Rossmaier fort. »Sie ist polizeilich bekannt, weil sie ein ziemlich beachtliches Vorstrafenregister besitzt und schon einmal wegen bewaffneten Raubüberfalls im Gefängnis saß. Ruth Hennige, zweiunddreißig Jahre alt, letzter bekannter Wohnsitz in Dortmund.«

Emilia hatte den Namen noch nie gehört. Sie vermutete, dass diese Frau geholfen hatte, Avram in die Falle zu locken, und dabei selber draufgegangen war.

»Ruth Hennige und der Mann im Archiv sind beide ziemlich genau zur selben Zeit getötet worden«, sagte Rossmaier. »Im Lauf der letzten Nacht, zwischen 0.00 Uhr und 3.00 Uhr morgens. Nach der Obduktion kann ich den Todeszeitpunkt noch genauer festlegen. Die zweite weibliche Leiche ist bereits seit längerem tot.«

»Konnten Sie sie auch schon identifizieren?«

Rossmaier schüttelte den Kopf. »Der Oberkörper wurde von den Ratten total zerfressen. Sie muss schon eine Weile in dem Gehege gelegen haben. Aber sie hat eine auffällige Tätowierung am linken Oberschenkel, insofern bin ich optimistisch, dass wir bald herausfinden, wer sie war.«

»Haben die Ratten sie getötet?«, fragte Kohler.

»Da vom Oberkörper kaum mehr als die Knochen übrig sind, kann ich das noch nicht einschätzen«, erklärte Rossmaier. »Möglich, dass wir bei der Obduktion anhand der Knochenreste eine Schussverletzung oder eine andere Art von Gewalteinwirkung feststellen. Im Moment kann ich nur sagen, was offensichtlich ist: dass sie von Ratten zerfressen wurde, noch recht jung war – etwa vierzehn oder fünfzehn, denke ich – und dass ihr an der linken Hand der Daumen fehlt. Die Knochenfraktur deutet darauf hin, dass er ihr erst vor kurzem abgenommen wurde.«

Emilia spürte, wie sich ihr Magen zusammenzog. Die Amputate, die sie in den letzten Tagen erhalten hatte, stammten also von diesem bemitleidenswerten Geschöpf.
Möge deine Seele in Frieden ruhen, dachte sie.

84

»Du riechst streng.«

Avram ignorierte die Bemerkung. Er saß auf dem Beifahrersitz eines nagelneuen Q5 und ließ die Landschaft an sich vorbeiziehen, während er in Gedanken bei Akina und Rebekka war. Dass Thalinger sich an Emilia und ihm rächen wollte, leuchtete ihm ein. Aber dass er ausgerechnet die Kinder dafür hernahm, machte ihn wütend.

Er wollte uns an unserer empfindlichsten Stelle treffen. Und das ist ihm auch gelungen.

»Hast du gehört, was ich sage? Trotz der offenen Fenster kann man dich riechen. Du stinkst wie ein Pissoir.«

»Ist mir noch gar nicht aufgefallen.«

»Hör auf, mich zu verarschen. Das ist nicht witzig. Ich hoffe, der Gestank setzt sich nicht in meinem Sitz fest.«

Tomaso Monza war gut einen Kopf kleiner als Avram und wie die meisten Italiener ein echtes Temperamentbündel. Er hatte ein schmales Gesicht, schwarzes, lockiges Haar, braungebrannte Haut und eine leichte Habichtsnase. Normalerweise sprach er nur Deutsch, und das absolut akzentfrei. Im Moment murmelte er jedoch auch immer wieder ein paar italienische Flüche vor sich hin.

»Krieg dich wieder ein, Tomaso«, sagte Avram. »Du schuldest mir etwas, schon vergessen?«

Normalerweise war dieser Hinweis nicht nötig, auch wenn Tomaso den Umstand gerne verdrängte, dass er nur noch lebte, weil Avram ihn seinerzeit verschont hatte.

»Ich habe mich freigekauft«, blökte der Italiener. »Wir sind quitt.«

»Wie würde es dir gefallen, wenn ich deinem Onkel einen Tipp gebe, wo er dich finden kann?«

Tomaso stieß einen weiteren Fluch aus. »Was willst du? Wieder Geld?«

Es war nicht das erste Mal, dass Avram die Konditionen ihrer Vereinbarung nachverhandelte.

»Du führst ein Leben in Saus und Braus. Also hör endlich auf, dich zu beklagen.« Avram wartete einen Moment, bis Tomaso sich wieder beruhigt hatte. »Ich brauche nicht nur Geld, sondern noch viel mehr.«

»Zum Beispiel neue Klamotten.«

»Außerdem neue Papiere. Ein Auto. Geld, damit ich mir Waffen besorgen kann. Und ich weiß, dass du mir das alles geben kannst. Aber vor allem brauche ich eines von dir: Informationen.«

Sie erreichten den Ortsrand von Bad Dürkheim, wo sich Tomaso Monzas ansehnliches Anwesen befand. Das Zweitausend-Quadratmeter-Grundstück war nahezu vollständig von einer übermannshohen Thujenhecke umgeben, so dass man es von außen nicht einsehen konnte. Drinnen offenbarte sich aber der pure Luxus: eine Villa mit zehn Zimmern, Saunalandschaft und einem eigenen Billardraum. Von der mit Carrara-Marmor ausgelegten Dachterrasse hatte man nicht nur einen wundervollen Blick über das umliegende Land, sondern auch auf den gewaltigen Pool, der sich vom Wohnzimmer aus weit in die toskanische Gartenanlage erstreckte.

»Du lebst hier auf großem Fuß«, stellte Avram fest.

»Man kommt über die Runden.«

»Der Pool war letztes Mal noch nicht hier.«

»Die Geschäfte laufen ganz gut. Wenn man etwas Vernünftiges gelernt hat, kann man sich auch etwas leisten. Ein Haus. Einen Pool. Saubere Hosen.«

Er grinste. Avram kannte ihn gut genug, um zu wissen, dass er ihn mit seinen Sticheleien nur ärgern wollte. Im Grund war Tomaso ein anständiger Kerl.

Vor allem aber war er ein hervorragender Computerhacker.

»Meine Kleidergröße wird dir nicht passen«, sagte er. »Ich werde Aldo bitten, bei sich im Schrank nachzusehen. Am besten, du nimmst auch gleich eine Dusche. Du weißt, wo das Gästebad ist. Handtücher liegen im Schrank.«

Avram nickte. »Ich nehme eine Dusche, und du findest für mich heraus, in welchem Zusammenhang Claus Thalinger mit dem Begriff *Katalina* steht. Das Leben zweier Kinder hängt davon ab, Tomaso. Also tu mir den Gefallen und gib dein Bestes.«

85

»Ich habe gehört, was Ihnen heute Nacht widerfahren ist«, sagte Jerome Varamont, Emilias Chef bei Interpol. Durchs Telefon klang seine Stimme, als riefe er von einem anderen Planeten an. »Auch, dass Ihre Tochter entführt wurde. Das ist schrecklich. Was können wir von hier aus für Sie tun?«

Emilia dankte ihm für die Anteilnahme und schilderte ihm die Situation. »Ich habe Luc Dorffler bereits mit der Recherche nach dem Begriff *Katalina* beauftragt«, sagte sie. »Falls der Tipp richtig ist und er irgendetwas mit der Entführung zu tun hat, wird Dorffler es herausfinden.«

»Gilt Thalinger nicht als tot?«

»Als verschollen. Aber er ist wiederaufgetaucht. Und offenbar hat er nur eines im Sinn: Rache.«

Sie erzählte Varamont von Thalingers Videobotschaft.

»Er hat Avram Kuyper und mich gezielt in eine Falle gelockt«, sagte sie. »Die Sache war von langer Hand geplant. Thalinger wusste genau, wie er uns beide ködern konnte. Ich habe keine Ahnung, woher er seine Informationen bezieht, aber er kennt Details über den Dante-Fall, die darauf hindeuten, dass es in Lyon einen Maulwurf gibt.«

Es entstand eine kurze Pause. »Das ist ein schwerwiegender Verdacht«, sagte Varamont schließlich.

»Es gibt keine andere Erklärung. Die Morde in Simmerath sind nicht von Dante verübt worden, sondern von jemandem, der im Auftrag von Claus Thalinger arbeitet. Er selbst kann es nicht getan haben, weil er körperlich versehrt ist – er hätte niemals durchs Fenster des Wagingerhofs einsteigen können. Aber er hat die Macht, die finanziellen Mittel und die nötigen Kontakte, um jemanden zu engagieren, der das für ihn erledigt. Deshalb gab es auch ein paar Unstimmigkeiten im Vergleich zu den anderen Dante-Morden. Entweder hat Thalingers Mörder nicht sauber gearbeitet, oder er hat sogar absichtlich ein paar falsche Spuren gelegt, um mich neugierig zu machen.«

Emilia hörte, wie Varamont am anderen Ende der Leitung seufzte. »Ist das alles nicht ein bisschen weithergeholt? Wozu sollte Thalinger diesen riesigen Aufwand betreiben? Wenn er sich nur an Ihnen rächen wollte, hätte ihm die Entführung Ihrer Tochter doch vollkommen ausgereicht.« Milder fügte er hinzu: »Tut mir leid, das klang hart. Ich wollte Sie nicht verletzen.«

Emilia versuchte, ihre Emotionen zu kontrollieren, aber die nüchterne Art, wie Varamont die Situation analysierte, versetzte ihr einen Stich.

»Es ging Thalinger nicht nur darum, Kuyper und mir einen Schlag zu verpassen«, sagte sie. »Er wollte mit uns spielen. Unsere Gefühle kontrollieren. Uns manipulieren. Er liebt es, am längeren Hebel zu sitzen. Er wollte uns ganz langsam erkennen lassen, dass wir gegen ihn keine Chance haben.«

Varamont atmete schwer. Emilia konnte nicht einschätzen, ob es ihr gelungen war, ihn zu überzeugen.

»Gibt es – abgesehen von Dorfflers Recherchen – irgendetwas, das wir für Sie tun können?«

Emilia schluckte. »Nein, Monsieur. Im Moment nicht. Aber ich danke Ihnen für das Angebot.«

86

Tomaso Monza hieß eigentlich Federico Ferrara und entstammte dem berüchtigten Ferrara-Clan aus Sizilien. Sehr zum Leidwesen seines Onkels Lorenzo, dem Paten des Clans, hatte Tomaso nie eine Karriere in der italienischen Mafia angestrebt. Im Gegenteil – irgendwann hatte er sich dazu entschieden, sich mit seinem Hacker-Wissen selbständig zu machen und seine Dienste gewissermaßen auf dem freien Markt anzubieten. Das Knacken von Passwörtern und das Ausspionieren von Firmendaten war ein lukratives Geschäft.

Und ganz nebenbei hatte er sich auch noch ein zweites Standbein mit der Fälschung von Ausweisen, Führerscheinen und anderen Papieren geschaffen.

Solange er seinem Onkel nicht in die Quere gekommen war, hatte Tomaso tun können, was er wollte. Doch irgendwann war der verfeindete Solano-Clan auf Tomasos Fähigkeiten aufmerksam geworden. Die Solanos hatten ihn entführt und mit vorgehaltener Pistole gezwungen, sich ins Netzwerk seines Onkels einzuhacken, um all seine Geheimnisse zu erfahren: Zugangsdaten für Firmenkonten, PINs und Passwörter für Banktransaktionen, die Liste der Schmiergeldempfänger, die Liste seiner Auftragsmörder und vieles mehr. Aus Angst um sein Leben hatte Tomaso den Solanos alles besorgt, was sie wollten. Onkel Lorenzo hatte damals fast sein ganzes Vermögen verloren – über fünfzig Millionen Euro. Als er herausfand, wer an der ganzen Misere die Schuld trug, hatte er Avram beauftragt, den verräterischen Neffen zu liquidieren.

Normalerweise hätte Avram das auch ohne zu zögern getan. Nur der Umstand, dass Tomaso auch die Zugangsdaten zur Verbrechensdatei von Scotland Yard besaß, hatte ihn vor dem sicheren Tod bewahrt. Avram war damals auf der Suche nach Brent Rasmussen gewesen, und einem Informanten zufolge hatte die englische Polizei eine Datei über ihn angelegt. Diese Datei hatte Tomaso Avram besorgt. Die Datei sowie hunderttausend Euro, aus denen im Lauf der Jahre dreihunderttausend geworden waren.

»Und jetzt brauchst du schon wieder Geld? Wann soll das endlich aufhören?« Tomaso Monza brauste nicht auf. Er klang eher resigniert, als habe er erst jetzt begriffen, dass Avram ihn jederzeit bei seinem Onkel auffliegen lassen konnte. Dann wäre er ein toter Mann.

»Ich will dich nicht erpressen, Tomaso«, sagte Avram. Er stand frisch geduscht im Türrahmen zu Tomaso Monzas Arbeitszimmer, das aussah wie die Schaltzentrale von Cape Canaveral, nur eine Nummer kleiner. Die Kleidung, die Tomasos Hausangestellter für ihn bereitgelegt hatte, passte wie angegossen – und duftete nach frischen Blumen.

»Du willst mich nicht erpressen – aber du tust es.«

»Ein Freund braucht deine Hilfe.«

Im Grunde war aus ihrer einstigen Täter-Opfer-Beziehung inzwischen tatsächlich so etwas wie eine Freundschaft geworden. Avram schätzte Tomasos Fähigkeiten sehr und hatte sie schon diverse Male gegen gute Bezahlung in Anspruch genommen. Nur in der Anfangszeit hatte er den Italiener erpresst.

Tomaso seufzte. »Ich schicke Aldo zur Bank und lasse ihn das Geld abholen. Wie viel brauchst du?«

»Kommt darauf an, ob du mir für eine Weile deinen Ferrari leihst.« Avram spielte damit auf Tomasos größten Schatz an, der in seiner Doppelgarage stand: einen 488 Spider.

»Vergiss es. Den fahre ich selbst höchstens fünfmal im Jahr«, antwortete Tomaso.

Avram hatte nichts anderes erwartet. Im Kopf überschlug er die benötigte Summe. »Ein Auto, eine Ersatzpistole für die Übergangszeit, bis ich wieder an meine Sachen herankomme, neue Papiere, ein bisschen Geld, um ein paar Tage zu überbrücken ... Ich denke, mit hunderttausend sollte ich zurechtkommen.«

Tomaso Monza riss die Augen auf. »Warum nicht gleich eine Million? Dann könntest du dir einen Bentley und ein paar Granatwerfer für deine *Übergangszeit* kaufen.«

Avram lächelte. »Du bekommst das Geld ja wieder zurück. Ich will nur deshalb so viel, damit ich gleich loslegen kann, sobald du etwas über Katalina herausfindest. Vielleicht brauche ich Geld, um jemanden zu bestechen, oder eine Ausrüstung, um zu den Kindern zu gelangen. Ich weiß es noch nicht. Aber ich will für jede Situation vorbereitet sein und keine Zeit verlieren, wenn ich weiß, wohin ich muss. Zwei Mädchen sind in der Hand eines perversen Psychopathen, der sie als Sklaven an seine genauso perversen Kunden verkaufen will. Ich denke, um das zu verhindern, sind hunderttausend Euro nicht zu viel.«

Tomasos Augen wurden wieder kleiner. Jetzt wirkten sie beinahe ein bisschen schuldbewusst.

Der Italiener stieß einen Seufzer aus und nickte. »Also schön, hunderttausend. Auch mehr, wenn du es brauchst. Fahr mit Aldo in die Stadt. Er wird dich bei Ricarda absetzen. Sie macht Fotos von dir und erstellt dir alle Papiere, die du brauchst. Das dauert keine zwei Stunden. Sie hat in ihrem

Tresor auch einige Handfeuerwaffen. Nichts Besonderes, aber du wirst damit zurechtkommen. Ein paar Gebrauchtwagenhändler gibt's auch in der Stadt. Erledige du deine Besorgungen. Wenn du wieder hier bist, habe ich vielleicht schon etwas über diese Katalina herausgefunden.«

87

Das Warten machte Emilia schier wahnsinnig. Immer wieder unterrichtete Oberkommissar Kohler sie über die neuesten Ergebnisse in Bezug auf die Fahndung nach Thalingers Männern, aber wie nicht anders zu erwarten, kam die Ermittlung nur schleppend voran. Diese Leute waren Profis. Obwohl die Nacht aus ihrer Sicht völlig aus dem Ruder gelaufen war, hatten sie die Nerven behalten und nahezu alle Beweise aus der Lagerhalle mitgenommen, die sie verraten konnten.

Die Analyse der sichergestellten Fingerabdrücke hatte noch kein Ergebnis gebracht, die der Blutproben würde noch einige Zeit beanspruchen. Die Fabriknummern der für die Videoaufnahmen verwendeten Kameras waren unkenntlich gemacht worden, weshalb die Geräte nicht bis zu ihren Verkäufern zurückverfolgt werden konnten. Dasselbe galt für die Waffen, die die Beamten beim Durchkämmen des Waldes gefunden hatten – Thalingers Söldnertrupp war darauf getrimmt, keine Spuren zu hinterlassen. Und die ballistische Untersuchung der verschossenen Munition würde noch mindestens ein oder zwei Tage beanspruchen.

Die Zeit lief Emilia davon. Die Wanduhr in Oberkommissar Kohlers Büro zeigte Viertel vor zwölf. Seit Thalingers Videobotschaft waren schon fast neun Stunden vergangen.

Wo hielt er Becky und Akina gefangen? Es konnte überall auf der Welt sein!

Der erlösende Anruf kam, als Oberkommissar Kohler

Emilia gerade zu einem Mittagessen im Restaurant gegenüber dem Polizeirevier überreden wollte.

»Ja ... ja ... Augenblick, ich gebe Sie weiter.« Er reichte ihr den Hörer. »Es ist Lyon«, raunte er ihr zu.

Am anderen Ende der Leitung meldete sich die vertraute Stimme von Luc Dorffler.

»Ich glaube, ich weiß, wo die Mädchen sind«, sagte er.

Emilia spürte, wie eine Welle Adrenalin durch ihren Körper jagte.

»Es heißt nicht Katalina, sondern Catalena.« Er buchstabierte die korrekte Schreibweise. »Das ist eine griechische Insel, ein gutes Stück südlich von Korfu, die sich in Privatbesitz befindet. Etwa drei Quadratkilometer groß, besteht hauptsächlich aus hügeligen Felsen und kargem Gebüsch. Am höchsten Punkt befinden sich die Überreste einer alten Burganlage, die auf die Zeit der Kreuzfahrer zurückgeht. Ein Haus soll es dort oben auch geben.«

»Gehört die Insel Thalinger?«

»Nein, einem Mann namens Leos Panagoulis. Ein Reeder aus Piräus.«

»Steht er mit Thalinger in irgendeiner Verbindung?«

»Thalinger gehört ein Weltkonzern mit Dutzenden von Einzelfirmen. Ein paar davon haben auch schon Ware mit Frachtern von Panagoulis verschifft. Aber beinahe jedes europäische Großunternehmen hat das schon getan.«

Das klang ernüchternd. »Warum glaubst du, dass meine Tochter und Akina Kuyper auf diese Insel gebracht wurden?«, fragte Emilia.

»Weil dort jedes Jahr ein Treffen der ganz besonderen Art stattfindet«, sagte Dorffler.

Da er, wie so oft, keine Anstalten machte, von sich aus weiterzuerzählen, musste Emilia ihn wieder einmal drängen: »Spann mich nicht auf die Folter, Luc! Was für eine Art von Treffen meinst du?«

»Ich spreche von den Gruselgestalten der High Society, meine Liebe. Von Leuten, die in ihrem Leben ein so großes Vermögen angehäuft haben, dass das kaum mit rechten Dingen zugegangen sein kann. Jeder von denen ist Milliardär. Und jeder von denen hat Dreck am Stecken. Natürlich wurde noch nie einer von ihnen rechtskräftig verurteilt, weil sie sich die besten Anwälte der Welt leisten können. Wenn das nicht reicht, bestechen sie Richter oder Zeugen. Die können sich mit Geld alles kaufen, auch ihre Freiheit.«

Genau wie bei Thalingers Prozess.

»Wer sind diese Leute?«, wollte Emilia wissen.

»Gastgeber ist wie gesagt Leos Panagoulis. Dann ist da noch Sterling Hines aus den Vereinigten Staaten. Hat sein Vermögen mit Pharmazeutika gemacht. Honoré Grangé, Paris – beliefert die halbe Welt mit Glasfaserkabeln. Sibuin Doudé, Nigeria – macht in Diamanten und anderen Edelsteinen. Pjotr Galaschkin, Petersburg – verkauft Luxusimmobilien von Moskau bis nach Los Angeles. Und schließlich der Reichste von allen: Saté Nagano aus Tokio. Kaum eine Branche, an der er nicht beteiligt ist.«

Emilia ließ sich die Namen durch den Kopf gehen. Den einen oder anderen glaubte sie schon in den Medien gehört zu haben, aber im Moment kam sie nicht darauf, in welchem Zusammenhang. »Mit welchen Verbrechen werden diese Männer in Verbindung gebracht?«, fragte sie.

»Grangé wurde vor sieben Jahren wegen Unzucht mit Minderjährigen angeklagt. Die Mädchen waren dreizehn, aber er behauptete, sie hätten sich als volljährig ausgegeben. Irgendwie hat man sich außergerichtlich geeinigt. Der Fall war ein paar Wochen in den Schlagzeilen, danach hat man nie wieder etwas davon gehört. Sibuin Doudé hat man im Jahr 2011 in einem Amsterdamer Edelbordell hochgenommen. Er war in der Stadt, um Diamanten zu verkaufen, und hat seinen Erfolg wohl gebührend feiern wollen. Als die Polizei ihn festnahm, hatte er seine Prostituierte schon halb totgeprügelt. Auch dieser Fall verlief nach ein paar Wochen im Sand. In Nigeria hat Doudé übrigens einen Palast, in dem er sich einen ganzen Harem hält. Einen Teil seiner Frauen soll er auf afrikanischen Sklavenmärkten gekauft haben. Saté Nagano ist nicht nur der Reichste, sondern auch der Schlimmste. Stand in den letzten fünfzehn Jahren insgesamt siebenmal vor Gericht – dreimal wegen Vergewaltigung und zweimal wegen Mordes und schwerer, vorsätzlicher Körperverletzung. In einem Fall hat er angeblich fünf Frauen wochenlang in seinem Landhaus auf Shikoku missbraucht. Als man sie fand, waren sie schwer traumatisiert. Sie litten an Brand- und Schnittwunden, eine von ihnen gab an, dass sie auf einer zerbrochenen Glasscheibe vergewaltigt worden war. Vor Gericht zog sie ihre Aussage jedoch wieder zurück, genau wie die anderen vier. Sie behaupteten, sich den Torturen freiwillig unterzogen zu haben. Außerdem bestritten sie, dass Saté Nagano sie so zugerichtet hatte, sondern ein anderer Mann, der aber nie identifiziert werden konnte.«

»Also ist auch diese Sache im Sande verlaufen«, schlussfolgerte Emilia. »Was ist mit dem Amerikaner und dem Russen?«

»Über die sind keine Verhaftungen bekannt. Zumindest konnte ich bis jetzt nichts finden. Allerdings hat Panagoulis ordentlich Dreck am Stecken. Auf seinem Computer hat die griechische Polizei vor vier Jahren kinderpornographisches Material sichergestellt. Ein paar Dutzend Filme und über tausend Fotos. Irgendwie bog sein Anwalt die Angelegenheit so hin, dass nicht zweifelsfrei erwiesen werden konnte, ob das Material von Panagoulis stammt. Am Ende geriet sein engster Vertrauter unter Verdacht, ein Mann namens Thalos, dreißig Jahre alt, alleinstehend. Aber bevor er verhaftet werden konnte, beging er laut Untersuchungsbericht Selbstmord. Wurde mit einem Föhn in der Badewanne gefunden. Er hinterließ einen Brief, in dem stand, dass er seine Verfehlungen bereue. Damit wurde die Geschichte abgeschlossen.«

»Denkst du, der Selbstmord war inszeniert?«

»Zumindest könnte man auf die Idee kommen, dass Thalos ein Bauernopfer und der Abschiedsbrief eine Fälschung war.«

»Bleib weiter am Ball, okay?«

»Mach ich.«

Emilia überlegte. Was Dorffler recherchiert hatte, passte perfekt ins Bild: Moderne Sklaverei, Vergewaltigung, Körperverletzung ... Eine Insel vor der griechischen Küste. Trafen diese Männer sich dort, um ihre abartigen Neigungen auszuleben? Eine solche Zusammenkunft wäre ganz nach Thalingers Geschmack, das bewies seine Vergangenheit. Er gehörte zwar offenbar nicht zum Kreis von Panagoulis' Gästen, aber vielleicht besorgte er ihnen regelmäßig Nachschub. Welchen geeigneteren Ort konnte man sich dafür vorstellen als eine abgeschiedene Insel? Dort gab es keine ungebetenen Gäste, keine Polizei in der Nähe, nichts, was den illegalen Verkauf zweier minderjähriger Mädchen stören würde.

»Wann findet das nächste Treffen auf Catalena statt?«, fragte Emilia.

»Es ist bereits in vollem Gang«, antwortete Dorffler. »Seit vorgestern. Nach meinen Quellen dauert es immer drei Tage. Im Lauf des morgigen Vormittags werden Panagoulis und seine Konsorten wieder abreisen.«

»Morgen schon?« Das kam unerwartet. Emilia spürte, wie sich ihr Magen zusammenzog. Wie sollte sie so schnell alles organisieren? Obwohl Interpol über ein gut strukturiertes internationales Netzwerk verfügte, bedurfte es trotz aller Eile gewisser Formalitäten, insbesondere bei der Einbindung der jeweiligen Landesbehörden.

Keine vierundzwanzig Stunden mehr. Das wird knapp!

»Stell mich zu Varamont durch«, sagte Emilia. Sie musste jetzt dringend das weitere Vorgehen mit ihm abstimmen.

Wenige Minuten später hatte sie ihrem Chef den aktuellen Sachstand geschildert. »Wir müssen schnellstens mit den Behörden in Athen und auf Korfu Kontakt aufnehmen«, sagte sie. »Außerdem mit der Küstenwache. Ich weiß nicht, ob Nagano und die anderen mit ihren Yachten oder mit Hubschraubern dorthin gekommen sind. Aber wir sollten auf alles vorbereitet sein.«

Jerome Varamonts Antwort fiel allerdings ernüchternd aus. »Nun mal langsam«, bremste er Emilia. »Bevor wir etwas unternehmen, müssen wir sicher sein, dass unser Verdacht haltbar ist. Auf dieser Insel treffen sich ein paar der reichsten Männer der Welt. Da können wir nicht einfach mit einem Großaufgebot an Polizisten einfallen und uns entschuldigen, wenn wir uns geirrt haben.«

Emilia biss die Zähne zusammen. Vor einer halben Stunde hatte Varamont ihr seine Hilfe angeboten, und jetzt bekam er kalte Füße!

»Mit hoher Wahrscheinlichkeit befinden sich auf dieser Insel zwei Mädchen, die wie Waren auf einem Basar an den Meistbietenden verkauft werden sollen«, hielt sie dagegen. »Wenn wir nicht sofort etwas unternehmen, werden sie morgen von irgendeinem Pädophilen missbraucht!«

Falls das nicht schon längst geschehen ist, fügte sie stumm hinzu.

»Ich kann Ihre Angst sehr gut verstehen«, sagte Varamont. »Ich habe Ihren Fall auch schon mit dem Generalsekretär besprochen, und er hat uns jede erdenkliche Unterstützung zugesichert, vorausgesetzt, dass es sich um einen hinreichenden Verdacht handelt – nicht um die Verzweiflungstat einer besorgten Mutter.«

Emilia fühlte sich wie vor den Kopf gestoßen. Da hatte sie nun endlich einen konkreten Hinweis auf den Verbleib der beiden Kinder, doch alles, was sie von ihren Vorgesetzten bekam, waren Zurückhaltung und Bedenken. In ihrer Eigenschaft als Interpol-Agentin konnte sie das sogar ein Stück weit nachvollziehen: Gegen keinen der Männer lag im Moment ein konkreter Verdacht vor. Keiner von ihnen war jemals für seine Taten schuldig gesprochen worden. Vor dem Gesetz waren sie unbescholtene Bürger. Doch die Mutter in ihr hatte für diese Sicht der Dinge keinen Blick. Sie sah nur die akute Gefahr für die zwei verschleppten Kinder.

»Bitte, Monsieur, wir müssen etwas unternehmen!«, drängte sie, wohl wissend, dass ihr allmählich die Argumente ausgingen. Eines fiel ihr allerdings noch ein. »Thalinger hat uns heute Nacht ein Video vorgespielt«, sagte sie. »Die Mädchen sind in einer Art Verlies eingesperrt. Wie in einer Burg. Und Dorffler hat herausgefunden, dass auf Catalena eine alte Befestigungsanlage der Kreuzfahrer steht. Jede Wette, dass Rebecca und Alina dort gefangen gehalten werden. Auf meinem Handy befindet sich ebenfalls eine Aufnahme dieses Verlieses. Schauen Sie es sich an, Monsieur, dann werden Sie sehen ...«

»Das Problem ist Claus Thalinger«, fiel Varamont ihr ins Wort. »Bis jetzt konnten Sie mir keinen einzigen Hinweis darauf liefern, dass er in irgendeinem konkreten Bezug zu dieser Insel steht. Oder zu einem der Männer, die sich dort treffen.«

Emilia schwieg. Laut Dorfflers Bericht hatten Thalingers Firmen schon Schiffe von Leos Panagoulis für Transportfahrten genutzt, und wahrscheinlich ließen sich ähnliche Geschäftsverbindungen auch zu Nagano, Doudé und den anderen nachweisen. Aber im Moment konnte sie das in der Tat nicht. Selbst wenn – ein paar verfrachtete Schiffscontainer wären kein ausreichender Beweis dafür, dass das Treffen auf Catalena einen illegalen Hintergrund hatte.

Sie hörte Varamont am anderen Apparat seufzen. »Hören Sie – ich verstehe, dass Sie Angst um Ihre Tochter haben. So, wie Sie die Sache schildern, sprechen gewisse Dinge durchaus auch dafür, dass sie und dieses andere Mädchen nach Catalena verschleppt wurden. Aber der Verdacht ist zu vage, als dass ich über Interpol eine Großrazzia veranlassen könnte.« Er machte eine Pause, bevor er fortfuhr: »Was ich aber gerne anbiete, ist, das ich – völlig unverbindlich – mit der griechischen Polizei Kontakt aufnehme und sie bitte, eine Küstenpatrouille nach Catalena zu schicken, damit die dort nach dem Rechten sieht. Wie klingt das für Sie?«

Tränen der Erleichterung stiegen Emilia in die Augen. Sie hatte schon gar nicht mehr mit Varamonts Unterstützung gerechnet. Dem ersten Impuls folgend, wollte sie ihm auch sofort dafür danken und sein Angebot annehmen, doch dann kamen ihr plötzlich Bedenken: Angesichts der unklaren Beweislage würden auch die griechischen Behörden keinen Durchsuchungsbefehl ausgeben. Was blieb dann noch? Die Beamten der Küstenpatrouille konnten nichts anderes tun, als einen freundlichen Besuch auf Catalena abzustatten und ein paar Fragen zu stellen. Vielleicht wurden sie sogar in die Burganlage oder ins Haus gebeten. Aber ganz bestimmt würde Panagoulis ihnen nicht ohne Not die Verliese zeigen. Was dann?

Dann sind sie gewarnt. Was sie danach mit Becky und Akina anstellen, steht in den Sternen.

Vielleicht wurde die griechische Polizei sogar von Panagoulis und seinen Freunden bestochen. Wo so viel Geld zusammenkam, gab es immer auch Korruption. Nein, die Gefahr, nur einen Warnschuss abzugeben und damit das Gegenteil dessen zu bewirken, was sie beabsichtigte, war zu hoch.

Emilia schilderte Varamont ihre Bedenken und lehnte dankend ab. Zunächst schien er von ihrer Ablehnung irritiert zu sein. Schließlich erkannte er jedoch die damit verbundenen Risiken.

»Dann kann ich allerdings kaum noch etwas für Sie tun«, meinte er ein wenig ratlos.

Emilia seufzte stumm in sich hinein. »Ich habe noch ein paar Tage Resturlaub«, sagte sie. »Den würde ich gerne nehmen.«

»Sie wollen doch nicht etwa nach Griechenland?«

»Ich *muss* nach Griechenland.«

»Haben Sie vor, wie Lara Croft die Insel zu stürmen? Sie können die beiden Mädchen nicht im Alleingang befreien, Emilia!«

»Das weiß ich. Aber ich kann auch nicht tatenlos hier herumsitzen und warten, bis meine Tochter für immer aus meinem Leben verschwunden ist.«

Er schluckte – so laut, dass man es durchs Telefon hören konnte. »Also schön«, lenkte er schließlich ein. »Da ich Sie nicht aufhalten kann, machen wir es so: Sie buchen sich den nächsten Flug nach Korfu. Ich informiere inzwischen die

Behörden in Athen. Offiziell werden die zwar auch nichts unternehmen können, aber zumindest sollten sie Bescheid wissen. Vielleicht stellen sie sogar jemanden ab, der Ihnen zur Seite stehen kann, wenigstens als Dolmetscher.«

Emilia hatte nichts dagegen. Die Wahrscheinlichkeit, in Athen ausgerechnet an einen Beamten zu geraten, der von dem Catalena-Kreis bestochen worden war, tendierte gegen null.

»Ich danke Ihnen, Monsieur«, sagte Emilia.

»Und ich drücke Ihnen die Daumen.« Es klickte, dann war die Leitung war tot.

Emilia atmete durch. Eine Großrazzia wäre ihr zwar lieber gewesen, aber wenn das nicht ging, musste sie eben alleine ihr Glück versuchen.

Auch wenn ihre Chancen schlecht standen.

88

Oberkommissar Kohler organisierte für Emilia kurzfristig eine Polizeieskorte für die Fahrt nach Frankfurt. Während sie mit überhöhter Geschwindigkeit über die Autobahn preschten, telefonierte Emilia mit Mikka.

Er war nicht besonders glücklich darüber, dass sie ohne offizielle Polizeiunterstützung, sondern nur im Rahmen eines nicht genehmigten Einsatzes nach Griechenland reiste. Das hatte etwas von einer illegalen Operation, und bei genauer Betrachtung stimmte das sogar. Falls sie – wozu sie inzwischen entschlossen war – Catalena auch ohne Durchsuchungsbefehl betreten würde, konnte alles Mögliche geschehen.

»Wenn dein Verdacht stimmt, werden diese Leute keine Sekunde zögern, um dich aus dem Weg zu räumen«, sagte Mikka. »Bestimmt haben die ihre Bodyguards. Sobald du dort auftauchst, werden sie dich jagen – und du hast niemanden, der dir den Rücken freihält. Warte, bis ich in Frankfurt zurück bin, dann begleite ich dich. Becky ist für mich wie eine Tochter.«

»Das weiß ich«, erwiderte Emilia. »Aber ich muss diese Maschine nehmen. Jede Stunde, die wir verlieren, ist eine Stunde, in der Becky und Akina von der Insel verfrachtet werden können. Wenn das passiert, werden wir sie wahrscheinlich nie wiederfinden. Es tut mir leid, aber ich kann nicht auf dich warten. Nimm eine andere Maschine und komm nach, okay?«

»Also gut, meinetwegen«, antwortete Mikka ein wenig verschnupft. »Ich hoffe, dass ich den nächsten Flug erwische. Sobald ich weiß, wann ich auf Korfu ankomme, melde ich mich wieder bei dir.«

Emilia nahm ihm seine Reaktion nicht übel. Er wollte nur helfen, sie unterstützen, und sie war ihm dankbar für seinen bedingungslosen Rückhalt. Mit Mikka an ihrer Seite würde bestimmt alles viel leichter gehen. Doch wenn sie eines nicht hatte, dann war es Zeit. Jede Stunde, vielleicht sogar jede Minute zählte. Sie musste unbedingt so schnell wie möglich nach Catalena, sonst würde sie ihres Lebens nicht mehr froh werden.

Gerade noch rechtzeitig erwischte Emilia den 14.00-Uhr-Flug nach Korfu, und das auch nur dank ihres Chefs in Lyon, der all seine Beziehungen hatte spielen lassen, damit die Maschine nicht ohne sie in Richtung Griechenland abflog. Er hatte es sogar geschafft, dass der Start um ein paar Minuten verschoben wurde, weil die Zeit sonst zu knapp geworden wäre. Emilia war der letzte Passagier, der an Bord kam, alle anderen hatten bereits ihre Plätze eingenommen. Sie war völlig abgehetzt, als sie sich setzte und anschnallte.

Erst als die Stewardessen später mit dem Getränkewagen durch die Reihen gingen, kam Emilia zur Ruhe. Plötzlich merkte sie, wie müde sie war. In der Nacht hatte sie kaum ein Auge zugetan. Auf der Flucht und während der Ermittlungsarbeiten in der alten Lagerhalle hatte sie das Adrenalin wach gehalten. Jetzt spürte sie jedoch, wie dringend sie Schlaf benötigte – umso mehr, als die nächsten zwanzig Stunden ihr nochmals alles an Kraft abverlangen würden, was sie aufbieten konnte.

Mit diesen Gedanken nickte sie weg und wachte erst wieder auf, als ihr Sitznachbar – ein freundlicher älterer Herr – sie leicht an der Schulter berührte und ihr zuraunte, dass das Flugzeug gelandet sei.

Bereits in der Ankunftshalle wurde sie von einem Mitarbeiter der Athener Polizei erwartet, einem untersetzten Mann, etwa in ihrem Alter, mit zurückgehendem Haaransatz und einem kleinen Silberstecker im linken Ohr. Er trug khakifarbene Stoffhosen mit einem dazu passenden T-Shirt. Auf den ersten Blick wirkte er träge oder gelangweilt, aber als sie sich die Hände schüttelten, verströmten seine Augen so viel Zuversicht und Entschlossenheit, dass Emilia sich sofort besser fühlte. Sein Name war nahezu unaussprechlich – Aleksandros Erostapoglou –, weshalb er von den meisten Menschen nur Aleksander genannt wurde.

»Oder Eros«, fügte er zwinkernd hinzu, was Emilia nach der Aufregung der letzten Tage endlich einmal wieder ein Lächeln ins Gesicht zauberte. »Haben Sie einen Koffer dabei?«

Sie schüttelte den Kopf. »Nur meine Handtasche.«

»Dann folgen Sie mir.«

Sie gingen nicht in Richtung der Ausgangshalle, sondern zu einer Seitentür, die wieder hinaus zu den Start- und Landebahnen führte.

»Mit dem Auto und der Fähre bräuchten wir die halbe Nacht bis nach Eliniki. Das ist der Küstenort, der Catalena am nächsten ist. Dort habe ich ein Zimmer für Sie reserviert, weil ich nicht wusste, ob Sie sich zuerst noch ein wenig ausruhen wollen.«

Nach dem Nickerchen im Flugzeug fühlte Emilia sich erstaunlich erholt, fast wie ein neuer Mensch.

»In dem Zimmer habe ich auch ein wenig Ausrüstung für Sie hinterlegen lassen«, fuhr Eros fort, während sie am Flughafengebäude entlanggingen und auf einen Bereich zusteuerten, der hauptsächlich für kleine Privatmaschinen reserviert war. »Ich hoffe, Sie können mit den Sachen etwas anfangen. Mehr kann ich allerdings nicht für Sie tun. Die griechische Polizei wird sich nicht an Ihrem Vorhaben beteiligen.«

»Das hatte ich auch nicht erwartet«, antwortete Emilia. »Interpol hält sich ebenfalls zurück. Dennoch vielen Dank für Ihre Unterstützung.«

Eros stoppte vor einem Hubschrauber, in dem der Pilot bereits auf sie wartete, und öffnete die Tür zur Rückbank.

»Damit kommen wir am schnellsten nach Eliniki«, sagte er. »Steigen Sie ein. In einer knappen Stunde sind wir da.«

Der Flug verlief ohne Zwischenfälle. Er führte sie vom Flughafen rasch hinaus aufs Meer und danach an der Festlandküste entlang immer weiter in Richtung Süden. Eros nutzte die Zeit, um Emilia einige Informationen zu geben.

»Catalena besteht fast ausschließlich aus Stein. Abgesehen von ein paar Büschen, Korkeichen und Olivenbäumen wächst dort so gut wie nichts.«

Die Hubschraubermotoren waren so laut, dass Emilia sich trotz der Kopfhörer konzentrieren musste, um etwas verstehen zu können. Aus einem Metallkoffer auf dem dritten Rücksitz zog Eros einen Stapel Unterlagen.

»Das hier ist Catalena«, sagte er und reichte Emilia ein paar Fotos. Das erste zeigte eine Luftaufnahme: ein riesiger, rotbrauner Fels, eingebettet in dunkelblaues Meerwasser, das zum Ufer hin einen türkisfarben Ton annahm und der Insel dadurch etwas von einem schillernden Edelstein verlieh. Im Westen und Süden, wo der Fels offenbar steil ins Wasser abfiel, war dieser Schimmer nur als feine Linie zu erkennen, dafür leuchtete er vor allem im Osten umso intensiver. Dort befanden sich einige seichte Buchten.

Auf dem nächsten Foto war eine der Buchten genauer zu sehen. Von einem sichelförmigen Kieselsteinstrand führte ein Bootssteg ins Wasser. Daran waren ein motorisiertes Schlauchboot und ein Wasserflugzeug befestigt. Über einen geschotterten Serpentinenweg und mehrere in den Fels gehauene Stufen gelangte man bis hinauf zur Burg, die im Wesentlichen aus zwei Türmen, einem alten Torbogen und einem Bergfried bestand. An den nördlichen Teil der Mauer schloss sich ein moderner Bungalow an, ein komplett in Weiß gehaltener Bau mit einer geschwungenen Fassade, die der Uferlinie der Insel nachempfunden schien.

Die nächsten Seiten zeigten die Burg, den Bungalow und den Rest der Insel aus unterschiedlichen Blickwinkeln. Manche Bilder waren aus der Luft aufgenommen worden, manche vom Wasser aus. Neben dem Bungalow befanden sich noch zwei kleinere, weitaus weniger prächtige Häuser, vermutlich die Unterkünfte für das Dienstpersonal oder Vorratsräume. Ein Stück weiter war auf dem kargen Steinboden ein Heli-Landeplatz eingezeichnet.

»Was hat es mit den Antennen auf sich?«, fragte Emilia und deutete auf den Westturm der Burganlage. Dort ragte ein ganzes Arsenal an unterschiedlich geformten Empfangsmasten in den Himmel. Auch eine drehbare Radarantenne war zu erkennen.

»Nach unseren Informationen hat Panagoulis sich auf der Insel eine halbe Kommandozentrale eingerichtet«, sagte Eros. »Wofür er die braucht, wissen wir nicht genau. Gerüchteweise hat er sich auf Catalena ein Büro eingerichtet, damit er von dort aus sein Schiffsimperium steuern kann. Ich schließe aber nicht aus, dass zumindest ein Teil des Equipments dafür ausgelegt ist, sich unwillkommene Gäste vom Leib zu halten. Der Westturm ist das ganze Jahr über mindestens von zwei

Personen besetzt. Wenn Sie sich die Fotos der Burg genau ansehen, werden Sie feststellen, dass dort mindestens ein halbes Dutzend Überwachungskameras angebracht sind. Sie müssen also davon ausgehen, dass Panagoulis ganz genau weiß, wann sich seiner Insel Besuch nähert.«

Emilia nickte. Wirklich überrascht war sie nicht. Sie hatte damit gerechnet, sich etwas einfallen lassen zu müssen, um unbemerkt zur Burg zu gelangen. Im Moment wusste sie allerdings noch nicht, wie sie das bewerkstelligen konnte.

Die nächsten Bilder zeigten die Teilnehmer des jährlichen Treffens auf Catalena. Der Gastgeber war ein in die Jahre gekommener, korpulenter Mann mit kurzgeschorenem, grauweißem Haar, einer Knollennase und dicken Tränensäcken unter den Augen. Nichts an ihm wirkte gefährlich, ganz im Gegenteil – er sah aus wie ein ganz normaler, freundlicher, älterer Herr.

Der Eindruck von Normalität spiegelte sich auch in den anderen Fotos wider. Die Männer sahen alle völlig harmlos aus. Doch Emilia war davon überzeugt, dass jeder von ihnen Dreck am Stecken hatte.

Um 17.35 Uhr landete der Hubschrauber neben einer schmalen Küstenstraße auf einem Schotterfeld. Dort wartete ein blauer Toyota, der Emilia die letzten fünf Kilometer nach Eliniki brachte. Eros selbst flog mit dem Hubschrauber wieder zurück nach Korfu.

Das Hotel Meandros lag unmittelbar an der Küste. Nur eine Straße, der felsige Strand und ein paar Fischerboote trennten es vom Wasser.

Als Emilia ihr Zimmer betrat, war es so stickig, dass sie erst mal die Fenster öffnen musste. Die Sonne stand bereits tief über dem Horizont. Ihr orangerotes Licht schillerte auf der spiegelglatten Oberfläche des Wassers. Hier und da tuckerten ein paar Kutter in der offenen See. Und wenn man genau hinsah, konnte man ganz weit draußen die Umrisse von Catalena wie einen Schattenriss vor dem Horizont erkennen.

Mit einem Mal traten Emilia Tränen in die Augen. Wenn ihre Theorie sich bewahrheitete, waren Becky und Akina nur noch einen Katzensprung von ihr entfernt.

Ich darf jetzt nichts überstürzen. Jeder Fehler kann bedeuten, dass ich Becky für immer verlieren werde. Ich brauche dringend einen Plan.

Sie beschloss, die Tasche zu inspizieren, die auf ihrem Bett lag. Das musste die Ausrüstung sein, die Eros ihr besorgt hatte. Neugierig öffnete sie den Reißverschluss.

Als Erstes fielen ihr die Glock, das Schulterhalfter, das Ersatzmagazin und die Munitionsschachtel ins Auge. Ein Stein der Erleichterung fiel ihr vom Herzen. Auf dem Flug von Frankfurt nach Korfu hatte sie ihre eigene Waffe nicht mitnehmen dürfen. Das war nur mit offizieller Erlaubnis möglich – und die hatte Varamont ihr nicht erteilen können.

Abgesehen von der Pistole befanden sich auch noch eine kugelsichere Weste, eine topographische Karte von Catalena und ein Nachtsichtgerät in der Tasche, außerdem ein kleines Mäppchen, in dem sich ein Schlüssel befand. An dem daran befestigten Anhänger stand *Seagull*. Emilia erinnerte sich, dass Eros auf dem Herflug erwähnt hatte, ein Motorboot für sie organisiert zu haben. Als sie noch mal einen Blick aus dem Fenster warf, bemerkte sie tatsächlich eine kleine, unscheinbare Yacht zwischen all den Fischkuttern.

Neuer Mut keimte in ihr auf. Der Athener Beamte hatte in der Kürze der Zeit wirklich viel für sie organisiert. An Ausrüstung mangelte es ihr jedenfalls nicht.

Wie sollte es jetzt weitergehen? Sie stellte sich vor, wie sie nach Anbruch der Nacht mit der Yacht hinaus aufs Meer fuhr, mutterseelenallein, um in den Tiefen der Burg von Catalena nach Becky und Akina zu suchen. Was in Deutschland wie die einzige Möglichkeit geklungen hatte, die beiden Mädchen zu retten, erschien ihr jetzt plötzlich nahezu unmöglich. Wie sollte sie auf die Insel gelangen, ohne von Panagoulis' Radaranlage erfasst zu werden? Selbst wenn ihr das gelänge, wie würde sie unbemerkt in die Burg kommen? Gab es einen Zugang über den Bungalow? Oder würde sie Kletterausrüstung benötigen?

Als Emilia bewusst wurde, wie schlecht sie vorbereitet war, drehte sich ihr beinahe der Magen um. Noch dazu das Wissen, völlig auf sich allein gestellt zu sein – schrecklich. Aktionen wie diese hatte sie bisher nur in Kooperation mit Spezialeinheiten durchgeführt, und auch wenn viele ihrer Einsätze riskant gewesen waren, hatte die Zugehörigkeit zu einer Gruppe von Fachleuten ihr eine gewisse Geborgenheit vermittelt. Viele Augen sahen mehr als zwei. Man gab sich gegenseitig Deckung. Ein eingespieltes Team wusste, wie es sich zu verhalten hatte, um tote Winkel zu vermeiden und dadurch nicht versehentlich in einen Hinterhalt zu geraten.

Auf all das musste Emilia in diesem Fall verzichten. Das Gefühl der Verzweiflung wurde mit einem Mal so intensiv, dass sie aufs Bett sank und eine Weile nur noch in ihr Kopfkissen weinen konnte.

Ihr Handy klingelte. Sie wischte sich die Tränen aus den Augen, um die Nummer auf dem Display erkennen zu können. Es war Mikka.

Genau zur richtigen Zeit!

Sie setzte sich auf, um das Gespräch anzunehmen. »Bist du schon auf Korfu?«, fragte sie.

»Nein, in Rom.« An seiner Stimme erkannte sie sofort, wie zerknirscht er war. »Ich habe auf die Schnelle nur noch einen Flug mit Zwischenstopp bekommen. Jetzt stecke ich hier fest. Der Anschlussflug wurde gestrichen. Irgendein Defekt an der Maschine.«

Emilia fühlte sich wie mit Eiswasser übergossen. Gerade jetzt, wo sie Mikka so sehr brauchte, war er unerreichbar weit weg.

»Die Airline versucht gerade, Ersatz zu beschaffen, aber im Moment sieht es nicht gut aus«, fuhr Mikka fort. »Ich weiß nicht, wann ich bei dir sein kann.« Er geriet ins Stocken. »Wo bist du gerade?«

Emilia erzählte es ihm, wobei sie versuchte, nicht allzu enttäuscht zu klingen. Er hatte getan, was er konnte, und er litt auch so schon genug mit ihr mit. Es würde die Situation nicht verbessern, wenn sie ihre schlechte Laune an ihm ausließ.

»Ich möchte auf keinen Fall, dass du diese Insel ohne mich betrittst!«, sagte Mikka. »Das ist zu gefährlich!«

Als würde ich das nicht selbst wissen!

»Du hast gerade selbst gesagt, dass du nicht weißt, wann du hier sein kannst«, entgegnete Emilia. »Becky ist zum Greifen nah – aber ich weiß nicht, wie lange noch.«

»Soll dieses Treffen auf Catalena nicht bis morgen dauern?«

»Das stimmt. Aber vielleicht wird Becky schon vorher weiter verschleppt. Was dann, Mikka? Ich kann nicht untätig hier herumsitzen, verstehst du? Ich kann die Insel von hier aus sehen! Deshalb muss ich etwas unternehmen – heute Nacht, sonst ist es vielleicht zu spät. Und das könnte ich mir nie verzeihen. Ich will Becky nicht verlieren!«

»Und ich will weder Becky noch dich verlieren!« Seine

Stimme klang jetzt nicht mehr zermürbt, sondern beinahe flehend. »Warte auf mich, Emilia! Hörst du? Du kannst das nicht alleine durchziehen – das ist *Wahnsinn*!«

»Das wäre es auch zu zweit.«

»Unsere Chancen ständen zumindest doppelt so hoch.«

So ging es noch eine paarmal hin und her. Schließlich einigten sie sich darauf, dass Emilia wenigstens warten würde, bis feststand, wann Mikka auf Korfu landen würde. Als sie das Handy wegsteckte, fühlte sie sich elend und leer.

Eine Weile saß sie wie angewurzelt auf ihrem Bett, unfähig, sich zu rühren oder einen klaren Gedanken zu fassen. Sie war beinahe froh, als es an der Tür klopfte.

Im Flur stand ein großer, in die Jahre gekommener Alt-Hippie mit schulterlangem, grauem Haar, einem ausladenden Schnauzbart und Koteletten wie aus den Zeiten von Easy Rider. Auf der Nase trug er eine verspiegelte, gelb schimmernde Sonnenbrille. Die ärmellose Jeansjacke über dem hochgekrempelten Hemd war mit zahlreichen Nieten verziert.

»Kann ich Ihnen helfen?«, fragte Emilia.

Der Hippie hob die Augenbrauen. »Wenn sogar Sie auf meine Verkleidung hereinfallen, kann sie nicht so schlecht sein. Dabei kam ich mir die ganze Zeit vor wie ein Idiot.«

Erst jetzt erkannte sie den Mann. »Avram Kuyper!«

»Im Moment Theodor Burmeister, bitte. Darf ich reinkommen?«

Emilia trat zur Seite und schloss die Tür, als er im Zimmer war. »Wie sind Sie hierhergekommen?«

»Mit der 14-Uhr-Maschine von Frankfurt nach Korfu, genau wie Sie. Nur dass ich einen anderen Anschlussflug genommen habe.«

Er lächelte, und irgendwie gab Emilia das neue Kraft.

89

Zehn Minuten später inspizierten sie das Boot, das Eros für Emilia organisiert hatte. Obwohl es die einzige Yacht inmitten der vielen Fischkutter am Kai war, fügte sie sich gut ins Gesamtbild ein. Sie hatte schon etliche Jahre auf dem Buckel und wirkte rein äußerlich ziemlich ungepflegt. Aber ein Blick ins Innere verriet, dass die *Seagull* sich in einem guten Gesamtzustand befand.

In der Kajüte fanden sie auf einer der Kojen eine Kiste. Darin befand sich eine Taucherausrüstung inklusive eines Neoprenanzugs in Emilias Größe, dazu eine Unterwasserleuchte sowie ein wasserdichter Behälter, in dem sie ihre Pistole unterbringen konnte.

»Dann brauchen wir jetzt nur noch eine Ausrüstung für Sie«, sagte Emilia und klappte die Kiste wieder zu.

»Ich treffe mich in einer Stunde mit einem Mann namens Georgios Konstantinidis«, entgegnete Avram. »Er bringt alles mit, was ich für unseren Ausflug nach Catalena benötige.«

Die Übergabe fand ein Stück außerhalb des Ortes statt, um keine neugierigen Blicke anzuziehen. Nicht dass Eliniki besonders belebt gewesen wäre, aber ein paar Touristen gab es doch, und außerdem saßen um diese Uhrzeit viele Fischer vor den Hafentavernen, um bei einem kühlen Bier den Tag ausklingen zu lassen. Daher ließ Avram sich von einem Taxi zum vereinbarten Treffpunkt fahren, und weil er spürte, dass es Emilia nicht guttun würde, allein im Hotel zu bleiben, lud er sie ein, ihn zu begleiten.

Zwei Kilometer nördlich von Eliniki hielt das Taxi an einer staubigen, von Olivenbäumen umsäumten Haltebucht. Nachdem es wieder weggefahren war, standen Avram und Emilia völlig verwaist da. Nirgends war eine Menschenseele zu sehen, Autos kamen nur wenige vorbei. Da die Sonne bereits im Meer versank, wurde wenigstens die Temperatur erträglicher. Grillen zirpten ihr Abendlied, aus einiger Entfernung drang das Rauschen der Brandung zu ihnen. In der Luft lag der Geruch von Salz und Lavendel. Unter anderen Umständen hätte dieser Ort ein Paradies sein können.

»Sind Sie sicher, dass Ihr Freund noch kommen wird?«, fragte Emilia, nachdem sie eine Weile gewartet hatten.

Auch ohne auf seine Armbanduhr zu sehen, wusste Avram, dass sein griechischer Lieferant schon mindestens eine Viertelstunde Verspätung hatte. »Er ist nicht mein Freund«, sagte er. »Offen gestanden kenne ich ihn überhaupt nicht.«

»Woher wissen Sie dann, dass Sie ihm trauen können?«

»In meinem Job muss man lernen, zu vertrauen oder mit der Gefahr zu leben.« Die Antwort schien Emilia nicht zu gefallen. Deshalb fügte er hinzu: »Georgios Konstantinidis ist mir aus zuverlässiger Quelle empfohlen worden. Geben Sie ihm noch ein paar Minuten.«

So lange dauerte es allerdings gar nicht mehr, denn in diesem Moment näherte sich ein alter Ford-Truck über die Landstraße. Holpernd bog er in die Haltebucht ein. Von dort fuhr er noch einige Meter in den angrenzenden Feldweg hinein. Schließlich kam er hinter einem übermannshohen Gebüsch in einer dicken Staubwolke zum Stehen.

Ein grobschlächtiger Kerl mit stark behaarten Armen stieg aus dem Führerhaus. »Sind Sie Burmeister?«

Avram nickte.

Der Grieche ging auf ihn zu und schüttelte ihm die Hand. »Ein schöner Abend. Wenn Sie wollen, kann ich Ihnen ein gutes Fischrestaurant empfehlen.«

Das war der erste Teil der Losung. »Ich esse nur Lamm und Huhn. Nichts aus dem Wasser«, entgegnete Avram.

Konstantinidis entspannte sich ein wenig. Mit einem Blick auf Emilia raunte er: »Wer ist die Frau?«

»Die gehört zu mir. Alles in Ordnung. Haben Sie die Ware dabei?«

Der Grieche nickte. »Hinten, auf der Pritsche.« Er ging um seinen Wagen herum und öffnete die Laderampe, die mit Fischernetzen, Hacken und Schaufeln beladen war. Mit einer schwungvollen Handbewegung schob er diese obere Schicht beiseite, wodurch er mehrere Holzkisten freilegte. Erstaunlich geschmeidig sprang er auf die Pritsche, öffnete die Vorhängeschlösser und klappte die Deckel auf.

Es war alles da, was Avram bestellt hatte. Rutger Bjorndahl verfügte wirklich über ausgezeichnete Beziehungen in ganz Europa.

»Haben Sie auch die Unterlagen auftreiben können, die ich wollte?«

Auf Konstantinidis' Stirn kräuselten sich Falten. »Die Ausrüstung hatte ich mehr oder weniger auf Lager«, sagte er. »Aber die Karte und die anderen Dokumente waren gar nicht so leicht zu besorgen.« Aus der letzten Kiste zog er einen kleinen Stapel Papier, den er auf den Fischernetzen ausbreitete.

»Kommen Sie«, rief Avram und winkte Emilia herbei, die sich bislang im Hintergrund gehalten hatte. »Das sollten wir uns gemeinsam ansehen.«

Zu dritt gingen sie die Unterlagen durch. Die ersten Dokumente zeigten eine alte Darstellung der Burganlage auf Catalena, nicht nur den Grundriss, sondern auch einige Details, insbesondere eine Skizze von den unterirdischen Gängen und Verliesen, die ein erstaunlich weitverzweigtes Netz tief im Inneren der Festungsanlage bildeten.

»Bis vor fünfzehn Jahren befand sich die Insel in Staatsbesitz«, erzählte Konstantinidis. »Man konnte sich mit dem Boot dorthin bringen lassen und die Burg besichtigen. Aus der Zeit stammen auch diese Unterlagen. Es sind Kopien aus einer Broschüre, die die Touristen damals im Burgkiosk kaufen konnten. Ob die Anlage immer noch so existiert oder ob der heutige Besitzer, Leos Panagoulis, Änderungen daran vorgenommen hat, kann ich nicht sagen.«

Avram nickte. »Falls wir vor Ort feststellen, dass die Karten nicht stimmen, müssen wir improvisieren. Aber im Moment müssen wir auf die Informationen bauen, die uns vorliegen.«

Konstantinidis tippte mit seinem Finger auf eine der Karten. »Während der Kreuzzüge wurden in Catalena bis zu fünfhundert Gefangene gleichzeitig gehalten«, erklärte er. »Ein paar davon kamen gegen Lösegeld frei, aber die meisten starben wohl in den Verliesen.«

»Unsere Mädchen müssen dort eingesperrt sein«, sagte Avram. Er spürte, wie schon wieder der Zorn in ihm hochkochte. Die Vorstellung, was Rebekka und Akina in den letzten Tagen durchgemacht haben mussten, schnürte ihm beinahe den Atem ab. »Wie kommen wir am besten da rein?«

»Eine Treppe im Bergfried führt nach unten«, sagte Konstantinidis. Er deutete auf ein anderes Blatt mit einer entsprechenden Skizze. »Das Problem ist, dass man erst in die Burganlage gelangen muss, um den Treppenschacht zu erreichen.«

Er schob die Blätter zusammen und breitete ein gefaltetes DIN-A2-Papier darüber aus. Es zeigte einen vergrößerten Grundriss der Burg, oberhalb davon waren mit Filzstift der Wohnbungalow und die Nebengebäude eingezeichnet. An allen Gebäuden befanden sich kleine, rote Kreise.

»Das sind die Positionen der Überwachungskameras«, erläuterte der Grieche. »Zumindest die, die mir bekannt sind. Mein Schwager wollte vor vier Jahren auf die Insel, um einen Picasso zu stehlen, der angeblich dort im Bungalow hängt. Er hat diese Karte angefertigt. Ich weiß aber nicht, ob er damals alle Kameras ausgespäht hat oder ob inzwischen noch weitere dazugekommen sind.«

»Hatte Ihr Schwager Erfolg?«, fragte Avram.

Konstantinidis' Gesicht verfinsterte sich. »Er war dort. Ist in der Nacht mit dem Boot hingefahren, genau wie Sie es machen wollen. Zusammen mit zwei Freunden. Das Boot hat man nie gefunden, dafür aber drei Leichen, etwa fünfzig Kilometer von hier im Hinterland, mit gebrochenen Armen und durchschnittenen Kehlen ... Das ist der Grund, warum ich mich so für Sie ins Zeug lege. Nicht in erster Linie wegen des Geldes, sondern weil ich dadurch auch irgendwie die Gelegenheit habe, meinen Schwager zu rächen.«

»Obenrum wird es wegen der Kameras also schwierig«, raunte Avram.

»Und wegen der Raubkatzen«, ergänzte der Grieche.

»Raubkatzen?«

»Jaguare, glaube ich. Und ein paar Geparden. Die hatte ich noch gar nicht erwähnt – Verzeihung. Das sind gewissermaßen seine Wachhunde. Angeblich ist die ganze Insel ein einziges Freigehege. Nur die Villa, die Burg und der Weg vom Anlegesteg bis dorthin sind geschützt. Genaueres kann ich Ihnen leider nicht dazu sagen.«

»War auf der anderen Karte nicht eine Art Versorgungsgang eingezeichnet?«, meldete Emilia sich jetzt zu Wort. Sie zog das Blatt hervor, das sie meinte, und zeigte auf einen schmalen Tunnel, der von den Verliesen zum Rand der Insel führte.

»Der Gang wurde früher genutzt, um Proviant direkt vom Schiff in die Burg verladen zu können«, sagte Konstantinidis. »Außerdem wurden über diesen Weg die Leichen entsorgt. Man warf sie einfach ins Meer und ersparte sich dadurch den beschwerlichen Umweg über die Treppen und den Schottergang bis zum Ufer. Leider wurde der Tunnel schon in den 1980er-Jahren zugemauert.«

»Wie sieht es mit Gucklöchern aus?«, hakte Emilia nach. »Ein paar der Verliese haben doch bestimmt Durchbrüche nach außen wegen der Frischluftversorgung?«

»Hm ...«, Konstantinidis kratzte sich am Kopf. »Die meisten Zellen liegen im Inneren des Felsens. Aber diese drei hier im Westen müssten über einen Durchbruch verfügen. Allerdings werden die ganz bestimmt mit Eisengittern versehen sein.«

»Dennoch werden wir auf die Schnelle keinen besseren Weg finden, um unbemerkt in die Anlage zu gelangen«, sagte Avram. »Wie schnell können Sie uns ein Schweißgerät besorgen?«

90

Emilia durchlebte ein Wechselbad der Gefühle. Avram schien genau zu wissen, was er tat, und hatte die Dinge offenbar im Griff. Vor allem kannte er diese Art von Situation: sich alleine in Gefahr zu begeben. Das war beruhigend.

Gleichzeitig drängte sich jedoch auch immer wieder die Frage in ihr Bewusstsein, inwieweit sie ihm überhaupt trauen konnte. Immerhin war er ein Berufskiller, der in diversen Ländern polizeilich gesucht wurde und nachweislich schon diverse Menschenleben auf dem Gewissen hatte.

Andererseits verbindet uns ein gemeinsames Ziel: Wir wollen unsere Kinder zurück. Macht uns das nicht zu Verbündeten?

Ihre Gedanken kreisten unentwegt um diese Themen, während sie neben Avram auf dem Beifahrersitz des Ford-Trucks saß und über die schmale Küstenstraße nach Eliniki tuckerte. Dort luden sie Emilias Ausrüstung auf den Pick-up und fuhren weiter nach Arkanos, wo ein Mann namens Perikles am Hafen auf sie wartete. Er war nicht viel größer als Emilia, lächelte schief und hatte nur noch einen grauen Stoppelhaarkranz auf dem Kopf. Die dunklen Augen in seinem olivfarbenen Gesicht wirkten freundlich, aber unergründlich. Trotz der lauen Temperatur trug er einen langärmligen, blauen Pullover.

»Theodor Burmeister?«, fragte er.

Avram nickte. »Sie werden uns nach Catalena fahren?«

»Ich bringe Sie bis kurz vor die Insel und fahre dann weiter, damit es auf dem Radar so aussieht, als würde ich Catalena nur passieren. Später hole ich Sie wieder ab. Sie müssen mir nur per Funk Bescheid geben.«

Perikles half ihnen beim Verladen der Kisten. Sein Fischkutter, die *Eunike*, war größer als Emilias Yacht und bot auf dem Achterdeck genug Platz für die Ausrüstung.

»Das Schweißgerät muss ich noch organisieren«, sagte er mit einem Blick auf die Uhr. Offenbar hatte Konstantinidis ihn damit beauftragt. »Ich kenne jemanden in Helaios, der mir eins verkaufen kann. Wir treffen uns um zehn Uhr wieder hier, in Ordnung? Essen Sie bis dahin etwas. Dort drüben im Ilios gibt es ausgezeichnetes Lamm.«

Sie nahmen Perikles' Ratschlag an und kehrten in der kleinen Hafentaverne ein, um in den nächsten Stunden bei Kräften zu bleiben. Obwohl das Fleisch köstlich war, musste Emilia sich zum Essen zwingen. Mit jeder Minute, die sie warten musste, stieg ihre Nervosität.

Können wir uns tatsächlich Zutritt zum Verlies verschaffen? Mit wie vielen Wachen werden wir es zu tun bekommen? Sind die Kinder noch am Leben? Werden wir sie befreien und mit ihnen von dort fliehen können?

Diese und viele andere Fragen beschäftigten sie. Unentwegt. Bedenken wuchsen zu Sorgen, Befürchtungen zu existentiellen Ängsten. Je mehr sie darüber nachdachte, desto unwahrscheinlicher kam es ihr vor, Becky jemals wieder lebend zu sehen. Vielleicht würde auch sie selbst heute Nacht sterben.

Ihr Handy klingelte. Als Emilia die Nummer im Display sah, machte ihr Herz einen Sprung – es war Mikka.

Rasch stand sie auf und ging vor die Tür, während sie das Gespräch annahm. Draußen glitzerten bereits die Sterne am

Himmel – in diesen Breitengraden kam die Nacht schnell. Die alte Straßenlaterne vor der Taverne verströmte fahles Licht. Eine laue Brise trug das Rauschen der gegen den Kai schlagenden Wellen mit sich.

»Wo steckst du?«, fragte sie.

»Immer noch in Rom«, antwortete Mikka. »Der Flug wurde gestrichen. Hier ist nichts zu wollen. Die Fluggesellschaft stellt allen Passagieren ein Hotelzimmer zur Verfügung. Das heißt ...«

»... dass du es vor morgen nicht schaffen wirst, hier zu sein«, führte Emilia den Satz zu Ende.

Er zögerte. »Ja«, sagte er schließlich. »Genau das heißt es wohl.«

»Es ist nicht deine Schuld.«

»Aber es bedeutet, dass du alleine auf diese Insel gehen wirst, habe ich recht?«

Emilia war nicht ganz sicher, aber sie glaubte, dass er weinte.

»Du darfst das nicht tun«, fuhr er mit brüchiger Stimme fort. »Hörst du? Das ist Selbstmord! Du darfst nicht alleine auf diese Insel gehen, Emilia! Bitte versprich es mir! Ich will dich nicht verlieren.«

Auch ihr stiegen die Tränen in die Augen, so sehr berührte sie seine Fürsorge. »Ich werde nicht alleine gehen«, sagte sie. »Es gibt jemanden, der mich begleitet.«

Einen Moment lang herrschte Stille. »Hast du doch noch einen Polizisten gefunden, der nicht geschmiert wurde?«

»Kein Polizist. Aber ich glaube, niemand könnte die Sache besser regeln als er.«

»Wer ist es?«

»Das erzähle ich dir später, okay?« Übers Diensthandy wollte sie Avrams Namen nicht erwähnen. »Ich muss jetzt

Schluss machen, Schatz. Es gibt noch einiges vorzubereiten. Drück mir die Daumen, okay?«

»Das werde ich«, sagte Mikka leise. »Ich liebe dich.«

Es klang wie ein Abschied.

91

Avram konnte Emilia die Anspannung am Gesicht ablesen. Schon den ganzen Abend wirkte sie ziemlich nervös, und jetzt, zurück in der Taverne, stocherte sie nur noch lustlos in ihrem Essen herum.

Natürlich konnte er ihren Zustand gut nachvollziehen. Er selbst war ebenfalls aufgeregt. Wichtig war jetzt, dass sie die Nerven behielten.

»Wir können es schaffen«, sagte er und steckte sich das letzte Stück Fleisch in den Mund.

Emilia nickte mechanisch. »Ja, ich denke, das können wir.« Sie wirkte nicht überzeugt.

Avram kaute und schluckte seinen Bissen hinunter. Zeit, sie wachzurütteln. Wenn sie eine Chance auf Erfolg haben wollten, mussten sie beide hundertprozentig da sein.

»Machen wir uns nichts vor: Das wird kein Spaziergang«, sagte er eindringlich. »Sehr wahrscheinlich werden wir dort auf Überraschungen treffen, mit denen wir im Moment nicht rechnen. Wir sind nicht besonders gut vorbereitet, wissen nicht, mit wie vielen Gegnern wir es zu tun bekommen werden, wir kennen die Überwachungseinrichtungen nicht. Die Karte, die wir von der Burg haben, ist fünfzehn Jahre alt. Das alles sind gravierende Risiken, deshalb müssen wir mit der Möglichkeit rechnen, dass wir heute Nacht sterben könnten. Aber wir wissen beide, dass es dieses Risiko wert ist. Weder Sie noch ich könnten weiterleben, wenn wir nicht wüssten, dass wir alles dafür getan haben, unsere Kinder zu retten.« Er griff nach ihren Händen und drückte sie. »Sehen Sie mich an, Emilia! Es wird nicht einfach, aber wir haben einen Plan, der funktionieren kann. Also lassen Sie uns alles daransetzen, ihn zu verwirklichen.«

Sie biss die Zähne zusammen und nickte. In ihren Augen erkannte Avram neue Zuversicht.

Nur leider hatte er sie besser überzeugen können als sich selbst.

Eine Stunde später tuckerte die *Eunike* ins offene Meer hinaus. Der Hafen und die Häuser von Arkanos wurden hinter ihnen immer kleiner, in der glatten Wasseroberfläche spiegelten sich der Mond und die Sterne.

Die Silhouette von Catalena lag als dunkler Fleck vor ihnen im Meer. Nur oben, auf der Spitze des Felsenhügels, brannte an zwei Stellen Licht.

»Einer der Burgtürme dient als Leuchtturm«, erklärte Perikles, der im Führerhaus hinter dem Steuerrad saß. »Das andere Licht kommt von der Villa neben der Burg. Viel weiß ich nicht darüber, aber sie besteht zum größten Teil aus Glas.«

»Wo ist das Schweißgerät?«, fragte Avram.

Der Grieche deutete mit dem Kinn über die Schulter. »Auf dem Achterdeck. In der roten Kiste. Ein akkubetriebener Elektrodenhandschweißer. Eine wasserdichte Plastikbox habe ich auch dafür besorgt.«

Avram klopfte ihm freundschaftlich auf die Schulter. Er kannte den Mann nicht, hatte aber das Gefühl, bei ihm in guten Händen zu sein. Rutger Bjorndahls Kontakte waren nicht die billigsten, aber auf sie war wenigstens immer Verlass.

»Kommen Sie«, sagte er zu Emilia. »Gehen wir nach hinten und bereiten wir alles vor.«

Gemeinsam verstauten sie das Schweißgerät und die übrige Ausrüstung, die sie mitnehmen wollten, in den dafür vorgesehenen Behältern. Anschließend gingen sie noch einmal den Plan durch, und zu guter Letzt legten sie ihre Taucheranzüge an.

Während sie weiterfuhren, beobachtete Avram mit dem Nachtsichtgerät die Insel. Im Sucher schimmerte der Felsenhügel grünlich, als würde er im Dunkeln fluoreszieren. Als er den Zoom betätigte, konnte Avram viele Details sehen, die ihm vorher verborgen geblieben waren.

»Die Kerle sind in der Villa«, murmelte er. »Ich kann keine Gesichter erkennen, aber es sind Männergestalten. Fünf, um genau zu sein. Zwei sitzen auf der Wohnzimmercouch, drei stehen auf der Terrasse und rauchen. In den Nebengebäuden sind die Fensterläden geschlossen. In einem der beiden Türme – im hinteren – brennt Licht.«

»Das ist der Westturm«, sagte Emilia. »Dort sind Panagoulis' Wachen postiert. Mindestens zwei, vielleicht mehr.«

Avram ließ seinen Blick weiter über das nächtliche Eiland schweifen. »Auf dem Heliport stehen zwei Hubschrauber«, stellte er fest. »Und unten liegen vier Luxusyachten vor Anker. Wenn ich das richtig erkenne, sind die Crews jeweils an Bord. Das heißt, dass sich vermutlich nur die Milliardäre mit ihren Bodyguards sowie die Wachen im Turm auf der Insel befinden. Jedenfalls nicht so viele Personen, wie ich befürchtet hatte. Das ist gut.«

»Sechs Milliardäre. Jeder hat mindestens zwei Bodyguards dabei. Plus die zwei Wachen im Turm. Das macht zwanzig Gegner – Minimum. Vielleicht gibt es noch einen Koch oder einen Butler. Und das nennen Sie *gut*?«

Er zog das Nachtsichtgerät ab, verstaute es in einem der wasserfesten Behälter und blickte in Emilias ernstes Gesicht.

»Wir werden versuchen, uns unauffällig einzuschleichen«, sagte er. »Rein und wieder raus, ohne bemerkt zu werden – das ist unser Ziel. Aber falls wir auffliegen, sind mir zwanzig Angreifer lieber als fünfzig.«

Emilia lächelte. Besonders glücklich wirkte sie dabei nicht.

Ein paar Minuten lang saßen sie schweigend nebeneinander, jeder in seine Gedanken vertieft. Die schwarzen Umrisse der Insel kamen näher, und Avram musste sich eingestehen, dass sie größer war, als sie vom Festland aus ausgesehen hatte.

Der Kutter umfuhr die Südklippe in einem Bogen, nahm die Kurve aber enger als üblich, um Avram und Emilia möglichst nah am Fels abzusetzen.

»Sind Sie so weit?«, fragte Avram.

Emilia nickte, und sie legten nun auch noch die Flossen und die Taucherbrillen an. Außerdem banden sie sich die Turnschuhe um die Gürtel, die Perikles ihnen mitgebracht hatte. Auf Taucherflaschen verzichteten sie, weil sie nur eine kurze Strecke schwimmend zurücklegen mussten.

Als der Kutter seine Fahrt etwas verlangsamte, klickte Avram die Transportgurte der wasserdichten Behälter in seinen Tauchgürtel ein und warf sie über Bord. Dann ließen auch Emilia und er sich in den nachtschwarzen Ozean fallen.

Im ersten Moment war das Wasser eisig kalt, aber schon nach wenigen Augenblicken hatten sie sich daran gewöhnt. Der Kutter tuckerte weiter, hinaus in die offene See. Irgendwo, in sicherer Entfernung, würde Perikles auf ihren Funkspruch warten und sie eine Viertelstunde später wieder abholen, genau hier, an dieser Stelle.

So war es ausgemacht.

Avram vergewisserte sich, dass Emilia ebenfalls gut im

Wasser gelandet war. Als sie ihm mit Daumen und Zeigefinger das Okay-Zeichen gab, schwammen sie auf die Insel zu.

In der ruhigen See kamen sie gut voran. Die wasserdichten Behälter, die Avram hinter sich her zog, behinderten ihn kaum. Schon nach wenigen Minuten war der Fels zum Greifen nah.

»Können Sie die Öffnung sehen?«, fragte Avram und blickte dabei an der zerklüfteten Steinwand hinauf. Irgendwo dort oben musste sich der Ausguck einer alten Gefängniszelle befinden.

»Dort drüben!« Emilia deutete mit dem Finger nach schräg oben. »Ich glaube, das ist es.«

Avram sah es jetzt ebenfalls. Ein kreisrundes, schwarzes Loch in der von Mondlicht und Schattenrissen zerspaltenen Klippe. Ein paar Beinschläge weiter waren sie da. Glücklicherweise gab es nur wenig Brandung, so dass sie keine Angst haben mussten, gegen die Felsen zu prallen.

»Ich versuche raufzuklettern«, sagte Avram. Er löste die Leine, an dem die wasserdichten Behälter hingen, von seinem Gürtel. »Das sind nur drei oder vier Meter Höhenunterschied. Ich denke, die Wand bietet genügend Halt.« Er klemmte sich die Leine zwischen die Zähne und zog unter Wasser seine Turnschuhe an. Dann überließ er sich der Strömung.

Nach wenigen Wellen bekam er den Fels zu fassen. Hier unten hatten die Gezeiten ihn über Jahrtausende hinweg glattgeschliffen, so dass Avram ein paarmal nachfassen musste, um festen Halt zu finden. Schließlich schaffte er es und zog sich nach oben. Nach dem ersten Meter wurde es einfacher, weil der Fels schroffer und damit griffiger wurde.

Es dauerte nicht lange, bis er das Guckloch erreichte. Es bot genug Platz, damit ein Erwachsener hindurchschlüpfen konnte, war jedoch wie erwartet mit einem Eisengitter versehen. Es saß bombenfest, als er daran rüttelte, aber damit hatte er gerechnet.

Drinnen war es stockdunkel.

Avram nahm die Leine aus dem Mund. »Ist da jemand?« Er hoffte, Akina und Becky in der Zelle vorzufinden, aber es kam keine Reaktion.

Rasch zog er die erste Kiste aus dem Wasser. Aufgrund seiner eingeschränkten Bewegungsmöglichkeiten dauerte es ein paar Minuten, bis er das Handschweißgerät ausgepackt und in Position gebracht hatte, aber die zischende Flamme durchtrennte das Eisen mühelos.

»Achtung!«, warnte er Emilia. »Schwimmen Sie ein paar Meter zur Seite.«

Als keine Gefahr mehr bestand, versenkte er das Gitter in den Fluten, damit es nicht weiter im Weg war. Anschließend zog er die anderen Kisten nach oben und schob sie mitsamt der Leine durch das Loch, so dass er sie auf der anderen Seite der Mauer wieder ablassen konnte. Zuletzt wartete er, bis auch Emilia den Aufstieg geschafft hatte.

»Geben Sie auf die losen Enden des Gitters acht, damit Sie sich nicht verbrennen«, raunte er Emilia zu. »Das Eisen wird noch heiß sein.«

Vorsichtig schlüpften sie durch das Guckloch, das direkt in den Stein gehauen worden war. Die Wand maß mindestens einen Meter in der Breite und führte im Innern ungefähr eine Körperlänge senkrecht nach unten, so dass man mit dem Kopf gerade noch über die Kante schauen konnte. Außer ein paar Sternen war aus dieser Perspektive nichts zu sehen.

Es war so finster, dass man die Hand kaum vor Augen erkennen konnte. Außerdem herrschten hier deutlich kühlere

Temperaturen als draußen, und trotz des Lochs in der Wand hielt sich der modrige Geruch längst vergangener Jahrhunderte hartnäckig im Gestein.

Avram tastete sich an der Leine bis zur zweiten Plastikkiste vor und streifte sich das Nachtsichtgerät über, das sich darin befand.

»Wir sind in einer ehemaligen Gefängniszelle«, sagte er. Die Außenwand bestand durchgehend aus grob behauenem Fels, die Innenwände links und rechts waren gemauert, wirkten aber ebenfalls äußerst massiv. Ein Tor aus fingerdicken Eisenstäben führte hinaus auf den Gang.

Da dort niemand zu sehen oder zu hören war, wagte Avram es, die Taschenlampen auszupacken.

»Nehmen Sie«, sagte er zu Emilia und reichte ihr eine. Die andere steckte er zwischen die Zähne, um sich selbst zu leuchten, während er das Nachtsichtgerät auf die Stirn schob und den Handschweißer neu startete.

Nach wenigen Augenblicken hatte er drei Eisenstäbe herausgeschnitten. Bevor sie die muffige Zelle verließen, teilten sie sich den Inhalt der letzten Kiste.

»Eine Pistole für Sie, eine für mich«, sagte Avram. »Wir sollten versuchen zusammenzubleiben, aber falls wir getrennt werden, muss jeder von uns sich verteidigen können.« Er nahm das zweite Magazin an sich, überprüfte es und steckte es in den Brustausschnitt seines Taucheranzugs. »Sie nehmen den Rucksack«, sagte er. »Da sind ein paar Haftminen und zwei Schachteln Munition drin, das sollte eine Weile reichen. Das Funkgerät überlasse ich Ihnen ebenfalls. Es ist bereits auf die passende Frequenz voreingestellt. Sie brauchen nur die Sprechtaste zu drücken und zu sagen, dass Sie abgeholt werden wollen, dann wird Perikles Sie ein paar Minuten später am Fuß des Felsens einsammeln.«

»Was ist mit Ihnen?«, fragte Emilia. »Ich meine, falls wir tatsächlich auffliegen und getrennt von hier flüchten müssen.«

Er lächelte. »Keine Sorge, mir passiert schon nichts«, sagte er. Aus irgendeinem Grund freute es ihn, dass sie sich Gedanken um ihn machte – das tat sonst kaum jemand.

Emilia schulterte den Rucksack, und Avram schob sich das Nachtsichtgerät wieder vor die Augen, weil die Taschenlampen zu wenig Licht verströmten, um auf Distanz gut sehen zu können. Er wollte vermeiden, ungewollt einen Alarm auszulösen, deshalb ging er voraus und achtete dabei genauestens auf jegliche Art von Überwachungskameras, Bewegungsmeldern oder Infrarotsensoren. Aber hier unten schien es so etwas nicht zu geben, vermutlich weil sich noch nie ein ungebetener Gast hierher verirrt hatte. Dafür befand sich die Kerkeranlage zu tief in den Eingeweiden der Erde.

Dennoch blieb Avram wachsam. Sein geübter Instinkt verriet ihm, dass hier unten Gefahr lauerte.

92

Der Gang führte kerzengerade ins Innere des Felsens. Emilia hielt ihre entsicherte Pistole mit dem Lauf nach oben, während sie in einigem Abstand hinter Avram her schlich. Das Licht der Taschenlampen warf unruhige Schattenspiele an die rauen Wände und schien ihnen auf diese Weise ein geisterhaftes Eigenleben einzuhauchen. Mit jedem Schritt wurde das Rauschen des Ozeans, das durch das Guckloch drang, leiser. Schon bald hörte man es überhaupt nicht mehr. Jetzt herrschte nur noch drückende Stille.

Sie kamen an mehreren Kerkerzellen vorbei, keine davon belegt. Die niedrige Deckenhöhe vermittelte Emilia ein Gefühl von Klaustrophobie, sie musste sich regelrecht dazu zwingen, nicht ständig daran zu denken, dass über ihr Millionen von Tonnen Gestein lasteten. Hier war es beinahe genauso beklemmend wie in dem Sarg, in dem man sie gestern Nacht eingesperrt hatte.

Ihr fiel auf, dass Avram stehen geblieben war. Da sie nicht wusste, warum, hielt auch sie an. Erst, als er sie zu sich winkte, schloss sie zu ihm auf.

»Schalten Sie die Taschenlampe aus«, flüsterte er. »Dort vorne brennt Licht.«

Sie tat es. Tatsächlich erkannte sie jetzt einen schwachen, pulsierenden Schimmer am Ende des Gangs. Vorsichtig schlichen sie weiter.

Mit jedem Schritt wuchs Emilias Anspannung. Würden sie im Bauch dieses Felsens endlich ihre Kinder wiederfinden, oder erwartete sie hier unten der Tod? Fest stand, dass sie ohne Becky nicht von hier weggehen würde, und in Bezug auf Akina schien Avram ebenso entschlossen zu sein.

Sie erreichten das Tunnelende. Avram wagte einen Blick um die Ecke und gab Entwarnung. Als sie hinaustraten, kam Emilia aus dem Staunen nicht heraus: Sie standen am Rand einer gewaltigen, kreisrunden Halle, etwa fünfzig Meter im Durchmesser und zehn Meter hoch. Links und rechts führten noch drei weitere Gänge in den Fels hinein, ganz ähnlich dem, durch den sie gekommen waren. Nur der ihnen gegenüberliegende Teil des höhlenartigen Raums gestaltete sich anders. Dort standen diverse Loungemöbel ringförmig angeordnet, beschienen von den vielen Wandfackeln und von einem riesigen Neonleuchter, der von der Decke herabhing. Dahinter waren drei moderne Edelstahltüren in die Wand eingelassen. Rechts davon führte eine in den Stein geschlagene Wendeltreppe nach oben.

Die Waffen im Anschlag, gingen Avram und Emilia weiter. Zwischen den Loungemöbeln aufgestellte Wärmestrahler sorgten für eine angenehme Temperatur, denn je tiefer sie ins Innere der Insel vorgedrungen waren, desto kühler war es geworden. In der Mitte der Halle befand sich – von den Sesseln und Sofas umgeben – ein Loch. Es war mindestens vier Meter tief und hatte einen Durchmesser von etwa acht Metern. Unten befanden sich mehrere Gittertüren in verschiedenen Größen, außerdem zwei Edelstahltore. Eine hüfthohe Glasbrüstung verhinderte, dass man von oben in das Loch fallen konnte. Vier an der Brüstung angebrachte Digitalkameras waren auf das Innere des Lochs ausgerichtet. Auf einer Seite ließen die Loungemöbel Platz für ein chromfarbenes Podest. Darauf thronte ein beachtlicher Flachbildmonitor – der größte, den Emilia jemals gesehen hatte.

»Wofür ist das?«, murmelte sie, obwohl sie bereits eine dunkle Ahnung beschlich.

»Ich habe solche Gruben in Fernost gesehen«, sagte Avram. »Dort haben sie Hundekämpfe ausgetragen. Lassen Sie uns weiter nach den Kindern suchen. Je schneller wir sie finden, desto eher können wir wieder von hier verschwinden. Die Fackeln und das Licht – ich denke, das ist kein gutes Zeichen. Sieht so aus, als würden wir bald Besuch bekommen.«

Der Gedanke war Emilia auch schon durch den Kopf geschossen.

Besser, wir beeilen uns.

Leise schlichen sie zu den Stahltüren neben der Wendeltreppe. An jeder war ein Tastenfeld mit den Zahlen von eins bis neun eingelassen.

»Ohne den Code kommen wir da nicht durch«, sagte Avram. »Es sei denn, wir nehmen die Haftminen. Aber dann weiß jeder auf der Insel, dass wir hier sind.«

»Wir sollten zuerst die anderen Gänge durchsuchen«, erwiderte Emilia. »Vielleicht haben wir dort Glück und finden die Kinder.«

Sie begannen mit dem Tunnel neben der Wendeltreppe. Er ähnelte dem Gang, durch den sie gekommen waren, nur dass in den Verliesen Paletten mit Putzmittel, Propangasflaschen für die Wärmelüfter und Tierfutter lagerten. Weiter hinten standen die Zellen leer.

Im nächsten Stollen zeigte sich ihnen dasselbe Bild. Danach blieb nur noch einer übrig, den sie noch nicht erkundet hatten.

Dort stießen sie gleich in der ersten Zelle auf mehrere kastenartige Gebilde, die über Kabelstränge auf dem Boden mit Strom versorgt wurden.

»Gefrierschränke«, stellte Emilia fest, als sie einen der Kästen öffnete und mit der Taschenlampe hineinleuchtete. In dem Gerät befanden sich Truthähne und Schweinekeulen.

Der nächste Gefrierschrank war bis oben hin voll mit Eiswürfeln, aber ein dunkler Schatten verriet, dass sich darin etwas verbergen musste. Emilia griff hinein und schob die oberste Eisschicht beiseite. Ihr drehte sich beinahe der Magen um, als darunter ein menschlicher Unterarm zum Vorschein kam, mit sauberen Schnitten am Ellbogen abgetrennt.

Sofort kamen ihr die beiden Amputate aus Aachen in den Sinn – der Finger und das Ohr. Aber wenigstens war diesmal offensichtlich, dass der Arm nicht von Becky stammen konnte, denn die Form der Finger und die Behaarung auf der Haut zeigten eindeutig, dass es sich um ein männliches Opfer handeln musste.

»Ich denke, hier haben wir genug gesehen«, raunte Avram. »Gehen wir weiter.«

Die nächste Zelle glich einem Totenschrein. Da Emilia mittlerweile mit allem rechnete, konnten sie die vielen auf Holzstelen aufgebahrten Schädelknochen nicht erschüttern. Dennoch trieb ihr das Bild einen frostigen Schauder über den Rücken, weil die flackernden Kerzen, die überall herumstanden, den Totenköpfen Leben einzuhauchen schienen.

Ihr fiel auf, dass Avram vor einer der Stelen stehen geblieben war. Darauf thronte kein Schädelknochen, sondern der noch beinahe vollständig intakte Kopf eines Mannes, aufgespießt auf einen Eisendorn, das Gesicht zu einer hässlichen Fratze verzogen. Die Augen starrten ins Leere, das Blut am oberen Rand der Stele glänzte noch feucht. Dieses Opfer war erst vor kurzem enthauptet worden.

Avram stand wie gebannt vor der Stele, so, als habe er für

den Moment alles andere um sich herum vergessen. Zuerst glaubte Emilia, dass die Grausamkeit des Bildes ihn getroffen habe – ihr selbst war bei dem Anblick spontan übel geworden. Doch dann sah sie, dass er lächelte.

»Ist mit Ihnen alles in Ordnung?«, fragte sie.

Er nickte. »Es könnte gar nicht besser sein. Das hier ist Brent Rasmussens Kopf. Ich bedauere nur, dass nicht ich ihn auf diesen Dorn setzen durfte.«

Ein Geräusch aus dem Gang ließ Emilia zusammenzucken: schlurfende Schritte, die sich ihnen näherten. Sie warf Avram einen Blick zu. Mit einer Kopfbewegung gab er ihr zu verstehen, dass sie sich in eine Wandnische pressen solle.

Auf Zehenspitzen eilte sie weiter nach hinten, ins Dunkel. Dort schien es ihr aussichtsreicher, vom Gang aus nicht erkannt zu werden.

Sie wagte kaum zu atmen, als die Gestalt auftauchte. Im schwachen Schein der Kerzen erkannte sie nicht viel mehr als eine Silhouette: einen gedrungenen Körper, gebeugt, beinahe bucklig, mit langem, strohigem Haar und einem sackartigen Umhang, aus dem zwei fleischige Arme ragten.

Die Gestalt schlurfte an dem Verlies vorbei und verschwand in Richtung der Halle. Nachdem Emilia noch einen Moment lang reglos in ihrer Nische gewartet hatte, schlich sie leise hinterher. Am Eingang der Zelle traf sie auf Avram.

»Ich glaube, ich habe den Kerl schon mal in einer der Videobotschaften gesehen«, flüsterte sie. »Wenn das stimmt, weiß er, wo Becky und Akina sind. Wir müssen ihn zum Reden bringen.«

Avram nickte grimmig. »Also los, hinterher! Aber vorsichtig. Wenn er uns bemerkt und Alarm schlägt, ist es aus!«

Eine lautlose Verfolgung war gar nicht so einfach, denn

jedes Geräusch hallte von den höhlenartigen Wänden wider wie ein Echo. Mehr als einmal befürchtete Emilia, sich durch einen winzigen Fehltritt verraten zu haben, doch der Mann vor ihnen schien so in seine Gedanken vertieft, dass er sie nicht hörte. Am Tunnelende lagen nur noch ein paar Meter zwischen ihnen. Doch gerade, als Emilia lossprinten wollte, um sich von hinten auf ihn zu stürzen, hielt Avram sie zurück.

Was soll das?, fuhr sie ihn in Gedanken an.

Er deutete mit dem Kinn zur Wendeltreppe, von wo jetzt deutlich Stimmen zu hören waren. Gleich darauf erschienen mehrere Schatten an den gerundeten Wänden.

»Da ist jemand im Anmarsch«, raunte Avram.

Ihnen blieb nichts anderes übrig, als sich wieder in ihren Gang zurückzuziehen und dort auf eine günstige Gelegenheit zu warten, um auch noch den Rest der Kerkeranlage zu erkunden. Gut möglich, dass Becky und Akina hinter einer der Stahltüren neben der Wendeltreppe eingesperrt waren – dorthin ging die in Lumpen gehüllte Gruselgestalt nämlich, ohne auf die Stimmen von oben zu achten. Seelenruhig tippte der sonderbare Kerl einen Zahlencode in ein Display, danach genügte ein kurzer Ruck, um die Tür zu öffnen und dahinter zu verschwinden.

»Konnten Sie die Kombination erkennen?«, fragte Avram.

Emilia schüttelte den Kopf. »Die Distanz war zu groß. Aber im Moment würde uns das eh nichts helfen. Sehen Sie ...«

Am Fuß der Wendeltreppe erschienen die ersten Gäste von oben. Emilia rief sich die Unterlagen ihres griechischen Kontaktmannes ins Gedächtnis und versuchte, sich an die Namen der Männer zu erinnern, die sich regelmäßig auf dieser Insel trafen. Der Erste war Leos Panagoulis, der Eigner von Catalena. Dahinter folgten die massigen Gestalten von Sterling Hines und – gut einen Kopf größer – Pjotr Galaschkin. Der Schwarze hinter Galaschkin hatte die Figur eines Preisboxers: Sibuin Doudé, der Nigerianer. Er war in ein angeregtes Gespräch mit Honoré Grangé und Saté Nagano vertieft. Alle sechs trugen elegante Anzüge, die in diesem unterirdischen Gewölbe irgendwie fehl am Platz wirkten.

Emilia konnte nicht verstehen, worüber die Männer sprachen, doch sie schienen bester Laune zu sein. Ohne Eile steuerten sie auf die Loungemöbel zu, lachend und plaudernd.

Die Geschäfte scheinen gut zu laufen.

Panagoulis sonderte sich von der Gruppe ab, um hinter einer der Stahltüren zu verschwinden. Kurz darauf kehrte er mit einem üppig gedeckten Rollwagen zurück, auf dem sich neben ein paar Flaschen Champagner und Eiskübeln mehrere Silbertabletts mit kunstvoll arrangierten Lachs- und Kaviarhäppchen befanden.

Eine Weile standen die Männer um den Servierwagen herum und ließen sich die Köstlichkeiten schmecken, während sie sich weiter unterhielten. Schließlich klatschte Panagoulis in die Hände, um sich die Aufmerksamkeit der anderen zu verschaffen.

»Ich denke, es ist an der Zeit für die nächste Wettrunde«, sagte er so laut, dass sogar Emilia es verstehen konnte. »Wenn Sie dafür jetzt bitte Ihre Plätze einnehmen, erkläre ich die kommenden Spiele.«

Er wartete, bis die Runde sich aufgelöst und jeder seinen Sitz gefunden hatte. Unterdessen aktivierte er die Kameras und den großen Flachbildmonitor.

»Ich habe aus einem Flüchtlingscamp auf Lesbos ein paar arbeitswillige Asylbewerber aus Libyen angeworben«, erläuterte Panagoulis. »Zwei Männer, drei Frauen und zwei

Jugendliche. Keiner von ihnen hatte bei der Einreise Papiere bei sich. Niemand wird sie vermissen, wenn sie einfach verschwinden. Somit stehen uns heute sieben Kämpfe bevor. Wie üblich darf jeder von Ihnen pro Kampf bis zu fünf Millionen Euro Wetteinsatz einbringen – oder den entsprechenden Gegenwert in jeder anderen Währung. Der Computer wird anhand aller Wetten die jeweilige Gewinnquote ermitteln. Wer am Ende den höchsten Betrag gesammelt hat, gewinnt – und in diesem Fall nicht nur das Geld. Heute wartet nämlich eine ganz besondere Überraschung auf die ersten beiden Sieger ...«

Er nahm eine Fernbedienung zur Hand und drückte einen Knopf, woraufhin auf dem großen Monitor zwei Bilder erschienen, eins auf der linken Seite, eins auf der rechten. Im ersten Moment sahen sie nahezu identisch aus: ein Schlafzimmer mit Doppelbett, zwei Nachttische, ein Spiegelschrank und eine moderne Deckenlampe. Selbst die beiden Frauen auf den Betten glichen sich. Sie lagen in ähnlicher Weise auf ihrer Matratze, Arme und Beine von sich gestreckt, reglos wie Puppen, mit nichts am Leib außer einem Slip und einem dünnen Unterhemd. Allerdings war die eine eher hager, die andere sportlich-muskulös. Die Hagere hatte langes, schwarzes Haar, das der Sportlichen war etwas kürzer, lockiger und brünett.

Die Kamera zoomte näher. Jetzt sah Emilia die Seile, mit denen die armen Geschöpfe an ihre Betten gefesselt worden waren. Ihr blieb beinahe das Herz stehen, als sie Becky und Akina erkannte.

»Wir müssen jetzt die Nerven behalten«, raunte Avram ihr zu. Offenbar hatte er bemerkt, dass sie nur noch einen Schritt von einer Kurzschlussreaktion entfernt war. »Im Moment wird den Kindern nichts geschehen. Sie sind gewissermaßen als Siegerprämie ausgesetzt. Solange hier unten die Wetten laufen, haben wir Zeit, Becky und Akina zu finden. Ich denke, die Betten sind oben, in Panagoulis' Bungalow. Wir müssen eine Gelegenheit abpassen, um unbemerkt zur Wendeltreppe zu gelangen.«

Obwohl es Emilia unfassbar schwerfiel, ihre Emotionen zu kontrollieren, sah sie ein, dass er recht hatte. Sie konzentrierte sich wieder auf das Geschehen um die Arena. Panagoulis kündigte gerade das erste Spiel an. Auf dem Monitor erschien das Bild eines Mannes, etwa dreißig Jahre alt, mit kurzgeschorenem Haar und dunklem Bartansatz. Er lag nur in Unterhose auf einer Art Pritsche, gefesselt, um die Beine war eine Eisenkette geschlungen. Sein Atem ging hektisch und stoßweise. Die weit aufgerissenen Augen zeugten von Todesangst.

»Franz wird diesen Mann jetzt vorbereiten«, sagte Panagoulis. »Zuerst setzt er ihm wie üblich die Elektrode ein. Anschließend wird er ihm die Achillessehnen durchtrennen und ihm jeweils zwei Finger pro Hand entfernen. In der Arena wird er es mit fünfzig Ratten aufnehmen müssen. Wie lange wird er durchhalten? Bitte geben Sie jetzt Ihre Schätzungen ab.«

Die Gefühllosigkeit, mit der Panagoulis die erste Wette ankündigte, schnürte Emilia den Hals zu. Seine Gäste schockte er indes nicht. Sie waren diese Art von Zeitvertreib offenbar gewöhnt – eine Gruppe schwerreicher Männer, die andere Menschen opferten, um ihrem Spielvergnügen zu frönen.

Panagoulis nahm ein mobiles Display zur Hand, tippte etwas ein und reichte das Gerät anschließend an Sterling Hines weiter. Auf diese Weise gaben sie der Reihe nach ihre Tipps ab. Als der Letzte in der Runde, Honoré Grangé, damit fertig war, gab er mit einem angedeuteten Handzeichen zu verstehen, dass das Spiel jetzt beginnen könne. Panagoulis drückte einen Knopf auf seiner Fernbedienung, und auf dem Monitor schob sich die verwahrloste Gestalt ins Bild, die vorher durch den Tunnel mit den Schädeln geschlurft war. In der Hand hielt sie eine große Kneifzange.

Der gefesselte Mann schien erst jetzt richtig zu begreifen, was man mit ihm vorhatte. Mit aller Kraft kämpfte er gegen die Eisenkette um seinen Körper an, doch die gab keinen Zentimeter nach. Als die Schneiden der Zange sich um seine rechte Achillessehne legten, wandte Emilia den Blick ab.

»Schau in den Abgrund, und fleh um deinen Tod«, raunte der Lumpenmann.

»Schau in den Abgrund, und fleh um deinen Tod«, wiederholten die Milliardäre auf ihren Sitzen. Es klang wie eine Beschwörungsformel – der Auftakt zu ihrem makabren Wettspiel.

Dann der Schrei. Heiser, markerschütternd, durchdringend. Gleich darauf der zweite – als würde der Mann bei lebendigem Leib verbrennen. Emilia lief es eiskalt den Rücken hinunter.

Wir müssen ihm helfen!, schrie sie in Gedanken. Aber sie wusste, dass sie dadurch nicht nur Avrams und ihr Leben aufs Spiel setzen würde, sondern auch Beckys und Akinas.

Wieder ein Schrei – das musste der erste Finger gewesen sein. Der bittere Geschmack von Galle stieg in Emilia auf. Sie war nahe daran, sich zu übergeben. Den Blick starr auf die Tunnelwand gerichtet, versuchte sie, das schmerzerfüllte Gebrüll zu ignorieren.

Nicht hinhören. Denk an etwas anderes!

Aber es gelang ihr nicht.

Endlich gingen die Schreie in ein klägliches Winseln über.

Das ließ sich etwas leichter ertragen, wenngleich sie wusste, dass das Spiel noch nicht zu Ende war.

Sie ertappte sich dabei, wie sie wieder einen Blick auf den Monitor wagte. Das Bild zeigte jetzt das Innere der Arena: ein düsteres Loch, geformt wie ein Rondell, mit glatten, meterhohen Betonwänden. Eine der Stahltüren stand offen. Darin erschien gerade wieder das Monster, das in diesem unterirdischen Höhlensystem hauste. Es hatte die Kette geschultert, mit der sein Opfer gefesselt war, und zog es ohne sichtliche Kraftanstrengung hinter sich her. In der Mitte der Arena angekommen, löste der sonderbare Folterknecht die Kette von dem verwundeten Mann und ließ ihn achtlos liegen. Danach verschwand er wieder dorthin, von wo er gekommen war.

Einen Moment lang war der Mann allein mit seinem Schmerz und seiner Verzweiflung. Während er seine entstellten Hände betrachtete, bewegten sich seine Lippen, als würde er beten.

Etwas auf dem Monitor veränderte sich: Am unteren Bildschirmrand wanderte ein hüpfender Leuchtpunkt von links nach rechts. Es dauerte einen Moment, bis Emilia begriff, dass es sich dabei um den Herzschlag des Verletzten handelte.

Die Elektrode. Damit können sie nachvollziehen, wann er stirbt. Damit sie ihren Sieger ermitteln können.

Eine Träne rann Emilia über die Wange – Ausdruck ihrer Wut und Hilflosigkeit. Wie konnte dieser superreiche Abschaum sich das Recht herausnehmen, so grausam über Leben und Tod anderer Menschen zu bestimmen? Eine Welle tiefempfundener Abscheu durchflutete sie wie Eiswasser. Irgendetwas starb in diesem Moment in ihr ab.

Ein Teil ihres Gewissens.

Wieder gab es eine Änderung auf dem Flachbildschirm: rechts oben erschien eine Stoppuhr. Sie begann zu ticken, als sich eine andere, kleinere Stahlklappe in der Arenawand öffnete, aus der die angekündigten Ratten fielen. Fiepend klatschten sie auf den Boden. Zuerst waren sie nur ein wirres Knäuel – grauhaarige, ineinander verknotete Leiber mit hässlichen rosafarbenen Schwänzen. Dann strömten sie auseinander, um sich zu orientieren, unruhig und aufgeregt. Es dauerte nicht lange, bis sie zu verstehen schienen, dass es für sie keinen Ausweg gab.

Und bis sie das Blut witterten.

Schon wagten die ersten Tiere sich näher an den verletzten Mann heran. Sie leckten an dem roten Saft auf dem Boden, kamen auf den Geschmack. In wechselnden Perspektiven fingen die Kameras an der Glasbrüstung auf, was sich danach in der Arena abspielte: Ein paar Ratten stürzten sich auf die nutzlos gewordenen Füße, andere auf die blutenden Hände. Scharfe Nagezähne rissen Fleischstücke aus der Haut. Fauchend setzten sie nach.

Der Mann schrie jetzt wieder, sein Puls beschleunigte sich. Aber noch war er nicht geschlagen. Seine blutigen Finger griffen nach den geifernden Tieren, schleuderten sie weg, gegen die Wand. Auch mit den strampelnden Beinen gelang es ihm, ein paar Ratten wegzukatapultieren, und das, obwohl die Füße nur noch wie nutzlose Anhängsel an den Knöcheln hingen.

Doch seine Kräfte ließen schnell nach, die Schreie verstummten. Der Ausschlag des Leuchtpunkts auf dem Monitor flachte zusehends ab. Schließlich bäumte sich der Mann ein letztes Mal auf, bevor sein Körper der Übermacht der Ratten erlag und sein Herz zu schlagen aufhörte.

Die Stoppuhr auf dem Bildschirm hielt an. Der Kampf

hatte exakt vier Minuten und zweiundzwanzig Sekunden gedauert.

Emilia zitterte vor Aufregung. Sie konnte kaum glauben, was sich da gerade vor ihren Augen abgespielt hatte – ein Spektakel der grausamsten Art, ersonnen von Bestien in Anzügen und glänzenden Lederschuhen.

»Wir haben einen ersten Gewinner«, rief Leos Panagoulis in die Runde. »Saté, Sie lagen mit Ihrer Einschätzung nur um sieben Sekunden daneben. Gratulation. Damit haben Sie Ihren Wetteinsatz verdreifacht. Platz zwei teilen sich Pjotr und Sibuin mit jeweils achtzehn Sekunden Fehleinschätzung. Jeder von Ihnen erhält seinen anderthalbfachen Wetteinsatz als Prämie gutgeschrieben. Lassen Sie uns gleich mit den Vorbereitungen für Spiel zwei beginnen.«

93

Avram konnte den Blick nicht von dem Monitor lösen. Das Böse zog ihn wie ein Magnet in seinen Bann, obwohl er sich davon gleichzeitig zutiefst angewidert fühlte. Auf den Philippinen war er bereits Zeuge ähnlicher Gräueltaten gewesen, und auch die Erfahrung mit Hector Mesas Kampfhund kam dem, was er hier gesehen hatte, extrem nah. Doch sowohl auf den Philippinen als auch in Bolivien hatte die Brutalität gewissermaßen noch einen Sinn ergeben: Sie sollte abschrecken. Hier hingegen ging es nur darum, dass gelangweilte Geschäftsleute sich einen Nervenkitzel holen.

Perverse Welt.

In der Arenawand öffnete sich eine Klappe. Rauschend strömte Meerwasser in das Rondell, gerade so viel, dass die Leiche davon bedeckt wurde. Die Ratten gerieten fiepsend in Panik, konnten sich aber schwimmend an der Oberfläche halten. Als sich eine Luke knapp über dem Wasserspiegel öffnete, erkannten sie ihre Chance, steuerten zielgerichtet darauf zu und krabbelten hinein. Kaum hatte sich die Luke wieder geschlossen, öffnete sich die zweite große Stahltür in der Betonwand. Heraus kam der tumbe Folterknecht mit seinem sackartigen Umhang. Diesmal hatte er einen armlangen Haken geschultert, den er der Leiche mit einem kräftigen Schwung in die Brust schlug, um sie daran aus dem Wasser zu ziehen.

Erst, als die Tür sich wieder geschlossen hatte, schaffte

Avram es, sich ein wenig von seiner inneren Anspannung zu befreien. Jetzt war nur noch das mit Wasser gefüllte Bassin auf dem Monitor zu sehen. Strudel auf der Oberfläche verrieten, dass nun noch mehr Wasser hereinströmte. Binnen kürzester Zeit erreichte es einen Stand von etwa zwei Metern. Dann setzte das gedämpfte Geräusch einer Turbine ein, und das Becken wurde wieder leergepumpt.

Avram schluckte. Was in diesen Sekunden hinter der Stahltür geschah, entzog sich zwar seiner Kenntnis, aber nach den Funden in dieser Kerkeranlage zu urteilen, stellte er es sich ungefähr so vor: Die Stahltür führte von der Arena zu einem Raum, in dem die Leiche zerlegt wurde. Was als Nahrung für die Tiere taugt, kam als Vorrat in die Gefrierfächer, der Kopf wanderte in den Schrein, so lange, bis das Fleisch verfaulte und nur noch der Totenschädel übrig war.

Avram schauderte.

»Im nächsten Spiel wird eine junge Frau es mit einer Reihe von ausgehungerten Dingos aufnehmen müssen«, sagte Panagoulis. »Vier, um genau zu sein. Sie wird ein Messer zu ihrer Verteidigung erhalten, um die Sache etwas spannender zu gestalten. Wenn Sie das Exemplar begutachten wollen, bevor Sie Ihre Wetten abgeben – bitte. Sie wird den Kampf übrigens nackt austragen.«

Die anderen folgten der Einladung offenbar allzu gerne, denn sie erhoben sich von ihren bequemen Sitzen und traten an die gläserne Brüstung, um das nächste Schauobjekt zu begutachten. Tatsächlich trat aus einer der Türen jetzt eine junge Frau, das Messer in der Hand, als wolle sie gleich damit zustoßen. Vorsichtig betrat sie die Arena. Als sie die gaffenden Männer am oberen Rand bemerkte, bedeckte sie ihre Blöße instinktiv mit den Armen. Wäre die Tür hinter ihr noch offen gewesen, hätte sie vermutlich die Flucht angetreten. So wich sie nur ein paar Schritte zurück, bis sie mit dem Rücken an die kahle Wand stieß.

»Kommen Sie!«, raunte Avram Emilia zu. »Die Kerle stehen mit dem Rücken zu uns und sind abgelenkt. Eine bessere Chance werden wir nicht kriegen.«

Gemeinsam sprinteten sie auf die Wendeltreppe zu. Die Turnschuhe dämpften ihre Schritte dabei so gut, so dass sie unbemerkt ans Ziel gelangten.

Mit den Waffen im Anschlag stiegen sie die Treppen hinauf. Avram sicherte den Weg nach oben, Emilia den nach unten, doch sie stießen auf niemanden, gegen den sie sich hätten verteidigen müssen. Neonröhren an den Wänden sorgten für ausreichende Helligkeit. Alle paar Stufen kamen sie an kleinen, in den Stein gehauenen Nischen vorbei. Darin standen Skulpturen aus Bronze und Gold, die wohl Szenen aus der Unterwelt darstellen sollten.

Nach einem endlos scheinenden Aufstieg erreichten sie schließlich den Ausgang. Eine gläserne Tür schob sich zur Seite, und sie betraten einen kleinen, elegant eingerichteten Vorraum, der zur Hälfte aus rohen Steinwänden bestand, zur anderen Hälfte jedoch sauber verputzt und tapeziert war – offenbar der Übergang zwischen der mittelalterlichen Burgruine und Leos Panagoulis' modernem Bungalow.

»Drehen Sie sich um«, sagte Avram leise.

»Warum?«

»Weil ich etwas aus dem Rucksack brauche.«

»Was haben Sie vor?«

»Überraschung.«

»Kommen Sie schon. Ich will es wissen.«

Avram lächelte. »Ich dachte, es wäre eine gute Idee, wenn wir die Treppe sprengen, sobald die Kinder in Sicherheit sind. Die griechische Polizei braucht die Arschlöcher dann nur noch dort unten einzusammeln.«

»Vorausgesetzt, sie finden nicht das Guckloch, durch das wir gekommen sind.«

»Weit würden die nicht kommen. Und jetzt lassen Sie mich die Ladung anbringen.«

Um auf Nummer Sicher zu gehen, nahm er gleich zwei Haftminen aus dem Rucksack. Damit ausgerüstet ging er ein paar Stufen nach unten. Kurz darauf kehrte er mit den Zündern in der Hand zurück.

»Wollen Sie sie?«, fragte er und hielt sie Emilia hin. »Sie müssen sie zuerst entsichern, wie bei einer Pistole. Anschließend drücken Sie einfach den Knopf hier oben. Eine Sekunde später kracht es.«

Emilia schüttelte den Kopf. Also steckte Avram die Zünder in seinen Tauchgürtel.

Er rief sich den Filmausschnitt von vorhin ins Gedächtnis. »Ihre Tochter und Akina befinden sich in modernen Schlafzimmern«, sagte er. »Deshalb denke ich, dass wir zuerst im Bungalow suchen sollten, bevor wir uns an die Räume der Burg wagen.«

Emilia nickte.

Mit vorgehaltenen Pistolen schlichen sie weiter. Obwohl fast überall das Licht ausgeschaltet war, konnten sie genug erkennen, um sich einen Eindruck zu verschaffen. Rechts kam eine große Küche, links der weitläufige Wohnbereich. Er war modern eingerichtet, schlicht, aber hochwertig, vorwiegend in Weiß und Beige, die Böden aus Marmor, Schränke, Tische und Stühle aus edlem Holz, kombiniert mit glänzenden Chromelementen. Der offene Kamin war direkt an die Burgmauer angebaut worden. Darin loderte ein gemütliches Holzfeuer. An den Wänden hingen zwischen afrikanischen Totenmasken ausgestopfte exotische Tierköpfe – eine Gazelle, ein Gnu, zwei Antilopen, aber auch ein Schakal und eine Hyäne. In einer Ecke neben dem Sofa stand die hölzerne Skulptur eines Pygmäenkriegers.

Durch das Panoramafenster, das auf der Westseite die komplette Breite des Wohnbereichs einnahm, schimmerten die am Himmel stehenden Sterne und der Mond. Aber noch etwas anderes war durch das Glas zu erkennen: zwei schwarze, mannsgroße Schemen, dicht an der Scheibe auf dem Boden liegend, beinahe eins mit der sie umhüllenden Nacht. Hätten ihre Augen in der Dunkelheit nicht geleuchtet, wären sie Avram wahrscheinlich gar nicht aufgefallen. So aber wusste er sofort, dass es sich um zwei der Raubkatzen handeln musste, die sein Waffenlieferant erwähnt hatte.

»Ich denke, die Schlafzimmer sind auf dieser Seite«, flüsterte er und deutete in den Flur, der in einem geschwungenen Bogen vom Wohnbereich wegführte.

Vorsichtig schlichen sie weiter. Außer ihnen schien niemand hier oben zu sein.

Genau das machte Avram skeptisch. Wo waren Panagoulis' Wachen? Wo die Bodyguards und das Personal? Oder verzichteten diese superreichen Irren hier auf ihren gewohnten Luxus, um keine Zeugen für ihre bestialischen Taten zu haben? Dennoch wurde Avram das Gefühl nicht los, dass etwas nicht stimmte.

»Alles klar?«, fragte Emilia, die seine Bedenken offenbar spürte.

»Hier ist etwas faul«, raunte er. »Das sagt mir mein Instinkt.«

»Faul? Wie meinen Sie das?«

»Finden Sie es nicht merkwürdig, dass wir uns völlig ungestört durchs Haus bewegen können?«

»Diese Leute hatten noch keinen ungebetenen Besuch. Sie rechnen nicht damit, dass jemand hier eindringen könnte. Jedenfalls nicht auf dem Weg, den wir gekommen sind.«

Avram seufzte. Vielleicht hatte Emilia recht. Die Außenanlagen waren mit Überwachungskameras ausgestattet, und der größte Teil der Insel war ein Freigehege für die Raubkatzen. Vielleicht fühlte Panagoulis sich auf dieser Insel tatsächlich so sicher, dass er keine Notwendigkeit dafür sah, auch den Innenbereich zu schützen.

Sie kamen an einem Büroraum und an einem offen stehenden Badezimmer vorbei. Danach folgten die Unterkünfte für die Gäste.

Zwei dieser Zimmer werden es sein, dachte Avram. Bei dem Gedanken, wie die Mädchen gefesselt auf ihren Betten lagen, überkam ihn die blanke Wut.

Die ersten Schlafzimmer, in die sie einen Blick warfen, standen leer, waren aber eindeutig in Benutzung. Anzüge, Hemden und Hosen hingen, über Kleiderhaken gelegt, an Schränken und Stühlen. Auf den Nachttischen standen angebrochene Getränkeflaschen und Gläser.

Erst bei den beiden Zimmern am Ende des Gangs hatten sie endlich Glück. Im linken befand sich Akina. Sie lag genauso auf dem Bett wie in der Filmübertragung. Als sie Avram sah, erschrak sie zuerst, weil sie ihn nicht sofort erkannte. Dann brach sie in Freudentränen aus, während er und Emilia sich daranmachten, die Seile zu lösen, mit denen sie an die vier Ecken des Betts gebunden worden war.

Auch Becky schluchzte herzzerreißend, als sie sie befreiten. Emilia setzte sich zu ihr auf die Matratze, drückte sie und murmelte ihr beruhigende Worte ins Ohr.

»Alles wird gut, mein Schatz«, flüsterte Emilia. »Wir bringen dich jetzt in Sicherheit.«

Während Emilia ihrer Tochter beim Aufstehen half, ging Avram bereits die Fluchtmöglichkeiten durch. »Durchs Verlies können wir nicht, da ist es zu belebt. Wir können auch nicht querfeldein zum Ufer laufen – wegen der Raubkatzen. Also bleibt uns nur der Fußweg zum Bootssteg. Konstantinidis hat gesagt, der ist mit einem Zaun vor den Tieren gesichert.«

»Was ist mit den Kameras?«, gab Emilia zu bedenken. »Der Weg wird überwacht.«

Avram nickte. »Das Büro der Wachleute ist im Westturm. Ich gehe hin und sorge dafür, dass wir freie Bahn bekommen.« Er würde die Wachen töten müssen, aber das wollte er vor den Kindern nicht so deutlich sagen – sie wirkten auch so schon verängstigt genug. »Ihr bleibt hier, bis die Luft rein ist. Den Rucksack nehme ich mit, bestimmt kann ich etwas davon gebrauchen.«

Er nahm den Rucksack in Empfang, holte das Funkgerät heraus und reichte es Emilia.

»Geben Sie mir fünf Minuten, dann rufen Sie Perikles«, sagte er. »Er soll zur Anlegestelle kommen – mit möglichst viel Krach, um die Besatzung der Yachten abzulenken, die unten in der Bucht vor Anker liegen. Mit etwas Glück schaffen wir es, in einem Motorboot vom Steg wegzukommen. Das wird aber nur gelingen, wenn er die Aufmerksamkeit der anderen auf sich zieht.«

Er streifte sich den Rucksack über die Schulter, drückte Akina an sich und nahm Emilias Hand. »Wenn ich in zehn Minuten nicht zurück bin, müssen Sie es alleine versuchen«, sagte er.

Akina, die bis dahin versucht hatte, tapfer zu sein, klammerte sich plötzlich an ihn. Avram spürte, dass sie am ganzen Leib zitterte. Liebevoll streichelte er ihr übers Haar.

»In ein paar Minuten bin ich zurück, du wirst sehen«, sagte er, doch sie wollte nicht loslassen. Deshalb legte er seine Hand auf ihre Schulter und drückte sie sanft von sich weg. Die Zeit drängte. Je schneller sie dieser Insel den Rücken kehren konnten, desto besser. »Bleib bei Emilia, dann wird dir nichts geschehen.«

Er wollte sich gerade auf den Weg machen, als ihm ein Zwei-Meter-Hüne den Weg aus der Tür versperrte. Avram war so perplex, dass er gar nicht reagieren konnte. Ein harter Fausthieb traf ihn in die Magengrube wie ein Vorschlaghammer, ein zweiter mitten ins Gesicht. Benommen sank er auf die Knie, während der Riese ihm mühelos die Pistole aus der Hand nahm und den Rucksack entriss. Wie aus weiter Ferne hörte er die beiden Kinder schreien. Sie waren vom Bett aufgesprungen und suchten Schutz hinter Emilia, die es jedoch ebenfalls nicht schaffte, rechtzeitig ihre Waffe in Position zu bringen.

»Weg damit!«, befahl der Riese. »Werfen Sie die Pistole aufs Bett! Wird's bald!«

Emilia zögerte, sah dann aber ein, dass sie keine andere Wahl hatte, und gehorchte.

»Kommen Sie mit!«, sagte der Mann. »Alle vier. Es gibt jemanden, der Sie sehen möchte.«

Er zerrte Avram wieder auf die Beine, tastete ihn rasch ab und nahm das Ersatzmagazin an sich, das im Ausschnitt seines Taucheranzugs steckte.

»Los jetzt!«

Im Flur warteten vier weitere Männer mit gezogenen Waffen auf sie – Panagoulis' Wachleute.

»Den Gang entlang«, befahl der Hüne. Flankiert von der Todeseskorte, setzten Avram, Emilia und die beiden Kinder sich in Bewegung.

Als sie das Wohnzimmer erreichten, stand eine Gestalt mit dem Rücken zu ihnen am Panoramafenster. Ein Mann im Anzug, in der rechten Hand einen Gehstock. Er war so in den Anblick der beiden Raubkatzen draußen vor der Scheibe vertieft, dass er die Neuankömmlinge gar nicht zu bemerken schien. Aber schließlich drehte er sich um und kam ein paar Schritte auf sie zu.

Claus Thalinger.

Einige Sekunden lang stand er einfach nur da und musterte seine Gäste mit einer bitteren, verhärmt wirkenden Miene. Er war nicht mehr der Schönling von früher, der Vorzeige-Geschäftsmann mit dem Aussehen eines Dressmans. Das Leben hatte ihn gezeichnet – weil Avram und Emilia dafür gesorgt hatten. Jetzt wollte er sich dafür rächen.

»Mutter und Tochter, Onkel und Nichte – alle mit erhobenen Händen – ein wundervolles Bild«, höhnte er. Mit Blick auf Avram und Emilia fuhr er fort:»Sie haben es also tatsächlich geschafft, Ihre Kinder zu finden. Gratulation. Verraten Sie mir, wie Ihnen das gelungen ist?« Er wartete die Antwort gar nicht erst ab, sondern machte eine wegwerfende Handbewegung.»Im Grunde spielt das auch keine Rolle. Wichtig ist, dass meine Wachleute vor einer Stunde einen Fischkutter bemerkt haben, der auffällig nah an der Insel vorbeifuhr. Da dachte ich mir schon, dass Sie das sind.«

»Dann gehört Catalena gar nicht Panagoulis?«, fragte Avram.

Thalingers Lippen verzogen sich zu einem kalten Lächeln. »Leos ist ein erfolgreicher Reeder mit einem ausgeprägten Hang zum Sadismus – ich fürchte, das trifft auf uns alle zu. Aber er hätte weder den Mut noch die Phantasie, solche Spiele zu veranstalten wie ich.« Er zuckte leichthin mit den Schultern.»Leos ist offizieller Besitzer, und ich lasse ihn ab und zu den Gastgeber spielen. Aber in Wahrheit gehört diese Insel ganz allein mir.«

Auf seinen Gehstock gestützt, hinkte er zum Feuer, wo er ein paar Holzscheite nachlegte. Erst jetzt fiel Avram auf, dass an dem Kaminschacht eine eiserne Bärenfalle zwischen zwei mittelalterlichen Schwertern hing. Von hier aus hatte Thalinger ihnen die Videobotschaft vom bevorstehenden Verkauf der beiden Kinder in den alten Lagerkeller bei Eschau geschickt.

»Sie beide haben mein Leben zerstört«, fuhr er schließlich fort. »Sie« – damit deutete er mit dem Stock auf Emilia – »haben mich vor Gericht gezerrt und zu einem monatelangen Prozess gezwungen. Zwar konnte ich die Medien mit meinen finanziellen Mitteln in Schach halten, aber meine Geschäftspartner verloren nach und nach das Vertrauen in mich. Sie haben meinen Ruf ruiniert, Frau Ness. Und Sie, Herr Kuyper« – der Stock schwenkte auf Avram –, »haben mich meinen Feinden ausgeliefert und dadurch zum Krüppel gemacht. Als ich in den Händen dieser Bande war, dachte ich tatsächlich, es wäre aus. Tagelang haben die mich gequält, mit Messern, mit Zangen, mit Brenneisen – mit allem, was man sich vorstellen kann. Mehr als einmal wollte ich sterben, aber letztlich hat mein Lebenswille gesiegt. Ich habe verhandelt und viel Geld für meine Freiheit bezahlt. Tatsächlich habe ich überlebt.« Wieder legte sich ein Wolfsgrinsen auf sein Gesicht. »Ich fürchte, so viel Glück werden Sie nicht haben.«

Avram überlegte fieberhaft, was er tun konnte, um das Ruder noch einmal herumzureißen. Thalinger schien nicht bewaffnet zu sein, dafür jedoch seine fünf Gorillas. Jeder von denen hielt eine Pistole in der Hand. Alles, was Avram noch hatte, war die halbe Rasierklinge, die unter dem Ärmel seines Neoprenanzugs steckte, außerdem die beiden Zünder, die er sich hinter den Tauchgürtel geschoben hatte. Wie konnte er sie aktivieren, ohne dabei zu riskieren, erschossen zu werden? Es war ohnehin nur eine Frage der Zeit, bis Thalingers Wachen ihr Versäumnis nachholen und ihn und Emilia gründlich durchsuchen würden. Mit etwas Glück blieben ihm noch ein paar Minuten, mehr bestimmt nicht.

Thalinger humpelte zu einem Wandtelefon neben dem Kamin und nahm den Hörer ab. »Sagen Sie Franz, dass er hochkommen soll«, raunte er und legte wieder auf.

Avram spürte, wie sein Magen sich zusammenzog. Vor seinem geistigen Auge wiederholte sich die Szene, wie dieser seelenlose Zombie dem armen Mann die Achillessehnen durchtrennt und anschließend die Finger abgezwickt hatte. Was würde er ihnen antun?

»Interpol weiß, wo ich bin«, sagte Emilia. »Wenn ich mich nicht jede halbe Stunde melde, wird eine Großrazzia eingeleitet. Sie und Ihre Freunde haben nicht die geringste Chance davonzukommen.«

Avram begriff, dass sie auf Zeit spielte. Wenn Thalinger befürchten musste aufzufliegen, würde er sie vielleicht nicht sofort umbringen.

Doch der durchschaute ihren Plan. »Sie sind gemeinsam mit einem Profikiller hier eingedrungen«, sagte er. »Es fällt mir schwer zu glauben, dass Herr Kuyper neuerdings lieber mit der Polizei kooperiert, anstatt seine Angelegenheiten selbst zu regeln.«

»In diesem Fall irren Sie sich.«

»Dann haben Sie ja nichts zu befürchten.«

Avram hörte Emilias schweren Atem. Genau wie er fragte sie sich, was sie noch tun konnte, um ihr Schicksal abzuwenden.

Im Flur waren Schritte zu hören, schleppend und schwer. Kurz darauf betrat Franz das Wohnzimmer. Im Vergleich zu den makellos gekleideten anderen Männern wirkte er mit seinem Lumpenumhang und dem verfilzten Haar wie ein Fremdkörper.

»Franz, komm zu mir«, sagte Thalinger mit erstaunlich sanfter Stimme. »Hier sind neue Kämpfer für unsere Arena. Wie gefallen sie dir?«

Zögernd kam Franz auf ihn zu, den Blick auf Avram, Emilia und die beiden Mädchen gerichtet. Ein fratzenhaftes Lächeln entblößte seine schlechten Zähne. »Gut«, sagte er. »Alle gut.«

Etwas stimmte nicht mit ihm. Die Art wie er sprach, das einfältige Grinsen, der schlurfende Gang ... dieser Mann befand sich auf dem geistigen Stand eines Kleinkinds. Doch im flackernden Licht des Kaminfeuers erkannte Avram in gewissen Gesichtszügen auch eine entfernte Ähnlichkeit mit Claus Thalinger.

»Ich sehe Ihnen an, was Sie denken, Herr Kuyper«, sagte Thalinger prompt. Dabei ging er einen Schritt auf den Lumpenmann zu und legte ihm eine Hand auf die Schulter. »Franz ist mein Bruder. Er ist vier Jahre jünger als ich. Als wir Kinder waren, lebten meine Eltern und wir in Marokko. Mein Vater war Entwicklungshelfer. Wir bewohnten damals ein kleines Anwesen, ein paar Kilometer außerhalb von Agadir. Im Grunde war es wohl nicht viel mehr als ein staubiges Fleckchen Erde mit einem kleinen Haus und einem vertrockneten Brunnen darauf. Aber in meiner Erinnerung war es dort wunderschön. Bis uns eines Nachts eine Horde Masmuda-Banditen auf Pferden überfiel. Sie drangen ins Haus ein, brachten meine Eltern um und steckten alles in Brand. Viktoria, meine ältere Schwester, konnte sich mit

Franz und mir ins Freie retten. Sie ließ uns Jungs in den vertrockneten Brunnen ab, damit wir uns dort verstecken konnten. Sie sagte, sie würde nachkommen, aber das hat sie wohl nicht mehr geschafft. Ich weiß nicht, was mit ihr passiert ist – seitdem habe ich sie nicht mehr gesehen. Ich hörte sie nur schreien, minutenlang, während Franz und ich in unserem Loch vor Angst beinahe gestorben sind. Es war dunkel. Es war gruselig. Dort unten wimmelte es vor Insekten. Ratten gab es natürlich auch, nicht viele, aber genug, um sich von ihnen bedroht zu fühlen. Franz war kleiner als ich und weinte die ganze Zeit. Als Viktoria zu schreien begann, wollte auch er damit anfangen. Was sollte ich also tun? Hätten die Männer uns entdeckt, hätten sie uns umgebracht oder verschleppt. Deshalb hielt ich Franz den Mund zu, damit er uns nicht verrät – so lange, bis die Kerle wieder weg waren.«

Thalingers Blick wirkte entrückt, während er von diesem dunklen Kapitel aus seiner Kindheit erzählte. Aus irgendeinem Grund schien es ihm wichtig, von Avram und Emilia verstanden zu werden, auch wenn das nichts an ihrem Todesurteil ändern würde.

»Am nächsten Morgen hat uns der Postbote entdeckt und Hilfe geholt. Franz und ich waren die halbe Nacht in diesem verfluchten Brunnenschacht gefangen gewesen. Manchmal glaube ich, dass in diesen schrecklichen Stunden die Idee für die Arena unten im Verlies geboren wurde.« Liebevoll drückte er seinen Bruder an sich. »Als die Kerle weg waren und ich Franz wieder losließ, bemerkte ich, dass er sich nicht mehr regte. Er lag in meinen Armen wie tot. Ich weiß nicht mehr, wie ich es geschafft habe, ihn wieder zum Leben zu erwecken – ich schlug ihm auf den Brustkorb, beatmete ihn so lange, bis er die Augen wieder aufschlug. Aber von da an war er nicht mehr derselbe. Im Krankenhaus stellten die Ärzte später fest, dass ich ihm in meiner Panik nicht nur den Mund zugehalten hatte, sondern auch die Nase. Er bekam keinen Sauerstoff mehr, Teile seines Gehirns starben ab – irreparabel. Seitdem kümmere ich mich um ihn. Man kann sagen, dass uns dieses Erlebnis, so schrecklich es war, in gewisser Weise zusammengeschweißt hat. Nur, dass ich Ratten seitdem hasse und Franz sie liebt. Fragen Sie mich nicht, warum.«

Im Kamin knackte das Holz. Das Geräusch riss Thalinger aus seinen Gedanken. Er zuckte zusammen, und Avram wusste, dass der Ausflug in die Vergangenheit zu Ende war.

»Ratten«, wiederholte Franz mit einem unschuldigen Kinderlächeln, das irgendwie gar nicht zu seinem Aussehen und noch viel weniger zu der kaltherzigen Brutalität passte, die er vorhin an den Tag gelegt hatte.

Claus Thalingers Hand strich ihm über das strohige Haar und blieb an seiner Wange haften. »Die Ratten lassen wir später noch mal in die Arena«, sagte er. »Aber für diese besonderen Gäste hier sind Ratten nicht genug, verstehst du? Ich möchte, dass du das Gitter über der Arena ausfährst. Herr Kuyper, Frau Ness und die beiden Mädchen sollen gegen die Jaguare kämpfen.«

Franz nickte, wiederholte noch einmal das Wort »Jaguare« und trottete voraus.

»Zeit für Ihren großen Auftritt«, sagte Claus Thalinger. Dann wandte er sich an einen seiner Wachleute. »Durchsuchen Sie die beiden noch einmal gründlich auf Waffen, Pavel. Ich will beim Höhepunkt meiner Spiele keine böse Überraschung erleben.«

Der Hüne mit Bürstenhaarschnitt stellte sich vor Emilia und tastete sie von oben bis unten ab, wobei seine Hände viel länger als unbedingt nötig über ihre Brüste und die Innenseite ihrer Schenkel streiften.

»Nehmen Sie Ihre Finger von mir!«, zischte Emilia wütend.

Anstatt das zu tun, packte der Wachmann noch härter zu. Emilia zuckte zusammen, unterließ es aber, ihn weiter zu provozieren.

Avram erkannte darin jedoch eine Chance. Pavel genoss es, seine Machtposition auszunutzen. Und er ließ sich leicht reizen. *Wenn nicht, sind wir in spätestens einer Stunde tot.*

Der Bürstenkopf positionierte sich jetzt vor Avram und begann, auch ihn abzutasten. Ihre Blicke begegneten sich frontal.

»Fass mich nicht an, sonst breche ich dir die Beine«, raunte Avram.

Einen Moment lang zögerte der andere. Dann schlug er Avram ansatzlos seine Faust in die Magengrube, so dass dieser zusammengekrümmt zu Boden ging wie bei ihrer ersten Begegnung.

Genau das war die Absicht gewesen, wenngleich Avram gehofft hatte, dass der Schlag weniger hart ausfallen würde. Für einen kurzen Moment tanzten Sterne vor seinen Augen, und er rang nach Atem. Aber er hatte sich schnell wieder im Griff, um seinen Plan zu verwirklichen. Während er sich auf dem Boden wälzte, glitt seine Hand zum Tauchgürtel und zog die Zünder heraus. Mit geübten Fingern löste er die Entsicherung und betätigte die Auslöser. Dann zerriss eine ohrenbetäubende Detonation die nächtliche Stille. Ein gleißender Lichtblitz zuckte aus dem Wendeltreppenschacht in den Flur, für einen kurzen Moment zitterte der Boden. Die Gläser auf dem Tisch schepperten. Eine dicke Rauchwolke quoll ins Wohnzimmer herein. Jemand schrie – vermutlich

Franz, der auf dem Weg nach unten durch die Explosion verletzt worden war.

Eine Sekunde lang saß der Schreck so tief, dass niemand sich regen konnte. In diesem Moment übernahmen Avrams jahrelang trainierte Reflexe die Kontrolle über sein Handeln.

»Rennt weg!«, rief er Emilia und den Kindern zu. Gleichzeitig trat er mit seinem Fuß seitlich gegen Pavels Kniegelenk, so dass es mit einem schrecklichen Geräusch brach und er zu Boden ging. In seinem Schmerz gefangen, begriff der Hüne zu spät, in welche Gefahr er geraten war. Schon hatte Avram ihn am Kopf gepackt und ihm mit einem einzigen kräftigen Ruck das Genick gebrochen. Der tote Leib begrub Avram unter sich wie ein Fels.

Wo ist seine Waffe?

Sie lag nur einen Meter entfernt, aber als Avram versuchte, sich von dem Gewicht des Mannes zu befreien, pfiff bereits die erste Kugel an seinem Kopf vorbei. Sie verfehlte ihr Ziel wohl nur, weil die Sicht durch den Rauch bereits erheblich eingeschränkt war.

Avram wälzte den leblosen Körper von sich, rollte sich um die eigene Achse und griff nach der Pistole auf dem Boden. Als er ein Mündungsfeuer im Qualm erkannte, schoss er ohne zu zögern darauf. Danach wechselte er sofort die Position, um nicht selbst anvisiert werden zu können. Prompt schlug auch schon eine Kugel in den Boden ein – genau an der Stelle, wo er eben noch gelegen hatte.

Der nächste Schuss brachte seinen Gegner zu Fall – Avram hörte den dumpfen Aufprall eines Körpers. Kein Stöhnen, kein unterdrückter Schrei. Das musste ein Volltreffer gewesen sein. Aber noch waren drei bewaffnete Wachen und Claus Thalinger übrig.

Ich brauche den Rucksack!

Er erinnerte sich, wo Pavel ihn abgestellt hatte, und versuchte, sich anhand der Umrisse im Rauch zu orientieren. Als er sicher war, in welche Richtung er musste, fasste er sich ein Herz und robbte auf allen vieren dorthin. Tatsächlich stand der Rucksack da, wo er ihn vermutet hatte.

Die Munition konnte er nicht gebrauchen. Auch das Funkgerät nutzte ihm im Moment nichts. Avram hatte es auf die Haftminen abgesehen.

Damit ausgestattet, robbte er durch den Rauch in Richtung der nächsten Wand. Dort hatte er wenigstens von hinten nichts zu befürchten. Auf dem Boden hockend, harrte er aus, ohne sich zu bewegen, die Augen starr in die wabernden Rauchschwaden gerichtet.

Lauschend.

Lauernd.

Bereit.

94

Emilia hatte instinktiv vor dem Rauch davonlaufen wollen, dann aber erkannt, dass ihre Überlebenschancen besser standen, wenn sie ihn als Sichtschutz nutzten. Also war sie mit den Mädchen in die qualmende Wolke eingetaucht, die ihnen aus dem Flur entgegenrollte.

Sofort begannen ihre Augen zu tränen. Beim ersten Atemzug brannte ihr Hals. Sie musste husten, ebenso wie die Kinder.

»Kommt mit!«, zischte sie und zog Becky und Akina hinter sich in die Küche. Hier war der Rauch zwar beinahe genauso dick, aber erstens wusste Emilia nicht, wie es auf der anderen Seite der Wendeltreppe weiterging – vor allem, ob der Zugang zur Burgruine offen war –, und zweitens brauchte sie dringend eine Waffe. Auf der u-förmigen Arbeitsplatte fand sie einen Messerblock.

»Jeder von euch nimmt sich eins davon!«, sagte sie. »Falls euch jemand angreift, stecht zu. Verstanden?«

Die Mädchen nickten verstört und zogen ihre Messer aus dem Holzgestell. Emilia griff ebenfalls zu. Sie wählte ein Filetiermesser mit großer Klinge und ein kleineres Kartoffelmesser.

»Nehmt euch ein Abtrockentuch von der Wand dort drüben und haltet es euch vor die Nase«, sagte Emilia. »Das schützt vor dem Rauch.«

Die Kinder gehorchten, doch gerade als sie wieder aus der Küche verschwinden wollten, hörte Emilia Schritte im Flur.

Sie haben uns entdeckt!
In ihrem Kopf arbeitete es fieberhaft. Der Gedanke, durch ein Fenster zu fliehen, verbot sich angesichts der Raubkatzen von selbst, und soweit sie es überblicken konnte, gab es nur eine Tür – die, durch die sie gekommen waren.
Ich muss es wohl oder übel auf einen Kampf ankommen lassen!
»Ihr beide geht da rein!«, flüsterte sie und deutete auf eine geräumige Seitennische in der hinteren Ecke, die als Vorratslager diente. »Wartet ein paar Sekunden, dann macht ein paar leise Geräusche. Flüstert euch etwas zu, oder kratzt am Holz – gerade so laut, dass man es hier noch hören kann.«

Sie hätte ihren improvisierten Plan gerne genauer erläutert, doch die Zeit drängte. »Macht schon! Dann haben wir vielleicht eine Chance!«

Die Mädchen hasteten in die offene Kammer. Gleichzeitig ging Emilia in die Hocke und presste sich hinter den Herdblock, so dass man sie von der Tür aus nicht sehen konnte.

Sekunden dehnten sich zu kleinen Ewigkeiten. Ihre Augen tränten, und sie musste sich zwingen, den Hustenreiz unterdrücken.

Ich halte das nicht mehr lange aus!
Wenn sie nur gewusst hätte, wo der Kerl sich befand. War er in die Küche gekommen oder weitergegangen? Emilia schluckte trocken, doch das Kratzen im Hals wurde dadurch nur schlimmer.

Die Mädchen begannen zu flüstern, wie abgemacht.

Jetzt war auch wieder ein Schritt zu hören. In der Küche. Höchstens zwei Meter von ihr entfernt. Das Herz schlug Emilia bis zum Hals, so laut, dass sie befürchtete, sich dadurch zu verraten.

Ein Schemen tauchte im Qualm auf – einer von Thalingers Wachmännern. Wie in Zeitlupe passierte er den Herd.

Dabei war er so auf das Flüstern in der Vorratskammer fixiert, dass er auf Emilia gar nicht achtete.

Nur nicht husten, sonst ist alles verloren!

Emilia wartete, bis der Mann an ihr vorbei war. Als sie sicher sein konnte, sich in seinem toten Winkel zu befinden, richtete sie sich lautlos auf, das Filettiermesser in der erhobenen Faust, das Kartoffelmesser wie einen Dolch vor sich haltend. Einen letzten Augenblick zögerte sie noch. Wäre sie tatsächlich in der Lage, den Mann von hinten mit einem Messer anzugreifen? Ihn kaltblütig umzubringen? Eine andere Wahl würde er ihr gewiss nicht lassen.

Aber dann kamen ihr die Bilder aus dem Verlies in den Sinn. Das, was sie auf dem großen Monitor gesehen hatte. Der Kerl vor ihr arbeitete für einen Mann, dem es gefiel, andere Menschen zu quälen und zu töten. Außerdem würde er selbst keine Sekunde zögern, sie oder die Mädchen umzubringen.

Das half, ihre Skrupel zu beseiten.

Mit großen Schritten stürzte sie sich auf ihn. Bevor er merkte, dass er in die Falle gegangen war, stach Emilia mit dem Messer zu – nicht in den Rücken, weil dort die Gefahr bestand, an einer Rippe abzuprallen, sondern in den Hals. Es gab ein schreckliches Geräusch, als der Stahl in sein Fleisch eindrang. Der Mann zuckte zusammen. Aber anstatt umzufallen, wirbelte er herum und stand ihr nun frontal gegenüber, den Lauf seiner Pistole geradewegs auf ihren Oberkörper gerichtet. Zum Glück war Emilia geistesgegenwärtig genug, ihm mit der freien Hand einen Schlag gegen die Waffe zu versetzen. Sie schlitterte über den Boden. Irgendwo am Fuß der Spüle blieb sie liegen.

Der Kerl war ein Tier. Die Klinge im Hals ignorierend, hob er seine Arme, um Emilia an der Gurgel zu packen. Wie

Schraubstöcke legten sich seine prankenartigen Finger um ihren Hals, schon bekam sie keine Luft mehr. Sie wollte schreien, aber es ging nicht. Der Mann hatte Kräfte wie ein Bär.

Das Kartoffelmesser!

Emilia stach zu, mitten in den ungeschützten Bauch. Ihr Gegner geriet ins Wanken, sein Griff lockerte sich. Aber er ging immer noch nicht zu Boden. Stattdessen packte er Emilias Hand und entriss ihr das Messer für den Gegenangriff.

Glücklicherweise war er geschwächt. Deshalb gelang es Emilia gerade noch, unter seiner Faust durchzutauchen, ohne getroffen zu werden. Allerdings verlor sie dabei das Gleichgewicht und fiel nach hinten. Keuchend und hustend krabbelte sie vor ihm davon wie ein Insekt, ohne Ziel, nur Hauptsache weg von dieser Gewaltmaschine, die ihr mit roboterhaften Schritten folgte.

Emilia stieß mit dem Kopf gegen einen Schrank – sie hatte das Ende der Küche erreicht. Der Abstand zu ihrem Gegner betrug höchstens noch zwei Meter. Schon beugte er sich zu ihr herunter, um nach ihr zu greifen. Ihre Fußtritte prallten an ihm ab, als wären sie nichts.

Jetzt ist es aus!

Gerade als der Mann sie an ihrem T-Shirt packte, um sie auf die Beine zu zerren und sie mit dem Messer zu töten, fiel ihr die Pistole ins Auge, die nur einen Meter vor ihr entfernt auf dem Boden lag.

Blitzschnell griff sie danach – keine Sekunde zu früh, denn genau in diesem Moment wurde sie mit roher Gewalt nach oben gewuchtet. Sie sah das wutentbrannte Gesicht des Wachmanns, das Blut, das aus seinem Hals strömte, das Messer in seiner erhobenen Faust.

Emilia schoss. Einmal, zweimal, dreimal ... so lange, bis die Waffe nur noch ein metallisches Klicken von sich gab.

Der Griff an ihrem T-Shirt löste sich. Sie fiel und schlug auf dem Boden auf, so hart, dass es ihr für einen kurzen Moment schwarz vor Augen wurde. Als sie wieder klar sehen konnte, stand der Mann immer noch vor ihr, aber die Hände hingen schlaff an seinem Körper herab. Das Messer glitt ihm aus den Fingern und fiel auf den Boden. Durch den Schleier des Qualms glaubte Emilia so etwas wie Verwunderung in seiner Miene zu erkennen, als könne er nicht begreifen, dass er diesen Kampf verloren hatte.

Dann stürzte er seitlich um wie ein gefällter Baum.

95

Der Schemen im Wohnzimmer bewegte sich langsam, zögerlich, beinahe ängstlich. Die Form deutete auf einen eher kleinen Mann hin.

Oder auf Emilia.

Erst als Avram die Kampfgeräusche in der Küche hörte, wusste er, dass der Schemen vor ihm einer von Thalingers Wachleuten sein musste. Allerdings befand sich in seiner Pistole nur noch eine Patrone, das hatte er bereits überprüft. Wenn er die verschoss und das Mündungsfeuer ihn verriet, konnte er sich nicht mehr verteidigen.

Deshalb entschied er sich für eine der Haftminen. Er aktivierte sie, entsicherte den Zünder und warf sie in hohem Bogen durch den Raum – dorthin, wo der Wachmann stand. Gleichzeitig drückte er den Auslöser und rollte sich wie ein Embryo zusammen, um den Körper zu schützen.

Der Knall war so laut, dass er einen Moment lang nichts mehr hörte. Er sah nur, wie der grelle Lichtblitz nach allen Seiten durchs Wohnzimmer schoss. Das Sofa, hinter dem die Mine explodierte, machte einen Satz auf ihn zu, bewahrte ihn jedoch vor ernsthaftem Schaden. Stühle wurden weggefegt, eine Glasvitrine zerbarst. Die Druckwelle war sogar so stark, dass eines der Schwerter am Kaminschacht aus der Halterung fiel. Dicht neben Avram prallte es auf den Boden, aber er hörte es nur wie aus weiter Ferne, weil seine Ohren immer noch von der Detonation klingelten.

Auch den Schuss, der durch die Rauchwolke auf ihn abgefeuert wurde, hörte er kaum. Er spürte nur, wie die Wucht der Kugel ihn nach hinten gegen die Wand schleuderte, gefolgt von einem glühendem Schmerz in der linken Schulter. Der Mann, auf den er die Mine geworfen hatte, musste tot sein. Somit konnten nur Thalinger oder der letzte verbliebene Wachmann auf ihn geschossen haben.

Avram riss seine Pistole hoch, in die Richtung, aus der das Mündungsfeuer gekommen war. Auch ein Schatten war dort zu erkennen.

Avram drückt ab.

Aus der qualmenden Rauchwolke trat ein menschlicher Umriss, mit einer Pistole in der Hand. Thalingers Wache.

Das war es dann wohl, dachte Avram. Er hatte keine Munition mehr, und die Zeit würde nicht reichen, um die nächste Haftmine zu aktivieren. Selbst wenn – auf die kurze Distanz hätte er sich nur selbst umgebracht.

Doch anstatt den nächsten Schuss abzufeuern, sackte der Wachmann in sich zusammen. In seiner Brust prangte ein hässliches, schwarzes Loch. Reglos blieb er am Boden liegen.

Ein Stein fiel ihm vom Herzen. Das war knapp gewesen!

Vorsichtig betastete er seine verwundete Schulter. Sie blutete stark, vorne und hinten – die Kugel hatte ihn komplett durchbohrt. Es fühlte sich an, als würde jemand die Stelle mit Feuer ausbrennen.

Reiß dich zusammen! Du hast in Bolivien sieben Kugeln überlebt!

Mit zusammengebissenen Zähnen versuchte er aufzustehen, doch kaum hatte er sein Gleichgewicht gefunden, traf ihn ein Schlag so unerwartet und hart, dass er wieder zu Boden ging. Im ersten Moment wusste er gar nicht, was geschehen war. Benommen wälzte er sich zur Seite.

Die Gestalt ragte vor ihm auf wie ein Dämon, eine Lanze in den erhobenen Fäusten, bereit zum nächsten Angriff.

Der nächste Schlag fuhr auf ihn herab. Avram versuchte auszuweichen, wurde dadurch aber mit voller Wucht am Rücken getroffen. Rasender Schmerz rollte durch seinen Körper und ließ ihn schier ohnmächtig werden. Mühevoll kämpfte er dagegen an, um sich robbend von dem Angreifer zu entfernen.

Als er wieder einen Blick über die Schulter riskierte, erkannte er Claus Thalinger. Sein Anzug war zerfetzt, sein Hemd schmutzig. Eine Platzwunde an der Stirn hatte sein halbes Gesicht blutrot gefärbt, aus seinen Augen sprühte der Wahnsinn. Die »Lanze« in seinen Händen war der Schürhaken aus dem Gestell am Kamin.

Wieder holte er aus. Diesmal schaffte Avram es trotz infernalischer Schmerzen, rechtzeitig auszuweichen, so dass der Eisenhaken knapp neben seinem Knie in die Bodenfliesen einschlug. Lange würde er den Angriffen jedoch nicht mehr standhalten können, denn seine Beine waren taub – er konnte sie kaum noch bewegen.

Statt eines weiteren Schlags hielt Thalinger plötzlich inne.

Er hat begriffen, dass ich wehrlos bin.

Etwas ging in seinem Schädel vor sich, das konnte Avram ihm ansehen. Etwas Krankhaftes, Diabolisches. Er wollte ihn nicht einfach nur mit einem Schürhaken erschlagen. Er wollte ihm einen leidvolleren Tod bescheren.

»Ich habe schon viele Menschen sterben sehen. Auf jede erdenkliche Weise«, sagte er.

Es klang so leise, als befände sich zwischen ihnen eine unsichtbare Mauer. Das Klingeln in Avrams Ohren überlagerte immer noch jedes andere Geräusch.

»Aber ich habe noch nie einen Menschen verbluten sehen, dem von einer Explosion die Beine abgerissen wurden.«

Er war ein Irrer, keine Frage. Seelenruhig beugte er sich zu Avrams Rucksack und holte eine Haftmine heraus. Einen Moment lang überlegte er, wie sie funktionierte, dann begriff er das Prinzip und aktivierte sie. Mit einer lockeren Handbewegung warf er sie so, dass sie zwischen Avrams Fußknöcheln liegen blieb.

Hätte Avram seine Beine bewegen können, hätte er die Mine weggekickt. Aber im Moment war er dazu nicht in der Lage.

Und schnell genug danach greifen kann ich auch nicht. Wenn nicht ein Wunder geschieht, bin ich geliefert.

In diesem Moment schälte sich hinter Thalinger plötzlich eine weitere Gestalt aus der Rauchschwade: Emilia. Ihre Miene wirkte nicht weniger irre. In den hoch erhobenen Händen hielt sie etwas, das wie ein riesiges Maul aussah.

Die Bärenfalle!

Lautlos kam sie näher, unaufhaltsam, bedrohlich – eine Kriegerin der Rache, geboren aus Rauch und Zorn. Die Falle in ihren Händen zitterte, so schwer war sie, ein eisernes Gebiss, bereit, die Bestie in Menschengestalt für immer zu verschlingen.

Erst im allerletzten Moment erkannte Thalinger die Bedrohung, das sah man in seinem Gesicht, doch da war es bereits zu spät. Mit einem widerwärtigen Geräusch, das sogar das Klingeln in Avrams Ohren übertönte, schnappten die eisernen Kiefer zu. Die zentimeterlangen Zacken bohrten sich wie Zähne in Thalingers Hals. Augenblicklich quoll Blut aus den getroffenen Stellen. Zuerst ließ er den Schürhaken fallen, dann den Zünder für die Haftmine. Sein Gesicht verzog sich zu einer hässlichen Grimasse, als seine Hände die Falle umklammerten, und er mit allerletzter Kraft versuchte, die Metallfeder auseinanderzudrücken.

Aber sie bewegte sich nicht.

Thalingers Gesichtsfarbe veränderte sich, wurde bläulich. Er keuchte und hustete – Avram konnte es kaum hören, aber er sah, wie seine Lippen sich bewegten. Ein Gemisch aus Speichel und Blut rann ihm aus dem Mundwinkel. Seine Augen wurden plötzlich so groß, als wollten sie aus den Höhlen springen.

Er bekam keine Luft mehr.

Ging in die Knie ...

Der Mann, der ein ganzes Imperium auf der Basis von Folter und Erpressung errichtet hatte, war am Ende seiner Kraft.

Zitternd kippte er um.

96

Emotionslos beobachtete Emilia, wie Thalinger sich vor ihr auf dem Boden wand und ein paar letzte reflexartige Zuckungen vollführte, als das Leben aus ihm wich.

Endlich!

Wie viele bestialische Morde gingen auf sein Konto? Es mussten Hunderte sein. Um ein Haar hätte er auch sie und Avram getötet. Becky und Akina hatte er mit den schrecklichsten Absichten entführen lassen. Seinetwegen waren einem unschuldigen Mädchen ein Ohr und ein Finger abgenommen worden, bevor man es den Ratten zum Fraß vorgeworfen hatte. Die Liste seiner Gräueltaten war endlos. Das Schwein verdiente den Tod, mehr als jeder andere Mörder, den Emilia jemals gejagt hatte.

Der Gedanke bereitete ihr Genugtuung, gleichzeitig meldete sich jedoch auch das schlechte Gewissen. Sie hatte sich dem Gesetz verschrieben, da gab es keinen Platz für Rachegelüste, so gerechtfertigt sie auch sein mochten.

Dennoch war ein Teil von ihr froh, es auf diese Weise beendet zu haben.

Thalinger röchelte noch immer. Sein Körper bäumte sich ein letztes Mal auf, seine Beine zappelten.

Dann bekamen seine Finger den Zünder auf dem Boden zu fassen.

Nein!

Emilia schaffte es gerade noch, sich flach hinzuwerfen. Im Augenwinkel sah sie, wie Avram trotz seiner Verletzungen eine blitzschnelle Bewegung vollführte, die Mine packte und sie wegschleuderte. Dann folgte auch schon die Explosion.

Der Knall war überwältigend, das Licht gleißend hell. Emilia warf die Hände schützend über den Kopf und versuchte, sich klein zu machen, während die zerborstenen Teile der Inneneinrichtung wie Schrapnelle auf sie niederprasselten. Etwas traf sie am Oberschenkel, etwas an der Hand. Aber als der Spuk vorbei war und sie sich begutachtete, stellte sie erleichtert fest, dass sie sich keine ernsthaften Verletzungen zugezogen hatte.

Hustend kam sie auf die Beine. Der Rauch war durch die neue Detonation noch dichter geworden. Erst als sie in ihren Ellbogen atmete, bekam sie wieder Luft.

Wenn ich nur etwas sehen könnte!

Vorsichtig watete sie durch die grauschwarze Wolke, bis sie etwas am Fuß berührte. Als sie in die Knie ging, erkannte sie Thalinger. Er rührte sich nicht mehr, lag einfach nur da, die Augen starr ins Nirgendwo gerichtet. Mit der Bärenfalle am Hals sah er aus, als hätte ein unsichtbares Monster versucht, ihm den Kopf abzubeißen. Nie wieder würde er jemandem etwas zuleide tun.

Wo ist Avram?

Emilia fand ihn zwei Meter weiter, ebenfalls auf dem Boden liegend, mit unzähligen Wunden auf dem Gesicht und am Körper. Als sie ihn an der Schulter berührte, öffnete er die Augen und wirkte dabei unendlich müde.

»Ist das Schwein tot?«, murmelte er.

Emilia nickte.

»Was ist mit den Kindern?«

»Sind in der Küche, beide wohlauf.«

Sein Mundwinkel zuckte – der Versuch eines Lächelns.

»Dann haben wir es tatsächlich geschafft«, raunte er. »Wer hätte das gedacht?«

»Ich dachte, Sie sind solche Einsätze gewöhnt.«

»Unsere Chancen standen nie wirklich gut, das wissen Sie genau.«

Emilia nickte. Sie hatten mehr Glück als Verstand gehabt.

»Lassen Sie uns von hier verschwinden«, sagte sie.

Etwas in seinem Blick verriet ihr, dass er nicht mitkommen würde.

»Ich kann meine Beine nicht bewegen«, presste er hervor.

»Ich helfe Ihnen ...« Sie stockte. Erst jetzt begriff sie, was er meinte. Doch sie weigerte sich, es zu akzeptieren. »Geben Sie mir Ihre Hand!«

Er rührte sich nicht.

»Ich will, dass Sie mir Ihre Hand geben, haben Sie gehört?«

Avram lächelte gequält. »Bringen Sie meine Nichte sicher nach Hause – versprechen Sie mir das.«

Seine Worte hatten etwas so Endgültiges, dass ihr die Tränen in die Augen schossen. »Ich hole Hilfe«, sagte sie. »Halten Sie noch ein bisschen durch, dann ...«

Ein leises, kehliges Knurren ließ Emilia innehalten. Während sie miteinander gesprochen hatten, hatte der Rauch sich erstaunlich schnell verflüchtigt. Jetzt erkannte sie auch den Grund dafür: Die letzte Explosion hatte ein Loch, so groß wie ein Auto, in das Panoramafenster gerissen. Und in dem scharf gezackten Rahmen stand eine der Raubkatzen aus dem Freigehege, ein Jaguar, keine fünf Meter von ihnen entfernt.

Emilia begann zu zittern. Nie zuvor war sie einem Raubtier so nahe gewesen, ohne Zaun und ohne schützende Trennwand. Sie hatte ihre Munition in der Küche verschossen, eine andere Pistole war nicht greifbar. Im Falle eines Kampfs hatte sie nicht die geringste Überlebenschance.

Vorsichtig ging sie in die Knie und hob Thalingers Schürhaken vom Boden auf. Viel würde der ihr zwar nicht helfen, aber wenigstens kam sie sich damit nicht mehr ganz so wehrlos vor.

»Schieben Sie mir mit dem Fuß den Rucksack herüber«, raunte Avram.

Ohne den Jaguar aus den Augen zu lassen, tat sie es.

Langsam, um das Tier nicht zu provozieren, holte Avram die letzte Haftmine aus dem Rucksack. Anstrengung und Schmerz ließen ihn keuchen. Hinter dem ersten Jaguar tauchte nun schon ein zweiter auf.

»Gehen Sie jetzt!«, sagte Avram. »Bringen Sie sich und die Kinder in Sicherheit. Ich gebe Ihnen Deckung.«

Alles in Emilia sträubte sich dagegen, Avram zurückzulassen, aber sosehr sie es sich auch wünschte – sie konnte ihn nicht retten. Er war zu schwer, um ihn tragen oder wegschleifen zu können. Selbst wenn ihr das gelänge, wären sie den Raubkatzen mehr oder weniger schutzlos ausgeliefert. Dann würde keiner von ihnen diesen Tag überleben, weder Avram noch sie noch die Kinder.

»Beeilen Sie sich, sonst ist es zu spät!«, drängte Avram. »Und nehmen Sie das Funkgerät mit.«

Emilia zog es aus dem Rucksack. »Danke«, flüsterte sie. Eine Träne rann an ihrer Wange herab. »Danke für alles!«

Den Schürhaken hoch erhoben, entfernte sie sich Schritt für Schritt rückwärts in Richtung Flur.

»Becky? Akina?«, zischte sie in die Küche, wo die Kinder hinter dem Herd auf sie gewartet hatten. »Kommt mit, aber leise! Noch sind wir nicht außer Gefahr.« Um die Mädchen nicht unnötig in Panik zu versetzen, erzählte sie ihnen lieber nichts von den Raubkatzen. Sie hatten auch so schon genug Angst.

»Wo ist mein Onkel?«, flüsterte Akina.

Emilia schluckte. »Er kommt gleich nach«, log sie. Jetzt war nicht der richtige Zeitpunkt für die Wahrheit. Später würde sie Akina alles erklären.

Zu dritt schlichen sie vom Bungalow an der zerstörten Wendeltreppe vorbei in die angrenzende Burgruine. Der Rauch war hier so dick, dass man die Hand kaum vor Augen sehen konnte. Wieder meldete sich der Hustenreiz, auch bei den Kindern.

Wir müssen schleunigst hier raus, sonst ersticken wir noch.

Sie erreichten ein paar Treppenstufen, stiegen hinauf und fanden sich in der Eingangshalle der Burg wieder. Hier lichtete sich der Qualm, so dass man sich recht gut orientieren konnte. Links befand sich eine eisenbeschlagene Tür, die vermutlich ins Freie führte. Der Gang vor ihnen verlor sich schon nach wenigen Metern in tiefster Dunkelheit. Rechts war der Treppenaufgang in den oberen Burgbereich und den Turm.

»Wir nehmen die Tür!«, beschloss Emilia und ging voran. Um den massiven Eichenholzflügel zu bewegen, musste sie sich kräftig dagegenstemmen, aber schließlich schwang er auf, und sie gelangten in den Innenhof.

Vorsichtig sah Emilia sich um. Alles war ruhig. Selbst an den Fenstern zum Wachturm lauerte kein Schütze mit einem Gewehr.

»Die Luft scheint rein zu sein«, sagte sie. »Wir gehen durchs Tor und dann zur Anlegestelle.« Ihre Hoffnung war, dass sie dort in einem am Steg festgemachten Beiboot fliehen konnten.

Sie hatten gerade das Burgtor erreicht, als sie die Detonation hörten. Ein eisiger Schauder glitt Emilia über den Rücken. Avram hatte die letzte Mine gezündet.

»Hier entlang!«, sagte sie und schlug den steinigen Fußweg hinab zum Ufer ein. Links war er durch einen drei Meter hohen elektrischen Maschendrahtzaun abgesichert, rechts kamen nur Fels und karges Gebüsch. Offenbar blieb dieser Bereich den Raubkatzen vorenthalten.

Schon nach wenigen Schritten hielt Emilia inne. Vom Ufer her näherte sich eine Gruppe Männer, etwa zwanzig, mit Taschenlampen und – wenn sie es richtig erkannte – mit Waffen ausgestattet. Die Yachtbesatzungen mussten die Explosionen gehört haben und wollten nun nach dem Rechten sehen, oder vielleicht hatte einer der Milliardäre per Handy um Hilfe gerufen. Jedenfalls gab es auf diesem Weg kein Durchkommen mehr.

»Wir müssen da entlang!«, keuchte Emilia. Sie deutete auf den Pfad, der außerhalb der Burg um die Mauer führte. »Beeilt euch!«

Geduckt, um von der nahenden Gruppe nicht erkannt zu werden, rannten sie an der Ruine entlang über die Felsenplattform. Am halbverfallenen Südturm stellten sie fest, dass der Weg nach rechts von dem Zaun für die Raubkatzen versperrt war. Links fiel das Gelände so steil ab, dass man unmöglich zum Ufer hinunterklettern konnte, ohne Gefahr zu laufen, sich das Genick zu brechen. Selbst alleine wäre Emilia das Risiko nicht eingegangen. Mit den Kindern schon gar nicht.

Die Stimmen kamen näher.

Vielleicht sind diese Leute gar nicht so verrückt wie ihre Bosse. Vielleicht sind das ja ganz normale Menschen. Aber was, wenn nicht?

Gegen so viele könnten wir uns niemals wehren. Wenn wir ihnen in die Hände fallen, sind wir ihnen ausgeliefert.

Avrams Worte kamen ihr in den Sinn: »Bringen Sie meine Nichte sicher nach Hause – versprechen Sie mir das.« Er hatte sein Leben geopfert, um ihnen den nötigen Vorsprung zu verschaffen. Jetzt lag es an ihr, den Rest zu besorgen.

Leise setzten sie ihren Weg fort, immer weiter am Zaun entlang, hinein in die Dunkelheit, bis die Nacht sie vollkommen verschlungen hatte.

Nach wenigen hundert Metern erreichten sie das Ende der Felsenplattform. Hier fiel die Klippe über mindestens zehn Meter senkrecht nach unten ab. Wo das Meer gegen die Steilküste brandete, tanzten weiße Gischtkronen auf dem Wasser. Das pulsierende Rauschen klang für Emilias Ohren wie ein Lockruf ins Ungewisse. War das der Weg in die Freiheit? Oder würden sie sich nur sämtliche Knochen brechen und jämmerlich ertrinken?

Sie drückte die Sprechtaste ihres Funkgeräts. »Eunike?« Das war der Name von Perikles' Kutter. »Eunike, bitte kommen.«

Das Gerät gab ein Knacken von sich. »Hier Eunike, was gibt's?«

»Wir sind auf dem Rückweg und brauchen Ihre Unterstützung. Nicht genau dort, wo sie uns abgesetzt haben, sondern ein Stück weiter, ganz im Süden, am Fuß der Steilklippe.«

»Verstanden. In zehn Minuten bin ich da.«

»Noch etwas: Informieren Sie die Küstenwache und die griechische Polizei. Sagen Sie denen, sie sollen umgehend nach Catalena kommen. Nicht nur mit einem Boot, mit vielen. Außerdem brauchen wir einen Arzt ... Ich muss Schluss machen. Bis gleich.«

Von der Burg drangen Stimmen zu ihnen, durcheinander und aufgeregt. Schüsse fielen, wahrscheinlich weil die

Männer auf die Raubkatzen schossen. Aus dem Bungalow quollen dichte Rauchwolken, an einzelnen Stellen loderten orangerote Flammen in den Nachthimmel. Der Wohntrakt hatte Feuer gefangen. Nicht mehr lange, und er würde lichterloh brennen.

»Onkel Avram wird nicht mehr kommen, oder?«, fragte Akina.

Dem ersten Impuls folgend, wollte Emilia sie wieder beschwichtigen. Aber dann erkannte sie, dass das Mädchen alt genug war, um die Zeichen zu deuten.

»Er konnte sich nicht mehr bewegen«, erzählte Emilia traurig. »Dein Onkel hat sein Leben geopfert, um uns zu retten.«

Mit zusammengepressten Lippen begann Akina zu schluchzen. Sogar Becky weinte, obwohl sie Avram Kuyper gar nicht gekannt hatte. Die Angst der letzten Tage war einfach zu viel für sie gewesen.

Emilia nahm beide Mädchen in den Arm und drückte sie an sich. Einen Moment lang standen sie schweigend beisammen, um sich gegenseitig Trost zu spenden.

In der Burg fielen weitere Schüsse. Jemand schrie. Kurz darauf sah Emilia, wie zwei Jaguare aus dem Burgtor rannten, einen Haken schlugen und geradewegs auf sie zuliefen. Rasend schnell kamen sie näher, gefolgt von einer Gruppe von Männern, die ihnen offenbar auf den Fersen war.

Wie werden die Tiere reagieren, wenn sie sich in die Enge getrieben fühlen? Und was werden die Männer mit uns anstellen, wenn sie uns in die Finger bekommen?

»Wir müssen springen!«, zischte Emilia.

Mit den Kindern an der Hand holte sie Anlauf. Hinter sich hörte sie das kehlige Keuchen der Tiere und weitere Schüsse, die durch die Nacht pfiffen. Sie wusste nicht, ob die Kugeln ihnen oder den Jaguaren galten. Panik befiel sie, während der Rand der Klippe immer näher kam.

Schließlich ein letzter Schritt auf festem Grund. Dann befand sich unter ihr plötzlich nur noch gähnende, schwarze Leere. Becky und Akina schrien, sie selbst vermutlich auch. Unaufhaltsam flogen sie in die Tiefe, der furchteinflößenden Wasserwand entgegen, bis die Wucht des Aufpralls ihr beinahe die Sinne raubte.

97

Sie bekam keine Luft mehr, japste und keuchte, versuchte, sich mit rudernden Armbewegungen an die Oberfläche zurückzuarbeiten, aber es gelang ihr nicht. Sie hatte das Gefühl, immer tiefer in die Fluten hinabzusinken, langsam, aber unaufhaltsam. Dort unten, das wusste sie, erwartete sie ein kalter, einsamer Tod.

Etwas berührte sie an der Schulter. Als sie die Augen blinzelnd öffnete, schlug ihr gleißende Helligkeit entgegen. Eine verschwommene Gestalt – im Gegenlicht nicht mehr als ein Schattenriss – beugte sich über sie und redete mit ihr. Der Schemen nahm ihre Hand, drückte sie vorsichtig, streichelte sie. Erst jetzt begriff sie, dass sie in einem Bett lag und nur geträumt hatte.

Allmählich gewöhnte sie sich an das Licht, die Konturen um sie herum nahmen konkrete Formen an. Das Zimmer, in dem sie sich befand, kam ihr bekannt vor, nur erinnerte sie sich im Moment nicht, woher. Der Mann, der neben ihr auf dem Bett saß und sich über sie beugte, war Mikka.

Eine Welle der Erleichterung durchflutete sie. In den letzten Tagen war sie mehr als einmal sicher gewesen, zu sterben und ihn dadurch für immer zu verlieren – ein unerträglicher Gedanke. Jetzt wusste sie, dass alles wieder gut war.

Erste Erinnerungen sickerten in ihr Bewusstsein. Die Befreiung der Kinder von Catalena. Die Milliardäre. Die Jaguare. Die Flucht.

Der Sprung in die Tiefe.

»Wie geht es dir?«, fragte Mikka. Es tat unendlich gut, seine Stimme zu hören.

»Alles in Ordnung«, sagte Emilia. Ihr Blick fiel auf ihren Fuß, der – bis zur Wade bandagiert – über der Decke lag. Das löste weitere Erinnerungen aus. »Ich habe mir den Knöchel verstaucht. Abgesehen davon bin ich wohlauf.«

Jetzt wusste sie auch plötzlich wieder, dass sie sich in ihrem Hotelzimmer befand. Perikles hatte sie in der Nacht hergebracht und den Dorfarzt, Dr. Tsantalis, aus dem Bett geklingelt, damit er sich um sie kümmern konnte.

»Weißt du, wie es den Kindern geht?«, fragte sie.

»Sie schlafen im Nebenzimmer«, antwortete Mikka. »Ruhig und friedlich wie zwei Lämmchen.«

Emilia lächelte, während sich das Bild ihrer Erinnerung zunehmend vervollständigte. Wie durch ein Wunder waren Becky und Akina beim Sprung von der Klippe unverletzt geblieben. Dennoch nahm Emilia sich vor, heute mit ihnen in ein Krankenhaus zu fahren, nur zur Sicherheit.

Ihre Augen gewöhnten sich allmählich an das Sonnenlicht, das in warmen Orangetönen durch die Fenster fiel.

»Wie spät ist es?«, fragte sie.

»Kurz nach zwei Uhr«, sagte Mikka.

Sie strich sich eine Haarsträhne hinters Ohr, die ihr ins Gesicht gefallen war. So lange hatte sie schon ewig nicht mehr geschlafen. Aber die Nacht war anstrengend gewesen. Ihr Körper hatte den Schlaf gebraucht.

»Weißt du schon, was auf Catalena passiert ist?«

Mikka nickte. »So in etwa. Seit meiner Ankunft war ich zwar die meiste Zeit hier bei dir am Bett, aber ich habe auch mal kurz einen Abstecher zur Polizei gemacht. Ich dachte mir, wenn du aufwachst, willst du bestimmt den aktuellen Stand wissen.«

»Und was hast du herausgefunden?«

»In der Nacht haben die Polizei und die Küstenwache die Insel durchsucht. Dabei haben sie wohl ein ziemliches Chaos vorgefunden. Sechs Milliardäre und einige ihrer Angestellten wurden festgenommen. Ein paar Tote hat es auch gegeben, aber es wird noch eine Weile dauern, bis man sie identifiziert hat, weil sie in einem Teil des Gebäudes lagen, das bis auf die Grundmauern abgebrannt ist. Selbst jetzt ist das Feuer noch nicht ganz gelöscht.«

»Wurden in dem Verlies unter der Burg auch Gefangene gefunden?«, fragte Emilia.

»Eine Handvoll Flüchtlinge aus Nordafrika. Ihre Aussagen werden gerade zu Protokoll gebracht. Es sieht so aus, als hätten die reichen Widerlinge sie auf die Insel verschleppen lassen, um dort irgendwelche sadistischen Spiele mit ihnen zu veranstalten. Ich habe nicht alles verstanden, was der Polizeiinspektor mir gesagt hat – wir mussten uns auf Englisch unterhalten. Es klang jedenfalls ziemlich gruselig.«

»Die Insel hat Claus Thalinger gehört«, sagte Emilia und erzählte ihm, was es damit auf sich hatte. »Aber jetzt ist er tot. Er wird niemandem mehr etwas zuleide tun können.«

Sie drückte Mikkas Hand. Endlich waren die Tage der Angst vorbei. Eine Weile versanken sie gegenseitig in ihren Blicken, froh darüber, sich nicht verloren zu haben.

»Möchtest du etwas trinken?«, fragte Mikka schließlich. »Oder hast du Hunger? Ich kann dir etwas aus der Küche holen.«

»Ein bisschen Käse und ein Stück Brot vielleicht«, sagte Emilia. »Und dazu ein Glas Wasser, bitte.«

Mikka gab ihr einen Kuss auf die Stirn und verließ das Zimmer. Mit polterndem Schritten verschwand er durchs Treppenhaus nach unten.

Emilias Blick glitt aus dem Fenster hinaus aufs Meer. Aus irgendeinem Grund fühlte sie sich plötzlich von der unendlichen, blauen Weite angezogen, es war wie eine Art Sog. Sie schlug die Decke zur Seite, richtete sich in ihrem Bett auf und setzte den bandagierten Fuß auf den Boden. Vorsichtig richtete sie sich auf, wagte den ersten Schritt. Dann den zweiten. Es ging besser als erwartet.

Mit einem leichten Humpeln legte sie den Weg bis zum Fenster zurück. Die Sonne strahlte von einem wolkenlosen Himmel herab, das Meer glitzerte, als bestünde es aus Milliarden von Diamanten. Ein paar Fischerboote tuckerten in der Bucht. Es war ein Bild, wie für eine Postkarte gemacht.

Weit draußen lag Catalena – vom Festland nicht mehr als ein kleiner, kantiger Stein im Wasser. Heute Nacht hatte sie dort jemanden verloren, der ihr in vielen Dingen fremd gewesen war. Einen polizeilich gesuchten Verbrecher, einen mehrfachen Mörder, einen Mann ohne Gewissen, der dennoch sein Leben für sie und die Kinder geopfert hatte. Obwohl sie ihn nicht besonders gut gekannt hatte, wusste sie, dass sie ihn vermissen würde. Vielleicht hatte die Polizei seine sterblichen Überreste bereits geborgen, vielleicht lag er aber auch noch dort draußen, auf Catalena, begraben in Claus Thalingers abgebranntem Bungalow. Tatsächlich konnte man auch jetzt noch die Rauchfahne sehen, die sich wie ein dünner Schleier in den Himmel zog.

Es sah aus, als würde eine geläuterte schwarze Seele zu ihrem Schöpfer berufen.

Danksagung

Einen Roman zu schreiben ist ein Abenteuer, das man nicht alleine bestehen kann. So haben auch diesmal viele Helfer dazu beigetragen, dass das Buch zu seiner jetzigen Form gefunden hat.

Wie immer möchte ich an dieser Stelle meinem Agenten Bastian Schlück danken, der mir seit vielen Jahren mit Rat und Tat zur Seite steht. Seine Anregungen sind für mich meistens unbequem, weil sie mich zum Nachdenken und oft genug zum Überarbeiten zwingen. Genau deshalb sind sie aber auch so wertvoll.

Dasselbe gilt für meine Lektorin Andrea Diederichs, zu der ich im Lauf unserer Zusammenarbeit ein überaus angenehmes, vertrauensvolles Verhältnis entwickelt habe. Der offene, freundliche, ja nahezu familiäre Umgang zeichnet übrigens nicht nur sie, sondern das gesamte Fischer-Team aus. Ein solches Umfeld ist für mich als Autor der wichtigste Nährboden für Kreativität. Ich hoffe, das merkt man auch beim Lesen.

Darüber hinaus danke ich natürlich auch wieder meinen Jungs und Mädels vom »Club« – für ihren Zuspruch, ihre Aufmunterungen, für die geselligen Abende, einfach für ihre Freundschaft.

Vielen Dank auch an Anette Daniel für ihre pathologischen Einblicke und an all die Leserinnen und Leser der ersten beiden Post-Mortem-Bände, die sich die Mühe gemacht haben, mit mir per E-Mail oder über facebook Kontakt aufzunehmen, um mir Feedback zu geben – erfreulicherweise meistens sehr positives.

Nicht zuletzt gilt meine aufrichtige Dankbarkeit wieder meiner Familie, die oft auf mich verzichten muss, wenn – was beinahe täglich der Fall ist – der Autor in mir herausbricht und alles andere in den Hintergrund drängt. Ich gelobe keine Besserung, weil ich weiß, dass es nichts brächte, aber ich hoffe, sie wissen tief im Inneren, dass ich nicht nur für mich, sondern auch für sie schreibe.

Mark Roderick, November 2016

Lesen Sie in der Folge die ersten Zeilen aus dem neuen Buch von

MARK RODERICK
POST MORTEM
SCHATTEN DER VERGANGENHEIT

Dieser Band erscheint im April 2018

Prolog

Vor neunzehn Jahren

»Wem hast du davon erzählt?«

Robert Burgmüller wusste sofort, worauf Bernhardt Goller abzielte – und er wusste auch, dass er sich mit einer ehrlichen Antwort in Teufels Küche bringen würde. »Was meinst du damit?«

Goller verzog keine Miene. Wenn überhaupt, spiegelte sich in seinem Gesicht so etwas wie Mitleid wider. »Ich bin nicht zum Spaßen aufgelegt, Robert. Die Angelegenheit ist ernst. Ernster, als du es dir vorstellen kannst. Besser, du sagst uns die Wahrheit. Das wäre für alle am einfachsten. Auch für dich.«

Eindeutig eine Drohung, die nicht zuletzt deshalb wirkte, weil Burgmüller sich auf seinem Stuhl ziemlich isoliert vorkam. Auch die karge Zimmereinrichtung förderte sein Unwohlsein: weiß gekalkte, nackte Wände, gefliester Boden, alte Fenster, hohe Decken. In einer Ecke standen ein paar mit Leintüchern abgedeckte Möbel, nach den Konturen zu urteilen zwei Sessel und eine Kommode. Abgesehen davon gab es nur noch Burgmüllers Stuhl und den Tisch daneben. Keine Bilder, keine Dekoration, nichts, was diesen Raum wohnlich machte.

Burgmüller seufzte innerlich auf. Er war der Einzige, der saß. Die drei anderen standen – Goller vor ihm, seine zwei Begleiter hinter ihm. Diese beiden machten Burgmüller besonders nervös, nicht nur, weil sie groß und kräftig waren und er nicht wusste, was sie hinter seinem Rücken taten, sondern vor allem, weil ihre Augen eine Kälte verströmten, die einem durch und durch ging. Das war das Erste, was ihm aufgefallen war, als Goller hin hereingeführt hatte.

»Ich habe keine Ahnung, worauf du hinauswillst«, log Burgmüller, diesmal selbstbewusster. Ängstliches Verhalten wirkte oft verdächtig. Das wollte er unter allen Umständen vermeiden.

Bernhardt Goller fuhr sich mit zwei Fingern über das glattrasierte Kinn, wie ein Schachspieler, der sich seine nächsten Züge überlegt. Er war groß und sportlich, seine blonde Mähne harmonierte perfekt mit dem braungebrannten Teint, den er zweimal wöchentlich im Sonnenstudio auffrischte, wenn seine Firma ihm keine Zeit fürs Windsurfen oder fürs Reiten ließ.

»Das Problem ist, dass ich dir nicht glaube«, sagte er. Das Bedauern in seiner Stimme klang vorgetäuscht. »Ich denke, du weißt ganz genau, was ich meine.«

Burgmüllers Zunge begann, am Gaumen zu kleben.

Auch das noch! Ein trockener Mund kommt einem Geständnis gleich!

Er versuchte, den Schluckreiz zu unterdrücken, weil er nicht wollte, dass man ihm das schlechte Gewissen ansehen konnte. Aber es gelang ihm nicht. Um abzulenken, legte er den Arm auf den Tisch neben sich, wobei er hoffte, dass die Geste halbwegs locker rüberkam.

Jetzt bloß nicht die Fassung verlieren.

Sein Blick wanderte durchs Fenster, was ihm etwas Zeit zum Nachdenken verschaffte. Draußen war der Himmel grau und wolkenverhangen. An den Bäumen auf der Wiese hing kaum noch Laub. Die Anlage war riesig, beinahe wie ein Park. Unter anderen Umständen und mit einer heißen Tasse Tee in der Hand wäre es das Bild eines perfekten Oktobertags gewesen.

Burgmüller beschloss, sich nicht länger in die Ecke treiben zu lassen. »Ich weiß nicht, was du mir anhängen willst, Bernhardt«, sagte er. »Aber ich lasse mich von dir nicht länger grundlos beschuldigen. Wenn du mir etwas vorzuwerfen hast, dann raus damit. Wenn nicht, schlage ich vor, dass wir wieder zu den anderen gehen.«

Goller sah ihn ein paar Sekunden lang aus seinen eisblauen, unberechenbaren Augen an. Schließlich presste er die Lippen zusammen und nickte.

Eine Sekunde lang dachte Burgmüller tatsächlich, dass es ihm gelungen sei, Goller zu überzeugen. Doch dann spürte er die schraubstockartigen Hände der beiden anderen auf seinen Schultern, die ihn gegen seinen Willen weiter auf den Sitz pressten. Er wollte protestieren, sich losreißen, sich wehren, aber dazu kam es nicht mehr. Eine Schlinge legte sich von hinten um seinen Hals, schon bekam er keine Luft mehr. Bei dem Versuch zu schreien brachte er kaum mehr als ein Krächzen über die Lippen. Seine Finger wollten sich unter die Schlinge krallen, um sie zu lockern – vergeblich. Burgmüller spürte, wie ihm bereits die Kräfte zu schwinden drohten.

Goller, der reglos vor ihm stand, als würde ihn die ganze Sache nichts angehen, beugte sich jetzt zu ihm. Er griff nach Burgmüllers Unterarm und zwängte ihn gewaltsam zurück auf den Tisch.

»Mach schon!«, zischte Goller.

Diesmal wusste Robert Burgmüller nicht sofort, was er meinte. Viel zu langsam begriff er, dass die Aufforderung gar nicht ihm galt, sondern einem der Männer hinter ihm.

Eine zweite Faust ballte sich um Burgmüllers Unterarm. In seinem Augenwinkel blitzte ein Hammer auf, der auf seine Hand niederfuhr.

Dann explodierte der Schmerz in ihm. Ausgehend von seiner zertrümmerten Hand schoss er ihm durch sämtliche Glieder, bis hinein in die Fußspitzen. Seine Ohren klingelten, vor seinem Gesicht tanzten gleißende Leuchtpunkte. Instinktiv wollte er den verletzten Körperteil schützen – ihn an sich heranziehen oder ihn mit der anderen Hand vor dem nächsten Schlag abschirmen –, doch Goller und seine beiden Helfer ließen ihm dafür keinen Spielraum. Einen Moment lang glaubte Burgmüller, das Bewusstsein zu verlieren, entweder wegen des Schmerzes oder wegen des Luftmangels. Viel fehlte dazu jedenfalls nicht.

Sie wollten ihn fertig machen und hatten jede Möglichkeit dazu.

Als er sich schon beinahe aufgegeben hatte, lockerte sich wie durch ein Wunder die Schlinge um seinen Hals. Keuchend schnappte er nach Luft, so gierig, dass er sich verschluckte und husten musste. Seine Lungen brannten, in seinen Ohren rauschte das Blut. Nie zuvor war er sich der Vergänglichkeit seines Lebens klarer bewusst gewesen. Nie zuvor hatte er solche Angst verspürt.

Sein Blick fiel auf seine ramponierte Hand. Die Haut war an den Knöcheln aufgeplatzt, aus der offenen Wunde quoll Blut. Noch schlimmer als das Blut war allerdings die Tatsache, dass er zwei seiner Finger nicht mehr bewegen konnte – die Gelenke waren durch den Schlag gebrochen. Er brachte mit ihnen nur noch ein unkontrolliertes Zittern zustande.

Tränen stiegen ihm in die Augen. Er hasste sich dafür, denn auch das war eine Art Schuldeingeständnis. Zumindest würden sie es so interpretieren, und allein darauf kam es an.

»Falls du uns jetzt etwas sagen willst, dann raus mit der Sprache«, raunte Goller. »Wir können aber auch noch eine Weile so weitermachen. Ich schätze, acht Finger sind noch in Ordnung. Wie viele willst du noch opfern, bevor du endlich auspackst?«

Robert Burgmüller versuchte fieberhaft, seine Gedanken zu ordnen, was wegen der Schmerzen, vor allem aber aufgrund seiner Angst gar nicht so einfach war. Er hatte geglaubt, dass Goller wenn auch nicht sein Freund, so doch wenigstens ein vertrauenswürdiger Geschäftspartner war. Dass er ihm vielleicht ein paar unangenehme Fragen stellen oder ihm sogar drohen würde. Aber mit diesem Maß an körperlicher Gewalt hatte Burgmüller nicht gerechnet.

Er hatte sich einen Schritt zu weit in die Höhle der Löwen vorgewagt. Jetzt gab es kein Zurück mehr.

Die Tränen wollten nicht enden. Sie flossen einfach so aus ihm heraus. »Am Anfang fand ich die Vorstellung, bei euch mitzumachen, verführerisch.« Es war nur ein dünnes Wispern. Zu mehr war er im Moment nicht in der Lage. »Aber ich habe erkannt, dass das nichts für mich ist. Ich bin nicht wie ihr. Ich kann das nicht länger. Deshalb habe ich beschlossen auszusteigen, Bernhardt.«

Goller fixierte ihn mit einem undefinierbaren Blick. »Das hättest du dir früher überlegen müssen«, sagte er. »Du hängst schon viel zu tief mit uns drin. Tut mir leid, aber zum Aussteigen ist es zu spät.«

Burgmüller nickte schwach. Hätte er damals gewusst, worauf er sich einlassen würde, wäre er nie hierhergekommen. Ohne es zu ahnen, hatte er einen Pakt mit dem Teufel geschlossen. Jetzt musste er dafür büßen.

»Warst du bei der Polizei?«

Burgmüller zuckte zusammen. »Nein! Ich habe mit niemandem darüber geredet. Das musst du mir glauben!«

»Was ist mit Viktoria?«

Es fühlte sich an, als würde jemand seine Eingeweide zusammenpressen. Woher wusste Goller davon, dass er mit seiner Frau gesprochen hatte?

»Vinzent hat mir gesagt, dass Viktoria bei ihm angerufen hat, weil sie sich Sorgen um dich macht. Hast du mit ihr darüber geredet, Robert?«

Burgmüller schüttelte den Kopf – nicht, weil er leugnen wollte, sondern aus Hilflosigkeit. Was sollte er sagen? Goller wusste ja ohnehin schon alles.

»Viktoria kennt keine Details«, wisperte er. »Ihr fiel nur auf, dass ich mich in letzter Zeit verändert habe. Sie wollte wissen, warum, und ich brauchte jemanden, der mir zuhört. Aber sie wird ganz bestimmt mit niemand anderem darüber reden.«

»Mit Vinzent hat sie es getan.«

Wieder nickte Goller. Prompt kam der nächste Schlag mit dem Hammer, diesmal mitten ins Gesicht. Im ersten Moment wusste Robert Burgmüller gar nicht, was geschehen war. Er hörte nur ein unheimliches, knackendes Geräusch, während gleichzeitig sein Sichtfeld erschüttert wurde und ihm für ein paar Sekunden die Sinne zu schwinden drohten. Als seine Gedanken sich wieder aufklarten, spürte er einen dumpfen, nicht genau lokalisierbaren Schmerz. Etwas stimmte nicht mit seinem Mund. Seine Zunge ertastete ein paar ausgeschlagene Zähne.

Robert Burgmüller wusste jetzt endgültig, dass er heute sterben würde. Er hoffte nur noch, dass sie es nicht unnötig in die Länge ziehen würden.

»Mach mit mir, was du willst«, raunte er, erstaunt darüber, wie unverständlich das klang. Der Schlag mit dem Hammer musste stärker gewesen sein als vermutet. »Versprich mir nur, dass Viktoria nichts geschieht.«

»Tut mir leid, aber das kann ich nicht.«

Das Letzte, was Robert Burgmüller sah, war der Blick, den Goller den beiden Männern hinter ihm zuwarf – ein stummes Todesurteil.

Dann zog sich die Schlinge um seinen Hals wieder zu.

Diesmal endgültig.

1

Heute
Hamburg-Wilhelmsburg, südlich der Hafen-City

Es war eine ziemlich verwahrloste Gegend, das konnte selbst die Nacht nicht kaschieren – eine Mischung aus schäbigen, mehrstöckigen Wohnhäusern und leerstehenden Industriegebäuden. Ohne Notwendigkeit wäre Lina Sattler niemals hierhergekommen, schon gar nicht zu dieser Uhrzeit. Aber Samir Habib – der Mann, mit dem sie sich treffen wollte – arbeitete im Schichtbetrieb. Er kam erst nach Hause, wenn andere Leute ins Bett gingen. Und morgen würde er für vier Wochen nach Kenia in den Urlaub fliegen.

Lina hatte sich in den Kopf gesetzt, unbedingt noch vorher mit ihm zu sprechen. Habib hatte ihr auch einen Termin nach seinem Urlaub angeboten, aber sie wollte nicht warten. Das hatte sie schon viel zu lange getan. Vier Wochen machten zwar kaum einen Unterschied, wenn man bedachte, dass sie schon seit Jahren nach Antworten suchte. Andererseits drängte es sie mit jedem Tag mehr danach, endlich einen Hinweis darauf zu finden, wer sie eigentlich war. Aus anfänglicher Neugier war längst ein sehnliches Verlangen geworden, beinahe so wichtig wie Luft oder Nahrung.

Deshalb hatte sie Samir Habib zu diesem nächtlichen Treffen überredet.

Langsam fuhr die Siebenundzwanzigjährige mit dem Auto die Straße entlang, bis sie endlich die richtige Hausnummer fand. Habib wohnte im fünften Stock. Durch ein paar Schlitze in den Jalousien drang Licht – offenbar war er bereits zu Hause.

Sie warf einen Blick auf das Armaturenbrett ihres Wagens. 23.17 Uhr. Sie hatte noch fast eine Viertelstunde Zeit bis zu ihrer Verabredung. Was sollte sie tun?

Dem ersten Impuls folgend, wollte sie die nächste freie Parklücke suchen, ein paar Minuten warten und dann bei Habib klingeln. Allerdings sahen die Autos, die hier am Straßenrand standen, allesamt ziemlich mitgenommen aus – zerbeult, verkratzt oder beides. Eines hatte zwei platte Reifen. Das konnte kein Zufall sein.

Hundert Meter weiter hockten ein paar Männer an einer Bushaltestelle. Im Schein der Straßenlaterne konnte Lina sehen, dass sie miteinander sprachen und immer wieder verstohlene Blicke zu ihr herüberwarfen. Besser gesagt zu ihrem nagelneuen Ford Mustang, der in dieser Gegend ungefähr genauso auffiel wie ein Diamant zwischen Kohlestücken.

Lina beschloss, lieber weiterzufahren und woanders nach einem Parkplatz zu suchen. Nicht, dass ihr anschließend die Räder fehlten, oder gar das ganze Auto. Selbst ein Kratzer im Lack wäre ärgerlich genug.

Dann lieber ein paar Schritte laufen.

Langsam fuhr Lina durch die Nacht, bis sie einige Blocks weiter eine Stelle am Straßenrand fand, die ihr besser gefiel. Allerdings musste sie sich jetzt beeilen, wenn sie es pünktlich zu Samir Habib schaffen wollte.

Es war eine frische Herbstnacht. Eine Windbö trieb das Laub der Bäume, die in regelmäßigem Abstand am Straßenrand wuchsen, über den Gehweg. Am Himmel waren weder Mond noch Sterne zu erkennen, nur eine unheimliche, tiefliegende Wolkenmasse, die träge wie Teer über die Stadt hinwegkroch. Wahrscheinlich würde es bald regnen.

Lina zog den Reißverschluss ihrer Jacke nach oben und machte sich zu Fuß auf den Rückweg zu Samir Habibs Haus. Sie hatte etwa die Hälfte der Strecke zurückgelegt, als sie eine Kneipe sah, die ihr bereits während der Parkplatzsuche aufgefallen war. Sie hieß *Schwarzer Bock*, vor der Tür standen ein paar Skinheads mit Biergläsern und Zigaretten in der Hand. Die Art, wie sie miteinander umgingen, deutete darauf hin, dass sie schon einiges getrunken hatten.

Lina kannte diese Art von Männern. Manche waren einzeln ganz umgänglich, aber in der Gruppe mutierten sie alle zu Alpha-Tieren, die sich gegenseitig etwas zu beweisen versuchten. Bei Alkoholkonsum galt das sogar doppelt.

Deshalb entschied sie sich für einen Umweg. Der führte sie am Parkplatz eines Supermarkts vorbei, dann weiter durch eine Straße mit Sozialbauten aus den 1960ern bis zum Gelände einer stillgelegten Tankstelle. Die Zapfsäulen waren längst abgebaut worden, das Kassenhäuschen stand leer. Nirgends brannte Licht, nur von den Straßenlaternen drang etwas Helligkeit auf das Areal. Die schlauchartige Waschstraße hinter dem Kassenhäuschen verlor sich irgendwo weiter hinten in der Dunkelheit.

Da es keine Absperrung gab und es für Lina, die mittlerweile ohnehin schon spät dran war, eine Abkürzung bedeutete, überquerte sie mit eiligen Schritten das Gelände. Als sie am Kassenhäuschen vorbeikam, trat plötzlich eine Gestalt aus dem Eingangsbereich: ein hagerer Kerl mit eingefallenen Wangen und weit auseinanderstehenden Augen. Er trug Turnschuhe, Jogginghosen und eine Basketballjacke. Auf seiner Schirmmütze war das Emblem des FC Sankt Pauli aufgenäht.

»Wohin denn so eilig, Schätzchen?« Er legte den Kopf schief, vermutlich weil er das cool fand, und entblößte dabei eine Reihe schlecht gepflegter Zähne.

»Bin auf dem Weg nach Hause«, sagte Lina. Was sie wirklich hier tat, ging niemanden etwas an.

»War das 'ne Einladung?«

Lina schüttelte belustigt den Kopf. »Ich gehe jetzt weiter. Wehe, du folgst mir!«

Gerade wollte sie wieder loslaufen, da stellte er sich ihr in den Weg. Sein breites Grinsen sollte wohl Selbstsicherheit ausstrahlen. Auf Lina wirkte es eher dümmlich. Sie hatte den Eindruck, dass er unter Drogen stand.

»Lust auf 'n Fick?«

Allmählich wurde er entschieden zu aufdringlich. »Ganz bestimmt nicht mit dir«, entgegnete Lina scharf, um ihn spüren zu lassen, dass sie es ernst meinte.

»Ich hab noch zwei Kumpels«, sagte Sankt Pauli. »Vielleicht gefallen die dir besser. Aber ficken tun wir alle drei wie die Weltmeister. Wirst schon sehen ...«

In diesem Moment spürte Lina, wie jemand sie von hinten packte und umklammerte. Gleichzeitig wurde ihr ein Sack über den Kopf gestülpt. Eine Hand presste sich auf ihren Mund und verhinderte, dass sie schrie, obwohl sie es natürlich versuchte. Aber sie wusste, dass das nicht genug sein würde, um auf Hilfe hoffen zu können.

Übelkeit stieg in ihr auf. Der Sack stank nach vergammelten Kartoffeln und Rauch. Der Griff um ihren Körper schien ihr die Luft aus den Lungen zu pressen. Zu allem Übel konnte sie die Arme nicht bewegen.

Hätte ich bloß einen anderen Weg eingeschlagen!

Lina wollte sich losreißen, aber es ging nicht. Als sie versuchte, nach ihren unsichtbaren Gegnern zu treten, griff jemand nach ihren Beinen und hielt sie fest. Sie verlor das Gleichgewicht, wurde von den Kerlen aber aufgefangen. Ohne etwas dagegen tun zu können, musste sie es geschehen lassen, dass sie weggetragen wurde.

Erneut versuchte sie, sich aus den Klammergriffen herauszuwinden – ohne Erfolg. Mit knapp einem Meter sechzig Körpergröße und einem Gewicht von neunundvierzig Kilo hatte sie ihren Gegnern viel zu wenig entgegenzusetzen.

Durch das dünne Gewebe des Kartoffelsacks hörte sie Gelächter. Offenbar waren die Männer sich ihrer Sache ziemlich sicher.

»Die Stute hat Feuer«, zischte einer. »Das gefällt mir.«

»Du kannst sie haben, wenn ich mit ihr fertig bin.«

»Jetzt erst mal weg von der Straße, ihr beiden Trottel. Wir klären drinnen, wie wir es mit ihr machen!«

Also waren sie zu dritt.

Obwohl Lina wusste, dass sie Angst haben sollte, hatte sie keine. Auf andere – insbesondere auf Männer – wirkte sie mit ihrer zierlichen Gestalt häufig wehrlos. Wie ein typisches Opfer eben. Wegen ihres mädchenhaften Aussehens und der geringen Oberweite glaubten außerdem viele, sie sei noch minderjährig – wenn sie Alkohol kaufte, musste sie regelmäßig ihren Personalausweis an der Kasse vorzeigen. Kurz: Die meisten Menschen hielten sie für jung, schwach und ungefährlich.

Aber der Eindruck täuschte.

Die Männer zerrten sie in einen Raum. Lina hörte, wie eine Tür ins Schloss fiel. Nach einigen Schritten brachten sie sie in eine aufrechte Position, bis sie wieder fest stand. Gerade als sie zu einem kräftigen Tritt ausholen wollte, spürte sie ein Messer an ihrer Kehle.

»Jetzt mal ganz ruhig, mein Kätzchen«, raunte ihr einer

der Kerle ins Ohr. »Wenn du nicht willst, dass wir dir weh tun, bist du sofort ganz lieb zu uns, kapiert?«

Sie nickte. Die Hand löste sich von ihrem Mund, jemand zog ihr den Sack vom Kopf. Endlich konnte sie wieder frei atmen.

Um sie herum war es stockfinster.

»Timmy, mach's Licht an«, zischte jemand.

Ein Feuerzeug sprang an. Lina erkannte, dass man sie auf die Tankstellentoilette verschleppt hatte. Rechts von ihr hing das Waschbecken an der Wand, links ein Pissoir. Hinter dem Kerl, der ihr das Messer gegen den Hals drückte, befanden sich zwei klapprige Klokabinen.

Der mit dem Feuerzeug zündete eine Campinglampe an und stellte sie auf dem Waschbecken ab. Er hatte schiefe Vorderzähne, einen orangeroten Ziegenbart und eine tätowierte Träne auf der Wange.

»Du bist ja mal 'n hübsches Ding«, sagte er.

»Was man von dir nicht gerade behaupten kann.«

Er grinste. »Eine, die sich nichts gefallen lassen will, hä? Mit dir werden wir viel Spaß haben.« Er beugte sich zu ihr und drückte ihr einen langen, intensiven Kuss auf die Lippen, während der mit dem Messer sie in Schach hielt und Sankt Pauli sie nur gierig anglotzte. Die Zunge des Ziegenbarts schob sich tief in ihren Mund, bohrte und forschte – am liebsten hätte sie einfach zugebissen. Aber noch war der Zeitpunkt nicht günstig.

Ohne sich zu wehren, ließ Lina den Kuss oder was auch immer das sein sollte, über sich ergehen. Sie ertrug den Zwiebelgeschmack, den sauren Atem, die Hand, die sich auf ihre Hüfte legte und von dort langsam zwischen ihre Beine wanderte.

»Knöpf ihr die Hose auf, Pauly«, raunte der Ziegenbart,

ohne den Blick von Lina zu wenden. »Und du, Korre, passt auf, dass sie keine Dummheiten macht. Hörst du, Süße?« – jetzt sprach er wieder mit Lina –, »wenn du abhauen oder schreien willst, wird mein Freund dich mit seinem Messer bearbeiten!«

Seine Hand glitt über ihren Bauch nach oben. Gleichzeitig begann Pauly, an ihrem Jeansknopf herumzunesteln, während der mit dem Messer ihre Brüste begrabschte.

Nur eines hatten die dämlichen Idioten in ihrem Eifer vergessen: sie auf Waffen abzusuchen.

Vorsichtig glitt ihre Hand hinter ihren Rücken und zog die Pistole aus dem Hosenbund – eine Heckler & Koch P8, wie sie auch von der deutschen Bundeswehr benutzt wird. Der schwarze, glasfaserverstärkte Polyamidgriff fühlte sich kühl und vertraut in ihrer Faust an. Das Gewicht der 9-mm-Waffe gab ihr Vertrauen.

»Wird's bald was mit der Scheiß Hose, Pauly?«, blökte der Ziegenbart, dem das Warten wohl zu lang dauerte. »Ich will hier nicht bis Weihnachten rumstehen!«

In diesem Moment drückte Lina den Abzug. Ein ohrenbetäubender Knall ließ den Raum erzittern, für den Bruchteil einer Sekunde schien die Welt stillzustehen. Dann ließ Korre das Messer fallen und begann, wie von Sinnen zu brüllen, während er gleichzeitig zu Boden ging und sich das blutende Bein hielt, in das Lina ihm eine Kugel gejagt hatte.

Pauly war vor Schreck wie gelähmt. Mit weitaufgerissenen Augen starrte er auf die Waffe, deren Mündung sich jetzt direkt auf seinen Kopf richtete. Im flackernden Schein der Campinglampe spiegelte sich im Gesicht dieses Arschlochs eine ganze Bandbreite von Emotionen wider, von Fassungslosigkeit bis hin zu schierer Angst. Sein Mund formte lautlose Worte, die wohl so viel wie »Bitte nicht schießen« bedeuten sollten.

Lina feuerte.

Die Kugel durchschlug die Klotür und ließ in der Kabine eine Wandfliese zersplittern, aber sie verletzte Sankt Pauli nur am Ohr. Mit Genugtuung beobachtete Lina, wie der junge Hosenscheißer zusammenbrach und sich wimmernd neben seinem Kumpel auf dem Boden wand, die Beine zum Körper gezogen, die Arme um den Kopf gelegt, als könne er sich so vor weiteren Kugeln schützen.

Aber Lina war gar nicht mehr an ihm interessiert, denn sie jagte dem Ziegenbart nach, der mit erstaunlichen Sprinterqualitäten nach draußen geflüchtet war. Mit wehendem Mantel rannte er davon, weg von dem Toilettenhäuschen, weg von der Straße, weg von den Laternen, hin zu dem mannshohen Dickicht, das auf dem Grundstück hinter der Tankstelle wucherte.

»Stehen bleiben, Arschloch!«, schrie Lina ihm nach.

Aber er tat es nicht. Wie ein gehetztes Tier raste er weiter.

Lina hob ihre Waffe, brachte Kimme und Korn in Einklang, richtete sie auf die Stelle zwischen den Schulterblättern aus. Alles in ihr brannte danach, diesem triebgesteuerten Widerling die letzte Lektion seines Lebens zu erteilen.

Doch dann besann sie sich in letzter Sekunde eines Besseren. Sie war nicht hergekommen, um drei notgeilen Halbstarken das Fürchten zu lehren. Sie war hier, weil sie nach Antworten suchte.

Mark Roderick
Post Mortem – Tränen aus Blut
Thriller
Band 03142

Komm nach Hause … und räche dich an denen,
die uns getötet haben

Eine Familie verschwindet spurlos. Ein Mann stirbt durch zwei Schüsse. Er war Reporter, einer großen Sache auf der Spur. Seine zwei letzten Nachrichten sendet er an seinen Bruder Avram Kuyper, einen skrupellosen Profi-Killer, und an Emilia Ness, eine unbestechliche Interpol-Agentin. Avram soll ihn und seine Familie rächen, Emilia den Fall vor Gericht bringen. Beide sehen das Horror-Video, das ihnen jemand zuspielt. Beide blicken direkt in den Schlund der Hölle. Wer ist diese Bestie, die kein Gewissen hat und keine Grenzen kennt?

Das gesamte Programm gibt es unter
www.fischerverlage.de

Mark Roderick
Post Mortem – Zeit der Asche
Thriller
Band 03143

Das Morden geht weiter …

Ein bestialischer Foltermord in einem abgelegenen Landhaus in Südfrankreich. Eine Handschrift, die Emilia Ness und Avram Kuyper nur zu gut kennen. Jemand möchte, dass sie weiter auf die Suche gehen. Denn das kriminelle Netzwerk des Täters ist größer als gedacht. Und mächtiger als vermutet. Wer hat den Hinweis lanciert? Und wer möchte, dass die Suche weitergeht?

Das gesamte Programm gibt es unter
www.fischerverlage.de